KB133906

구양수와 소동파의 편지글

구소수간 歐蘇手簡

세종이 애독한 책

구양수와 소동파의 편지글

구소수간 歐蘇手簡

세종이 애독한 책

구양수 · 소동파 저
유미정 역주

(주)글통

"『구소수간』은 동아시아 서간문의 정수"

　『구소수간』은 중국 송나라의 대문호인 구양수와 소동파, 양인의 편지 글 중 우수한 것들을 선별하여 모은 책으로 동아시아 서간문의 정수이다. 이렇게 중요한 서적이 아직까지 한국에서 완역되지 못했는데, 금번 유미정 박사에 의해 그러한 학문상의 결핍을 완벽하게 메우게 되어 오랫동안 그녀를 지도해온 사람으로서 참으로 기쁘다.

　서간문의 글에는 사적 영역에 해당하는 일들이 많은데, 그럴 경우 문장이 어떤 상황에서 써진 것인지 정확한 파악이 힘들다. 더욱이 구·소 두 학자는 문장의 대가로서 편지에 아주 짧은 문구로써 깊이 있는 사상·문학·예술을 펼치거나 상대에 대한 인간적인 정회를 표현했기 때문에 의미 파악이 더욱 어렵다. 유 박사는 중국은 물론 일본과 미국까지 가서 관련 자료를 찾고, 여러 해 동안 각고의 노력을 하여 그러한 난관을 돌파함으로써 보기 드문 역서를 세상에 내놓았다.

　이 번역서의 가치를 제대로 알려면 본문은 물론이거니와 특히 각주를 자세히 보아야 할 것이다. 글의 문맥과 전후관계를 파악하기 위해 저자는 구양수와 소동파가 남긴 수백 편의 산문을 샅샅이 조사하여 편지의 문구와 관련 있는 부분들을 죄다 찾아내 일일이 대조하였다. 그러한 기초 작업 위에 꼼꼼하게 우리말로 번역했기 때문에 번역 수준이 일품이다. 그리하여 저자의 글에서는 중국 인문학의 최고봉이라 불리는 구양수와 소동파 두 사람의 학문과 인성, 그들의 감정이 제대로 읽히고 있다. 한문이 갖고 있는 미묘한 함축의 의미가 저자를 통해 현대 언어로 선연(鮮然)히 드러남을 본다. 그러므로 나는 역사학계의 학자는 물론이고 일반 교양인들에게도 이 책의 일독을 꼭 권한다.

유미정 박사는 『구소수간』 번역과 함께 바쁜 시간을 쪼개어 구양수 · 소동파에 관한 양질의 논문도 그동안 3편이나 발표했다. 나는 이렇듯 완성도 높은 논문과 번역을 발판으로 유 박사가 계속 정진하여 향후 구양수와 소동파를 넘어 동아시아는 물론 서구까지 아우르는 서간문 방면의 대가가 되기를 희망한다. 이제 유 박사는 『구소수간』 역주의 출간을 통해 상아탑을 벗어나 본격적으로 대중과 소통하면서 학문의 드넓은 세계로 나아갈 수 있게 되었다. 이에 『장자』에 나오는 상징을 원용하여 격려하고 축원한다.

"나래를 편 봉황이여! 구마리 장천(長天)을 날으라!"

2021년 9월
전남대 중문학과 교수 **장춘석**

"천년의 호흡을 함께 할 수 있는" 편지글

송나라 인종 가우 2년(1057) 3월, 개봉에서 열렸던 과거시험 열기는 전에 없이 뜨거웠다. 진사시험 합격자 수가 유난히 많았기 때문이다. 나중에 성리학의 대가로 이름을 날린 정호, 정이, 장재 외에도 당송팔대가로 알려진 소동파, 소철, 증공 등이 모두 이해에 급제했다. 더구나 당시 과거 시험 총책임자는 '당송팔대가' 중 송대의 선구자였던 구양수였다. 중국 고대 문학사에서 글 잘 쓰는 최고의 인물들이 거의 한 시기에 함께 나타났다. 글을 잘 쓴다는 것은 단지 '문필력'이라는 하나의 기예에 그치는 일일까. 사실 이들은 중국 고대 역사에서 한때 빛나는 사상을 펼치고 문장으로 남겼던 일세의 문인 영웅들이었다.

당시 과거에 응시한 소동파는 논술시험 최고의 성적으로 1등에 뽑히기 직전이었다. 무기명으로 적힌 최고 점수의 답안지를 집어 든 시험 책임자 구양수와 매요신은 크게 칭찬을 하며 이제 자신들의 시대가 저물고 있다고 탄식했다. 그러나 그 시험지가 자신의 제자 증공일 것이라고 지레짐작한 구양수는 매요신에게 자기 제자를 장원으로 뽑으면 뒷말 들을 게 걱정된다고 말했다. 결국 그 최고의 답안지를 2등으로 처리하고 2등의 답안지를 1등으로 올렸다. 그리고 급제한 388명의 명단을 발표하는 날 이 두 사람은 자신들이 크게 실수했음을 깨달았다. 너무 잘 써서 자신의 제자라고 생각했던 답안지의 주인공은 자신들이 들어본 적 없는 이름인 소동파였다. 저 멀리 사천성 미산현에서 부친 소순 아우 소철과 함께 올라와 응시한 지방의 가무잡잡한 어느 청년이었던 것이다.

이렇게 맺어진 구양수와 소동파의 관계는 평생 스승과 제자의 인연으로 이어졌다. 구양수를 기억하는 소동파의 글을 보면, 구양수는 한 사람의 인재를 발굴하기 위해서라면 멀고 가까움을 따지지 않았다. 때로는 그렇게 발굴 천거한 사람으로부터 배신을 당해서 주변으로부터 사람을 너무 믿지 말라고 조언을 듣기도 했지만, 은퇴한 뒤에도 종종 어디에 훌륭한 젊은이가 있으니 발굴해야 한다고 종종 말하곤 했다. 구양수는 사실 그저 단순히 좋은 인품의 사람만은 아니었다. 과거 시험의 총책임자인 지공거라는 직무를 맡은 뒤, 그동안 과거 제도에서 경전이나 시를 짓는 시험 평가의 비중이 너무 큰 것은 문제가 있다고 판단하고 논책, 즉 일반논술과 역사평론 시험의 점수 비중을 크게 올렸다. 시를 짓는 시험에서 점수가 잘 안 나온 소동파가 좋은 평가를 받을 수 있었던 것은 바로 실사구시를 표방하는 출제 기준의 조정 때문이기도 했다.

소동파는 구양수의 이런 기준에 부합하는 문장으로 최고의 성적을 냈다. 「형벌과 상훈의 공정한 처리를 위한 지론」이라는 제목의 논술시험에서 당시 심사자들에게 가장 좋은 평가를 받은 문장은 소동파가 쓴 글이었다. 그 내용이 좋은 점수를 받은 까닭은 적절한 역사적 사실을 인용해서 '사람을 소중히 여기는 정치'가 중요하다는 자기 생각을 설득력 있게 펼쳤기 때문이었다. 그런 인재를 알아보고 발굴하는 탁월한 능력의 구양수는 웃을 때 하얀 잇몸이 드러나는 환한 얼굴의 사람이었다. 유명한 문장인 「취옹정기」를 보면 그가 당시 다스렸던 저주의 주민들을 얼마나 따뜻한 마음으로 대했는지 잘 드러난다. 지위를 따지지 않고 사람을 귀하게 여긴 그의 면모는 후대 모든 문인의 귀감이 됐다. 그는 지인에게 쓰는 편지를 인편에 보내고 나서 한 글자 덧붙이면 좋을 듯하다는 생각이 불현듯 떠오르면 사람을 다시 보내서 전령 편에 가고 있는 편지를 찾아 글자를 써넣게 했다. 그런 사람이었으므로 그런 인재를 발굴했음은 물론이다.

글쓰기는 기록을 목적으로 하는 것과 남이 읽을 것을 전제로 하는 두 가지가 있다. 편지는 누군가에게 읽으라고 남기는 글이다. 그러니 자기 생각을 잘 전달하기 위해서는 간결하고 분명하게 쓰지 않을 수 없다. 당송 시기 글을 가장 잘 쓴 사람 여덟 명 '당송팔대가' 중 후대에 제일 큰 영향을 준 두 사람이 구양수와 소동파다. 소동파의 경우는 송나라 당시에도 시험 준비하는 젊은이들 사이에 "소동파의 글을 배우면 고급 양고기국을 먹고, 그렇지 않으면 야채국만 먹는다"는 말이 돌 정도였다. 소동파처럼 글을 잘 써야 출세할 수 있다는 말이다. 이 두 사람의 생애는 우리나라 고려 시기와 맞물려 있으므로 그 글은 우리의 조선 왕조 내내 최고의 문장으로 추앙을 받았다. 조선의 문인들은 정치나 사상적으로 성리학의 시조 주희를 추종하면서도 개인적으로는 구양수와 소동파 두 사람의 글을 읽으며 글쓰기를 배웠고 과거에 응시했다.

당송 시기 상용되는 편지지는 요즘 우리가 쓰는 A4 용지의 1.5배 정도 되는 크기다. 당시의 붓은 볼펜 정도의 굵기에 대롱이 다소 긴 모양이었다. 사람들은 편지를 쓸 때 오른팔을 탁자에 괸 채 현대인이 펜글씨쓰듯 붓을 약간 기울여서 썼다. 필봉은 수직이 아니라 살짝 뉘어져 쓰였으므로 글씨의 가로획이 종종 굵게 나온다. 천년 가까이 지난 지금까지 전해지는 이들의 편지 일부는 북경과 대만의 고궁박물관에서 볼 수 있다. 이들이 쓴 글을 보면 우선 글씨가 눈에 들어온다. 구양수의 글씨는 오늘날 붓펜으로 쓴 것처럼 섬세하고 깔끔하다. 편지의 처음부터 끝까지 흐트러진 획이 없다. 간혹 고칠 글자가 있으면 전혀 보이지 않게 까만 먹칠을 하고 그 옆에 고쳐 썼다. 점획 하나하나에 정성이 들어가 있다. 그의 편지글에는 윗사람 아랫사람을 막론하고 전하는 글자마다 진실하고 자상한 인품이 그대로 느껴진다. 이것이 구양수 문장의 힘이다.

소동파는 구양수에게 직접 수학을 한 건 아니었으나 문학적으로나 사상적으로나 서로를 잘 이해하고 교감했다. 구양수의 발탁으로 관직에 오른 소동파는 곧이어 송 왕조에 닥쳐올 거대한 역사적 소용돌이인 '신법' 개혁 정책에 휘말리면서 부침을 거듭한다. 그런 그의 고난은 소동파 자신의 말대로 문학적 기예와 더불어 정신적 성숙이라는 내외적 고양을 가져왔다. "펄조개는 상처를 받을수록 빛나는 진주를 빚는다"는 중국의 성어는 소동파에게 가장 잘 어울리는 말이었다. 서예와 그림은 물론 예술과 철학에 이르기까지 전면적인 문학과 예술에 일가를 이룬 소동파는 진정 절세의 대문호였다. 십여 년 전 프랑스 르몽드지가 선정한 '천년 영웅' 12인에 중국에서 유일하게 소동파가 선정된 것은 우연이 아니다. 논자들은 가장 빛나는 그의 인문정신이 지난 1천 년 역사에서 사람들의 마음에 매우 깊은 영향을 미쳤다고 평가했다. 소동파의「적벽부」를 읽어본 사람들은 무언가 형언할 수 없는 공명에 빠져들 것이다. 그 공명이란 허무하고 부질없어만 보이는 인생이지만 모든 본질은 영원하다는 사실을 깨닫는 순간, 바람과 달과 강물 그 전부가 그것을 마주한 사람과 '하나 됨'이라는 경지에 들어간다. 그 경지는 다름 아닌 나와 남이 하나라는 '물아일체'의 세계다.

"글은 바로 그 사람"이라고 소동파는 말한다. 편지는 글로 나누는 대화다. 친근하게 건네는 인사와 전하고자 하는 용건, 그리고 주변의 생활 안부를 묻는 따뜻함, 공손한 글 맺음 등은 격식이기도 하지만 편지글의 용모를 다 갖췄다. 그런 격식의 글자 속에 당시 사람들의 숨결이 그대로 살아 있다. 웃음을 지을 때는 "하하呵呵!" 하였고 안타까움을 전할 때는 "아이고哀哉!" 하며 탄식했다. 가슴속 저 깊은 곳에서 울려 나오는 마음의 울림을 한 글자 한 글자 옮긴 이들의 글에는 진지하면서도 은근한 정이 있고 애처로우면서도 따스함이 있다. 당시 사람들이 생활 속 무엇에 관심을 두었고, 무엇을 염려했으며 무엇을 선물로 주고받았는지 일상의 삶과 표정이 고스란히 드러난다.

사실 이 두 사람의 편지글은 단지 편지글로만 읽을 게 아니다. 한 시대를 이끄는 선한 힘을 가진 깨인 정신의 소유자가 어느 시대 어느 장소엔가 있다면, 그 사람의 존재만으로도 그 사회와 조직은 보이지 않는 감화를 받는다. 재난과 재앙은 저절로 사라진다. 구양수가 세상을 떠나자 소동파는 제문을 써서 그분이야말로 백관에게는 의지처로서의 우뚝한 기둥이며, 백성에게는 산하처럼 삶을 기대는 정신적 부모였다고 추모했다. 소동파 역시 지난 천 년 동안 중국인들의 뇌리에 글 잘 쓰는 문인이길 넘어 하나의 '멋진 사람'으로 남아 있다. '멋진 사람'이란 무엇인가. 소동파 자신의 말대로 눈앞의 것에 집착하거나 다투지 않는 사람이다. 멀리 보고 깊이 보는 눈길을 가진 사람이다. 정치적인 이해나 개인적 편견에 치우침 없이 초월적인 사유를 잃지 않는 사람이다. 그런 사람이 소동파였다.

유미정 박사의 『구소수간』이라는, 천 년 전 멋진 두 인물이 벗들과 나눈 편지글이 이처럼 우리말로 되살아났다. 중국에서도 옛 문장은 현대 문장으로 번역되어야 일반인들도 쉽게 읽을 수 있다. 하물며 우리나라 사람들이 구양수 소동파의 글을 우리말로 수월하게 읽어가며 이들과 천년의 호흡을 함께 할 수 있는 것은 순전히 유미정 박사의 기나긴 노고 덕분이다. 독자를 대신해서 감사의 인사를 올리며 국내에서 완역되어 출판되는 이 옛글의 향연에 축하의 말씀을 전한다.

2021년 9월
단국대학교 중국학과 교수 **안희진**

청년 세종이 애독한 책 『구소수간』

중국의 역사에서 가장 높은 문화의 꽃을 피운 북송의 시대, 그 한가운데 구양수와 소동파가 있었다. 구양수는 북송의 정치와 학술 두 분야에서 영향력을 크게 발휘한 인물이다. 소동파는 중국에서 '공자 이래로 가장 인상적인 기억을 남긴 인물'로 평가되는 문단의 독보적인 존재이자, 문예의 천재였다. '당송팔대가'는 누구인가? 당나라의 한유와 유종원에 이어 나머지 6인이 모두 송나라의 문인이다. 송의 6대가로 손꼽히는 인물이 구양수와 소동파요, 증공과 소순, 왕안석과 소철이다. 그런데 구양수는 자신을 제외한 이 다섯 명의 문인들을 모두 발굴한 북송 문단의 영수이자, 북송 문학의 거장이었다. 「적벽부(赤壁賦)」로 유명한 소동파 역시 구양수가 발굴하고 키운, 구양수의 제자였다. 『구소수간』은 중국의 대문장가로 불린 구양수와 소동파의 편지 모음집이다.

조선의 세종이 『구소수간』을 많이 읽었다는 일화는 『조선왕조실록』뿐만 아니라, 『연려실기술』과 『필원잡기』 등에도 보인다. 세종은 공부를 좋아하여, 병중에도 책을 놓지 않았다. 태종이 책을 읽느라 건강을 해친 아들을 위해 서책을 다 치우게 하였는데 한 권의 책만 곁에 두게 하였다. 그 한 권의 책이 『구소수간』이다. 『세종실록』의 기록을 보자.

"임금이 왕위에 오르기 전 잠저에 있을 때 학문을 좋아하고 게을리하지 않아서, 일찍이 경미한 병환이 있어도 독서를 그치지 않았다. 태종께서 환관을 시켜 서책들을 다 감추게 했는데, 『구소수간』만을 곁에 두게 하여 드디어 이 책을 다 보시었다."[上自在潛邸, 好學不倦, 嘗有微恙, 猶且讀書不已. 太宗使小宦盡取書帙, 唯歐蘇手簡在側, 乃取盡閱.]

왕조실록에 의하면 세종은 잠저(潛邸)에 있을 때부터 『구소수간』을 애독하였다. 왕이 되기 전 사가에 머물던 잠저의 시기, 청년 세종이 병석에서도 『구소수간』만은 옆에 두고 읽었던 이유는 무엇이었을까? 청년 세종은 왜 『구소수간』을 수십 번이나 탐독하였을까? 『구소수간』은 고려시대부터 유학자들에겐 필수 교양서나 다름없었다. 당시의 문인 학자라면 대부분 그랬듯이 세종은 먼저 중국의 대문호 구양수와 소동파의 뛰어난 문장에 심취했을 것이다. 더구나 구양수와 소동파의 청신하고 활달한 문장은 당시에는 너무나 유명한 것이었다.

구양수와 소동파는 물 흐르는 듯 시원스럽게 글을 썼으며 짧게 쓴 문장이더라도 뜻과 이치를 담았다. 때로는 늙어 병드는 것을 탄식하였고, 때로는 유배지의 외로움을 토로하였으나, 언제나 그들의 글은 진솔하고 간명하였다.

예컨대 구양수는 '매성유에게 보낸 편지'에서 구차하게 살지 않는 친구 매성유의 고아한 인품을 흠모하여 이렇게 칭송하였다. "성유의 출중한 문장은 아무도 따라올 수 없지요. 옛날 죽림칠현은 고매한 행동으로 자부심이 높았습니다만, 성유의 삶은 죽림칠현의 황음(荒淫)에는 미치지 못하여도 그대의 문아(文雅)는 죽림칠현보다 더 나은 듯합니다." 이 문장은 '황음'과 '문아' 두 글자로 매성유의 성취를 평한 구양수의 글의 본보기이다. 이에 소동파는 "만물을 끌어와 문장을 지어, 사람들을 감복시켰다"면서 구양수의 글을 예찬하였다. 늘 후학을 키우고자 열과 성을 다하였던 구양수 역시 소동파의 재능에 대해서는 "소식의 글을 읽으니 나도 모르게 진땀이 흐릅니다. 참으로 통쾌합니다. 늙은이는 마땅히 길을 비켜 젊은이가 한걸음 앞서가도록 물러설 줄 알아야 하겠지요. 몹시 기쁘고 기쁩니다." 이렇게 경탄하였다.

또한 『구소수간』에는 구양수와 소동파 인생의 희로애락이 들어 있어 독서광인 세종은 여기에 매료되지 않을 수 없었다.

구양수와 마찬가지로 소동파 역시 정치의 화를 피하지 못했다. '오대시안 필화사건'에 연루되어 파란만장한 유배의 길을 겪기 시작한 유랑생활은 머나먼 남쪽, 바다 건너 해남에서 사면을 받을 때까지 계속되었다. '동파'라는 호를 짓고 직접 농부가 되어 땅을 일구던 황주는 소동파의 첫 유배지였다. 자신 때문에 고초를 당하는 동료들을 보고 있기에 너무 괴로워 소동파는 "죄를 얻은 이래 혼자 유폐된 생활을 하고 있소. 홀로 조각배를 타거나 짚신을 신고 산수를 유랑한다오. 나무꾼과 어부들과 섞여 지낸다오."라고 하면서 붓을 태워버리고 벼루를 던져버렸다.

한때 수도 개봉에서 천하의 명사들과 교류했던 소동파는 "내가 가는 길은 왜 이다지도 험난하여 거처할 곳도 없는가?" 탄식하며, 유배지에서 나무꾼과 어부들과 어울리며 외로운 세월을 보냈다. 하지만 소동파의 자유로운 정신은 삶의 고초를 넘어 해학과 달관의 경지로 나아갔다. "천지 가운데 있는 산천과 초목, 벌레와 물고기와 같은 것들도 모두 내가 만드는 즐거운 일이야."라고 하면서 절망적 삶 속에서도 정신의 자유를 구가하였다. "문을 닫고 외부와의 만남을 끊은 채, 엎드려 깊이 생각하며 스스로를 새롭게 하는 방법"을 찾은 것이다.

이러한 사정들은 모두 『구소수간』에 담겨 있다. 구소 양인은 인간이 겪는 고통과 회한, 기쁨과 슬픔을 짧은 편지글 속에 담아 벗들과 교유하였다. 종이도 귀한 시절에 심부름꾼을 앞세워 편지를 전하고 안부를 물으며 마음속 심정을 토로하였던 것이다.

이런 인생 역경의 정회가 담긴 『구소수간』을 보면 어느 누구라도 공감하지 않을 수 없다. 젊은 세종 역시 불후의 작품을 남긴 두 거장의 창조적 정신과 고난 속에서도 생의 활력을 벗들과 나눈 인간적 정감에 감동하여 『구소수간』을 되풀이하여 읽었을 것이다.

천년 세월을 간직한 서책 『구소수간』이었다. 하지만 국내에 『구소수간』의 번역본이 없는 것은 물론이요, 『구소수간』의 원본을 찾는 것도 쉽지 않았다. 다행이 한국에는 조선본 『구소수간(歐蘇手簡)』이 있었고, 중국에는 하한녕(夏漢寧) 교수가 펴낸 『구소수간교감(校勘)』이 있었으며, 일본에는 서천문중(西川文中)이 주해한 『구소수간주해(註解)』(1881)가 있었다.

옛 편지글을 풀이하다 보면 여러 난관에 봉착한다. 첫 번째 어려움은 상대에게서 온 편지가 없다는 것이다. 보낸 편지는 있는데 상대방에게서 온 편지가 없다. 그래서 보내는 사람과 받는 사람이 주고받는 대화의 맥락을 파악하지 못하여 망연할 때가 한 두 번이 아니었다. 『구소수간』의 편지들이 어느 시기 어떠한 사정에서 작성되었을까 알아내기 위해 골몰하고 있을 때, 구양수와 소동파의 전집 교주(『歐陽修集編年箋注』, 『蘇軾全集校註』)를 구할 수 있었다. 교주에 적힌 조그마한 단서 하나는 나에게 망망대해에서 만나는 등대의 불빛이 되어주었다.

또 다른 어려움은 전고(典故)를 찾지 못하여 단어의 뜻을 잘못 풀이한 데서 발생하였다. 구양수 편지에서 '평산(平山)'이라는 말이 그랬다. 평평한 산인가? 『구양수문집』의 다른 작품에서 보니 '평산'은 구양수가 지은 정자 '평산당(平山堂)'이었다. '불의(不疑)'라는 말도 그랬다. '의심이 없다'는 말인가? 찾고 보니 '불의'는 고을군수 '이불의'였다. 또 소동파의 편지에 나온 '능취(凌翠)'도 풀이가 안 되기는 마찬가지였다. '능취'의 '능'(凌)은 여인의 장신구로 쓰이는 마름 열매이고 '취'(翠)는 비취새의 깃털이다. 소동파는 아름다운 시첩을 '능취'로 표현하였다.

『구소수간』을 풀이하는 내내 나는 발견의 기쁨을 누렸으며, 두 대가가 발하는 문학의 향기 속에 살았다. 『구소수간』에서 구양수와 교유한 문인은 매성유와 왕안석, 유원보와 채군모, 소순과 서무당 등 58인이다. 또한 소동파가 교유한 문인은 사마온공과 이방숙, 황노직과 전제명, 등달도와 미불 등 85인이다. 구양수와 소동파는 이들과 인생의 실의와 환희, 고요하고 장중한 자연의 소리를 주고받았으며, 해학과 풍자로 세상사를 논하였다. 교유한 이들 문인도 북송시대를 빛낸 걸출한 인물들이었다. 구소 양인뿐 아니라 『구소수간』의 수신인으로 나오는 이들의 문학적 자취를 찾으면서 나는 또 다른 즐거움을 가질 수 있었다.

선학(先學)의 지도와 안내를 받아 『구소수간』의 풀이를 이나마 하게 되었다. 이 책이 나오기까지 정성을 다해 지도해 주신 전남대학교 장춘석 교수와 오만종 교수께 감사를 드린다. 특히 장춘석 교수의 '당송팔대가' 수업에 참여하면서 나는 구양수와 소동파 양인의 작품을 풍부하게 연구할 수 있었고, 덕분에 『구소수간』의 편지글을 깊이 있게 파고들 수 있었다. 또, 기회가 있을 때마다 나의 부족한 점을 지적해 주신 전남대학교 김대현 교수와 전북대학교 김병기 교수, 단국대학교 안희진 교수께 감사를 드린다. 그리고 난해한 곳마다 전거(典據)를 찾아주면서 나의 연구를 이끌어준 위당 김재희 선생께 감사를 드린다.

2021년 9월
무등산 아래에서
유미정

「구소수간서」[1]

두인걸

　과거시험으로 이익과 녹봉을 구하는 학문이 왕성해지면서 백 가지 기술과 재주가 모두 없어졌으니, 이것은 자연스러운 이치라서 이상할 것이 못 된다. 문장을 짓기 위해 글씨 쓰는 일이나 필기구를 갖추는 일은 학문을 연마하고 덕행을 닦을 사군자가 중시할 일이 못 되지만, 만일 장수가 군사를 부릴 때 깃발, 표지, 징, 북과 같은 것이 없다면, 어떻게 보고 듣는 이들을 놀라게 하겠는가?

　편지글은 기술과 재주를 펴는 데에서 작은 부분이지만 옛사람들은 서른 자 되는 짧은 편지에서도 반드시 초안을 작성했으니 어찌 뜻이 없었겠는가! 이제 새로 펴낸 『구소수간』의 글 수백 편을 반복해서 읽으니 여기에서 성정(性情)을 볼 뿐 문자(文字)는 보지 못했다. 이것은 대개 뛰어남을 마음에 두지 않아도 저절로 뛰어남이 드러나는 것과 같은 것이다.

　근대의 양성재(楊誠齋)[2]와 손상서(孫尙書)의 글은 과장되게 말하거나

---

1) 「구소수간서」는 조선본 『구소수간』(규장각 소장), 일본 명해축상이 편찬(1780)한 『구소수간』, 중국 하한녕의 『구소수간교감』에 있다.

뒤섞여 아름답게 꾸미지 않은 것이 없지만, 그 흐름을 거슬러 근원을 찾아보면, 이것은 구양수와 소동파 두 사람이 '이치와 뜻'을 말한 것에서 유래한 것이다. 뜻이란 문장의 장수요, 이치는 장수의 보좌관이다. 이치와 뜻이 바르면 그 글뜻이 뒤따르고 길러진다. 이른바, "물고기가 용을 따르고, 새가 봉황을 따르며, 군사가 탕왕과 무왕을 따르는 것 같이 글귀는 이치와 뜻을 따르게 된다. 그러므로 새는 하늘로 솟구치고 물고기는 연못에 잠기며 군사들은 천하를 누비듯 글이 자유자재로 써지게 된다."고 한 것이 이 말이다.

나 역시 임진년에 북쪽에서 강을 건너온 이래로 뒤따라온 학자들의 시문이 가끔씩 모두 옛 뜻을 지니고 있는 것을 오랫동안 특별하다 여겼는데, 이는 무엇 때문인가? 그것은 과거시험이 없었기 때문이다. 그러니 학자가 과거시험이 없는 이때에 학문에 힘쓴다면 어떤 실력이든 진보하지 않겠는가? 더불어 말하면 어찌 서찰에만 그치겠는가? 아마도 우리 왕조가 단절된 이후에 한나라와 당나라에서 인재를 등용하던 법을 세웠다면 조금이라도 여기에 이르지 않았을 것이니, 부디 뜻을 돈독히 하기를 바란다. 진지헌 노인 두인걸이 서문을 쓰다.

歐蘇手簡序

自科擧利祿之學興, 則百藝俱廢, 此理之自然, 無足怪者. 夫文章翰墨, 固士君子之餘事, 如將之用兵, 苟無旗幟鉦鼓, 其何以駭觀聽哉? 至於尺牘藝之最末者也. 古人雖三十字折簡, 亦必起草, 豈無旨哉! 今觀新刊『歐蘇手簡』數百篇, 反覆讀之, 所謂但見性情, 不見文字. 蓋無心於奇, 而不能不爲之奇也. 近代楊誠齋、孫尙書啓札, 其鋪張

---

2) 양성재(楊誠齋) : 남송의 학자인 양만리(楊萬里, 1127~1206)이며, 호는 성재(誠齋)이다. 성품이 강직하였으며, 시를 잘 지었다.

錯綜, 非不縟掞, 及泝流尋源, 亦皆自二老理意中來, 大抵意者文之帥, 理者帥之佐. 理意正則而辭從之牧之. 所謂如魚隨龍, 如鳥隨鳳, 如師衆隨湯武, 騰天潛泉, 橫裂八表是也. 予亦長怪乎, 壬辰北渡以來, 後生晚進, 詩文往往皆有古意, 何哉? 以其無科擧故也. 學者乘此間隙, 何藝不可進? 又豈止簡啓而已? 恐國朝綿蕝之後, 漢唐取人之法立, 則不暇及此, 幸篤志焉. 眞止軒老人杜仁傑序.

차 례

제1장 『구소수간』 여릉 상

제2장 『구소수간』 여릉 하

제4장 『구소수간』 동파 하

제5장 해제

제1장 여릉 상
廬陵 上

청명상하도 - 개봉의 시내를 지나는 짐 실은 낙타 행렬

"어제 이원지(李園池)에 이르니 울창한 나무들은 푸르렀고,
계절은 이미 바뀌어 있었지요. 그대 원보께서 곁에 있지
않아 모임이 끝날 때까지 내내 그리웠습니다.
바람결에 흙먼지가 날아와 자리가 불편하였습니다."

- 유원보에게 보내는 편지 중에서 -

구양수 초상화

1. 매성유[1]에게 보내는 편지

1) 편지 1[2]

저는 아룁니다. 보내주신 시문과 서문을 받고 펼쳐 읽으며 덮기를 여러 번 하였습니다. 종이가 닳고 먹빛이 바랬지만 손에서 놓지 못하고 있지요. 글에 따라 뜻을 찾고 연구할수록 의미가 더욱 깊습니다. 맑은 연못과 우거진 숲에서 땅을 굽어보고 하늘을 우러러보며 잔 잡고 시를 읊고 계시는군요. 다른 사람은 가슴속에 이런 마음을 쌓아놓고 있다 할지라도 다 묘사할 수 없습니다. 성유(聖兪)께서 이룬 출중한 문장은 아무도 따라올 수 없는 것이지요.

옛날 산양(山陽)[3]의 죽림칠현은 고매한 행동으로 자부심이 대단하였습니다. 지금을 미루어 옛일과 비교하더라도 어찌 저들보다 못하겠습니까? 다만 황음(荒淫)에는 미치지 못하여도 시를 짓는 문아(文雅)한 풍모는 더나은 듯합니다.[4] 공조(公操)[5]와 여러 사람의 시는 아직 오지 않았습니다. 이제 응당 그대의 작품을 두루 보여드리면서 독려할 뿐입니다.

與梅聖兪
某啓. 承惠詩幷序, 開闊數四, 紙弊黑渝, 不能釋手. 緣文尋意, 益究益深. 淸池茂林, 俯仰 觸詠, 他腸蘊此, 欲寫未能. 聖兪所得, 文出人外. 昔之山陽竹林. 以高標自遇, 推今較古, 何下彼哉? 但恐荒淫不及, 而文雅過之也. 公操諸君詩未至, 今當以盛作遍呈, 因督之爾.

1) 매성유(梅聖兪)는 매요신(梅堯臣, 1002~1060)으로 자는 성유이다. 북송의 시
   인으로 호는 완릉(宛陵)이며 구양수와 함께 송시의 개척자로 불린다. 관리로
   서는 불우하여 오랫동안 지방 관리를 계속하다가 49세 때 진사에 급제, 구양
   수의 소개로 도관원외랑이라는 중앙의 관직을 얻었다. 송 초에는 '서곤체(西崑
   體)'의 화려한 시가 유명했으나, 이와 달리 매요신은 평담을 추구하는 깊이 있
   는 시를 썼다. 천성(天聖) 9년(1031)에 하남현 주부가 되어 낙양으로 와서 구양
   수를 알게 되었다.

2) 이 편지는 명도(明道) 원년(1032)에 썼다. 북송시대의 연호는 해제에 있는 '〈표
   3〉 북송 인종~휘종 시대의 연호' 참고.

3) 산양(山陽)은 죽림칠현의 한 사람인 혜강(嵇康, 223~262)이 지냈던 곳으로 중
   국 하내의 산양현에 있었다.

4) 다만 …… 듯합니다. : 명도 원년(1032) 가을, 매요신이 낙양을 떠나 하양현 주부
   로 부임할 때, 구양수는 「송매성유귀하양서(送梅聖兪歸河陽序)」를 지어 그를 전
   송한다. 서문에서 "매성유는 뜻이 높고 행실이 고결하며 기상은 빼어나고 안색
   은 온화하여 우뚝 솟아 많은 이들 가운데 출중하였다. …… 그러나 온갖 물건들보
   다 앞서고 세상에서 귀히 여겨지는 자는 그 뛰어남을 믿을 뿐이니, 그의 밝게 빛
   나는 기운을 어찌 능히 가릴 수 있을 것인가!"라고 하였다.[聖兪誌高而行潔, 氣
   秀而色和, 嶄然獨出於衆人中. …… 然所謂能先群物而貴於世者, 恃其異而已,
   則光氣之輝然者, 豈能掩之哉.] 楊家駱 主編, 『歐陽修全集 上』 第五冊, 467쪽.

5) 공조(公操) : 석개(石介, 1005~1045)의 자이다. 북송 연주 봉부 사람으로 호는
   조래선생(徂徠先生)이다. 경력(慶曆) 3년(1043)에 여이간이 재상에서 파직되고
   두연, 장득상, 안수, 가창조, 범중엄, 부필, 한기가 동시에 집정하고 구양수, 여
   정, 왕소, 채양이 동시에 간관이 되자, 이는 경사스런 일이라 하여 「경력성덕시
   (慶曆聖德詩)」를 지었다.

2) 편지 2[1]

저는 머리를 조아리며 거듭 절합니다. 초나흘에 진수재(陳秀才)[2]가 하교(河橋)[3]에서 와서 전해주신 안부를 듣고 기뻤습니다. 한 해가 저물어가는 추운 날씨에 공의 형편이 편안하시다니 무척 위로가 됩니다. 부공(府公)[4]이 이미 추천장을 올렸음을 알았습니다. 성유께서 낙양에 머물 때 항상 말하길, "어버이가 남방에서 늙어가시니 한번 돌아가 모실 것을 생각한다."고 했지요. 이제 응당 평소의 염원을 이룰 것이니, 부공도 함께 기뻐할 일입니다. 그러나 강절(江浙)의 수령이 되고 산수의 아름다움이 더해지면, 강락(康樂)[5]의 시를 짓는데 도움이 될 것이므로, 누가 대적하겠는지요?

저는 공과 헤어진 뒤 아직껏 시를 짓지 못했지요. 또한 문주(文酒)의 모임[6]조차 없어서 소위 "사흘을 『도덕경』을 말하지 못하면 혀가 뻣뻣해지는 것을 느낀다"[7]라고 말하는 것과 같습니다. 초육일에 하급관리의 일이 있어서 팽파(彭婆)에 갔다가 자총(子聰)[8]과 응지(應之)[9]와 함께 향산사(香山寺)에서 묵겠다고 약속했습니다. 유독 아쉬운 것은 성유와 동행하지 못한 것입니다. 마침 언국(彦國)[10]이 그쪽 성유에게로 행차하기에 다만 이렇게 대충 글을 써서 보냅니다.

某頓首再拜. 初四日, 陳秀才來自河橋, 喜聆動靜, 歲暮慘栗, 履況淸佳, 甚慰甚慰. 又知府公已發薦章, 聖兪在洛時, 常言親老南方, 思一歸侍. 今應獲素志, 亦朋友之共榮也. 然作宰江浙, 山水秀麗, 益爲康樂詩助, 誰與敵哉! 某自奉別以來, 未嘗作詩, 亦無文酒之會, 所謂三日不談道德, 則舌本强也. 初六日, 有少吏事至彭婆, 約子聰, 應之宿香山, 獨恨不得與聖兪同爾, 逢彦國行, 聊寓此草草.

1) 이 편지는 명도 2년(1033)에 썼다.

2) 진수재(陳秀才) : 구양수가 종사로 있을 때 자총은 호조참군으로 있었고 응지는 현의 주부로 있었으며 진수재는 두루 다니면서 유람하고 있었다. 모두 관직이 낮은 편이라 한가하였다.

3) 하교(河橋) : 역(驛) 이름이다.

4) 부공(府公) : 부공은 전유연(錢惟演)을 가리킨다. 서경 유수 전유연이 성유를 조정에 천거했을 때 구양수는 유수의 추관이었고 성유, 사로와 함께 막부에서 재직하고 있었다.

5) 강락(康樂) : 사령운(謝靈運, 385년~433년)으로 중국 동진·송의 시인이다.

6) 문주의 모임[文酒之會] : 문주지회(文酒之會)는 문장을 읊는 술자리, 즉 술 마시면서 글을 짓는 자리이다.

7) 사흘을 …… 느낀다. : 『진서(晉書)』 권84 「은중감열전(殷仲堪列傳)」에 "은중감은 청담을 잘하고 글을 잘 지었다. 항상 말하기를 '사흘을 『도덕경』을 읽지 않으면 문득 혀뿌리가 뻣뻣해지는 것을 느낀다.' 사리를 담론하는 것이 한강백과 그 명성이 나란하였으므로 사인들이 모두 흠모하였다."[仲堪能淸言, 善屬文. 每云三日不讀道德論, 便覺舌本間强, 其談理與韓康伯齊名, 士咸愛慕之.]라고 하였다.

8) 자총(子聰) : 양자총(陽子聰)으로 남인이며 호조참군을 지냈다.

9) 응지(應之) : 장곡(張谷)으로 구양수와 같은 해 진사가 되었고 또 함께 서경 유수의 막부에서 구양수는 추관을, 장곡은 주부를 맡았다. 구양수는 장곡을 위해 「장응지자서(張應之字序)」를 지었다.

10) 언국(彦國) : 부필(富弼, 1004~1083)을 말하며 낙양 사람으로 자가 언국, 시호는 문충(文忠)이다. 뛰어난 공적을 많이 남겨 부문(富文)이라 불렸다. 북송의 명재상으로서 범중엄 등과 경력 신정을 추진하고, 하북 수비에 대한 12가지 대책

을 올렸고 정국공(鄭國公)에 봉해져 부정공(富鄭公)이라 하였다.

3) 편지 3[1]

저는 성유 족하께 머리를 조아려 거듭 절을 올립니다. 지난달 왕시금(王侍禁)이 공의 편지를 가져왔지요. 우산을 파는 배가 도착하여 또 편지와 전복을 받았습니다. 우산 파는 손님에게 물어 공의 동정을 소상하게 알게 되니 몹시 위로가 되었습니다.

제가 경사(京師)[2]로 온 지 벌써 한 해가 지났고, 족하와 헤어지기 전에는 매일 만나 "오직 즐거울 일이 없군요."라고 말하였지요.[3] 낙양 시절을 회고하며 한스러워합니다. 하물며 남북으로 한번 갈리게 되어 비록 울적한들 다시 누구와 말하겠는지요. 근년 이래로 다만 병이 들지 않았을 뿐입니다. 지난날 임청(臨淸)에 있을 때 옛 벗들과의 기쁨과 즐거움이 없음을 한스러워했는데 지금은 임청을 생각해도 또한 갈 수가 없습니다. 일마다 점점 예전과 같지 않으니 사람이 살아가는 일이 다 그런 것이어서 크게 탄식합니다.

족하는 본디 남쪽 지방[4]에 친숙하여 지금 그곳에서 지내는 것이 즐겁겠지요? 번번이 편지를 받지만 몹시 간략하여 소회를 헤아리기 어렵습니다. 공께서 오랫동안 시를 짓지 않았으니 혹 맑은 기운이 돌연 줄어든 게 아닌지 의아스럽습니다. 경사에서 부모를 모시는데 의식(衣食)은 군색하고, 술을 마시고 싶어도 돈을 얻을 수가 없어 심히 안타깝습니다. 고민이 심하면 때때로 사노(師魯)[5]와 함께 고담준론을 나눌 따름입니다. 자점(子漸)[6]도 이곳에 있어 매일 만나 술을 사 마시려 하나 이것조차 여의치 않습니다.

교감(校勘)[7]이라는 자리는 좋은 벼슬은 아니나 다만 선비가 교감을 얻으면 그 힘을 빌려서 형편이 나아질 수 있습니다. 나는 이미 세상일에 소원해졌지요. 사람이 하는 바를 전혀 할 수 없으니 게으름을 피우며 한직에 의지해 홀로 자적할 뿐입니다. 만약 그렇다면 어디로 가야 하겠는지요. 우산을 파는 산인이 돌아와 편지를 찾기에 잠시 자잘한 생각을 씁니다. 족하가 아니면 누구에게 말하겠습니까? 편지를 쓰려다 서성이며 초조한 마음을 면치 못합니다.

某頓首再拜聖俞足下. 去月, 王侍禁者送及所惠書. 販傘船至, 又得書幷鮑魚. 及問傘客, 知動靜備詳, 甚慰甚慰. 僕來京師, 已及歲矣, 未與足下別時, 每相見, 惟道無憀賴. 憶洛中時以爲感. 況爾南北一異, 雖鬱鬱, 復誰道邪? 年來但不病爾. 往在臨淸, 恨無舊歡, 今思臨淸, 又不可得. 事事漸不如初, 人生祇爾, 大可歎也. 足下素善南方, 今居之, 樂否? 比比得書, 甚略, 不能究所懷. 訝久不作詩, 亦疑淸興頓損也. 京師侍親, 窘衣食, 欲飮酒, 錢不可得. 悶甚, 時與師魯一高論爾. 子漸在此, 每相見, 欲酤酒飮, 亦不可得, 校勘者, 非好官, 但士子得之, 假以營進爾, 余旣與世疏闊, 人所能爲皆不能, 正賴閑曠以自適. 若爾奚所適哉? 販傘者回來索書, 聊寫區區, 捨足下欲語誰邪? 臨紙徘徊, 不免忉忉.

| 주석 |

1) 이 편지는 구양수가 경우(景祐) 원년(1034)부터 2년간 관각의 교감으로 있으면서 썼다. 매요신과는 명도 원년(1031)에 낙양에서 교제하면서 시문을 연마하고 산천 경치에 대한 체험과 느낌을 교류하며 시가 창작의 경험을 나누었다.

2) 경사(京師) : 동경 개봉부이다. 북송 당시 수도 변량은 동경으로 불렸고 낙양은 서경으로 불렸다.

3) 제가 …… 말하였지요. : 구양수는 천성(天聖) 9년(1031)에 낙양으로 가 전유연의 수하에서 추관을 지냈다. 구양수와 매요신은 시문을 읊고 교유함에 있어 서로 화통하였다. 이때 매요신을 만나고 훗날 이를 추억하며 쓴 「서회감사기매성유(書懷感事寄梅聖兪)」에서 "용문은 푸른 녹음으로 울창하였고 이수는 맑은 물로 찰랑거렸지. 이수 가에서 그대를 만났는데 처음 만났어도 이미 마음 통해 활짝 웃었다네. 유수 어른 뵐 틈도 없이 서로 손을 끌며 향산을 걸었지. 이로부터 마음이 유쾌하고 넉넉해져 마치 산속에 풀어놓은 원숭이 같았다네."라고 하였다.[龍門翠鬱鬱, 伊水淸潺潺. 逢君伊水畔, 一見已開顔. 不暇謁大尹, 相携步香山. 自玆愜所適, 便若投山猿.] 歐陽修 著, 李逸安 點校, 『歐陽修全集』第三冊, 730쪽.

4) 남쪽 지방 : 매성유가 절강성에 머무를 때이다.

5) 사노(師魯) : 윤수(尹洙, 1001~1047)이며 사노는 그의 자이다. 북송 하남부 사람으로 성격이 안으로는 강직하고 밖으로는 온화했으며 박학하고 도량이 넓었다. 구양수와 함께 고문을 창도했다.

6) 자점(子漸) : 윤원(尹源, 996~1045)이며 송나라 하남 사람이다. 자가 자연(子淵)이었다가 나중에 자점(子漸)으로 고쳤는데, 세상에서는 하남선생(河南先生)이라 부른다. 동생 윤수(尹洙)와 함께 문학으로 이름이 높았다. 구양수는 「윤원자자점서(尹源字子漸序)」를 지어 윤원이 자점으로 자를 고친 내력을 이야기하였다.

7) 교감(校勘) : 관각교감(館刻校勘)으로 궁정의 도서를 대조 검토하는 문학시종관(文學侍從官)이다. 송 초에는 사간(史館)·소문관(昭文館)·집현원(集賢院)으로서 삼관(三館)으로 하였으며, 태종 때에는 또 비각(祕閣)을 설치하였는데, 모두 숭문원 안에 있는 것으로 황실의 도서를 보관하는 곳이다. 삼관비각(三館祕閣)에는 수찬(修撰)·직관각(直館閣)·교리(校理)·교감(校勘) 등의 직책을 설치하여 이를 관직(館職)이라 불렀다.

4) 편지 4[1]

저는 아룁니다. 편지를 받고 9월 1일에 그대가 길을 나섰다는 것을 알았습니다. 비록 지체되어 머물렀지만 청풍(淸風)[2]과 백우(白牛)는 오랫동안 비가 내려 진창길이 되었으니, 더욱 맑은 연후에 길이 막히지 않을 것입니다. 저는 관직[3]에서 해임된 후로 부딪치는 일마다 유쾌하지 못한 채 거의 오십여 일 동안 벗어나지 못하고 있습니다. 둔건(屯蹇)[4]의 어려움이 아직 끝나지 않은 것일까요? 다행한 것은 늙으신 부모가 점차 편안해져 삼 일이나 오 일 후에는 갈 수 있을 것 같습니다. 남양(南陽)에서 지내면서 어진 주인에게 의지하였으니 실로 좋은 일이었습니다. 다만 성유가 있지 않은 것이 아쉬울 뿐입니다.

지난여름 청풍에서 만나 기뻤으나 마음속 정회를 다 풀지 못하였습니다.[5] 지금 이제 이곳에서 지내면서 그야말로 다른 일은 모두 제쳐두고 성유를 위하여 며칠의 기쁨을 다하고자 하였지요. 그러나 앞뒤가 어긋나서 서로 회피하는 것 같습니다. 또 편지 내용을 보니, 성유 그대가 말하길 "일이 있어서 구양공(歐陽公)을 만나고자 하는데 능히 만날 수 없는 것이 아쉽다"라는 내용이 있어서 더욱 저를 마음 아프게 하였지요. 성유 그대가 관소에 도착할 날[벼슬에 오르는 날]이 반드시 있을 것입니다. 제가 있는 남양으로 오는 인편에 아낌없이 소식을 부쳐 전해주십시오. 가을 냉기에 자중자애하시길 바랍니다.

某啓. 承九月一日就道, 雖爲遲留, 然淸風, 白牛, 久雨泥淖, 尤須大晴, 然後不阻. 某自解官, 觸事不快, 至今幾五十日未能脫去, 豈其屯蹇未極邪? 所幸親老漸安, 更三五日, 可以卜行. 南陽之居, 依賢主人, 實佳事, 但恨聖兪不在爾. 昨夏中, 雖喜會於淸風, 然猶未盡區區之懷. 今茲寓居, 方欲悉屛他事, 爲聖兪極數日之歡, 而先後參差, 若相避然. 又見聖兪書中, 言有事欲相見, 以不克爲恨者, 益令人怏怏爾. 到官必有日, 南陽人便, 無惜寄音相及. 秋寒自愛.

| 주석 |

1) 이 편지는 보원(寶元) 2년(1039)에 썼다. 성유가 장차 양성에서 벼슬하려고 할 때 이 편지를 썼다.

2) 청풍(淸風) : 구양수는 이릉에서 돌아온 후 한수 상류에 있는 건덕 현령으로 이임되고 다시 활주로 옮겨갔다. 이때 매요신은 과거에 두 번째 응시하였다가 낙방하고 양성현 지현으로 임명되어 남쪽으로 가다가 융중과 건덕 사이에 있는 청풍진에서 구양수를 만났다.

3) 관직 : 공은 이때 건덕현의 일을 그만두었다.

4) 둔건(屯蹇) : 『주역』 둔괘와 건괘의 병칭으로, 어렵고 힘든 상황을 만나 곤고한 처지에 놓인 것을 가리킨다.

5) 지난여름 …… 못하였습니다. : 이해 5월, 구양수는 휴가를 청해 알린 후에 매요신을 만나 열흘을 머문 뒤 돌아왔다.

5) 편지 5[1]

저는 아룁니다. 근래 학사 군모(君謀)[2]가 그대에게 갈 때에 일찍이 편지를 드렸습니다. 얼마 후에 저보(邸報)[3]를 받았는데, 출신지명(出身之命)[4]이 있다는 것을 알았습니다. 사대부의 공론도 만족스럽지 못해 모두 성유를 위해서 찬탄하고 애석해하였습니다.[5] 그러나 유독 저만은 그렇게 여기지 않으니, 고명(高明)[6]께서는 스스로 어떻게 생각하는지 모르겠군요. 성유는 후생 가운데 재주가 빼어난 분으로 명위(名位)로써 자신의 경중(輕重)을 삼지 않으니, 지금 사람들에게 귀히 여겨지는 것은 또한 이 작은 득실로 그러겠습니까! 만일 총욕(寵辱)[7]을 뜻으로 삼는다면 오히려 포의(布衣)[8]의 즐거움이 화곤(華袞)[9]의 두려움보다 더 나았겠습니까! 노형은 당연히 영달하신 분이시니 저는 별로 우려하지 않습니다. 이제 추워지니 몸을 보중하기 바랍니다.

某啓. 近君謨學士行, 曾奉狀. 尋得邸報, 承有出身之命, 士大夫公議未厭, 皆爲聖兪嗟惋, 獨某不然, 未知高明自以爲如何也. 聖兪卓卓於後生者, 不以名位爲輕重, 取重於今世者, 亦豈以此小得失哉! 苟以寵辱爲意 則布衣之樂, 有優於華袞之憂畏也. 老兄應能自達, 不忉忉也. 已寒, 保愛.

|주석|

1) 이 편지는 경력(慶歷) 초(1041)에 썼다.

2) 군모(君謨) : 채군모(蔡君謨), 채양(蔡襄, 1012~1067)으로 중국 북송의 정치가이자 서예가이다. 자가 군모(君謨)이다. 시호는 충혜(忠惠)이며 천성 8년(1030)에 진사로 단명전학사가 되었기 때문에 '채단명'이라 불렸다. 황우(皇祐) 4년(1052)에 지제고를 지내면서 공정하게 일을 처리했다. 문학적 재능과 서예에 뛰어나 소식, 황정견, 미불과 함께 송나라의 4대가로 꼽힌다.

3) 저보(邸報) : 관보(官報)를 말한다. 지방장관이 설치한 경저(京邸)에서 조령(詔令)이나 주장(奏章)을 베껴서 각 지방에 알렸기 때문에 그렇게 일컫은 것이다. 당대에 시작되어 송대에는 저보라 하였고, 청대에는 경보(京報)라고도 하였다.

4) 출신지명(出身之命) : 나라에서 시험을 통해 진사에 합격하는 사람을 선발하였다.

5) 사대부 …… 애석해하였습니다. : 구양수는 훗날 지은 매성유 시집에 대한 서문

42

「매성유시집서(梅聖兪詩集序)」에서 "나의 벗 매성유는 어릴 때 음보로 관리가 되었고, 여러 번 진사에 응시하였으나 번번이 시험관이 뽑아주지 않아 주현에서 어렵게 머문 것이 모두 10여 년이었다 …… 그는 완릉에 거주하면서 어릴 때부터 시를 익혀 동자일 때부터 지은 글이 이미 장로들을 놀라게 하였고 장성한 뒤에는 육경과 인의의 설을 배워 지은 문장이 간결하고 고아하고 순수하여 구차하게 세상 사람들에게 잘 보이려 하지 않았으니, 세인들은 한갓 그의 시만을 알 뿐이었다"라고 하였다.[予友梅聖兪, 少以蔭補爲吏, 累擧進士, 輒抑於有司, 困於州縣, 凡十餘年. …… 其家宛陵, 幼習於詩, 自爲童子, 出語已驚其長老, 旣長學乎六經仁義之說, 其爲文章, 簡古純粹, 不求苟說於世, 世之人徒知其詩而已.] 楊家駱 主編, 『歐陽修全集 上』第五冊, 295쪽.

6) 고명(高明) : 상대방을 높여 부르는 말로, 매성유를 가리킨다.

7) 총욕(寵辱) : 총애를 받는 것과 수모를 당하는 것이다.

8) 포의(布衣) : 베로 지은 옷으로 빈한한 선비를 말한다.

9) 화곤(華袞) : 왕공이나 귀족들의 화려한 예복으로 높은 벼슬을 이른다.

6) 편지 6[1]

저는 다시 아룁니다. 작년 여름[2]에 저주(滁州)[3]의 샘물을 마셔보았더니 무척 달았습니다. 물었더니, 성의 동쪽 백 보쯤 거리에 토천(土泉)이 있어 그렇다기에 그곳에 가보았습니다. 어느 산골짜기에 들어가니 산세가 한쪽은 높은 봉우리요, 삼면은 죽령(竹嶺)[4]이 감싸 안고 있었지요. 샘가에는 예부터 아름드리 나무 일이십여 그루가 서 있어 바로 천연의 아름다운 풍경이었습니다. 마침내 샘을 끌어다 돌못을 만드니 물맛은 몹시 시원하고 달았습니다. 샘이 있는 터에 정자를 짓고 이름을 풍락정(豊樂亭)[5]이라 하였는데, 정자 역시 웅장하고 화려하였습니다. 또한 저주의 동쪽 5리쯤

떨어진 능계(菱溪)[6] 가에는 기이한 돌 두 개가 있었는데 이는 풍연로(馮延魯)[7] 집안의 오래된 기물로써, 풍락정 앞으로 옮겼습니다.

광릉(廣陵)의 한공(韓公)[8]이 듣고서 작은 작약나무 열 그루[9]를 보내주어서 작약 또한 정자 옆에 심었습니다. 그 외 심은 꽃과 대나무는 이루 다 적을 수가 없습니다. 산 아래의 오솔길이 울창한 대나무 속을 뚫고 지나갑니다. 이내 앞이 환히 트이면서 넓은 길이 다하면 드디어 유곡천(幽谷泉)을 만납니다. 이미 기문 하나를 지었는데 돌에는 글자를 아직 새기지 못했습니다. 또한 시를 지어 왕중의(王仲儀)[10]더러 성유에게 부쳐 보내라고 부탁했는데, 전달되었는지 모르겠습니다. 정중히 정자에 남길 시 한 편을 요청하오니, 인편에게 보내주시기를 바랍니다. 거듭거듭 바랍니다.

某又啓. 去年夏中, 因飲滁水甚甘, 問之, 有一土泉在城東百步許, 遂往訪之. 乃一山谷中, 山勢一面高峰, 三面竹嶺回抱. 泉上舊有佳木一二十株, 乃天生一好景也. 遂引其泉爲石池, 甚淸甘, 作亭其上, 號豐樂. 亭亦宏麗. 又於州東五里許菱溪上, 有二怪石, 乃馮延魯家舊物, 因移至亭前. 廣陵韓公聞之, 以細芍藥十株見遺, 亦植於其側. 其他花竹, 不可勝紀. 山下一徑, 穿入竹筱蒙密中, 豁然路盡, 遂得幽谷. 已作一記, 未曾刻石. 亦有詩托王仲儀寄去, 不知達否? 告乞一篇留亭中, 因便望示及, 千萬千萬.

| 주석 |

1) 이 편지는 경력 7년(1047)에 썼다.
2) 작년 여름 : 구양수가 저주로 폄적되어 온 것은 1045년이고, 이 편지는 1047년에 쓴 것이니, '작년 여름'은 '1046년'을 말한다. 매요신은 이때 나이 50에 가까웠고 시인으로서의 명성은 날로 높아졌지만, 생활은 여전히 궁핍하였다.

3) 저주(滁州) :「풍락정기(豐樂亭記)」에 "저주는 오대 시절에 전투가 벌어졌던 땅
이다. 옛날 태조황제가 일찍이 후주의 군대를 이끌고 청류산 아래에서 이경의
병사 15만 명을 격파하고서 그 장수 황보휘와 요봉을 저주 동문 밖에서 사로잡
아 마침내 저주를 평정하였다."라고 하였다.[滁於五代干戈之際, 用武之地也.
昔太祖皇帝, 嘗以周師破李景兵十五萬於淸流山下, 生擒其將皇甫暉, 姚鳳於
滁東門之外, 遂以平滁.] 楊家駱 主編,『歐陽修全集 上』第五冊, 275쪽.

4) 죽령(竹嶺) : 중국의 장강과 강서성, 절강성, 복건성이 만나는 내륙의 경계 지역
에 횡으로 뻗은 산맥이 나온다. 이 산맥의 중심부에 남과 북으로 넘어가는 두 개
의 큰 재가 나오는데, 죽령과 조령이다.

5) 풍락정(豐樂亭) : 구양수는 저주로 귀양 가 저주 수령으로 부임한 다음 해(1046),
풍락정을 세우고「풍락정기」를 지었다.「풍락정기」의 첫 문장에서 "나 구양수가
저주를 다스린 지 명년 여름이 되어서야 처음으로 저현의 샘물을 마셔 보니 그 맛
이 달았다. 저주 사람들에게 물으니 저주성의 남쪽 백 보 근처에서 얻었다고 한다.
위로는 풍산이 높이 솟아 홀로 우뚝 서 있고, 아래로는 그윽한 골짜기가 조용히
깊이 숨어 있으며, 그 가운데에는 맑은 샘이 있어서 위로 솟아올랐다. 위아래 좌
우를 보며 즐거워했다."라고 하였다.[修旣治滁之明年夏, 始飮滁水而甘. 問諸滁
人, 得於州南百步之近. 其上豐山聳然而特立, 下則幽谷窈然而深藏, 中有淸泉
滃然而仰出, 俯仰左右, 顧而樂之.] 楊家駱 主編,『歐陽修全集 上』第五冊, 275쪽.

6) 능계(菱溪)는 저주성 동쪽 5리쯤에 있는 작은 시내이다. 구양수는「능계석기(菱
溪石記)」에서 이르기를 "능계 시냇가에 돌 여섯 개가 있었는데 그중 네 개는 사
람들이 가져갔고 …… 가장 큰 것은 편안하게 능계 옆에 누워 있으니 …… 또 작
은 돌들은 백탑에 사는 주씨에게서 얻어 마침내 풍락정의 남북에 세워두었다."라
고 하였다.[公有菱溪石記, 石有六其四爲人取去, …… 其一最大者, 偃然偃臥於
溪側, …… 其小者得於白塔氏朱氏, 遂立於亭之南北.] 楊家駱 主編,『歐陽修全
集 上』第五冊, 277쪽.

7) 풍연로(馮延魯) : 풍연사의 동생으로 오대 광릉 사람이다. 풍연로, 풍연사, 위잠,

진각, 사문휘는 당시에 정권을 좌지우지하여 '오귀(五鬼)'로 불렸다.

8) 한공(韓公) : 한기(韓琦, 1008~1075)이며 북송 상주 안양 사람이다. 익주와 이주에 흉년이 들자 체량안무사가 되어 세금을 완화하고 탐관오리를 내쫓으며 불필요한 부역을 줄이는 등 조치를 취해 기민 90만 명을 구제했다. 구양수는 후에 「상주주금당기(相州晝錦堂記)」를 지어 한기가 부귀와 봉작이 최고조에 달했을 때에도 부귀를 영예롭게 여기지 않고 나라와 백성을 위하여 공업을 세우는 일에 뜻을 두었다고 하였다.

9) 작약 열 그루 : 예로부터 천하의 꽃으로 낙양의 모란과 광릉의 작약이 유명하였으므로, 한기는 구양수에게 작약을 보냈다.

10) 왕중의(王仲儀)는 의민공(懿敏公)으로 북송의 관리였던 왕호의 아들이다.

7) 편지 7[1]

저는 아룁니다. 보내주신 '소식(蘇軾)[2]에게 답하는 편지'를 받았는데 대단히 좋습니다. '소식에게 답하는 편지'를 다시 보내드립니다. 「농구시(農具詩)」[3]는 보지 못했습니다. 아마도 가져온 것을 잊지 않았나 싶어 심부름꾼에게 가서 다시 가져오도록 하였습니다. 소식의 글을 읽으니 나도 모르게 진땀이 흐릅니다. 참으로 통쾌합니다. 늙은이는 마땅히 길을 비켜 젊은이가 한걸음 앞서가도록 물러설 줄 알아야 하겠습니다.[4] 참으로 기쁩니다.

벌금은 아직 내려오지 않았으나, 하지만 무슨 방해가 되겠습니까? 집에 거주하면서 조정의 명을 기다릴 것도 없습니다. 외출하실 때 자주 들러주십시오. 저는 평상시 늘 집에 있습니다. 우리는 세상 사람들이 흠모하는 대상이 되는 것은 소식의 말과 같은데, 어찌하여 걸핏하면 달이 지나도록 서로 만나지 못하는 것일까요? 소식이 언급한 즐거움[5]의 의미는 제가 깊이 터득한 것인데, 뜻밖에 이 젊은이가 이치를 잘 이해하고 있었군요. 이만 줄입니다.

某啓. 承惠「答蘇軾書」, 甚佳, 今卻納上.「農具詩」不曾見, 恐是忘
卻將來, 今再令去取. 讀軾書, 不覺汗出, 快哉快哉! 老夫當避路, 放
他出一頭地也. 可喜可喜. 罰金未下, 何害? 不必居家俟命. 因出, 頻
見過, 某居常在家. 吾徒爲天下所慕, 如軾所言是也. 奈何動輒逾月
不相見? 軾所言 '樂', 乃某所得深者爾, 不意後生達斯理也. 不宣.

| 주석 |

1) 이 편지는 가우(嘉祐) 2년(1057)에 썼다. 이 당시 구양수는 예부시의 시험관인 지공거가 되고 매성유를 소시관이라고 하는 참상관으로 천거하였다. 그들은 과 거시험장을 감독하는 여가에 서로 창화하며 많은 시를 지었다.

2) 소식(蘇軾): 송나라 때의 관리이자 문학가로 자는 자첨(子瞻)이고 호는 동파(東 坡)이다. 가우 2년에 진사가 되어 단명전학사, 한림원시독학사, 예부상서, 사부 원외랑을 지냈다. 시·서·화에 모두 능했고, 부친인 소순과 형제인 소철과 더 불어 '삼소(三蘇)'로 불렸다. 이 편지를 쓰던 해 1057년에 소식은 과거시험 논문 으로 「형상충후지지론(刑賞忠厚之至論)」을 지었다.

3) 「농구시(農具詩)」: 왕안석이 매성유에게 보낸 「화성유농구시(和聖兪農具詩)」 15수이다. 주로 농부의 삶과 생활을 주제로 하였다.

4) 늙은이는 …… 하겠습니다.: 가우 2년에 구양수는 지공거로 있으면서 소식의 「상매직강서(上梅直講書)」를 읽고 감탄하여 "소식의 서찰을 읽으매 나도 모르 게 땀이 났다. 통쾌하고 통쾌하도다! 이 늙은이가 그에게 한 걸음을 양보해 길 을 비켜주어야겠다. 기쁘고 기쁘다!"라고 하였다.[讀軾書, 不覺汗出. 快哉快哉! 老夫當避路, 放他出一頭地也. 可喜可喜!] 楊家駱 編, 『蘇東坡全集 上』 中國文 學名著第六集 第九冊, 348쪽.

5) 소식이 언급한 즐거움: 소식은 매요신에게 보낸 「상매직강서」에서 "사람은 구차

히 부귀해서도 안 되고 또한 한갓 빈천해서도 안 되니, 대현이 계시는데 그 문도가 된다면 또한 충분히 믿을 만하다고 여겼습니다. 만일 한때의 요행으로 수레와 기마에 수십 명이 따라 다녀서 여항의 백성들로 하여금 모여 구경하고 칭찬하며 감탄하게 하더라도 어찌 이 즐거움과 바꿀 수 있겠습니까? …… 집사께서는 명성이 천하에 가득하나 지위는 5품에 지나지 않는데도 얼굴빛이 온화하고 성냄이 없고 문장이 관후하고 돈박하여 원망하는 말이 없습니다. 이는 반드시 이 도를 즐기는 바가 있어서 일 것이니 저는 참여하여 듣기를 원합니다."라고 하였다.[人不可以苟富貴, 亦不可以徒貧賤. 有大賢焉而爲其徒, 則亦足恃矣. 苟其僥一時之幸, 從車騎數十人, 使閭巷小民, 聚觀而贊歎之；亦何以易此樂也? …… 執事名滿天下, 而位不過五品, 其容色溫然而不怒, 其文章寬厚敦朴而無怨言, 此必有所樂乎斯道也, 軾願與聞焉.] 楊家駱 主編, 『歐陽修全集 上』 第五冊, 348쪽.

8) 편지 8[1]

저는 아룁니다. 여름으로 접어들면서, 항간에 전하는 바에 따르면, 올 가을에도 물이 당연히 줄어들지 않고 작년과 같을 것이라 합니다. 그때는 와전된 말로 알았다가 이제야 그러하다는 것을 믿게 되었습니다. 이틀 밤 동안을 집안사람들 모두가 나서서 물을 퍼냈습니다. 이 늙은이까지 날이 새도록 잠을 자지 못했지요. 거리에 물이 가득하여 나다닐 수가 없었습니다. 다시 여러 날이 지나도 그치지 않으면 피난처를 찾아야 할 것 같습니다. 경사에 거주하는 형편[2]이 이러하니 어찌하겠습니까?

바야흐로 고통스럽게 여기던 차에 뜻밖에도 공의 집안도 그렇다고 하니 우선 조금 참아야 할 것 같습니다. 특별히 편지를 보내주시어 위로하고 돌보아주시니 감사하고 감사할 따름입니다. 채군모가 차(茶)[3]를 부쳐주었던가요? 번민 중에도 위로받는 것이 기쁩니다. 인편이 잘 돌아갔는지 마음이 울적합니다.

某啓. 自入夏, 閭巷相傳, 以謂今秋水當不減. 去年初以爲訛言, 今乃
信然. 兩夜家人皆辱水, 並逈翁達旦不寐. 街衢浩渺, 出入不得. 更三
數日不止, 遂復謀逃避之處. 住京況味, 其實如此, 奈何奈何. 方以爲
苦, 不意公家亦然, 且須少忍. 特承惠問存恤, 多感多感. 蔡君謨寄茶
來否? 悶中喜見慰. 人還, 忉忉.

| 주석 |

1) 이 편지는 가우 2년(1057)에 썼다. 가우 원년 4월에는 상호하(商胡河)의 북쪽
   물길을 막아 육탑하(六塔河)로 끌어들이려 했는데, 입구의 제방이 터져 무수한
   사람이 익사하였다. 5월에는 큰비가 그치지 않고 내려 6월에 수재가 발생하였
   고 그로 인해 백성들이 유망(流亡)하였다. 이 편지에는 작년(1056)부터 연 2년
   에 걸쳐 홍수가 졌다고 하였다.

2) 경사에 거주하는 형편 : 이 큰 홍수로 인해 구양수는 인종에게 「논수재소(論水
   災疏)」를 올리며 "왕성과 경읍에 이르러서는 호수처럼 드넓은 물에 빠진 사람
   늘이 달아나느라 밤낮으로 울부짖고 죽은 사람과 가축이 부지기수였습니다."
   라고 하였다.[至於王城京邑, 浩如陂湖, 衝溺奔逃, 號呼晝夜, 人畜死者不知其
   數.] 楊家駱 主編,『歐陽修全集 上』第五冊, 862쪽.

3) 차 : 채군모는 차를 낼 때 어린 눈 잎을 사용하고 쇠어버린 차는 쓰지 않았으며
   대개 옛사람의 제다법에 의해 제조하고 반드시 병차로 만들었다.

9) 편지 9[1]

저는 아룁니다. 툭하면 열흘이 지나가서 모습을 뵙지 못하고 있습니다.

이처럼 눈이 내려 추운데도 다시 맑은 생각이 없으니 저의 못남을 알 수 있습니다. 성유가 다시 저를 찾아주지 않아 괴이하게 여기던 차 편지를 받았습니다. 편지에서 이르시기를, 추천[2]을 받지 못하였다지요. 이런 곤란을 당하고 있는 노형에게 무엇을 바라겠습니까? 저는 매일 늦도록 대부분 집에 있습니다. 외출하실 때 들러주시기를 바랍니다. 그렇다면 매우 다행이겠습니다.

여회(如晦)[3]가 바라는 바를 이미 상주문(上奏文)으로 기초하여 올렸기 때문에 다시 상주하기란 어렵겠습니다. 그래도 채주(蔡州) 지역은 당연히 얻을 것입니다.[4] 관아의 공문서 보는 일이 번다하여 급히 이렇게 답장합니다. 녹지 않은 잔설이 매우 사랑스럽습니다. 저를 찾아주시길 더욱 바랍니다.

> 某啓. 動輒旬浹, 不奉顔探. 雪寒如此, 無復淸思, 區區可知. 亦怪聖兪未嘗見顧, 得簡示, 乃云不登權門. 若以此見格, 何望於老兄? 某每日晚多在家, 因出望見過, 幸甚. 如晦所欲已起奏, 難於更奏, 蔡州亦應須得. 簿書煩擁, 走此爲答. 殘雪可愛, 能見顧, 尤望.

| 주석 |

1) 이 편지는 가우 3년(1058)에 썼다. 이 당시 구양수는 포청천으로 이름난 포증에 이어 개봉 부윤의 임무에 종사하였다.
2) 추천[權門] : 권문(權門)은 '권력자들의 추천'을 말한다.
3) 여회(如晦) : 배여회(裴如晦)이다. 구양수는 「송배여회지오강(送裴如晦之吳江)」을 남겼다.
4) 이 말은 '채주 지사로 나갈 것이다.'라는 의미이다.

2. 대제 등자경¹⁾에게 보내는 편지²⁾

저는 머리를 조아려 절합니다. 이릉으로 폄적되어온 이래 강녕(江寧)에서 뵌 지 어느덧 10년이 흘렀습니다.³⁾ 집사께서는 호빈(湖濱) 태수로 좌천되었고 저도 다시 저주의 회상(淮上)으로 쫓겨왔지요. 소식을 접할 길 없고 만날 기약도 하지 못한즉, 사는 게 다단(多端)하고 고단한 인생이 절로 피곤합니다. 탄식만 나올 뿐 어찌 이루 다 말할 수 있겠는지요? 급한 인편이 갑자기 도착하여 보내주신 편지를 봅니다. 공은 백성들의 어려움을 돌보며 널리 조정의 조령을 선포하여 묵은 병폐를 혁파하고 백성을 편안하게 하여 무궁한 복리(福利)를 일으켰다는 것을 알았습니다. 이는 사물의 이치에 통달한 사람의 기량이 출세에 마음 두지 않음을 볼 뿐만 아니라, 먼 곳의 피폐한 백성이 은택의 교화를 입음이니 마음속으로 기뻐합니다.

편지에서 새로운 제방⁴⁾을 쌓았으니 저로 하여금 일의 전말을 기록하라고 말씀하셨습니다. 저는 예전에 배웠던 학문이 거칠어졌고 글 쓰고 생각하는 힘은 쇠락해졌습니다. 지난날 젊은 시절의 왕성한 기운은 없고, 환난을 당하여 헤아리기 어려운 근심만 있으니 이 때문에 말이 난삽하고 뜻은 군색합니다. 족히 군자의 규모와 굉달한 뜻을 다 실을 수가 없다 보니, 악주(岳州) 사람들이 칭송하고 찬양하고자 하는 뜻에 부합되지 않습니다. 아무리 애써도 기문을 지어달라고 부탁하신 뜻에 부응할 수 없으니 부끄럽고 죄송합니다.⁵⁾ 가을이 바야흐로 끝나가는데 동정호는 일찍 추워지겠지요. 임금의 소명이 얼마 남지 않았으니 부디 자중하시길 바랍니다.

與滕待制子京

某頓首. 自夷陵之貶, 獲見於江寧, 逮今十年. 而執事謫守湖濱, 某亦再逐淮上, 音塵靡接, 會遇無期. 則人事之多端, 勞生之自困, 可爲歎息何所勝言!急步忽來, 惠音見及. 伏承求恤民瘼, 宣布詔條, 革宿弊以便人, 興無窮之長利. 非獨見哲人明達之量, 不以進退爲心, 而竊喜遠方凋瘵之民, 獲被愷悌之化. 示及新堤之作, 俾之記次其事. 舊學荒蕪, 文思衰落, 旣無曩昔少壯之心氣, 而有患禍難測之憂虞. 是以言澀意窘, 不足盡載君子規模闊達之志, 而無以稱岳人所欲稱揚歌頌之勤. 勉強不能以副來意, 愧悚愧悚. 秋序方杪, 洞庭早寒, 嚴召未間, 千万自重.

| 주석 |

1) 등자경은 등종량(滕宗諒, 991~1047)으로 자가 자경이고, 대제는 그의 벼슬 이름이다. 범중엄은 「악양루기(岳陽樓記)」 첫 문장에서 "경력 4년(1044) 봄, 등자경이 파릉군으로 좌천되었다. 이듬해에 정사가 잘 되고 사람들이 화목하며 온갖 폐지되었던 것들이 모두 복구되었다."[慶曆四年春, 子京謫守巴陵郡. 越明年, 政通人和, 百廢具興.]라고 하였다.

2) 이 편지는 경력 5년(1045)에 썼다.

3) 이릉 …… 흘렀습니다. : 구양수는 경우 3년(1036), 협주(峽州)의 이릉 현령이 되어 경력 5년(1045)까지 10년 동안 그곳에 있었다. 이릉은 지금 호북 의창부이다. 강녕은 지금의 강소성 강녕부이다.

4) 제방 : 경력 6년(1046)에 구양수는 악주 지사로 있는 등자경이 언홍제(偃虹堤) 제방을 완공하자 「언홍제기(偃虹堤記)」를 썼다. 그 기문에서 「언홍제기」를 쓴 배경에 대해 "대저 생각을 깊이 하고 계획을 주밀하게 짜서, 힘을 수고롭게 들이지 않아도 공이 배가 되고, 사업을 일으킨 것이 후세의 모범이 될 만하니 ……

이에 기문을 쓴다.”라고 하였다.[夫慮熟謀審, 力不勞而功倍, 作事可以爲後法,

…… 乃爲之書.] 楊家駱 主編, 『歐陽修全集 上』第五冊, 459쪽.

5) 아무리 …… 죄송합니다. : 이 때 구양수는 “환란을 당하여 측량하기 어려운 근

심에 쌓여 있던 이때 문장으로 조정에 죄를 지어, 말은 어눌하고 뜻은 군색하

게 되었습니다. 악주 고을의 사람들이 송덕하는 마음을 제가 나타낼 수 없습니

다.”[有患過難測之憂虞, 因此時有以文章獲罪於朝, 以至言澀意窘. 不能暢敍

其規模以發嶽人頌德之思.]라고 하는 처지였다.

3. 연서 직방[1]에게 답하는 편지

1) 편지 1[2]

저는 아룁니다. 얼마 전 보내주신 편지를 받았지만 추위에 기거가 어떠하신지요? 경사에서 보잘것없이 지내는 저는 다행히 가끔 원예(元禮)와 만나고 있습니다.[3] 하지만 몸이 쇠하고 병들어 좀체 즐기지 못하니 장년에 유람하면서 다니던 즐거움은 다시 누리지 못할 것 같습니다. 쓰다 남겨둔 역사서 편찬은 이미 마쳤고, 남쪽에 가고 싶은 마음만 날아갈 듯 솟습니다.[4]

군석(君錫)은 결연하여 마침내 한가한 기쁨을 찾았으니, 이러한 흥취가 참으로 늙은이의 편안함이라는 것을 마땅히 알겠습니다. 하물며 나라의 녹을 받는 것은 아주 많으면서도 나라에는 보탬이 없으니, 어찌 능력 없는 사람이 여기에 오래 있겠습니까? 만날 날을 기약할 수 없어서 다만 군석에게 이와 같이 말씀드립니다. 혹한에 더욱 자애하십시오.

答連庶職方
某啓. 近嘗辱惠問, 不審寒來體履如何, 京師區區, 幸時與元禮相見, 然衰病鮮悰, 無復壯年游從之樂也. 殘史已終篇, 南歸之思如欲飛爾. 君錫決然, 遂獲閒居之適, 應知此趣眞老者之所便也. 況竊祿甚厚, 於國無補, 豈堪碌碌久此乎. 握手未期, 聊爲君錫道此. 盛寒多愛.

1) 연서의 자는 군석(君錫)이며 안주 응산인이다.

2) 이 편지는 가우 5년(1060) 겨울에 썼다.

3) 경사 …… 있습니다. : 구양수는 이해 새로 편수한 『당서(唐書)』에 공이 있어 7월
   에 예부시랑을 제수 받고 9월에 한림시독학사를 겸하며 11월에 추밀부사로 제수
   받았다. 경사에 있을 때 원예와 마주하였다. 원예는 '연상'이며 연서의 동생이다.

4) 남쪽 …… 솟습니다. : 구양수는 이릉과 저주, 박주로 세 번이나 폄적을 당한다.
   그는 일찌감치 마음을 산수에 두고 영주에서 보낼 것을 생각하였다. 구양수는
   시 「서회(書懷)」에서 "이 빠지고 귀밑머리 엉성하네. 영수에 초막집 지은 지 여
   러 해 되었네. 벼슬에서 물러나 곧 한가한 처사가 되니 새로 핀 꽃들도 병든 상
   서에게 웃지를 않네. 푸른 적삼의 선비가 벼슬이 천 종 봉록에 이르렀지만, 흰
   머리에 작은 마차 타고 돌아왔네. 더욱이 서쪽 이웃 숨어 사는 군자 있으니 가벼
   운 도롱이에 삿갓 쓰고서 함께 봄밭 쟁기질하겠네."라고 하였다.[齒牙零落鬢毛
   疏, 潁水多年已結廬. 解組便爲閒處士, 新花莫笑病尙書. 靑衫仕至千鍾祿, 白
   首歸乘一鹿車. 況有西鄰隱君子, 輕蓑短笠伴春鋤.] 楊家駱 主編, 『歐陽修全集
   上』第五冊, 104쪽.

2) 편지 2[1]

저는 아룁니다. 채주(蔡州)[2]의 태수가 된 지 벌써 반년이 지났습니다.
노년의 온갖 병이 번갈아 몸을 침범하니 이곳의 한적한 틈에 편안함을 찾
고자 했습니다. 그래서 봄이 지나도록 휴가를 보내며 인사를 소홀히 하
였지요. 지척의 거리인데도 문안을 드리지 못한 차에, 인편이 와서 편지
를 받고 보니 부끄럽기도 하고 고마웠습니다. 옥체가 편안하고 느긋하다

니 기뻤습니다. 저는 몸이 쇠잔한 데도, 아직도 은일의 뜻[3]을 이루지 못한 채 애써 일하며 근심하고 두려워하고 있습니다.[4] 생각건대 고현(高賢)께서는 앞일을 내다보는 원대한 식견으로 능히 세속의 번잡함을 초탈하셨습니다. 마땅히 장수와 복[壽福]을 누리시길 간절히 바라고 바랍니다. 그리워하면서도 만날 날을 기약하지 못합니다. 이제 막 따스해지려니 몸을 보중하시기 바랍니다.

某啓. 守蔡忽已半歲, 老年百病交攻, 賴此閑僻偸安. 然猶經春在告, 人事曠廢. 咫尺相去, 闕於馳問. 使至辱書, 旣慰且感, 喜承尊候康裕. 某以衰殘, 未遂一丘之願, 勉强憂畏. 惟思高賢遠識, 早能超出塵累, 宜享福壽於無涯也. 企慕企慕. 相見未期, 初暄, 保愛.

| 주석 |

1) 이 편지는 희녕(熙寧) 4년(1071) 2월에 썼다. 이 당시 구양수는 65세로 관문전학사와 태자소사로 은퇴하고 영주로 귀환하였다.
2) 채주(蔡州) : 희녕 3년(1070) 7월에 다시 채주 지사가 되었다. 채주는 하남 여녕부에 있다.
3) 은일의 뜻[一丘之願] : 일구(一丘)는 은퇴하여 초야에 머무는 것이다.
4) 저는······ 있습니다. : 희녕 3년(1070) 구양수는 판대원부를 제수 받고 황궁으로 와서 신종을 배알하라는 명을 받았다. 재상을 맡기려 하자 극구 사양했다. 이미 영주에 땅을 사고 집을 지어 여러 차례 사직을 청했지만 되지 않자, 영주의 서호에 조금이라도 가까이 가기 위해 잠시 동안 채주 지주로 전보하여 달라고 청하였다. 이해 9월, 청주에서 채주로 왔다.

4. 연상 낭중에게 답하는 편지[1]

저는 아룁니다. 재주는 얕고 힘은 모자라 주어진 임무에 부합하지 못합니다. 처음부터 은혜에 보답하는 공효도 없이 한갓 스스로 애쓰며 인사를 모두 없앴습니다. 친구들이 애처롭게 여겨서 작은 일에 책망하지 않을 것이라 믿습니다. 호외(湖外)의 풍토는 어떠한지요? 지난번 편지를 받고 몸이 조금 편치 않다고 했는데 근래엔 건강하시다니 기쁩니다.

형 군석(君錫)에게도 오랫동안 서신을 받지 못했습니다. 일이 많고 바쁘다 보니 서찰 한 통 지어 올리지 못했지요. 부끄럽고 송구합니다. 보내주신 귤은 맛이 매우 좋습니다. 제가 있는 먼 지역에서는 구하기 어려워 더욱 소중하고 감사합니다. 봉단(鳳團)차[2] 몇 병(餠) 보내는 것으로 조그마한 정성을 드릴 뿐입니다. 한 해가 급히 저물어가는데 새해에는 더욱 자애하십시오.

答連庠郎中
某啓. 才薄力劣, 任非其稱, 初無報効, 徒自爲勞, 人事都廢, 恃親舊見哀而不責小故. 湖外風土如何? 嚮承體中亦小不佳, 今喜淸康. 君錫兄亦久不承問. 多事忽忽, 不曾作得一書, 憖悚憖悚. 惠柑甚佳, 遠地難致, 尤爲珍感. 鳳團數餅, 聊表信而已. 歲律遽窮, 新春多愛.

1) 연상 낭중은 연상(連庠, 1006~1067)으로 자가 원예(元禮)이며, 낭중은 벼슬 이름이다. 이 편지를 언제 썼는지는 알 수 없다.

2) 봉단(鳳團)차 : 『귀전록(歸田錄)』에 이르길, "차의 품질은 용, 봉보다 귀한 것이 없는데, 이를 단차라 부르고 무릇 8덩이가 1근이 나갔다. 경력 연간(1041~1048)에 채군모가 복건로 전운사로 있을 때 비로소 작은 조각의 용차를 만들어 진상하기 시작했는데, 그 품질은 최고급으로 소단이라 부른다. 무릇 20덩이가 1근이 나가는데 그 값이 황금 2냥이나 되었다. …… 궁인들이 종종 그 차 위에 금꽃을 수놓기도 했으니 그 귀중함이 이와 같았다."라고 하였다.[『歸田錄』茶之品莫貴於龍, 鳳, 謂之團茶, 凡八餅重一斤. 慶歷中, 蔡君謨為福建路轉運使, 始造小片龍茶以進, 其品絕精, 謂之小團 凡二十餅重一斤, 其價直金二兩. …… 宮人往往鏤金花於其上, 蓋其貴重如此.] 楊家駱 主編, 『歐陽修全集 下』第六冊, 1,025~1,026쪽.

5. 장직방에게 보내는 편지[1]

　저는 아룁니다. 서로 만난 지 해를 넘겼는데 헤어진 후 그리운 마음[2] 어찌 이길 수 있겠습니까? 길이 막히지 않아서 이미 진주(陳州)에 이르렀지요.[3] 때때로 비를 만나 배 안에서도 덥지 않았습니다. 계구(界溝)를 지나고부터 지대와 토지가 낮고 척박하여 뽕나무나 산뽕나무가 생기가 없었습니다. 이제야 영주(穎州)가 풍요로운 땅임을 알게 되었고 그래서 더욱 사람으로 하여금 영주를 그리워하게 합니다.

　어린아이들은 만수탑(万壽塔)을 바라보고 그것을 가리켜 대두사(臺頭寺)[4]라고 하니 그 말을 듣고 나도 모르게 슬펐습니다. 진주를 지나고 나면 편지 부치기가 어려울 것 같습니다. 가을 더위에 자애하십시오.

> 與張職方
> 某啓. 相聚逾年, 別來豈勝思戀. 道塗無阻, 行已及陳. 時時得雨, 舟中不熱. 自過界溝, 地土卑薄, 桑柘蕭條, 始知穎眞樂土, 盆令人眷眷爾. 小兒輩望見万壽塔, 尙指以爲臺頭, 聞其語, 不覺愴然爾. 過陳, 恐難附書. 秋暑, 多愛.

| 주석 |

1) 장직방이 누구인지 자세하지 않다. 이 편지는 황우 2년(1050)에 썼다. 이 당시 구양수는 진주(陳州)를 지나서 상구(商丘)에 부임했다. 계구(界溝)를 지나면서

부터 지대가 낮고 척박하여 뽕나무나 산뽕나무가 생기가 없는 것을 보고는 영주(穎州)가 정말로 좋은 곳임을 느끼게 되어 그립다고 하였다. 이후에 그는 영주를 그리워하는 「사영시(思穎詩)」를 썼고 아울러 장차 퇴임하고 나서 함께 영주에 와서 살자고 매요신과 약속하였다. "가서 응당 맑은 영수 가에 논밭을 사고, 그대와 함께 호미와 쟁기 잡고 김매고 밭 갈겠네."[行當買田淸穎上, 與子相伴把鋤犁.]라고 하였다.

2) 그리운 마음 : 구양수는 치평(治平) 4년(1067)에 「송도주장직방(送道州張職方)」시에서 "계적에 올라 청삼 입고 함께 놀던 일을 생각하니, 가엾어라, 그대는 백발이 다 되어 고을 다스리네. …… 삼 년 벼슬 끝내고 돌아오는 날에, 내가 먼저 영수 가에서 밭을 갈고 있으리라."[桂籍靑衫憶共遊, 憐君華髮始爲州.…… 三年解組來歸日, 吾已先耕穎水頭.]라고 하였다.

3) 길이 …… 이르렀지요. : 구양수는 이해 7월, 매부 장귀년이 양성에서 죽자, 전갈을 받고 그곳으로 갔다. 진(陳)은 하남성 진주부이다.

4) 대두사(臺頭寺) : 『일통지(一統志)』에 의하면 희마대(戲馬臺)는 항우가 일찍이 이곳에서 말을 희롱하였던 것으로 유명하다. 이후 대두사가 들어섰고, 절에는 만수탑이 있다.

6. 왕낭중[1]에게 보내는 편지

1) 편지 1[2]

저는 아룁니다. 지난번 하삭(河朔)[3]에서 편지를 받고 가르침을 받았지만, 인사에 변고가 많아서 답장드릴 겨를이 없었습니다. 얼마 후에 또 자야(子野)의 부음[4]을 들었습니다. 그때 마침 저는 회남(淮南) 고을로 옮기느라 온 식구들을 부축하고 이끌면서 두 번 배에 올랐고 두 번 육지로 나서서 비로소 제가 다스릴 고을에 닿았습니다. 이 때문에 친구들과 만나 조문 갈 틈이 없었습니다.

자야의 현명함은 얻기 어려운 것이라 천하의 공론은 모두 그의 죽음을 애석하게 여겼습니다. 게나가 자기를 알아주는 지기(知己)를 얻기 어려운 것으로 말하더라도 저의 아쉬움도 천만 번 다 표현하지 않을 수 없으니, 참으로 괴롭고 고통스럽습니다.

예로부터 현자라도 죽지 않음이 없었으나, 오직 높은 명성만은 썩지 않고 길이 남습니다. 모든 붕우가 자야를 위해 가슴 아파하지만, 오직 이 한 가지만으로 자신의 슬픔을 누그러뜨릴 뿐입니다. 범공(氾公)[5]의 묘지문은 지극히 상세하고 기록도 진실하여 몹시 훌륭합니다. 새해가 밝아옵니다. 천만 번 보중하시어 멀리서 그리워하는 저를 위로해 주십시오.

> 與王郎中
> 某啓. 向在河朔, 嘗辱書爲誨, 人事多故, 未暇復問. 尋而又聞子野之

> 訃, 值某遷郡淮南, 扶挈老幼, 凡再登舟, 再出陸, 始至敝邑, 用此亦未暇與交游相弔. 子野之賢難得, 此天下公議共惜之. 若相知之難得, 則某私恨亦有万万不窮之意, 苦事苦事. 自古賢者無不死, 惟令名不朽, 則爲永存矣. 凡朋友爲子野痛惜者, 惟可以此一事自寬而已. 氾公誌文, 詳悉而實錄, 甚善甚善. 新歲伊始, 千万保重, 以慰瞻詠.

| 주석 |

1) 왕낭중은 도손(道損)을 가리킨다.

2) 이 글은 경력 8년(1048)에 썼다. 구양수는 경력 5년(1045)에 저주의 지주로 가 42세가 되는 이때 양주(揚州) 지주로 자리를 옮겼다.

3) 하삭(河朔)은 황하 이북으로 화북으로 불리며 지금의 하남 덕휘부이다.

4) 자야(子野)의 부음 : 자야는 대제 왕질(王質, 1001~1045)이며 왕도손의 한 집 안사람인 것 같다. 부음을 듣고 애도하였다.[子野, 王待制質. 想是王道損之族人, 訃哀音也.] 자야(子野)는 자이다. 자야는 송나라 대명 사람으로 어릴 때부터 근후 순박하고 학문에 힘썼으며, 벼슬은 소주 통판·형호북로 전운사·천장각대제를 역임했다.

5) 범공(氾公) : 범중엄(范仲淹, 989~1052)으로 중국 북송 때의 정치가이자 군사가, 문학자이다. 자는 희문(希文)이며 인종 때 참지정사가 되어 개혁하여야 할 정치상의 10개 조를 상소하였으나 반대파 때문에 실패하였다. 작품에 「악양루기」와 문집 『범문정공집』이 있다.

2) 편지 2[1]

저는 아룁니다. 심부름꾼이 도착하여 서찰을 받았습니다. 추위가 지나고 정사를 돌보는 일 외에도 편안하고 건강하시다니 실로 우러러 기다리는 마음에 위로가 됩니다. 저는 쇠약하고 병들어 몸을 지탱하기도 힘듭니다. 갑자기 번잡한 사무 일을 해야 하는 분부를 받고서 감히 고사하지 못하였습니다. 기실 능력이 있어서도 아니고, 즐거움이 있어서도 아니며, 감당할 수 있어서도 아닙니다.

중책[2]을 맡아 벌써 한 해를 보냈으니 응당 떠나 다른 자리에 알맞게 쓰였으면 합니다. 답신을 받아보고 감히 가르치는 대로 따르지 않겠는지요. 저는 눈병을 앓은 지 십 년이 되어, 느닷없이 책상에서 일을 보는 게 고역인지라 동지(冬至) 후에 몸소 성의 남쪽으로 내려갈 것을 청하고자 합니다.[3] 추위가 몰려오니 몸을 돌보십시오.

> 某啓. 專人至, 辱書, 承經寒爲政外福履淸康, 實慰瞻企. 某衰病不支, 遽蒙以煩冗驅策, 不敢固辭. 其實非所能, 亦非所樂, 又非所堪也. 居華已逾年, 當別有美用. 承見諭, 敢不如教. 某病目十年, 遽爲几案所苦, 冬至後, 自當請麾南去矣. 嚮寒, 保攝.

| 주석 |

1) 이 편지는 가우 3년(1058)에 썼다. 이 당시 구양수는 『신당서(新唐書)』를 편수하였다.

2) 중책 : 이해 6월에 권지개봉부가 되었다.

3) 저는 눈병을 …… 합니다. : 구양수는 다음 해 가우 4년(1059) 초여름에 병을 앓고 걱정이 많던 차에 지부의 직무를 벗게 해준다는 윤허를 얻고 성의 남쪽으로 가서 살게 되었다. 그러나 변성(汴城, 하남성)의 혹독한 더위에 아무 곳에도 가지 못했다. 그는 그 심정을 「병서부(病暑賦)」에서 "마음을 가라앉히고 근심을 삭이어 모진 괴로움을 잊을 수 있게 되었다."[冥心以息慮, 庶可忘於煩酷.]라고 하였다.

7. 곽형부[1]에게 답하는 편지[2]

저는 아룁니다. 아들이 가는 편에 편지를 올리려던 차에 역마[3]를 통해 갑자기 서찰을 받았습니다. 기쁨과 위로를 어찌 다 헤아릴 수 있겠는지요. 아울러 봄추위에도 잘 지내고 계시다는 것을 알았습니다. 숭소(嵩少)[4]로 유람 가셨다는 말씀을 듣고 어찌 부럽지 않겠습니까? 이러한 즐거움은 언제나 산인처사[5]만이 얻고, 의관을 입은 벼슬아치들의 급한 마음과 견주어본다면 뜻을 이룬다고 하더라도, 그때는 늙지 않으면 병이 들 것입니다. 산에 오르는 흥취가 있어 애써 그렇게 해보지만 그 고단함을 이기지 못합니다.

정신이 온전하고 기운이 용맹하여 마음대로 유유자적하기를 공만큼 즐기는 사람은 백에 한두 명도 없습니다. 저 같은 사람은 눈을 멀리까지 볼 수 없고, 발걸음 역시 높이 오르는 것을 감당하지 못합니다. 참으로 탄식할 노릇입니다. 만날 날을 기약할 수 없군요. 날씨가 점점 따뜻해오니 몸을 아끼십시오.

答郭刑部
某啓. 方欲因兒子行奉狀, 遞中忽辱書, 可量欣慰, 兼審春寒, 動履淸勝. 承諭以嵩少之游, 豈堪跂羨. 此樂常爲山人處士得之. 衣冠仕宦, 比其汲汲得如其志, 不老則病矣, 雖有登臨之興, 勉强而爲之, 已不勝其勞也. 若神完氣銳, 惟意所適如公之樂者, 百無一二人也. 如某者, 目固不能遠望, 足亦不任登高矣. 可歎可歎. 相見未涯, 嚮暖, 加愛.

1) 곽형부(郭刑部)의 이름은 보(輔)이다.

2) 이 편지는 가우 4년(1059)에 썼다.

3) 역마 : 본문의 체중(遞中)은 역마를 통해 공문서를 보낼 때 그 편에 편지를 부치
   는 것을 말한다.

4) 숭소(嵩少) : 숭산의 소실로, 숭산의 세 개의 봉우리 가운데 동쪽을 대실(大失),
   서쪽을 소실(少失)이라 하였다.

5) 산인처사 : 세상을 등지고 초야에 묻혀사는 선비로 승려와 도사, 거사가 있다.

8. 주직방[1]에게 보내는 편지[2]

　저는 아룁니다. 오랫동안 글을 올리지 못했습니다. 여름 날씨가 무더운데, 공무 외의 여가에도 편안하신지요. 진선시승(陳詵寺丞)은 훌륭한 선비입니다. 일찍이 저주 태수로 있을 때 동관(同官)으로 재직하였지요. 지금 그가 남쪽으로 돌아가서, 공을 뵙고 친교를 맺길 원하니 유념해 주십시오. 마침 『당사(唐史)』를 마무리 짓고[3] 경황없이 바쁘게 편지를 작성하느라 예를 다 갖추지 못하니 너그러이 용서해 주십시오. 한창 더위에 각별히 몸을 돌보십시오.

與朱職方

某啓. 久不奉狀. 夏熱, 公外竊惟體履休勝. 陳詵寺丞, 佳士也, 曾在滁州同官. 今其南歸, 願拜識, 幸希留念也. 屬 『唐史』終篇, 忙迫作書, 不謹備, 恕之. 方暑, 愼愛.

| 주석 |

1) 주직방은 이름이 처약(處約)으로 등주 군수(1061)를 지냈다.
2) 이 편지는 인종의 가우 5년(1060)에 썼다.
3) 『당사(唐史)』를 마무리 짓고 : 여기서 『당사』는 『신당서』를 말한다. 『연보(年譜)』에 의하면 그해 7월에 새로 편수한 『당서(唐書)』를 올렸다. 이 편지에서 '방서(方暑)'라고 쓰고 있는데 바로 『당사』 종편을 마칠 때쯤이다. 그러므로 '경황없이 바쁘게'라고 말하고 있다.

9. 채성부[1]에게 보내는 편지[2]

저는 머리 숙여 절합니다. 공사다망하여 오랫동안 삼가 문안을 드리지 못했습니다. 서찰을 받았을 때에는 이미 배를 타고 계심을 알았습니다. 끝내 한번 직접 만나 이별을 하지 못했으니 그리운 마음을 어찌 다 이기겠습니까? 날이 짧아 해가 질 무렵 집으로 돌아오면, 손님들은 이미 방에 가득 차 있어 침식(寢食)을 거의 편히 못 하는 것이 늘 있는 일이 되었습니다. 이런 일로 오래도록 문안 편지를 드리지 못했으니 부끄럽고 죄스럽습니다.

여음(汝陰)의 군자[2]가 오랫동안 병을 앓아 병이 조금 나으면 마땅히 돌아갈 것이지만 아직 뵙지 못했지요. 만나기 전에 마음을 누그러뜨리고 자애하면서 약이 되는 음식을 잘 드십시오. 저의 작은 마음을 다 드리지 못합니다.

與蔡省副

某頓首. 公私怱怱, 久闕致誠. 辱教字, 承已登舟, 遂不復一得敍別, 可勝瞻戀. 短景日暮 還家, 客已盈室, 寢食殆廢, 習以爲常. 以此久不奉問, 慙罪慙罪. 汝陰, 君子久處, 疾少間, 當來歸. 未見, 惟寬中自愛, 審用藥餌. 不盡區區.

| 주석 |

1) 채성부가 누군인지는 자세하지 않다.

2) 이 편지는 황우 원년(1049) 영주 지주 재임시에 썼다.

3) 여음(汝陰)의 군자 : 여음은 지금의 안휘성 영주 지방으로, 여음의 군자는 구양
   수를 말한다.

10. 급사 오중부[1]에게 보내는 편지

1) 편지 1[2]

저는 아룁니다. 죄역의 여생[3]으로 외딴 교외에서 지내는데 특별히 저를 방문하고 살펴주시니 감사하여 목이 메어옴을 어찌 하겠는지요? 그로 인하여 편지와 훌륭한 글[4]을 받는 은혜를 입었습니다. 영예롭게 글을 읽게 해주시니, 비록 슬프고 미혹된 지경에 있더라도 또한 마음을 열어서 깨달아야 한다는 글임을 알게 되었습니다.

예컨대 가주(嘉州)와 육정(淯井)[5]에서 지으신 글 같은 경우는 "어진 자의 말은 그 이익이 큼"[6]을 볼 수 있으니 문장 속의 공허한 말이 아닙니다. 공의 재주와 명예를 흠모하고 우러러본 지 본디 오래되었지만 이제 조금이나마 높이 쌓인 덕망을 엿보고 나서 더욱 탄복합니다. 복상(服喪)[7]에 제약되어 있는 터라, 찾아뵙고 감사의 마음을 다 드리지 못하면서 다만 이렇게 두서없이 적습니다. 태부집사 중서(仲庶)께 재배 드립니다. 2월 28일에 씁니다.

> 與吳給事中復
> 某啓. 罪逆餘生, 遠屛郊外, 特承顧訪, 感咽何勝. 仍沐寵惠雄編, 俾遂榮覽, 雖在哀迷, 亦知開警. 如嘉州, 淯井之作, 有以見仁言之利博, 而非文字之空言也. 欽仰材譽, 固已有日, 粗闚高蘊, 益用歎服. 限以衣制, 不能謁謝, 聊敍此不次. 某再拜仲庶太傅執事. 二月二十

八日.

| 주석 |

1) 오중부(吳中復, 1011~1098)는 자가 중서(仲庶)로 급사(給事)는 관직명이다. 우사간(右司諫)을 역임하여 오간원(吳諫院) 또는 오용도(吳龍圖)라고도 불렀다.

2) 이 편지는 황우 연간(1049~1053) 말에 썼다.

3) 죄역의 여생 : 이 당시 구양수는 어머니상을 당하고 황우 4년(1052), 영주에 기거한다. 그래서 죄인이 되어 여생을 보내고 있다고 편지에 썼다.

4) 훌륭한 글[雄編] : 웅편(雄編)은 기세가 웅장하고 훌륭한 글로, 상대방의 글을 칭찬할 때 쓰는 말이다.

5 가주(嘉州)와 육정(淯井) : 가주는 지금의 사천성 가정부에 속한다. 육정은 지금의 사천성 장령현이다.

6) 어진 …… 크다 : 이 말은 '인언지리박(仁言之利博)'으로 『춘추좌씨전(春秋左氏傳)』에 나오는 안자(晏子)가 한 말이다. '인덕(仁德)이 있는 사람의 말과 행동은 널리 대중에게까지 이익이 미친다.'라는 뜻이다.

7) 복상(服喪) : 구양수는 당시 상복 중으로, 복상의 제약을 받았으므로 빈객들을 찾아뵐 수 없었다.

2) 편지 2[1]

저는 아룁니다. 만나 뵙고 맑은 의론을 펴고 싶었으나 기회를 얻지 못했지요. 한갓 간절히 그립기만 합니다. 무더운 여름 날씨에 옥체가 건강하심을 알았지요. 저는 근래에 갑자기 개봉 부윤의 관직[2]을 받았는데 생각지 못한 뜻밖의 일이었습니다. 재주가 뛰어난 것도 아니고 게다가 다른 우려도 적지 않아 어제 이미 간절히 사의를 표하여서 아마 면할 것도 같습니다만, 만일에 뜻을 이루지 못한다면 관직 맡는 일을 피하기 어렵겠지요.

부탁하신 묘지문은 저와 같은 졸렬한 이가 어찌 감당하겠습니까? 다만 충의를 사모하는 마음으로 즐겁게 기록하여 편차하고 묘지석 말미에나마 제 이름을 올릴 수 있다면, 감히 사양하지 않겠습니다. 황공하고 황공합니다. 저의 자잘한 회포를 다 갖추어 말하지 못합니다. 저는 간원(諫院)의 사인집사(舍人執事)께 머리를 조아립니다.

某啓. 思奉淸論不可得, 徒用企想. 夏熱, 承體氣佳裕. 某比者忽有尹命, 殊出意外, 不惟才非所長, 加以他慮不淺, 昨已懇辭, 庶有得免. 如其不獲, 恐難堅避. 辱命誌文, 鄙拙豈足當之? 第以欣慕忠義, 樂於紀次, 因得附名於石末, 遂不敢辭爾. 惶恐惶恐. 鄙懷區區, 不能具道. 某頓首諫院舍人執事.

| 주석 |

1) 이 편지는 가우 3년(1058)에 썼다. 조선본 『구소수간』에는 「여오간원(與吳諫院)」으로 제목이 되어 있다.

2) 개봉 부윤의 관직 : 구양수는 이해 6월에 '용도각학사권지개봉부' 관직이 주어졌다. 이 편지는 여름에 지은 글이기 때문에 갑자기 임금의 분부가 있었다고 말하고 있다. 권(權)은 임시직이다. 권은 관원 임용 유형 중의 하나로 섭(攝)과 비슷하다. 당대(唐代)에는 지(知)·판(判)·겸(兼) 등의 임용에 종종 권을 덧붙여 권지(權知)·권판(權判)·권겸(權兼)이라 하여 임시 임용이라는 뜻을 표시하였다. 송대(宋代)에는 경조관(京朝官)이 파견되어 여러 부주(府州)를 맡을 때 그 자서(資序)가 한 등급 떨어지는 것을 권지(權知)라 불렀다. 원우(元祐) 연간 (1086~1094)에 다시 규정을 바꾸어 급사중·중서사인·대제 이상을 역임하지

않은 사람이 상서, 시랑에 임용될 때에는 모두 권자를 붙였다. 윤명(尹命)이란 수
도 지역을 다스리는 우두머리로, 수도인 개봉의 시장으로 봉해졌음을 의미한다.

3) 편지 3[1]

저는 아룁니다. 새 법령으로 왕래하는 것을 허락하였어도 여전히 직무
에 끌려서 삼가 문안드릴 겨를이 없었습니다. 매서운 추위에도 건강이 좋
으시리라 생각합니다. 이전 편지에서 묘갈문(墓碣文)[2]을 요청하셨지요.
오랫동안 말씀에 응하지 못했습니다. 요사이 눈병이 나서 휴가를 얻고 비
로소 애를 쓰며 글을 작성하였습니다. 그러나 노쇠하여 글에 의의(意義)
가 없고, 가까스로 문장을 이룰 수는 있었지만, 족히 그 분의 아름다운 덕
을 드러내지 못하였습니다. 부끄럽고 송구합니다. 눈이 어둡고 흐릿하여
더는 글을 쓰지 못하겠습니다. 삼가 이렇게 편지 드립니다.

> 某啓. 新令雖許往還, 尙以職事牽冗, 未遑祗謁. 計寒凜體氣淸康. 前
> 承要墓碣, 久稽應命. 近因病目在告, 始得牽强. 衰朽無意思, 僅能成
> 文, 不足以發揚令德, 慙恐慙恐. 昏眩不能多書. 謹此.

| 주석 |

1) 이 편지는 가우 3년(1058년)에 썼고, 조선본 『구소수간초선』에는 제목을 「여오
   용도(與吳龍圖)」라고 하였다.
2) 묘갈문(墓碣文) : 이 묘갈문은 앞서 가우 3년에 쓴 〈편지 2〉에서 언급한 그 묘
   지문이다.

11. 이유후[1]에게 보내는 편지

1) 편지 1[2]

저는 아룁니다. 지난번 잠시 승방에 거처하던 중 공사가 번잡한 연유로 갑자기 헤어졌으니 어찌 그리운 마음을 이길 수 있겠습니까? 사람 편에 보내오신 편지를 가만히 살피니 부임하고 나서 추위에도 지내시기가 좋다는 것을 알았습니다. 사모하는 마음에 조금이나마 위로가 되었습니다.

저는 한결같이 경전이나 지키는 우매한 선비입니다. 어찌 때에 맞는 쓰임을 감당하겠습니까? 더욱이 늙고 병들어 간신히 견디니 진실로 힘듭니다. 인제(禋祭)[3]의 경사를 치르고 한번 외직으로 나가게 되면 다행이겠습니다. 공근(公謹)께서 군을 다스리는 것은 진실로 즐겁습니다. 그러나 현자가 멀리 밖에 나가 계시는 것은 형세상 반드시 오래가진 못할 것입니다. 눈병은 조용히 안정되면서 걱정이 그치게 되니 마땅히 더욱 정신이 맑아질 것입니다. 저는 시력이 나날이 침침하여 글씨 쓸 때도 운무가 낀 듯 흐릿합니다. 바라는 것은 오직 한적한 곳에서 휴양하는 것입니다. 추위가 심해지니 단지 한시라도 몸을 아끼시길 바랍니다.

與李留後
某啓. 嚮以僑寄僧房, 公私多故, 忽忽爲別, 豈勝馳情. 使至惠書, 竊承下車經寒, 動履淸福, 粗慰瞻仰. 某一守經愚儒爾, 豈堪適時之用. 加以衰病, 勉强實難, 過禋慶, 得遂一麾爲幸矣. 公謹爲郡, 誠可樂,

然賢者遠外, 於今之時, 勢必難久. 目疾得靜安息慮, 當益淸明. 某
昏花日甚, 書字如隔雲霧, 亦冀一閑處將養爾. 深寒, 惟望爲時自重.

| 주석 |

1) 이유후(李留後)는 이공근(李公謹)이며 이후(李侯)로도 불렸다. 유후는 송나라 때
의 절도관찰유후(節度觀察留後)를 줄여 부른 말이다. 구양수는 가우 3년(1058)
에 쓴 「부사산수기(浮槎山水記)」라는 기문에서 이공근의 인물됨을 이르기를,
"지금 이후는 부귀한 집안에서 생장하여 성색의 즐거움을 실컷 누렸거늘 또 산
림의 즐거움을 알아서 이 산을 힘써 오르내리면서 사람들이 이르지 못했던 으
슥하고 궁벽한 곳을 모두 찾아냈으니, 사물에게서 겸하여 얻은 것이 많다고 이
를 만하다. 이후는 자신을 낮출 줄 알고 학문을 좋아하여 어진 선비들과 교유하
기를 좋아하고 정사를 펼치는 데에 민첩하여 이르는 곳마다 '잘 다스린다.'는 평
판이 있었다."라고 하였다.[今李侯生長富貴, 厭於耳目, 又知山林之爲樂, 至於
攀緣上下, 幽隱窮絶, 人所不及者, 皆能得之, 其兼取於物者可謂多矣. 李侯折
節好學, 喜交賢士, 敏於爲政, 所至有能名.] 楊家駱 主編, 『歐陽修全集 上』第
五冊, 279쪽.
2) 이 편지는 가우 원년(1056)에 썼다.
3) 인제(禋祭) : 정결하게 제사를 지내는 나라의 길제사이다.

2) 편지 2[1]

저는 거듭 절을 올립니다. 근자에 인편이 돌아와서 부쳐주신 편지를 받
았습니다. 이때 물을 가져온 사람이 또 공의 편지를 주어 봄추위에 건강
이 좋으심을 알았습니다. 편지와 함께 부사산의 맑은 샘물을 받고서 서둘

러 마셔 보니, 물맛이 아주 달았습니다. 참으로 군수 이불의(李不疑)²⁾가 실제 만들어낸 것과 같았습니다.

사물은 본디 스스로 드러나지 못하고 어두운 곳에 있다가 어진 현자를 만나서야 드러납니다.³⁾ 이 소생은 기쁜 마음으로 공을 공경하고 사모하면서 이렇게 「부사산수기浮槎山水記」기문⁴⁾을 쓸 수 있어 즐겁습니다. 마침 관반사로 거란의 사신을 만나 곧바로 대궐에 도착하느라 제가 애를 쓰고 있습니다. 일을 끝내고 나면 마땅히 서둘러 뵙겠습니다. 인편이 돌아가는 길에 삼가 답장을 올립니다.

> 某再拜. 近因人還, 嘗得附狀. 茲者寄水人至, 又辱書, 審春寒, 體況淸康. 兼惠淸泉, 亟飮甚甘, 實如不疑所品. 物固有處於幽晦而發於賢哲者, 茲鄙夫欣慕, 樂於紀述也. 適値館伴契丹人使, 旦夕到闕, 頗區區, 須事畢, 當馳上也. 人還, 謹奉此.

| 주석 |

1) 이 편지는 가우 3년(1058) 2월에 썼다. 이해 2월 24일에 구양수는 이후(李後)에게 「부사산수기(浮槎山水記)」기문을 지어 보낸다. 그 첫머리에, "부사산은 진현 남쪽 35리에 있으니 부도산이라 부르기도 하고 부소이산이라 부르기도 한다."라고 하였다.[浮槎山, 在愼縣南三十五裏, 或曰浮闍山, 或曰浮巢二山.] 楊家駱 主編, 『歐陽修全集 上』第五冊, 279쪽.

2) 군수 이불의(李不疑) : 『일통지』에 의하면 '부사산 정상에 샘이 있는데 지극히 물맛이 감미롭다'고 하였다. 송나라 가우 연간에 군수 이불의가 마셔보니 물맛이 달았다. 그리하여 그 샘물을 구양수에게 주었고 구양수는 기문을 지었다.[一統志, 浮槎山頂有泉, 極甘美, 宋嘉祐中, 郡守李不疑, 飮之甚甘, 以遺歐作記.] 西川文仲 註解, 『歐蘇手簡註解』, 日本, 京都府平民出版, 1881.

3) 사물은 …… 드러납니다. : 구양수가 이후에게 보낸 「부사산수기(浮槎山水記)」 기문에서, "무릇 사물은 스스로 드러나지 못하고 사람을 기다려 드러나는 것이 있고, 그 사물이 반드시 귀중하게 여길 만한 것은 아니지만 사람으로 인하여 귀중하게 되는 것도 있다. 그러므로 나는 이 일을 기록하여 세상에 이 샘이 발견된 것이 이후로부터 시작되었음을 알리고자 하노라."라고 하였다.[凡物不能自見, 而待人以彰者, 有矣, 其物未必可貴, 而因人以重者, 亦有矣. 故予爲誌其事, 俾世知奇泉發自李候始也.] 楊家駱 主編, 『歐陽修全集 上』第五冊, 279쪽.

4) 「부사산수기(浮槎山水記)」 기문 : 구양수가 이유후에게 보낸 「부사산수기」 기문에서, "이후는 어질다고 할만하다. 천하의 사물을 다 찾아서 원하는 사물을 얻지 못함이 없는 것은 부귀한 사람의 즐거움이다."라고 하였다.[李候可謂賢矣. 盡窮天下之物, 無不得其欲者, 富貴者之樂也.] 楊家駱 主編, 같은 책, 279쪽.

3) 편지 3[1]

저는 아룁니다. 봄부터 날씨가 고르지 않은데 삼가 몸조리를 잘하시며 청강하신지요. 지난번 부사산(浮槎山) 물을 잘 받았습니다.[2] 그리고 「부사산수기」 기문을 짓게 하셨는데, 또 우편을 통해 서찰을 보내셨군요. 하지만 오래도록 답신을 드리지 못한 것은 부족한 저의 글을 아직 완성하지 못했기 때문입니다.

저는 중년에 들어 병이 많고 문사(文思)[3]도 쇠락하여 글 짓는 일은 잘하지 못합니다. 부탁하신 말씀을 감당하지 못하고 있습니다. 글솜씨가 이미 이와 같아서, 다시 스스로 글을 그릇되게 쓰고 싶지 않습니다. 헤아려 저를 책망하진 않으시겠지요. 그러나 자리(子履)[4]의 글씨를 얻게 되어 더욱 다행입니다. 감히 공근(公謹)에게 번거롭게 친필을 써달라고 하진 못하겠습니다. 황공합니다.

某啓. 自春氣候不常, 伏惟攝理淸康. 前承惠浮槎山水, 俾之作記, 又
於遞中辱書, 久不爲報, 盖牽强拙記未成爾. 某中年多病, 文思衰落,
所記非工, 殊不堪應命. 文辭已如此, 不欲更自謬書, 亮不爲罪. 然得
子履一揮, 尤幸, 盖不敢煩公謹眞翰也. 惶恐惶恐!

| 주석 |

1) 이 편지는 가우 3년(1058)에 썼다.

2) 이 당시 구양수는 질병에 시달려 여러 차례 직무를 해지하여 달라고 청하며 휴
가를 내었다. 이때 이공근이 마침 여주의 부사산에서 인편에 샘물을 보내왔는
데 이것이 또 그의 그리움을 불러일으켰다. 부사산의 부사(浮槎)는 전설 속에
등장하는 바다와 천하(天河)를 오가는 뗏목을 말한다.

3) 문사(文思): 글을 짓기 위한 생각이ㅏ 글 속의 사상을 말한다.

4) 자리(子履) : 자리의 성은 육(陸)이요, 이름은 경(經)으로 관학사이다. 자리는
그의 자이고 호는 숭산노인(崇山老人)이다. 일찍이 구양수와 함께 관직에 있
었으며 행서(行書)를 잘 씀으로 구양수가 다른 사람을 위해 비지(碑誌)를 지
을 때면 반드시 육경에게 글씨를 쓰게 했다. 이 때문에 서명(書名)을 더욱 날
렸다. 생몰연대는 확실하지 않다.

12. 왕형공[1]에게 보내는 편지

1) 편지 1[2]

저는 두 번 절합니다. 돌연 헤어지고 어느덧 새해가 되었군요. 중간에 일찍이 서찰 한 통을 부쳤지만 몹시 바빠 서둘러 쓴 탓에, 저의 마음속 생각을 다 풀지 못했습니다. 지금껏 한이 됩니다. 그러나 바삐 서둘러 쓰지 않았더라도 간절한 저의 마음을 다 전하지 못했을 것입니다. 공의 아우[3]가 방문하여 만나, 공의 기거를 살필 수 있었습니다. 요즈음 봄추위에 어머니 모시고 만복을 누리신다니 기쁘고 위로됨이 끝이 없습니다.

현자는 조정에 머무르지 못하고, 쇠약하고 병든 사람은 물러나지 못하여, 모두 그 분수를 잃었으니 어디에 허물을 돌리겠습니까? [4] 저는 새 봄이 온 이래로 눈은 더욱 침침해지고 귀도 역시 잘 들리지 않습니다. 글 쓰는 일에 오래 종사하지 못할까 크게 염려됩니다. 평생 품어온 뜻을 다 펼치지도 못하고 마침내 범속한 사람으로 죽게 될까 두렵지요. 기타의 작은 일들은 다 말씀드릴 것이 없습니다. 오직 부모님 모시며 자중자애하시길 바랍니다. 이만 줄입니다.

> 與王荊公
>
> 某再拜. 相別忽焉, 遂見新歲. 中間嘗一得附書, 其如忽遽, 不盡鄙懷, 於今猶以爲恨. 雖然, 遂使不忽遽, 區區之懷亦不能盡也. 賢弟來, 得相見, 備審動止. 即日春寒, 奉太夫人万福, 喜慰無限. 賢者不

能留之朝, 衰病者不得放去, 皆失其分, 歸咎何所? 某自新春來, 目益昏, 耳亦不聰, 大懼難久於筆硯. 平生所懷, 有所未畢, 遂恐爲庸人以死爾. 其他細故不足道, 惟奉親自愛. 不宣.

| 주석 |

1) 왕형공(王荊公)은 왕안석(王安石, 1021~1086)으로 중국 송나라 때의 문필가이 자 정치인이다. 자는 개보(介甫)이며 호는 반산(半山)이다. 뛰어난 산문과 서정 시를 남겨 이른바 '당송팔대가' 가운데 한 명으로 꼽혀 후대에 큰 영향을 끼쳤다.
2) 이 편지는 가우 연간(1056~1063)에 썼다.
3) 공의 아우 : 현제(賢弟)는 왕안석의 아우인 왕안례(王安禮, 1034~1095)이다. 자 는 화보(和甫)이다.
4) 현자는 …… 돌리겠습니까? : 현명한 사람은 개보와 같은 사람이지만 조정에 나 아가지 못하고, 쇠약하고 병든 나 같은 사람은 내쫓지 않고 있다며 구양수 자신 을 이르고 있음을 말한다.

2) 편지 2[1]

저는 아룁니다. 근래에 양주(楊州)의 아무개에게 부탁하여 편지를 부쳤 는데, 반드시 도달했을 것입니다. 헤어진 후에 하루라도 계신 곳을 바라 보지 않은 적이 없습니다. 가을 날씨가 점점 서늘해지는데 삼가 존후는 만복하신지요.

비릉(毗陵)[2]은 이름난 고을로 공께서 부임한 처음부터 백성들은 은혜를 입었지요. 게다가 부모님 모시고 도(道)를 추구하는 일상의 즐거움도 날 이 갈수록 더욱 더 할 것입니다. 저는 이곳에서 요즘 그리 즐겁지 않으니,

평소에 품은 뜻도 모두 어긋났습니다. 여러 공들께서 다만 외부의 의론을
두려워하여, 제가 머물도록 정성들여 힘써주십니다. 옛날 군자들의 거취
도 저와 같았을 것이지요. 여혜경(呂惠卿)³⁾의 학문은 일반 학자 중에 미치
는 자가 드물기 때문에 다시 그와 더불어 절차탁마한다면 이르지 못할 것
이 없을 것입니다. 그의 행차에 삼가 이 편지를 부쳐서 안부를 여쭙니다.

某啓. 近託楊州附書, 必達. 自拜別, 無日不瞻企. 秋氣稍涼, 伏惟尊
候万福. 毗陵名郡, 下車之始, 民其受賜, 然及侍親爲道之樂, 日益無
涯矣. 某怏怏于此, 素志都違, 諸公特以外議爲畏, 勉相留, 古之君子
去就乃若是也. 呂惠卿, 學者罕能及, 更與切磨之, 無所不至也. 因其
行, 謹附此咨起居.

| 주석 |

1) 이 편지는 가우 3년(1058)에 썼다. 왕안석은 증공의 추천으로 구양수를 배알하
   였다. 왕안석이 처음 구양수를 찾아왔을 때 구양수는 왕안석이 늦게 찾아온 것
   에 개의치 않고 바로 신발을 거꾸로 신고 나와 맞이하니 뭇 빈객들도 감동하였
   다. 이후 구양수와 왕안석 둘 사이에는 시문이 오가고 서신이 끊이지 않았다.
2) 비릉은 지금의 강소성 상주부이다. 개보는 이해 상주 지사로 있었다.
3) 여혜경(呂惠卿, 1032~1111)은 송나라 신종~휘종 때의 문신으로 왕안석과 더
   불어 신법을 추진했으나 왕안석이 실각하자 그를 방해하다가 외방으로 쫓겨났
   다. 태자중윤 등을 지냈다. 『전주구소수간(箋注歐蘇手簡)』 주를 보면 "여혜경
   은 후에 개보의 간사한 무리가 되었다. 구양수는 이 편지에서 여혜경을 무척 칭
   찬하고 있다. 구양수는 개보를 잘 알지 못하였고, 아울러 혜경에 대해서도 잘
   알지 못하였다. 진실로 사람을 안다는 일은 어려운 일이다."[惠卿, 後爲介甫奸
   黨. 公此書頗獎之, 公不能知介甫, 幷不知惠卿, 誠哉知人之難也.]라고 하였다.

13. 두기공[1]에게 보내는 편지

1) 편지 1[2]

저는 아룁니다. 초가을의 열기가 여전히 뜨거운데, 삼가 치정(致政)[3] 상공 각하께서는 일상생활과 건강이 좋으신지요. 지난번에 저는 눈병으로 고초를 겪어 양주(楊州)에서 영주(穎州)로 갈 것을 조정에 요청했습니다. 영주에 와서 한철을 보내면서 편지를 드리지 못한 것은 눈병[4]으로 즐거움도 없고 집안에 일이 많았던 까닭입니다. 그러나 공이 계시는 곳을 발돋움하여 바라보는 것을 어찌 하루라도 잊었겠습니까?

지난겨울(1048)에 자미(子美)[5]가 세상을 떠난 후로 어진 사람의 불행[6]에 대해 천하가 슬퍼하고 있습니다. 엎드려 생각건대 태자(台慈)[7]께서 애통함이 갑절이나 더 하셨을 것입니다. 저는 올해 마흔 셋인데 귀밑머리가 모두 희고 눈도 침침하고 어둡습니다. 모친은 쇠약하고 병환이 깊어지고 있습니다. 처지가 이와 같아서 나라에서 입은 은혜를 갚지 못하니, 매양 자신을 생각하면 슬픈 마음이 들어 탄식합니다. 저를 알아주심이 깊으신데 감히 이렇게 자질구레한 말만 아뢰니 황공하고 황공합니다. 가을 더위는 아직 물러가지 않고, 장마가 재앙이 된 이 때에 삼가 바라건대 시절에 따라 더욱더 몸을 아끼십시오. 보잘것없는 저의 간절한 바람을 가누지 못하고 삼가 편지를 올려 안부를 여쭙니다.

與杜祁公

某啓. 孟秋猶熱, 伏惟致政相公閣下, 尊體動止万福. 昨者某以目疾爲苦, 自楊州求穎. 至此經時闕於奉狀, 蓋以目疾無怪, 私門多故, 然其企望門館, 何日而忘? 頃自去冬子美之逝, 賢人不幸, 天下所哀, 伏計台慈, 倍深痛悼. 某年方四十有三, 而髮鬢皆白, 眼目昏暗. 慈母衰老, 羸病厭厭. 身世若斯, 國恩未報, 每以自念, 慨然興嗟. 知遇至深, 敢茲瑣碎, 惶恐惶恐! 秋暑未退, 霖雨爲災, 伏惟順時倍加保重. 卑情所望, 不任區區, 謹奉啓起居.

| 주석 |

1) 두기공(杜祁公, 978~1057)은 이름이 연(衍)이고 자는 세창이며 시호는 정헌이다. 기국공(祁國公)에 봉해졌다. 북송시대 강직한 신하의 표본으로 불린 그는 월주 산음 사람이다. 진사 갑과를 거쳐 부필, 범중엄 등과 함께 폐정을 개혁했다. 관리의 부정을 용납하지 않는 청렴한 정치가로서 조서를 10여 회나 도로 봉하여 황제 앞에 바쳐서 임금의 과실을 바로잡은 일로 유명하다.

2) 이 편지는 황우 원년(1049) 가을에 썼다.

3) 치정(致政) : 벼슬을 그만두다. 전직(前職), 치사(致仕)와 같다.

4) 눈병 : 눈병은 고질이 되어 그가 흥을 다해 아름다운 영주의 풍광을 음미할 수 없게 하였다. 그는 「복일증서초이생(伏日贈徐焦二生)」에서 "걸어 다니면서 눈곱을 닦는데 사물이 빙빙 돌아 보이고, 앉아서 누각을 보니 오르기 전에 걱정이 앞서네."라고 하였다.[行揩眼眵旋看物, 坐見樓閣先愁登.] 楊家駱 主編, 『歐陽修全集 上』第五冊, 30쪽.

5) 자미(子美) : 소순흠(蘇舜欽, 1008~1048)으로 자미는 자이다. 재주 동산 사람으로 두연의 사위이다. 그는 호방하고 빼어난 시문으로 매요신, 구양수와 어울리며 시를 짓고 논하여 서곤체의 화려한 문풍에 반대하였다. 매요신과 함께 소매

(蘇梅)로 불리며 송시의 개척자로 인정받고 있다.

6) 어진 사람의 불행 : 소순흠은 두연과 범중엄이 신정을 주도하자 자주 모함을 받
았는데 고지(故紙)를 판 공전(公錢)을 사용하여 기락(妓樂)을 불러 빈객과 연회
를 열다가 제명되었다. 이후 소주에 은거하며 창랑정을 짓고 술로 시름을 달랬
다. 구양수는 「소씨문집서(蘇氏文集序)」에서 이를 두고, "슬프다, 우리 자미는
한 번 술을 마신 과실로 벼슬에서 쫓겨나 서민이 되어 유락하다 죽었으니 이
는 탄식하고 눈물을 흘릴 만하다."라고 하였다.[嗟吾子美, 以一酒, 食之過, 至
廢為民而流落以死, 此其可以歎息流涕.] 楊家駱 主編, 『歐陽修全集 上』第五
冊, 287쪽.

7) 태자(台慈)는 '재상'이나 '자애로운 대감'이라는 뜻으로 상대방을 높이는 말이다.

2) 편지 2[1]

저는 머리를 조아려 아룁니다. 음력 섣달 매서운 추위에 상공 각하의 건
강과 일상생활은 좋으신지요. 저는 다행스럽게 인근 고을[2]의 태수가 되
었고, 그때 분주히 달려가 문안하여 안부를 여쭙고 싶었습니다. 하지만
가을부터 노모가 병으로 누웠는데, 궁벽한 고을에서 전혀 의약을 구할 수
없었지요. 동지를 넘겨 비로소 안정되었습니다. 이런 연유로 달을 넘기고
서찰 올리는 예를 두루 갖추지 못했습니다.

부족한 저희 집 아이들이 공의 은덕을 입은 지 여러 해인데, 아이들의
스승인 공을 그리워함이 어느 날에 그치겠습니까? 엎드려 바라건대 계
절에 순응하여 자중하시고 큰 복을 맞아 만세토록 건강하십시오. 간절
한 저의 마음을 일일이 다 여쭙지 못합니다. 삼가 편지를 올려 안부를 여
쭙니다.

某頓首啓. 季冬極寒, 伏惟相公閣下, 尊候動止萬福. 某幸得守官近郡, 當時欲奔走候問起居. 而自秋以來, 老母臥病, 郡旣僻小, 絶無醫藥, 逮冬至之後, 方得漸安. 由此踰月, 曠闕書啓之禮. 眇爾小子, 蒙德有年, 瞻望門牆, 何日而已. 伏願順時自重, 以迎遐福, 以隆壽考. 卑情不任區區, 謹奉啓咨問.

| 주석 |

1) 이 편지는 황우 원년(1049)에 썼다. 모친은 연로한 데다 병환이 깊어 조그마한 고을인 영주로 전출을 희망하였는데 윤허되어, 구양수는 영주 지주로 옮겼다.

2) 인근 고을 : 영주를 말한다. 영주는 영수와 회하의 사이에 있다. 이곳은 백성들이 순박하여 송사가 많지 않고 물질이 풍부하며 토지가 비옥하고 물이 좋으며 기후는 온화하였다.

14. 정문간공[1]에게 보내는 편지

1) 편지 1[2]

저에게 좋은 술을 보내주어 잘 받았습니다. 감사와 부끄러움이 한둘이 아닙니다. 경사(京師)에서 날마다 세속의 상황에 괴로워하다 다시 맑은 생각이 없었고, 좋은 풍경에 임해 술을 드는 즐거움마저 없었습니다.[3] 지난해에 머물면서 공을 모시고 맑은 즐거움을 누린 것을 생각하니, 어느덧 한 해가 흘렀습니다.

유호(柳湖)[4] 지역은 진주(陳州)의 감당(甘棠)나무[5]와 같습니다. 제가 송술(頌述)[6]하여 진주 백성들에게 글을 남겨 훗날의 고사로 삼게 되면, 공의 평소의 뜻이 세상에 드러날 것입니다만, 졸렬하고 어눌한 데다 많은 일에 쫓겨 전혀 유호에 대한 기문을 쓰는 일에 겨를이 없습니다. 그렇지만 가을이 서늘해지면 평소의 바람[7]을 이루어서 시방(詩榜)[8]의 끝에라도 붙여진다면 큰 다행이겠습니다.

> 與程文簡公
>
> 蒙頒寄佳醞, 感愧非一. 京師日苦俗狀, 無復淸思, 臨觴之樂, 未始有之. 思去歲留奉淸歡, 不覺已期年矣. 柳湖, 陳之甘棠. 思有所頌述, 以遺陳人, 爲他日故事, 以彰公之雅志. 不惟拙訥, 直以多事忽忽, 殊所不暇. 秋涼必償素願, 得次詩榜之末, 亦大幸矣.

| 주석 |

1) 정문간공(程文簡公)은 정림(程琳, 986~1054)으로 자는 천구(天球), 시호는 문간(文簡)이다. 구양수가 가우 4년(1059)에 쓴 글 「진안군절도사 동중서문하평장사 증태사중서령 정공신도비명(鎭安軍節度使 同中書門下平章事 贈太師中書令 程公神道碑銘)」에서 "공은 성품이 바르고 중후하며 말하고 웃는 일이 적었고 어떤 일을 처리하고 계획할 때 항상 미리 검토하고 주밀하게 대비하였다. 그래서 대소의 조목들이 매우 치밀하였고 일에 임하여서는 간이하고 분명하여 요속들이 그 심중을 엿볼 수가 없었다."라고 하였다.[公性方重, 寡言笑, 凡所處畫, 常先慮謹備. 所以條目巨細甚悉, 至臨事簡嚴, 僚吏莫能窺其際.] 楊家駱 主編, 『歐陽修全集 上』第五册, 152쪽.

2) 이 편지는 지화 2년(1055)에 쓴 것으로 서천문중(西川文仲)은 『구소수간주해(歐蘇手簡註解)』에서 밝히고 있다. 그러나 수신인 정문간공의 생몰연대(986~1054)와 일치하지 않아 지화 2년에 쓴 편지인지 확실하지 않다.

3) 경사 …… 없었습니다. : 지화 원년(1054) 6월, 구양수는 상복을 벗고 경성으로 왔다. 이해 9월에 한림학사 겸 사관수찬, 차구당삼반원을 제수받고 1055년에 또 한림시독학사, 집현전수찬으로 올랐다. 이로부터 그는 폄적당한 관리에서 황제를 보필하는 총애 받는 신하가 되었다. 그러나 이러한 자리에 연연해하지 않았고 특히 사륙문으로 조정의 문서를 초안하는 한림 직무에 대하여 많은 반감을 가졌다.

4) 유호(柳湖) : 항주에 있는 서호(西湖)의 옛 이름으로 버드나무가 많았다.

5) 감당(甘棠) 나무 : '당(棠)'은 『시경』에서 '무성한 감당나무'라 하니 소공을 찬미한 시이다. 이 시를 인용하여 문간공이 진주에서 덕으로 선정을 베푼 일을 말하고 있다. 문간공을 칭송하여 서술함으로써 진주 백성들에게 전하고자 했다.[棠, 『詩』蔽芾甘棠, 美召公也. 引詩以言文簡公在陳德政, 欲頌述之, 以遺陳人也.]

6) 송술(頌述) : 칭송하여 기술하다.

7) 평소의 바람 : 이 말은 구양수가 유호의 기문을 써서 정문간공을 빛내는 일을 말한다.

7) 평소의 바람 : 이 말은 구양수가 유호의 기문을 써서 정문간공을 빛내는 일을 말한다.
8) 시방(詩榜) : 시문을 쓴 사람의 성명을 적은 명부이다.

2) 편지 2[1]

저는 아룁니다. 지난번에 회서(淮西)[2]로 가는 청을 허락받았습니다. 바야흐로 편지를 쓰고 배를 빌려 공의 관부 아래를 지나가기를 기대하며 한 번 공의 모습을 뵙기 바라고 있었습니다. 그랬다면 기쁘고 다행스러운 감회를 어찌 다 말할 수 있었겠습니까! 그러나 새로 얻은 직책에 사은숙배하기도 전에, 임금의 은지(恩旨)에 다시 머무르고 있습니다. 저처럼 고졸하여 쓸모없는 사람이 이 시절에 무엇으로 보답하겠습니까? 나아가고 물러서는 일에 황급하여 어찌할 바를 모르겠습니다. 게다가 자주 임금의 귀를 번거롭게 하여 감히 가볍게 진달하지 못하고, 주항(周行)[3]에서 부끄러운 얼굴로 쓸모없이 있을 뿐입니다.

공의 사랑과 돌보심을 입은 것이 다른 사람에게 비할 바가 아니어서, 출처의 절도(節度)에 대해 감히 입을 다물고 있을 수 없습니다. 시국의 일이 날로 새로워지는데, 과연 어떻게 될지 알 수 없습니다. 저의 간곡한 마음을 글로 써서 다 나타낼 수 없습니다. 가을이 덥습니다. 시절 따라 나라를 위해 자중하시길 바랍니다.

某啓. 昨得請淮西, 方作書, 乞舟, 謀出府下, 冀得一奉言色. 私懷喜幸, 何可勝言!而改職未謝, 恩旨復留. 孤拙無庸, 於時何報? 進退遑遽, 莫知所爲. 重以屢煩朝聽, 未敢輕有所陳, 靦顏周行, 碌碌而已. 荷公愛顧, 非比他人, 出處之節, 不敢自默. 時事日新, 未知如何, 區區非紙筆所布也. 秋熱, 惟乞以時爲國自重.

| 주석 |

1) 이 편지는 지화 2년(1055) 가을에 썼다. 이 당시 구양수는 49세로 채주(蔡州) 지
   주로 있었다. 곧이어 요(遼)의 야율홍기가 등극하여 구양수는 축하사절에 임명
   되어 거란으로 가게 되고 가우 원년(1056)에 경성으로 돌아왔다.
2) 회서(淮西)는 채주이다.
3) 주항(周行) : 원래 주(周)나라 조정(朝廷)의 반열(班列)이라는 뜻으로 조정의 높
   은 반열을 일컫는다.

15. 증선정공[1]에게 보내는 편지[2]

저는 아룁니다. 산군(山郡)[3]은 외지고 적막한 곳으로, 한가로움에 익숙해져서 게으름이 되었습니다. 무릇 인사(人事)도 거의 관여하지 않고 있습니다. 지난번에 기거원(起居院)으로 편지를 가져간 사람이 돌아와 특별히 공의 편지를 받았지요. 이별한 지 오래되었는데 삼가 편지를 받고 공의 기거가 몹시 평안함을 알았습니다. 위로되고 근심을 씻는 마음을 이루다 헤아릴 수 없습니다.

제가 거처하는 이곳은 외지고 누추하지만,[4] 어버이를 모시며 녹봉을 받으니, 넉넉하고 다행스러움이 지극히 많습니다. 어리석고 못난 제가 본래 나라에 보은하길 희망했는데, 그것이 반대로 원수를 초래하고 재앙을 취한 것은 형세상 마땅히 저절로 그렇게 된 것입니다. 그러나 나라에 보탬 되는 일이 조금도 없고, 저 때문에 다단한 일들[5]이 일어나 손해만 있고 이익은 없으니 참으로 부끄럽고 한탄스럽습니다. 이제 총애와 명예를 욕심껏 받고, 배불리 먹으며 스스로만 편히 지내니, 어떻게 얼굴을 들겠습니까? 좋은 만남을 기약할 수 없군요. 겨울 추위에 보중하시길 바랍니다.

與曾宣靖公

某啓. 山郡僻寂, 習閑成懶, 凡於人事幾廢絶. 前者送起居院文字人回, 特沐手誨. 違別茲久, 伏承德履甚休, 可勝慰浣. 某居此雖僻陋, 然奉親尸祿, 優幸至多. 愚拙之心, 本貪報國, 招仇取禍, 勢自當然. 然裨補未有一分, 而緣某之故, 事起多端, 有損無益, 可爲媿歎. 今而冒寵名, 飽食自便, 何以爲顔也. 未期良會, 冬冷保重.

| 주석 |

1) 증선정공(曾宣靖公)은 증공량(曾公亮, 998~1078)으로 북송의 관리이자 군사가, 사상가이다. 자는 명중(明仲)이고 시호는 선정이다. 벼슬은 단명전학사·정주 지사·동중서 문하를 역임했다. 그가 남긴 『무경총요(武經總要)』는 방대한 군사상의 기술서로 무려 40권에 달한다. 이 당시 구양수는 39세로 범중엄, 부필, 한기 등이 붕당을 조성한다는 명목으로 파직되어 귀양 가자 「붕당론」을 쓰며 그들을 위해 변론하였다.

2) 이 편지는 경력 5년(1045)에 썼다.

3) 산군(山郡) : 저주(滁州) 지역으로 이곳은 장강(長江)과 회하(淮河)의 사이에 있다. 산은 높고 물은 맑으며 지세가 험준하며 지역이 구석지고 일도 많지 않고 풍속은 순박하여 인정 또한 두터웠다.

4) 외지고 누추하지만 : 구양수는 이해 8월에 저주 지사로 있었다. 저주는 산속 작은 고을로 지역은 궁벽하고 일은 한가하였다.

5) 다단한 일들 : 구양수는 남녀 간의 문란함[帷薄不修]이 있다는 무고를 당하였다. 결국 이 안건은 "증서가 이미 분명하지 않고 판별할 필요가 없다."라고 결론이 났다.

16. 위민공 손원규[1]에게 보내는 편지[2]

저는 머리를 조아립니다. 발 빠른 심부름꾼[急足][3]이 서주(徐州)에서 돌아왔습니다. 편지를 받드니 7월에 길을 떠난 행차가 마침내 서쪽[4]으로 가셨군요. 요즘 가을 더위에 대감께서는 만복하신지요. 어제 범공(范公, 범중엄) 댁에서 온 편지를 받았는데 묘지명을 부탁하셨습니다. 그러나 제가 애고(哀苦)[5] 중이어서 문자를 지을 마음의 두서가 없습니다. 문자를 짓는다 해도 범공의 덕과 재주를 제가 어찌 쉽게 진술하여 드러내겠습니까? 게다가 참소와 비방을 변별하고, 충성과 사특함을 판별하여, 위로는 조정의 체면을 손상하지 않고, 아래로는 원수의 눈흘김을 회피하지 않는 그런 글을 쓰는 것이 참으로 어렵습니다.

저는 평생 외롭고 졸렬한 신세입니다. 범공은 저를 알고 격려하며 깊게 이끌어주셨습니다. 당연히 글을 써 드리려 하는데, 마침 슬프고 어수선한 중에 따로 힘을 펼칠 길이 없습니다. 장차 이 글만큼은 저의 직분이니, 마땅히 힘을 써 짓겠습니다. 제공께서는 모름지기 힘을 합하고 헤아려서 요컨대 온당하게 처리해야 할 것입니다.

편지를 받고 소식을 들으니, 공께서 범공의 행장을 짓겠다며 허락하셨다지요. 참으로 좋은 일입니다. 앞으로 다시 시호(諡號)와 의관(議官)에 관한 문서를 청할 때는 유사가 이를 근거로 의논하여야 공신력 있는 문서가 될 것이므로 청컨대 일찍 행장을 써주십시오. 행장을 보아야만 또한 마땅히 근거로 삼아 묘지명을 지을 것입니다. 공은 지금 조정에 들어와 임금을 뵙고, 경사에 잠시 머무르다 응당 서쪽으로 가실 것입니다. 남은 무

더위에 부디 몸을 돌보십시오. 때때로 편지를 주시어 저의 외롭고 곤궁한
마음을 위로해 주십시오.

與孫威敏公元規
某叩首. 急足自徐州還, 辱書, 承以七月首塗, 大旆遂西. 卽日秋暑,
伏惟台候萬福. 昨日范公宅得書, 以埋銘見託. 哀苦中無心緒作文
字, 然范公之德之才, 豈易稱述? 至於辨讒謗, 判忠邪, 上不損朝廷
事體, 下不避怨仇側目, 如此下筆, 抑又艱哉! 某平生孤拙, 荷范公知
獎最深, 適此哀迷, 別無展力, 將此文字, 是其職業, 當勉力爲之. 更
須諸公共力商榷, 要須穩當. 承公許作行狀, 甚善. 便將請謚, 議官文
書, 有司據以爲議, 大是一重公據, 請早揮筆. 秪見行狀, 亦當牽率
爲之也. 入對少留, 應當西邁. 殘暑, 千万保攝. 時乞惠問, 以慰孤窮.

| 주석 |

1) 위민공(威敏公) 손원규(孫元規, 996~1066)는 진사에 오른 후 용맹함과 직언으
   로 이름을 날렸고 추밀원부사와 자정전대학사를 지냈다.
2) 이 편지는 황우 4년(1052) 가을에 썼다.
3) 발빠른 심부름꾼[急足] : 급족(急足)은 급한 소식을 전하는 심부름꾼이다.
4) 서쪽 : 서주는 지금의 강소성에 속한 지역이다. 손원규는 상서이부랑중으로 섬
   서의 도전운사가 되었다. '칠월 수도'는 7월에 처음 여정에 올랐음을 말한다. 그
   래서 "행차하여 서쪽으로 향했다."라고 한 것이다. 서쪽은 섬서이다.[孫元規以
   尙書吏部郞中爲陝西都轉運使, 七月首塗, 言七月初上途也. 故云, 大旆遂西.
   西, 陝西也.]
5) 애고(哀苦) : 이해 2월, 구양수의 모친상이 있었다.

17. 여안도[1]에게 보내는 편지[2]

저는 머리를 조아려 거듭 절하고 아룁니다. 이별한 지 5, 6년[3] 동안 하루라도 발돋움하며 남쪽을 바라보지 않는 날이 없었습니다. 저는 노인과 어린아이들을 데리고 배를 띄우기도 하고 뭍을 내달려 바람과 파도, 독한 안개 속을 헤치며 두루 일만 삼사천 리를 여행했습니다. 그러나 어머니 모시면서 다행히 별고 없었습니다. 저는 어리석게도 배움은 더 나아지지 않고 도(道)는 더 더해지지 않은 채, 나이만 늘고 혈기는 쇠해졌지요. 마침내 쓸모없이 세상 따라 칭할 만한 게 없게 되니 어찌해야 하겠습니까?

안도(安道)께서 또 불행히도 부모상을 당하여 어려운 처지에 놓였습니다. 기거하는 안부를 벗들에게도 통지하지 않았는데, 하물며 다른 일에 마음을 쓰시겠는지요? 슬픕니다. 하늘이 과연 우리를 곤궁하게 하려는 것일까요? 소식을 들으니 오래지 않아 상복을 벗는다고 하니, 그때는 제가 마땅히 일찍 행장을 꾸려서 찾아갈까 합니다. 여러 해 동안에 쌓인 작은 저의 생각을 조금이나마 풀려고 합니다. 광문관(廣文館)의 증생(曾生)[4]은 문장과 식견이 참으로 놀랍습니다. 그가 말하길 일찍이 군자(君子)[5]께 배웠다고 말하며, 대략 공의 동정을 말해주었습니다. 그가 가는 길에 편지를 써서 안부를 전합니다.

與余安道

某頓首再拜啓. 爲別五六歲, 未嘗一日不企而南望. 然某攜老幼, 浮水奔陸, 風波霧毒, 周行万三四千里, 侍母幸無恙. 其如頑然學不益進, 道不益加, 而年齒益長, 血氣益衰, 遂至碌碌隨世而無稱邪? 安道又不幸丁家艱, 窮居極處, 起居安否, 不通於朋友, 況欲施於他邪? 嗚呼! 天果欲窮吾人乎! 承不久服除, 當早治裝, 以少解積歲區區之思. 廣文曾生, 文識可駭, 云嘗學於君子, 略能道動靜. 因其行, 聊書此爲問.

| 주석 |

1) 여안도(余安道)는 여양공(余襄公, 1000~1064)으로 본명은 정(靖)이고 자가 안도이다. 양(襄)은 그의 시호이다. 구양수는 치평 4년(1067)에 쓴 「증형부상서여양공신도비명(贈刑部尙書余襄公神道碑銘)」에서 "공은 사람됨이 묵직하고 굳은 절개가 있었으며 말은 온화하고 공손하여 기쁨과 노여움을 드러내지 않았다. 어렸을 때부터 널리 배우고 잘 기억하여 역대의 역사기록, 잡가, 소설, 음양, 율력과 밖으로는 불교, 노자 등의 책에 이르기까지 통달하지 않은 바가 없었다."라고 하였다.[公爲人質重剛勁, 而言語恂恂, 不見喜怒. 自少博學強記, 至於歷代史記, 雜家 小說, 陰陽, 律曆外, 曁浮屠, 老子之書, 無所不通.] 楊家駱 主編, 『歐陽修全集 上』第五冊, 165쪽.

2) 이 편지는 경력 원년(1041)에 썼다.

3) 5~6년 : 경우 3년(1036)에 구양수는 범중엄이 벼슬자리에서 물러나자 편지를 사간인 고약눌에게 보내 질책하였는데 그 일로 이릉령으로 좌천되었다. 경우 4년(1037)에 건덕령으로 전임되었다. 강정(康定) 원년(1040)에 소환되어 관각 교감을 맡아 『숭문총목』을 편수하였다. 이때에 이르러 거의 5, 6년이 지난 것이다.[蓋公自景祐三年因范文正落職, 公上書責高若訥, 降爲夷陵令. 四年, 移乾德. 康定元年召還, 復充館閣, 修『崇文總目』至是時, 已五六年矣.]

4) 광문관의 증생 : 광문관의 증생은 안도의 문하생 증공이다. 광문관은 학관의 이름이다. 당대와 송대 모두 광문관을 설치하여 국자감의 생도들을 가르치는 일

을 관장하게 하였다. 증생은 증공(曾鞏, 1019~1083)으로 북송의 산문가이다. 당
송팔대가의 한사람이며 1057년에 구양수가 주최한 과거에 소식, 소철과 함께
급제한 후 문풍을 일신하여 명성을 얻었다.

5) 군자(君子) : 여기서 군자는 안도(安道)를 말한다.

18. 풍장정공[1]에게 보내는 편지

1) 편지 1[2]

저는 머리를 조아립니다. 저는 오랫동안 문안을 드리지 못했지요. 중간에 편지를 받으니 감사하는 마음 어찌 끝이 있을까요? 겨울 추위에 대감께서는 만복하신지요. 저는 노쇠하고 병도 많은데 작은 한 고을을 얻어 졸렬한 몸을 기릅니다. 2, 3년 사이에 늙어 돌아갈 땅을 도모하기를 약속했습니다. 그러나 뜻을 이루지 못하고 오히려 급작스레 관리의 책임[3]을 맡게 되니, 그 일을 행할 만한 정력을 어찌 소진하지 않겠는지요!

올해 연말이나 초봄을 지나지 않아서 마땅히 강서(江西)로 갈 일이 있을 것입니다. 장인 설(薛)씨[4]는 주관하는 일들에 민첩해서, 하동(河東)의 풍토와 민간의 여러 일들을 자문하며 막부를 보좌하고 있어 참으로 다행입니다. 저는 눈병으로 건강이 막히고 경색되어 편지를 정갈하게 쓰지 못합니다. 오직 바라건대 백성들을 잘 보살피는 일 이외에도 절기에 따라 나라를 위해 몸을 아끼시길 바랍니다.

與馮章靖公

某頓首. 區區久闕致問. 中間辱書, 爲感何已. 冬寒, 伏惟台候万福. 某以衰病, 期得一小郡養拙, 三二年間, 謀一歸老之地. 此願未獲, 遽被責以吏事, 精力耗竭, 何止强勉! 不出歲末春初, 當有江西之行矣. 薛親幹敏, 河東風土, 民間事緖可以詢問, 得佐幕府, 甚幸甚幸. 某爲目疾爲梗, 臨紙草率, 惟冀鎭撫外以時爲國自重.

| 주석 |

1) 풍장정공(馮章靖公)은 풍경(馮京, 1021~1094)으로 자는 당세(當世)이다. 송 악주 강하 사람으로 인종 황우 원년(1049)에 진사제일이 되었고, 왕안석의 신법에 반대하여 잘못된 부분을 개선할 것을 주장했다.

2) 이 편지는 가우 3년(1058)에 썼다. 당시 구양수는 52세로 '용도각직학사', '권지 개봉부' 벼슬에 있었다.

3) 관리의 책임 : 관리의 책무를 진 것은 이해 6월이었고, 권지개봉부의 소임을 맡았다. 구양수는 이때 홍주로 나가길 청하였다. 그래서 연말 연초에 당연히 강서로 갈 것이라고 말한 것이다.

4) 장인 설(薛)씨 : 경우 4년(1037), 구양수는 31세 되던 해에 설규(薛奎)의 딸과 결혼하였다.

2) 편지 2[1]

저는 아룁니다. 합비(合肥)[2]로 직무지역을 옮긴다는 소식을 듣고 나서 일찍이 한 통의 편지를 올렸습니다. 그 후로 다시 편지 올리는 일이 막혔는데 무더위가 닥친 이후로 건강은 어떠하신지요? 여주(廬州)는 회남(淮南)에서도 일이 많은 고을인데, 가만히 생각건대, 부임하여 다스림을 하는 초기에 마땅히 조금 법조와 가르침이 번거로울 것입니다. 그러나 그것을 다 마치고 나면 과히 즐길 만한 풍치가 다른 고을보다는 많을 것입니다. 엎드려 바라건대 정무를 살피는 여가에 시절 따라 자중하시기 바랍니다. 그리고 또 외직에서 조정으로 돌아오시어 사대부와 붕우(朋友)의 바람에 위안을 주시길 바라겠습니다.

某啓. 自承移鎭合肥, 嘗一得奉狀. 其後區區更闕附間, 不審酷暑以
來尊候何似? 盧在淮南爲劇郡, 切惟下車布治之初, 當少煩條敎, 旣
而可樂之趣, 則有多於他邦也. 伏惟視政之暇, 爲時自重. 佇俟來歸,
以慰士大夫朋友之望.

| 주석 |

1) 이 편지는 가우 4년(1059) 여름에 썼다. 이 당시 구양수는 53세로 급사중 호군
   봉호를 획득하였다. 또한 유창(劉敞)이 보낸 훌륭한 부(賦)를 읽고 화답하며 지
   내면서 경성을 떠나고자 했으나 뜻을 이루지 못했다.
2) 합비(合肥) : 지금의 여주부 합비현이다.

3) 편지 3[1]

저는 아룁니다. 금릉(金陵)[2]으로 직무지역을 옮겼다는 소식을 들은 후
로 안부를 드린 일이 소원했습니다. 더위를 보내며 건강이 다복하시리라
여깁니다. 강산의 경승이 실로 좋기로, 맑은 흥이 돌 것입니다. 현자가
오랫동안 외직에 거처하는 것이 어찌 조정의 뜻이겠는지요? 벗들의 사사
로운 마음을 충분히 아시겠지요.

저는 쇠약하고 병든 몸으로 고향으로 돌아갈 마음이 간절하여[3] 『당사
(唐史)』를 지어 어전에 바치고 급히 저의 간청을 개진하였는데 윤허를 받
지 못했습니다. 관직에 나아가서는 도움 되는 바가 없고 물러나려 하는데
도 뜻을 이루지 못합니다. 조정의 반열에서 부끄러움을 짊어진 채 어찌할

바를 모르겠습니다. 서로 만날 길을 더욱 헤아릴 수 없으니, 시절 따라 자애하시어 우러러 그리는 마음에 부응해 주시기 바랍니다.

某啓. 自承移鎭金陵, 遂踈奉問. 經暑, 竊惟體履多福. 江山之勝, 實足以資淸興, 而賢者久居于外, 豈朝廷之意哉? 朋友區區之私, 又可知也. 某衰病, 迫於歸計, 『唐史』奏御, 遽陳愚懇, 而未蒙聽允. 進無所補, 退不獲志, 負愧周行不知所措. 相見益無涯, 惟爲時自愛, 以副瞻望.

| 주석 |

1) 이 편지는 가우 5년(1060)에 썼다. 이 당시 구양수는 54세로 『신당서』를 진상하고 예부시랑 겸 한림시독학사, 추밀부사를 지냈다. 구양수의 관운이 형통해 가던 시기로, 추밀원의 시정기(時政記)를 함께 수찬하였고 군사기밀에 관련된 중요한 업무에 참여하였다.

2) 금릉(金陵)은 강소성 강녕부이다.

3) 저는 …… 간절하여 : 희녕 3년(1070), 구양수는 영주로 되돌아가고픈 그리움을 「속사영시서(續思潁詩序)」에서 "황우 2년(1050)에 내가 바야흐로 남도의 유수가 되어 매성유와 영주의 땅에 밭을 사기로 약속하였다. 그때 지은 시에 '고[琴] 타고 술 마시며 여유롭게 노닐며 물고기 낚는다네. 숲과 골짜기 오르내릴 제 서로 의지하여 이끌어주리. 몸이 강건할 때 이렇게 해야 비로소 즐거우리니, 노쇠하고 병들어 부축 필요할 때까지 기다리지 말게나.'"라고 썼다.[皇祐二年, 余方留守南都, 已約梅聖兪買田於潁上. 其詩曰, 優遊琴酒遂漁釣, 上下林壑相攀躋. 及身强健始爲樂, 莫待衰病須扶攜.] 楊家駱 主編, 『歐陽修全集 上』第五冊, 303쪽.

4) 편지 4[1]

저는 아룁니다. 노쇠하고 병들어 아무 보잘 것이 없고 칭송받을 바도 없어, 괜히 부끄러움과 수치만 안고 있습니다. 내세울 것 없는 저는 부끄러운 줄도 모르면서 인사를 모두 폐지하고 오랫동안 문안을 드리지 못했지요. 다만 우러르고 그리워하는 마음만 깊습니다. 지난번에 경연에 나가는 총애를 받았다는 소식을 편지를 보고 알았는데, 여전히 외직에 머물러 계시니 족히 사대부의 바람을 위로하지 못하고 있습니다. 이는 실로 교유하는 저의 사사로운 의론이 아닌 공론이 그렇습니다. 공의 편지를 받고서 더위를 지나 가을에 이르도록 건강하게 생활하고 계시다는 것을 알았습니다. 강산의 좋은 풍경이이 공무의 여가에도 흥을 돋는다지요. 임금이 부르실 때까지 바라건대 나라를 위하여 몸을 아끼시길 바랍니다.

某啓. 衰病碌碌無所稱, 徒負愧恥. 區區强顏, 人事廢曠, 久闕致問, 但深瞻企. 昨承進寵經筵, 而尙留居外, 未足以慰士大夫之望, 實非交游之私論也. 辱惠書, 承經暑涉秋, 動履淸安. 江山英勝, 聊助公餘之興. 未嚴召間, 希爲國自重.

| 주석 |

1) 이 편지는 가우 6년(1061)에 썼다. 이 당시 구양수는 55세로 호부시랑참지정사와 개국공을 지내고 있었다.

19. 유원보[1]에게 보내는 편지

1) 편지 1[2]

저는 아룁니다. 심부름꾼[專介][3]에게 편지를 받고 이 엄동설한에 정치를 펼친 외에 존후가 평안하시다는 걸 알고 실로 그립던 마음에 위로가 됩니다. 저는 노쇠하고 병들었는데 이와 같이 번잡한 일을 맡아 이미 강서(江西)[4] 지역으로 나가길 세 번이나 주청하였으니 요컨대 정초에는 반드시 윤허하실 것입니다. 그때에 가서 정자 가에 배를 대고 평산당(平山堂)[5]에서 경관을 바라보며 어진 주인과 맑은 의론을 펼치면 어찌 마음이 확 트이지 않겠습니까! 엎드려 바라건대 시절 따라 몸을 아끼시길 바랍니다.

> 與劉原父
> 某啓. 專介辱書, 承此嚴寒爲政外尊候休裕, 實慰企想. 某以衰病, 當此煩冗, 已三請江西, 要在正初必可得. 艤舟亭次, 寓目平山, 奉賢主人淸論, 豈不豁然哉! 伏冀爲時自愛.

| 주석 |

1) 유원보(劉原父)는 북송의 유창(劉敞, 1019~1068)으로 원보(原父)는 그의 자이다. 그는 학문이 깊고 넓어 제가(諸家)에 두루 통달하고 『춘추(春秋)』에 더욱 밝았다. 경력 6년(1046)에 진사과에 1등으로 급제하여 여러 벼슬을 역임하였으며

가우 5년에 한림시독학사에 제수되었다.

2) 이 편지는 가우 2년(1057)에 썼다.

3) 심부름꾼[專介] : 전개(專介)는 편지를 가져와 전하는 사람으로, 일을 전적으로 위임받은 심부름꾼이다.

4) 강서(江西) : 공은 세 번이나 홍주로 나가길 청했다. 홍주는 지금의 강서성이다.

5) 평산당(平山堂) : 구양수는 경력 8년(1048)에 양주 지주에 머물 때 평산당을 지었다. 평산당은 그 모습이 웅장하고 화려해 회남의 제일(第一)로, 위로는 촉강에 의지하고 아래로는 강남의 수백 리와 접하니, 진릉과 윤릉 및 금릉 3주(州)가 희미하게 보이며 장관을 이루었다. 가우 1년(1056)에 유원보가 양주 태수로 나가자, 구양수는 다음과 같은 「조중조(朝中措)」라는 사(詞)를 지어주며 유원보를 전송하였다. "평산당의 난간에서 맑은 하늘을 의지하니 저 멀리에 산빛이 있는 듯 없는 듯하네. 손수 집 앞에 늘어진 버들을 심었는데 이별하고는 봄바람이 몇 번이나 지났을까? 나는 문장 태수로 붓을 휘두르면 만 자를 쓰고 술은 한 번에 천 잔을 마신다네. 잘 놀고 즐기는 것은 젊은 날의 일이고 술잔 앞에 앉아 늙은 나를 보네"[平山欄檻倚晴空, 山色有無中. 手種堂前垂柳, 別來幾度春風? 文章太守, 揮毫萬字, 一飮千鍾. 行樂直須年少, 尊前看取衰翁.]

2) 편지 2

저는 아룁니다. 더위가 심하더니 공의 말씀처럼 과연 다시 구름이 일어날 것 같습니다. 좋은 계절에 마침내 비가 내릴까요? 건녕(建寧)[1]의 공론은 더욱 시끄럽습니다. 그러니 제서(制書)[2]를 맡은 사람이 반드시 체포되어 심문을 받을 것입니다. 후일의 유람은 다시 가고 싶지 않았으나 저의 뜻이라도 전달되어 다행입니다. 인사의 어려움이란 바로 이와 같습니다. 오사란(烏絲欄)[3]은 공의 이전 편지의 가르침에 따라서 먹을 적시지 않고 이제 돌려드립니다. 마땅히 징심지(澄心紙)[4]에 시험 삼아 한 장을 써서 공의 명에 부응하겠습니다. 금앵전(金櫻煎)을 삼가 보내며 또한 진우슬(眞牛膝)[5] 한두 속(束)[6]을 요청합니다. 성유(聖兪) 처소에서 얻은 게 많지 않아서이지요.

> 某啓. 暖甚果復作陰, 嘉節豈遂爲雨邪? 建寧物論益喧, 當制之人, 必被收理. 後日之遊, 且不欲往, 幸爲致意. 人事之難乃爾, 烏絲欄依前書不染墨今納還, 當以澄心紙試書一章塞命也. 金櫻煎謹送, 卻乞眞牛膝一二束, 爲聖兪處所得不多爾.

| 주석 |

1) 건녕(建寧) : 『일통지』에 의하면 건녕부는 후주에서는 칠민의 지역이었다. 송나라 초에 건녕군으로 고쳤다.[一統志, 建寧府, 周七閩地, 宋初改軍曰建寧.] 西川文仲 註解, 『구소수간주해』.

2) 제서(制書) : 임금이 제도(制度)에 관련한 사항을 내릴 때 사용하는 명령서로 임금이 내리는 글에는 그 목적에 따라 책서(策書), 제서(制書), 조서(詔書), 계칙(戒勅) 등이 있다.

3) 오사란(烏絲欄) : 종이 이름으로 검은 먹줄로 그 행을 나눈다.

4) 징심지(澄心紙)는 종이 이름이다. 「화유원보징심지(和劉原甫燈心紙)」는 『육일시화』에 나온다. '내 집에 일찍이 남당후주의 징심당지가 있었다.'라고 하였다.[澄心紙, 紙名, 「和劉原甫燈心紙」, 詩 『詩話』 余家嘗得南唐後主澄心堂紙.] 당시에는 반드시 좋은 종이가 있어야만 이에 행묵을 할 수 있었기 때문에 묵과 징심당지(澄心堂紙)·옥판지(玉版紙)와 동전(桐箋)·선전(宣牋) 등의 좋은 종이를 보배로 여겼다.

5) 금앵전(金櫻煎), 진우슬(眞牛膝) : 모두 약의 이름이다.

6) 속(束) : 묶음의 단위이다. 생선 1속은 10마리, 김 1속은 100장이다.

3) 편지 3[1]

저는 아룁니다. 맑게 갠 날이 참으로 사랑스러워 좋은 계절의 모임을 그만 둘 수 없지요. 저의 생각에 그때가 되면 함께 한번 웃으리라 여겼는데 원보(原父)께서 유독 가지 못한다 하니 인사가 뜻대로 되기 어려움이 진실로 항상 이와 같습니다. 개보(介甫) 왕안석의 새로운 시 수십 편을 받아보니 모두 탁월하였습니다. 시의 도(道)가 적막하지 않아서 서로 알려주는 것이 기쁩니다. 개보의 시축(詩軸)은 다 보기를 기다려서 급히 올리겠습니다. 마침 번민 때문에 잠에서 깨어 답장이 정밀하지 못했습니다.

> 某啓. 晴色可愛, 不廢佳節之會. 謂當時同一笑, 而原父獨不往, 人事難得如意, 固常如此邪. 得介甫新詩數十篇, 皆奇絶, 喜此道不寂寞, 以相告. 詩軸, 俟看了馳上. 適因悶睡起, 奉答不謹.

| 주석 |

1) 이 편지는 가우 4년(1059), 구양수가 한림학사로 있을 때 썼다.

4) 편지 4[1]

저는 아룁니다. 어제 뵙고 난 후 북쪽 이원지(李園池)[2]에 이르니 나무들이 울창한 게 푸르게 그늘져 있고, 계절의 풍경은 이미 바뀌어 있었지요.

이러한데 그대 원보가 유독 곁에 있지 않으니 다만 모임을 마칠 때까지 그리웠습니다. 바람결에 흙먼지가 날아와 자리가 더욱 불편하였습니다. 문득 이렇게 답장을 올립니다. 일전 편지에서 개보(介甫)의 시를 요구하셨는데 오늘 자정(咨呈)[3]을 통해 올리고 그 중 한두 편은 마땅히 전하지 못할 것으로 여겨 특별히 없앴습니다. 아마 이해하시겠지요?[4]

> 某啓. 昨日奉見後, 遂之北李園池, 見木陰葱翠, 節物已移, 而原父獨不在, 但終席奉思. 加以風砂, 益可憎爾. 輒此奉報. 前承要介甫詩, 謹以咨呈, 其一二篇不當傳者, 特爲剪去之矣. 恐知.

| 주석 |

1) 이 편지는 가우 4년(1059)에 썼다.

2) 이원지(李園池) : 연못 이름이다. 당나라 이무정(856~924)은 북쪽에 동산을 가지고 있었다. 이원지는 이 동산 안에 있는 연못인 것 같다.

3) 자정(咨呈) : 공문서의 종류이다. 자(咨)는 대등한 관청 간에, 정(呈)은 상급 관청에 보낸 문서이다.

4) 아마 이해하시겠지요? : 개보가 오해받을 만한 시는 없애라고 요구한 것 같다.

5) 편지 5[1]

저는 아룁니다. 여러 날 만나 뵙지 못하였습니다. 남은 더위가 자못 심한데 잘 지내고 계시지요. 작일에 관청의 특별한 모임에서 무더위에 찬 것을 많이 마셨습니다. 우연히 복통을 앓게 되고, 맡아 주관할 일이 적어서 우선 휴가 중에 있습니다. 다만 이삼 일이 지나면 응당 관청에 나가 업무를 볼 것입니다. 특별히 번거롭게 저의 안부를 묻고 염려해 주셨는데, 감사하고 부끄러움이 그치지 않습니다. 지금 몹시 건조한데 언제나 물을 마실 수 있을까요.[2] 일찍이 이와 같이 쓸쓸한 적은 없었습니다. 인편이 돌아가기에 삼가 편지를 써서 사례합니다.

> 某啓. 數日不奉見. 餘暑頗甚, 伏惟起居佳勝. 昨日郡牧特會, 以熱中飮冷過多, 偶爲腹疾, 兼以少幹故, 遂且在告, 祇三兩日, 當卽出參. 特煩問念, 感愧曷已. 乾燥非常, 何時可飮? 未嘗如此寥落也. 人還, 謹啓爲謝.

| 주석 |

1) 이 편지는 가우 4년(1059)에 썼다.
2) 지금 …… 있을까요. : 상대방이 예전에 좋은 차와 물을 보내주겠다고 한 것 같다.

6) 편지 6[1]

저는 아룁니다. 각별히 문안 편지를 주시니 감사하고 부끄러운 마음 그지없습니다. 저는 여전히 복통이 낫질 않아서 노쇠한 나이에 몸을 지탱하기 어렵습니다. 그래서 감히 평상시처럼 먹지 못해서 마침내 다시 병가를 냈습니다. 더운 성질의 재료로 된 열약은 감히 여러 첩을 복용할 수 없어 오로지 새벽에 일어나 한 첩씩 먹고 있지요. 대개 내 자신이 항상 복용한 것도 전혀 효과가 없어 새롭게 공을 들인 보람을 기대할 뿐입니다. 공의 가르침을 받고 마땅히 절제하겠습니다. 또한 듣자니 매이(梅二)[2]도 편치 않다고 하니 바로 안부를 물으려 합니다.

某啓. 特辱問念, 感愧曷已. 某腹疾猶未平, 衰年已覺難支, 以不敢常
食, 遂且在告. 熱藥不敢多服, 惟晨起一服爾. 盖自家常服者已頑無
效, 冀新功爾. 承教, 當節之也. 亦聞梅二不安, 方欲致問.

| 주석 |

1) 이 편지는 가우 4년에 썼다.
2) 매이(梅二) : 매성유를 가리킨다. 이(二)는 매성유의 항렬이다.

7) 편지 7[1]

저는 아룁니다. 원보(原甫)가 이미 서쪽으로 가고 난 후, 저는 관제(官制)
에 구속되지 않는 몸인데도, 벗들과의 교유는 절로 적막하였지요. 더군다
나 갑자기 근심스런 직책을 맡아서 다른 길을 밟으니 그 정황을 알 수 있
겠지요? 우연히 생각해보니 봄기운에 만물이 싹 터 옛 도읍에 아름다운
경치가 가득할 테지요. 즐거움에 어찌 다시 끝이 있을까요? 저같이 명성
과 이익에만 골몰하여 오직 미혹에 빠진 자는 그 수고로움[명성과 이익의
수고로움]을 이기지 못하면서 다만 그 즐거움만을 봅니다. 식견과 지식은
거칠며 쇠약하여 병조차 겸하고 있지요. 이 일을 다른 사람에게 말하기는
어렵습니다. 유독 원보만 헤아려주실지 모르겠군요. 바람결에라도 행여
자주 편지를 내려주시어 그리워하는 마음에 위안을 주십시오.

某啓. 自原甫旣西, 雖不爲官制所拘, 朋遊亦自寂寞. 況遂當憂責, 履
異塗, 其爲情況可知. 偶思春物將動, 故都多佳致, 爲樂豈復可涯, 汩
沒聲利, 惟溺惑者不勝其勞而但見其樂. 粗有識知, 兼以衰病, 此事

難爲他人道, 獨不知原甫諒之否. 因風幸數垂問, 以慰瞻企.

|주석|

1) 이 편지는 가우 5년(1060)에 썼다. 이 당시 구양수는 54세로 『신당서』를 진상하
고 예부시랑 겸 한림시독학사, 추밀부사로 재직하였다.

8) 편지 8[1]

저는 아룁니다. 봄으로 접어든 이래 딸아이들의 병마로 괴로움을 겪
고 여러 가지 일로 걱정하며 애를 태우느라[2] 안부조차 드리지 못했습니
다. 그러나 오래도록 편지를 받지 못해 몹시 궁금합니다. 무슨 혐의로 저
를 갑자기 배척하고 도외시하는지 모르겠습니다. 처음에는 서주(西州)의
선물이 매우 많을 것을 바랐는데, 지금은 한마디 적은 작은 편지라도 얻
을 수 없으니 하물며 다른 나머지를 바라겠습니까? 저는 늙고 보잘것없
어 감당할 일이 없습니다. 스스로 돌아보건대 끝내 만분의 일이나마 보
탬이 없을까 두렵습니다. 노쇠하여 병들어가는 것은 날로 더하고 잘못을
나무라는 소리는 사방에 이르니, 장차 어찌할까요? 봄의 경물은 흐드러
지게 피어나는데, 공이 계신 고도(古都)의 유적은 볼 만한 것이 많아 이루
다 구경하지 못할 것입니다. 다만 조석으로 맘껏 풍경을 보기 때문에 "아
름다운 경관을 만나기 어렵다"고 말하는 안타까움은 없으시겠지요. 모름
지기 저처럼 부러워만 할 뿐, 그러한 경치도 얻지 못한 사람이 있다는 것
을 알아주십시오.

공의 아우를 서로 만나는 일도 드뭅니다. 대개 지난날처럼 여러 현인들
과 몸을 잊고 마음에 맞게 할 수가 없습니다. 서재(西齋)[3]는 먼지에 쌓이

고 다시 사람의 자취가 없습니다. 다행히 연일 휴가를 얻어 대략이나마 저의 그리운 마음을 공에게 펼칩니다. 그러나 공은 바야흐로 맑고 한가한 때의 즐거움을 누리면서도 친구에게 겨를을 내주지 않는 것은 마땅하지 않습니다. 기타 세속적인 일들은 각박하고 모지니 말씀드리지 않겠습니다. 날이 따스해져 가는데 더욱 몸을 아끼시어 공을 간절히 그리는 저의 마음을 위로해 주십시오. 자화(子華)⁴⁾의 편지를 얻었는데 서쪽으로 가다가 당연히 합주(陝州)와 옹주(雍州)에서 머문다고 말했습니다. 정말 이와 같이 되겠는지요? 손가락이 굽더니 또한 왼쪽 손가락에까지 더해지고, 두 눈도 겨우 물건을 변별할 뿐이니, 그 나머지 몸의 형편을 알만하시겠지요?

某啓. 自春以來, 苦兒女輩疾病, 憂煎百端, 遂闕馳問. 然亦怪久不承惠音, 不審何嫌, 遽見斥外? 始望西州之物甚衆, 今一言寸紙猶不可得, 況於其他乎? 某老拙無堪, 自顧恐終無所爲以補万一, 而衰病日增, 咎責四至, 其將奈何? 春物爛發, 古都遺跡不可勝覽, 但恐厭飫朝夕, 不以難得爲可惜, 須知有羡而不可得者爾. 賢弟亦稀相見, 盖不能得如往日與諸賢忘形取適爾. 西齋塵土, 無復人迹. 幸連日暇, 故畧得少布區區. 然公方亨淸閒之樂, 不宜無暇於故人也. 其他俗事薄惡, 可不掛耳. 惟向暖多愛, 以慰傾企, 得子華書, 言西去當於陝, 雍留連, 果能如此否? 手指拘攣, 又添左手, 兩目僅辨物, 其餘可知.

| 주석 |

1) 이 편지는 가우 6년(1061)에 썼다.

2) 애를 태우느라 : 어린 딸아이들이 병에 걸려 마음을 심하게 졸였다.

3) 서재 : 공이 관청에 있을 때의 재이다.

4) 자화(子華) : 자화학사는 구양수의 문집 중에 있는 시에 매우 많이 나온다. 즉 자

화는 한헌숙 한강(韓絳)이다. 한강(1012~1088)은 한림학사로 경주를 다스릴 때 일찍이 오랑캐를 평정한 공이 있어 단명전학사를 겸하였다. 구양수는 「기한자화(奇韓子華)」라는 시에서 "사람 일이란 종래부터 정해진 곳 없고, 세상살이 변고 많아 말을 실천하기 어렵네. 누가 영수가의 한가로운 선비가 십경의 넓은 서호에서 낚시대 하나 드리우고 있음을 알리오."[人事從來無定處, 世塗多故踐言難. 誰知穎水閑居士, 十頃西湖一釣竿.]라고 하였다.

20. 채군모[1]에게 보내는 편지[2]

저는 아룁니다. 보내주신 앵녕옹(櫻寧翁)의 먹[3][墨]은 몹시 감사합니다. 이 먹은 진실로 얻기 어려운 것이지만 다른 사람에 비한다면 여전히 두 개 정도가 부족합니다. 그윽한 서재에서 고요히 지낼 때면 붓과 벼루를 놀리고 먹에다 자못 의지하지요. 아무리 먹이 많다 할지라도 싫증 날 것이 없습니다. 제가 번거롭게 부탁하며 떠들어댄 소리에 언짢지 않으리라 생각합니다. 저의 여러 가지 일들은 그대로 남겨두고 직접 만나서 감사드리겠습니다.

> 與蔡君謨
> 某啓. 辱惠櫻寧翁墨, 多荷多荷. 物誠爲難得, 然比他人尙少其二. 幽齋隙寂時, 點弄筆硯, 殊賴於斯, 雖多無厭也. 煩聒計不爲嫌矣. 諸留面謝.

| 주석 |

1) 채군모는 채양이다. 매성유에게 보내는 〈편지 5〉에 나온다.
2) 이 편지는 가우 연간(1056~1063)에 썼다.
3) 앵녕옹(櫻寧翁)의 먹 : 아마도 채군모가 보내준 먹일 것이다.

21. 증자고[1]에게 보내는 편지[2]

저는 아룁니다. 비록 오랫동안 뵙지 못하였으나 여러 번 편지와 새 글을 보내주시니 그리워하는 마음에 위로를 받습니다. 올해 과장(科場)[3]이 열렸는데 뜻하지 않게 높이 뛰어오르는 것이 지체되었을 뿐이니[4] 덕을 쌓고 뜻을 길러 더욱 큰일에 이르기를 기약하십시오. 이것이 부족한 이 사람의 바람입니다. 저는 여기 생활이 예전과 같아 다행입니다. 산골 고을이라 벗들과 교유가 적고 날로 어리석어 깨우침이 막힙니다. 게다가 나이 들어 배움은 퇴보하고 예전에 익혔던 학문은 쓸모가 없게 되어, 한자(韓子)가 말한 대로 끝내 늙어 소인(小人)으로 귀결되고 말 것인지요?[5] 바람결에라도 멀리서 가르침을 내려주시기를 아껴지 마십시오. 잘 만나지 못하는 동안에도 몸을 보중하시길 바랍니다.

> 與曾子固
> 某啓. 雖久不相見, 而屢辱書及示新文, 甚慰瞻企. 今歲科場, 偶滯遲擧. 畜德養志, 愈期遠到, 此鄙劣之望也. 某此幸自如, 山州少朋友之遊, 日愈昏塞, 加之老退, 於舊學已爲廢失, 而韓子所謂終於小人之歸乎? 因風, 不惜遠垂見敎. 未良會間, 自重自重.

| 주석 |

1) 증자고(曾子固)는 증공(曾鞏, 1019~1083)이며 건창 남풍(지금의 강서성) 사람

으로 자가 자고(子固)이다. 경력 2년(1042)에 구양수는 「송증공수재서(送曾鞏秀才序)」에서 증자고는, "학문을 넓히고 그 지조를 굳게 지킬 것을 다짐하였다. 내가 처음에 그 문장에 놀랐었는데 또 지금 그의 뜻을 장하게 여긴다. 농부는 그해의 날씨를 탓하지 않고 김매고 씨 뿌리는 농사일을 부지런히 하는 것이니, 홍수가 나고 가뭄이 들면 다 끝나버릴 뿐이지만 만약 한번 수확을 하게 되면 어찌 많이 거두지 않겠는가?"라고 하였다.[思廣其學而堅其守. 予初駭其文, 又壯其志. 夫農不咎歲而菑播是勤, 其水旱則已, 使一有獲, 則豈不多邪?] 楊家駱 主編, 『歐陽修全集 上』第五冊, 291쪽.

2) 이 편지는 경력 6년(1046)에 썼다. 이 당시에 구양수는 40세로 저주 지주로 있었다. 이때 명성을 흠모하여 찾아와 고문을 가르쳐달라는 사람이 늘 몇 명씩 있었다. 이들 후학 가운데에는 장생, 왕향, 손수재, 서무당, 서무일 형제 외에도 강서의 수재 증공이 있었다. 증공이 처음 구양수에게 편지를 쓴 것은 경력 원년(1041년)이다.

3) 과장(科場) : 과거를 보는 과거 시험장이다.

4) 지체되었을 뿐이니 : 여기에서는 낙제했음을 뜻한다. 이해 사인 증공이 과거에 합격하지 못하자, 구양수는 글을 지어 위로하고 격려하였다.

5) 게다가 …… 말 것인지요. : 한자(韓子)는 한유(韓愈, 768~824)이다. 이 말은 『별본한문고이(別本韓文考異)』 권12에서 한유가 지은 「오잠(五箴)」 중 "내가 소년 시절엔, 다재다능해지길 바라서, 이른 아침부터 밤늦게까지 부지런히 노력했는데, 내가 지금에 와서는, 이미 배부르게 먹고 놀기만 하여, 이른 아침부터 밤늦게까지 아무런 하는 일이 없다. 아, 나여, 지각이 없구려. 장차 군자 되기를 포기하고, 소인이 되려나 보구려."[余少之時, 將求多能, 蚤夜以孜孜, 余今之時, 旣飽而嬉, 蚤夜以無爲. 嗚呼余乎! 其無知乎? 君子之棄, 而小人之歸乎.]에서 나온 말이다.

22. 범경인¹⁾에게 보내는 편지²⁾

저는 아룁니다. 심부름꾼에게 삼가 편지를 받들고 따사로운 봄 날씨에 건강이 좋으심을 알았습니다. 저는 임금의 은혜로 마침내 중책에서 벗어나는 윤허를 받고 박주(亳州) 지사로 전보되니³⁾ 오히려 편합니다. 다행함을 이루 다 쓸 수가 없습니다. 그 밖에 시끄럽게 다투는 소문들로⁴⁾ 궁중 안팎에 나도는 말들은, 대략 지금과 같기 때문에 번거롭게 이야기하지 않겠습니다. 삼가 배를 공의 부하(府下)⁵⁾에 매어 두고 주인을 한번 뵙고 지나간다면 조금이나마 그리워하는 마음이 풀려 흡족하겠지요. 돌아가는 인편에 우선 이렇게 마음을 펴서 감사드립니다.

> 與范景仁
>
> 某啓. 專人辱書, 伏承春暄體候淸福. 某蒙恩許解重任, 得亳便私, 其爲優幸, 不可勝述. 其他誼諏, 誼諏中外所聞, 大畧秖如此, 故不得煩言. 惟繫舟府下, 一見主人而過, 粗釋瞻思之懇爲足矣. 人還, 姑此布謝.

| 주석 |

1) 범경인(范景仁)은 범진(范鎭, 1008~1089)으로 자가 경인(景仁)이다. 보원 원년 (1038)에 진사제일로 급제하고 지간원에 올랐으며 왕안석의 신법을 극력 반대하였다. 학문은 육경을 근본으로 했으며, 고악(古樂)을 정밀히 연구하였다. 이

당시 구양수는 61세로 관문전학사, 형부상서, 박주 지주를 역임하였다. 시호는
충문(忠文)이다.

2) 이 편지는 치평 4년(1067)에 썼다.

3) 박주 지사 : 이해 어사 팽사영(彭思永) 등이 유언비어로 구양수를 공격하니 구양
수는 전력을 다해 물리쳤지만 결국 형부상서, 박주 지사로 전보되었다.

4) 시끄럽게 다투는 소문들로 : 이 당시 구양수는 영종이 붕어하고 신종이 즉위하
자 상서좌승으로 전보되었다. 상복 안에 보라색 관복 저고리를 입었다는 이유
로 어사의 탄핵과 공격을 받았으며, 장지기 등에 의해 사생활이 문란하다는 비
방과 함께 탄핵을 받았다.

5) 부하(府下) : 한 고을의 구역 안이다.

23. 왕자야¹⁾에게 보내는 편지²⁾

저는 운사학사(運使學士) 자야(子野) 형께 머리 숙여 거듭 절합니다. 따사로운 봄날에 삼가 건강은 좋으신지요. 저는 작년 윤달 이래 동군(東郡)의 활주 통판이 되어 녹봉을 받으며 어머니를 봉양하고 있습니다. 다행히 바라던 일이지만 궁벽한 곳에 머무니 나날이 더하여 어리석고 비루해집니다. 도하(都下)³⁾에 있을 때 자야 형이 배를 타고 떠나시는데 손을 부여잡고 이별하지 못하였지요.

그 후 전송했던 분이 돌아와 자못 손님들을 머물게 하고 매우 기뻐하면서 술을 많이 마셨는데, 친지들은 모두 몸이 허약한 공을 걱정하였다지요. 그 후 임지로 돌아가서도 다시 술을 마셨는지 모르겠습니다. 공은 스스로 몸조리를 잘하고 육식을 끊고 담박한 것을 즐기시는데, 하물며 술에 대해선 무얼 말하겠습니까? 한번 이별하고 남북으로 나뉘어 문안을 자주 못 드립니다. 바라건대 자중하시며 간절한 마음에 위안을 주십시오. 드릴 말씀을 다 아뢰지 못하고 저는 머리 숙입니다.

與王子野

某頓首再拜運使學士子野兄. 春暄, 伏惟尊候万福. 自去年閏月來東郡以就祿養, 幸如所欲. 惟僻陋, 日益愚鄙爾. 在都下時, 子野兄舟行, 不克攀別. 其後送者還, 頗知留客甚歡, 而飲酒差多, 親族皆以素羸奉憂. 不知其後復飲否? 子野善自攝, 猶能絕葷血, 甘淡薄, 況於酒邪? 一別頓爾南北, 闕於候問, 惟冀自重, 以慰區區. 不宣. 某頓首.

| 주석 |

1) 왕자야(王子野)는 왕질을 말한다.

2) 이 편지는 경력 3년(1043)에 썼다.

3) 도하(都下) : 경사(京師, 수도 서울) 근처를 이른다.

24. 왕심보[1]에게 보내는 편지[2]

저는 아룁니다. 저번에 심보(深甫) 그대가 경사에 있을 때엔 세속의 번다한 일들로 자주 만나지 못하였습니다. 이미 그대가 떠나고 나서도 자주 안부를 묻지 못하였지요. 그렇게 소원하게 대하였으니, 그 밖의 사정을 보더라도 어찌 무심하고 게으르다 하지 않겠습니까? 그러나 제 마음은 그렇지 않았습니다. 인편에 편지를 받고 태부인[3]을 모시며 건강하시다니 위안이 됩니다. 저는 하루가 다르게 노쇠해지니 세상에 대해 별다른 의취(意趣)[4]를 갖지 않습니다.

근자에 영주(潁州)에 밭을 샀는데, 복건을 쓰고 두세 명의 벗들과 함께 마을 밭을 왕래할 것을 생각하니, 그 즐거움으로 여생을 보낼 수 있을 것 같습니다.[5] 헌데 사정상 속히 영주로 갈 수 없는데, 바라는 일을 이룰 수 없는 것은 아니고 다만 그것이 늦을 뿐입니다. 심보 그대는 이를 어떻게 생각하는지요? 그대의 동생께서 며칠 전에 서쪽으로 떠날 때 잠깐 만나보았습니다. 매서운 추위에 자애하길 다시 빌겠습니다.

與王深甫

某啓. 嚮者深甫在京師, 則以俗冗不常得相見. 旣去, 又不時爲信問. 視其外豈非踈且慢哉? 然求諸中, 則不然也. 人至惠問, 承奉太夫人万福, 下情瞻慰. 某衰病日增, 殊無世間意趣. 近買田潁上, 思幅巾與二三君往來田間間, 其樂尙可終此餘年爾. 而其勢未能速去, 非爲之不果, 猶須晚獲也. 深甫以謂如何? 賢弟昨西, 暑見爾. 祁寒, 更乞自愛.

| 주석 |

1) 왕심보(王深甫)는 왕회(王回, 1023~1065)이며, 복주 후관 사람으로 후에 영주 여양으로 옮겨 살았다. 가우 2년(1057)에 진사가 되어 위진 주부에 임명되었지만 스스로 사직하고 영주로 돌아왔다. 평생 사소한 일로 명예를 구하는 일은 하지 않았고 학문을 하며 구양수를 으뜸으로 삼았다.

2) 이 편지를 쓴 시기는 알 수 없다. 다만 이 편지의 내용으로 보아 구양수는 모친이 연로하고 병환이 깊어 영주로 전출을 요청하여 황우 원년(1049)에 전임하니 그 이전일 것 같다.

3) 태부인은 왕회(王回)의 어머니이다.

4) 의취(意趣) : 의지와 취향으로 적극적인 마음으로 하고자 하는 결심과 의욕을 말한다.

5) 근자에 …… 같습니다. : 구양수가 노쇠하고 병들어 영주 땅으로 돌아가기를 청했지만, 조정에서는 윤허하지 않았다.

25. 장백진¹⁾에게 보내는 편지

1) 편지 1²⁾

저는 머리를 조아립니다. 산간고을³⁾은 궁벽하고 막혀 있어 사람들의 왕래가 뜸합니다. 매번 가르침을 주시는 서찰을 받으니 감사하고 부끄러운 마음 어찌 다 이기겠습니까? 저는 재주가 얕으면서도 총애는 과분하게 입었지요. 화(禍)⁴⁾를 얻고도 벌을 가볍게 받아 이처럼 편안한 곳을 얻었으니 천행(天幸)으로 여깁니다. 공이 폄적되어 아직도 강군(江郡)에 머문 지도 홀연 한 해가 지났습니다. 크게 형통함에는 때가 있으니 먼저 조금 억눌리는 것도 또한 비괘(否卦)⁵⁾의 비(否)가 통하는 이치일 것입니다. 자애하길 바라며 우러러 축수하는 마음에 부응해 주십시오.

> 與章伯鎭
>
> 某頓首. 山郡僻絶, 不與人通. 每辱誨問, 何勝感愧. 某材薄寵過, 得禍甚輕, 獲此優安, 至爲天幸. 伯鎭尙淹江郡, 忽已踰年. 大亨有時, 先以小抑, 亦通否之理然也. 惟冀自愛, 以副瞻禱.

| 주석 |

1) 장백진은 장민으로, 자가 백진이다. 건주 포성 사람으로 인종 천성 5년(1027)에 진사가 되어 관평강군의 추관으로 있었다.

2) 이 편지는 경력 5년(1045)에 썼다.

3) 산간고을[山郡僻絶] : 구양수는 이해에 저주 지사로 좌천되었다. '산군벽절'은 저주를 이른다.

4) 화(禍) : 구양수가 고아였던 생질녀 장씨로 인하여 폄적당함을 이른다.

5) 비괘(否卦) : 육십사괘 중의 한 괘이다. 상괘가 건괘(乾卦)이고 하괘가 곤괘(坤卦)로 비괘의 상형을 이룬다. 양인 하늘은 가벼워서 위로 올라가고 음인 땅은 무거워서 아래로 내려가기 때문에 '서로 사귀지 못함을 상징'한다. 물건은 언제나 형통할 수는 없으며 형통한 뒤에는 반드시 막힘이 있게 마련임을 뜻하고 있다.

2) 편지 2[1]

저는 지난번 눈병이 심하여서 영주(穎州) 지주를 청해 스스로 편안한 생활을 하고 있습니다. 게으름을 수양하고 졸렬함을 감추기에 적당한 곳을 얻었습니다. 장강(長江)과 회수(淮水)[2]에 배를 띄우니 세상에 얽매이지 않고 즐겁습니다. 심부름꾼이 먼 곳에서 와 이별하는 편지를 받았습니다. 또한 봄날 따스한 때, 침식의 다복함을 알았습니다. 서로 헤어져 더 멀리 있게 되면, 뵙고 싶은 마음은 더욱 간절해질 테지요. 부디 몸을 아끼시기 바랍니다.

> 某昨以目病爲梗, 求穎自便. 養慵藏拙, 深得其宜, 泛舟長, 翛然其樂. 急足遠至, 辱書爲別, 且承春暄寢昧多福. 相去益遠, 瞻望徒勞, 千萬保重.

| 주석 |

1) 이 편지는 황우 원년(1049)에 썼다. 이 당시 구양수는 43세로 정월에 영주 지

주로 전임하여 서호(西湖)의 경치를 보고 은퇴 후 이곳에서 은거하기로 생각하
였다.

2) 장강(長江)과 회수(淮水) : 중국 양자강을 장강이라 한다. 회수는 회하(淮河)라
고도 한다.

3) 편지 3[1]

저는 자미(子美)[2]가 세상을 떠났다는 소식을 들은 이래로 제 삶의 의욕
을 잃었습니다. 교유했던 벗들은 거의 다 세상을 떠나고 살아 있어도 늙지
않으면 병들어 있고, 그렇지 않으면 인생길에 곤궁을 겪으니 시름만 더해
갑니다.[3] 이런 가운데 자미는 더욱 심하였지요. 애통합니다! 그대가 보낸
제문을 읽으면 슬픔만 더해질 뿐입니다. 나머지 그대의 훌륭한 글은 서호
(西湖)[4]에 이르러 상쾌하게 읊겠습니다.

만약 회양(淮陽) 땅에 도착한다면 필히 속세의 생각을 조금이나마 없애
고, 오히려 가능하다면 작자(作者)의 반열에 오르도록 더욱 노력하겠습니
다.[5] 보내주신 차(茶)는 마침 저에게 부족했던 것이었는데 대단히 감사합
니다. 병이 든 이래로 전혀 술을 마시지 못해서 무료함이 더했습니다. 바
로 이 차에 의지하여 맑은 흥취를 더할 수 있겠습니다.

某自聞子美之亡, 使人無復生意. 交朋淪落殆盡, 存者不老卽病, 不
然困於世路, 愁人愁人. 就中子美尤甚, 哀哉!祭文讀之, 重增其悲爾.
盛作俟至西湖, 方快吟味. 淮陽苦區區到彼, 必少祛俗慮, 尙可勉强
以攀作者. 惠茗正爲所少之物, 多荷多荷. 自病來, 絶不飲酒, 尤爲無
聊, 正藉此物以增淸興爾.

| 주석 |

1) 앞의 편지와 같은 해인 황우 원년(1049)에 이 편지를 쓴 것 같다.

2) 자미(子美) : 소순흠이다.

3) 교유 …… 더해갑니다. : 저주로의 폄적, 양주 태수, 영주 지사, 남경 유수에 이르
기까지 10년 가까이 그의 친구 윤수, 소순흠, 범중엄, 자야 등이 모두 잇달아 세
상을 떠났다. 구양수는 그들을 위해 묘지와 제문을 썼다.

4) 서호(西湖) : 영주의 서호이다.

5) 만약 …… 노력하겠습니다.[淮陽苦區區到彼, …… 尚可勉強以攀作者.] : '회양
고구구도피(淮陽苦區區到彼)'에서 '고(苦)'는 '약(若)'으로 쓰였다. 그리고 '작자
(作者)'는 『예기(禮記)』 「악기(樂記)」의 "창작하는 사람은 성인이라 이르고, 전
술하는 사람은 명인이라 이른다."[作者之謂聖, 述者之謂明.]'에서 나온 말이다.

26. 왕보지[1]께 드리는 편지[2]

저는 아룁니다. 근자에 공이 타신 배가 제가 다스리는 고을의 경계를 지났군요. 특별히 편지를 주셨는데, 기쁘게도 가을 날씨가 차가운데도 기체가 편안하심을 알았지요. 채주로 가는 길이 멀어서 말이나 수레를 요청하지도 못했으며, 문안 편지를 올리거나 온전히 맞이하고 찾아뵙는 일도 못하여 부끄럽고 서운함 마음이 깊었습니다. 저는 주청을 허락하신 은지를 입고 궁벽하지만 일은 간결한 고을에서 지냅니다. 늙고 노쇠한 나이에 지치고 병든 몸으로, 구차히 녹봉을 받고 편히 지내니 다행입니다. 다정히 뵐 날을 기약할 수 없으니 언제나 몸을 잘 살피시길 바랍니다.[3]

> 與王補之
> 某啓. 近者行舟過界上, 特辱惠書, 喜承秋冷氣體安和. 以至郡道里差遙, 不敢曲邀車騎, 又失於上問, 全乏迎候, 豈勝愧恨. 某蒙恩得請, 郡僻事簡, 衰年疲病, 苟祿偸安, 甚爲幸也. 款見未涯, 以時自愛.

| 주석 |

1) 왕보지(王補之, 1024~1070)는 왕무구(王无咎)이다. 보지(補之)는 그의 자이며 하급관리를 지냈다. 왕안석이 쓴 「왕보지묘지명(王補之墓誌銘)」에 의하면 가우 2년(1057)에 진사에 급제하여 강도현부와 위진현 주부로 임명되었다. 가우 2년 진사시에 구양수는 지공거로서 태학체의 문풍을 배격하고 준출한 인물들을

다수 합격시켰는데 소식, 소철, 증공, 왕안석, 왕무구 등이 합격했다. 그때 왕무구의 나이는 33세였다.

2) 이 편지는 희녕 3년(1070), 채주 지주로 있을 때 썼다.

3) 왕안석이 지은 「왕보지묘지명」에서 "군이 계시는 곳에는 배우려는 사람들이 모여들었고, 뛰어난 사대부들이 모두 흠모하여 교유하고자 했다. 그러나 군은 어울리는 일이 적었고, 늘 문을 닫고 글을 읽으며 오로지 나와 함께 말을 하면 거슬리는 일이 없었다. 희녕 초에 이르러 이른바 검소하고 곧아 의를 좋아하였다. 사적인 이익을 도모하는 부끄러운 일을 하지 않았고, 안회와 같이 배우기를 싫증내지 않는 사람이었다. 나만이 그러한 군을 알 뿐이었다."[君所在, 學者歸焉, 賢士大夫皆慕與之遊. 然君寡合, 常閉門治書, 唯與予言莫逆, 當熙寧初, 所謂質直好義, 不爲利疚於回而學不厭者, 予獨知君而已.]라고 하였다.

27. 용도 송차도 에게 보내는 편지[1]

저는 아룁니다. 여러 날 뵙지 못했습니다. 가을 날씨가 차가운데 건강이 좋으심을 알았습니다. 일찍이 배여회(裴如晦)에게 부탁 간청하고 아뢰어, 약간의 서적을 빌리기로 하였지요. 배여회의 편지를 받고 보니 빌려주는 일을 어렵게 여기지 않으셨습니다. 지금 먼저 『구국사(九國史)』를 빌리고자 합니다. 혹은 때에 따라서 몇 권 국사(國史)를 빌려주면 좋겠습니다. 아마도 오래 지체되진 않을 것입니다. 먼저 빌린 『통록(通錄)』은 삼가 먼저 반납합니다.[2] 번거롭게 부탁하니 황송함을 어찌 다 이기겠습니까?

> 與宋龍圖次道
> 某啓. 多日不奉見. 秋冷, 竊承體氣佳裕. 嘗託裴如晦致懇, 欲告借少
> 書籍. 承不爲難. 今先欲借『九國史』, 或逐時得三兩國亦善, 庶不久
> 滯也. 先假『通錄』謹先歸納. 煩聒, 豈勝惶悚.

| 주석 |

1) 이 편지는 가우 연간(1056~1063)에 썼다. 송차도(宋次道)는 송민구(宋敏求, 1019~1079)로 북송 조주 평극 사람이다. 차도는 자이며 용도는 그의 관직명이다. 인종 보원 2년(1039), 진사에 급제하여 『신당서』와 『인종실록』을 편수했고, 천자의 언행을 기록하고 천자의 조칙을 관장했다. 여러 번 승진하여 사관 수찬과 집현전학사, 용도각직학사가 되었다.

2) 지금 …… 반납합니다. : 송차도는 집에 장서가 3만 권으로 가득했는데, 모두 여러 차례 교감을 했다. 구양현(歐陽玄)의 『규거지(睽車志)』에서 "송차도는 서책을 교정하는 일을 마치 먼지를 쓸어내는 것과 같아서 쓸어내도 다시 생기곤 한다고 하였다. 그 집의 장서는 모두 세 번에서 다섯 번까지에 걸쳐 교정을 해두었기 때문에 당세의 장서가들은 송씨의 책을 제일 좋은 책으로 인정하였으며, 그가 춘명방(春明坊)에 살고 있었기 때문에 당시 글 읽기를 좋아하는 사대부들이 그 근처로 이사 온 사람이 많았으니, 이는 그의 집 책을 빌려보기가 편리한 까닭이었다. 이 때문에 당시 춘명방의 집값이 다른 데에 비하면 배나 비쌌다. 진염이 항상 이 일을 찬탄하며 말하기를 '이러한 광경을 어찌 다시 볼 수 있겠는가' 하였다."[宋次道, 校書如掃塵, 隨掃隨有. 其家藏書, 皆校三五遍, 故世之畜書, 以宋爲善本, 而居春明坊, 其時士大夫喜讀書, 多就其側, 便於借讀. 當時春明宅子比他僦. 直常高一倍. 此何等好風氣也.]라고 하였다.

28. 용도 왕승지[1]에게 보내는 편지[2]

저는 아룁니다. 심부름꾼이 가져온 편지를 받고서 여름에서 가을로 넘어가는 이때 건강이 좋으심을 알았습니다. 무더운 여름비가 재앙이 된 것은 예전에 미처 듣지 못해서, 재난을 구제하고 난리를 보살피는 일이 한두 가지 아닐 것입니다. 제 말은 사람들의 신망을 얻기에 부족하고, 재주는 시대에 맞춰 쓰이지도 못합니다. 한갓 봉록만 축낼 뿐이니 매번 스스로를 꾸짖고 탄식할 따름입니다. 삼가 말씀하신 뜻을 편지에서 보니 "실로 지금의 실제가 환난에 해당된다."라고 하셨지요. 그러나 많은 사람들은 제가 말하는 방책을 믿지 않습니다. 어찌해야 하겠는지요? 다른 일은 만나지 않고 소회를 다 말할 수 없습니다. 점점 추워지니 바라건대 때에 맞춰 몸을 아끼십시오.

> 與王龍圖勝之
> 某啓. 專介辱書, 承涉夏秋, 體氣淸適. 暑雨爲蘗, 古所未聞, 救災卹患, 事匪一端. 某言不足爲人信, 才不足爲時用, 徒耗廩祿, 每自咄嗟而已. 承見諭, 實當今之實患也, 其如言之不見信何! 他非相見, 莫盡所懷. 稍寒, 惟當以時保嗇.

| 주석 |

1) 왕승지(王勝之)의 이름은 왕익유(王益柔, 1015~1086)이며 승지는 그의 자이다.

왕서(王曙)의 아들로 집현전 교리를 지냈다.

2) 이 편지는 가우 원년(1056)에 썼다. 이 당시 구양수는 50세로 낙안군 개국후를 지냈다.

29. 심대제[1]에게 보내는 편지[2]

저는 아룁니다. 여러 날 동안 편지를 드리지 못했습니다. 극심한 더위가 어느 해보다 비교할 수 없을 정도여서 젊은 사람도 감당하기 힘듭니다. 노쇠하여 병이 든 사람이야 물어 무엇 하겠습니까? 보내신 편지를 받들고 건강이 좋으시다니 몹시 위로가 됩니다.

세속에서는 입추에 가을 더위가 많을지 적을지 점쳐보니, 오늘의 기세로 미뤄보아 오히려 다시 더위가 심해질 것 같습니다. 하지만 세간에서 말하기를 "봄추위나 가을 더위, 노인의 건강, 이 세 가지는 끝내 오래가지 못할 일들"이라 합니다. 개보(介甫)의 시문이 아주 아름답고 화운(和韻)도 몹시 정밀하니, 보시고 나면 저에게 알려주시길 바랍니다.

> 與沈待制
> 某啓. 數日不奉問, 苦暑, 非常歲之比, 少壯者自不能當, 衰病之人不問可知焉. 辱敎, 承體氣清安, 甚慰. 俗以立秋日卜秋暑多少, 據今日之勢, 猶當更猖狂爾. 然世言春寒, 秋熱, 老健, 爲此三者終是不久長之物也. 介甫詩甚佳, 和韻尤精, 看了却希示下.

| 주석 |

1) 심대제(沈待制)의 이름은 심막(沈邈, ?~?)이며 자는 자산(子山)이며 신주 익양 사람으로 진사 출신이다. 인종 때 후관 현령, 광주 통판을 지냈고 경력 초에 위

시어사가 되었다. 『송사(宋史)』에서 그의 인물됨을 평하길, "막힘이 없고 호쾌하여 백성을 잘 다스렸으나 성품에 있어 절제함이 적었다."[疏爽有治才, 然性少檢.]라고 하였다.

2) 이 편지는 경력 3년(1043)에 썼다.

30. 학사 유자정[1]께 드리는 편지[2]

    저는 머리를 조아려 절하며 아룁니다. 부모를 잃은 불효자의 몸[3]으로 상구(喪具)를 호송하며 길을 빌렸는데,[4] 이에 수고롭게 공께서 오셔서 외롭고 곤궁한 저를 방문해 주셨습니다. 감사하고 부끄러운 마음을 어찌 다 표현할 수 있겠는지요! 어머니 상(喪)에 제약이 따라 찾아뵐 길이 없었습니다. 이 일이 거듭 아쉽습니다. 이제 곧 멀어지게 되니 그곳을 다스리며 몸을 아끼십시오. 삼가 글을 지어 감사의 말씀을 드립니다.

> 與劉學士子正
> 某叩頭言. 罪逆餘生, 護喪假道, 乃勞台斾, 枉顧孤窮, 感愧之誠, 何
> 以云諭! 限茲凶斬, 無由詣見, 斯又重以爲恨也. 乍遠, 爲邦自重. 謹
> 附手疏敍謝.

| 주석 |

1) 유자정(劉子正)의 이름은 식(湜)이고, 자는 자정(子正)이며 서주(徐州) 팽성인으로 단주(澶州)의 관찰추관을 지냈다.
2) 이 편지는 황우 4년(1052)에 썼다.
3) 불효자의 몸 : 이해에 구양수는 모친상을 당했다. 그런 연유로 죄역-"불효자의 몸"-을 지었다고 말하고 있다. 구양수는 희녕 3년(1070)에 쓴 「상강천표(瀧岡阡表)」에서 "태부인의 성은 정씨이고 그분 아버지는 덕의이셨는데, 대대로 강남

의 이름난 명문대족이셨다. 나의 어머니는 공손하시고 검소하였으며 자애로우며 예의 바르셨다. …… 어머니는 집이 가난했을 때부터 근검절약하여 집을 돌보셨고, 이후에도 늘 분수에 넘지 않으셨다. 그리고는 '내 아들이 세상에 구차하게 영합할 줄 모르니 검소하고 절약하여 장차 환난에 처해질 때를 대비하라'고 하셨다. 그 후 내가 이릉 현령으로 좌천되자, 어머니께서는 태연자약하게 '너의 집은 본래 빈궁하였으니 나는 살아오면서 습관이 되었다. 만약 너만 편안히 여길 수 있다면, 나 또한 편안하다'고 하였다."[太夫人姓鄭氏, 考諱德儀, 世爲江南名族. 太夫人恭儉仁愛而有禮 …… 自其家少微時, 治其家以儉約, 其後常不使過之. 曰吾兒不能苟合於世, 儉薄所以居患難也. 其後修貶夷陵, 太夫人言笑自若, 曰汝家故貧賤也. 吾處之有素, 汝能安之, 吾亦安矣.] 歐陽修 著, 李逸安 點校, 『歐陽修全集』第二冊, 393쪽.

4) '길을 빌렸다'는 말은 유자정이 다스리는 고을을 지나갔다는 말로 겸손한 표현이다.

31. 사경초[1]에게 보내는 편지[2]

저는 절을 올리며 아룁니다. 오랫동안 편지를 쓰지 못한 것은 인편이 없어서 그랬습니다. 요즘 정무 보는 일 외에 어버이 모시며 만복하신지요. 저는 다행히 우선 편안합니다. 고을은 궁벽지고 일은 많지 않습니다. 하지만 날로 몸은 늙어가고 학문은 게을러져서 오로지 졸음이나 즐길 뿐입니다. 족하께선 바야흐로 일상의 도(道)를 위해 단단히 생활하시며 저술하는 글도 많을 것입니다. 이번에 심부름꾼이 돌아가면 쓰신 글을 아끼지말고 저에게 부쳐주십시오. 삼가 바라건대, 봄추위에 몸을 보중하시어 그리워하는 저의 마음을 달래주십시오.

> 與謝景初
>
> 某拜啓. 久不作書, 盖由無便. 卽日爲政外奉親萬福. 某幸且安, 郡僻少事. 然漸老懶於爲學, 惟喜睡爾. 足下爲道方銳, 著述必多, 此急足回, 無惜爲寄. 春寒伏冀保重, 以慰瞻企.

| 주석 |

1) 사경초(謝景初, 1019~1084)는 항주 부양 사람으로 자가 사후(師厚)이다. 시문에 능하였고 저서는 『완릉집(宛陵集)』이 있다. 구양수가 가우 6년(1061)에 지은 「매성유시집서(梅聖兪詩集序)」를 보면 "성유의 시가 이미 많음에 스스로 수습하지 못하여 그의 처조카인 사경초가 시가 많지만 쉽게 유실될까 걱정하여 낙

양에서 오흥에 이르는 동안 지은 시를 가져다 편차하여 10권을 만들었다. 나는 일찍이 성유의 시를 좋아하여 모두 다 볼 수 없을까 걱정하였기 때문에, 대번에 사씨가 성유의 시를 분류하고 편차한 것을 기뻐하였다."라고 하였다.[聖俞詩既多, 不自收拾. 其妻之兄子謝景初, 懼其多而易失也, 取其自洛陽至於吳興以來所作, 次為十卷. 予嘗嗜聖俞詩, 而患不能盡得之, 遽喜謝氏之能類次也.] 楊家駱 主編, 『歐陽修全集 上』第五冊, 295쪽.

2) 이 편지는 황우 원년(1049)에 썼다.

제2장 여릉 하
盧陵 下

청명상하도 - 개봉 시내의 번화한 풍경

구양수 편지 글씨

"그대가 부쳐준 글은 몹시 아름다웠네. 그런데 작문의 체제란
처음엔 치달리듯 글을 짓고자 하나 오랜 후에는 마땅히 수렴하고
절제하여 간략하고 신중하게 해야 한다네. 그래서 엄하고
바르게 하여 혹 때때로 자신의 감회를 마음껏 풀더라도
하나의 체제가 되지 않아야 지극히 좋은 것이라네."

- 서무당에게 보내는 편지 중에서 -

1. 설소경 공기[1]에게 보내는 편지

1) 편지 1[2]

저는 머리를 조아리며 다시 아룁니다. 동원(東園)[3]에서 한 번 이별한 후로 여름이 지나 가을이 되고 이제는 어느덧 겨울이 되었습니다. 변수(汴水)를 거스르고 회수(淮水)를 가로질러 대강(大江)[4]에 배를 띄우니 총 거리가 오천 리요, 백십일의 여정을 지나 가까스로 형남(荊南)[5]에 도착했지요. 집안의 형님[6]을 뵈었더니 말씀하기를, 공이 경사로 나갈 때 공기(公期) 그대의 편지가 있었다고 했습니다. 간절히 한 번 보고 공과 헤어진 후의 사정을 알려 했지만, 여러 날 찾아도 보이지 않는다고 하여 끝내 찾기를 그만두었습니다.

저는 남쪽 지방으로 내려오면서 다행스럽게 노모와 어린 자식들 다들 무탈하였고, 이릉(夷陵)[7]으로 가는 길에 풍랑도 그다지 심하지 않았습니다. 보통 때는 험난하여 배 타는 행인들이 무서워하며 가기를 꺼려 하는 곳인데도, 다들 안전하게 지나서 왔지요.[8] 지금 여기에 이른 것은, 이릉으로 향하는 길목 물길이 대단히 잔잔하여 삼사일을 넘기지 않고 도착할 수 있어서입니다. 오래전부터 이곳은 기후와 풍토가 좋은 곳으로 멥쌀과 큰 물고기, 배와 밤, 감귤과 차, 죽순 등이 수확되며, 이릉현의 일이천 호의 많은 백성들은 근심될 만한 일이 없다고 들었습니다. 죄인의 몸[9]으로 이곳으로 왔는데 다행스럽습니다. 때마침 오는 도중에 식솔들을 데리고 도착한 곳이 바로 옛 친구들과 아는 이들이 많이 있는 곳이었습니다. 또

한 몇몇 인편으로 편지를 써서 경사로 보냈습니다. 공기 그대와 처음에
약속하기를, 올 겨울에 강주(絳州)[10]로 가기로 하였기에 반드시 오래지 않
아 갈 것입니다.

여러 번 채군모(蔡君謨)의 집에서 모였던 것을 생각하면, 마치 꿈을 꾸
는 듯하여 그립기만 합니다. 서로 만날 날이 어느 때일지 알 수 없군요. 오
로지 몸을 아끼시길 바랍니다. 인편으로 군황(君貺)의 처소로 편지를 부
쳤으니 곧 도달할 것입니다.[11] 이제 나이 든 하인을 경사로 들여보내 삼가
편지를 동봉합니다. 이만 줄입니다.

與薛少卿公期
某頓首再啓. 東園一別, 自夏涉秋, 今焂冬矣. 泝汴絕淮, 泛大江, 凡
五千里, 一百一十程, 纔至荊南. 見家兄, 言出京時有公期書. 渴得一
見, 要知別後事, 然數日尋之不見, 遂已. 某自南行, 所幸老幼皆無病
恙, 風波不甚惡, 凡舟行人所懼處, 皆坦然而過. 今至此嚮夷陵, 江水
極善, 亦不越三四日可到. 久聞好水土, 出粳米, 大魚, 梨, 栗, 甘橘,
茶, 筍, 而縣民一二千戶, 絕無事. 罪人得此, 爲至幸矣. 秖是沿路多
故舊相識, 所至牽率, 又少便人作書入京. 公期始約今冬赴絳州, 必
非久行矣. 每憶君謨家會, 頗如夢中. 未知相見何時, 惟自愛而已. 因
人便, 附書在君貺處, 乃可達. 今因遣白頭奴入京, 謹附狀. 不宣.

| 주석 |

1) 설소경(薛少卿)의 자는 공기(公期)이다. 설소경에 대해서는 잘 알려져 있지 않
   다. 다만 구양수는 설규(薛奎, 967~1034)의 넷째 딸과 1037년에 세 번째 결혼을
   하였다. 서천문중의 『구소수간주해』에서는 "『홍간록』에 설규에게는 아들이 없
   어 조카로 대를 잇게 하였는데 아마 이 사람인 것 같다."[弘簡錄, 薛奎無子, 以

從子嗣, 疑是人.]고 하였다. 西川文仲 註解, 『구소수간주해』.

설규에게는 직유라는 아들이 있었지만 일찍 죽었다. 그의 아우인 설숙의 아들 중유로 대를 잇게 하였다. 설규는 딸이 다섯인데 넷째 딸이 구양수에게 시집갔으며, 셋째 딸과 다섯째 딸이 앞뒤로 장원 왕공진에게 시집갔다. 구양수는 설소경 누이의 남편이다.

2) 이 편지는 경우 3년(1036)에 썼다. 이 당시 구양수는 사간 고약눌을 질책한 일로 이릉 현령으로 폄적당하였다. 변량에서 이릉까지는 육로로 1천6백 리이고, 이때 구양수는 수로로 돌아갔다. 한여름에 출발하여 초겨울에 도착하니 5개월 동안의 여정이 6천여 리나 되었다.

3) 동원(東園) : '동원'이라는 말은 구양수의 문집 중에 「이수재동원정기」와 「진주동원기」에 보인다. 어느 곳에 속하는 동원인지는 알 수 없다.

4) 대강(大江) : 형주에 있는 대강은 부성(府城)의 남쪽에 있다.

5) 형남(荊南)은 지금의 호북 형주부에 속하며, 이릉은 지금의 호북 의창부이다. 경우 3년(1036)에 구양수가 처음 이릉에 당도했을 때 지은 「이릉현지희당기(夷陵縣至喜堂記)」에서 "이릉의 외짐이 육로로는 형문과 양양을 지나 경사에 이르기까지 28개의 역참이 있고 수로로는 장강을 경유하여 회수를 건너 변량 동수문에 당도하기까지 5,590리이다. 그러므로 관리된 자들이 대부분 이 먼 곳으로 오려하지 않고 이릉에 거하는 관리들은 왕왕 교대되지 못하여 임기가 만료됨에 혹 스스로 관직을 버리고 떠나기도 한다."라고 하였다.[然夷陵之僻, 陸走荊門, 襄陽至京師, 二十有八驛; 水道大江, 絶淮抵汴東水門, 五千五百有九十里. 故爲吏者多不欲遠來, 而居者往往不得代, 至歲滿, 或自罷去.] 楊家駱 主編, 『歐陽修全集 上』第五冊, 269쪽.

6) 집안의 형님 : 구양공의 행장과 묘지명을 읽어보면 나란히 구양수의 형으로 언급된 분은 없다. 이는 집안의 형을 이르는바 사촌형을 흔히 부르던 말 같다.

7) 이해 5월에 구양수는 협주 이릉 현령으로 강등되었다.

8) 보통 때는 …… 왔지요. : 장강은 험준한 곳인데도 마치 탄탄대로가 펼쳐지듯이

잔잔하여 배가 순항하였다.

9) 죄인의 몸 : 형남에서 이릉에 이르는 데는 불과 삼사일 걸렸다. 이릉은 물고기
와 쌀과 같은 물산이 풍부하여 살기 좋은 땅이었으므로 이곳으로 폄적되어 오
는 것을 다행으로 여겼다는 말이다.

10) 강주(絳州) : 지금의 산서 평양부에 속한다. 구양수의 장인은 설규인데, 그의
아우의 아들 설소경 공기, 즉 중유를 아들로 삼았다. 강주는 설씨 집안의 고향
이다.

11) 인편으로 …… 도달할 것입니다. : 군황(君貺)은 왕공진(王拱辰, 1012~1085)으
로 자가 군황이다. 인종 천성 8년(1030)에 진사제일에 올랐으며 시호는 의각(懿
恪)이다. 구양수와 왕공진은 동서지간이다. 인편이 경사로 가서 군황에게 편지
를 전하고 그 편지를 다시 경사의 설소경에게 부쳐 받게 된 것 같다.

2) 편지 2[1]

저는 머리를 조아립니다. 공기(公期)와 동문(東門)에서 이별한 후 어느
덧 해를 넘겼습니다.[2] 남북으로 갈려 서로 떨어진 거리가 만 리 길이지요.
편지가 먼 거리로 끊겨지는 것은 당연한 일이겠지요. 어제 허주(許州)에서
편지를 받고, 관직 생활이 좋음을 알았습니다. 그 후로 공무에 진력하시
며 집안 가족들도 모두 건강하며 평안하심을 삼가 살필 수 있었지요.[3] 저
는 이곳에서 기거하며 상황은 예전과 같습니다. 어버이는 연로하시지만
다행히 매우 평안합니다. 안사람[4]은 갑작스레 외지고 궁벽한 곳으로 왔
는데도, 좋은 일, 궂은일을 함께 하며 담박함을 즐깁니다. 이는 우리들도
어려운 일로 비루한 사람인 저에겐 다행입니다. 감사하고 감사합니다.[5]

공기는 고향에서 벼슬살이를 하니 그 즐거움이야 미루어 헤아려볼 수
있습니다. 옛적에 달 밝은 밤이면 금(琴, 고)을 연주하고 바둑을 두었는데,

술잔 기울이던 모임[6]을 생각하며 어찌 다시 그렇게 할 수 있겠는지요? 저는 오랫동안 궁벽한 곳에 머물면서 습성이 고답하게 되어, 전혀 옛날의 즐거웠던 마음은 없습니다. 단지 병색만이 몸속에 깊습니다. 저의 사람됨이 편지를 보내는 일도 게을러졌으나 늘 그리워하는 마음엔 변함이 없지요. 공은 자애로이 이를 살펴주십시오. 중상과 모략[7]이 아직 가시지 않아 어떻게 만나 뵐 수 있겠는지요? 삼가 몸을 아껴[8] 건강에 유의하시고, 인편이 경사에 도착하게 되면 두세 자 글자나마 편지를 써서 부쳐주길 바랍니다. 마음속의 말을 다하지 못하여 어찌할까요. 이만 줄입니다.

某頓首. 自公期東門之別, 忽已踰年. 南北之殊, 相去萬里, 音信疎絶, 於理固然. 昨日許州, 蒙訊問, 備審官下爲況甚佳. 邇來諒惟自公之餘, 與閤內貴屬各保淸休. 某居此, 爲況皆如嘗. 親老, 幸甚安. 室中驟過僻陋, 便能同休戚, 甘淡薄, 此吾徒之所難, 亦鄙夫之幸也. 多荷多荷. 公期游官故鄕, 其樂可量. 思昔月中琴, 奕, 樽酒之會, 何可得邪? 某久處窮僻, 習成枯淡, 頓無曩時惝怳, 惟覺病態漸侵爾. 弊性懶於作書, 區區思慕之心非有怠也, 惟仁者察之. 讒謗未解, 相見何由? 惟愼疾加愛, 因人至京, 頻示三兩字爲禱. 其如方寸莫能盡也. 不宣.

| 주석 |

1) 이 편지는 경우 4년(1037)에 썼다.

2) 공기 …… 넘겼습니다. : 구양수는 이릉으로 온 지 1년이 되었다. 구양수는 이해 삼월에 휴가를 청하여 알리고 허창에서 설간숙공(설규)의 딸에게 장가들었다.

3) 그 후로 …… 있었지요. : 허주로 내려가 공기의 관직 생활이 더욱 좋음을 살피고 그 집안의 권속들도 각자 청안함을 알았다는 말이다.[言從許州得審公期官

況甚佳, 與闍內眷屬各淸安.] 원문의 자공(自公)은 『시경』「고양(羔羊)」에 나오는 말로 "크고 작은 양의 가죽이여, 흰 실로 다섯 줄을 꿰맸도다. 검약하며 공무에 진력하니, 의젓하고 의젓하도다."[羔羊之皮, 素絲五紽. 退食自公, 委蛇委蛇.]라고 하여 '공무에 진력하다'는 의미로 쓰였다. 西川文仲 註解, 『구소수간 주해』.

4) 안사람 : 부인은 즉 공이 새로 장가든 설부인이다. 갑작스레 외지고 궁벽한 곳으로 갔지만 설부인은 흔쾌히 담담히 받아들여 현숙한 부인임을 말하고 있다.

5) 이는 …… 감사합니다. : 구양수는 일생 세 번 장가를 들었다. 첫 번째 서부인은 바로 은사였던 서언(胥偃)의 딸로, 일찍이 서언은 구양수의 변문(騈文)을 보고서 칭찬의 말이 입에서 끊이지 않았는데, 말하길 "그대는 후세에 이름을 떨칠 것이다!"라고 하였다. 서부인은 아들을 하나 낳았지만 병으로 죽었다. 5년 후에 그 소생으로 아들을 얻었지만 역시 죽었다. 28세에 집현원학사이자 간의대부인 양대아(楊大雅)의 딸에게 재차 장가들었고, 양씨는 몹시 용모가 아름답고 살림도 훌륭하게 하였는데 18세에 세상을 떠났다. 세 번째 부인은 설씨로 자정전학사이자 호부시랑인 설규(薛奎)의 넷째 딸이었다. 네 명의 아들을 길렀는데 구양발, 구양혁, 구양비, 구양변으로 모두 설씨의 소생들이다.

6) 술잔 기울이던 모임[樽酒之會] : 예전에 달뜨는 밤이 되면 금을 연주하고 술잔을 기울이던 즐거움을 생각하고 있다.

7) 중상과 모략 : 공은 이때 범문정공 무리가 폄적당하는 일에 연루되었고 조정의 비방은 끊이지 않았다.

8) 몸을 아껴[愼疾] : 신질(愼疾)은 『시경(詩經)』「위풍(魏風)」에서 "힘써 밥을 먹고 병을 조심하여 스스로 안보한다."[强飯愼疾以自保.]에서 나온다.

3) 편지 3[1]

저는 아룁니다. 어제 편지를 써두고 아직 부치지 못했는데, 홀연 심부름꾼에게 전해준 편지를 받았습니다. 한 달여 넘게 걱정되던 마음이 단숨에 풀렸고, 가인(家人)[2]도 더욱 위로를 받았습니다. 기쁘게도 더위를 이기며 관아에 도착하여 공과 어린아이 모두 안녕하시군요. 편지를 보면서 자못 고을 일에 마음을 다해 일한 것을 알았습니다. 이와 같이 한다면 세월도 쉽게 보낼 수 있을 것입니다.[3]

저는 이전에 이릉(夷陵)과 건덕(乾德)에서 벼슬을 할 때 매번 백성들의 일을 보살피며 소일(消日)하는 것을 즐거움으로 삼았습니다. 진실로 이와 같게 한다면, 특별히 폄적된 관리라는 생각을 갖지 않게 됩니다.[4] 제가 우연히 저잣거리의 임세약(淋洗藥)[5]을 사용하다 풍질을 앓았는데 왼쪽 다리에 통증이 있어 여러 날 휴가를 냈습니다. 뜻밖에 심부름꾼에게 전갈을 보내 각별히 걱정하여 마음 아파해 주시니 감사하면서도 부끄럽습니다. 무더위가 기승을 부리는 이때, 공적인 업무 외에 몸을 더욱 아끼십시오. 안사람도 역시 편지를 보낼 것이므로 많은 말을 적지 않겠습니다. 이만 줄입니다.

某啓. 昨日作書, 未及發, 忽得來介所惠書, 頓釋月餘憂想之懷, 家人尤以爲慰也. 所喜涉暑到官, 尊幼各安寧. 仍知頗以郡事爲意, 如此日月, 亦易銷遣. 某嚮在夷陵, 乾德, 每以民事便爲銷日之樂. 苟能如此, 殊無謫官之意也. 某偶因用街市淋洗藥, 拔動風氣, 左脚疼痛, 數日在告. 不意傳報, 特煩軫念, 感愧感愧. 盛暑, 公外加愛. 家人亦自有書, 此不多述. 不宣.

1) 이 편지는 가우, 치평 연간(1056~1067)에 썼다.

2) 가인(家人)은 설부인이다. 공기는 설부인의 남자형제로 구양수의 처남이다.

3) 편지 …… 것입니다. : 공기는 이 당시 외직을 소명 받은 것 같다.

4) 저는 …… 않게 됩니다. : 구양수는 전에 이릉과 건덕에 있을 때 백성들의 일로
   즐거움을 삼았고, 폄적되어 강등된 일에 마음을 두지 않았다. 구양수는 공기를
   권면하고 있다.

5) 임세약(淋洗藥) : 씻고 적셔주는 약이지만 구체적으로 어떤 약인지는 알 수 없다.

4) 편지 4[1]

　저는 아룁니다. 근래에 연이어 세 통의 편지를 받으면서 여주(汝州)에
도착한 때부터 지금까지 동정을 다 살필 수 있었지요. 애타게 그리던 차
에 몹시 위안되었습니다. 요즘 삼가 공무 외에도 건강은 좋으시며, 집안도
두루 화평하신지요. 올여름 경사(京師)에는 큰 더위가 닥쳤고 이로 인해
유행병이 돌아 아직 그치지 않고 있습니다. 자못 듣자 하니 허주(許州)와
낙양(洛陽)[2]에 역병이 특히 심하다 합니다. 다행히 여주 땅은 역병이 없어
무사하군요. 그렇다 하여도 고을 일이 오랫동안 다스려지지 않아서, 임지
에 도착한 처음 기간 동안 마음을 수고롭게 하지 않은 적은 없었겠지요.[3]

　근자에 들어 조금씩 관청 업무가 한가해져 점차 즐길 만할 것입니다. 최
상(崔庠)[4]의 죄안은 이미 판단이 내려졌습니다. 조정의 관보에 반드시 드
러나겠지요. 최상의 죄상은 처음 들었던 놀라움만 같지 않지만, 형벌은
역시 무거운 것이라 추천한 사람도 또한 대부분 죄를 면치 못하게 되었으
니 이 일을 또한 어찌하겠는지요?

치주(淄州)⁵⁾에서는 편지를 근래에 받지 못하였는데, 아마도 공무로 인한 번뇌가 많아서겠지요. 저는 올해 더위로 병이 들어 얼음물을 많이 마셨는데 눈에 흑화(黑花)⁶⁾가 생겨 여러 날 휴가를 냈습니다. 가족과 어린아이들은 다행히 편안합니다. 맨 나중에 편지를 가지고 온 심부름꾼 그 사람에게, 일 보고 와서 답장을 취해가라고 알렸는데 갑자기 멋대로 가버려서, 우체를 통해 이 편지를 보냅니다. 한여름 무더위 속에서도 삼가 몸을 아끼십시오. 이만 줄입니다.

某啓. 近併捧三書, 具審至汝以來動靜, 甚慰企渴爾. 比日竊惟公外體履淸福, 貴眷各安和. 今夏京師大熱, 疾疫尙未衰息. 頗聞許, 洛特盛, 幸喜汝獨無之. 雖然, 郡事久不治, 下車之始, 不無勞心. 今必稍簡, 則漸可樂矣. 崔庠案已斷, 邸報必見, 罪狀不若初聞之可駭, 然刑名亦重, 擧主多不免, 玆亦奈何? 淄州近不得書, 應是煩惱. 某今歲病暑, 飮冰水多, 目生黑花, 多在告. 擧家幼小幸安. 最後將書來人戒渠來取書, 輒私去, 故於遞中致此. 暑伏方盛, 愼愛. 不宣.

| 주석 |

1) 이 편지는 가우, 치평 연간(1056~1067)에 썼다.

2) 본문의 '허(許)'는 허주이고 '낙(洛)'은 하남부 낙양현이다. 지금의 하남성에 속한다. 공기는 이때 하남에서 복무 중인 것 같다.

3) 그렇다 하여도 …… 없겠지요. : 『맹자』 「등문공상(滕文公上)」에 "마음을 수고롭게 하는 자는 남을 다스리고, 몸을 수고롭게 하는 자는 남에게 다스림을 받는다."[勞心者治人, 勞力者治於人.]라고 하였다.

4) 최상(崔庠)은 인명으로 표기되어 있으나 자세하지 않다. 西川文仲 註解, 『구소수간주해』.

5) 치주는 지금의 산동 제남부에 속한다.

6) 흑화(黑花) : 눈이 흐리고 위아래로 파리가 나는 듯하여 물건을 보면 분명히 보이지 않는 눈병이다.

5) 편지 5[1]

저는 아룁니다. 새봄[2]의 경사를 맞아, 삼가 지내시기가 몹시 좋음을 알았습니다. 인편에 보내신 편지를 살피니 한없이 감격스럽고 위로됩니다. 경사(京師)에 비가 온 후 이어 찬 눈이 내렸는데, 가까운 교외에서 예차(禮次)[3]를 올린 후에 점차 날이 개었습니다. 청성(靑城)[4]에서 재계하며 묵었더니 구름과 해가 맑고 화창하여, 사람들 마음도 상쾌히 활짝 펼쳐져 마침내 큰 제사를 치렀습니다. 다 늙은 몸으로 일을 집행하는 저의 자질로도 수고로움을 잊었습니다.

이전에는 공사(公私)의 업무가 많아서 오랫동안 소식을 못 드렸지요. 이후부터는 응당 휴식할 것 같습니다. 한번 날씨가 갠 것이 무한한 뜬소문들을 모두 그치게 했으므로, 천만다행한 일[5]입니다. 나머지는 글로 다 드러낼 수 없습니다. 인편이 돌아가니 삼가 한두 마디[6] 펼칩니다. 추위가 심합니다. 몸을 아껴주십시오.

某啓. 新陽納慶, 伏承動履多福. 人至辱書, 感慰無量. 京師水後, 繼以陰雪, 甫近郊禮次開晴. 靑城宿齋, 雲日澄和, 人情舒暢, 遂成大禮. 衰朽之質, 執事忘勞. 前此公私事叢, 久闕致問. 自是而後, 應且休息. 一晴鎭遏無限浮議, 天幸天幸. 餘非筆墨可罄. 人還, 僅布一二. 深寒, 多愛.

1) 이 편지는 치평 2년(1065) 봄에 썼다. 이 당시 구양수는 59세이고 임갈증(淋渴症, 당뇨)으로 몸이 쇠약했으며 외임을 자청하였으나 윤허되지 않았다.

2) 새봄 : 신양(新陽)으로 동지의 양이 처음 생기므로 그렇게 부른다. 즉, 신양은 신춘(新春)을 뜻한다.

3) 예차(禮次) : 교례를 가리킨다. 교례는 교외에서 하늘과 땅에 제사하는 예이며, 송나라는 봄과 가을로 교사(郊祀)를 지냈다. 교례는 치평 원년 8월 대홍수가 져서 11월 임신에 남쪽 교외에서 제사를 올린 것을 말한다. 남교에서 단을 만들어 예를 올리는 것은 양의 자리로 나아가는 것이다.

4) 청성(靑城) : 송나라 때의 재실 이름이다. 하나는 남훈문 밖에 있었는데 하늘에 제사 지내는 재실로 남청성이라 일렀다. 『예기』에 이르길, "7일 동안 산재하고 3일 동안 재숙하여 경신함이 이와 같이 지극한 것이다. 계는 산재이고 숙은 치재이다.[七日戒, 三日宿, 愼之至也. 戒, 散齊也; 宿, 致齊也.]라고 하였다.

5) 천만다행한 일 : 치평 원년 8월에 임금의 분부로 비가 그치기를 비는 행사를 하였고, 치평 2년에 또 큰 홍수가 져서 떠도는 소문은 흉흉하고 민심은 동요되었다. 위의 말은 '날이 개어 민심을 잠재울 수 있었으니 어찌 천행이 아니겠는가?'를 이르고 있다.[治平元年八月, 奉勅祈晴, 二年又大雨水, 時浮議洶洶, 人情皇惑. 故云一晴得能鎭遏, 豈非天幸哉.]

6) 삼가 한두 마디[僅布一二] : 근(僅)은 근(謹)이며, 일이(一二)는 짧은 편지이다.

6) 편지 6[1]

저는 아룁니다. 맞이하러 온 관리가 고을에 들러 편지를 전해주었습니다. 추위를 겪으면서도 건강이 좋으시고 집안이 두루 편안하시니 기다리던 마음에 몹시 위안됩니다. 저희 집 가족들은 어린아이까지 두루 예전처럼 마땅히 잘 지내고 있습니다. 전원으로 돌아온 지 백여 일이 되었고, 차츰 정돈되어 질서가 잡혀지고 있습니다. 조금 고단함을 벗고 비로소 한가한 가운데 취미를 즐기고 있지요.[2] 그렇지만 눈병과 발의 질병은 처음보다 조금도 줄어들지 않으니, 모두 여러 해를 걸친 예년의 괴로운 병증입니다. 형세상 갑자기 나아지기 어렵고, 또한 나이가 들어가 더욱 늙고 노쇠해질 뿐입니다. 가만 앉아서 후한 녹봉을 받으며, 하는 일 없이 먹고 마십니다.[3] 그 요행의 부끄러움으로 감격할 따름입니다.

소식을 들으니 미체(美替)[4]가 있다고 하는데, 겨울 끝 즈음에 공이 타고 있는 배가 영주와 회수로 배를 띄워서 갈 것이라 하였지요. 그렇다면 당연히 만나 뵐 수 있겠습니다. 다만 만나지 못하는 사이에 따로 임금의 분부로 임지를 옮기지 않을까 두렵습니다. 그렇지 않고 예정대로 가신다면 어찌 기뻐 소망하는 마음을 가눌 수 있겠는지요?[5] 추위는 심해지고, 서로 만나지 못하는 사이에 몸을 아끼시고 보중하십시오!

某啓. 迓吏過州, 辱書, 承經寒體況淸裕, 貴眷各安, 甚慰勤企. 某與諸幼幸各如宜. 自還田舍, 已百餘日, 庶可稍成倫理, 粗免勞心, 始覺漸有閑中趣味. 然目, 足之疾, 初未少損, 蓋累年舊苦, 勢難頓減, 又迫於年齒, 愈老而益衰. 其如坐享厚俸, 飮食無爲, 徼倖之愧, 感激而已. 承美替有期, 冬末行舟淮穎, 當得一會面. 但恐未間, 別有美命就移, 不然, 豈勝欣望也. 深寒, 未相見間, 多愛, 多愛!

| 주석 |

1) 이 편지는 희녕 4년(1071) 겨울에 썼다. 이 당시 구양수는 65세로 6월에 신종의 윤허를 얻어 관문전학사, 태자소사라는 원래의 직무를 보유한 상태로 영주

로 귀환하였다.

2) 조금 …… 있지요. : 구양수는 이해 6월에 관문전학사 태자소사직에서 사직하고 7월에 영주로 귀환하였다. 집으로 돌아온 지 이미 백여 일 되었다. 집안의 대소사는 비교적 편안하여 한가한 즐거움을 누릴 수 있었다.

3) 가만 …… 마십니다. : 구양수는 사직하였지만 녹봉은 예전과 같게 받았으므로, 가만히 앉아 후하게 받는다고 말한 것이다.

4) 미체(美替) : 관직의 교체나 이동을 말한다. 체(替)는 대신하다와 같다. 이때 공기가 임기를 다 채우고 자리를 옮겨 작별하였다.

5) 예정대로 …… 있겠는지요. : 만나지 못하는 동안에 조정의 명령이 있어 좋은 곳으로 자리를 옮기게 되면 이별이 걱정되고 영주도 지날 수 없는데, 만일 예정대로 발령이 나서 영주를 지날 때 만나게 되면 즐겁겠다는 말이다.

7) 편지 7[1]

저는 아룁니다. 근래 편지를 받들고 무사히 경사에 도착하심을 알고 기뻤습니다. 그리워하는 마음에 크게 위로됩니다. 이제 공께서 고을에 도착하시면 인사가 반드시 많을 것입니다. 인하여 휴가를 고하고 강주(絳州)로 돌아가셨다니 어찌 그리 빠르게 가셨는지요. 그 또한 다소 수고롭지 않겠습니까? [2] 요사이 따뜻해지는 봄 날씨에 삼가 기체는 청하고 자적하신지요. 저는 공과 헤어진 후 의원의 도움으로 병든 치아를 빼고 마침내 고통에서 벗어났습니다. 그러나 아직까지 입을 벌리고 감히 맘껏 술을 댈 수도 없어 즐거움은 사라지고 쓸쓸하기만 하여, 한 해가 가면 한 해 더 늙어가는 것을 깨달을 뿐입니다.

문집의 서문[3]은 이미 완료하였고, 다시 글을 새기는 일이 끝나기를 기다려서 한꺼번에 보내드리려 합니다. 한가히 지내면서 인편을 얻어 편지

부치기가 어려우니, 이 편지가 경사에 이를 즈음이면 공은 이미 서쪽으로 가셨을 거라[4] 생각하여 심부름꾼에게 이 편지를 전하여 다시 강주에 이르게 하겠습니다. 그러므로 다른 말은 하지 않겠습니다. 삼가 날씨가 따뜻해지니 몸을 더욱 보중하시고 일찍 돌아오셔서 우러러 사모하는 마음에 부응해 주십시오.

某啓. 近辱書, 喜獲平安到京, 甚慰傾企. 乍至都下, 人事必多, 仍審已謁告歸絳州, 何其速也, 不亦少勞乎. 即日春暄, 竊惟氣體淸適. 某自相別後, 令醫工脫去病齒, 遂免痛苦. 然至今尙未敢放口喫酒, 情悰索然, 但覺一歲衰如一歲爾. 『集序』已了, 祗候更了鐫刻, 一倂呈納. 閒居難得人便附書, 比此書至京, 計已西去, 故令人齎轉附至絳, 故未及其他. 惟嚮暖保愛, 早還, 以副瞻思.

| 주석 |

1) 이 편지는 희녕(熙寧) 5년(1072)에 썼다. 이 당시 구양수는 66세로 7월에 아들 발(發) 등과 『거사집(居士集)』을 편정(編定, 엮어서 바로잡음)하였다. 같은 달, 영주의 사저에서 사망하여 태자태사(太子太師)로 추서되었다.

2) 인하여 …… 않겠습니까? : 공기가 경사에 도착했다가 곧 강주로 돌아갔다고 고했다는 말이다. 그렇게 빨리 내려감을 의아해하면서 또한 그 노고에 대해 근심하였다.

3) 문집의 서문 : 집서는 공의 문집 가운데 「설간숙공문집서(薛簡肅公文集序)」가 있으니 여기서 집서는 이를 두고 하는 말인 것 같다. 공기는 간숙의 아들이다. 설간숙공은 설규(薛奎, 967~1034)이다. 설규는 구양수의 장인으로 간숙(簡肅)은 설규의 시호이고, 그의 자는 숙예(叔藝)이며 강주(絳州) 정평 사람이다. 「설간숙공문집서」는 송 신종 희녕 4년(1071) 5월에 구양수가 지은 것이다. 『설간숙

공문집(薛簡肅公文集)』은 설규가 죽은 지 37년 만에 양자인 중유(仲孺)가 설규의 작품 800여 편을 정리하여 만든 것으로, 구양수가 서문을 썼다.

4) 이미 서쪽으로 가셨을 거라 : 이 편지는 먼저 경사로 부쳤고 관직이 바뀌어 다시 강주로 부쳤다. 서쪽으로 돌아갔다는 말은 강주가 산서에 속하기 때문이며 그래서 서거(西去)라고 위에서 말하고 있다.

2. 왕학사에게 보내는 편지[1]

저는 머리를 조아립니다. 경사(京師)에서 보잘 것 없이 지내는 저는 아침부터 저녁까지 공사(公私)에 아무런 보탬이 없습니다. 현자(賢者)[2]의 의론을 접할 것을 생각하지만, 그 역시 때를 얻지 못하고 있습니다. 근일에 친히 두 번이나 찾아주셨는데, 모두 맞이하지 못해 참으로 서운했습니다. 차갑고 을씨년스러운 날씨에 건강은 어떠하신지요? 조만간 마땅히 공의 문하에 이르겠습니다. 그사이 먼저 이렇게 글을 드립니다. 헤아려주시길 바랄 뿐입니다.

> 與王學士
> 某頓首. 京師區區, 自朝及夕, 無益於公私. 而思接賢者之論, 亦不得時. 近兩辱見顧, 皆不獲迎候, 豈勝爲恨. 寒陰, 不審體氣何似? 且夕當卜至門. 未間, 先此爲謝, 冀有以亮之而已.

| 주석 |

1) 왕학사(王學士)가 누구인지 자세하지 않으며, 편지 쓴 시기는 가우 연간 (1056~1063)으로 보인다.
2) 현자(賢者)는 왕학사를 말한다.

3. 증학사[1]에게 보내는 편지[2]

  저는 아룁니다. 근자에 인편이 돌아가는 길에 저의 부족한 글을 부칠 수
있었습니다. 거듭 편지를 보내주셨으니 부끄럽고 감사하는 마음을 이루
다 말할 수 없습니다. 겸하여 가을 날씨가 차가운데 제안(提按)[3]을 지내
시는 여가에 건강이 좋으심을 알게 되었습니다. 저는 채주(蔡州)와 거리
가 지척인데, 발에 병이 심하여 이곳에서 잠시 머무는 사이[4] 어느덧 또 한
달이 지났습니다. 늦지 않게 공이 계신 고을로 가려 합니다. 수주(壽州)와
채주(蔡州)[5]는 서로 마주보며 이어져 있습니다. 때로 문안드릴 수 있겠지
요. 여관에 머물면서 경황없이 사례의 글을 올립니다.

> 與曾學士
> 某啓. 近因人還, 得附拙記. 薦枉書尺, 其爲愧荷, 可勝道也. 兼審秋
> 寒, 提按之暇動履淸福. 某去蔡咫尺, 以病足爲梗, 少留於此, 忽復踰
> 月. 匪晩, 向官所. 壽, 蔡相望, 時得拜問. 旅寓中草卒爲謝.

| 주석 |

1) 증학사(曾學士)가 누구인지는 자세하지 않다.
2) 이 편지는 희녕 3년(1070) 가을에 썼다. 이 당시 구양수는 여러 번 사직을 청하
   나 이뤄지지 않자, 영주 서호에 조금이라도 가까이 가기 위해 잠시 채주 지주
   로 전보해달라 청하였다. 이해 9월, 청주에서 채주로 왔고, 이듬해(1071) 영주

로 귀환한다.

3) 제안(提按)은 관직 중에서 제거와 제점을 칭한다.

4) 잠시 머무는 사이 : 구양수는 이해 7월에 채주 지주로 발령이 나서 9월에 채주에
도착하였다. 이 편지는 8, 9월 사이에 쓴 것으로 이미 채주로 가고 있는 것 같다.
발에 병이 생겨 도중에 여관에서 머물렀다.

5) 수주(壽州)와 채주(蔡州) : 수주는 춘추시대의 오, 초, 진, 채의 지역이다. 그래서
'채주에서 서로 보인다.'라고 하였다.

4. 장학사[1]에게 보내는 편지

1) 편지 1[2]

　저는 아룁니다. 도중에 편지를 받고도 답신을 드릴 겨를이 없었습니다. 그러다 또 편지를 받으니 뜻과 사랑이 돈독하심에 거듭 감사하고 부끄러운 마음이 더합니다.[3] 저는 일찍이 양손의 가운데 손가락이 오므라드는 병[4]이 있었습니다. 의원이 사생환(四生丸)[5]을 복용하라 하여 먹었더니 손가락의 경련은 없어졌습니다만, 약독이 남아 턱 사이에 망울이 돋더니 목구멍이 붓고 막혔습니다. 여름 무더위에 거의 편히 지내지 못하다 근자에 겨우 낫게 되었습니다. 몸이 노쇠한데다 백병이 번갈아 공격해오니 이곳에 오래 거처하기 어렵습니다. 점차 물러나는 것을 꾀하여 죄려를 면하기 바랄 뿐입니다. 병을 명분 삼아 떠난다면 이는 참으로 다행한 일일 것입니다.[6] 공께서 행차하며 순력(巡歷)하신다니,[7] 어느 때 한번 저의 고을에 들러 조금이나마 서로 손을 맞잡을 수 있을는지요. 만나지 못하는 사이 계절에 맞춰 자애하길 바랍니다. 중의(仲儀)[8]는 아들을 잃어서 떠날 날짜가 아마 지체되었을 것입니다. 허다한 일로 인해 여가가 없이 더욱 번거롭겠습니다. 충경(沖卿)[9]은 아마도 아직 돌아가지 못한 듯합니다. 미처 글을 써서 올리지 못하니 충경에게 안부를 전해주시길 부탁드립니다.

與張學士
某啓. 中間辱惠書, 未遑脩答. 又辱惠書, 意愛勤勤, 重增感愧. 某以嘗患兩手中指攣搐, 爲醫者俾服四生丸, 手指雖不搐, 而藥毒爲孽, 攻注頤頷間結核, 咽喉腫塞, 盛暑中殆不聊生, 近方銷釋. 衰朽百病交攻, 難堪久處玆地, 漸欲謀爲退縮, 得免罪戾. 以疾爲名而去, 猶是幸人. 使騎巡歷, 何時一過都下, 少遂握手. 未間, 以時自愛. 仲儀喪子, 應滯行期. 許事猶煩餘暇. 沖卿恐猶未歸, 未及作書, 爲懇.

| 주석 |

1) 장학사는 자세하지 않다.

2) 이 편지는 『구양문충공문집』에는 「장학사에게 답하는 편지[答張學士]」로 되어
   있으며 가우 모년(嘉祐 某年, 1056~1063)에 썼다.

3) 저는 …… 더합니다. : '편지를 받고 답신을 아직 못하였는데 서쪽에서 온 편지
   를 또 받으니 뜻이 어찌 그리 두터운가'라는 말이다.

4) 가운데 손가락이 오므라드는 병[中指攣] : '련(攣)'은 손발이 오므라드는 병이다.

5) 사생환(四生丸) : 사생환은 탕약 이름이다.

6) 병을 …… 것입니다. : 구양수는 가우 연간(1056~1063)에 누차 상소를 하여 외
   직을 청하였다. 병이 있어 퇴임하고 죄과[罪戾]를 면할 수 있게 되어 크게 다행
   한 일이라 하였다.

7) 공께서 행차하며 순력(巡歷)하신다니[使騎巡歷] : 사기(使騎)는 상대방의 행차
   를 높인 말이다. 순력은 곳곳을 돌아다닌다는 것이다.

8) 중의(仲儀)는 왕의민공(1007~1073) 왕소(王素)이다. 중의는 왕소의 자이다.

9) 충경(沖卿) : 오충(吳充, 1021~1080)으로 자가 충경(沖卿)이다. 북송의 대신
   이다.

2) 편지 2

　저는 아룁니다. 노쇠하고 병든 몸을 감당하기 어려운데 외람되게도 분에 넘친 일을 맡고 있습니다. 부끄럽고 두려운 마음이 깊은데 갑자기 가르침의 글을 주시며 안부를 물어주셨습니다. 아울러 보내주신 편지와 공의 훌륭한 글을 받자오니 어찌 소중히 간직하며 외우지 않겠습니까? 호숫가 동산의 정취는 도성 가까이에서는 보기 드문 절경[1]입니다. 꿈속에서도 그리운데 어찌 잊을 수 있겠는지요. 만약 죄를 저지른 책임을 우연히 피할 수 있다면,[2] 그 사이 호숫가 동산으로 돌아가 늙으면서, 마침내 게으르고 용렬한 몸을 기를 수 있을 것인데 그 다행함을 어찌 다 이기겠는지요. 세밑의 날씨는 매섭군요. 다정스레 만나 이야기할 날을 기약할 수 없으니 삼가 계절에 맞춰 자중하길 바랍니다.

> 某啓. 衰病無堪, 叨竊過分. 方深愧懼, 遽辱誨存. 兼承惠寄佳篇, 豈勝珍誦. 湖園野趣, 近郡所無, 夢寐在焉, 何嘗忘也. 若得偶逃罪責, 歸老其間, 遂養慵拙, 何勝幸也. 歲晚寒凜, 款言未期, 惟冀以時自重.

| 주석 |

1) 보기 드문 절경 : 『구양수문집』 가운데 「여장학사(與張學士)」〈편지 1〉에서 "지금 바로 떠나야 하여 뵙고 작별하지 못했습니다."라고 하였고 또 말하길, "남쪽 고을에서 최근 편지를 써 보냈습니다."라고 하였다. 이 편지에서는 '호숫가 동산에서 평화로운 정취를 보노라니 도성 근교에서는 보기 드문 경치입니다.'라고 하였는데, 이로 보아 대개 장학사가 근무하는 고을은 필시 남쪽 지역에 있었던 것 같다.
2) 만약 …… 있다면 : 이는 관직에서 벗어나는 것을 말한다.

5. 육학사[1]에게 보내는 편지[2]

저는 아룁니다. 오랫동안 문안드리지 못했지요. 홀연 편지를 보내주시니 감사와 위로되는 마음을 어찌 말로 다 하겠습니까? 겸하여 겨울 추위에 기거가 여유롭고 편안하시다는 것을 알았습니다. 저는 노쇠하고 병든 몸만 남아 있는 목숨으로 임금에게 청을 얻어 고향으로 돌아가 노후를 보내게 되었는데, 관직을 옮기는 것과 겸직한 것이 모두 특별한 은혜에서 나온 것입니다.[3] 이러한 영예와 행운에 대해서는 부끄러워 말을 다 할 수 없습니다. 저는 오랫동안 여러 해 걸친 질병이 있어, 이 병이 갑자기 나아지기는 어려운 일일 것 같습니다. 마땅히 이러한 한가하고 자적한 곳을 얻어 편안히 몸을 기를 수 있기에 또한 다행입니다. 마침내 다시 전원으로 돌아가게 되면 만날 날을 기약할 수 없겠지요. 간절히 그리워할 뿐입니다. 부디 몸을 아끼십시오.

與陸學士

某啓. 久闕奉問, 忽枉以書, 奚勝感慰. 兼審經寒履況沖裕. 某衰病餘生, 得請歸老, 而遷官兼職, 皆出特恩, 榮幸之愧, 無以爲諭. 第久疾累年, 頓難減損, 然得此閑適, 足以安養, 又其幸也. 遂復田畝, 無期會見, 企仰而已. 千萬加愛.

| 주석 |

1) 육학사의 이름은 육경(經)으로 자는 자리(子履), 생몰연대는 확실치 않다.

2) 이 편지는 『구양문충공문집』에는 「답육학사(答陸學士)」로 되어 있으며, '지화 2 년(1055)에 쓴다.'라고 하였다. 이때 구양수는 49세로 채주 지주로 있었다. 그러 나 『전주구소수간』에는 희녕 4년(1071)에 쓴 것으로 나온다. 이때 구양수 나이 는 65세로 관문전학사 태자소사로 은퇴하여 영주로 돌아간 때이다. 내용으로 보아 이 편지는 후자의 연대가 더 맞을 것 같다.

3) 저는 …… 나온 것입니다. : 이해에 공은 벼슬에서 물러났다. 제사(制詞)에 이르 기를, 특별히 태자소사로 제수하여 종전의 관문전학사를 담당하게 하였다. 이 는 직위를 옮기면서 겸직함을 이른다.

6. 안직강[1]에게 보내는 편지

1) 편지 1

저는 아룁니다. 지난번 관례(慣例)에 따라 학직(學職)에서 파직되었다고 해서 소식을 듣고 처음에 의아해 했는데, 이제 편지를 받아 알고나니 놀라지 않을 수 없습니다. 또 회양(淮陽)으로 내려가라는 명을 받았다는 것을 알았습니다. 하지만 군자의 나아가고 물러나는 일이 도(道)를 위반하지 않고, 부끄러움이 없다면 거처하는 곳마다 즐거울 것입니다. 더군다나 회양은 집에서 가까운 곳이니 편하지 않겠습니까? 생각건대 공의 호연지기가 흔들리지 않을 것이라 헤아립니다.

교년(交年)[2]에 눈이 쌓이고 추위가 심해집니다. 건강은 좋으시겠지요. 머지않아 공의 행차가 동쪽으로 가게 되면, 서로 거리가 더욱 멀어질 것이니 뵐 날은 어느 때나 될까요? 부디 몸을 아껴주십시오.

> 與顏直講
>
> 某啓. 嚮傳例罷學職, 初聞可疑, 及辱書, 始駭果然. 又承有淮陽之命, 君子出處不違道而無媿, 則所居皆樂, 況淮陽近家之便乎? 亮不動浩然之氣也. 交年, 積雪極寒, 體況想佳. 計行李不久當東, 相去逾遠, 會見何時? 千万加愛.

1) 안직강(顏直講) : 이름은 복(復, 1034~1090)으로 자는 장도(長道)이다. 북송
   의 학관으로 팽성(지금의 강소 서주) 사람이며 안연의 48세손이다. 가우 연간
   (1056~1063)에 진사로 나아가 교서랑이 되었다. 희녕 연간(1068~1077)에는 국
   자직강의 직책을 맡았으나 얼마 되지 않아 면직되었다. 안장도는 부역선생(鳧
   繹先生)으로 알려진 안태초의 아들이다. 소동파가 지은 「부역선생문집서(鳧繹
   先生文集序)」가 있다. 이 편지는 희녕 3년(1070)에 썼다.
2) 교년(交年) : 12월 24일을 이른다.

2) 편지 2[1]

저는 아룁니다. 지난번 경사에 있을 때 마침 방문하셨습니다. 하지만 일
들이 많아 조용히 공의 말씀을 듣지 못하였지요. 박주(亳州)에 이르러서,
학관(學館)으로 돌아가 근무하신다는 것을 들었습니다.[2] 벼슬하는 곳이
서로 달라 함께 하지 못하니 참으로 서운하였지요. 근래에 추위가 지나갔
으니 체후가 편안하시리라 여깁니다. 저는 물러나 궁벽한 고을[3]을 지키
게 되었으니 매우 다행입니다. 그러나 노쇠와 병이 엄습하여 마음에 품은
의지와 기력이 쇠약해져서 오래도록 임금의 은총이 내리는 자리에 머물
러 있기 어려울 듯합니다. 눈병으로 고통이 심하여 편지를 씀에 붓을 잡
기 힘듭니다. 저의 생각을 다 밝힐 수 없지요. 신년에는 삼가 몸을 더욱
아끼시길 바랍니다.

某啓. 嚮在京師, 會吾子來, 人事忽忽, 不能以從容接高論. 及至亳,
聞還直學館, 出處相失, 誠可恨仰. 近惟經寒, 體況淸適. 某退守僻

州, 甚爲優幸. 而衰病侵凌, 心志昏耗, 諒難久竊榮寵也. 目疾爲苦,
臨紙艱於執筆, 鄙懷莫罄. 新歲, 惟冀加愛.

| 주석 |

1) 이 편지는 치평 4년(1067)에 썼다. 이 당시 구양수는 61세로 관문전학사, 형부상
   서를 지내고 박주 지주로 나아갔다.
2) 박주 …… 들었습니다. : 이해에 장지기(蔣之奇) 등이 공을 모함하고 비방하여
   임금의 조사로 무고임을 밝혀내고 그 무리들을 귀양 보냈다. 공은 무척 애써 떠
   날 것을 청했고, 3월에 박주 지주로 나아갔다. 그러므로 편지에 박주에 이르렀
   을 때 안직강은 물러나 학직에서 퇴임했다고 했다.
3) '궁벽한 고을' : '박주'를 가리키는 말이다. 이때 구양수는 박주로 나가고, 안직강
   은 경사에 있었다. 당시 영종이 죽고 신종이 즉위하였는데 구양수는 상복 안에
   다 보라색 관복 저고리를 입었다는 이유로 어사의 탄핵과 공격을 받았다. 이에
   앞서 장지기 등의 모함과 비방도 받았다. 박주 지주로 보내진 것은 이릉으로의
   첫 번째 좌천, 저주로의 두 번째 좌천 이후 세 번째 폄적이었다.

3) 편지 3[1]

저는 아룁니다. 노쇠와 병으로 할 일을 대부분 못 하여 오랫동안 편지
를 드리지 못했습니다. 우편을 통해 편지를 받고, 추운 날씨에 몸과 마
음이 평안하심을 알았습니다. 학사(學舍)에서 승진하지 못하고 오래 머
무르지만, 도(道)로써 즐거움을 삼으시니 반드시 권태롭지는 않을 것입
니다. 저는 양쪽 눈이 갈수록 흐릿하여 오랫동안 견디며 억지로 머물기는
힘들어 수주(壽州)[2]로 갈 것을 거듭하여 요청하였지요. 조만간 청을 얻고

서쪽으로 돌아가, 영주(潁州) 가까이에서 마음 편히 지내고 싶을 뿐입니다. 다시 만날 기약이 없습니다. 저의 간절한 마음을 말씀드릴 수 없군요.

> 某啓. 衰病, 人事多廢, 久不奉書. 遞中辱問, 承經寒, 體況淸適. 學舍久淹, 然以道爲樂, 必無倦也. 某兩目益昏, 難久勉强, 乞壽已再, 旦夕冀得請西歸, 近潁爲便爾. 相見未涯, 鄙誠莫道.

| 주석 |

1) 이 편지는 희녕 원년(1068)에 썼다. 이 당시 구양수는 62세로 은퇴를 청했으나 윤허되지 않고서, 병부상서로서 이해 8월, 청주(靑州) 지주로 전보되었다.
2) 수주(壽州) : 안휘 봉양부이며 서쪽으로 돌아간다는 것은 청주에서 수주로 돌아간다는 말이다. 이해에 영주에 집을 지었는데 수주와 영주는 가깝기 때문이었다. 영주는 안휘의 영주이다.

4) 편지 4[1]

저는 요즘 요청드린 일이 받아들여져 고향으로 돌아가 노후를 보내게 되었습니다.[2] 임금의 은혜가 천만번 간절함에서 나왔습니다. 다만 당뇨병을 앓아 고통을 당하고 있지요. 봄부터 시작되어 여름을 지나며 증세가 더욱 심해집니다. 아마 여러 해를 거쳐 온 병으로 병세를 완화시킬 수는 없지만, 이제부터는 평안하고 한가하니 천천히 건강을 보살피러 합니다. 두 눈은 더욱 혼미하여 책잡기가 힘들고, 시간을 보내기도 어렵습니다. 또한 벗들의 모임도 요원하여 기약할 수 없으니, 마침내 도의(道義)를 듣지 못하고 묵묵히 점점 더 어리석은 사람이 될까 두려울 따름입니다. 남아 있는 더위에 몸을 더욱 아끼십시오.

某茲者得請歸老, 恩出萬幸. 惟所苦渴淋, 自春發作, 經此暑毒尤甚. 蓋以累年之疾, 勢不易平, 然自此安閑, 冀漸調養爾. 兩目昏甚, 艱於執卷, 顧難銷暑景. 又親朋之會, 邈不可期, 恐遂不聞道義, 默默浸爲庸人爾. 殘暑, 加愛.

| 주석 |

1) 이 편지는 희녕 4년(1071)에 썼다.
2) 저는 …… 되었습니다. : 이해 7월에 구양수는 영주로 귀환하였다.

7. 양직강에게 보내는 편지[1]

　저는 아룁니다. 쇠약하고 병들어 물러나 은거하면서 스스로 자취를 감추어야 마땅한데 갑자기 편지를 보내주셨습니다. 공께서 평소에도 저를 아끼는 것을 잊지 않으시니 그 감사함을 쉽게 말할 수 없습니다. 겸하여 화창한 봄을 맞아 건강이 좋다는 것을 알고 기쁩니다. 동직강(董直講)이 학사(學舍)에서 와서 여러 동학(同學)들이 거처하는 상세한 소식들을 갖추어 말해주었습니다. 이제 그가 돌아갈 때 또한 제가 근무한 군재(郡齋)[2]의 상황도 두루 보았기 때문에 한가하게 이야기할 즈음에 언급할 것이라 생각합니다. 눈병은 더욱 혼미해져 붓을 들기는 어렵습니다. 삼가 계절에 맞춰 몸을 아껴주십시오.

> 與梁直講
> 某啓. 衰病退藏, 自宜屛跡, 忽辱惠問, 雅眷不忘, 其爲感著, 未易遽陳. 兼喜春和, 氣體淸裕, 董直講來自學舍, 具道群居之詳. 今其還也, 亦備見郡齋之況, 燕譚之際, 諒可及之. 病目愈眊然, 艱於執筆. 惟以時加愛.

| 주석 |

1) 양직강(梁直講)은 양사맹(梁師孟, 1020~1091)이며 자는 순지(醇之)이다. 편지
　는 희령 초기인 것 같다.

2) 군재(郡齋) : 군아(軍衙)로 고을의 원이 사무를 보는 관아이다.

8. 초전승[1]에게 보내는 편지

1) 편지 1[2]

　모는 아뢰네. 수일간 재사(齋祠)[3]하다가 오늘 아침이 돼서야 돌아왔다네. 일찍이 와서 약을 가지고 간 것으로 알고 있는데 건강은 좀 어떤가? 합격자 명단[4]을 보았더니 장도(張燾) 수재[5]가 이미 천거를 받았다[6]고 하더군. 기꺼이 이곳에 와서 겨울을 지낼 수 있을지 모르겠네. 다만 장도 수재가 겨울공부[7]를 하려는데, 어린아이들의 떠드는 소리를 싫어할까 염려된다네. 그렇지 않다면 아이들이 이익을 많이 받을 것일세. 나는 오늘 집에 머물러 있다네. 조만간에 방문해 주어 짧은 시간이나마 한담을 나누기 바란다네.

> 與焦殿丞
> 某啓. 以數日齋祠, 今早方歸. 知曾來取藥, 體中佳否? 見解牓, 張燾秀才已獲薦, 不知肯且來此過冬否? 祇恐他要冬課, 嫌小兒喧聒, 不然, 蒙益則多矣. 某今日在家, 隨早晚見過, 閑話少時.

| 주석 |

1) 초전승(焦殿丞)은 초천지(焦千之, ? ~1080년?)로 단도(丹徒) 사람이다. 천지(千之)는 자이다. 북송 시기의 관리이자 학자이다. 벼슬은 국자감직강, 무석령,

대리시승 등을 역임했다. 구양수의 제자로 알려졌으며 경술(經術)에 정통했다. 구양수의 문집 가운데 「여조승평서(與趙升平書)」를 보면 '초천지 수재와는 오랫동안 상종하였고 그는 성실히 학문을 실천하고 행하는 선비인데, 전력을 다하여 고문을 공부하느라 생업을 다스리지는 못하였습니다. 그의 처자는 처가에 맡겨 살게 하고서 그는 어떻게 할 줄 몰랐지요. 예전에 들어보니 운주(惲州)의 학교는 가르칠 만한 곳으로 봉급도 나쁘지 않으니, 생계를 기약할 수 있었습니다. 그런데 초군은 군수의 후손으로 그곳에 생활하는 것이 신분에 맞지 않다고 여겼고, 지금 어진 주인을 만나서 공께 기탁하고 싶어 합니다. 제 생각에 공께서도 초씨가 공에게 가서 일하고 싶다는 소식을 들었을 것입니다.'[焦千之秀才, 久相從, 篤行之士也. 其人專心學古, 不習治生, 妻子寄食婦家, 遑遑無所之. 往時聞惲學可居, 所資差厚, 可以託食, 而焦君以郡守貴侯, 難以屈迹. 今遇賢主人, 思欲往託, 窃計高明, 必亦聞此]라고 하였다.

2) 『구양문충공문집』에는 '황우 5년(1053)에 썼다'라고 하고, 또한 '가우 5년(1060)에 썼다'라고도 하였다. 『전주구소수간』에는 '이 편지는 가우 5년에 썼다'라고 하였다.

3) 재사(齋祠) : 이해에 공은 초여름에 태위직을 임시로 맡아, 6월에 임금의 조령을 받고 날이 맑아지기를 기도했다. 8월에 왕이 경영궁에 이르렀을 때, '찬도예의사' 직을 충당하였고, 9월에 다사례(茶謝禮)를 거행할 때 찬인태상경이 되었다. 이 편지에서 재사(齋祀)를 말하는 것은 어느 달에 속하는지 모르겠다. 그 아래 과거 초시의 합격자를 발표하는 방인 '해방' 두 글자가 있어 미루어 짐작하면 이해 9월에 있었던 것 같다.

4) 합격자 명단 : 해방(解牓)이라 한다. 가을시험 방 게시에서 제 1등을 해원이라 칭했기 때문에 해방이라 했다. 방(牓)은 방(榜)과 같다. 장원급제함을 알리고 그것을 '해방'이라 불렀다.[秋試牓上第一名謂解元, 故稱解牓. 牓=榜] 해원(解元)은 당송(唐宋) 시기에 과거의 일종인 해시(解試)의 수석 합격자를 가리킨다.

5) 장도(張燾) 수재 : 장도가 어떤 사람인지는 자세하지 않다.

6) 천거를 받았다[獲薦] : '획천(獲薦)'은 방(榜)에 게시한 명단에 올랐음을 말한다.

7) 겨울공부 : 구양수는 장도 수재가 와서 겨울을 보내기를 바라고 있다. 동과(冬課)에 장도수재에게 아이의 공부를 청했다.

2) 편지 2¹⁾

보게나. 여러 날 크게 더웠는데 마음은 어떠한지 모르겠네. 마침 아들 발(發)²⁾로 하여금 군의 관사³⁾에 이르게 했더니 아이가 돌아와 말하기를, 이미 서강(西岡)으로 돌아갔다고 아뢰었다네. 이는 대체 무슨 말인지 알지 못했네. 이곳은 서쪽 재위⁴⁾가 상당히 크고 서늘한데 남풍도 많이 불어와 매우 거처할 만하다네. 음식에 있어서는 또한 쾌적함을 취할 만하고, 참으로 그대가 오면 온 흔적이 없을 것이네.⁵⁾ 겸하여 때때로 한가한 이야기를 나눌 수 있으니 청컨대 다시 생각해서 의심하지 말고 찾아오게나. 삼가 묻는 말을 편지로 아뢰고 답장을 기다리겠네. 보는 말한다네.

> 某啓. 數日大熱, 不審意思如何? 適令發至群牧司, 云已卻歸西岡,
> 不審何謂? 此中西位頗寬涼, 多南風, 甚可居. 至於飲食, 亦可取快,
> 固無形迹矣, 兼時得閒話, 請更思之, 勿以爲疑也. 謹此咨啓, 俟報.
> 某啓.

| 주석 |

1) 이 편지는 가우 원년(1056)에 썼다.

2) 아들 발(發)은 구양수의 큰아들인 시승(寺丞) 발이다.

3) 관사는 초전승의 관청이다. 본문의 '군목사(群牧司)'는 西川門仲 註解, 『구소수

간주해』에는 '군목사(郡牧司)'로 표기되어 있다.

4) 서쪽 재위[西位] : '서위(西位)'는 공의 관청 가운데 서쪽 재실이 아닌가 한다.

5) 참으로 …… 것이네[固無形迹矣] : 무형적(無形迹)은 무형무적(無形無迹), '형태 도 자취도 없다'는 말이다. 여기서는 '그대가 찾아와도 아무런 의심과 혐의가 없 으니 마음 놓고 찾아와도 된다'는 의미이다.

3) 편지 3[1]

모는 아뢰네. 여러 날 편지를 받지 못했네. 건강은 어떠한가?[2] 마땅히 점차 평온해졌으리라 보네. 다만 나를 찾아오지 않음을 이상하게 여겨 문 안 편지를 보내네. 무릇 질병이 있으면 병이 몸에 쌓여 막히게 해선 안 된 다네. 자못 모름지기 이리저리 움직여서 몸에 막힌 것을 풀어주고,[3] 그러 면 효과가 약을 복용하는 것보다 클 것이네. 만약 바깥을 출입할 수 있으 면 행여나 들러주게나. 하인이나 말이 필요하면 와서 취해 가게나. 약물 에 있어서는 또한 당연히 헤아려야지, 약물의 이치를 잘 알 수 있을 것이 네. 삼가 이렇게 문안 편지 올리고 재배한다네.

某啓. 數日不承問, 不審體中如何? 當漸平和. 但怪不見過, 故此奉 問. 凡疾病, 不欲滯鬱, 頗須消息有以散釋, 其效多於服藥. 若能出 入, 幸相過. 要人馬, 來取. 至於藥物, 亦當商榷, 乃盡其理. 謹此咨 啓. 某再拜.

| 주석 |

1) 이 편지는 가우 원년(1056)에 썼다.

172

2) 여러 날 …… 어떠한가? : 이 당시 초전승은 병이 있었다. 그래서 이렇게 말한 것이다. 병이 있어도 행동하여 병 기운을 흩어지게 해야지, 답답하게 집에서만 기거하지 말 것을 말했다.

3) 자못 …… 풀어주고[頗須消息有以散釋] : 산석(散釋)은 녹아 없어짐이나 일의 의혹이 풀리는 것이고, 소식(消息)은 유식(遊息)으로도 쓰이는데, 유(遊)는 한가하게 노니는 것이요, 식(息)은 피곤하여 쉬는 것이다. 이 말은 『예기(禮記)』 「학기(學記)」에 나오는 말이다.

4) 편지 4[1]

　모는 말하네. 서로 헤어진 후 편지를 쓰려 하던 차에, 갑자기 불의학사(不疑學士)[2]가 돌아오라는 명령을 주었다는 것을 알고 그 후로 다시 편지를 부치려 했는데 생각해보니, 그대의 배 행차가 벌써 길 가는 도중에 있을 것 같아 부칠 곳이 없으리라 여겨졌네. 또 한 가시 이유는 오래지 않아 서로 만나니, 굳이 편지를 쓸 필요가 없었다네. 마침 그대의 편지를 받고 내게 속히 온다니 기쁘오.[3] 찌는 무더위에 건강이 좋다니 여타 다른 일은 모두 만나서 하기로 하세나. 나는 올여름 더위에 병이 나서 직무를 수행할 수 없고, 또한 숨이 차오르는 증세로 마침내 휴가를 얻었다네. 대개 노쇠해 가는 모습은 절로 이와 같다네. 대략 편지를 갖고 온 사람을 머물게 하고 서둘러 써서 부치네.

> 某啓. 自相別後, 方欲作書, 遽承不疑學士有來歸之命. 自後更欲附書, 則思舟行必已在道, 無處可附. 亦以不久相見, 不必爲書也. 適得信, 喜來甚速, 且承酷熱中, 體氣淸安, 其他皆可盡於相見也. 某爲今夏病暑, 不可勝任, 又得喘疾, 遂且在告. 蓋衰老之態, 自然如此也.

暑留來人, 附此草草.

| 주석 |

1) 이 편지는 가우 원년(1056)에 썼다.

2) 불의학사(不疑學士)는 소필(邵必, ? ~?)이며 상원주부(上元主簿)를 지냈다.

3) 마침 …… 기쁘오. : 만날 날이 있어 기쁜 까닭에 편지를 부치지 않았다.

9. 소전승[1]에게 보내는 편지

1) 편지 1[2]

저는 아룁니다. 특별히 보내신 편지와 겸하여 종이에 전서(篆書)로 쓴 비문[3]도 받았습니다. 저양(滁陽)의 풍경은 참으로 빼어난데 제가 바삐 경황없이 쓴 작품은 문장의 뜻이 깊지 못하고 가볍습니다.[4] 그런데도 공께선 붓으로 뛰어난 글씨를 써주어 「풍락정기(豊樂亭記)」가 먼 후대까지 전해지게 되겠습니다. 이 정자가 영원히 전해지게 되어 기쁘지만 저의 누추한 문장은 가릴 수 없어 부끄럽습니다.[5] 우러러 감사하는 회포를 어찌 다 말할 수 있겠는지요. 심부름꾼이 돌아가기에 삼가 이렇게 사례 드립니다. 오랫동안 사용해 온 용미연(龍尾硯)[6] 한 개와 봉단차[7] 한 근을 보내 부족하나마 저의 마음을 전합니다.

> 與蘇殿丞
> 某啓. 特承書問, 兼惠篆碑. 滁陽山泉, 誠爲勝絶, 而率然之作, 文鄙意近. 乃煩雋筆以傳于遠, 旣喜斯亭之不朽, 又愧陋文莫掩, 感仰之抱, 寧復宣陳. 專人還, 謹此敍謝. 舊用龍尾硯一枚, 鳳茶一斤, 聊表意.

| 주석 |

1) 소전승(蘇殿丞, 1023~1064)은 송 인종 때의 사람으로 전서(篆書)에 뛰어

났다.

2) 이 편지는 황우 연간(1049~1054)에 썼다. 『구양문충공문집』에는 제목이 「여비현소전승(與費縣蘇殿丞)」으로 나와 있다.

3) 전서(篆書)로 쓴 비문 : 글은 즉 「풍락정기(豐樂亭記)」를 말한다. 비석의 전서는 곧 소전승이 손으로 쓴 것이다.

4) 저양의 …… 가볍습니다. : 「풍락정기」에서 말하길, '저주의 샘물을 마셔 보니 달았다.' 또 말하길, '샘을 틔우고 암석을 깎고 터를 닦아서 정자를 만들었'고 하였다. 그래서 이 편지에 '저주의 산과 물은 참으로 빼어나다'[記曰, 飮滁水而甘. 又曰, 疏泉鑿石, 闢地以爲亭. 故是書有, 滁陽山泉, 誠爲絶勝.]라고 한 것이다.

5) 이 정자가 …… 부끄럽습니다. : 소전승이 써준 글씨가 훌륭하여 정자가 길이 빛나며, 구양수 자신의 글은 천근하여 부끄럽다고 말한다. 겸사이다.

6) 용미연 : 흡주(歙州) 벼루는 용미산 계곡에서 출토된 것이다. 구양수 문집 가운데 『연보(硯譜)』에서 이를 언급하고 있다. "용미연은 깊은 계곡에서 나는 것이 최상이고, 그 우열을 비교하면 용미산 계곡에서 나온 흡주연이 단계연보다 훨씬 뛰어나다.[龍尾以深溪爲上, 較其優劣, 龍尾遠出端溪上.]라고 하였다. 흡주연은 중국 4대 명 벼루인 단연(端硯), 흡연(歙硯), 조연(洮硯), 징니연(澄泥硯) 중의 하나이다.

7) 봉단차 : 봉차는 봉단차이다. 여덟 덩이가 한 근이다. 구양수가 소전승에게 주었다. 소전승이 전서로 비문을 써 준 것에 대한 답례이다.

봉단차는 찻잎을 쪄서 뭉친 고형차의 일종으로 엽전처럼 만들어서 돈차라 부르기도 했고 용무늬, 봉황무늬를 음각해서 용단승설(龍團勝雪), 용봉단차(龍鳳團茶)라고 부르기도 했다. 구양수의 『귀전록(歸田錄)』에 의하면, 휘종(徽宗) 선화 2년(1120) 정가간(鄭可簡)이 만들어 황제에게 바쳤다고 한다.

2) 편지 2[1]

　저는 아룁니다. 지난날 찾아와 주셨는데 마침 괴롭게도 일들이 많아 조금이나마 속마음을 펼치지 못했습니다. 근자에 소식을 받들고 이미 고을로 돌아갔다는 것을 알고 기분이 몹시 즐겁지만은 않았습니다. 보내준 편지를 받고 삼가 봄날에 기체가 청유하심도 알게 되었지요. 저는 몸이 노쇠하고 병이 들어 피로하고 고단하지만, 매일 애써 직무를 수행하고 있습니다. 그러나 은총을 입고도 보답할 길을 알지 못하니 감히 수고롭다고 말할 수 없습니다. 가까운 거리인데도 뵙지 못하고 있습니다. 삼가 몸을 아끼시길 바랍니다.

某啓. 前日辱見顧, 屬苦多事, 不得少伸款曲. 比奉詞, 則承已歸縣矣, 但深快快也. 辱惠書, 竊審經春, 體氣淸裕. 某衰病疲憊, 日自彊勉, 未知報效, 不敢言勞. 咫尺阻闊, 惟多愛.

| 주석 |

1) 이 편지는 언제 썼는지 알 수 없다.

10. 소편례[1]에게 보내는 편지

1) 편지 1[2]

저는 아룁니다. 족하께서 집안에 소식이 있어서[3] 황급히 서쪽 댁으로 돌아가셨지요. 이때 어린아이 하나가 병으로 누워 있어 한참 근심과 번민이 있어 만나 뵐 수 없었습니다. 그런 가운데 촉(蜀)으로 돌아간 후 보내주신 편지[4]를 받았습니다. 오늘 아드님[5]이 보내준 심부름꾼의 편지를 받았지요. 거동이 편안하심을 알고 아울러 위로가 되었습니다. 족하의 학문과 품행은 지금 시대에 추앙을 받고 있는데, 어찌 먼 곳에서 오랫동안 궁벽하게 지내시는 분이겠습니까?[6] 서로 만나 뵙지 못하는 사이에 부디 몸을 아끼십시오.

與蘇編禮
某啓. 自足下西歸, 承有家問, 忽遽而行. 時一小子臥病, 方憂悶中, 不得相見. 中間得還蜀後所惠書, 及今者賢郞人至, 得書, 承尊履休康, 倂以爲慰. 足下文行見推於時, 豈久窮居於遠方者? 未相會間, 千万自愛.

| 주석 |

1) 소편례(蘇編禮)는 소식의 아버지 蘇洵(1009~1066)이다. 북송의 산문가이며 자

178

는 명윤이고 호는 노천, 미주 미산인이다. 젊은 나이에는 공부에 힘쓰지 않다가 전해지기를 27세부터 거의 발분 독서하였다고 한다.[蘇洵北宋散文家.字明允, 號老泉, 眉州眉山人.靑少年時不好學習, 相傳二十七歲歲才發奮讀書.] 가우 원년인 1056년에 아들 소식과 소철을 데리고 수로와 육로를 따라 명산대천을 유람하고 수도 개봉에 와서 유명 학자들을 만났다.

2) 이 편지는 가우 2년(1057)에 썼다. 이 당시 구양수는 51세로 예부시의 시험관인 지공거가 되었다. 이때 소식은 「형상충후지지론」을 써서 2등으로 과거에 합격하였다.

3) 집안에 소식이 있어서[承有家問] : '가문(家問)'은 소씨 집안의 편지를 이른다. 『동파선생문집(東坡先生文集)』에 의하면 이해 4월에 태부인 정씨의 상을 당하였고 집안의 편지를 받고 황망히 돌아갔다고 하였다.[家問, 蘇氏家書也. 『東坡先生文集』是年四月, 丁太夫人程氏憂. 因得家書, 匆忙歸也.] 가우 2년(1057) 동파는 나이 24세에 어머니 정씨의 복상을 마치고 아우 철과 아버지 소순을 모시고 촉에서 조정으로 돌아왔다. 이때 배를 타고 두 달 동안 11개의 군을 거치며, 장강과 무산, 충주의 굴원탑, 기주의 팔진도 등 산천의 문물과 명승고적늘을 보고 감상하며 쓴 글들을 모아 『남행집(南行集)』을 펴냈다.

4) 보내주신 편지 : 소명윤은 촉 지방 사람이다. 촉으로 돌아간 후에 쓴 편지를 받았다.

5) 아드님[賢郎] : 현랑(賢郎)은 소순의 아들 소식이다.

6) 족하 …… 분이겠습니까? : 구양수의 문집 중 「천포의소순상(薦布衣蘇洵狀)」에서 "그 사람됨은 학문과 품행이 오랫동안 고향 마을에서 칭송하는 바였고, 안빈의 도를 지키면서 벼슬로 나아가려고 꾀하지 않았다는 등등"[云. 其人文行久爲鄕閭所稱, 而守道安貧, 不營仕進, 云云.]이라 하였다.

2) 편지 2[1]

　저는 아룁니다. 여러 날 문안드리지 못했습니다. 편지를 받고 보니 거처를 옮기기가 쉽지 않음을 알았습니다. 처음에는 풍기(風氣)[2]가 좋지 못하다는 소소한 일을 말씀하시는 줄 알고 대수롭지 않게 여겼지요. 어제 아드님인 현량 학사(賢郎學士)[3]를 만나 소식을 듣고 아직 건강이 좋지 못함을 알았습니다. 근자에 몸은 어떠신지요? 다시 바라건대 약과 음식을 잘 드십시오. 달려가 안부를 여쭐 방도가 없어 심부름꾼에게 이 편지를 드립니다.[4]

> 某啓. 多日不奉見. 承遷居不易, 初聞風氣不和, 謂小小爾. 昨日賢郎學士見過, 始知向未康平. 旦夕來, 體中何似? 更冀調愼藥食. 無由馳候, 專奉此.

| 주석 |

1) 이 편지는 치평 3년(1066)에 썼다. 이 때 구양수는 60세이다.

2) 풍기(風氣)는 여기서는 건강을 말한다. 『동파선생연보』에 보면 …… 이해에 경사에서 직사관으로 있었다. 거주를 옮기기는 쉽지 않았고 처음에 경사에 거주하면서 풍토를 잘 알지 못하여서 병을 얻었다고 한다.

3) 현량 학사(賢郎學士) : 현량은 곧 동파선생이다.

4) 장안도가 「노소묘표(老蘇墓表)」를 지었는데 이르기를, "『태상인혁례(太常因革禮)』가 완성되었는데 미처 알리지 못하고 병으로 돌아가셨다."라고 하였다. 그 때가 실로 치평 3년 4월이었다. 이 당시는 처음 질병에 걸려 있을 때이다. 소순은 북송 이래의 예(禮)에 관한 글을 모은 『태상인혁례』 100권을 편찬하였다.

11. 서무당[1]에게 보내는 편지

1) 편지 1[2]

모는 말하네. 진양(眞陽)[3]에서 헤어진 후 홀연 오늘에 이르렀네. 세월이 머물지 않아 어느새 대상(大祥)[4]이 다가왔네. 땅을 치며 울부짖고 가슴을 치며 발을 구르고 오장이 찢기며 무너진 듯하다오. 불효 죄인이어서 하늘에 호소하지도 못하면서 슬프고 괴로울 뿐이네. 편지를 오랫동안 받지 못하여 날마다 무일(無逸)[5]과 함께 그대를 그리워하며 기다렸소. 보내준 편지를 갑자기 받고서 도중에 병고가 있었으나 지금은 다행히 원래대로 회복되었음을 알고 기뻤네.[6] 또한 회수(淮水)의 물길이 얕아 배를 못 띄우니 비록 간절히 서로 만나고 싶어도 만날 수가 없구려. 다만 길이 막혀 드디어 관직으로 부임하는 기한을 놓칠까 염려가 되네.[7] 만일 일에 장애가 되면 차라리 회수로 가지 말고 변수(汴水)[8]를 따라 서쪽으로 올라감이 더 좋을 것 같으이. 만일 회수에 물이 불어 배를 띄울 수 있다면 변수와 더불어 길의 가깝고 먼 것을 다투지 않을 것이니, 곧 이곳으로 오는 것이 좋겠구려.

현제(賢弟)[9]가 여기에 와 있으니 외롭고 쓸쓸하던 중에 동무가 되어 다행이라네. 나는 가을 찬바람이 불 때쯤 이곳을 벗어날 계획인데, 머무를 곳이 남방과 북방 어디가 될지 아직 모른다네.[10] 『오대사(五代史)』는 예전에 증자고(曾子固)의 의론을 보고서 처음부터 다시 고치고자 하나 끝날 기한이 없네.[11] 그리고 여전히 주해(注解)를 하는데 『구오대사』에 대해 어려운 점이 있다네. 대개 전본인 『구오대사』는 진실로 불가하고, 전본인 『구오대사』를 따르지 않는다면, 주해를 하기 더욱 어려우니 이러한 일은 모름지기 서로 만나서 의논할 수 있겠네. 상복을 갈아입고 슬프고 고통스러워 경황없이 바쁘고 절박하였네. 우연히 떠나는 사람을 만나 이렇게 편지를 보내오.

與徐無黨

某啓. 眞陽相別, 忽已及茲. 日月不居, 大祥奄及, 攀號擗踊, 五內分崩, 不孝罪逆, 蒼天莫訴, 哀苦哀苦! 久不得書, 日與無逸弟想望. 忽捧來示, 承在道曾感疾, 喜今復常. 又知淮水淺澁, 雖深欲相見, 但恐阻滯, 遂失赴官之期. 若於事有妨, 則不若且就汴流西上. 如淮水可行, 與汴不爭遠近, 卽茲來爲善. 賢弟在此, 寂寞中相伴, 大幸. 某秋涼方卜離此, 南北未知何適? 『五代史』, 昨見曾子固議, 今卻重頭改換, 未有了期. 仍作注有難傳之處, 盖傳本固未可, 不傳本則下注尤難, 此須相見可論. 改服哀苦中忙迫, 偶奉接人行, 聊此.

| 주석 |

1) 서무당(徐無黨, 1024~1086)은 황우 5년(1053)에 성시장원으로 진사가 되었다. 서무당은 젊어서 문학가인 구양수에게서 고문을 배웠으며 타고난 자질이 총명하고 각고하여 부지런히 학문에 힘썼다. 문장의 조리가 유창하고 기세가 드높아서 구양수의 사랑을 깊게 받았다.

2) 이 편지는 지화 원년(1054)에 썼다.

3) 진양(眞陽) : 여녕부 진양현으로 성의 남쪽 80리 안에 있었다.

4) 대상(大祥) : 『연보』를 보면 이해 5월에 구양수는 어머니 상복을 벗었다. 그래서 돌아가신 지 두 돌에 지내는 제사인 대상이 어느새 다가왔다고 말하고 있다. 다

시 돌아온 대상에 스스로 슬퍼함이 이에 이르니 부모 은혜를 헤아릴 수 없는 것이 무릇 25개월이나 된다고 하였다.

5) 무일(無逸) : 서무당의 동생 서무일이다. 서무당은 그의 아우 서무일과 함께 소싯적부터 구양수에게 고문을 배웠고 자주 시문을 주고받았으며, 구양수가 편찬한 『신오대사(新五代史)』에 주(注)를 달았다

6) 보내준 …… 기뻤네. : 서무당이 병을 얻었는데 지금은 쾌유하여 마음이 기쁘다는 말이다. 복상(復常)은 원래의 상태로 돌이키거나 원래의 상태를 되찾는 것이다.

7) 다만 …… 염려하였다네. : 회수는 남양에서 나오는데, 당시 가물어서 물길이 얕아지면 배가 더디게 갈까를 걱정하였다. 무릇 부임할 때는 정해진 기한이 있다. 늦게 도착하면 기한을 놓치는 어려움이 있게 된다.

8) 변수(汴水)는 양양의 영수(潁水)를 말한다.

9) 현제(賢弟) : 서무일(徐無逸)이다.

10) 나는 …… 모른다네. : 『연보』에 의하면 구양수는 6월에 상소를 올려 군으로 가길 청했다. 그래서 날씨가 쌀쌀해질 때 경사를 떠나길 바란다고 말한 것인데, 남북 어디로 갈지 모른다고 한 것은 임금의 명이 정해지지 않았기 때문이다.

11) 오대사는 …… 기한이 없네. : 증자고는 증공(曾鞏)이다. 『오대사』는 중국 당나라 멸망 이후 등장한 후량·후당·후진·후한·후주의 오대(五代, 907~960)의 역사를 기록한 정사이다. 『구오대사』, 『신오대사』의 2가지가 있으며, 『신오대사』는 『오대사기』라고도 하여 모두 74권이다. 송대 구양수가 편찬했다.

2) 편지 2[1]

모는 말하네. 인편이 도착하여 편지를 받아보았네. 관직[2]을 역임하면서도 학문에 정진하며 무탈하다니 크게 위로가 되네. 그대가 부쳐준 글은 몹

시 아름다웠네.[3] 그런데 작문의 체제란 처음엔 치달리듯 글을 짓고자 하나 오랜 후에는 마땅히 수렴하고 절제하여 간략하고 신중하게 해야 한다네. 그래서 엄하고 바르게 하여 혹 때때로 자신의 감회를 마음껏 풀더라도 하나의 체제가 되지 않아야 지극히 좋은 것이라네.[4]

나는 이곳에서 관직생활[5]을 하며 진실로 바쁘지만, 기필코 진력하여 임금의 은혜에 보답하려 하네. 사대부들에게 심하게 질책 받는 것은, 이는 나를 대하는 것이 두텁고 사랑하는 것이 과해서 그런 것일세. 그러니 내 감히 마음에 깊이 새겨 명심하지 않을 수 있겠는가.[6] 겨울 추위에 자애하길 바라네. 치재(致齋)[7] 중에 있어 경황없이 글을 보내오.

某啓. 人至, 辱書, 承莅官進學無恙, 甚以爲慰. 所寄文字, 太佳. 然作文之體, 初欲奔馳, 久當收節, 使簡重嚴正, 或時肆放以自舒, 勿爲一體, 則盡善矣. 某此待罪, 誠碌碌, 然期必有爲而自效. 士大夫見責者深, 是待我厚而愛之過爾, 敢不佩服. 冬寒, 自愛. 在致齋處草草.

| 주석 |

1) 이 편지는 가우 2년(1057)에 썼다. 『구양문충공문집』에는 제목이 「여민지서재 (與澠池徐宰)」로 나온다. 이 당시 구양수는 51세로 권지예부공거, 예부시랑, 삼 반원 판관으로 재직하였다.

2) 관직 : 민지(澠池)의 관리로 부임한 것 같다. 민지는 지금의 하남에 속한다. 구양 수가 인종 지화 원년(1054)에 지은 「송서무당남귀서(送徐無黨南歸序)」에서 서 무당은 무주 동양군 영강현 사람으로, 황우 연간에 진사가 되었고, 구양수에게 서 고문을 배워 그와 함께 『오대사기』를 주석하였으며, 민지의 수령이 되었다가 군교수가 되어 세상을 떠났다고 하였다. 「송서무당남귀서」에서 '남귀(南歸)'는 도성 변량에서 남쪽 고향 영강으로 돌아간 일을 말한다.

3) 그대가 …… 아름다웠네. : 구양수는 「송서무당남귀서」에서 서무당을 찬하기를, "동양의 서생이 어려서부터 나에게서 문장 짓는 것을 배웠는데, 떠나간 뒤 그가 여러 선비와 함께 예부에서 과거를 보아 높은 순위로 급제하니 이 때문에 이름이 알려졌다. …… 그의 문장이 날로 진전하여 마치 물이 솟아오르고 산이 솟아나온 듯하여, 그 치달리는 기세는 다른 사람의 필력이 이를 수 있는 것이 아니었다. 나는 그의 성한 기운을 꺾고 그가 자신을 돌아보기를 권면하고자 하므로 그가 돌아갈 때에 이런 말을 해주었다. 그러나 나도 본디 문장을 짓기 좋아하는 자이니 또한 이를 통해 내 자신도 경계한다."라고 하였다.[歐陽修在「送徐無黨南歸序」稱讚他 : 東陽徐生, 少從予學爲文章.旣去, 而與群士試於禮部, 得高第, 由是知名.……其文日進, 如水涌山出, 其馳騁之際, 非常人筆力可到.予欲摧其盛氣而勉其思也, 故於其歸, 告以是言. 然予固亦喜爲文辭者, 亦因以自警焉.] 楊家駱 主編, 『歐陽修全集 上』第五冊, 297쪽.

4) 혹 …… 것이라네. : 문장을 짓는 법은 처음엔 호방하고 광대함을 드러내고, 나중에는 간결하면서 노성해짐을 구하였다. 서무당은 구양수에게서 글을 배웠고, 구양수는 진지하게 그를 가르쳤다.

5) 관직생활[待罪] : 대죄(待罪)는 '죄를 기다린다'는 뜻으로 관직생활을 의미한다.

6) 감히……있겠는가[敎不佩服] : 패복(佩服)은 명심한다는 말로 '마음에 깊이 새겨 잊지 않는다'는 뜻이다.

7) 치재(致齋) : 제관이 된 사람이 사흘 동안 몸과 마음을 깨끗이 하고 부정한 일을 멀리하는 일이다. 제사의 재계는 산재(散齋)와 치재로 나눈다.

12. 두대부[1]에게 보내는 편지[2]

저는 거듭 절합니다. 오랫동안 소식을 듣거나 제가 안부를 드리지 못했습니다. 여름이 가고 가을에 이르도록 부모님 잘 모시는 일 외에 체리(體履)[3]도 다복하신지요. 근래 단(澶) 땅과 위(魏) 땅의 황하가 범람하여 제방이 무너져, 회남(淮南)에서는 관례대로 관리를 시켜 민가에 권유하여 미곡과 말에게 먹일 풀을 관아에 납부하게 했습니다. 회수 사람들은 이미 빈궁한데다, 단 지역과 위 지역의 길까지는 멀며, 납부할 시일도 촉박하니, 명령에 응하는 자가 하나도 없습니다.[4] 조정의 뜻을 권유하고 사람을 시켜 선전하고, 또 사람을 시켜 사무를 맡을 사람을 정하는데도 어떻게 따라야 할지 알지 못합니다. 남경(南京)[5]에도 또한 반드시 지휘가 있을 것입니다. 공이 계신 본부에서는 어떻게 계획하고 처치하실는지요? 현재 몇몇의 민가에 권유하고 있는데 어떻게 해야 하는지, 또 특별 임무를 맡고 파견되는 차사를 누구로 해야 할지 모르겠습니다.

재주도 없고 능력도 모자란 제가 받은 성은은 무척 두터운데, 듣자니 조정에서는 물이 범람한 일을 급선무로 삼는다고 합니다. 정녕 진력을 다해 보고하는 것이 마땅합니다.[6] 그러나 만약 일에 도움이 되지 않고, 나라를 위한다며 회수 백성들에게 세금을 걷는 일에 원한을 사게 되면 거듭하여 죄를 저지르게 됩니다. 먼 곳에 있으면서 일의 요체를 알지 못하므로, 급히 심부름꾼을 보내 이처럼 묻습니다. 혹 권유하는 방책이 있다면 원컨대 남은 법도로 약간이나마 먼저 급한 일을 구제해 주시길 요청합니다. 분주한 틈에 자세히 적을 수 없습니다. 가을 날씨 쌀쌀해지니 몸조심하십시오.

與杜大夫

某再拜. 久不聞問. 經夏涉秋, 榮侍外體履多福. 近爲澶, 魏河決, 淮
南例令勸誘人戶進納稍草. 淮人旣貧, 而道遠期促, 絶無應命者. 朝
旨勸誘, 使人傳宣, 又令差定, 莫知所從. 南京亦必須有指揮, 不知本
府如何擘劃? 現勸到人戶多少, 如何誘之, 孰是差定? 某才薄能劣,
受恩厚甚, 聞朝廷以河事爲急, 正當竭力補報. 然若於事無益, 而爲
國斂怨於淮人, 則重爲可罪也. 爲遠方不知事體, 急走此奉咨, 或有
勸誘之術, 願乞餘矩, 稍濟其急. 忙中不子細. 秋凉, 保重.

| 주석 |

1) 두대부가 누구인지는 확실치 않다.

2) 이 편지는 경력 8년(1048)에 썼다. 이 당시 구양수는 저주에서 양주 지주로 전
   임되었는데 양주는 소백호와 강남 운하에 인접해 있는 송대의 장강과 회수의
   요충지였다.

3) 체리(體履) : 서간문에서 주로 정승의 안부를 물을 때 쓰는 말이다.

4) 근래 …… 없습니다. : 이해 윤정월에 구양수는 양주 지주로 갔다. …… 회남은
   지금의 안휘성 봉양부이다. 물난리 이후로 회수의 백성들은 대부분 다 곤궁해
   져 풀을 올리라고 명 해도 역시 명에 응하지 않았다.[是年閏正月, 公徙知揚州.
   …… 淮南, 今屬安徽鳳陽府. 河患之後, 淮民多貧, 故令納草亦無應命者.]

5) 남경(南京) : 『전주구소수간』 주에서 남경은 지금의 강소 강령부이고, 두대부
   는 이때 남경 태수였다고 했지만 이 주는 잘못된 것 같다. 북송 때 남경은 지금
   의 하남 상구로 북송의 4경 중의 하나로 (나머지 3경으로는 동경의 변량, 서경
   의 낙양, 북경의 대명부) 응천부가 다스리는 땅이다.[『箋注歐蘇手簡』有注. 南
   京, 卽今江蘇江寧府. 想杜大夫時爲南京守. 此注誤矣, 北宋南京, 卽今河南商
   丘, 系北宋四京(其餘三京爲, 東京汴梁, 西京洛陽, 北京大名府)之一, 爲應天

府治所之地.]

5) 진력을 …… 마땅합니다.[竭力報效] : '갈력보효(竭力報效)'로 성은에 보답하고
　자 하는 것을 관리의 직분으로 여겼다.

13. 왕선휘 태위[1]에게 보내는 편지

1) 편지 1[2]

저는 아룁니다. 심부름꾼이 와서 편지를 받고 삼가 이 새해를 맞아[3] 대감의 건강이 좋으심을 알았습니다. 평소 발돋움하며 간절히 우러르던 마음에 다소 위로가 됩니다. 저는 이곳에서 하는 일 없이 녹만 받으면서 죄려(罪戾)[4]를 벗어날 것을 생각하지만 그 방법을 알지 못하고 있습니다. 나이는 나날이 더해가고 마음속 품은 뜻은 날로 소모되는데, 낙양으로 돌아갈 흥을 어찌 막을 수 있겠는지요?[5]

공의 편지에서 이웃하며 사는 일[6]을 허락하시니, 역시 한때의 성대한 일입니다. 다만 공의 공업이 완성되길 바랄 뿐입니다.[7] 길흉이 교체[8]하는 것은 자연의 순리이자 당연한 이치이니, 또한 오래 지속되기는 어렵겠지요.[9] 어찌 다만 친구인 저의 바람에 그치겠습니까? 봄기운이 화창해지니 삼가 때에 맞춰 몸을 아끼시길 바랍니다.

與王宣徽大尉

某啓. 急足至, 辱書, 伏承履茲新正, 台候萬福, 少慰翹企之素也. 某尸竊于此, 思逃罪戾, 未知其所. 年齒日增, 心意日耗, 歸洛之興何可遏? 承示許以卜鄰, 亦一時盛事, 但須公功業成爾. 否泰常理, 亦難稽久, 豈止交親之願也. 陽候嚮和, 惟冀以時自愛.

| 주석 |

1) 왕선휘 태위(王宣徽大尉) : 왕공진(王拱辰, 1012~1085)으로 자는 군황(君貺), 송나라 개봉 함평 사람이다. 원명은 공수(拱壽)이고 시호가 의각(懿恪)이다. 지화 3년(가우 원년, 1056)에 삼사사(三司使)가 되어 거란에 사신으로 갔다 왔으며 경력 신정에 반대한 일에 연루되어 탄핵을 받아 외직으로 여러 해 떠돌았다.

2) 이 편지는 "『구양문충공문집』에는 제목이 「여왕의각공(與王懿恪公)」이며, 의각공은 자가 군황으로, 지화 2년(1055)에 썼다고 하였는데, 「전주구소수간」의주에서는 의각공은 군황이며 이 편지는 가우 원년(1056)에 썼다."[『歐陽文忠公文集』題名爲『與王懿恪公』君貺, 至和二年. 『箋注歐蘇手簡』題下 懿恪公, 君貺. 此書 嘉祐元年.]라고 하였다.

   지화 2년에는 구양수가 거란에 있었고, 편지 첫머리에 신년이 나온 걸로 보아 거란에서 돌아온 2월 가우 원년에 편지를 쓴 것이 더 타당하다고 본다. 『구양문충공문집』에서 쓴 시기보다 『전주구소수간』 주에서 밝힌 시기가 맞는 것 같다.

3) 새해를 맞아 : '신정(新正)'은 차를 올리며 새해를 맞이하는 것이다.

4) 죄려(罪戾) : 죄를 저질러 사리에 몹시 어긋나는 일이다.

5) 나이는 …… 있겠는지요? : '낙양으로 돌아왔다는 것'은 지화 2년(1055) 8월에 거란의 (야율홍기의 왕위 등극) 축하 사신이 되어 갔다가 가우 원년(1056) 병신년 1월에 사신으로 환국했기 때문이다. 이때(1055) 구양수는 거란에 아직 머물러 있어서 낙양으로 돌아가고 싶은 마음이 절실하였다. 낙양은 하남이다.

6) 이웃하며 사는 일[卜鄰] : 복린(卜鄰)은 상대방과 이웃하기를 원한다는 뜻이다. 복린(卜鄰)은 두보의 시 「증위좌승(贈韋左丞)」의, "이옹은 나와 알기를 요구하였고, 왕한은 내 이웃에 살기를 원하였네."[李邕求面識, 王翰願卜鄰.]에서 나온다. 왕한(王翰)은 시문이 뛰어난 당나라의 문인이다.

7) 다만 …… 바랄 뿐입니다. : 공업을 이루고 은퇴하길 기다려 같이 이웃하며 살기를 바란다는 말이다.

8) 길흉이 교체[否泰] : 비태(否泰)는 흉함과 길함, 불운과 행운을 나타낸다. 『주역
   (周易)』 64괘 중의 한 가지로 「잡괘전」에 나오는 말로, 즉 비극반태(否極反泰)로
   비괘가 다하면 태괘가 되듯이 비색한 운수가 극도에 달하면 태평한 운수로 돌
   아간다고 하였다.
9) 또한 …… 어렵겠지요. : 노자 『도덕경』에 "공이 이루어지면 몸은 물러나는 것이
   하늘의 도이다."[功成身退, 天之道也.]라고 하였다. 여기서는 상대방에게 지위
   가 높으면 물러남이 좋다는 뜻을 말한 것이다.

2) 편지 2[1]

    저는 아룁니다. 근자에 심부름꾼이 공의 본부로 돌아가기에 대략 감사
와 간청을 아뢰었습니다. 요사이 봄추위에 삼가 백성들 보살피는 일 외에
도 존체는 만복하시겠지요. 저는 여전히 이곳에서 머물며 봄꽃이 무성하
게 피는 것을 다시 봅니다만, 눈병이 들어 침침하여 어지럽고 술도 마실
수 없지요. 그러니 무슨 즐거울 일이 있겠습니까? 그곳 대부(大府)[2]의 꽃
피는 때는 어떠한지 모르겠군요. 생각하니 그곳에서 지내던 옛날엔 꽃이
그다지 성대하게 피진 않았지요.
    지난번에 돌벼루[3]에 대해 묻는 편지를 주셔서 이제 우선 벼루 세 매(枚)[4]
를 보냅니다. 계속하여 다시 좋은 것을 구해보겠습니다. 지척에서 우러러
그리워합니다. 삼가 때에 맞추어 자중하십시오.

> 某啓. 近因急足還府, 畧布謝懇. 即日春寒, 仰惟鎭撫外臺候万福. 某
> 尙此遷延, 又見春花益盛, 第以目病眩晃, 不勝飮酒, 鮮悰爾. 不審大
> 府花時如何? 憶曩在彼, 不甚盛也. 前承問及石研, 今且致三枚, 續當
> 更求佳者. 咫尺瞻企, 惟以時自重.

1) 이 편지는 가우 5년(1060)에 썼다. 이 당시 구양수는 54세로 『신당서』를 진상하고 예부시랑, 한림시독학사, 추밀부사를 지냈다.
2) 대부(大府)는 府(부)를 높이는 말이다.
3) 돌벼루 : 『연보(硯譜)』에 따르면 단석과 흡석 이외에도 강주의 각석, 귀주의 대타석, 청주의 자금석, 청주의 홍사석 등이 있다. 편지에서 말한 세 개의 벼루는 무엇인지 알 수 없다.
4) 매(枚) : 개, 낱, 장과 같이 물건을 세는 단위이다.

3) 편지 3[1]

저는 아룁니다. 감사와 간청을 위와 같이 갖추어[2] 말씀드렸습니다. 가을 날씨가 쌀쌀한데 존체는 건강하신지요. 저는 병든 몸으로 외람되게도 은총을 입고 이를 근심으로 여기고 있습니다.[3] 스스로 졸렬하고 재주가 없음을 아는지라 어찌 일찍이 감히 높은 벼슬을 소망하는 마음을 싹이라도 틔웠겠습니까? 남들도 역시 일찍이 기약이나 했겠습니까? 그런데 은총을 뜻밖에 받고, 여전히 외람되게 자리를 차지하고 있습니다. 그대 군황(君貺)께서는 재망과 덕업을 쌓아 30년 동안 지속하며, 하루아침에 조정으로 돌아가서는 모든 사람의 우러름에 부응했습니다. 사대부들의 여망을 통쾌하게 해주셨지요. 늙어 쓸모없는 저는 마땅히 여음(汝陰)[4]에서 농사지으며 농부와 촌로들과 더불어 서로 축하할 것입니다. 사람의 일이란 본디 이와 같아, 공이 편지에서 말씀하신 '배척하는 자들에 대한 것'[5]은 어찌 근심할 만한 것이 있겠습니까? 하물며 낙양의 정사는 좋은 칭찬을 받아서 공에게 애초부터 비난하는 말이 없었습니다. 아마도 아실 것입니다. 외람되이 새로 명을 받들어서 인사가 분분합니다. 공께 답장 올리는 일이 지체되어 황공하고 황공합니다.

> 某啓. 謝懇已具如右. 秋寒, 台候萬福. 某衰病忝冒, 以寵爲憂, 自省蹇拙, 曷嘗敢萌此望, 人亦曷嘗期此? 然事出意外, 猶竊叩據. 君旣材望德業三十餘年, 一日歸副具瞻, 以快士大夫之願, 老朽之人當在汝陰田畝, 與農夫野叟相賀. 人事固常如此, 所示排擯, 曾何足恤? 矧洛政善譽, 初無間言也. 恐知之. 以新忝命, 人事紛紛, 致謝稽晚, 惶恐, 惶恐.

| 주석 |

1) 이 편지는 가우 6년(1061)에 썼다. 이 당시 구양수는 55세로, 호부시랑참지정사와 개국공으로 있었다.
2) 위와 같이 갖추어[如右] : 여우(如右)는 '오른쪽에 쓰인 내용과 같다'는 말이다.
3) 총애를 …… 있습니다.[以寵爲憂] : 구양수는 이해 8월에 호부시랑으로 전임(轉任)되고 참지정사를 제수받았다. 그래서 이 편지에 외람되게 은총을 입어 걱정이 된다고 말하고 있다.
4) 여음(汝陰) : '여음'은 곧 '영주'를 말한다. 군황은 덕업과 명망이 모두 드높았고, 귀향해서는 백성의 여망에 부응하니 역시 사대부들이 바라던 바였다. 구양수는 퇴임하여 여음에서 농사짓기를 원했다.
5) '배척하는 자들에 대한 것'[排擯] : 배빈(排擯)은 '반대하거나 거부하여 밀어 내친다는 말로 상대방이 편지에서 구양수에게 배빈하는 일들에 대해 물었던 것 같다.

4) 편지 4[1]

저는 아룁니다. 뜻밖에 벼슬을 받은 뒤로 일찍이 우편을 통하여 사은과 간청을 드렸습니다.[2] 요사이 겨울 날씨가 마침내 맹위를 떨치는데 잘 지내고 계신지요. 저는 쇠하고 병든 몸을 추스르며 애써 직무에 임하고 있습니다. 재주는 박한데 은총은 더해졌으니 반드시 손해도 따를 것입니다. 친한 벗인 그대가 아낌을 주시니[3] 어떻게 가르침을 받는지요? 간절히 바라고 또 바라는 일입니다.

집사람[4] 말로는 열네 번째 자매가[5] 어제 저녁에 아팠다가 다행히 이미 나아졌다고 하니 마음이 놓입니다. 공기(公期)[6]는 여기에서 부모님 안부를 살피러 떠났습니다. 제 마음이 간절하니 한번 말씀드려 물을 수 있겠지요. 무릇 여러 가지 사소하고 잡다한 일들[7]을 아뢰기는 번거로울 뿐이니 반복하여 말씀드리지 않겠습니다. 한 해가 저물어가니 쓸쓸하고 스산합니다. 오로지 나라를 위해 일하는 때라 여기시고 자중하시기 바랍니다.

某啓. 自叨竊非望, 嘗於郵中致謝懇. 卽日冬候, 遂爾凝寒, 仰惟動履淸福. 某勉强衰病, 才薄寵益, 損必隨之. 親朋見愛, 何以爲敎? 有望, 有望. 見家人言十四姨夫人昨夕違和, 喜已平愈. 公期由此專去省候, 鄙懷區區, 因話一可詢問. 凡諸委瑣, 不復煩言. 歲晚慘慄, 惟以時爲國自重.

| 주석 |

1) 이 편지는 가우 6년(1061) 겨울에 썼다.

2) 뜻밖에 …… 드렸습니다. : 조정에서 직무를 국가의 중추적인 기구인 추밀원(樞密院)으로 전임하게 하였으나 진실로 감히 바라는 일은 아니었다.

3) 친한 벗인 그대가 아낌을 주시니[親朋見愛] : '친붕(親朋)'은 군황과 친척이면서 겸하여 친구라는 말이다. '견애(見愛)'는 구양수를 좋아함을 이른다.

4) 집사람[家人] : '가인(家人)'은 집사람으로 설부인을 가르키는 말이다.

5) 열네 번째 자매 : 군황의 처와 설부인은 자매지간으로 군황의 처는 항렬이 열네 번째 되는 자매이다. 항렬 순서로 부르고 있다.

6) 공기(公期) : '공기'는 설소경으로 설부인과는 형제지간이다.

7) 사소하고 잡다한 일들[委瑣] : 위쇄(委瑣)는 '매우 자질구레하고 번거로운 일'을 말한다.

14. 심내한[1]에게 보내는 편지[2]

저는 아룁니다. 편지를 받들고 몹시 추운 날씨에도 일상생활이 좋음을 알았습니다. 그리워하는 마음에 다소 위안이 되었지요. 여항(餘杭)[3]에서 어질고 바른 정치를 베풀어 백성들의 풍속이 온순하고 인정이 두터워지던 참인데, 갑자기 이번 조정의 부름이 있었다지요. 하지만 공께서 떠나고 나서도 사모하는 마음과 은혜가 백성들에게 족히 있습니다. 생각건대 봄 물[4]이 불어날 때쯤 조정으로 돌아갈 수 있으리라 생각합니다. 봄이 되어서야 뵐 수 있을 것이니 여전히 만날 날이 멉니다. 때에 맞춰 몸을 아끼시길 바랍니다.

> 與沈內翰
> 某啓. 辱書, 承祁寒動履淸休, 少慰瞻企. 餘杭德政, 民俗方期歸厚, 而遽此嚴召. 然去思遺惠, 亦足以在人. 亮須春水, 方可還朝. 會見尙遙, 更冀爲時珍嗇.

| 주석 |

1) 심내한은 심문통(? ~1067)으로 송나라 전당(錢塘) 사람이다. 이름은 구(遘)이고 호는 서계(西溪)이며 문통(文通)은 그의 자이다. 인종 때 진사에 합격한 후, 강녕부 통판·집현교리 등 요직을 역임하고, 월주·항주 등의 지주를 지내면서 크게 선정을 베풀어 명성이 중외에 매우 자자하였다. 벼슬이 한림학사에 이르렀

고 저서에 『서계집(西溪集)』이 있다. 내한(內翰)은 한림학사의 별칭으로 심구가 한림학사를 지내서 심내한이라 하였다.

2) 이 편지는 치평 원년(1064)에 썼다. 이 당시 구양수는 58세로 이부시랑으로 전임되었다.

3) 여항(餘杭)은 절강 항주부에 속한다. 심내한은 여항령에 재직하고 있던 때였던 것 같다.

4) 봄 물(春水) : 봄이 되어 얼음이나 눈이 녹아서 흐르는 물로, 봄이 찾아옴을 말한다.

15. 왕단명[1]에게 보내는 편지

1) 편지 1[2]

　저는 아룁니다. 동지(冬至)[3]에 이르러 문안드리려 했습니다. 갑자기 편지를 받게 되니 감사하고 부끄럽습니다. 신양(新陽)의 경사를 맞아 현자께서는 온축(蘊蓄)[4]한 바를 분발하여 백성에게 은택을 주십시오. 마음속으로 간절히 비는 마음을 이기지 못합니다. 저는 근래에 열이 심하게 올라왔습니다. 어떤 사람이 교시하여 이르기를 '물과 불이 조화롭지 않으니 마땅히 내시(內視)의 방술[5]'을 행해야 한다'는 말씀이 있었습니다. 실행한 지 한 달도 지나지 않아 양쪽 눈이 찢기듯 통증이 솟고, 글쓰기가 어려울 뿐만 아니라 사물을 보아도 제대로 볼 수조차 없어, 아마도 이리하다간 마침내 폐인[6]이 될까 염려됩니다. 우려되는 것은 순서를 정해 약간이나마 편찬해 둔 문자를 마저 마치지 못할까 걱정입니다. 저의 뜻을 알아주실 분으로 믿기에 감히 마음을 펴보입니다. 심한 추위에 몸조심하십시오.

> 與王端明
>
> 某啓. 至節方欲拜狀, 遽辱惠問, 感愧感愧. 新陽納慶, 奮發賢蘊, 以澤斯民, 不勝祝願也. 某近以上熱太盛, 有見敎云：「水火未濟, 當行內視之術.」行未逾月, 雙眼注痛如割, 不惟書字艱難, 遇物亦不能正視, 但恐由此遂爲廢人. 所憂者, 少撰次文字未了爾. 恃相知, 敢布. 深寒保重.

| 주석 |

1) 왕단명은 단명직학사 왕도(王陶, 1020~1080)로, 자가 낙도(樂道)이고 태원(太原) 사람이다. 『송사』, 「본전(本傳)」에는 경조부 만년현의 사람으로 나와 있다. 경력 2년(1042)에 진사가 된 송대의 관원으로 추밀직학사, 배우간의대부, 권어사중승을 지냈다. 『시설(詩說)』 3권 등이 전한다. 구양수가 쓴 「송왕도서(送王陶序)」에 "태원의 왕도는 자가 낙도이니 강직함을 좋아하는 선비이다. 그는 일찍이 세상이 음험하고 소인이 많은 것을 싫어하여 경사에 있을 적에 함부로 사람들과 교유하지 않고 학문에 힘쓰고 옛것을 좋아하여 신념을 가지고 지조를 지켰다."라고 하였다.[太原王陶字樂道, 好剛之士也. 嘗嫉世陰險而小人多, 居京師不妄與人遊, 力學好古以自信自守.] 楊家駱 主編, 『歐陽修全集 上』 第五冊, 293쪽.

2) 이 편지는 경력 8년(1048) 겨울에 썼다. 구양수는 42세로 양주 지주로 왔다. 『구양문충공문집』에는 제목이 「여왕문각공(與王文恪公)」으로 나왔다.

3) 동시(冬至)는 양이 생겨나 회복하는 때이다.[冬至一陽來復也.] 옛사람들은 음양의 개념으로 기후의 한난(寒暖)과 역법의 회전을 설명했다. 하지를 양의 극점이자 음의 기점으로, 동지를 음의 극점이자 양의 기점으로 보았다. 하지와 동지는 음양이 오가며 상호 교차해 돌아가는 시점이다. 그래서 동지는 양이 생겨나 회복하는 때이다.

4) 온축(蘊蓄) : 오래도록 연구하여 학문이나 지식을 많이 쌓음을 말한다.

5) 내시(內視)의 방술 : 내시(內視)는 도가의 수련방법이다. 내시지술(內視之術)은 '내면에서 외부의 사물을 본 즉 곧 마음으로 외물을 본다.'는 뜻으로 눈을 감고 바깥 사물을 보지 않고 마음을 한곳으로 모아 단전으로 기를 운행하는 것이다.

6) 폐인 : 아마도 눈병으로 인해 눈이 멀어지는 것 같아 하는 말이다.

2) 편지 2[1]

저는 절을 올리며 아룁니다. 근자에 심부름꾼이 본부에서 돌아와 편지를 받고 막 선선해지는 때에 거동도 좋으심을 알았습니다. 우러러 뵙기를 바라는 마음에도 크게 위안이 됩니다. 겸하여 살피니 중간에 작은 질병으로 고생하셨지만, 지금은 나으셨다니 얼마나 기쁜지요. 어진 정사는 청렴 간소하고, 풍년이 들어 백성들이 즐거워하니, 공께선 참으로 덕을 잘 길러 밝히기에 충분합니다. 저는 몸이 늙고 병들어 말로 다 아뢰기 어렵습니다. 무릇 노환이, 혹은 귓병으로 혹은 눈병으로 한두 가지에 그치지 않습니다. 늙어서 오는 모든 질병이 함께 몸 전체에 찾아들어, 어쩔 수 없이 빨리 고향으로 돌아가고픈 마음[2]뿐입니다. 보내주신 약방(藥方)으로 더욱 저를 아끼는 은혜를 입습니다. 벌써 처방대로 행하여 약을 섞어 짓고 있지요. 지척인데도 만나 이야기할 수 없습니다. 때에 맞춰 몸을 아끼십시오.

某拜啓. 近急足自府回, 辱書, 承此初凉, 動履淸福, 甚慰勤企. 兼審中間小疾爲苦, 喜已平和. 仁政淸簡, 歲豐民樂, 亮足頤神. 某衰病難名, 凡老患, 或耳或目, 不過一二, 諸老之疾, 併在一身, 所以歸不得不速也. 蒙惠藥方, 益荷意愛, 已依方合和也. 咫尺未涯瞻款, 惟時自愛.

| 주석 |

1) 이 편지는 희녕 원년(1068)에 썼다. 이 당시 구양수는 62세로 은퇴를 청했으나 윤허되지 않고 병부상서로 청주(靑州) 지주에 있었다.

2) 돌아가고픈 마음 : 이해에 구양수는 청주 지주로 나아갔다. 돌아가기 어려운 실정이었는데, 돌아가고자 하는 마음이 몹시 절실하였다.

3) 편지 3[1]

저는 아룁니다. 저는 한가하고 외진 고을에서 지내며 게으름과 나태함이 몸에 배여 오랫동안 안부를 드리지 못했습니다.[2] 인편이 전해준 편지를 받드니 감사와 위로됨을 어찌 말로 다 하겠는지요. 저는 이곳에서 다행히 졸렬한 몸을 감춘 채, 지극히 편하고 넉넉하게 지내고 있습니다. 그러나 노쇠와 병마가 들이닥쳐 몸을 가눌 수 없고, 거기다 집안의 사사로운 번뇌마저 많아 즐기던 정취도 다시 갖기가 어렵습니다. 헤아리건대 복이 지나쳐서 재앙이 생기는 이치일 뿐입니다. 그런 까닭에 분수를 지켜 그칠 줄을 알아서 절실히 귀향하려 합니다. 지척에서 문안드리며 즐거운 이야기도 나누지 못합니다. 한 해가 저물면서 추위도 매섭군요. 삼가 때에 맞춰 자중하시길 바랍니다.

某啓. 某以閑僻, 養成懶慢, 久闕拜問. 專人辱書, 感慰曷已. 某此幸藏拙, 極遂優安. 其如衰病侵凌, 加以私門煩惱, 無復情悰, 亮由福過災生致此爾. 所以量分知止, 切於思歸也. 咫尺莫奉宴言. 歲暮隆寒, 伏冀爲時自重.

| 주석 |

1) 이 편지는 희녕 3년(1070)에 썼다. 이 당시 구양수는 64세로 채주 지주에 있었다. 이해 청주에서 채주로 왔고, 이미 사람에게 부탁하여 영주에다 농토를 사고 집도 지었다. 이듬해 희녕 4년 6월에 영주로 돌아갔다.

2) 안부를 드리지 못했습니다. : 구양수는 이해 7월에 채주 지주로 전보되었다. 경사가 아닌 바깥 고을에서 재직하였는데 지역은 궁벽하고 일은 한가해 게으른 습관이 길러져 안부를 자주 못 드린다고 하였다.

4) 편지 4[1]

저는 아룁니다. 지난번 임금의 은혜를 입었습니다. 쇠로한 저의 모습을 가엾게 여기셨는지 마침내 퇴휴(退休)를 허락하셨습니다.[2] 두문불출하며 마을에 머물면서 인사도 거의 못 하였지요.[3] 이 때문에 오랫동안 안부를 드리지 못했지요. 그런데도 공께선 평소 잊지 않고 보살펴주시고 은혜롭게 안부를 물어주셨습니다. 또한 정중히 가르치고 깨우쳐주시어 저의 외롭고 쓸쓸한 마음을 위로해 주셨습니다. 정(情)을 나누면서 보니 때마다 풍속을 장려하고 풍도와 의리가 미치는바 그 이로움이 커서, 저같이 병든 늙은이만이 은덕을 입는 것은 아닙니다. 감사하고 부끄럽습니다. 아울러 추운 겨울에도 존체가 만복하심을 알았습니다. 한가한 중에 다행한 일들이 실로 많지만 벗들을 만나기는 더욱 어려우니 이것이 저의 안타까운 마음입니다. 한 해가 저물면서 추위가 몹시 매섭습니다. 오로지 편안히 기거하며 몸을 잘 보살펴 다시 쓰일 때를 대비하십시오.

某啓. 昨蒙上恩, 閔其衰老, 許遂退休. 自杜門里巷, 人事幾廢, 以是久闕致誠. 而雅眷不忘, 惠然垂問, 誨諭稠重, 以慰寂寞. 於交情乃見之, 時以勵俗, 風義所及, 其利博矣, 非止病夫之荷德也. 感愧, 感愧! 兼審經寒台候萬福. 閑中優幸實多, 但交親益難會見, 此爲區區. 歲晚凝冽, 惟宴居頤養, 以需復用.

| 주석 |

1) 이 편지는 희녕 4년(1071) 겨울에 썼다. 이 당시 구양수는 66세로 관문전학사, 태자소사로 은퇴하고 영주로 귀환하였다.

2) 퇴휴(退休)를 허락하셨습니다. : 퇴휴는 벼슬을 그만두고 물러나 쉬는 것이다. 구

양수는 이해 6월에 퇴임하고 7월에 영주로 귀환하였다. 그래서 늙음을 가엾게 여겨 퇴휴를 허락함이라 말하고 있다.

3) 두문불출하며 …… 못 하였지요. : 두문불출하고 마을에 살고 있다는 것은 전원으로 돌아온 후의 정황이다.

16. 왕의민공[1]에게 보내는 편지

1) 편지 1[2]

저는 아룁니다. 며칠 사이에 은혜로이 부쳐주신 게와 밤을 받았습니다. 비록 편지는 받지 못했지만 존체가 만복하심을 알고 기뻤습니다. 저는 이곳에서 지내기가 마치 연못 속의 물고기나 조롱이 속의 새와 같습니다. 한 해도 홀연히 다 지나가고 노쇠함과 질병은 날마다 몸을 공격합니다. 교유하던 벗들은 모두 외방으로 나가 있어 홀로 우두커니 이곳에서 지내는 저의 심사를 짐작하시겠지요.

오늘 채대(蔡大)[3]의 편지를 받았습니다. 오랫동안 병을 앓다가 근자에야 비로소 안정을 찾았다고 합니다. 인생이란 만나면 헤어지고 우환은 끝이 없는데, 우리는 어느 때에나 만나 뵐 수 있을까요? 게다가 내년이면 반드시 남쪽[4]으로 가길 청할 것인데, 그렇게 되면 북쪽의 호(胡)나라와 남쪽의 월(越)나라[5]만큼 공과 거리가 더 멀어지겠습니다. 삼가 때에 맞춰 자중하십시오. 편지를 대하니 그리운 마음 그지없습니다.

與王懿敏公

某啓. 數日之間, 倂承寄惠蟹, 栗, 雖不得書, 亦喜尊候萬福. 某居此, 如魚鳥之池籠. 歲律忽已遒盡, 衰病日復侵攻, 交游多在外, 塊然處此, 情緖可知. 今日得蔡大書, 言久病, 近方就安. 人生聚散, 憂患百端, 相見何時. 況開年決求南去, 遂益爲胡越也. 惟以時自重, 臨紙區區.

1) 왕의민공(王懿敏公)은 왕소(王素, 1007~1073)로, 자는 중의(仲儀)이며 의민(懿
敏)은 그의 시호이다. 태위 왕단(王旦)의 아들이며 진사 출신으로 둔전원외랑과
정주와 성도부를 맡다 단명전학사로 제수되었다. 가우 3년에서 5년까지 지성도
사로 있었고 치평 초기 지위주사가 되었다. 원풍 2년(1079), 소식은 「왕중의진
찬(王仲儀眞贊)」을 지었다. 또한 생전에 은덕을 쌓았던 송나라 초기의 왕호(王
祜)를 칭송하는 글로 「삼괴당명(三槐堂銘)」을 지으며 그 가운데 왕호의 손자 되
는 왕소에 대해서, "나는 위국공(왕단)은 뵙지 못하고 그 분의 아드님 의민공을
뵈었는데 올바른 간언으로 인종 황제를 섬기고 조정에 출입하며 시종과 장수노
릇을 한 지 30여 년이나, 직위가 그 덕에 차지 못하는 것이었으니, 하늘은 장차
왕씨 집안을 부흥시키려는것일까!"라고 하였다.[吾不及見魏公, 而見其子懿敏
公, 以直諫事仁宗皇帝, 出入侍從將帥三十餘年, 位不滿其德. 天將復興王氏也
歟!] 楊家駱 編, 『歐陽修全集 上』 第五冊, 272쪽.

2) 이 편지는 가우 2년(1057)에 썼다.

3) 채대(蔡大) : 채군모이다. 대(大)는 항렬이다.

4) 남쪽 : 공은 누누이 상소를 올려 외지로 나가길 청하였다. 남쪽으로 떠난다고 하
는 것은 영주에서 살며 마지막 여생을 누리겠다는 뜻이다.

5) 북쪽의 호나라와 남쪽의 월나라 : '호월(胡越)'은 호가 북쪽에 있고 월은 남쪽에
있으므로 거리가 멀다고 생각한 것을 말함이다.

2) 편지 2[1]

저는 아룁니다. 인편에 편지와 아름다운 글을 보내주셨습니다. 어찌 소
중히 여겨 읽지 않겠습니까? 더욱이 번잡한 사무를 처리하는 여가에 오히

려 능히 좋은 글을 지으심을 알게 되었습니다. 저의 집 서재에는 몇 떨기 국화가 있어 지난해부터 활짝 피었지요. 그즈음 여러 공들을 모시고 중양절을 지나기까지 무릇 여러 번 모임²⁾을 가졌습니다. 올가을에는 한 번도 감상하지 못했지요. 고관대작의 수레와 관복은 외물³⁾로써 사람에게 누(累)가 되는 것들입니다. 그러니 국화를 감상하고 외물을 추구하는 그 득실을 자잘하게 따진다면, 어찌 외물을 구하는 것에 구차하게 마음을 쓰겠습니까? 중의(仲儀)께서 몇 분의 공들과 더불어 외지에서 돌아오면 조금이나마 조용히 받들며 이야기 나눌 것을 생각했습니다. 그러나 전혀 겨를이 없습니다. 금일에 모임이 있습니다만 여유롭지 못하여 몹시 안타깝습니다. 마침 밤 숙직을 맞아⁴⁾ 이렇게 글을 올려 사례합니다.

某啓. 人至, 辱惠以佳篇, 豈勝珍誦? 益見治煩餘暇, 猶能及此. 弊齋有菊數叢, 去歲自開, 便邀諸公, 比過重陽, 凡作數會, 今秋無復一賞. 軒裳外物, 爲累於人, 細較其得失, 何用區區? 自仲儀與數公自外歸, 甚思少奉從容, 殊未有暇. 今有會, 亦不放曠, 可歎可歎. 値夜, 且奉此爲謝.

| 주석 |

1) 이 편지는 가우 6년(1061)에 썼다. 이 당시 구양수는 55세로 호부시랑참지정사와 개국공으로 있었다.

2) 모임 : 작년에 국화를 감상하며 대개 몇 번 모여 글을 지었다. 모임은 죽림이나 난정과 같은 곳에서 모였다.[去歲賞菊, 凡作數會. 會, 猶竹林, 蘭亭之相會也.]

3) 수레와 관복은 외물[軒裳外物] : 헌상(軒裳)은 '대부나 고관대작의 옷차림'이라는 말로, 『한서』에서 "좋은 수레를 타고 훌륭한 말을 몰며 비단 신을 신고 비단 옷자락을 끌고 다닌다.'라고 하였으며, 외물(外物)은 몸 이외의 것으로[身外之

物 : 주로 재산 따위를 말하며, 본인이 죽으면 아무런 의미가 없다는 뜻] 많으면 사람에게 누가 되는 것들이다."[所云乘堅策肥履絲曳縞也. 外物, 謂身外之物, 多爲人累.]라고 하였다.

4) 숙직을 맞아(值夜) : 치야(值夜)는 숙직, 당직이라는 뜻이다.

3) 편지 3[1]

저는 아룁니다. 공무와 개인사가 모두 바빠서 오랫동안 편지를 드리지 못했습니다. 무릇 쇠병이 번갈아 몸을 공격해오고, 심신은 피로하고 지쳐 있습니다. 맡은 일에 대한 우려는 끝이 없으며 그날 일을 그날 때우기만 합니다. 이렇게 온갖 일들을 하루하루 낡은 습관대로 따라가고 있지요. 그러면서 또한 오랫동안 편지를 받지 못했습니다. 다만 자주 조카와 아드님을 만나 공의 동정을 들을 수 있었지요.

신년 들어 화창합니다. 존체는 어떠신지요? 호숫가 정원은 맑고 그윽하여 춘물(春物)[2]은 이내 만발하겠지요. 여전히 상중(喪中)에 있기에[3] 전혀 모여 만날 수 없습니다. 공께서는 한적하여 운치 있는 곳에서, 고요함과 그윽함으로 지내시니 더욱 좋을 것입니다. 저는 매양 애쓰며 번잡함에 시달리고 있어, 다만 부러울 뿐입니다. 노년에는 서로 알고 지내는 이가 몇 없습니다. 대략 짧은 편지로 안부를 묻는 것은 꺼리는 일은 아니겠지요. 그러니 어찌 여가에 몇 글자 편지로 병든 늙은이를 위로해 주심을 아끼시겠습니까? 그렇지만 저도 오랫동안 편지를 보내드리지 못해 가히 책괴(責怪)[4]하지 않겠습니다. 날이 따뜻해지니 부디 몸을 아끼십시오.

某啓. 公私忽忽, 久闕奉狀. 盖以衰病交攻, 心力疲耗, 而憂責無涯, 日苟一日, 是以百事皆廢於因循. 然亦久不承惠問, 但屢見賢姪, 賢

> 郞, 得聞動靜. 新歲晴和, 不審尊體何似? 湖園淸曠, 春物向榮, 然尙
> 在遏音, 必未欲會聚. 其如閒適之趣, 幽靜尤佳, 每苦紛勞, 但深傾
> 羨也. 老年相知無幾, 尺書相問, 略亦無嫌, 餘暇何惜數字少慰病翁?
> 然以自久無書, 不敢奉怪也. 鬵暖, 千万加愛.

| 주석 |

1) 이 편지는 치평 원년(1064)에 썼다. 이 당시 구양수는 58세로 이부시랑으로 전
   임되었다. 가우 8년(1063) 인종이 세상을 떠나고 영종(英宗)이 즉위하였다.
2) 춘물(春物) : 봄기운이 싹터 만물이 생동하는 것이다.
3) 여전히 상중(喪中)에 있기에[然尙在遏音] : 알음(遏音)은 본인이 상을 당하고
   있다는 말이다.
4) 책괴(責怪) : '책망'하는 것으로 '괴이하게 여겨 원망하고 질책'하는 것이다. 여
   기서는 구양수도 편지를 보내지 못했음으로 원망하지 않겠다는 말이다.

4) 편지 4[1]

저는 아룁니다. 오랫동안 편지를 받지 못해 우러러 사모하는 마음만 더
해지고 있었습니다. 지사(指使)[2]가 와서 문득 편지를 주시니 기쁘고 위로
가 됨을 어찌 말로 다 하겠습니까? 아울러 동정을 편안히 하며 마음을 놓
고 쾌적함을 취하신다니, 복을 온전히 누리는 것이 아니라면 어찌 이와
같겠는지요. 진실로 부러운지 오래됩니다. 수척하게 병든 저는 몸조차 지
탱하기 어렵고, 맡은 일에 대한 우려는 끝이 없습니다. 만일 죄로써 견책
을 받아 곤폐(困廢)[3]되어 벼슬에서 물러나지 않는다면 전혀 작은 공효라
도 펼칠 수 없을 것입니다. 이 세 가지를 버리지 않고는 짬을 내는 편안한

계책이 있지 않습니다.

　절로 치아가 흔들려, 먹고 마시는 일조차 힘듭니다. 이 몸에 절박한 것은 오직 이 한 가지입니다. 처지가 이러한데 다른 일에서 다시 무엇을 얻겠습니까? 그런즉 여기에 힘을 쓸 뿐, 무엇을 돌아보아 연연하겠는지요? 중의(仲儀)께서 가련히 여기는 말이 있어 이에 간략하게 글을 드립니다. 봄을 지나면서 만물이 윤택하고 한층 넉넉합니다. 서로 멀지 않은 곳에 있으니, 필히 화창한 봄날을 함께 할 수 있겠지요. 다시 바라옵건대 때에 맞춰 자중하십시오.

某啓. 久不蒙惠問, 方積瞻思, 指使來, 忽辱書, 可勝欣慰! 兼審靜鎭安閑, 放懷取適, 自非嚮用全福, 何由及此? 固健羨之久矣. 某瘦病不支, 憂責無際, 自匪獲罪譴困廢, 不能薄展微效, 捨是三者, 未有偸安之計. 自齒牙浮動, 飮食艱難, 切於身者, 惟此一事. 旣已如此, 其他復何所得? 然則勉强於玆, 顧何戀也? 因仲儀有見憫之言, 乃略及此. 經春潤澤稍足, 相去不遠, 必同和暖, 更希爲時自重.

| 주석 |

1) 이 편지는 치평 원년(1064)에 썼다.

2) 지사(指使) : 소식을 전하는 심부름꾼이다.

3) 곤폐(困廢) : 곤궁하여 황폐해지다. 괴롭고 못쓰게 되다.

17. 소자용¹⁾에게 보내는 편지

1) 편지 1²⁾

저는 아룁니다. 비온 후 맑게 갠 하늘빛이 몹시 아름답습니다. 도성 밖으로 나가려는 행사를 필히 이루었겠지요. 길이 진창³⁾이라 삼가 생각하니 몹시 수고롭고 피로하리라 여겨집니다. 청명절⁴⁾에 만나자는 약속은, 행여 공께서 당공(唐公)⁵⁾을 모시고 들러주면 한 사발의 수제비⁶⁾를 먹을 것입니다. 나머지는 달리 예를 차릴 수 없습니다. 이렇게 편지를 심부름꾼에게 부치고⁷⁾ 이만 줄입니다.

> 與蘇子容
> 某啓. 晴色可佳, 必遂出城之行. 泥濘, 竊惟勞頓. 淸明之約, 幸率唐
> 公見過, 喫一椀不托爾. 餘無可以爲禮也. 專此. 不宣.

| 주석 |

1) 소자용(蘇子容)은 소송(蘇頌, 1020년~1101년)으로, 복건 동안현 사람이다. 자는 자용(子容)이며 진사 출신으로 여러 벼슬을 거쳤고 원우 3년(1088)에 '수운의 상대'를 제작했다. 의약학과 천문학 방면에 지대한 공헌을 했다. 저서로 『도경본초(圖經本草)』, 『신의상법요(新儀象法要)』가 있다.
2) 이 편지는 『구양문충공문집』에 의하면 황우 4년(1052)에 썼고, 제목은 「여소승

상(與蘇丞相)이라 하였다. 『전주구소수간』에 의하면 소자용은 승상으로 단양의 소송(蘇頌)이라 하였다.

3) 진창[泥濘] : 니녕(泥濘)은 두보(杜甫)의 시 「대우서회주요허주부(對雨書懷走邀許主簿)」의, "진흙탕 길에 초대한 게 부끄러웠는데, 허주부가 말 타고 뜨락에 이르렀네."[相邀愧泥濘, 騎馬到階除.]에서 나온 말이다.

4) 청명절 : 『역서(曆書)』에 따르면 "춘분 후 15일에 두(斗)가 정(丁)의 방향을 가리키는데 청명이라 한다. 이때 만물이 다 깨끗하고 청명하며 공기가 신선하고 경치가 아름다워 만물이 모두 드러나니 그 때문에 이름을 얻었다."[春分後十五日, 斗指丁, 爲淸明, 時萬物皆潔齊而淸明, 蓋時當氣淸景明, 萬物皆顯, 因此得名.]고 한다.

5) 당공(唐公) : 당개(唐介, 1010~1069)이다. 강릉 사람으로 자는 자방(子方)이며 송 신종 때의 대신이다. 평소 대의를 밝히고 덕행이 고상했다. 예부상서를 지냈으며 시호는 질숙(質肅)이다.

6) 수제비[不托] : 불탁(不托)은 '손에 의지하지 않는다.'라는 뜻으로 오늘날의 수제비를 뜻한다. 『오대사』 「이무정전」에는 "어떤 날은 죽을 먹고 어떤 닐은 수제비를 먹는다."[一日食粥一日食不托.]라고 하였고, 구양수 문집 가운데 『귀전록』에는 "당나라 사람들은 탕병을 불탁이라고 말하였다."[唐人謂湯餠爲不托.]라고 하였다.

7) 심부름꾼에 부치고[專此] : 전차(專此)는 전차희달(專此希達), 전차앙달(專此仰達)의 줄임으로 편지 말미에 쓴다.

2) 편지 2[1]

저는 아룁니다. 저는 외롭고 졸렬한 몸으로 가련히 여기는 임금의 은혜를 입고, 한 고을을 맡게 되어 쇠후한 몸을 돌보게 되었지요. 또한 공의 근무 관서에 있으면서 마침내 공의 보살핌을 받게 되어 위태로운 마음을 편안하게 할 수 있었으니, 어찌 천행이 아니겠습니까! 제가 이곳에 온지 수개월입니다. 다행히 풍년이 들고 도적은 잦아들었으며, 송사 또한 줄고 황남(蝗蝻)²⁾도 그리 많지 않아서 수시로 박멸하고 있습니다. 편지를 받으니 재사(齋使)가 타고 오는 배³⁾가 변수(汴水)로 내려가면서 먼저 저의 봉지⁴⁾에 이른다는 것을 알았습니다. 당연히 친히 가르침을 받고 마주 보고 저의 간절한 마음을 아뢰겠습니다. 삼가 배를 맞이하러 가는 사람의 행차로 인하여 우선 이렇게 존후를 묻고 편지를 올립니다. 이만 줄입니다.

某啓. 某以孤拙, 蒙上恩憐, 予之一州, 俾養衰朽. 又得在使部, 遂依公庭, 頓安危心, 豈勝天幸! 某至此已數月, 幸歲豐盜息, 民事亦稀, 蝗蝻不多, 隨時撲滅. 承齋舲下汴, 首及弊封, 當得親受約束, 面布懇誠. 謹因迎迓人行, 姑此上問尊候. 不宣.

| 주석 |

1) 이 편지는 치평 4년(1067)에 썼다. 이 당시 구양수는 61세로 관문전학사와 형부
   상서를 지내며 박주(亳州) 지주로 나갔다.
2) 황남(蝗蝻) : 메뚜기 떼, 혹은 곤충을 이른다.
3) 재사(齋使)가 타고 오는 배[齋舲] : 재령(齋舲)은 제사를 지내기 위해 제사 담당
   자가 타고 온 배이다. 여기서는 상대방이 배를 타고 오고 있다. 원래는 재계할
   때 사용하는 음식을 실은 배이다.
4) 저의 봉지[弊封] : 자용은 제사 지내는 일로 변수(하남성)로 가면서 먼저 박주에
   다다랐다. 구양수는 박주 지사였으므로 자기 고을을 일러 폐봉이라 하였다. 폐
   봉(弊封)은 자기 나라 혹은 고을을 겸손히 낮추는 말로 폐방(弊邦), 폐복(弊服)
   으로도 말한다.

18. 한위공[1]에게 보내는 편지

1) 편지 1[2]

저는 아룁니다. 근자에 심부름꾼이 돌아와서 삼가 소식을 대략 들을 수 있었습니다. 한해가 저물며 화창한데 대감의 존체는 만복하신지요. 제가 있는 고을의 장추관(張推官)[3]이 공께 나아가려 하면서,[4] "예전에 공의 문하에서 나왔습니다."라고 말하였지요. 이 사람은 관직 근무에 있어 청렴하고 뛰어나며 그 직분을 잘 수행합니다. 여러 해 공을 뵙지 못하여 본관(本官)[5]의 동정을 알고 싶어 하지 않을까 하여 삼가 이렇게 편지 올립니다.

> 與韓魏公
> 某啓. 近急足還, 嘗略拜聞. 歲暮晴和, 伏惟台候動止萬福. 本州張推官欲造棨戟, 云舊出門下. 此人蒞官廉善, 謹守其職, 亦可自了. 恐不見多年, 要知本官行止, 謹此拜聞.

| 주석 |

1) 한위공(韓魏公)은 한기(韓琦, 1008~1075)로 자는 치규(稚圭)이고, 호는 공수(贛叟)이며, 시호는 충헌(忠獻)이다. 인종 천성 5년에 진사에 합격했다. 익주와 이주에 흉년이 들자 체량안무사가 되어 세금을 완화하고 탐관오리를 내쫓으며 불필요한 부역을 줄이는 등 조치를 취해 기민 90만 명을 구제했다. 범중엄과 함께

오랫동안 병사의 일을 맡아 그 명성으로 '한범(韓范)'으로 불렸다. 저서에는 『안양집(安陽集)』이 있다.

2) 이 편지는 『구양문충공문집』에는 '제목이 「여한충헌왕」이고 주에서는 …… 치규라 하고 경력 2년(1042)이다.'라고 했으며 『전주구소수간』에는 '제목이 「여한충헌왕치규」이고, 이 편지는 경력 6년(1046)에 쓴 것이다.'라고 했다.

3) 장추관(張推官)은 저주에 있는 추관으로 누구인지 자세하지 않다.

4) 공께 나아가려 하면서[欲造棨戟] : '계극(棨戟)'은 상대방을 높이는 말('공께')이다. 원래 계극은 검은 비단으로 싸거나 검은 칠을 한 목극(木戟)으로 나무로 만든 창이다. 옛날 중국에서 높은 벼슬아치가 행차할 때에는 목극을 든 자를 앞에 세웠다고 한 데서 이 말이 나왔다.

5) 본관(本官) : 구양수 자신을 가리키는 말이다.

2) 편지 2[1]

저는 아룁니다. 이전에 상복을 벗고 대궐로 소환[2]된 후로 바로 출처[3]가 정해지지 못했습니다. 그것은 저의 졸렬한 자질로 말미암은 것입니다. 진실로 모든 것을 살펴 아시리라 생각합니다. 황송하게도 이 직책[4]을 맡은 이래로 일찍이 우편을 통해 편지를 드려 사례하였습니다. 저는 몸이 노쇠하고 병에 시달려, 귀밑머리 수염은 다 백발이 되었지요. 두 눈은 모두 흐릿하여 앞도 잘 못 봅니다. 그러니 어찌 다시 되풀이하여 관직으로 나아가려는 바람을 갖겠는지요? 그러나 천하의 꾸짖는 소리가 과중한데도 하는 것이 없어 한스럽습니다. 나아가게 되어서는 조정을 돕지도 못하고, 물러나게 되서는 결단코 떠나지를 못하며, 변변치 않아 마침내 범용한 인물이 되어 저를 알아주시는 공께 부끄러움만 드릴까 염려됩니다. 아침저녁으로 부끄럽고 두려워 어떻게 가르침을 받아야 할지 알지 못합니다. 원컨대 깨우침의 말씀을 듣고자 함이 참으로 간절합니다.

某啓. 昨自服除召還闕, 出處不定, 皆由蹇拙使然, 諒惟悉察. 自忝此職, 嘗於遞附啓爲謝. 某衰病, 鬚鬢悉白, 兩目昏花, 豈復更有榮進之望? 而天下責望過重, 恨無所爲, 進不能補益朝廷, 退不能決去, 恐碌碌遂爲庸人, 以貽知己之羞爾. 夙夜愧懼, 不知何以見敎, 願聞誨勤之言, 眞切眞切.

| 주석 |

1) 이 편지는 지화 원년(1054)에 썼다. 이 당시 구양수는 48세로 동주(同州) 지주를 거쳐 9월에 한림학사 겸 사관수찬이 더해지고 『신당서(新唐書)』를 편수하였다.
2) 상복을 …… 소환 : 이해 5월에 상복을 벗고 경성으로 왔다. 황우 2년(1052)에 모친 정씨가 사망하였다. 두 해째 되므로 상복(대상복)을 벗는다고 하였다.
3) 출처 : 여기서는 직책을 말한다.
4) 직책 : 『당서』를 편수하는 직을 가리킨다.

3) 편지 3[1]

저는 아룁니다. 집안이 박복하여 어려서 괴롭게도 형제가 없었습니다. 다만 두 명의 조카가 있었지만 다시 한 명을 잃고 말았습니다.[2] 만년에 겪는 애통한 마음에 그 실정을 실로 이기기 어렵습니다. 우러러 공의 사랑을 받으니 특별히 위로하며 염려해 주셨습니다. 어찌 슬픈 감회에 극진함을 주심을 잊겠는지요. 한여름 무더위가 다시 맹렬해집니다. 존체가 만복하심을 삼가 알겠습니다. 곧 참가(參假)[3]하면 마땅히 모시면서 말씀드리겠습니다. 우선 이 편지를 드리면서 감사 말씀을 전해 부칩니다.

某啓. 某以私門薄祐, 少苦終鮮, 惟存二姪, 又喪其一, 哀暮感痛, 情實難勝. 仰煩台慈, 特賜慰卹, 豈任哀感之至. 酷暑復盛, 伏承台候萬福. 來日參假, 當奉言侍. 謹且附此敍謝.

| 주석 |

1) 이 편지는 치평 연간(1064~1067)에 썼다. 이 기간은 구양수의 나이가 58~61세이고 인종이 세상을 떠나고 영종이 즉위한 때이다.

2) 집안에 …… 말았습니다. : 『시경』「당풍(唐風)」 '양지수(揚之水)'에 보면, "느릿 느릿 흐르는 저 물결, 나뭇단도 떠내려 보내지 못하네. 끝내 형제가 드물어 오직 나와 너뿐이네.[不流束楚. 終鮮兄弟, 維予與女.]"라고 하였다. 종선형제(終鮮兄弟)는 '끝내 형제는 적다'는 뜻이다.
구양수가 쓴 「상강천표(瀧岡阡表)」에서 "저는 불행하여 태어난 지 4년 만에 부친을 잃고, 모친께서는 수절하시기로 맹세하여 가난한 속에서도 자력으로 의식을 해결하시며, 저를 기르시고 교육시켜 성인이 되게 하셨습니다."라고 하였다.[修不幸, 生四歲而孤. 太夫人守節自誓 ; 居窮, 自力於衣食, 以長以教, 俾至於成人.] 歐陽修 著, 李逸安 點校, 『歐陽修全集』第二冊, 393쪽.

3) 참가(參假) : 휴가를 아뢰는 것이다. 선종(禪宗)에서 특히 볼일이 있어 15일 정도의 휴가를 청하는 것을 이른다.

4) 편지 4[1]

저는 머리를 조아리며 아룁니다. 기다리던 편지를 받지 못하던 중 홀연히 다시 며칠이 지났습니다. 가을 더위에 편지를 받들고 존체가 만복하심을 알았습니다. 저는 약의 여독이 몸을 공격해 목과 뺨 사이에 또 종핵(腫核)이 생겼습니다. 목구멍엔 생기지 않아 이전의 고통에 비해 다소 가볍습니다.[2] 조만간 우선 힘써 나가보려 합니다. 거듭 어르신께 심려와 걱정을 끼쳤습니다. 그런데도 특별히 편지를 보내주셨지요. 감사하고 부끄러운 마음을 이기지 못합니다. 작으나마 삼가 이렇게 편지를 올려서 감사의 말씀드립니다.

> 某頓首啓. 不獲瞻奉, 忽復數日. 秋暑, 伏承台候萬福. 某以餘毒所攻, 頸頰間又爲腫核, 第以不入咽喉, 比前所苦差輕, 旦夕欲且勉出. 重煩台念, 特賜存問, 不勝感愧, 區區謹奉此敍謝.

| 주석 |

1) 이 편지는 치평 연간(1064~1067)에 썼다. 구양수는 치평 2년(1065)에 심한 당뇨병을 앓았으며 이런 병중에도 한기를 위해서 「상주주금당기(相州晝錦堂記)」를 지었다. 상주는 한기의 고향이다. 이 글에서 그는 "그러므로 조정에 나가 재상이 되어 왕실을 위해 부지런히 일하며 편안할 때나 위험할 때에 한결같은 지조를 지켰고, 큰일을 만나 중대한 의론을 결정할 때에 이르러서는 띠를 드리우고 홀을 바르게 잡고서 목소리와 안색이 변하지 않고도 천하를 태산(泰山)처럼 안정시켰으니 사직의 신하라 이를 만하다. 공(한기)의 성대한 공훈이 이정(彝鼎)에 새겨지고 악곡으로 연주되는 것은 바로 국가의 영광이지 향리의 광영이 아니다."라고 하였다.[故能出入將相, 勤勞王家, 而夷險一節. 至於臨大事, 決大議, 垂紳正笏, 不動聲色, 而措天下於泰山之安 : 可謂社稷之臣矣!其豐功盛烈, 所以銘彝鼎而被絃歌者, 乃邦家之光, 非閭里之榮也.] 楊家駱編, 『歐陽修全集上』, 第五冊, 281쪽.

2) 목구멍엔 …… 가볍습니다. : '이전의 고통'은 「장학사에게 보낸 편지」[與張學士書]〈편지 1〉에서 "저는 일찍이 양손의 가운데 손가락이 오므라드는 병이 있었는데 의원에 따라 사생환(四生丸)을 복용하였더니 손가락의 경련은 없어졌으나 약독이 남아 턱 사이에 망울이 돋더니 목구멍이 붓고 막혔습니다. 여름 무더위에 거의 편히 지내지 못하다 근자에 겨우 낫게 되었습니다."라고 한 부분이다.[嘉祐間, 有「與張學士書」云, 某以嘗患兩手中指攣搐, 爲醫者俾服四生丸, 手指雖不搐, 而藥毒爲孽, 攻注頤頷間結核, 咽喉腫塞, 盛暑中殆不聊生, 近方銷釋.] 이때에 이르러 독이 다 없어지지 않고 남아 있다가 목구멍 사이에 다시 망울이 생겨 제대로 삼키지를 못하고 있는데 '그 전에 비해 다소 가볍다'고 말하고 있다.

5) 편지 5[1)]

저는 머리 조아리고 거듭 절하며 아룁니다. 근자에 심부름꾼이 부(府)[2)]로 돌아왔기에 편지를 올려 간절히 감사 말씀을 드렸습니다. 새해 좋은 계절을 맞아 관직 근무 중에 제한을 받고[3)] 한 번도 하례하는 빈객의 반열에 낄 수 없었습니다. 공께서는 나라에 큰 공훈을 세우며 주석(柱石)[4)]으로 계시니 천지신명의 만복을 받으실 것입니다. 봄기운이 여전히 차가운데, 삼가 조정을 위해 몸을 아끼십시오. 위로는 임금의 은혜에 부응하시길 바랍니다. 제 마음을 다해 지극히 축송합니다.

某頓首再拜啓. 近急足還府, 奉狀粗布謝懇. 新正令節, 限以官守, 無由一厠賀寔之列. 元勳柱石, 神明所相, 百福來臻. 春氣尚寒, 伏惟爲朝愛重, 上副眷荷. 下情祝頌之至.

│주석│

1) 이 편지는 희녕 4년(1071)에 썼다. 희녕 3년(1070) 9월에 구양수는 청주에서 채주로 왔다. 이때 「현산정기(峴山亭記)」와 주대(周代)에서 수당대(隋唐代)까지의 금석문자를 수집, 정리하여 쓴 고고학 자료집인 『집고록(集古錄)』 1권을 편찬하였다. 이듬해(1071) 6월 65세로 신종의 윤허를 얻어 태자소사 · 관문전학사라는 원래의 직무를 보유하며 퇴임하여 영주로 돌아왔다.

2) 이해 봄에 구양수는 아직 채주에 있었다.

3) 제한을 받고 : 『한서(漢書)』 「잡사(雜事)」에 보면 "새해에 아침 조회에 삼공의 하례를 받는다 하였다. 관직에 매인 관계로 달려가 하례할 수 없음"[『漢書』 「雜事」 正旦朝賀三公. 言限以官守, 不克趨賀.]을 말한 것이다.

4) 주석(柱石) : 『사기』에 한의 전연년이 곽광(霍光)에게 말하기를 "장군은 나라의 기둥과 주춧돌(동량)이다."[將軍爲國柱石.]라고 하였다. 따라서 '주석'은 중임을 맡은 신하를 말한다.

6) 편지 6[1]

저는 아룁니다. 지난번 번번이 저의 졸시(拙詩)를 공께 드렸는데, 얼마 안 있어 특별히 화답시를 내려주셨습니다. 적적한 중에 위로해 주었을 뿐만 아니라, 웅장한 문장의 대구(大句)는 사람의 이목을 끌어 큰 감동을 줍니다. 마침 고을에서 한적하게 지내며 두문불출하여 소식 전할 인편을 만나기 어려웠습니다. 감사 인사를 아뢰는 것이 늦었지요. 어찌 지극히 감사하고 다행스럽고 부끄럽고 두려운 마음을 이길 수 있겠습니까? 왕낭중(王郎中)의 고을로 가는 인편에게 간략하게 말씀을 드립니다.

某啓. 向嘗輒以拙詩塵浼台聽, 尋蒙特賜寵和, 不惟以慰寂寥, 而雄文大句, 固已警動人之耳目. 屬閑居杜門, 難偶信便, 遂稽布謝, 豈勝感幸愧恐之至也! 因王郎中詣府的便, 少道萬一.

| 주석 |

1) 이 편지는 희녕 4년(1071)에 썼다.

19. 부정공[1]에게 보내는 편지

1) 편지 1[2]

저는 아룁니다. 여름 큰비가 내리는데 존체는 어떠신지요? 촉(蜀) 지방의 소순(蘇洵)[3]이란 분이 있습니다. 문학하는 선비인데, 스스로 말하길, 덕망 높은 공에게 달려가 한번 뵙고자 하는데 만날 길이 없다고 하였습니다. 하오나 소순은 먼 곳에서 사는 사람이라, 제가 공에게 신임을 얻고 있으니 공의 선용(先容)[4]을 얻기를 구하였습니다. 이미 물리칠 수도 없고 또한 차마 가벼이 여길 수도 없어, 문득 염치를 무릅쓰고 아룁니다. 진퇴의 가부(可否)는 공의 뜻에 달려 있습니다.

> 與富鄭公
>
> 某啓. 暑雨, 不審台候何似? 有蜀人蘇洵者, 文學之士也, 自云奔走德望, 思一見而無所求. 然洵遠人, 以謂某能取信於公者, 求爲先容. 旣不可卻, 亦不忍欺, 輒以冒聞. 可否進退, 則在公命也.

| 주석 |

1) 부정공은 언국(彦國)으로 부필을 말한다.

2) 『구양문충공문집』에는 제목이 「여부문충공(與富文忠公)」으로 부문충공은 언국이다. 천성명도(天聖明道) 연간(1023~1033)에 썼다고 했다. 『전주구소수간』

제목 아래에 있는 주에는 문충공은 언국이며, 가우 원년(1056)에 썼다고 하였다.
[『歐陽文忠公文集』 題名爲「與富文忠公」, 彦國. 天聖明道間. 『箋注歐蘇手簡』
題下有注, 文忠公彦國. 此書嘉祐元年.] 구양수가 소순을 만난 시기는 1056년
즈음이니, 가우 원년에 쓴 편지가 더 타당하다고 본다.

3) 소순은 소편례로 소식의 아버지이다.

4) 선용(先容)은 '추천으로 먼저 이끌어주는 것'이다.

2) 편지 2[1]

저는 아룁니다. 남은 더위가 아직 가시지 않습니다. 삼가 대감의 거동
이 좋으심을 알았습니다. 인편이 와서 보내주신 편지를 받고, 어찌 감동
하여 탄복하지 않겠는지요? 공께서 휴가 중에 계실 때, 저는 일상의 관제
에 얽매여 때때로 뵙고 정을 펼치지 못했습니다. 참으로 한스러웠지요.
지금 공의 행차가 서쪽으로 가시는데,[2] 한 번도 문하에 나아가지 못한다
면, 인정에 가깝지 않는 것이라 여깁니다. 아울러 여러 공들의 뜻도 필시
이와 같을 것입니다. 비록 가르침의 글을 받아도 감히 명을 듣지 않으니,
거듭 황공할 따름입니다.[3] 인편이 돌아가기에 삼가 편지를 드립니다. 이
만 줄입니다.

某啓. 餘暑未祛, 伏承台候動履淸福. 人至, 辱賜簡, 豈勝感服. 自公
在告, 爲常制所拘, 不得時伸候見, 固以爲恨. 今者大旆當西, 不一造
門下, 竊意不近人情. 兼料諸公意必同此, 所以雖承誨勤, 未敢聞命
也. 惶恐, 惶恐! 人還, 謹此, 不宣.

| 주석 |

1) 이 편지는 치평 2년(1065)에 썼다. 이 당시 구양수는 59세로 임갈증(당뇨)이 심하였다. 부필은 7월에 재상에서 물러나 하양(河陽)에서 재직하였다. 하양은 중국 황하의 북쪽 기슭으로 오늘날 하남성 맹현의 서쪽에 있던 고을이다.

2) 지금 공의 행차가 서쪽으로 가시는데[今者大斾當西] : 대패(大斾)는 대장(大將)이 세우는 기이다. 검은 바탕에 잡색(雜色)의 비단으로 그 가장자리를 꾸미고, 끝은 갈라져서 제비꼬리 같다. 여기서는 상대방을 높이는 말이다.

3) 아울러 …… 따름입니다. : 여러 공들과 함께 찾아뵈려는데 부정공(富鄭公)은 서쪽으로 가면서, 제공들의 방문을 허락하지 않는 명을 편지로 보낸 것 같다. 이에 구양수는 이 명을 받지 않는 것이 황공하다고 한 것이다.

20. 오정헌공[1]에게 보내는 편지

1) 편지 1[2]

저는 아룁니다. 헤어진 후 홀연 새해 편지를 받았습니다. 겨울 추위에도 기거가 편안하심을 알았지요. 저는 소질이 졸렬한데도 세상에 부합하길 구하지 않습니다. 노쇠한데다 질병이 더해져 마음은 강호(江湖)에 머문 지 오래입니다. 이는 사귀는 벗들도 다 잘 헤아리는 바이지요. 오늘 갑자기 저를 발탁하여 잘못된 선발을 하였으니, 참으로 뜻밖의 일입니다. 맡은 책무[3]는 무겁고 평소 쌓은 것은 없습니다. 그르치지 않고 무엇을 기대하겠습니까? 저를 깊이 사랑하는 사람이라면, 마땅히 슬퍼해야 할 것입니다. 그렇지 않다면 무엇으로 저에게 가르침을 주시겠습니까? 거듭 황공합니다! 새봄에 몸을 보전하고 아끼시어, 우러러 비는 마음에 부응해 주십시오. 저는 거듭 절합니다.

與吳正獻公
某啓. 奉別, 忽見新歲辱書, 承經寒動履休勝. 某以孤拙之姿, 不求合世, 加以衰病, 心在江湖久矣. 此交親所共亮之也. 茲者遽叨誤選, 實出意外, 任責已重, 而無素蘊, 不敗何待? 見愛深者, 但可吊也. 不然, 何以敎之? 惶恐, 惶恐! 新春保愛, 以副瞻祝. 某再拜.

| 주석 |

1) 오정헌공(吳正獻公)은 오충(吳充, 1021~1080)으로, 자가 충경(沖卿)이다. 강정 원년(1040)에 오충은 진사시를 보기 위해 구양수를 찾아와 편지와 자신이 지은 글을 보여주며 가르침을 청하였다. 구양수는 「답오충수재서(答吳充秀才書)」를 지어 답한 편지에서 "지난번 편지와 글 세 편을 보내주셨기에 펼쳐서 읽어봄에 드넓게 펼쳐진 것이 마치 천만 자의 많은 분량 같았는데 조금 마음이 가라앉은 뒤에 보니 겨우 수백 자였습니다. 이는 문사(文辭)가 풍부하고 의사(意思)가 웅혼하여 막을 수 없는 분방한 기세가 있지 않다면 어떻게 이런 경지에 오를 수 있겠는지요."라고 하였다.[前辱示書及文三篇, 發而讀之, 浩乎若千萬言之多, 及少定而視焉, 才數百言爾. 非夫辭豐意雄, 霈然有不可禦之勢, 何以至此!] 楊家駱 主編, 『歐陽修全集 上』第五冊, 321쪽.

2) 이 편지는 가우 6년(1061)에 썼다.

3) 맡은 책무 : 구양수는 가우 5년(1060) 11월에 추밀부사가 되었다. 그러므로 편지에 '갑작스러운 발탁으로 선발이 잘못되고, 맡겨주신 책무가 매우 중하다'라고 말한 것이다. 구양수는 가우 5년에 『신당서(新唐書)』를 진상하고 예부시랑 겸 한림시독학사와 추밀부사를 지냈고 가우 6년에 호부시랑참지정사와 개국 공으로 봉해졌다.

2) 편지 2[1]

저는 머리를 조아려 절하며 아룁니다. 공사가 다망(多忙)하여 안부를 드리지 못하였습니다. 인산(因山)으로 행역(行役)[2]을 하고 나서 평소 생각하지 못한 일이라서, 매번 주청을 올릴 때마다 공의 노고와 우려를 알겠습니다. 또한 근래 자못 일의 조리가 섰음을 알고, 참으로 공의 정밀함과 민첩함이 아니었다면 이룰 수 없었을 거라 생각했습니다.³⁾ 저는 노쇠한데도 외람되이 기사(器使)⁴⁾를 맡아 지금 많은 어려움에 당면했으니, 어찌 저지른 죄값을 면해야 할지 모르겠습니다. 지금 노쇠하고 병이든 일 외에도 집안의 아녀자들과 함께 모두 편히 지내고 있다는 것을 공께서도 아마 알고 계시겠지요.

某頓首拜啓. 公私多故, 稍闕致問. 自因出赴役, 事非素料, 每見奏削, 足知勞慮也. 亦承邇來頗有倫緒, 諒非精敏不能濟也. 某以衰朽, 謬膺器使, 當此多難, 未知何以免於罪戾. 卽此衰病之餘, 與兒婦輩各安, 想知.

| 주석 |

1) 이 편지는 가우 8년(1063)에 썼다. 이 당시 구양수는 57세로 호부시랑과 금자광록대부를 지냈다.

2) 인산(因山)으로 행역(行役) : 가우 8년(1063) 인종의 승하로 장례 절차가 있는 산릉(山陵)에 나간 일이다.

3) 또한 …… 생각했습니다. : 구양수는 오충의 글을 평하길, "족하의 글은 호탕하고 분방하니 뛰어나다고 할만하고, 게다가 도를 배우는 데 뜻을 두었으면서 오히려 '스스로 아직 넓지 못하다'고 하니 만약 그치지 않고 정진한다면 맹자나 순경의 경지에도 어렵지 않게 도달할 수 있을 것입니다."라고 하였다.[足下之文浩乎需然, 可謂善矣. 而又志於為道, 猶自以為未廣, 若不止焉, 孟, 荀可至而不難也.] 楊家駱 主編, 『歐陽修全集 上』 第五冊, 321쪽.

4) 기사(器使) : 『논어』 「자로」편에 '군자가 다른 사람을 부릴 경우에는 그 사람의 기량과 재능을 살펴 부린다.'[及其使人也, 器之.]라고 하였다. 즉, 재주와 역량을 헤아려서 쓴다는 말이다. '군자는 섬기기는 쉬워도 기쁘게 하기는 어려우며,

사람을 부리는 데 있어서는 그릇의 정도에 따라 한다.'[君子易事而難說也, 及
其使人也, 則器之.]라고 하였다.

3) 편지 3[1]

저는 머리 숙여 아룁니다. 저는 전원으로 돌아온 야인[2]으로, 물러나 움
츠리고 있는 것[3]이 마땅합니다. 더욱이 정무로 바쁜데 여전히 극진하게
저의 생일을 기억해 주시며 후한 예[4]를 베풀어주시니, 저를 아끼는 돈독
한 뜻을 가슴에 새깁니다. 감사한 마음과 두려운 마음이 교차합니다. 저
는 늙고 병들어 물러나 은거하고 있으니 세상일에 힘을 쓸 수 없습니다.
친우들께서 반드시 너그럽게 용서해 주십시오. 삼가 이렇게 편지로나마
사례의 만 가지 하나라도 펴서 감사를 대신합니다.

> 某頓首啓. 某田野之人, 自宜屏縮. 而況機政方繁, 猶蒙曲記其生日,
> 貺之厚禮, 仰佩眷意之篤, 感懼交並. 某以衰病退藏, 人事或不能勉
> 力, 交親必賜寬恕. 謹此以代布謝之萬一.

| 주석 |

1) 이 편지는 희녕 5년(1072)에 썼다. 이때 구양수는 66세로, 7월에 아들 발(發) 등
   과 『거사집(居士集)』을 편정하고 같은 달, 영주 사저에서 사망하였다. 태자태사
   가 추서되었다. 한기는 묘지명을 썼고 왕안석, 증공, 범진, 소식, 소철 등은 제
   문을 썼다. 구양수는 문집 153권을 남겼다. 문집에는 『거사집』 50권, 『거사외집
   (居士外集)』 25권, 『잡저(雜著)』 19권, 『집고록(集古錄)』 10권, 『서간(書簡)』 10
   권이 포함되어 있다. 그리고 『신당서(新唐書)』와 『신오대사(新五代史)』가 있다.

2) 전원으로 돌아온 야인[田野之人] : 전원으로 돌아간 사람은 마땅히 물러나야 함을 말한 것이다.

3) 물러나 움츠리고 있는 것[屛縮] : 병축(屛縮)에서 '축(縮)은 퇴(退)와 지(止)로 물러나는 것'이고, 『예기』에 '먼 곳으로 내쫓다'[병지원방(屛之遠方)]이라는 말이 있는데 여기에서 병(屛)은 '먼 곳으로 내보내는 것'이다.

4) 후한 예[厚禮] : 구양수는 6월 21일에 태어났다. 모든 교유하던 벗들이 생신을 축하하기 위해 하례연을 했기에 이 편지를 보내 감사의 말을 전하고 있다.

21. 오문숙공[1]에게 보내는 편지

1) 편지 1[2]

저는 아룁니다. 휴가를 낸 며칠 동안, 공의 편지를 받지 못하여 기다리던 마음이 더욱 애탔습니다. 편지를 받으니 남은 추위에 일상생활이 좋으심을 알았지요. 저는 노쇠하고 질병이 극심하여 몸조차 가눌 수가 없습니다. 왼쪽 팔의 통증으로 옷도 매지 못하고 홀(笏)도 꽂을 수 없지요. 여러 공들께서 간절히 고해주시어, 거의 벼슬에서 물러나게 되었습니다.[3] 그런데 어느 겨를에 다시 바깥 여론[外論]을 돌아보겠습니까? 삼가 공의 가르침을 받들건대, 거듭 감사하고 우러러 사모할 따름입니다. 별안간 번거로운 일들이 많아 간략하게 줄입니다.

> 與吳文肅公
> 某啓. 在告累日, 不獲瞻見, 尤所企渴. 辱敎, 承餘寒體履淸佳. 衰病極不自勝, 左臂疼痛, 繫衣, 搢笏皆不得, 懇告諸公, 幾乎乞骸也, 何暇復顧外論如何哉? 承見諭, 感仰, 感仰. 乍出事叢, 草草不悉.

| 주석 |

1) 오정숙공(吳文肅公)은 오규(吳奎, 1011~1068)로 자가 장문(長文)이다. 17세에 진사에 급제하여 여러 주현의 장리(長吏)와 한림학사, 추밀부사를 역임하였다.

신종 때 참지정사가 되어 왕안석의 등용을 반대하다 청주 지주로 폄적 당하였다. 구양수가 가우 4년(1059)에 오규의 모친 왕씨를 위해 지은 「북해군왕씨묘지명(北海郡王氏墓誌銘)」에서 "부인은 처음에 자식으로 인해 은전을 받아 복창현군에 추봉되었고 뒤에 장문이 현달하여 부인의 추봉을 청하니 천자께서 '근신은 내가 총애하는 바이니 청이 있을 때 들어주지 않을 수 있겠는가.'라고 하고, 이에 특별히 부인을 추봉하여 북해군이 되니 장문이 소리 내어 울면서 머리를 조아리고 '신(臣) 규가 불행하여 후한 녹봉을 누린 것이 제 어미에게 미치지 못하였는데 천자께서 신을 총애하시어 이로써 어버이에게 보답하게 해주시니 신 규가 무엇으로 보답하겠습니까.' 하니 이때에 조정의 사대부와 오씨의 향당과 이웃 고을 사람들이 모두 감탄하고 탄식하면서 '오씨가 훌륭한 아들을 두었다.'"라고 하였다.[夫人初用子恩, 追封福昌縣君. 其後長文貴顯, 以夫人爲請, 天子曰近臣, 吾所寵也, 有請其可不從? 乃特追封夫人爲北海郡君. 長文號泣頓首曰臣奎不幸, 竊享厚祿, 不得及其母, 而天子寵臣以此, 俾以報其親, 臣奎其何以報! 當是時, 朝廷之士大夫, 吳氏之鄕黨鄰里, 皆諮嗟歎息曰吳氏有子矣.]楊家駱編, 『歐陽修全集 上』第五冊, 255쪽.

2) 이 편지는 가우 3년(1058)에 썼다.

3) 거의 벼슬에서 물러나게 되었습니다[幾乎乞骸也.] : 걸해(乞骸)는 '벼슬에서 물러난다.'는 말로, 늙은 재상이나 신하가 나이 등을 이유로 벼슬에서 물러날 것을 임금에게 청원하는 일이다.

2) 편지 2[1]

저는 병중에 부(府)에서 면직되었다는 소식을 듣고, 마치 새장에 갇혀 있다 속박에서 풀려난 것 같았습니다.[2] 사귀는 벗들도 이 소식을 듣고서 마땅히 저를 위해 기뻐해 주겠지요. 외직을 청한지 한 계절이 되어 가족들 챙기며 왔다 갔다 하느라[3] 몹시 힘들었습니다. 며칠 기거하다 점차 안정이 되면, 마침내 공을 따라 노닐 수 있게 되겠지요. 보내드린 졸시(拙詩)가 비웃음이나 사지 않을까 모르겠습니다.

> 某病中聞得解府事, 如釋籠縛, 交朋聞之, 應亦爲愚喜也. 請外又須更作一節, 般挈上下, 重以爲勞, 數日卜居稍定, 遂得從公游矣. 拙詩取笑.

| 주석 |

1) 이 편지는 가우 4년(1059)에 썼다. 이 당시 구양수는 53세로 『신당서』를 편수하는 동시에 개봉지부를 맡았다. 그러나 눈병과 아들의 병고로 계속하여 휴가를 내었다. 초여름에 병을 앓고 지부의 직무에서 벗어나 성의 남쪽으로 가서 살았다.
2) 마치 …… 같았습니다. : 이해 2월에 개봉부 업무를 벗어나고 마치 새장 속에서 나오듯 속박을 벗었다는 것이다.
3) 가족을 …… 하느라 : '반설상하(般挈上下)'에서 '반(般)'은 반(搬)과 같다. 반(搬)은 옮기다. 이사하다라는 뜻이다.

22. 조강정공[1]에게 보내는 편지

1) 편지 1[2]

저는 머리를 조아리고 절하며 아룁니다. 여러 날 길이 막혀 문안을 드리지 못했는데 존후는 어떠하신지요? 저는 물난리[3]에 휩쓸려 황급히 당서국(唐書局)[4]으로 옮겼지요. 또 성황사(城隍司)[5]에서 쫓겨 옮겼는데, 집안 사람들은 놀라 허둥대면서 어디로 가야할지 몰랐습니다. 다시 또 옛집으로 돌아가고 싶지만 한낮에는 지붕 위에서,[6] 야간에는 널판지 위에서 노숙해야 합니다. 사람이 살면서 큰 곤액을 당하여도 어찌 이런 지경에까지 이를 수 있겠는지요! 하인과 말을 얼마간 빌려 집안 처자들을 옮길 것이니[7] 부디 막지는 말아주십시오.

> 與趙康靖公
> 某頓首拜啓. 累日阻拜見, 不審尊候何似? 某爲水所漟, 倉皇中般家來『唐書』局, 又爲城隍司所逐, 一家惶惶, 不知所之. 欲卻且還舊居, 白日屋下, 夜間上柹子露宿. 人生之窮, 一至于此! 人馬隨多少, 借般賤累, 幸不阻.

| 주석 |

1) 조강정공(趙康靖公)은 조개(趙槩, 996~1083)로 자는 숙평(叔平)이며 강정(康

靖)은 그의 시호이다. 관직은 지제고, 한림학사, 어사중승, 참지정사를 거쳤고 고금의 간쟁에 관한 글을 모아 『간림(諫林)』을 편찬하였다. 구양수와 조개를 일러 구조(歐趙)라고 불렸는데 둘은 일찍이 조정에서 벼슬할 때부터 교정이 매우 돈독했다. 뒤에 조개는 은퇴하여 수양(睢陽)으로, 구양수는 여음(汝陰, 영주)으로 돌아갔다. 하루는 조개가 단거(單車)를 타고 구양수를 방문하자, 구양수는 그 집을 회로당(會老堂)이라 하였다. 조강정공은 인종 때 여러 번 추밀사와 참지정사를 지내다가 태자소사로 관직을 마쳤다. 송나라 채거후(蔡居厚)가 지은 『채관부시화(蔡寬夫詩話)』에 의하면 '구양수가 조개와 함께 조정에 있게 되어 서로 기뻐했는데, 강정이 먼저 나이가 들어 수양으로 돌아갔다. 구양수도 계속 일을 사양하다가 끝내 여음으로 돌아가니, 강정이 어느 날 홀로 수레를 타고 특별히 그에게 왔는데, 당시 그의 나이가 이미 80세였다. 그곳에 한 달 넘게 머물면서 맘껏 마시며 놀다가 돌아갔다.'라고 하였다.

2) 이 편지는 지화 3년(1056) 7월에 썼다.

3) 물난리 : 이해 4월에 상호하(商胡河)의 북쪽 물길을 막아 육탑하(六塔河)로 끌어들이려 했는데 입구의 제방이 터져 무수한 사람이 익사하였다. 5월에 큰비가 그치지 않고 내려 6월에 대규모 수재가 발생하였고 그로 인해 백성들이 유망(流亡)하였다. 이 편지를 쓰던 7월에 구양수는 홍수의 재해에 대해 논한 글로 「논수재소(論水災疏)」를 지어 임금께 올렸다.

4) 당서국(唐書局) : 『당서』와 실록을 편찬한 곳이다.

5) 성황사(城隍司) : 『송사』에 황성사는 궁성 출입의 금령을 관장하는 곳이라고 했다. 『직관지』를 살펴보면 이른바 성황사라는 곳은 없다. 본집에서는 여기에 주를 달아 이르기를, '옛 이름(황성사)을 따르는 것이 옳다'라고 했다. 틀린 곳이 있는 것은 삭제해도 좋다.[宋史, 皇城司, 掌宮城出入禁令, 按職官志, 無所謂城隍司者, 本集爲是, 注云, 從旧爲是, 杜撰可刪.] 西川文仲 註解, 『구소수간주해』.

6) 지붕 위에서[屋下] : 하(下)가 상(上) 글자인 것 같다.[下疑上字.]

7) 집안 처자들을 옮길 것이니 : 사람과 말을 빌리기를 청해 가족을 이동시켰다.
여기서 반(般)은 옮기다, 이사하다의 반(搬)과 같다.

2) 편지 2[1]

저는 노쇠하고 병이 있어 벼슬에서 물러나,[2] 인사(人事)는 내내 버려두고 삽니다. 이치상으로 볼 때 이상할 것은 없지만 역시 소식을 받지 못하니, 쏠리는 마음을 이길 수 없습니다. 누차 보내주신 편지를 받을 즈음 서로 화답하며 지은 새로운 글도 보았습니다. 대략 동정을 살피니 존체가 만복하심을 알고 기뻤습니다. 지난번 일찍이 방문하여 주신다기에 날마다 발돋움하며 기다렸습니다. 이내 흥겨운 마음이 일어 감히 앉아서 공을 맞이할 수 없었지요. 하지만 또한 영주로 가고자 하는 저의 주청이 마침내 이 봄에 이루어질 것 같으니, 몸소 한 대의 녹거(鹿車)를 타고 공을 알현하며 뵙는 일도 아직은 늦지 않을 거라 여깁니다.[3] 뵙지 못하는 사이 봄날은 따뜻해지니 부디 때에 맞추어 몸을 잘 보살피시길 바랍니다.

> 某衰病退藏, 人事曠廢, 理無足怪, 然亦不承問, 不勝傾馳. 屢得君貺書及見唱和新篇, 粗審動靜, 喜承台候萬福. 嚮嘗辱許枉顧, 雖日企跂, 乃出於乘興, 不敢坐邀. 然又思潁之請, 決在此春, 若得自乘一鹿車, 造門求見, 亦未爲晚. 未間春暖, 惟冀以時衛重.

| 주석 |

1) 이 편지는 희녕 3년(1070)에 썼다.
2) 구양수는 이해 7월 채주 지주로 재임되었다. 이 편지는 아직 청주에 있을 때인

것 같다.

3) 몸소 …… 여깁니다. : 이 말은 상대방이 찾아오기 전에 만날 수 있으니 오기
   전에 찾아뵙겠다는 말이다. 희녕 5년(1072)에 이르러 조개가 구양수를 방문하
   였을 때, 구양수는 조개를 위해 「회로당치어(會老堂致語)」라는 시를 지어 "영
   예로운 한림삼학사, 청풍명월 즐기는 한가한 두 사람 있네."[金馬玉堂三學士,
   清風明月兩閒人.]라고 하였다. 여기서 '금마옥당'의 '금마'는 한대(漢代) 미양
   궁 앞에 구리로 만든 말이 있는 궁궐의 문 '금마문'에서 유래하였고, '옥당'은 송
   대 학사원의 정청 '옥당'에서 유래하였다. 그리하여 후에 금마옥당은 '한림학사
   의 영예를 나타내는 말'로 쓰였다. 조개와 구양수는 전에 한림학사를 지냈다.

23. 여신공[1]에게 보내는 편지

1) 편지 1[2]

저는 아룁니다. 동주(東州)[3]에서 어리석게도 곤궁하게 살면서 오랫동안 홀로 숨어 지냅니다. 병고에 일처리를 못 하다 보니, 문안 인사도 못 드렸습니다. 근자에 회서(淮西)[4]로 가는 주청을 얻게 되어, 공이 다스리는 고을을 지나게 되었지요. 경계에 이르기를 기다려 편지 올리려다, 남군(南郡)[5]에 행차하던 중에 보내주신 편지를 홀연 받았으니 감사하고 죄송스러운 마음을 어찌 다 말할 수 있겠는지요? 이내 글을 받고 좌정의 여가에[6] 기거가 다복함을 알았습니다.

저는 쇠약한 만년에 다행히 임금께서 실병(實病)이라 믿어주시며, 일을 피하려 한다고 질책하지 않으시고, 저의 바람을 따라주셨으니 그 은혜가 천만다행이라 하지 않겠는지요? 나머지는 이만 줄이면서 모두 남겨두고 만나 뵈올 때 펴겠습니다.

與呂申公

某啓. 養拙東州, 久自藏縮, 加之病苦廢事, 遂闕拜問. 比者得請淮西, 道出治下. 方俟及疆奉狀, 行次南郡, 遽辱賜敎, 其爲感愧, 何可勝言. 仍審坐鎭之餘, 動履多福. 某衰晩之年, 蒙上信其實病, 不以避事爲責, 而從其所欲, 恩出万幸, 何感如之! 餘不復云, 皆留面布.

1) 여신공(呂申公)은 여공저(呂公著, 1018~1089)로 자가 회숙(晦叔)이고 시호는
   정헌(正獻)이다. 여이간의 아들로 한림학사와 재상을 지내며 구양수와는 친구
   이다.

2) 이 편지는 희녕 3년(1070)에 썼다.

3) 동주(東州) : 구양수는 희녕 원년(1068)부터 청주 지주에 있으면서 경동동로안
   무사를 담당했다. 송나라 때는 개봉 동쪽 지역에 경동서로(京東西路)와 경동동
   로(京東東路)를 두었다.

4) 회서(淮西) : 구양수는 이해 7월에 채주 지주로 전보되었다. 회서는 채주이다.
   구양수는 희녕 3년(1070)인 64세에 채주로 오고 희녕 4년(1071)인 65세에 은퇴
   하여 영주로 와 희녕 5년(1072), 66세로 사망하였다.

5) 남군(南郡) : 남부는 남양부이다.

6) 좌정의 여가에[坐鎮之餘] : 좌진(坐鎮)은 '가만히 앉아서 덕과 위엄으로 사람들
   을 복종시킨다'는 말이다.

2) 편지 2[1]

저는 아룁니다. 맑았다 흐렸다 날씨가 일정치 않은데 안부는 어떠하신
지요? 전날 사망정(四望亭)[2]에 모여 온갖 꽃들의 무성함을 한번 감상하기
로 하였으나 비가 내렸습니다. 옛사람이 이르길, 네 가지 즐거움[3]을 함께
누리기가 어렵다 하였지요. 그 말은 맞는 것 같습니다. 13일에 공께서 왕
림하시면[4] 대강 초당은 완성되어 있을 것입니다. 행여 한번 오시어 빛내
주길 바랍니다. 삼가 이렇게 여쭙고 나머지 말씀은 만나서 하겠습니다.

某啓. 晴陰不常, 不審動履何似? 前日四望, 一賞群芳之盛, 已而遂
雨. 古人謂四樂難並, 信矣. 十三日欲枉軒騎顧訪, 盖以草堂僅成, 幸
一光飾之爾. 謹此咨布, 餘留面敍.

| 주석 |

1) 이 편지는 희녕 5년에 썼다. 희녕 5년(1072)에 여든 살의 조개가 남경에서 구양
   수를 방문하러 왔을 때 영주 지주였던 여공저는 이 두 노인을 위해 서호에서 특
   별히 연회를 베풀어주기도 하였다.
2) 사망정(四望亭)은 봉황부에 있다.
3) 네 가지 즐거움 : 『문선(文選)』에서 사령운이 말하길, "양신(良辰, 좋은 계절)·
   미경(美景, 아름다운 경치)·상심(賞心, 마음 맞는 친구, 기쁜 마음)·낙사(樂事,
   즐거운 일)의 네 가지를 동시에 함께 얻기는 어렵다."[良辰美景賞心樂事, 四者
   難並.]고 말했다.
4) 공께서 왕림하시면[欲枉軒騎顧訪] : 본문의 헌기(軒騎)는 상대방을 높여 이르
   는 말('공께서')이다.

24. 정원진[1]에게 보내는 편지[2]

원진(元珍), 그대는 외지에서 오랫동안 뒤쳐저 머물고 있습니다. 교유하는 친구들은 마땅히 조정에 들어오도록 힘을 써야 하지만 이미 묵묵히 하는 바가 없습니다. 게다가 편지에 이르러서도 또한 수시로 그 간절한 뜻을 전달하지 못했으니, 이 부끄러운 죄를 말로 다 할 수 없습니다.[3] 저는 성은을 입고 원(院)[4]으로 복귀하여 조금은 한가하고 조용히 지내지만, 빠르게 하루하루가 지나고 공사(公私)에 보탬이 되지 못하고 있습니다. 이것은 경사에 거주하는 사람들의 일상의 바쁜 모습입니다. 다행히도 아주 어리석지는 않아 자못 경사를 벗어나 멀리 떠날 줄 알지만 떠날 수 없는 일이 있으니, 옛사람들은 이르기를 '인생에서 마음대로 되지 않는 일은 열에 여덟아홉[5]이다'라고 한 것이 아마도 이런 뜻이겠지요.

올해의 정시 시험은 인재를 얻음이 풍성하여[6] 나라 안팎으로 축하드릴 일입니다. 하물며 공의 훌륭한 사위도 그 속에 들어 있으니, 이것이 어찌 외직에 오랫동안 머문 일 가운데 한 가지 기쁜 일이라 하지 않으리까? 지금 호추관(胡推官)[7]이 가는 길에 삼가 편지를 올립니다. 이어 다음에 육군(陸君)이 가게 될 것이니, 마땅히 별도로 간청을 드리겠습니다.

與丁元珍

元珍淹屈于外, 交游所宜出力, 旣默無所爲, 而至于書問亦不能時致其勤, 其爲歉罪, 不待言矣. 某自蒙恩歸院, 雖稍淸閑, 而忽忽度日, 公私無所益, 此處京師者汩汩之常態也. 幸非甚愚, 頗知脫此而遠去, 然事有不得遂去者, 古人所謂不如意十常八九者, 殆此類也. 今歲廷試, 待人之盛, 中外共慶, 況在佳婿, 此豈非久滯中一可喜事哉. 今因胡推官行, 謹奉狀. 相次陸君行, 當別布懇.

| 주석 |

1) 정원진(丁元珍, 1010~1067)은 송의 문장가로 이름은 보신(寶臣)이고 원진(元珍)은 그의 자이다. 구양수와 교분이 두터웠고 오래된 벗이었다. 구양수가 협주 이릉의 태수로 있을 때 협주 판관(1046)으로 있으면서 애동(崖洞), 뇌계(牢溪), 하마배(蝦蟆碚), 황우협(黃牛峽) 등을 함께 유람하고 구양수는 「이릉구영(夷陵九咏)」을 썼다.

2) 이 편지는 가우 4년(1059)에 썼다. 이때 정원진은 관학사(官學士)로 있었다.

3) 원진 …… 다 할 수 없습니다. : 구양수는 가우 4년에 정보신을 천거하는 상소문 「거정보신상(擧丁寶臣狀)」에서 "신이 삼가 보건대 정보신은 평소 행실이 청렴하고 순수하여 자못 관리로서의 업적이 있었습니다. 다만 해적이 갑자기 들이닥쳐 힘을 다해도 패전한 것은 그의 불행에서 나온 것이었습니다. 이제 삼가 협향(祫享)의 은사를 만난 즈음에, 바라건대 성상께서 특별히 은혜를 베풀어 감당 지방관의 임기가 차기를 기다리지 말고 다시 본래의 관작을 회복시켜 한 지방관의 자리로 옮겨 차견하소서."라고 하였다.[臣伏見寶臣履行清純, 頗有官業. 惟海賊遽至, 力屈致敗, 出於不幸. 今者伏遇祫享恩赦, 欲望聖慈特與不候監當滿任, 牽復官資, 就移一親民差遣.] 歐陽修 著, 李逸安 點校, 『歐陽修全集』 第四冊, 1,696쪽.

4) 원(院) : 이해 2월에 공은 개봉부직을 벗어나 급사중으로 전보되어서 원으로 복귀하였다. 당시(1059) 구양수는 개봉부 일에서 면직되고 급사중(황제의 말이 옳은지 그른지 심사하고 황제의 명령이 잘못된 것이라면 기각할 권리가 있는 막중한 직책이었으며 간쟁의 업무를 보았으므로 청직清職이었다)이 되었기에 원

(院)이라 한 것이다.

5) 열에 여덟아홉 : 황산곡 시(詩) 가운데 '인생에서 마음대로 되지 않는 일은 열에 여덟아홉이다.'[人生不如意十中常八九.]가 있다.

6) 인재를 얻음이 풍성하여[待人之盛] : '대인지성(待人之盛)'은 '득인지성(得人之盛)'으로 보는 것이 맞을 것 같다.

7) 호추관(胡推官) : 구양수가 희녕 원년(1068)에 지은 「집현교리정군묘표(集賢校理丁君墓表)」에서 "아들은 넷이니, 우(隅)와 제(除)와 제(隮)는 모두 진사에 급제하였고, 은(恩)은 겨우 한 살이다. 딸 한 명은 저작좌랑 집현교리 호종유(胡宗愈, 1029 - 1094)에게 시집갔다."라고 하였다.[子男四人 : 曰隅、曰除、曰隮, 皆舉進士 ; 曰恩兒, 才一歲. 女一人, 適著作佐郞、集賢校理胡宗愈.] 楊家駱 主編, 『歐陽修全集 上』第五冊, 180쪽. 여기서 호추관은 정원진의 사위 호종유가 아닌가 한다.

25. 상대제[1]에게 보내는 편지

1) 편지 1[2]

저는 아룁니다. 인편이 드물어 오랫동안 문안을 드리지 못하고 소홀하였습니다. 추위에 삼가 공의 덕을 갖춘 일상이 다복하시겠지요. 저는 노쇠하고 병이 여전하여 수양(壽陽)[3]으로 갈 것을 다시 청하였습니다. 조만간 명이 있어 서쪽[4]으로 귀향할 것입니다. 그때가 되면 점차 휴식을 꾀하여 반드시 복건을 쓴 채 거리에 나서서 장자(長者)인 공[5]을 만나 즐거움을 나누고, 평소에 소원한 것을 이루고야 말겠습니다. 뵙지 못하는 사이 부디 도를 위하여 자애하시길 바랍니다.

> 與常待制
> 某啓. 少便, 久踈致問. 經寒, 仰惟德履多福. 某衰病如昨, 已再請壽陽. 旦夕有命西歸, 漸謀休息, 必得幅巾衢巷, 以從長者之遊, 償其素願, 然後已也. 未間, 惟爲道自愛.

| 주석 |

1) 상대제는 상질(常秩, 1017~1077)로 자는 이보(夷甫)이다. 송 신종 때 사람으로 경학(經學)에 통달하였다. 고향에 은거하던 중 구양수, 호숙(胡宿), 왕안석 등의 천거를 받고 판국자감(判國子監), 보문각대제(寶文閣待制) 등을 지냈다. 오랜

벼슬살이 중에 늘 본심을 감추고 왕안석의 신법에 반대하는 의견을 제시하지 않자, 구양수는 유명무실하게 벼슬에 연연하는 그를 질타하며, "우습구나 여음 출신 상처사여, 십 년 세월 말 타고 새벽닭 울음이나 듣네(벼슬을 뜻함)."[笑殺汝陰常處士, 十年騎馬聽朝雞.]라고 하였다.

2) 이 편지는 희녕 원년(1068)에 썼다.

3) 수양(壽陽)은 일명 수주(壽州)이다.

4) 구양수는 이해 청주 지주로 있었는데, 수주는 서쪽에 있었다.

5) 장자(長者)인 공 : 장자는 '명성과 덕망을 갖춘 나이 많은 이'로 여기서는 상대제를 가리킨다. 『한서(漢書)』 주에 "장자는 명성과 덕이 있는 사람이다"[長者有名德之人也.]라는 말이 나온다.

2) 편지 2[1]

저는 아룁니다. 관직에 이른지 어느덧 궁동(窮冬)[2]이 되었습니다. 늙고 병 많은 몸인데다 게을러서 안부조차 드리지 못했습니다. 눈 내린 후 날씨가 맑으니 공의 체후가 좋으시리라 생각합니다.

저는 다행히 거처가 궁벽하고, 일도 간략하여 충분히 몸을 보양할 만합니다.[3] 돌아가고 싶은 마음 비록 간절하나 그래도 서성대며 조금 망설입니다.[4] 즐거이 만날 날 기약할 수 없으니 매서운 추위에 더욱 몸을 아끼시길 바랍니다.

> 某啓. 到官忽忽, 已復窮冬, 老病踈慵, 闕於致問. 雪後淸洌, 體況想佳. 某幸居僻事簡, 足以養拙, 歸心雖切, 尙少盤桓. 款晤未期, 深寒加愛.

1) 이 편지는 희녕 원년(1068)에 썼다. 구양수는 이해 8월에 청주 지주가 되어 9월
   에 도착했다.

2) 궁동(窮冬)은 궁음(窮陰)으로 겨울의 마지막 때이다. 궁은 다했다는 뜻이고 궁
   동은 겨울의 석 달(10월, 11월, 12월) 중에 음력 12월이 막바지에 해당하는 달이
   라는 의미로, 음력 12월을 달리 부르는 말이다. 만동(晚冬), 계동(季冬), 모동(暮
   冬), 심동(深冬), 융동(隆冬)이라고도 한다.

3) 저는 …… 보양할 만합니다. : 청주는 궁벽한 고을로 일이 한가하여서 편히 몸
   을 보양할 수 있었다.

4) 서성대며 조금 망설입니다.[磐桓] : 주역 둔괘(屯卦)에서 '반환(磐桓)'할 때는 바
   른 데에 있는 것이 이로우니 앞으로 나아가는 것이 어려운 모습이다.[易屯卦, 磐
   桓利居貞, 難進貌.] 즉, 주저하고 있는 모습을 나타낸다.

26. 육신에게 답하는 편지[1]

저는 아룁니다. 인편이 와 장문의 편지와 『고금잡문(古今雜文)』10축을 받았습니다. 육경의 뜻에 대한 연구와 당대의 일에 대한 고찰, 그리고 글의 변론과 더불어 문장을 짓는 것이, 마치 막힌 것이 터지는 듯하고, 도랑이 뚫려 열리는 듯하며, 아득한 물결이 쏟아지는 것이 끝이 없는 듯하며, 준마를 몰아 치달리는 듯하였습니다. 그런즉 공의 능력과 그 마음을 쓰는 것은, 서로 만나는 것을 기다리지 않아도 알 수 있습니다.[2]

저는 노쇠하고 질병이 있어 학문을 그만두었고, 시절의 어려움도 많았습니다. 늘 다행히 한가한 처소[3]를 얻어서 구차히 스스로를 버리는 일을 즐겼습니다. 그러나 공께선 유독 저를 버리지 않으시고 감사히 소식을 보내주시니, 제가 이를 어찌 감당하겠습니까? 감사와 부끄러움으로 이에 답장을 올립니다. 부디 지극한 마음을 헤아려주십시오.

答陸伸
某啓. 人至, 辱示長書及『古今雜文』十軸. 其研窮六經之旨, 究切當世之務, 與其辨論文辭之際, 如決壅塞, 闢通渠, 以瀉浩渺之無窮, 御駔駿而馳騁. 然則吾子之所能, 與其所用心者, 不待相見而可知矣. 某衰病廢學, 多難於時, 常幸得空閑之處, 苟樂於自棄. 而吾子獨不棄之, 惠然見及, 何以當之? 欣慕感媿, 聊茲爲謝, 幸察其區區.

1) 육신이 누구인지 알 수 없으며, 편지 쓴 시기도 분명하지 않다.

2) 육경 …… 있습니다. : 문장만 보아도 상대를 알 수 있다는 말이다. 육경은 『시경』, 『서경』, 『예기』, 『악기』, 『역경』, 『춘추』를 말한다.

3) 한가한 처소 : 외직을 말한다.

27. 이학사[1]에게 보내는 편지[2]

저는 아룁니다. 국상(國喪)[3]을 당하여 슬픔과 비통함으로 자못 살아갈 수 없습니다. 엎드려 생각하니 공께서도 감사와 그리움을 부여잡고 통곡하셨을 것이니, 어떻게 견디셨습니까? 멀리서 편지를 주시며 저를 위로하시니, 어찌 감사하여 목이 메는 마음을 이기겠습니까? 못난 몸이 황제의 지우(知遇)[4]를 입어 옛날에 안도(安道)[5]와 함께 청광(清光)[6]을 받들었습니다. 이제 노쇠한 만년에 재주는 적고 책임은 중해져 죽을 곳도 알지 못하는데 어찌 보답을 논하겠습니까? 계절은 가을을 향하는데 다시 때에 맞춰 몸을 아끼시길 바랍니다.

> 與李學士
>
> 某啓. 自遭罹國卹, 哀摧殆無以生. 伏惟感慕攀號, 何以堪處. 伏承遠賜存慰, 豈勝感咽. 孤拙遭遇, 昔與安道皆奉清光. 今茲衰晚, 才薄責重, 未知死所, 何以論報! 嚮秋, 更冀以時加愛.

| 주석 |

1) 이학사가 누구인지는 자세하지 않다.

2) 이 편지는 가우 8년(1063)에 썼다.

3) 국상(國喪) : 이해(가우 8년)에 인종의 국상을 당하였다.

4) 지우(知遇) : 자기의 인격이나 학식을 남이 알고서 잘 대우하는 것이다. 여기서

는 인종이 자기를 등용해준 것을 말한다.

5) 안도(安道)는 여양공이다.

6) 청광(淸光)은 임금의 용안을 뜻한다.

제3장 동파 상
東坡 上

청명상하도 - 개봉의 강변 풍경

소동파 초상

"지내는 곳에서 강까지는 채 열 걸음도 안 됩니다만, 풍랑과 안개비가
새벽부터 저녁까지 변화무상합니다. 강남의 모든 산들이 저의 책상 밑에
있으니 이런 행운은 애초에 생각하지도 못했지요. 궁핍에 대한 근심은
있을지라도, 돌이켜보면 이 역시 거친 옷과 음식에 대한 하찮은 걱정에
지나지 않았습니다."

- 사마온공에게 보내는 편지 중에서 -

1. 사마온공[1]에게 보내는 편지

1) 편지 1[2]

 봄이 오고 경인(景仁, 범진) 어르신께서 낙양에서 돌아왔을 때,[3] 다시 공의 편지를 받았습니다. 게다가 「초연(超然)」의 아름다운 글을 곁들이시니 여러 날 실로 기쁘기만 하였지요.[4] 이윽고 경사를 떠나느라 겨를이 없다가 급기야 관직[5]에 나가니 직분에 따른 어지러운 일이 오랫동안 있었습니다. 편지를 써서 사례하는 일이 지체되어 송구하고 부끄럽습니다. 요즈음 존체는 편안하신지요?

 저는 낯 두껍게도 구차히 녹봉[6]을 받으며, 외람되이 벼슬자리도 훔치고 있으니, 마음속으로 좌우께 부끄러움이 많습니다. 우러러 만나뵐 날을 기약할 수 없으니, 오로지 나라를 위해 자중하시길 바라며, 삼가 받들어 안부를 전합니다.

> 與司馬溫公
> 春來, 景仁丈自洛還, 復辱賜教, 副以「超然」雄篇, 喜抃累日. 尋以出京無暇, 比到官, 隨分紛糾, 久稽裁謝, 悚怍無已. 比日不審台候何如? 某强顏苟祿忝竊, 中所愧於左右者多矣. 未涯瞻奉, 惟冀爲國自重, 謹奉啓問.

1) 사마온공(司馬溫公) : 사마광(司馬光, 1019~1086)으로 자는 군실(君實)이고 호
   는 속수선생(涑水先生)이다. 온국공(溫國公)의 작위를 하사받아 사마온공이라
   고도 한다. 20세에 진사가 되고 인종·영종 때에 간관이 되었다. 신종 초년에
   왕안석의 신법에 반대하여 관직을 물러나 『자치통감(資治通鑑)』의 편찬에 전
   념하였다.

2) 이 편지는 희녕 10년(1077) 5월 6일 서주(徐州)에서 썼다. 소식은 성의 동쪽 교외
   에 있는 범진(范鎭)의 동원에서 지냈다. 그 사이에 범진은 일찍이 서경과 낙양에
   가서 노닐고 낙양에서 거주하는 사마광과 서로 만났으며, 3월 말에 범진이 낙양
   에서 돌아왔다.[熙寧 十年五月六日作於徐州. 蘇軾寓居城東郊外范鎭東園. 其
   間范鎭曾往游西京洛陽, 與居於洛陽之司馬光相聚, 三月末范鎭自洛陽還.] 張
   志烈, 馬德富, 周裕鍇 主編, 『蘇軾全集校注』문집7, 5,372쪽.

3) 봄이 오고 …… 돌아왔을 때 : 경인(景仁)은 범진의 자이다. 범진은 관직에서 물
   러나 있는 동안 개봉의 동성 밖에 동원(東園)이라는 별장을 지어놓고 거기서 지
   냈다. 이 당시 소식은 서주 지주로 부임하라는 명을 받았으나 당시 지방관은 황
   제의 허가 없이 도성 안으로 들어오지 못한다는 교지가 내려져 있었으므로, 범
   진의 별장 동원에서 며칠 머물렀다. 범진은 낙양 유람을 마치고 돌아와 있었다.

4) 게다가 …… 하였습니다. :「초연(超然)」은 사마광이 쓴「초연대시기자첨학사(超
   然臺詩寄子瞻學士)」를 가리키며, 이 시는 범진이 낙양에서 소식에게 가져다주
   었다.[「超然」, 指司馬光「超然臺詩寄子瞻學士」詩由范鎭自洛陽帶給蘇軾.] 동
   파문집 9권에「재과초연대(再過超然臺)」라는 시도 있는데 온공이 또한 이 편을
   동파공에게 부쳐 보여준 것 같다.[蘇集卷九有「再過超然臺」詩, 想溫公亦有是
   篇寄示坡公.] 張志烈, 馬德富, 周裕鍇 主編, 『蘇軾全集校注』문집7, 5,373쪽.

5) 관직 : 희녕 10년(1077) 4월에 소식은 개봉을 떠나 서주로 향했는데 4월 21일에
   서주 임지에 도착하였다.

2) 편지 2[1]

저는 두 번째로 아룁니다. 「초연(超然)」 시 작품은, 못난 제가 '초연대'
에 기탁하여 좋은 글[초연대기]을 씀으로써 다른 이들에게 총애를 받게 하
였을 뿐 아니라, 마침내 '초연대'가 있는 동방의 누추한 고을을 영원히 사
라지지 않을 훌륭한 곳이 되게 하였습니다.[2] 하지만 저를 장려하고 인정
하는 것은 과분합니다. 오래도록 공께서 지은 새 글을 보지 못하다가 홀
연 「독락원기(獨樂園記)」[3]를 받고 끊임없이 암송하며 음미하기를 그치지
않았지요. 문득 저 자신의 도량을 헤아리지 못하고 시 한 수[4]를 지어 그
저 한번 웃게 만듭니다.

제가 근무하고 있는 팽성(彭城)[5]은 산수가 아름답고 물고기와 게가 강
과 호수에 즐비하고, 백성들은 다투는 일이 없이 조용하며, 도적도 드물
어 그럭저럭 재주 없는 사람이 숨어살 만합니다. 다만 벗과 붕우들과는
아득히 거리가 멀고, 저의 아우도 머지않아 부임해 간다 하니 앞으로 더
욱 적막할 것 같습니다.[6]

某再啓. 「超然」之作, 不惟不肖附託以爲寵, 遂使東方陋州, 爲不朽
之盛事, 然所以獎與則過矣. 久不見公新文, 忽領「獨樂園記」, 誦味
不已, 輒不自揆, 作一詩, 聊發一笑耳. 彭城佳山水, 魚蟹侔江湖, 爭
訟寂然, 盜賊衰少, 聊可藏拙. 但朋遊闊遠, 舍弟非久赴任, 益岑寂也.

1) 이 편지는 희녕 10년(1077) 5월 6일 서주에서 썼다.

2) 「초연(超然)」 …… 되게 하였습니다. : 초연대(超然臺)는 소동파가 밀주 지사
였을 때에 수축(修築)하였다. 동파는 1075년에 「초연대기(超然臺記)」를 지었
다. 기문에서 "누대는 높으면서 안정되고 넉넉하면서도 밝아, 여름이면 시원하
고 겨울이면 따뜻하였다. 눈비가 오는 아침이나, 풍월이 있는 저녁이면 나는 이
곳에 있지 않은 적이 없고 손님도 함께 하지 않은 적이 없었다. 텃밭의 푸성귀
를 뜯고, 연못에서 물고기를 잡고, 빚은 술을 마시며, 잡곡밥을 먹으며 말하기
를 '즐겁고 자유롭다!' 이때 내 아우 자유가 마침 제남에 있다가 이 소식을 듣
고 부를 지어, 누대의 이름을 '초연'이라 불렀다. 내가 어디를 가든 즐기지 못함
이 없으니, 사물의 밖에서 노닒을 나타낸 것이다"라고 하였다.[臺高而安, 深而
明, 夏涼而多溫. 雨雪之朝, 風月之夕, 予未嘗不在, 客未嘗不從. 擷園蔬, 取池
魚, 釀秫酒, 瀹脫粟而食之, 曰 : "樂哉遊乎!" 方是時, 予弟子由, 適在濟南, 聞
而賦之, 且名其臺曰超然, 以見余之無所往而不樂者, 蓋遊於物之外也.] 楊家
駱 主編,『蘇東坡全集 上』第九冊, 1985, 385쪽.
　본문에서 동방누주(東方陋州)라 한 것은 초연대가 밀주에 있고, 밀주는 지금의
산동에 있으므로 밀주를 '동방(東方)'이라 말한 것이다.

3) 사마광은 「독락원기(獨樂園記)」에서 "뜻이 권태로워지고 몸이 나른해지면 물가
에 나아가 물고기를 잡기도 하고, 옷자락 잡고 약초를 캐며, 도랑을 터 꽃나무에
물을 대고, 도끼를 들어 대나무를 가르기도 하며, 대야의 물로 더위를 씻어내고
높은 데에 올라 눈길을 쫓아 바라보기도 하며 소요하며 거닐며, 오직 마음 가는
대로 따라 할 뿐이다."[志倦體疲, 則投竿取魚, 執衽采藥, 汲渠灌花, 操斧剖竹,
濯熱盥手, 臨髙縱目, 逍遙徜徉, 唯意所適.]라고 하였다.

4) 시 한 수 : 소동파가 지은 「사마군실독락원(司馬君實獨樂園)」을 말한다. 희녕
10년에 사마광은 단명전학사로 관직을 지내며 서경 숭복궁의 제거로 있었다.

낙양 서쪽에 지붕을 이어 독락이라 부르는 정원을 두었는데 소동파는 이해 5월 6일에 이 시를 짓고 제목을 붙였다.[熙寧十年, 司馬光任端明殿學士, 提擧西京崇福宮, 在西洛葺園號獨樂. 軾於是年五月六日作詩寄題.] 張志烈, 馬德富, 周裕鍇 主編, 『蘇軾全集校注』 문집7, 5,374쪽.

사마온공의 독락원에 대해서는 송나라 이격비(李格非)의 「낙양명원기(洛陽名園記)」에서 "사마온공이 낙양에 있을 때에 우수(迂叟)라고 자호하며, 그 정원을 독락원이라 일렀다. 정원은 보잘 것 없이 작아 다른 정원에 비할 바가 못 되었다. '독서당'은 수십 개의 서까래로 지은 집이었고, '요화정'은 더욱 작았다. '농수종죽헌'은 더욱 좁았다. '견산대'는 높이는 불과 얼마 되지 않았다. '조어암'과 '채약포'는 다만 대나무 끝이 얽혀서 낙엽이 무성하고 잡초가 우거져 있을 뿐이었다. 그런데도 사마온공이 스스로 지은 서(序)와 여러 누대와 정자를 노래한 시(詩)가 세상에 많이 알려져 있는 것은 사람들이 흠모하는 바가 정원에 있지 않았기 때문이다."[司馬溫公在洛陽自號迂叟, 謂其園曰獨樂園. 卑小不可與他園班. 其曰讀書堂者, 數十椽屋. 澆花亭者, 益小. 弄水種竹軒者, 尤小. 曰見山台者, 高不過尋丈. 曰釣魚庵、曰採藥圃者, 又特結竹杪, 落蕃蔓草爲之爾. 溫公自爲之序, 諸亭台詩, 頗行於世. 所以爲人欣慕者, 不在於園耳.]라고 하였다.

5) 팽성(彭城) : 서주 지역이다. 소동파는 원풍 2년(1079)에 팽성에서 호주 지주로 전임하였다. 팽성은 서주 팽성군 무령군절도 팽성현의 치소이다.

6) 다만 …… 같습니다. : 희녕 10년(1077) 2월에 소철은 경사에서 나와 소식과 만나 형제는 단주와 복주 사이에서 조우하였다. 그 후 두 사람은 서주까지 함께 동행하였으며 소철이 서주에서 백어 일 머물렀다. 이 당시 장방평은 남경 유수였으며, 소철은 첨서응천부판관에 제수되었다. 8월에 소철이 서주를 떠나 남경응천부로 부임하였다.[熙寧十年二月, 蘇轍自京師出仰蘇軾, 兄弟相遇於澶、濮之間. 後二人相從至徐州, 蘇轍留徐州百餘日. 時張方平爲南京留守, 辟蘇轍簽書應天府判官. 八月, 蘇轍離徐州, 赴南京應天府任.] 張志烈, 馬德富, 周裕鍇 主編, 『蘇軾全集校注』 문집7, 5,374~5,375쪽.

3) 편지 3[1]

궁벽한 곳에 귀양살이하니 마치 우물 안의 개구리와 같습니다. 개봉과 낙양 소식은 아득히 멀어 알지 못하는데 요즈음 침식은 어떠하신지요? 저는 어리석고 몽매하여 죄를 얻고, 스스로 허물을 불러들였으니, 이에 대해선 드릴 말씀이 없습니다.[2] 다만 어르신에게까지 죄가 미치게 되었으니 몹시 한스럽습니다.[3] 비록 공의 높은 풍격과 크신 도량은 저로 인한 작은 일로 더럽혀질 바가 아니지만, 저는 그 일을 생각하면 등에 가시[4]를 지는 것보다 더 괴롭습니다.

거처하는 곳[5]에서 강까지는 채 열 걸음도 안 되는데 풍랑과 안개비가 새벽부터 저녁까지 변화무상합니다. 강남(江南)의 모든 산들이 저의 책상과 자리 밑에 있는 격이니 이런 행운은 애초에 생각지도 못했지요. 궁핍에 대한 근심은 있을지라도, 돌이켜보면 이 역시 거친 옷과 변변치 못한 음식에 대한 하찮은 걱정에 지나지 않았습니다.[6] 만나서 이야기할 기약도 없이 이렇게 편지를 쓰고 있으니 망연합니다. 바라건대 때에 맞추어 몸을 잘 돌보십시오.

謫居窮僻, 如在井底, 杳不知京洛之耗, 不審邇日寢食何如? 某以愚昧獲罪, 咎自己招, 無足言者. 但波及左右, 爲恨殊深, 雖高風偉度, 非此細故所能塵垢, 然某思之, 不啻芒背爾. 寓居去江無十步, 風濤煙雨, 曉夕百變, 江南諸山在几席下, 此幸未始有也. 雖有窘乏之憂, 顧亦布褐藜藿而已. 瞻晤無期, 臨書惘然, 伏乞以時善加調護.

| 주석 |

1) 이 편지는 원풍 7년(1084) 황주에서 썼다.

2) 저는 …… 없습니다. : 이는 원풍 2년(1079), 소식이 오대시안의 옥사로 황주로 폄적됨을 가리킨다.

3) 단지 …… 한스럽습니다. : 사마광이 연루됨을 이른다. 사마광은 오대시옥으로 인해 벌금으로 동 20근을 물었다.

4) 등에 가시[芒背] : '망배(芒背)'는 등에 가시를 지는 것처럼 마음이 불안한 것을 이른다.

5) 거처하는 곳 : 임고정(臨皐亭)이다. 소식은 원풍 3년(1080) 2월 1일에 황주에 도착하여 정혜원에 거주하였다. 4월에 임고정으로 이거하고, 6월에 아우 소철과 무창을 유람하였다. 8월에 아들 매와 적벽을 유람하고, 9월엔 홀로 적벽을 유람하였다.

6) 돌이켜보면 …… 않았습니다.[顧亦布褐藜藿而已] : '포갈(布褐)'은 거친 옷을 입는 것이다. '여곽(藜藿)'은 나물국이다. 원래는 명아주잎과 콩잎이라는 뜻으로, 변변치 못한 거친 음식을 말한다.

2. 이방숙¹⁾에게 보내는 편지

1) 편지 1²⁾

저는 아룁니다. 오랫동안 문안 편지를 드리지 못해 부끄럽습니다. 도중에 편지를 받으니 위로와 격려해 주심이 또한 두터웠습니다. 불초한 저를 어찌하여 정성스럽게 잊지 않으신지요? 요즈음 기거는 어떠하십니까? 올해는 무더위로 인한 독기가 평년의 열 배는 되는 것 같습니다. 큰비가 밤낮으로 그치지 않고 내린 것이 십여 일이고, 문 밖에선 물이 하늘에 맞닿은 듯합니다. 지금은 맑게 개였다고는 하나, 아래로는 홍수가 지고 위로는 독기가 무겁게 쪄서, 병 많은 저는 겨우 숨 쉬고 지낼 뿐입니다.³⁾ 족하는 폐문(閉門)⁴⁾하며 글을 쓴다 하니 절로 즐거운 일이 있으리라 생각합니다. 때때로 재능 있는 여러 문우들과 종유하면서 서로 화답하며 시를 짓고 담론하니 이것이 부러울 따름입니다.⁵⁾ 어느 때 만날 수 있겠는지요. 매사에 자중하길 바랍니다. 이만 줄입니다.

與李方叔

某啓. 久不奉書問爲愧. 途中辱手書, 勞勉亦厚. 無狀, 何以致足下拳拳之不忘如此? 比日起居何如? 今歲暑毒十倍常年. 雨晝夜不止者十余日, 門外水天相接, 今雖已晴, 下潦上蒸, 病夫氣息而已. 想足下閉門著述, 自有樂事. 間從諸英唱和談論, 此可羨也. 何時得會合, 惟萬萬自重. 不宣.

1) 이방숙(李方叔)은 이치(李豸=廌, 1059~1109)로, 자가 방숙, 호는 제남선생(濟南先生)이다. 소식의 제자로 동파 문하생이다. 동파가 다른 사람에게 보낸 편지에서 이치의 문장에 대해 논하기를 '비록 광기를 제거하지는 못했지만 필묵이 물결치듯 번뜩여 이미 모래와 돌이 쓸려 내려가는 기세가 있다'라고 했으니 그 재주를 볼 수 있다.[李豸. 字方叔, 號齊南先生. 蘇軾弟子, 東坡門下士也. 坡與人書, 論豸文曰 "雖狂氣未除, 而筆墨瀾翻, 已有漂沙走石之勢" 云, 其才可見也.] 張志烈, 馬德富, 周裕鍇 主編, 『蘇軾全集校注』 문집7, 5,368쪽.

『송사』 「이치열전」에는 "이치의 자는 방숙이고, 그 선조는 운(鄆)에서부터 화(華)로 옮겼다. 이치는 6세에 고아가 되고 스스로 떨쳐 바로 섰다. 점점 장성하자, 학문으로써 향리의 칭송을 받았다. 황주에서 소식을 배알하여 문장을 예물 삼아 보내며 지식을 구하였다. 소식이 이르길, 그 필묵이 난번(瀾翻, 물결치거나 나부낌)하다 하였는데, 필묵이 모래가 날리고 돌이 굴러갈 만큼 바람이 세차게 부는 모양의 기세가 있으니, 그의 등을 어루만지며 말하기를 '그대의 재능은, 만 명과 필적할 만하고, 높은 절개로써 대적할 수 있으니 능히 막을 수가 없도다.'라고 하자 이치가 재배하고 가르침을 받았다."[李廌, 字方叔, 其先自鄆徙華. 廌六歲而孤, 能自奮立, 少長, 以學問稱鄉里. 謁蘇軾于黃州, 贄文求知. 軾謂其筆墨瀾翻, 有飛沙走石之勢, 拊其背曰 : 『子之才, 萬人敵也, 抗之以高節, 莫之能禦矣.』 廌再拜受教.]라고 하였다.

2) 이 편지는 원풍 4년(1081), 황주에서 썼다.

3) 지금은 …… 지낼 뿐입니다. : 원풍 4년에 황주는 무더웠다. 소식이 이 시기에 쓴 「답이종서(答李琮書)」에서 '여름이 온 이후로 두문불출하여 더위가 심해 지나다 들러볼 수도 없습니다.'라고 하였고, 「한열게(寒熱偈)」에서는 '금년에 심한 무더위가 닥쳐 80여 일이나 물아(物我)가 함께 병이 들었으니, 이 무더위가 정말 심합니다.'라고 하였다.[元豊四年, 黃州酷熱. 蘇軾是年作, 「答李琮書」, 自夏至

後, 杜門不出, 惡熱不可過. 「寒熱偈」, 今歲大熱, 八十餘日, 物我同病, 是熱非虛.] 張志烈, 馬德富, 周裕鍇 主編, 『蘇軾全集校注』 문집7, 5,911쪽.

4) 폐문(閉門)은 '문을 닫다'는 말로 바깥으로 명예와 부귀를 버리고 마음을 고요히 하는 것을 이른다.

5) 그 사이 …… 따름입니다. : 소식이 원우 3년(1088)에 지공거로 있을 때 이방숙이 과거에 낙방하고 자신을 천거해주지 않는다고 원망하였다. 그를 위로하며 보낸 편지 「여이방숙서(與李方叔書)」에서 "몇 번의 편지에서 천거하여 이끌어주지 않는다고 책망하여 편지를 읽고 매우 부끄럽소. 그러나 그 이유를 다 말하지 않을 수 없으니 군자가 사람을 아는 것은 서로 도(道)로써 권면하는 것에 힘쓰고 서로 이익으로 이끌어주는 것에 힘쓰지 않는 법이오."라고 하였다.[累書見責以不相薦引, 讀之甚愧. 然其說不可不盡. 君子之知人, 務相勉於道, 不務相引於利也.] 楊家駱 主編, 『蘇東坡全集 上』 第九冊, 97쪽.

2) 편지 2[1]

지난해 많은 사람들 중에 장뢰(張耒)[2]와 진관(秦觀)[3], 황정견(黃庭堅)[4]과 조보지(晁補之)[5]뿐만 아니라 방숙(方叔)과 이상(履常)[6] 등을 만났습니다. 제가 생각하기를 '하늘이 보배를 아끼지 않으시니 훌륭한 인재를 얻는 것이 어찌 끝나지 않으랴'라고 여겼습니다. 요즘 세상일을 겪고, 사방을 돌아다니며 험한 일을 당하면서,[7] 다시 그런 유사한 사람을 구하고자 해도 막연히 얻을 수 없었습니다. 이로써 인재는 결코 괜히 나오는 것이 아니라, 지금 보탬이 되지 않더라도 반드시 훗날에 사람을 깨우치게 할 것이니, 반드시 용렬하게 초목과 같이 썩어 없어질 리가 없습니다. 아들 태(迨)와 과(過)[8] 모두 배움을 그만두지 않으니, 그 아이들이 공을 모시고 배우게 하는 게 좋겠습니다.

頃年於稠人中, 驟得張, 秦, 黃, 晁及方叔, 履常輩, 意謂天不愛寶, 其
獲盖未艾也. 比來經涉世故, 間關四方, 更欲求其似, 邈不可得. 以此
知人決不徒出, 不有益於今, 必有覺於後, 決不碌碌與草木同腐也.
迨過皆不廢學, 可令參侍几研.

| 주석 |

1) 이 편지는 원부(元符) 3년(1100) 혹은 건중정국(建中靖國) 원년(1101)에 썼다.

2) 장뢰(張耒, 1052~1112)는 자가 문잠(文潛), 호는 가산(柯山)이다. 태상소경 등
의 벼슬을 지냈으나, 정치적으로 소식을 따랐기 때문에 일찍이 좌천당하였다.
황정견(黃庭堅), 조보지(晁補之), 진관(秦觀)과 함께 '소문사학사(蘇門四學士)'
로 불렸다.

3) 진관(秦觀, 1049~1100)의 자는 소유(少游)이고 호는 회해거사(淮海居士)이다.
젊어서 소식을 좇아 배웠다. 고문과 시에 능했고 특히 사(詞)에 뛰어났다.

4) 황정견(黃庭堅, 1045~1105)은 자가 노직(魯直)이고, 호는 산곡도인(山谷道人)
이다. 북송의 관리이자 서법가이며 시인이다. 생전에 소식과 명성을 나란히 하
여 세상에서 '소황(蘇黃)'으로 불려졌다.

5) 조보지(晁補之, 1053~1110)는 자가 무구(無咎)이고 호는 귀래자(歸來子)이다.
북송 시기의 관리이자 문학가이다. 17세 때 「칠술(七述)」을 지어 소식에게 보이
자, 소식은 자신도 그만 못하다고 탄식해 유명해졌다. 소성 초에 원우의 당적에
연좌되어 유배를 받아 처주(處州)와 신주(信州)의 주세(酒稅)를 감독했다. 서화
와 시사에 능했으며, 소문사학사의 한 사람이다.

6) 이상(履常)은 진사도(1053~1102)이다. 자가 이상(履常), 무기(無己)이고, 호는
후산거사(後山居士)이다. 북송의 관리이자 시인으로 소문육군자(蘇文六君子)
중의 한 사람이다.

7) 사방을 …… 당하면서[間關四方] : 본문의 '간관(間關)'은 '여러 곳을 어렵게 떠

돌아다니는 것'이다.

8) 아들 태(迨)와 과(過) : 소태(蘇迨, 1070~1126)는 동파의 둘째 아들이고, 소과(蘇
過, 1072~1123)는 셋째 아들이다.

3) 편지 3¹⁾

저는 아룁니다. 근래에 보내주신 편지를 받았습니다. 요즈음 소리(所
履)²⁾는 어떠하신지요. 저는 제 한 몸으로 죄를 막지 못하고 붕우들까지 연
루시켜 한스럽습니다. 방숙(方叔)은 관직에 매이지 않은 일개 포의(布衣)
인 데도 죄를 면치 못할 뻔했고, 순보(淳甫)³⁾와 소유(少游)⁴⁾ 또한 어찌 하
늘에 죄를 얻었는지, 마침내 그 목숨을 버리게 되었을까요? 말을 한들 무
슨 도움이 있겠습니까만 청의(淸議)⁵⁾에 맡길 따름입니다. 우환은 비록 지
나갔으나 더욱 마땅히 입을 닫고 만년의 절개를 편안하게 할 것입니다. 그
러니 의아하게 여기지 마십시오.

> 某啓. 比辱手教, 邇來所履如何? 某自恨不以一身塞罪, 坐累朋友,
> 如方叔, 飄然一布衣, 亦幾不免, 淳甫, 少游, 又安所獲罪於天, 遂斷
> 棄其命. 言之何益, 付之淸議而已. 憂患雖已過, 更宜掩口以安晚節
> 也. 不訝不訝.

| 주석 |

1) 이 편지는 원부 3년(1100), 혹은 건중정국 원년(1101)에 썼다.
2) 소리(所履) : 건강, 근황을 나타내며 『시경(詩經)』에 "큰길은 숫돌처럼 평평하고
올곧기가 화살 같네. 군자가 밟는 바이고 소인이 바라보는 바이라."[周道如砥,

其直如矢. 君子所履, 小人所視.]라는 말에 나온다.

3) 순보(淳甫) : 범조우(范祖禹, 1041~1098)이다. 자가 순보 또는 몽득(夢得)이다. 인종 때 진사가 되었다. 사마광 밑에서 『자치통감(資治通鑑)』을 편수했다. 순보는 원부 원년(1098) 10월, 화주(化州) 폄적지에서 세상을 떠났다.

4) 소유(少游) : 진관(秦觀)으로 자가 소유(少游)이다. 원부 3년(1100), 진관은 뇌주에서 북쪽으로 돌아가다 8월 20일에 등주에서 사망하였다. 이 편지는 그 후에 썼다.

5) 청의(淸議) : '깨끗한 의논'이라는 뜻으로, 바로 조정의 의론을 말한다.

3. 정공밀[1]에게 보내는 편지

1) 편지 1[2]

　길을 가던 중 아드님을 만나 공의 안부를 소상하게 들을 수 있어 기뻤습니다. 이어 전사(專使)[3]에게서 편지를 받고, 바로 건강이 좋으신 줄 알게 되어 감사하고 위로됨이 몹시 컸습니다. 하인과 수레와 노끈까지 사람을 보내 빌려주시니,[4] 하나하나 번거롭게 정신을 쓰게 하고 수고롭게 하였습니다. 외로운 나그네[5]를 구제하시니, 큰 덕을 받고 감사하는 마음을 쉽게 말로 표현할 수 없습니다.

　내일 느지막하게 바야흐로 몽리(蒙里)에 도달하면, 가르쳐주신 대로 육지를 나와 남화(南華)[6]에 이를 것입니다. 이곳에서 보름을 머물면서 곧 공의 처소로 가,[7] 한번 간곡히 정회를 토로할 것을 생각하니 벌써부터 뛸 듯이 기쁩니다.

> 與程公密
> 途中喜見令子, 得聞動止之詳. 繼領專使手書, 且審卽日尊體淸勝,
> 感慰無量. 差借白直兜乘擔索, 一一仰煩神用. 孤旅獲濟, 荷德之心,
> 未易云喩. 來日晩方達蒙里, 卽如所敎, 出陸至南華, 留半月, 卽造宇
> 下, 一吐區區, 預深欣躍.

| 주석 |

1) 정공밀(程公密) : 진공밀(陳公密)로 이름이 진진(陳縝)이고 자가 공밀이다. 소식
   은 원부 3년(1100) 12월에 소주(韶州)를 지나며, 그때 소주의 곡강 현령으로 있
   던 진공밀을 만나 『자고천(鷓鴣天)』 사(詞) 한 수를 지었다.

2) 이 편지는 원부 3년(1100) 11월, 북쪽으로 돌아가는 도중에 썼다.

3) 전사(專使) : 심부름꾼, 전사(專使)는 전적으로 어떤 하나의 일만을 위해 보내는
   심부름꾼을 말한다.

4) 하인과 …… 빌려주시니[差借白直兜乘擔索] : '백직(白直)'은 녹봉이 없이 근무
   하는 관리 또는 정원 외의 관리를 두루 이르는 말로 관리에게 내려 주는 하인이
   다. 이들에게 월급을 주지 않기 때문에 붙여진 이름이다. '두승(兜乘)'은 대나무
   로 만든 수레이고, '담색(擔索)'은 물건을 묶는 노끈이다.

5) 외로운 나그네[孤旅] : 고려(孤旅)는 소식의 시 「동파(東坡)」 8수(八首) 가운데 일
   수(一首)에서 "홀로 외로운 나그네가 있으니, 하늘 끝에서도 도망칠 곳이 없다
   네. 이곳에 와서 기왓장과 자갈 줍노니, 흉년 들어 흙도기름지지 않구려."[獨有
   孤旅人, 天窮無所逃. 端來拾瓦礫, 歲旱土不膏.]라고 하는 데서 보인다.

6) 남화(南華)는 지금의 광동 소주에 있다. 남화사(南華寺)이다. 남화사는 육조 혜
   능이 남종선법(南宗禪法)을 널리 전파한 발원지이기도 하여 '육조도량'이라고
   도 불린다.

7) 곧 공의 처소로 가[即造宇下] : 우하(宇下)는 '처소(屋宇)의 아래'라는 말로 가까
   운 곳을 표시한 것이다.

2) 편지 2¹⁾

막다른 길에서 정처 없이 떠돌다²⁾ 그대와 같은 군자를 뵙고 가슴을 열어 손뼉 치며 대화를 나누니 즐거움이 끝없었지요. 공은 이미 나랏일에 매여 바쁘고, 저 역시 돌아가고 싶은 마음이 절박합니다만 갑작스레 조정의 반열³⁾에 나아가게 되었으니 제 마음을 어찌 말로 다 하겠습니까? 이별한 후 자주 편지를 주시니 편지의 뜻이 더욱 정중합니다. 또 잘 지내신다는 것을 알게 되어 감사하고 위안되는 마음이 몹시 깊습니다.

저는 고개를 넘었으니 더는 복조(鵩鳥)에게 묻는 근심⁴⁾은 없고, 장차 전갈(全蠍)을 보는 기쁨⁵⁾만 생각했습니다. 다만 멀리서 미치는 그대의 덕이 아득하지만 저에 대한 온정을 잊지 않겠습니다. 새봄을 맞아 더욱 건강하시고, 조정에서 부를 날⁶⁾을 기다리십시오.

> 窮途棲屑, 獲見君子, 開懷抵掌, 爲樂未央. 公旣王事靡寧, 某亦歸心
> 所薄, 忽遽就列, 如何可言. 別後亟辱惠書, 詞旨增重. 且審起居佳
> 勝, 感慰深矣. 某度嶺, 已無問鵩之憂, 行有見蝎之喜. 但遠德惘惘,
> 未忘于情. 新春保練, 以需驛召.

| 주석 |

1) 이 편지는 건중정국 원년(1101) 정월, 북쪽으로 가는 도중에 썼다.

2) 막다른 길에서 정처 없이 떠돌다[窮途棲屑] : 궁도(窮途)는 '길이 다 끝나다, 더 이상 나아갈 길이 없다'는 뜻으로 궁도지곡(窮途之哭)을 이른다. 또한 서설(棲屑)은 왕래분파(往來奔波)로, '왔다 갔다 하며 물결처럼 밀려 떠돌아다니는 것'을 말한다. 두보(杜甫)의 「영회(詠懷)」시에서 보면 "지친 몸 구차히 계책 생각하지만 그저 분망할 뿐 베풀 곳이 없어라"[疲苶苟懷策, 棲屑無所施.]라고 하였다.

3) 조정의 반열[怱遽就列] : 취열(就列)은 진력취열(陳力就列)의 줄인 말로 '벼슬
하는 사람이 힘을 다해 직무를 보며 그 반열에 있는 것'이다. 『소식전집』에는
총거취열(怱遽就列)이며, 하한녕의 『구소수간교감』에는 총거취별(怱遽就別)로
나와 있다. 역자는 怱遽就列로 풀이하였다.

4) 복조(鵩鳥)에게 묻는 근심 : 중국 전한의 문인인 가의는 「복조부(鵩鳥賦)」를 지었
다. 가의가 좌천되어 실의에 잠겼을 때 부엉이가 날아들자 불길하게 여겨 스스로
애도하며 말하길, "들새가 방에 들어오니 주인이 떠나는구나. 부엉이에게 물어보
노니 나는 어디로 가는가? 길하면 내게 말하고 흉하면 그 재앙을 말해다오."라고
하였다.[野鳥入室兮, 主人將去. 請問于鵩兮, 予去何之. 吉乎告我, 凶言其災.]
"가의가 지은 「복조부」에서 복조의 문답을 빌렸고, 생사의 불안함 속에 재주를
품고도 때를 만나지 못한 개탄이 깃들어 있다."[賈誼作, 「鵩鳥賦」, 假托與鵩鳥
問答, 以寓其生死未卜之憂, 懷才不遇之慨.] 張志烈, 馬德富, 周裕鍇 主編, 『蘇
軾全集校注』 문집8, 6,249쪽.

5) 전갈(全蠍)을 보는 기쁨 : 한유의 「송문창사북유(送文暢師北游)」 시에서 "지난
번에 경사의 관리가 될 수 있었으니, 벽 위에 선갈을 보게 되어 기뻤네."라고 하
였다.[昨來得京官, 照壁喜見蝎.] 張志烈, 馬德富, 周裕鍇 主編, 『蘇軾全集校
注』 문집8, 6,149쪽.

　한유가 원화(元和) 1년(806) 6월에 강릉에서 소환되어 국자박사가 되었는데, 전
갈은 중국의 남방에는 없고 북방에만 있기 때문에, 유배에서 풀려나 고향으로
돌아갈 수 있게 되어 기뻤다는 말을 하고 있다.

6) 조정에서 부를 날[驛召] : 역소(驛召)는 조정에서 선비를 역마(驛馬)로 불러올
리는 것을 말하며, 송 철종 때 사마광과 여공저(呂公著)를 역마로 불러올렸다.

4. 서중거[1]에게 보내는 편지

1) 편지 1[2]

저는 아룁니다. 지난번 공께서 좋은 말씀[3]으로 훈계해 주셨습니다. 오늘 또 송별해 주는 은혜를 입으니, 가득히 넘치는 정을 수레에 싣고 남쪽으로 갑니다.[4] 답례하며 이만 줄입니다.

與徐仲車
某啓. 昨日旣蒙言贈, 今日又荷心送, 盎然有得, 載之而南矣. 復啓.
不宣.

| 주석 |

1) 서중거(徐仲車) : 서적(徐積, 1028~1103)으로 자가 중거(仲車)이다. 송나라 영종, 철종 때의 문신이고 학자로서 선덕랑 등을 지냈다. 지극한 효성으로 유명하다. 저서에 『절효집(節孝集)』 등이 있고 『시경(詩經)』, 『예기(禮記)』, 『춘추(春秋)』에 대해 주석을 하였다. 소식은 서중거에 대해 "오릉중자처럼 자신의 신조를 굳게 지켰으며, 시문은 괴이하고 거침이 없었다."[獨行如於陵仲子, 而詩文則怪而放.]라고 하였다.
2) 이 편지는 소성(紹聖) 원년(1094) 5월에 남쪽으로 옮겨갈 때 썼다.
3) 좋은 말씀 : 이별할 때 일반 사람은 노잣돈을 주지만 군자는 훈계하는 말을 준다.

『소시총안(蘇詩總案)』 권37에서 "서적(서중거)이 일찍이 소식에게 말하길, 예로부터 모두 공이 있는 자가 있지만 유독 대우의 공을 칭송하고, 자고로 모두 재주가 있지만 유독 주공의 재주만 칭한 것은 모두 덕으로써 공을 세웠기 때문이다."라고 하였다.[積嘗語蘇軾曰, 自古皆有功, 獨稱大禹之功, 自古皆有才, 獨稱周公之才, 以其有德以將之故爾.] 張志烈, 馬德富, 周裕鍇 主編, 『蘇軾全集校注』 문집8, 6,331쪽.

4) 오늘 …… 갑니다. : 소식이 남쪽으로 옮겨가 산양에서 머물 때 서적이 문안을 와서 말을 나누었다. 이 일은 소성 원년 5월에 있었다.[蘇軾南遷抵山陽, 徐積往弔贈言, 事在紹聖元年五月.] 張志烈, 馬德富, 周裕鍇 主編, 『蘇軾全集校注』 문집8, 6,331쪽.

2) 편지 2[1]

저는 아룁니다. 세 차례나 편지를 받으며 지극히 근심하고 염려해 주신 은혜를 입었습니다. 공자께서 "상대방에게 진심을 다한다면 깨우쳐주지 않을 수 있겠는가?"[2]라고 말씀하신 경우와 같으니 당연히 큰 띠[3]에 새겨 잠잘 때나 밥 먹을 때나 잊지 않겠습니다. 이름난 처방에 좋은 약까지 주시니 역시 잘 받았습니다. 매우 다행입니다. 내일 배 주인에게 요청하여 혹 잠시 머무를 수도 있지만, 감히 나아가 뵙진 못할 것입니다.[4] 멀리서 바라보고만 가게 되어 서글픕니다.[5]

某啓. 三辱手敎, 極荷憂念, 孔子所謂忠焉能勿誨乎? 當書諸紳, 寢食不忘也. 名方良藥, 亦已拜賜. 幸甚幸甚. 來日舟人借請或小留, 但不敢往謁爾. 占望悵惋.

1) 이 편지는 소성 원년(1094) 5월에 남쪽으로 옮겨갈 때 썼다.

2) 상대방에게 …… 있겠는가? : 『논어(論語)』「헌문(憲問)」편에 "사랑한다면 수고
   롭게 하지 않을 수 있겠는가? 정성을 다한다면 깨우쳐주지 않을 수 있겠는가?"
   [愛之能勿勞乎? 忠焉能勿誨乎?]라고 하였다.

3) 큰 띠 : 서제신(書諸紳)은 '큰 띠에 쓰다'는 뜻으로, 『논어』「위령공(衛靈公)」편
   에 자장(子長)이 행(行)에 대하여 묻자, 공자가 이르기를, "말이 충성되고 미쁘
   며, 행실이 독실하고 공경스러우면 멀리 오랑캐 나라에서도 행할 수 있으려니
   와, 말이 충성되고 미쁘지 못하며, 행실이 독실하고 공경스럽지 못하면 자기 향
   리에선들 행할 수 있겠느냐."[言忠臣, 行篤敬, 雖蠻貊之邦行矣. 言不忠信, 行
   不篤敬, 雖州里行乎哉.]라고 하였다. 자장이 이 말을 '큰 띠에 적었다[子張書諸
   紳]'는 데서 온 말이다. 큰 띠에 적는 것은 곧 그 말을 깊이 새겨서 잊지 않으려
   는 것이다.

4) 내일 …… 못할 것입니다. : 소식이 남쪽으로 옮겨 산양에 머물 때 서적(서중거)
   이 문안을 왔다. 이 편지는 당연히 서로 만난 전후로 썼고, 이 때문에 이때 소식
   은 매우 분주하였다.[蘇軾南遷抵山陽, 徐積往吊, 此首當作於相見前後, 故繁
   於此時.] 張志烈, 馬德富, 周裕鍇 主編, 『소식전집교주』문집8, 6,330쪽.

5) 멀리서 …… 서글픕니다.[占望悵惋] : 점망(占望)은 첨망(瞻望)과 같다. 西川文
   仲 註解, 『구소수간주해』.

5. 모택민[1] 추관에게 보내는 편지[2]

모는 아뢰오. 공소(公素)[3]의 인편이 와서 여러 폭의 편지를 받았지요. 기거에 대해 상세히 듣고 또 새로 쓴 시 한 편도 받았소. 거기다 또 공소 인편에 부쳐 보낸 「쌍석당기(雙石堂記)」[4]도 받았다오. 나는 남쪽[5]에 거주한 지 오래되었는데, 뜻밖에도 다시 옛 음악 소(韶)와 호(濩)[6]의 여음을 듣게 되니, 지극히 기쁘고 위로되는 마음을 이루 다 표현할 수 없구려. 붓을 놓은 지가 오래 되어, 감히 그대의 뜻을 이어서 화답하지 못하지만 반드시 나의 뜻을 알 것이라 보오. 만날 기약이 없이 편지를 대하니 망연해진다오. 가을 더위에 부디 때에 맞춰 몸을 아끼길 바라면서 이만 줄입니다.

> 與毛澤民推官
> 某啓. 公素人來, 得書累幅. 旣聞起居之詳, 又獲新詩一篇, 及公素寄示「雙石堂記」. 居夷久矣, 不意復聞韶濩之餘音, 喜慰之極, 無以云喩. 久廢筆硯, 不敢繼和, 必識此意, 會合無期, 臨書惘惘. 秋暑, 萬萬以時自厚. 不宣.

| 주석 |

1) 모택민(毛澤民, 1056~1124)은 모방(毛滂)이다. 자가 택민이고, 호는 동당(東堂)이다. 소식 형제와 그의 아버지 모유첨은 대대로 교분이 있었다. 소성 연간에 구주 추관이 되었다. 소성 4년(1097)에 다시 무강 현령으로 제수되었다. 소식은

모택민에 대해 "문장이 전아하고 힘찼으며, 운율이 뛰어났다."[文詞雅健, 有超世之韻.]라고 하였다.

2) 이 편지는 소성 3년(1096) 7월, 혜주에서 썼다. 소식이 모택민에게 보내는 편지 7수 중 제3수이다.

3) 공소(公素) : 손분(孫賁)으로 자가 공소이다. 소식은 「서한위공황주시후(書韓魏公黃州詩後)」에서 "봉의랑 손분 공소는 황주 사람으로 공의 빈객이었다. 공은 그의 심후한 인품을 알았으며 대개 그를 일러 가르치고 글을 기록하는 사람이다."라고 하였다.[孫賁字公素. 蘇軾 「書韓魏公黃州詩後」 奉議郎孫賁公素, 黃人也, 而客於公. 公知之深, 蓋所謂教授書記者也.] 張志烈, 馬德富, 周裕鍇 主編, 『蘇軾全集校注』 문집8, 5,895~5,896쪽.

4) 쌍석당기(雙石堂記) : 손분은 자가 공소이다. 소성 3년 2월 25일에 모방(모택민)은 「쌍석당기(雙石堂記)」를 지었다. 이는 『동당집 권9』에 보인다. 손분이 구주 지사로 있을 때 '쌍석당'을 지은 일에 대해 서술하고 있다.

5) 남쪽[居夷] : 거이(居夷)라 한 것은 남쪽 유배지에 적거했음을 그렇게 말한 것이다. 당시 소식은 철종이 친정을 시작하여 신법파가 득세하자, 혜주 사마(惠州司馬)로 좌천되었다.

6) 소(韶)와 호(濩) : 소(韶)는 순(舜) 임금의 음악이다. 『서경(書經)』 「익직(益稷)」에는 "소소(簫韶)를 9번 연주하니, 봉황도 날아와 맞추어 춤추더이다."[簫韶九成, 鳳凰來儀.]라고 하였다. 호(濩)는 은나라 탕왕(湯王)의 음악이다. 여기서는 상대방의 '훌륭한 시문'을 말한다.

6. 진보지[1]에게 보내는 편지[2]

저는 아룁니다. 며칠 전 찾아주셨는데 병에 시달려 일어나 뵙지 못해, 우러러보매 부끄러움이 심합니다. 극심한 무더위에 지내시기는 어떠하신지요? 저는 만 리 바다 밖에서도 죽지 않았는데, 마을로 돌아와 머문 곳에서 병을 얻어, 마침내 일어나지 못할 것 같은 근심이 드니, 이 어찌 천명이 아니겠습니까? [3] 만약 조금 더 머물 수 있다면 다시 옛 친구들과 함께 한번 담소할 수 있을 터인데, 이 또한 뜻할 수 없는 일입니다. 병을 무릅쓰고 몇 글자 편지를 드립니다.

> 與陳輔之
> 某啓. 昨日承訪及, 病倦不及起見, 愧仰深矣. 熱甚, 起居何如? 萬里海表不死, 歸宿田里得疾, 遂有不起之憂, 豈非命耶? 若得少駐, 復與故人一笑, 此又望外也. 力疾, 書此數字.

| 주석 |

1) 진보지는 진보이고, 자가 보지(輔之)이며, 금릉 사람이다. 어릴 때부터 영특하고 재주가 남달랐고 과거에는 응시하지 않았다. 스스로를 남곽자라 불렀고 사람들은 남곽선생이라 칭하였다. 소식이 일찍이 추천하여 수주학관이 되었다.[陳輔之, 陳輔, 字輔之, 金陵人, 少負俊才, 不事科擧, 自號南郭子, 人稱南郭先生. 蘇軾嘗薦爲秀州學官.] 張志烈, 馬德富, 周裕鍇 主編, 『蘇軾全集校注』 문

집8, 6,325쪽.

2) 이 편지는 건중정국 원년(1101) 7월, 상주에서 썼다.

3) 저는 …… 아니겠습니까? : 소식은 이해 6월에 북쪽으로 돌아가면서 병을 얻었다. 7월 중순에 열독이 돌아 심해졌는데 진보가 방문한 것은 바로 이때였다. 본 편지는 그 다음날 썼다.[蘇軾以此年六月北歸途中得疾, 七月中旬熱毒轉甚, 陳輔來訪, 卽當此時. 本書卽作於翌日.] 張志烈, 馬德富, 周裕鍇 主編, 『蘇軾全集校注』 문집8, 6,325쪽.

7. 황노직¹⁾에게 보내는 편지²⁾

모는 말합니다. 조군(晁君)³⁾이 소사(騷詞)를 보내주어 자세히 살피니 뛰어나게 아름다운 글입니다. 참으로 그 집안엔 우수한 인재가 많군요. 그런데 글에 대해 나의 작은 의견이 있습니다. 노직(魯直) 그대가 그대 뜻인 것처럼 부드럽게 조군에게 잠언을 해주시길 바랍니다.

무릇 사람이 글을 지을 때는 마땅히 공정하고 조화롭게 쓰기를 힘써야 합니다. 그것이 지극히 충족된 나머지 넘쳐 기이한 문장이 되는 것은 대개 부득이함에서 나오는 것입니다. 조군의 문장은 뛰어난 것이 남보다 조금 이른 것 같은데, 그렇다고 노직께서 직설적으로 이르진 마십시오. 이것은 회피하려는 뜻이 아닙니다. 매진하여 나가려는 기운이 손상될까 염려되어서 그렇습니다. 그러니 친구가 절차강마(切磋講磨)라고 하는 말인 듯 하는 게 마땅합니다. 공이 그렇게 말해줄 수 있겠는지요? 이만 줄입니다.

與黃魯直

某啓. 晁君寄騷, 細看甚奇麗, 信其家多異材耶. 然有少意, 欲魯直以己意微箴之. 凡人文字, 當務使平和, 至足之餘溢爲怪奇, 盖出於不得已也. 晁文奇怪似差早, 然不可直云爾. 非謂避諱也, 恐傷其邁往之氣, 當爲朋友講磨之語乃宜. 不知公謂然否? 不宣.

1) 황노직 : 황정견을 말한다. 원풍 원년(1078)에 쓴 「답황노직서(答黃魯直書)」에서 황노직을 일러 말하길, "이 사람은 정제한 금과 아름다운 옥과 같아서 굳이 사람에게 찾아가지 않더라도 사람들이 찾아올 것이요, 장차 명성을 피하려 해도 될 수 없을 것이니, 어찌 내가 칭찬하여 드날릴 필요가 있겠는가. 그러나 그 문장을 살펴서 사람됨을 찾아보면 반드시 외물을 경시하고 자중하는 자일 것이니, 지금의 군자가 능히 등용하지 못할 것이다."라고 하였다.[此人如精金美玉, 不卽人而人卽之, 將逃名而不可得, 何以我稱揚爲? 然觀其文以求其爲人, 必輕外物而自重者, 今之君子莫能用也.] 楊家駱 主編, 『蘇東坡全集 上』第九册, 363쪽.

2) 이 편지는 원풍 연간(1078~1085)에 썼다.

3) 조군(晁君) : 조재지(晁載之)로 자가 백우(伯宇)이다. 젊어서 「민오려부(閔吾廬賦)」를 지었는데 노직이 동파에게 보여주며 말하길, "이것은 조씨 집안 열째 아들이 지은 것으로 나이가 채 스무 살이 되지 않았다"라고 하니, 소식이 답하여 말하길, "이 부는 정말 기려하다. 그 집안에 뛰어난 인재가 많은가?"라고 칭찬하였다. 무릇 문장이 지극히 충분하고도 남아 저절로 넘쳐서 기괴하니 지금의 조군이 너무 이르게 뛰어남이 있어 이를 염려한다 하였다. 노직이 은미한 뜻으로 깨우쳐 매진해 나가는 기세를 상하지 않게 하였다. 백우는 이때부터 문장이 크게 진보하였다. 동파의 말은 이처럼 완곡하니 인물을 훌륭히 키운 사람이라 이를 만하였다. 조재지는 이 부를 지은 것이 20세가 채 되지 않았고, 노직이 처음으로 동파와 편지를 주고받았을 때 나이는 34세였다.[伯宇, 名載之, 少作『閔吾廬賦』, 魯直以示東坡曰, 此晁家十郞作, 年未二十也. 東坡答云, 此賦信奇麗, 信是家多異材耶? 凡文至足之餘, 自溢爲奇怪, 今晁傷奇太早. 可作魯直微意諭之, 而勿傷其邁往之氣. 伯宇自是文章大進. 東坡之語委曲如此, 可謂善成就人物者也. 晁載之作此賦是年未二十, 而魯直與東坡首次通書時亦才三十四歲.] 張志烈, 馬德富, 周裕鍇 主編, 『蘇軾全集校注』문집8, 5,742쪽.

8. 진전도[1]에게 보내는 편지[2]

　모는 말하오. 오랫동안 소식을 듣지 못하여 그리워하는 마음을 말로 다할 수 없네. 심부름꾼에게 편지를 보내주고, 예와 뜻이 겸하여 정중하니 삼가 받고서 두려웠다오. 또한 요즈음 그대의 기거가 가승함을 알게 되어, 그리운 마음에 적이 위안이 되었다네. 나는 늙고 병들어 직무를 수행하기 어려워 이 때문에 한사코 한적한 고을을 요청했는데, 뜻밖에도 다시 번극(煩劇)[3]한 고을을 얻게 되었다네. 그러나 재차 외직의 고을을 얻었으니, 새로이 선택을 두진 않으려 하네. 다만 직분을 처리하지 못하고, 백성을 다스리지 못할까 하는 우려만 있을 뿐이라네.[4]

　그런데 보내온 편지에서 '때를 만났느니 때를 못 만났느니' 하는 이야기가 있으니 이는 불초한 나를 안전하게 하는 도리가 아니라네. 나는 모든 일에서 취할 것이 없는 몸이라네. 그런데도 들어가서는 왕의 시종이 되고, 나가서는 지방관[5]을 맡았으니, 이것이 때를 만나지 못한 것이라고 한다면, 어떤 것이 때를 만났다고 하겠는가? 배 안에서 더위에 지쳐 무료한데, 그대가 보낸 심부름꾼이 서서 돌아가기를 재촉하니, 작으나마 내 마음을 백에 하나라도 다 아뢰지 못하겠네. 갑자기 멀어지게 되니 부디 몸을 아끼길 바라네. 이만 줄이네.

> 與陳傳道
> 某啓. 久不接奉, 思仰不可言. 辱專人以書爲貺, 禮意兼重, 捧領惕然. 且審比來起居佳勝, 少慰馳想 . 某以衰病, 難於供職, 故堅乞一

閑郡, 不謂更得煩劇. 然已得請, 不敢更有所擇, 但有廢曠不治之憂爾. 而來書乃有遇不遇之說, 甚非所以安全不肖也. 某凡百無取, 入爲侍從, 出爲方面, 此而不遇, 復以何者爲遇乎? 舟中倦暑無聊. 來使立告迴, 區區百不盡一. 乍遠, 唯千萬自愛. 不宣.

| 주석 |

1) 진전도(陳傳道, 생몰 미상)는 진사중으로 자가 전도이며 서주 팽성 사람이다. 강서시파의 주요 작가인 진사도(陳師道, 1053~1102)의 형이다. 일찍이 전당의 주부을 역임하였다. 집안이 극도로 가난하여 과거에 응시하지 못하였다. 소식이 양주의 태수로 옮겨갔을 때 진사중을 창고지기로 삼았고, 소식이 황주로 유배당할 때 진사중은 항주 주부가 되었다. 소식의 시 「화진전도설중관등(和陳傳道雪中觀燈)」, 「화조덕린송진전도(和趙德麟送陳傳道)」와 편지 「답진사중주부서(答陳師中主簿書)」 등에 진전도가 보인다.[元祐四年夏作. 陳傳道卽陳師中, 字傳道, 徐州彭城人, 江西詩派重要作家陳師道之兄. 曾任錢塘主簿. 家境窮困, 貧不克擧. 蘇軾移守揚州時, 陳師中爲管庫, 蘇軾謫居黃州時, 陳師中爲杭州主簿. 參見蘇軾 「和陳傳道雪中觀燈」 詩 「和趙德麟送陳傳道」 「答陳師中主簿書」.] 張志烈, 馬德富, 周裕鍇 主編, 『蘇軾全集校注』 문집7, 5,327쪽, 張志烈, 馬德富, 周裕鍇 主編, 『蘇軾全集校注』 문집8, 5,905쪽.

2) 이 편지는 원우(元祐) 4년(1089), 여름에 썼다.

3) 번극(煩劇) : '몹시 번거롭고 바쁜'의 뜻이다.

4) 다만 …… 뿐이라네. : 원우 4년에 소식은 나이 54세로 한림학사로 재직하였는데, 집전대신의 뜻에 거슬려 재임하지 못할 것을 알고 외직을 청하여 '용도각학사 지항주사(龍圖閣學士 知杭州事)'로 제수되었다. 이때 임금에게 올린 「항주사상표(杭州謝上表)」의 두 번째 표에서 "들어와서는 황궁의 가까운 곳에서 군주를 받들고 나가서는 지방관을 맡는 것은, 모두 신하로서는 특별한 선발이요,

유자에게는 더더욱 영광입니다. 엎드려 생각건대 신은 과분한 은총을 입고서 근심에 쌓여 병을 이루었습니다. 이에 물러나 편안히 수양할 곳으로 나갈 것을 생각하였고, 또 관직이 지나치게 높은 자리를 다소 피하려고 했었는데, 우러러 성상의 지극하신 인자함을 입어서 작은 소원을 곡진히 따르게 하셨습니다."라고 하였다.[入奉榮嚴, 出膺方面. 皆人臣之殊選, 在儒者以尤榮. 伏念臣受寵逾涯, 積憂成疾. 旣思退就於安養, 又欲少逃於滿盈. 仰荷至仁, 曲從微願.] 楊家駱 主編, 『蘇東坡全集 上』 第九冊, 330쪽.

5) 지방관 : 본문의 '경득번극(更得煩劇)'과 '출위방면(出爲方面)'은 모두 원우 4년에 소식이 항주 지사로 나가는 일을 말한다. 원우 4년 5월에 소식은 경사를 떠나 7월 3일에 항주 지주로 도착하여 부임하였다. 이 편지는 소식이 항주로 가는 도중에 쓴 것이다.['更得煩劇' '出爲方面' 指元祐四年蘇軾出知杭州. 元祐四年五月, 蘇軾離京師, 七月三日, 到杭州知州任. 本書作於蘇軾赴杭州途中.] '방면'은 막중한 직책을 맡는 것이며, '기'는 부임하는 것이다. 張志烈, 馬德富, 周裕鍇 主編, 『蘇軾全集校注』 문집7, 5,904쪽.

9. 한소문[1]께 올리는 편지[2]

저는 올립니다. 공[3]과 헤어져 멀리 떨어진 지 홀연 수개월이 되었습니다. 해가 바뀌는데 어르신의 체후는 평소보다 나으리라 멀리서 생각합니다. 변방에서 오고 가느라[4] 종자(從者)[5]께서 매우 수고로울 것입니다. 저는 날마다 말머리만 바라보고 있습니다. 다만 어리석고 우매한 저는 걸핏하면 죄려를 이루어 미처 공이 돌아오는 것을 보지 못하고 거의 떠날까 두렵습니다. 남은 추위에 나라를 위하여 몸을 중히 하시길 바랍니다. 임비교(任祕校)의 행차로 인하여 삼가 편지를 보내 안부를 묻습니다. 이만 줄입니다.

> 上韓昭文
> 某啓. 違遠旌棨, 忽已數月. 改歲, 緬想台候勝常. 邊邀往還, 從者殊勞, 日望馬首. 但迂拙動成罪戾, 恐不能及見公之還而去爾. 餘寒, 伏冀爲國自重. 因任秘校行, 謹奉啓參候. 不宣.

| 주석 |

1) 한소문은 한강(韓絳, 1012~1088)이다. 자는 자화(子華)로 인종 경력 2년(1042) 진사가 되었다. 희녕(熙寧) 3년(1070)에 참지정사가 되었으며, 서하(西夏)가 국경을 침범하자 변방 순행을 자청하여 섬서와 하동의 선무사를 지냈다. 또한 군중(軍中)에서 동중서문하평장사에 임명되었다. 시호는 헌숙(獻肅)이다.

2) 이 편지는 희녕 4년(1071) 초에 개봉에서 썼다. 한강은 희녕 3년 9월에 추밀부사에서 섬서로선무사로 제수받았다.

3) 공[旌棨] : 정계(旌棨)는 상대방을 높여 부르는 말이다. 즉 정계는 관원이 출행할 때에 의장(儀仗)으로 사용하는 기(旗)와 나무로 만든 창이다.

4) 변방에서 오고 가느라[邊徼往還] : 변요(邊徼)는 변경의 각 자치단체 경계선에 있는 초소를 말한다.

5) 종자(從者) : 상대방을 높여 부르는 말이다. 여기서는 한소문을 말한다.

10. 조미숙[1]에게 보내는 편지[2]

　저는 아룁니다. 헤어진 이후 두 번의 편지를 받고, 돌보아주신 두터운 은혜를 말로 다 표현할 수 없습니다.[3] 날마다 답장을 보내 감사하고자 했으나 졸렬하고 우둔하며, 나태하고 방만하다가 우물쭈물 지금에 이르렀습니다. 생각건대 공께선 아량으로 심히 저의 허물을 꾸짖지 않으시리라 여기지만 제 스스로는 자책한 지 오래입니다. 요즈음 존체는 평안하신지요?

　저는 이곳을 지키면서 별 탈 없이 지내고 있습니다. 그렇지만 새 정책[4]을 받들고자 해도 많은 경우 법대로 되지 않습니다. 탄핵 조사가 잇따라 끊이지 않아, 날마다 도태(淘汰)되거나 견책(譴責)을 당하지 않을까 기다릴 따름입니다. 만약 관직에서 벗어나 돌아갈 수 있다면 공이 계신 회남(淮南)[5]을 지나갈 때 반드시 문안을 드리렵니다. 뵙지 못하는 사이 나라를 위해 몸조심하십시오. 삼가 편지를 올립니다. 이만 줄입니다.[6]

與晁美叔

某啓. 自別兩辱存問, 荷眷契之厚, 無以爲喩. 日欲裁謝, 而拙鈍懶放, 因循至今. 計明哲雅量, 不深譴過, 而自訟亦久矣. 卽日, 不審尊履何如? 某守此無恙, 但奉行新政, 多不如法. 勘劾相尋, 日竢汰譴耳. 若得放歸, 過淮必遂候見. 未間, 爲國自重. 謹奉手啓. 居不宣.

1) 조미숙(晁美叔)은 조단언(晁端彦, 1035~1095)으로 자가 미숙이다. 가우 2년
   (1057)에 소식과 같이 진사 급제하였다.[晁端彦, 字美叔. 嘉祐二年與蘇軾同登
   進士第.] 구본에는 숙자(叔字)가 없고 한 판본에는 숙미(叔美)로 되어 있다.[舊
   本無叔字, 一本作叔美.]

2) 이 편지는 희녕 8년(1073), 항주에서 썼다.

3) 헤어진 이후 …… 없습니다. : 조단언이 어떤 사건으로 인해 파직되어 심리를
   받았는데 소식은 「화조동년구일견기(和晁同年九日見寄)」의 시에서 그를 위로
   하여 "그대에게 곤궁과 시름을 주는 것은 하늘의 뜻이라, 오중(吳中)의 산수는
   그대의 맑은 시를 요구하네."[遣子窮愁天有意, 吳中山水要淸詩.]라고 하였다.

4) 새 정책 : 이 당시 청묘법이 새로 시행되어 소동파는 관직에 있을 마음이 없었다.

5) 공이 계신 회남(淮南) : 이 당시 조미숙은 회남동로(淮南東路)를 역임하고 있
   었다.

6) 이만 줄입니다[居不宣] : 기(居)만 있으면 뜻이 통하지 않는다. 거불선(居不宣)
   앞에는 탈자가 있는 것 같다.

11. 손숙정[1]에게 보내는 편지[2]

모는 말합니다. 그대의 고을[3]에서 오래도록 머무르며 두터운 아낌과 돌봄을 받았는데, 과중하였습니다. 그런데도 아끼고 염려하는 마음을 다하여 정성이 그치지 않더군요. 다시 수고롭게도 그대는 멀리 금찰사(金刹寺)[4]까지 찾아오셨지요. 스스로 생각건대 이 노쇠한 몸이 어떻게 이런 후의를 입을 수 있겠는지요. 헤어진 후 여러 날이 지나도록 그리움이 멈추지 않았습니다.

동지(冬至)가 가까워집니다. 경축하는 마음을 펴지 못하고 이 마음은 남쪽으로 달려갑니다. 공의 아드님이 번거롭게 멀리까지 전송해 주었는데 별도로 편지를 부치지 못했지요. 부모님 봉양하면서 몸을 아끼길 바랍니다. 강지언(江知言)[5]이 나를 대신하여 간절한 마음을 붙여주고, 아울러 허(許)와 이(李), 구양(歐陽), 임(林), 막(莫)씨 여러 선배들에게도 편지를 주면서, 나의 소식을 기별해 주십시오. 편지를 쓸 겨를이 없다는 것을 대략 말씀해 주시기를 간청합니다.

> 與孫叔靜
> 某啓. 久留治下, 辱眷待之厚, 旣過重矣. 而愛念之意, 拳拳不已, 更勤從者遠至金刹. 自惟衰朽, 何以獲此. 別來數日, 思渴不已. 長至俯邇, 不克展慶, 此心南鶩矣. 令子煩遠餞, 不及別狀. 伏惟侍外珍愛. 江知言附此. 懇兼記於許, 李, 歐陽, 林, 莫諸先輩處, 略道不暇作書之意.

| 주석 |

1) 손숙정(孫叔靜)은 손고(孫覬, 1042~1127)로 전당 사람이다. 소식의 편지 「여이
지의(與李之儀)」 5수 중 2수에서 "저는 영주로 옮길 때는 오양을 지나고 대유령
을 건너서 길안부에 이르러 육지로 나왔다가 장사(長沙)를 거쳐 영주에 도착했
습니다. 숙정이 배를 저어 수십 리 길을 전송해준 덕분에 큰 물결이 치는 가운데
이 편지를 써서 문안을 드립니다."라고 하였다.[某移永州. 過五羊, 渡大庾, 至
吉出陸, 由長沙至永. 荷叔靜拏舟相送數十里, 大浪中作此書上問.] 楊家駱 主
編, 『蘇東坡全集 上』第九冊, 183쪽.

2) 이 편지는 원부 3년(1100) 11월, 북쪽으로 돌아가는 중에 썼다.

3) 그대의 고을 : 손고(손숙정)는 이때 광남동로제거상평으로 있었다.

4) 금찰(金刹) : 금찰은 숭복사(崇福寺)이다. 이 당시 손고는 그의 아들을 거느리
고 배를 타고 나를 쫓아왔다. 함께 배를 타고 나아가 금찰산에 이르렀다. 숭복
사에서 전별하곤 이내 돌아갔다.[金刹, 崇福寺. 時孫覬挈其子拏舟來追, 復同
舟前進. 抵金刹山, 餞別崇福寺, 乃歸.] 張志烈, 馬德富, 周裕鍇 主編, 『蘇軾全
集校注』 문집8, 6,452쪽.

5) 강지언(江知言) : 강지언에 대해서는 알려진 바가 없다.

12. 손자 원노[1]에게 보내는 편지[2]

　조카손자 원노(元老) 수재에게 쓰노라. 너의 편지를 자주 받으니 고맙고 위로가 되는구나. 「십구랑묘표(十九郎墓表)」[3]는 본시 이 늙은이가 지으려 하였으니 지금 어찌 물러서며 사양하겠느냐? 지난번에 「보월지문(寶月志文)」[4]도 지었는데, 하물며 이 글은 의당 내가 지어야할 것이야. 단지 근자에 근심과 두려움이 더욱 깊어져, 마시고 먹고 말하고 침묵할 때에 대해 백 가지로 생각한 후에야 행동을 하고 있단다. 이 뜻을 알리라 생각한다.

　만일 죽지 않는다면 종당에는 글을 지을 것이다만, 근래 수염과 머리는 눈처럼 희어지고 더하여 몸까지 수척해지는구나. 단지 건강하여 먹고 마시는 것만은 예전과 같단다. 만날 날을 기약할 수 없으니, 오직 힘을 쏟아 도(道)로 나아가야 할 것이며, 집안을 일으켜 어버이를 영예롭게 해야 하겠지. 늙은 할아비는 바다 밖 멀리에서 엎어지고 넘어져 쓰러지더라도 한스럽게 여기지 않겠노라.

與孫元老

元老姪孫秀才. 屢得書, 感慰. 「十九郎墓表」, 本是老人欲作, 今豈推辭. 向者猶作「寶月志文」, 況此文, 義當作. 但以日近憂畏愈深, 飮食語默, 百慮而後動, 想喩此意也. 若不死, 終當作介. 近來鬚鬢雪白, 加瘦, 但健及啖啜如故爾. 相見無期, 惟當勉力進道, 起門戶爲親榮, 老人僵仆海外, 亦不恨也.

1) 원노(元老) 질손(姪孫)은 소원노(蘇元老, 1078~1124)로, 소식의 조카손자이다.
즉 소철의 손자이다. 소철에게는 세 명의 아들인 지(遲), 적(適), 손(遜)과 족손
인 원노가 있었다. 원노의 자는 자괄이고 어려서 고아가 되었지만 학문에 힘썼
다. 소식이 남해로 유배되었을 때 자주 서신을 주고받았다. 소식은 원노가 배
움에 공이 있음을 기뻐했고 소철 역시 그를 아끼며 칭찬하였다. 황정견이 원
노를 보고 기특하게 여기며 말하길, '이 아이야말로 소씨 집안의 수재로구나'
하였다.[蘇轍三子, 遲、適、遜. 族孫元老. 元老字子括. 幼孤力學. 軾謫居海
上, 數以書往來. 軾喜其爲學有功, 轍亦愛獎之. 黃庭堅見而奇之, 曰此蘇氏之
秀也.] 張志烈, 馬德富, 周裕鍇 主編,『蘇軾全集校注』문집8, 6,649쪽.

2) 이 편지는 원부 원년(1098), 창화군에 폄적되었을 때 썼다.

3) 「십구랑묘표(十九郎墓表)」: 십구랑은 소원노의 아버지다.

4) 보월지문(寶月志文) : 보월대사 유간(惟簡, 1012~1095)은 자가 종고(宗古)이고
성은 소(蘇)씨이다. 미산 사람으로 소성 2년에 죽었다. 소성 2년 12월에 소식은
보월대사 유간을 위해 탑명을 지었다.[寶月大師惟簡字宗古, 姓蘇氏, 眉山人.
昭聖二年卒. 昭聖二年十二月, 蘇軾爲寶月大師惟簡撰塔銘.] 張志烈, 馬德富,
周裕鍇 主編,『蘇軾全集校注』문집8, 6,649쪽.

13. 왕주언[1]에게 보내는 편지

1) 편지 1[2]

식은 말하네. 전후로 부쳐준 그대의 고상한 문장은 통달하지 않음이 없네. 매번 볼 때마다 감탄을 더하네. 다만 한스러운 것은 늙고 보잘것없는 나는 조금이라도 보내온 선물에 응답하지 못하고 있네. 또 바닷가를 떠도는 유배객의 처지여서 지금 시대에 조금이나마 이름을 보탤 수가 없구려. 그러나 문장의 품격과 기운은 하늘로부터 온 것이니, 요컨대 저절로 된 공정한 논술이 있다면, 비록 그대의 문장을 세상에 드러내지 않으려 해도 또한 훌륭하여 그럴 수가 없는 법이라네.

정부자(程夫子)[3]는 여전히 과거에서 떨어지고, 왕현랑[4]은 억울하게 주현(州縣)을 전전하고 있으니 이 모두가 이해할 수 없는 조물주의 뜻으로 보이네. 이곳의 바닷가 풍토는 심하게 나쁘지는 않고, 산수는 아름답지만 빼어난 사찰은 없구려. 거기다 지식을 갖춘 선비와 쓸 만한 의약도 없다오. 문을 걸어두고 담박한 음식을 먹으며 술도 먹지 않지만, 또한 그런대로 사는 맛은 있다네. 눈이 흐리니 편지 쓰는 일도 고달프이. 또 이 심부름꾼에게 편지를 보내는 일이 지극히 많아서 자세히 다 쓸 수가 없다네. 살피고 살펴주게나. 이만 줄이네.

與王周彦
軾啓. 前後所寄高文, 無不達者. 每見增歎, 但恨老拙無以少答來貺.

又流落海隅, 不能少助聲名於當時. 然格力自天, 要自有公論, 雖欲不顯揚, 不可得也. 程夫子尙困場屋, 王賢良屈爲州縣, 皆造物有不可曉者. 海隅風土甚惡, 亦有佳山水, 而無佳寺院, 無士人, 無醫藥, 杜門食淡, 不飮酒, 亦粗有味也. 目昏倦作書, 又此信發書極多, 不能詳盡. 察之察之, 不宣.

| 주석 |

1) 왕주언은 왕상(王庠, 1074~?)이다. 자가 주언(周彦)으로 영주(榮州) 사람이다. 소식의 아우 소철의 사위이다. 7세에 이미 문장을 베껴 잘 썼다. 심기가 지극히 높아 소식은 이 조카사위를 몹시 중히 대하였다.[王庠, 字周彦, 榮州人. 是蘇軾弟蘇轍的女婿. 七歲就能寫文章, 心氣極高, 蘇軾對這位侄女婿很看重.] 張志烈, 馬德富, 周裕鍇 主編, 『蘇軾全集校注』 문집9, 6,591쪽.

2) 이 편지는 소성(昭聖) 2년(1095) 혹은 소성 3년 초, 혜주에서 썼다. 동파문집에는 「여왕상(與王庠)」으로 되어 있다.

3) 정부자(程夫子) : 정준회가 아닌가 한다. 소식은 편지 「답황노직(答黃魯直)」에서 '미산 사람 중에 정준회라는 분은 역시 학문이 출중한 선비로 문장이 나날이 원숙하여 왕랑(왕상)의 사부가 되었습니다.'라고 하고 「여이단백보문(與李端伯寶文)」에서 '일찍이 미산의 정준회라는 분께 문안하였는데 문장의 기개와 절조가 모두 취할 바가 있습니다.'라고 하였다.[疑卽程遵誨. 「答黃魯直」, 眉人有程遵誨者, 亦奇士, 文益老, 王郎(卽王庠)蓋師之. 「與李端伯寶文」, 曾拜聞眉士程遵誨者, 文辭氣節, 皆有可取.] 張志烈, 馬德富, 周裕鍇 主編, 『蘇軾全集校注』 문집9, 6,588쪽.

4) 왕현량 : 왕현량에 대해서는 알려진 바가 없다.

2) 편지 2[1]

이십칠랑[念七娘][2]이 멀리서 편지를 보내왔네. 부모님 봉양하는 것 외에는 별 탈이 없는 걸 알고 기뻤다네. 그런데 십구랑(十九郞)[3]이 세상을 떠난 이래로 우리 집안이 탈 없이 넘어간 해가 없었더군. 삼숙옹(三叔翁)[4]과 대수(大嫂)[5]께서 이어 돌아가시고, 근자에는 또 유씨 집안에 시집간 작은 누이[6]의 부고가 있으니, 나는 바닷가에서 떠도는 신세로 날마다 애통할 따름인데 그대도 이 회한을 알 것이네. 형과 육랑(六郞)[7]은 우선 편안하고 건강하니 행여 근심하지 마시게. 이십칠랑이 부모님[8]을 모시고 있는데, 대략 여기 안부를 말해주기를 바란다네. 감히 따로 편지를 쓰지 못하겠네.

> 念七娘遠書, 且喜侍奉外無恙. 自十九郞遷逝, 家門無空歲. 三叔翁,
> 大嫂繼往, 近日又聞柳家小姑兇訃, 流落海隅, 日有哀慟, 此懷可知.
> 兄與六郞卻且安健, 幸勿憂也. 因侍立阿家, 略與道懇, 不敢拜狀也.

| 주석 |

1) 이 편지는 소성 2년(1095) 10월, 혜주에서 썼다.

2) 이십칠랑[念七娘] : 즉 스물일곱째 조카딸로 왕상(王庠)의 아내이다. '념(念)'은 스물의 속칭이다.[卽二十七娘, 王庠之妻. 念, 二十之俗稱.] 張志烈, 馬德富, 周裕鍇 主編, 『蘇軾全集校注』 문집9, 6,590쪽.

3) 십구랑(十九郞) : 소식의 아버지인 소순에게는 형 소담(蘇澹), 소환(蘇渙)이 있었다. 소환에게는 손자가 열두 명이 있었고, 십구랑은 그 중 한 명일 것 같다.[蘇澹有孫男十二人, 十九郞疑爲其中之一.] 張志烈, 馬德富, 周裕鍇 主編, 『蘇軾全集校注』 문집9, 6,590쪽.

4) 삼숙옹(三叔翁) : 소식의 큰아버지인 소환의 아들 즉 소불위, 자안이다.

5) 대수(大嫂) : 소환의 손자 소천승의 처일 것 같다.[疑爲千乘之妻.] 소천승은 소원노(蘇元老)의 아버지이다.

6) 유씨 집안에 시집간 작은 누이[柳家小姑] : 유가소고(柳家小姑)는 소식의 당매, 즉 둘째 누이이며, 유중원(柳仲遠)의 아내이다. 소성 2년 4월 19일에 정주에서 죽었다.[柳家小姑, 卽蘇軾堂妹小二娘, 柳仲遠之妻.昭聖二年四月十九日卒於定州.] 張志烈, 馬德富, 周裕鍇 主編, 『蘇軾全集校注』 문집9, 6,590쪽. 이 작은 누이는 소식의 큰아버지이자, 아버지 소순의 장형인 소환의 넷째 딸이다. 동파가 이 누이를 위해 지은 「제망매덕화현군문(祭亡妹德化縣君文)」에서 "오호라, 신에게 무슨 죄를 지었을까요? 마땅히 백년을 누리리라 여겼는데 죽음을 보게되었네. …… 만 가지 약도 미치지 못하여 문득 허공에 구름이 되어 누이는 떠나가 버렸네. …… 꿈속에도 눈물이 흘러 자리를 적시우고 북풍에 큰소리로 곡하며 이 잔을 들어 누이에게 올리노라."라고 하였다.[嗚呼!何辜於神. 謂當百年, 觀此騰振. …… 救藥靡及, 奄為空雲. …… 夢淚濡茵. 長號北風, 寓此一樽.] 楊家駱 主編, 『蘇東坡全集 上』 第九冊, 636쪽.

7) 육랑(六郞) : 육랑은 소식의 어린 아들인 과(過)이다. 공이 담이에 적거할 때 유독 어린 아들 과와 함께 바다를 건넜다.

8) 부모님은 왕상의 어머니이다.

14. 자유[1]에게 보내는 편지

1) 편지 1[2]

　요즈음 가까이 왕래하던 사람들이 매우 적으니, 빈객들이 내가 노쇠하고 게을러서 사람들에게 경중(輕重)이 되지 못함을 알고 있구나. 그래서 나를 방문하는 사람들이 점차 적어지니 참으로 다행이란다. 어제는 우연히 자화(子華)[3]를 만났는데, 동생이 멀리 바깥에서 지낸 것이 오래됨을 알고 탄식하시더구나. 그리고 부탁하기를 허물을 듣게 되면 알려달라 하더라. 근래 유태수(劉太守)를 추천하는 일은 체면에 장애가 생겨 사람들의 의론을 면하기 어렵게 되었다.

　우리 아우는 큰 절개가 남들보다 뛰어나고, 작은 일에는 마음에 두지 않는데 바로 시를 짓는 일과 같으니, 시의 고상한 곳은 옛사람과 짝할 수 있을 것이나 시의 잘못된 곳은 안목이 졸렬한 이들로부터 비난을 사기도 하지. 경박한 풍속은 곧 남을 점검하기를 좋아하니, 작은 흠이라도 유념하지 않을 수 없다네.[4]

> 與子由
> 某近絶少過從, 賓客知其衰懶, 不能與人爲輕重. 見顧者漸少, 殊可
> 自幸. 昨日偶見子華, 歎老弟之遠外久之, 蒙見囑, 聞過必相告. 近者
> 擧劉太守一事, 體面極生, 不免有議論. 吾弟大節過人, 而小事亦不
> 經意, 正如作詩, 高處可以追配古人, 而失處或受嗤於拙目. 薄俗正

好點檢人, 小疵, 不可不留意也.

| 주석 |

1) 자유(子由)는 소철(蘇轍, 1039~1112)로 소동파의 아우이다. 자가 자유이며, 북
   송의 관리이자 문학가, 시인으로 당송팔대가 중 한 사람이다. 가우 2년(1057)에
   형 소식과 함께 진사에 급제했다. 부친 소순, 형 소식과 더불어 '삼소(三蘇)'로
   일컬어진다. 소식은 이해에 쓴 「답장문잠서(答張文潛書)」에서 아우 소철을 평
   하길, "자유의 문장은 실로 나보다 나은데, 세속에서는 이것을 알지 못하고, 나
   보다 못하다고 여깁니다. 자유의 사람됨은 남이 자신을 알아주기를 깊이 원하
   지 않으니, 글도 인품과 똑같아서 끝없이 넓고 담박하여 한 사람이 찬하면 세
   사람이 감탄하는 빼어난 기운이 있습니다."라고 하였다.[子由之文實勝仆, 而
   世俗不知, 乃以爲不如.其爲人深不願人知之, 其文如其爲人, 故汪洋淡泊, 有
   一唱三嘆之聲, 而其秀傑之氣.] 楊家駱 主編,『蘇東坡全集 上』第九冊, 376쪽.
2) 이 편지는 원풍(元豊) 8년(1085)에 쓴 것 같다.
3) 자화(子華)는 채자화로 이름은 포(襃)이고, 미산 청신 사람이다.[蔡子華名襃, 眉
   山之靑神人也.] 西川文仲 註解,『구소수간주해』.
4) 우리 아우는 …… 없다네. : 소식의 「답왕정국(答王定國)」 3수 중 셋째 편지에도
   이 구절이 들어 있다.

2) 편지 2[1]

　우리 형제도 함께 늙는구나. 그러니 의당 때때로 스스로 즐겨야 하는
법, 이 밖의 만사는 일절 개의할 만한 게 못 되지. 소위 스스로 즐긴다고
하는 것은 세속의 즐거움을 쫓는 것이 아니고, 가슴속이 넓고 거리낌이 없

어 한 가지 일도 없는 것을 말하지. 천지 가운데 있는 산천과 초목, 벌레와
물고기와 같은 것들도 모두 우리가 만드는 즐거운 일이야.

吾兄弟俱老矣. 當以時自娛, 此外萬端, 皆不足介懷. 所謂自娛者, 亦
非世俗之樂者, 但胸中廓然無一物, 卽天壤之內, 山川草木蟲魚之
類, 皆吾作樂事也.

| 주석 |

1) 이 편지는 원풍 5년(1082)에 황주에서 쓴 편지로, 「여자명형(與子明兄)」의 일
　부이다. 자명(子明)은 소식의 큰아버지인 소환의 둘째 아들, 곧 소불의(蘇不疑)
　이다.

15. 정전보[1] 추관에게 보내는 편지

1) 편지 1[2]

저는 아룁니다. 헤어지고 어느덧 한 해가 지났는데, 저는 바다 밖에서 궁벽하게 지냅니다. 인사(人事)가 단절되어 문안을 드릴 길이 없었습니다. 배가 당도하여 홀연 편지를 받으니 기쁘고 위로됨을 형언할 수 없습니다. 편지를 받고 공께서 잘 지내시면서 가족들 모두 평안함을 알게 되었습니다. 저는 자식들과 함께 그럭저럭 병들지 않고 지내고 있습니다. 그런데 여(黎)족과 연(蜒)족[3]이 뒤섞여 살면서 인사의 이치가 없고, 먹을 쌀과 목재와 같은 물자의 공급을 원해도 그때마다 구할 길이 없습니다. 처음 이곳에 이르러선 관옥(官屋) 몇 칸을 세 내었다가 근자에 다시 쫓겨났습니다. 그래서 부득이 작은 초가를 지어 겨우 노숙을 면했으나 이제 주머니가 텅 비었습니다.[4]

재앙이 있는 가운데 무슨 일이 있지 않을까 합니다만 내버려두고 족히 말할 것이 없으니 한번 웃을 뿐입니다. 평생에 사귄 벗들을 어찌 다시 꿈속에서라도 볼 수 있겠는지요? 옛날 그대와의 맑은 교유를 회상하며 때때로 그대의 아름다운 글귀를 외우면서, 쓸쓸함을 풀고 있습니다. 이밖에도 부디 때에 맞추어 자중하십시오. 배가 돌아가니 바삐 글을 올립니다.

與程全父推官
某啓. 別邇逾年, 海外窮獨, 人事斷絶, 莫由通問. 舶到, 忽枉教音,

喜慰不可言. 仍審起居清安, 眷愛各佳. 某與兒子粗無病, 但黎, 蜒雜
居, 無復人理, 資養所給, 求輒無有. 初至, 僦官屋數椽, 近復遭迫逐,
不免買地結茅, 僅免露處, 而囊爲一空. 困厄之中, 亦何所不有, 置之
不足道也, 聊爲一笑而已. 平生交舊, 豈復夢見? 懷想淸遊, 時誦佳
句, 以解牢落. 此外, 萬萬以時自重. 舶回, 匆匆布謝.

| 주석 |

1) 정전보(程全父)는 정천모(程天侔)로, 자가 전보이다. 상주 사람이며 추관을 지
   냈다. 이 시기 석롱, 나양 사이에서 관리를 하고 있었던 것 같다.
2) 이 편지는 소성 5년(1098) 5월, 담주에서 썼다.
3) 여(黎)족과 연(蜒)족 : 해남도(海南島)의 여족(黎族)의 경우 순응한 부족을 '숙여
   (熟黎)'로, 통치를 거부하고 산간 지역에 거주한 부족을 '생여(生黎)'라 구분하였
   다. 연(蜒)은 남방 오랑캐를 이른다.
4) 그래서 …… 비었습니다. : 동파는 머물고 있던 관사에서 쫓겨나 수중에 남은 돈
   을 모두 긁어모아 당장 오두막집을 한 채 지어야만 했다. 집은 성읍 남쪽의 야
   자수 수풀 안에 지어졌다. 이곳 주민들, 특히 몇몇 가난한 문인의 젊은 자제들이
   와 그를 도와 집을 지었는데, 이 집을 광랑암(桄榔庵)이라 이름 지었다.

2) 편지 2[1]

별지(別紙)에 보여주신 말씀을 모두 알겠습니다. 이곳에서 전답을 물었
는데 군중(郡中)에서 여전히 문서를 다 취하지 못해 결코 물을 수가 없었
습니다. 염려해 주신 뜻에 감사하며, 송구하고 송구합니다. 늙고 보잘것
없는 이 몸이 불도(佛道)를 사모하여, 부질없이 『능엄경(楞嚴經)』[2]의 말씀

을 외워보지만 실제로는 아무것도 얻은 것이 없습니다. 보건대 현자께서는 『능엄경』의 뜻을 얻어서, 그 뜻을 세상에 드러내시는군요. 암송하는 말들은 정밀하고 오묘합니다. 찾아주시며 이치를 열어 보여주시니 감사함과 부끄러움이 몹시 큽니다.

別紙示喩, 具曉所示. 是田地問得, 郡中猶取文字未了, 切不可問也. 感掛意, 悚息悚息! 老拙慕道, 空能誦『楞嚴』言語, 而實無所得, 見賢者得之, 便能發明如此. 誦語精妙, 過辱開示, 感怍不已.

| 주석 |

1) 이 편지는 소성 연간(1094~1098)에 혜주에서 썼다.

2) 『능엄(楞嚴)』 : 『능엄경(楞嚴經)』으로 밀교사상과 선종의 사상을 설한 대승경전이다. 모두 10권으로 구성되어 있으며, 경의 내용은 '마음을 다스림으로써 보리심을 얻게 되고 진정한 경지를 체득한다.'고 하여 중국 선가의 실천도와 근접하며, 밀교적인 색채가 짙다. 전칭은 『대불정여래밀인수증료의제보살만행수능엄경(大佛頂如來密因修證了義諸菩薩萬行首楞嚴經)』이다.

3) 편지 3[1]

공의 아드님[2]이 보내준 글과 신작시를 받고 감사함과 위로됨이 한층 더합니다. 필력은 날로 진보되었군요. 집안엔 공처럼 훌륭한 문장가가 있음에도 어찌 굳이 저 같은 이에게 수고롭게도 물어보시는지요? 저는 늙고 병들어 만사를 다 그만두었고, 편지 쓰는 일에도 게으릅니다. 그래서 이 편지만을 부치고 따로 아드님께는 편지 드리지 않겠습니다. 거듭 질책하지 마십시오!

令子先輩辱書及新詩, 感慰彌甚. 筆力益進, 家有哲匠矣, 何勞下問乎? 老病百事皆廢, 尤倦爲書, 故止附此紙爾, 不別緘也. 不罪, 不罪!

|주석|

1) 이 편지는 소성 3년(1096), 혜주에서 썼다.
2) 공의 아드님 : 영자 선배(令子先輩)는 정전보의 아들인 정유(程儒)를 말한다. 이해 5월 정유가 동파를 방문하였다. 후에 여러 번 찾아와서 가우사(嘉祐寺) 승사에서 서로 만났다.[令子先輩卽程儒也. 程儒於是年五月來謁東坡, 後屢至, 與其相會於嘉祐寺僧舍.] '선배'는 과거를 보던 시대에, 같은 해 시험에 합격한 진사 출신자끼리 서로 부르던 칭호였다.[先輩, 科擧時代同時考中進仕者互稱先輩.] 張志烈, 馬德富, 周裕鍇 主編, 『蘇軾全集校注』 문집8, 6,061쪽.

4) 편지 4[1]

저는 아룁니다. 지난해 공이 다스리는 고을을 지나면서 다행히 뵐 수 있었지요. 헤어진 후에는 문안 편지 드리지 못했지만, 지나친 은택을 주신 것을 기억하고 있습니다. 멀리서 편지를 받고서야 공의 기거가 편안함을 알게 되어, 감사와 위안을 함께 느낍니다. 장문의 편지에 아끼는 마음을 담아주시고, 예우도 과분하여, 저처럼 노쇠한 이가 받을 일은 아닙니다. 엎드려 읽으면서 부끄러움에 땀만 흘릴 뿐입니다. 만나 뵐 길이 없으니 부디 때에 맞춰 자중하시길 바랍니다. 이만 줄입니다.

某啓. 去歲過治下, 幸獲接奉, 別後有闕上問, 過沐存記. 遠辱手教, 且審起居佳安, 感慰兼集. 長牋見寵, 禮數過當, 非衰老者所宜承當. 伏讀愧汗而已. 未由會見, 萬萬以時自重. 不宣.

| 주석 |

1) 이 편지는 소성 2년(1095), 혜주에서 썼다.

5) 편지 5[1]

새로 지은 시를 은혜롭게 보내주셨습니다. 시의 격조와 운율이 심원하여 저처럼 배움이 얕은 이는 따라갈 수 없습니다. 감탄하며 암송하기를 그치지 않습니다. 나이들어 어리석은 저는 후의에 보답할 길이 없어, 단지 간직하며 우호(友好)[2]로 삼을 뿐입니다. 바삐쓰느라 삼가 예를 다 갖추지 못합니다.

新詩承寵示, 格律深妙, 非淺學所能髣髴, 歎誦不已. 老拙無以答厚意, 但藏之, 永以爲好爾. 忽忽不謹.

| 주석 |

1) 이 편지는 소성 연간(1094~1098)에 혜주에서 썼다.
2) 우호(友好) : 본문의 '영이위호이(永以爲好爾)'는 『시경』 「목과」에서 "나에게 모과를 던져 주기에, 아름다운 옥 노리개를 드렸지요. 그것은 보답이 아니라, 오랫동안 좋은 사이가 되고 싶어서입니다."[投我以木瓜, 報之以瓊琚. 匪報也, 永

以爲好也!]라고 하였다.

6) 편지 6[1]

저는 아룁니다. 동지 후에 일상은 더욱 좋으시겠지요. 방문하여 주셨는데, 만나 뵙지 못하여 송구하고 부끄럽기 그지없습니다. 보내주신 양고기와 술, 종이와 차에 지극한 후의를 입습니다. 답례가 지체되었습니다. 거듭 질책하지 마십시오!

某啓. 至後, 福履增勝. 辱訪, 不果接見, 悚怍無量. 寵惠羊, 酒, 紙, 茗, 極荷厚意, 答謝稽緩. 不罪, 不罪!

| 주석 |

1) 이 편지는 언제 쓰였는지 알 수 없다.

7) 편지 7[1]

아드님[2]이 방문하였는데, 빈객들이 많아, 느긋하게 이야기를 나누지 못했습니다. 하찮은 일을 번거롭게 부탁드립니다. 공께서 하원(河源)[3]을 지나는 날에 나의 뜻을 그 지역의 수령[4]에게 고하여 목수(木匠)와 갑두(甲頭), 왕고(王皐)를 군중에 이르게 하고, 몇 칸 가옥의 목재를 계산하게 해주십시오. 빠를수록 좋습니다. 저는 집안의 사사로운 일이 어수선해서 이처럼 편지를 그쪽 수령에게 쓰지 못했습니다. 부디 질책하지 마십시오!

장(蔣)씨 성을 가진 아무개가 벌목한 나무도 또한 고해서 감독하도록 하였습니다. 강군(江君)이 방문하고 떠난 후, 본시 제가 편지를 쓰려 했으나, 취기에 손의 힘이 풀려 많은 글을 쓸 수 없어서, 유독 공에게만 이 편지를 보내니 강군에게 안부 전해주십시오.

令子先輩辱訪及, 客衆, 不及款話. 少事干煩, 過河源日, 告伸意仙尉差一人押木匠甲頭王皐暫到郡中, 令計料數間屋材, 惟速爲妙. 爲家私紛冗, 不及寫書, 千萬勿罪!勿罪! 蔣生所斫木, 亦告畧督之. 江君訪別, 本欲作書, 醉熟手軟, 不能多書, 獨遺此紙而已.

| 주석 |

1) 이 편지는 소성 3년(1096) 6월, 혜주에서 썼다.

2) 아드님[令子] : 정전보의 아들 정유를 이른다. 소성 3년 5월에 소식을 방문하였다.

3) 하원(河源) : 혜주 관할 현의 이름이다. 지금의 광동에 속한다.

4) 수령[仙尉] : 본문의 선위(仙尉)는 한나라 때 일찍이 남창 현위(南昌縣尉)를 지냈던 매복(梅福)이 왕망(王莽)의 전체정치를 증오하여 처자를 버리고 떠나서 신선이 되었다는 고사에서 만들어진 표현이다. 선위는 고을 군수나 현령이다. 『한서(漢書)』 「매복전(梅福傳)」.

16. 정수재[1]에게 보내는 편지[2]

　우리 집 아이[3]가 이곳에 도착하여, 『당서(唐書)』한 부를 베꼈는데, 또 『전한서(前漢書)』를 빌려와서 베끼고자 합니다. 만일 이 두 책을 다 베끼면, 가난한 아이가 큰 부를 횡재[4]한 것이 됩니다. 껄껄. 늙고 어리석은 이 몸도 베끼고 싶은데, 눈은 혼미하고 심신은 피곤하여, 스스로를 괴롭게 할 수가 없습니다. 그리하여 즐겨 이 말을 젊은 그대에게 고합니다. 종이와 좋은 차를 보내주시어 거듭 감사드리면서 부끄럽습니다. 어르신[5]께서 약과 나물, 장(醬)과 엿과 생강을 보내주시니 이미 잘 받았습니다. 강군(江君)이 먼저 편지를 보냈는데, 깊이 답장을 써서 사례하려 했으나 연일 몇 개의 편지를 쓰느라 게으름이 심하였지요. 그러니 나를 위하여 나의 불민함을 우선 그대가 강군에게 전해주기 바랍니다.[6]

> 與程秀才
> 兒子到此, 抄得『唐書』一部, 又借得『前漢』欲抄. 若了此二書, 便是
> 窮兒暴富也. 呵呵. 老拙亦欲爲此, 而目昏心疲, 不能自苦, 故樂以
> 此告壯者爾. 紙, 茗佳惠, 感怍 感怍! 丈丈惠藥, 釆, 醬, 糖, 薑, 皆已
> 拜賜矣. 江君先辱書, 深欲裁謝, 連寫數書, 倦甚. 且爲多謝不敏也.

| 주석 |

1) 정수재의 이름은 유(儒)로 정천모이다. 정전보의 아들이며 동파가 혜주에 유배

되어 있을 때 처음 교유하였다. 해남도에 도착한 후로 부자는 종이와 차, 술과 약, 쌀과 의약품, 산초와 설탕 등의 물건을 보내주었다. 동파가 폄적한 가운데 도처에서 호인을 많이 만났으니 우정의 귀함은 바로 평범한 가운데 드러난다. [程秀才名儒, 程天侔. 全父之子, 是東坡在惠州的新交. 到海南後, 曾承其父子 寄贈紙, 茶, 酒, 藥, 米, 醬, 薑, 糖等物. 東坡貶謫中, 到處多遇好人, 友情可貴, 正於平凡中見之也.]

2) 이 편지는 원부 2년(1099) 3월에 담주에서 썼다.

3) 우리 집 아이 : 소과(蘇過)를 말한다. 소성 4년(1097)은 소식의 나이 62세가 되는 해로, 2월 14일에 백학봉 새로 지은 집으로 옮기고, 4월 17일에 경주별가(瓊州 別駕) 창화군(昌化軍) 안치의 명을 받았다. 셋째 아들 과(過)를 데리고 해남도로 출발하여, 5월 11일에 뇌주로 유배 가며 도중에 아우 소철과 등주에서 상봉하여 뇌주까지 동행하였다. 6월 11일에 형제는 영원히 이별하고, 소식은 바다 건너 7월에 유배지에 도착하여 원부 2년(1099)까지 담주에 있었다.

4) 가난한 아이가 큰 부를 횡재[窮兒暴富] : '궁아포부(窮兒暴富)'는 '가난뱅이가 벼락부자가 된 것'이다. 보통 학식이 매우 빨리 진보하는 깃을 의미하나, 여기에 서는 가난뱅이가 부자가 된 듯 기쁨이 큰 것을 이른다.

5) 어르신[丈丈] : 장장(丈丈)은 존장(尊丈)으로 손윗사람을 뜻하며, 여기서는 정수 재의 아버지 정전보이다.

6) 소식은 소성 5년(1098)에 보낸 「여정수재(與程秀才)」에서 "지난해 승사(僧舍, 절) 에서는 누차 만났는데, 당시에는 즐거움인 줄 모르다가, 지금에 있어 바다 밖에 서는 꿈에서도 다시 볼 수 없습니다. 만남과 헤어짐, 즐거움과 근심이 마치 손을 뒤집는 것과 같군요. …… 근래 어린 아들과 함께 띠풀과 서까래를 몇 개 엮어 초가집을 지어 살고 있습니다. 다만 비바람을 막을 수 있을 뿐입니다. 그러나 노력과 경비 이미 헤아릴 수 없을 정도입니다. 십 수 명의 학생이 도와 일하며 몸소 흙탕물 속에서 수고하니 부끄럽기가 말할수없습니다."라고 하였다.[去 歲僧舍屢會, 當時不知為樂, 今者海外無復夢見. 聚散憂樂, 如反覆手, …… 近

與小兒子結茅數椽居之, 僅庇風雨, 然勞費已不貲矣. 賴十數學生助工作, 躬泥水之役, 愧之不可言也.] 張志烈, 馬德富, 周裕鍇 主編, 『蘇軾全集校注』문집8, 6,068~6,069쪽.

17. 주문지[1]에게 보내는 편지[2]

정군(鄭君)[3]은 준민하고 학문에 독실하여, 지은 시문을 살피니 과거시험을 보는 수단에만 그칠 것은 아니었습니다. 인편이 가려 하니 바쁘게 편지를 씁니다. 미처 서로 만나지 못했으니 우선 이러한 뜻을 그대에게 전합니다. 이공필(李公弼)[4]에게도 두세 번 말을 전했습니다. 공께서 멀리까지 방문해 주신다고 하시니 참으로 다행입니다. 바닷가 고을은 곤궁하고 외로워 사람만 보아도 기쁘거늘 하물며 그대와 같은 훌륭한 선비임에랴! 임행파(林行婆)[5]는 아마도 건강히 지내고 있을 것입니다. 제가 가지고 있는 향이 있어 주고자 하는데 때가 되면 형편 따라 보내드리겠습니다. 팔랑(八郞)의 처[6]가 불행하게도 세상을 떠 마음이 몹시 아픕니다.

與周文之

鄭君知其俊敏篤問學, 觀所爲詩文, 非止科場手段也. 人去, 忙作書, 不及相見, 且致此意. 李公弼亦再三傳語. 承許遠訪, 何幸如之! 海州窮獨, 見人卽喜, 況君佳士乎? 林行婆當健, 有香與之, 到日告便送去也. 八郞房下不幸, 傷悼.

| 주석 |

1) 주문지(周文之)는 주언질(周彦質)의 자이다. 순주(循州)의 수령을 지냈다.
2) 이 편지는 원부 2년(1099), 담이에서 썼다.

3) 정군(鄭君) : 정군은 정청수(鄭清叟)를 가리킨다. 소식이 쓴 「증정청수수재(贈鄭清叟秀才)」가 있다.

4) 이공필(李公弼) : 사적이 자세하지 않다. 동파가 북쪽으로 귀환하면서 광주(廣州)를 지나갈 때, 공필은 일찍이 청원협의 광경사(廣慶寺)까지 전별하였다.[東坡北還過廣州時, 公弼嘗追餞至淸遠峽廣慶寺.] 張志烈, 馬德富, 周裕鍇 主編, 『蘇軾全集校注』 문집8, 6,415쪽.

5) 임행파(林行婆) : 소식이 혜주에 있을 때 백학봉 새 거주지의 서쪽으로 이웃이 있었는데, 일찍이 수절한 과부로 술 빚는 것을 업으로 삼고 있었다. 소식이 공경하며 중히 여겼다.[蘇軾在惠州白鶴峯新居之西隣, 早年卽守寡, 釀酒爲業, 爲蘇軾所敬重.] 張志烈, 馬德富, 周裕鍇 主編, 『蘇軾全集校注』 문집8, 6,415쪽.

6) 팔랑(八郞)의 처 : 팔랑(八郞)은 소원(蘇遠)을 말하며, 소원의 처 황씨가 원부 2년 겨울에 혜주에서 죽었다.[蘇遠之妻黃氏元符二年冬卒於惠州.] 소원은 소철의 아들이며, 그의 부인은 장돈(章惇)의 외손녀이다.

18. 구양지회[1]에게 보내는 편지[2]

공께서 하수오(何首烏)[3]를 복용하신다고 들었는데 맞는지요? 이 약은 온후하며 독성이 없습니다. 이습지(李習之)[4]의 『하수오전(何首烏傳)』을 보면 바로 씹어 먹으라고 하였습니다. 불에 구어서 만든 것은 없습니다. 요즘 사람들은 대추나 검은콩 종류를 쪄서 익혀 복용하는데, 약의 효력은 모두 덜합니다. 저 역시 이 약을 복용하였습니다. 다만 응달에 말린 것을 골라, 찧어서 비단보에 걸러 가루로 만들고, 씨를 뺀 대추살이나 혹은 달인 꿀과 함께 나무절구 속에 넣고, 만 번 다진 후 환약으로 만들어 복용하면 대단히 효력이 좋습니다. 독은 없습니다. 이 방법을 아직 습득하지 못하신 것 같아 삼가 말씀드립니다.

> 與歐陽知晦
> 聞公服何首烏, 是否? 此藥溫厚無毒, 李習之傳正爾啖之. 無炮製, 今人用棗或黑豆之類蒸熟, 皆損其力. 僕亦服此藥, 但採得陰乾, 便搗羅爲末, 棗肉或煉蜜和入木臼中, 萬杵乃丸, 服極有力, 無毒. 恐未得此法, 故以奉白.

| 주석 |

1) 구양지회가 누구인지는 자세하지 않다.
2) 이 편지는 소성 연간(1094~1098)에 혜주에서 썼다.

3) 하수오(何首烏) : 중국이 원산지로 알려진 덩굴성 약용식물이다. 약성은 따뜻하고 달고 쓰며 파슬파슬하다. 강장, 강정, 양혈(養血), 보간, 거풍, 소종의 효능이 있는 것으로 알려져 있다.

4) 이습지(李習之) : 이고(李翺, 772~841)이다. 당의 문장가, 자는 습지(習之), 국자박사(國子博士)를 역임하였다. 성격이 강직하고 급해 의론할 때 피하는 게 없었다. 『하수오전(何首烏傳)』을 지었다. 시종일관 한유(韓愈) 문하에서 공부하였다.

19. 전제명[1]에게 보내는 편지

1) 편지 1[2]

저는 이미 건주(虔州)에 도착하여 2월 중순 쯤에 이곳을 떠나려 합니다. 이번 길에 상주(常州)에 가서 거주하고자 마음을 먹었습니다. 고을 안에서 세를 내어 살 집이 있는지, 매매할 수 있는 집이 있는지 알 수 있을까요? 만일 살 만한 곳이 없으면 바로 진주(眞州)나 서주(舒州)로 가게 되더라도 모두 좋습니다. 듣자니 상주의 동문 밖에 배씨(裴氏)가 있어 집을 내놓았다고 하는데, 공이 일에 능한 사람과 함께 가서 물어주십시오. 만약 기거할 수 있다면, 가격이 얼마나 되느냐 물어주십시오. 힘닿는 한 곧 가서 의논하려 합니다. 금릉(金陵)에 이르기를 기다려 별도로 사람을 보내 여쭈어보겠습니다. 만약 이 일만 끝나면, 공과 함께 지팡이 짚고 나막신 신고 왕래하면서, 여생을 즐기고 싶은데 이것이 지난날 「애사(哀詞)」에서 처음 말했던 나의 바람을 실천할 일입니다.[3]

장가보(張嘉父)[4]는 지금 잘 계신지요? 아마 날로 학문의 진보함이 그치지 않을 것입니다. 길 가는 도중 진소유(秦少游)[5]가 홀연 세상을 떴다는 말을 듣고, 천하를 위하여 이 인물을 애석히 여기며 지금까지 몹시 애통합니다. 듣건대 노직(魯直)과 무구(無咎)[6]는 모두 관직을 제수 받고 일어났다 하는데, 공만 유독 미친 무리들에게 물려,[7] 아직도 시골에 머물고 계시는군요. 성스러운 군주[8]는 하늘이 내려, 은자의 집도 모두 비출 것이니, 어찌 공이 오래도록 버려지겠습니까? 천만 마음을 누그러뜨리고 자애하시길 바랍니다.

與錢濟明

某已到虔州, 二月中間方離此. 此行決往常州居住, 不知郡中有屋可僦可典買者否? 如無可居, 卽欲往眞州, 舒州, 皆可. 如聞常之東門外, 有裴氏見出賣宅, 告令一幹事人與問當, 若果可居, 爲問其直幾何, 度力所及, 卽徑往議之. 俟至金陵, 當別遣人咨稟也. 若遂此事, 與公杖履往來, 樂此餘年, 踐「哀詞」中始願也. 張嘉父今安在? 想日益不止. 途中見秦少游奄忽, 爲天下惜此人物, 哀痛至今. 聞魯直, 無咎皆起, 而公爲猘子所齮, 尙棲遲田間. 聖主天縱, 幽蔀畢照, 公豈久廢者. 惟萬萬寬中自愛.

| 주석 |

1) 전제명(錢濟明)은 전세웅(錢世雄)이며, 자는 제명, 호는 빙화선생(冰華先生)이다. 상주 진릉(지금의 강소 무진) 사람이다. 철종 원우 2년(1087)에 영주 방어추관이 되었고, 5년에 잠시 진주원과 호부검법관을 지내고, 소성 연간(1094~1098)에 소주 통판을 지냈다. 『빙화선생문집서』가 전한다. 소식과 종유하였고, 도잠선사, 범조우, 추호 등과 교류 왕래하였다.[錢濟明, 錢世雄, 字濟明, 號冰華先生, 常州晉陵(今江蘇武進)人. 哲宗元祐二年, 爲瀛州防禦推官. 五年, 權進奏院戶部檢法官. 通判蘇州『冰華先生文集序』. 從蘇軾遊, 與釋道潛、范祖禹、鄒浩有交往.] 소식은 다른 편지 「답전제명 (答錢濟明)」에서 "만약 이 일만 끝나면 공과 함께 지팡이 짚고 나막신을 신고서 서로 왕래하며 나의 여생을 즐기겠다."라고 하였다.[「答錢濟明」 若遂此事, 與公杖履往還, 樂此餘年.] 張志烈, 馬德富, 周裕鍇 主編, 『蘇軾全集校注』 문집7, 5,807쪽.

2) 이 편지는 「여전제명(與錢濟明)」 16수 중 제10수로 건중정국 원년(1101), 건주

에서 썼다. 소동파는 건중정국 원년 정월에 건주에 도착하였다. 이 편지는 이때 쓴 것이다. 즉 원부 3년(1100) 정월에 철종이 붕어하고 휘종이 즉위하자, 대사면이 내려 염주(廉州)로 옮겼다. 4월에 서주 단련부사로 영주(永州)로 안치되고, 6월에 바다 건너 북으로 돌아왔다. 이듬해 건중정국 원년 정월에 건주에 도착하였고 6월에 병이 들어 7월에 상주(常州)에서 사망하였다.

3) 만약 …… 일입니다 : 상주에 가서 지내기를 원한다는 말이다. 소식은 「전군의 애사(錢君倚哀詞)」를 지었는데, 전공보(錢公輔)는 자가 군의이고 상주 사람이며 전제명의 아버지이다.[謂居往常州之願. 蘇軾「錢君倚哀詞」, 錢公輔, 字君倚, 常州人, 錢濟明之父.] 여기서 '애사'는 「전군의애사」로 희녕 7년(1074) 5월에 소식이 상주에서 썼다. 張志烈, 馬德富, 周裕鍇 主編, 『蘇軾全集校注』 문집 8, 5,825쪽.

4) 장가보(張嘉父) : 장대형(張大亨)으로 자가 가보(嘉父)이다. 호주 사람으로 신종 원풍 8년(1085)에 진사 합격하였다. 휘종 건중정국 원년에 태학박사가 되었다.

5) 진소유(秦少游) : 진관이다.

6) 노직(魯直)과 무구(無咎) : 노직은 황정견(黃庭堅)이고 무구는 조보지(晁補之)이다. 노직은 원부 3년 5월에 배주별가로 나갔고, 무구는 소성 원년에 검서무녕군절도판관이 되었다.

7) 공만 미친 무리들에게 물려[而公爲猘子所齧] : 제자(猘子)는 흉포한 무리들, 주로 언간 혹은 간관을 말한다. '이공위제자소설(而公爲猘子所齧)'은 『소식전집』에는 독(獨)자가 들어 있어 '이공독위제자소설(而公獨爲猘子所齧)'로 되어 있다.

8) 성스런 군주 : 송의 휘종이다.

2) 편지 2[1]

　저는 아룁니다. 심부름꾼이 멀리서 편지를 전해주어 안부가 더욱 두터우시니 감사하고 송구하기가 그지없습니다. 요사이 고을 공무를 보는 나머지 기거는 어떠하신지요? 저는 폄적된 곳에 도착하여 문을 걸어 잠그고 허물을 반성하는 일 외에는 다른 일이 전혀 없습니다. 축축하고 더운 이 지역의 풍토는 묻지 않아도 아실 것입니다. 젊은 나이라면 오래 살 수 있을지 모르나 늙은 몸에겐 몹시 두려운 일입니다. "오직 욕심을 끊고 음식을 절제해야 죽지 않는다."는 이 말씀을 이미 띠에 새겨두었습니다. 나머지는 운명에 따를 뿐입니다.

　근자에 벗들의 편지가 끊어졌습니다. 이치와 형세로 볼 때 응당 그러하리라 봅니다. 제명(濟明) 그대만이 유일하게 옛정보다 더하여, 그 높은 의리는 늠름하여 타고난 품성에서 나옵니다. 다만 부끄러운 것은 어리석은 제가 어떻게 이런 후의를 입는지요! 만나 뵐 기약이 없으니 편지를 대하면서 서글프고 한스럽습니다. 만 번 몸을 아끼시길 기원합니다. 이만 줄입니다.

> 某啓. 專人遠辱書, 存問加厚, 感悚無已. 比日郡事餘暇, 起居何如? 某到貶所, 闔門省愆之外, 無一事也. 瘴鄕風土, 不問可知, 少年或可久居, 老者殊畏之. 惟絕嗜欲, 節飮食, 可以不死, 此言已書之紳矣. 餘則信命而已. 近來親舊書問已絕, 理勢應爾. 濟明獨加舊, 高義凜然, 固出天資. 但愧不肖何以得此! 會合無期, 臨紙愴恨. 惟祝倍萬保重. 不宣.

1) 이 편지는 「여전제명(與錢濟明)」 16수 중 제4수로 소성 2년(1095) 3월, 혜주에
   서 썼다. 소성 원년 10월 2일에 소식은 혜주 유배지에 도착하였다. 전제명은 이
   당시 소주 통판으로 있었다.

20. 왕성미[1]에게 보내는 편지[2]

저는 머리를 조아리며 아룁니다. 어제는 뜰 가운데에 서서 바라보니, 오래도록 그리던 마음에 무척 위로가 되었습니다. 편지를 받고서 존체가 매우 좋다는 것을 알았지요. 문하에 나아갈 길이 없으니 여전히 해후하기만을 바라며, 조금 더 버티며 살아가고 있습니다. 심부름꾼이 돌아가니 대략 편지를 올립니다. 이만 줄입니다.

與王聖美
某頓首啓. 昨日庭中望見, 殊慰久渴. 辱敎, 伏承尊體佳勝. 無緣造門, 尙冀邂逅, 復少須臾. 人還, 布謝草草. 不宣.

| 주석 |

1) 왕성미(王聖美)는 왕자소(王子韶)로 자가 성미(聖美)이다.
2) 이 편지는 원우 6년(1091), 개봉에서 쓴 것으로 보인다. 소식은 원우 4년(1089) 7월에 항주 지주로 부임하고, 원우 6년 2월에 한림학사지제고로 임명받고 경사로 돌아왔다.

21. 이정평¹⁾에게 보내는 편지²⁾

저는 아룁니다. 지나가시면서 특별히 저를 방문해 주셨는데, 공교롭게도 수일 동안 병으로 누워 있었습니다. 연일 모임도 있어 조금도 겨를을 낼 수 없었습니다. 행장을 꾸려 바삐 길을 떠나게 되어, 미처 감사 인사도 드리지 못했지요.³⁾ 내일 매어둔 닻줄을 풀면 마침내 멀리 떨어져 지낼 것이니,⁴⁾ 부끄럽게도 어찌 그대가 내게 준 마음⁵⁾을 잊을 수 있겠는지요.

> 與李廷評
> 某啓. 經由特辱枉訪, 適以臥病數日, 及連日會集, 殊無少暇. 治行忽遽, 不及詣謝, 明日解維, 遂爾違闊, 豈勝愧負.

| 주석 |

1) 이정평(李廷評)이 누구인지는 자세하지 않다.

2) 이 편지는 원풍 7년(1084) 4월에 황주에서 썼다.

3) 행장을 …… 못했지요. : 이 당시 소식은 정월에 여주(汝州)의 단련부사로 임명되고, 4월에 황주를 떠났다. 금릉을 지나다 왕안석을 방문하였다.

4) 내일 … 지낼 것이니[明日解維, 遂爾違闊] : 해유(解維)는 닻줄을 풀고 배를 출발시킨다는 뜻으로, 원래 말을 매어 둔 것을 일러 유(維)라 한다. 매어 둔 말을 풀고 길을 떠나는 것이다.[繫馬曰維. 解維, 猶言解馬而行也.] 여기서는 '배를 출발시킨다'는 뜻으로 풀었다.

5) 내게 준 마음[負] : 부(負)는 '상대방이 짊어준 고마운 마음과 정성'을 말한다.

22. 여용도[1]에게 보내는 편지

1) 편지 1[1]

   저는 아룁니다. 이전에 졸렬하고 어눌한 글로 어르신의 귀와 눈을 더럽혔지요. 문하께 죄를 얻어 그 잘못이 용납되지 못할 것을 두려워하던 차에, 어르신께선 또 가르침의 답장을 주셨습니다. 언사(言辭)를 관대히 하고 예우(禮遇)를 융숭히 하시면서 칭찬과 장려의 말씀을 전일에 비해 더해주십니다. 어리석은 저는 한편으로 기쁘고 다른 한편으로 두려워 어찌할 바를 모르겠습니다. 귀중한 편지를 받아 집안에 잘 보관하면서 자손들의 아름다운 볼거리로 삼겠습니다.

   초가삼간의 누추한 집에 다시 광채가 나고, 뿌리가 묵어 죽은 풀[3]에서 다시 눈부신 꽃이 피려 합니다. 이는 바로 각하의 따스한 봄 햇살이 저를 키우고 길러 성취시켰기 때문입니다. 날을 가려 목욕재계하고 다시 각하를 찾아뵙겠습니다. 편지를 대하니 어눌하고 더듬거려지면서 심정을 다 펼칠 수 없습니다. 삼가 저의 어리석음을 용서해 주시리라 여깁니다.

> 與呂龍圖
>
> 某啓. 前以拙訥, 上塵聽覽, 方懼獲罪於門下, 而無以容其誅. 又辱答敎, 言辭款密, 禮遇優隆, 而襃揚之句, 有加於前日, 此不肖所以且喜且懼而莫知所措也. 珍函已捧受訖, 謹藏之於家, 以爲子孫之美觀. 蔀屋之陋, 復生光彩, 陳根之朽, 再出英華, 乃閣下暖然之春, 有

以長育成就之故也. 擇日齋沐, 再詣閣下. 臨紙澀訥, 情不能宣. 伏惟恕其愚.

| 주석 |

1) 여용도(呂龍圖)는 여공저(呂公著, 1018~1089)로 자가 회숙(晦叔)이다. 용도는 관직명이다. 북송의 대신인 여이간의 아들이며, 사마광과 절친한 친구로 서로 협력하여 정치를 했다. 신국공(申國公)으로 봉해졌는데, 부친 역시 신국공(申國公)이라서 '여신공(呂申公)'으로 불렸다. 『송사』「여공저(呂公著)」편에 "영종이 친정할 때 용도각직학사로 재직했다."[加龍圖閣直學士.]라고 하였다.

2) 이 편지는 치평 2년(1065) 봄, 여름 사이에 개봉에서 쓴 것 같다.

3) 뿌리가 묵은 죽은 풀[陳根之朽] : 진근(陳根)은 '뿌리가 묵은 풀'이다.[陳根, 宿草也.] 『예기』「단궁 상(檀弓上)」에서 "붕우의 묘소에 한 해를 넘겨 풀이 묵으면 곡하지 않는다"[朋友之墓有宿草而不哭焉.]고 했다. '숙초(宿草)'는 '뿌리가 묵은 풀'이다. 스승에 대해서는 마음으로 삼년상을 치르고, 붕우에 대해서는 일 년이 가하다 한다.

2) 편지 2[1]

저는 아룁니다. 오랫동안 관청 업무에 골몰하느라 좀체 찾아뵙지 못했습니다. 삼가 생각해 보니 응당 좌우의 곁을 멀리하고 소식을 끊은 죗값을 마땅히 받아야 하는데 도리어 너그러움과 인자하심으로 욕된 일을 참고 견디시며, 세속의 형편을 살펴주셨습니다. 대수롭지 않은 작은 허물로 여겨 용서하시면서 은혜로이 편지를 보내 곡진히 위문해 주셨습니다. 편지를 받을 때 몹시 부끄러워 얼굴이 후끈거렸습니다. 조만간 빈차(賓次)[2]

에 나아가겠습니다. 무더위에 삼가 조정을 위해 몸을 아끼십시오. 위로는
임금이 기대하신 마음[3]에 부응하시고, 아래로는 뭇사람들의 여망을 달래
주십시오. 삼가 편지를 올립니다.

> 某啓. 久以局事汨沒, 殊不獲覿止. 竊惟應得疏絕之罪於左右, 不意
> 寬仁含垢, 察其俗狀之常情, 恕其簡略之小過, 光降書辭, 曲加勞問,
> 拜貺之際, 益增厚顔. 旦夕詣賓次. 盛暑, 伏惟爲朝廷自愛, 上副注倚
> 之心, 下慰輿人之望. 謹咨.

| 주석 |

1) 이 편지는 치평 2년(1065) 여름에 개봉에서 썼다.
2) 빈차(賓次)는 손님을 접대하는 곳으로 손님 자리이다. 송대 때는 관청을 뜻한다.
3) 기대하신 마음[注倚之心] : '주의(注倚)'는 '두텁게 신임한다.'는 뜻이다.

23. 소조봉[1]에게 보내는 편지[2]

저는 아룁니다. 며칠 전에 제거(提擧)[3]이신 공의 형님을 뵙고, 상세한 근황을 잠시 듣고 위로가 되었습니다. 감히 무릅쓰고 사소한 일이라도 아뢰니 행여 저의 경솔하고 단순한 마음을 용서하십시오. 아들 매(邁)가 여러 가족들을 이끌고 이사하는데 건주(虔州)에서 작은 배로 바꿔 타고, 용남(龍南)강을 따라 방구(方口)에 이르러 뭍으로 나가 순주(循州)[4]에 이르고 물길을 내려가서 혜주(惠州)에 도착하였습니다. 천관(賤官)의 몸으로 여러 가족들을 이끌고 있습니다. 감히 바라건대 가엾게 여겨주십시오. 또 특별히 저를 위하여 고을의 여러 관리들에게 백직(白直) 수십 인을 뽑아서[5] 방구로 보내고, 방구까지 이르게 한다면 고을 경계를 멀리 벗어날 수 있으니 간절히 바라건대 생각해 주십시오. 이미 순주에서 도착하면 수십 인이 방구에 와서 맞이해 줄 것입니다. 타지를 떠돌며 곤궁과 고통을 당하는 저를 불쌍히 여겨주셔서 몹시 다행입니다. 이만 줄입니다.

> 與蕭朝奉
> 某啓. 近得見令兄提擧, 稍聞動止之詳爲慰. 少事敢冒聞, 幸恕率易.
> 兒子邁般挈數房賤累, 自虔易小舟, 由龍南江至方口出陸至循州, 下
> 水到惠. 賤官重累, 敢望矜恤. 特爲於郡中諸公, 釀借白直數十人, 送
> 至方口, 計未遠出州界, 切望垂念. 已於循州擘畫, 得數十人至方口
> 迎之也. 流落困苦, 想加愍察. 幸甚, 幸甚! 不悉.

1) 소조봉은 소세범으로 자는 기지(器之)이다. 소성 4년(1097)에 건주 통판을 지냈
   으며, 소식은 그와 교유하였다. 소세범과 그의 형 소세경은 함께 진사 합격하였
   으며, 소세범은 가우 8년(1063)에 진사 급제하였다.

2) 이 편지는 소성 4년(1097) 정월 혜주에서 썼다.

3) 제거(提擧) : 제거는 송대의 관명(官名)으로 소조봉의 형 소세경을 말한다. 소세
   경은 가우 연간에 진사가 되었고, 광남동로제거상평(廣南東路提擧常平)을 지
   냈으므로 '소제거(蕭提擧)'라 불리었다.

4) 용남(龍南)강은 용남현의 경계이며, 순주(循州)는 광동 혜주부이다.

5) 백직(白直) 수십 인을 뽑아서[釀借白直數十人] : 갹(醵)은 '술을 사주어 사람을
   고용하다'이며, 백직은 '부역하는 사람'이다. 갹(醵)은 여기서는 '모으다'의 뜻
   으로 쓰였다.

24. 왕중지[1]에게 보내는 편지

1) 편지 1[2]

　저는 고개 숙여 아룁니다. 여러 날 접무(接武)[3]하신다니 몹시 다행입니다. 편지를 받들고 절기 뒤의 기거가 더욱 좋으심을 알았습니다. 경축하는 시구를 새로 지으셨는데 여러 선비들이 이어서 화답하기 어려울 것입니다. 졸렬한 저의 시구도 또한 부질없이 드려봅니다. 솜씨가 없어 몹시 부끄럽습니다. 바빠서 이만 줄입니다.

> 與王仲志
> 某頓首啓. 數日接武, 甚幸. 辱簡, 伏承節後起居增勝. 慶成新句, 諸儒殆難繼矣. 拙句又謾呈, 甚愧不工. 忽忽, 不宣.

| 주석 |

1) 왕중지(王仲志)가 누구인지는 자세하지 않다.

2) 이 편지는 『소식전집』에 수록되어 있지 않다.

3) 접무(接武) : 접무는 『예기(禮記)』 「곡례(曲禮)」의 "당 위에서는 두 발 사이를 가까이 붙여 살살 걷고, 당 아래에서는 발을 멀리 띄어 걷는다."[堂上接武, 堂下布武.]에서 온 말이다. 즉 당 위에서는 두 발 사이를 바짝 붙여서 조심스럽게 걸으며 신이 서로 닿을 정도로 작은 걸음으로 걷는 것을 접무라 하고, 족적이 흩어

져 중첩되지 않을 정도로 빨리 걷는 것을 포무(布武)라 한다. 접무는 '관직생활을 잘 하고 있는 것'을 말한다.

2) 편지 2[1]

비가 내려 날씨가 서늘한데 존체는 만복하신지요. 경문(景文)[2]의 주장(奏狀)[3] 초고를 공께 드립니다. 만일 쓸 만하면 사람을 시켜 깨끗이 베껴 쓰게 하십시오. 함께 서명하여 보내주시고. 혹여 쓰기에 온당하지 못하면 생각대로 고쳐주십시오. 늙은 아내가 병이 들어 위중해졌습니다.[4] 근심과 답답함을 어이할까요!

> 雨涼, 台候萬福. 景文奏狀草子拜呈. 如可用, 卽乞令人寫淨示下, 同簽發去. 若有不穩便, 一面改抹也. 老妻病已革矣, 憂懑, 奈何!

| 주석 |

1) 이 편지는 원우 8년(1093)에 쓴 편지인 것 같다.
2) 경문(景文) : 유계손(劉季孫, 1033~1092)으로 자가 경문이다. 유계손은 색다른 서적과 고문, 석각을 수집하기를 좋아했다. 동파는 그를 '강개기사(慷慨奇士)'라 불렀다.
3) 주상(奏狀) : 자기 의견이나 사실을 진술하여 임금에게 올리는 문체로 상주(狀奏)라고도 한다.
4) 늙은 …… 위중해졌습니다. : 늙은 아내는 소식의 두 번째 부인 왕윤지(王閏之, 1048~1093)이다. 왕윤지는 이해 8월, 경사에서 세상을 떴다. 소식이 왕윤지를 위해 쓴 「제망처동안군군(祭亡妻同安郡君)」이 있다. 소식의 첫째 부인은 왕불

(王弗)이며, 왕윤지는 왕불의 당매(堂妹)이다.

3) 편지 3[1]

여러 날 찾아뵙지 못하여[2] 간절한 마음 어떻게 헤아릴 수 있겠는지요. 편지를 받고 기거가 좋으심을 알게 되어 위로되었습니다. 폭서(曝書)[3]의 모임은 진실로 마땅히 접대하며 만나야 하지만,[4] 아내의 병세가 지금까지도 나아질지 위태로울지 분별할 수 없습니다. 만약 병세가 조금 나아진다면 당연히 달려가고자 합니다. 인편이 돌아가려 하여 이만 줄입니다.

> 多日不款奉, 渴仰可量. 辱簡, 承起居佳勝爲慰. 曝書之會, 固常接待, 但老婦疾勢, 未分安危至今. 若稍減, 當趁赴也. 人還, 忽忽.

| 주석 |

1) 이 편지를 쓴 시기를 알 수 없다.
2) 여러 날 찾아뵙지 못하여[多日不款奉] : 관(款)은 '문안을 드리다', '사람을 방문하다'이며 '관봉(款奉)'은 '찾아뵙고 문안을 드리다'이다.
3) 폭서(曝書) : '폭서(曝書)'로도 쓰며 '서책을 볕에 쬐고 바람에 쐬는 일'이다. 여기서는 칠월칠석날 모임을 뜻한다.
4) 진실로 …… 하지만[固常接待] : '고상접대(固常接待)'에서 '상(常)'은 '당(當)'과 같다.

25. 상관장¹⁾에게 보내는 편지

1) 편지 1²⁾

저는 아룁니다. 심부름꾼이 도착하여 보내주신 편지와 시문(詩文) 과 두 책(冊)을 받았습니다. 놀라 기쁜 마음에 어찌 이를 얻었는지 알 수 없었지요. 삼가 글을 살펴보니, 말씀이 너그럽고 우아하며 순수하고 굳세어 그 뜻을 음미합니다. 이어 율시를 보니 사용하는 뜻이 깊고 오묘하며 옛 작자의 뜻이 있습니다. 끝으로 그대가 쓴 「장자론(莊子論)」을 읽으니, 필세가 호연하여 기탁함이 깊습니다. 학식이 얕은 저로서는 따라갈 수 없지요. 스스로 생각건대 못난 소생은 죄에 골몰하여 반면식도 나누지 못했습니다. 그런데 이처럼 세 가지 선물³⁾을 받게 되니 큰 행운입니다.

저는 늙고 잘못된 몸으로 황폐해져서 필묵을 가까이하지 않은 지 벌써 여러 해가 지났습니다. 돌아보면 외롭고 쓸쓸한 처지로 보답할 길이 없지요. 단지 공의 글을 상자[巾笥]⁴⁾에 넣고 간직하며 오래도록 우호(友好)로 삼을 뿐입니다. 마침 병중인데 돌아가는 인편이 있어 급히 글을 지어 답장을 드립니다. 이만 줄입니다.

> 與上官長
> 某啓, 專人至, 辱書及詩文二冊. 捧領驚喜, 莫知所從得. 伏觀書詞,
> 博雅純健, 有味其言, 次觀古律詩, 用意深妙, 有意於古作者 ; 卒讀
> 「莊子論」, 筆勢浩然, 所寄深矣, 非淺學所能到. 自惟無狀, 罪戾汨

沒, 不緣半面, 獲此三貺, 幸甚!幸甚! 老謬荒廢, 不近筆硯, 忽已數
年, 顧視索然, 無以爲報. 但藏之巾笥, 永以爲好而已. 適病中, 人還,
草率奉謝. 不宣.

|주석|

1) 『소식문집』에는 「여상관이(與上官彛)」로 되어 있다. 상관장(上官長)은 상관이
   (上官彛)로 소무군 소무현 사람이다. 희녕 9년(1076)에 진사 급제하여 벼슬에
   올랐고, 일찍이 악주 파릉현의 지주를 하였다. 소성 연간(1094~1098)에는 건창
   군 교수를 지냈다. 생각건대, 원풍 연간(1078~1085)에 동파와 교류하며 내왕한
   것 같다. 상관이는 이때 파릉 현령이었다.[上官彛, 邵武郡邵武縣人. 熙寧九年
   登進士第. 嘗知岳州巴陵縣. 紹聖中爲建昌軍教授. 案, 元豊中與東坡有交往,
   彛時官正爲巴陵縣令.]張志烈, 馬德富, 周裕鍇 主編, 『蘇軾全集校注』 문집8,
   6,289~6,290쪽.

2) 이 편지는 원풍 6년(1083), 황주에서 썼다.

3) 세 가지 선물 : 시와 문, 두 책을 편지에 곁들었으므로 세 개라 하였다.

4) 상자[巾笥] : 건사(巾笥)의 뜻은 '상자에 넣다'이다. 초나라에 신령스러운 거북
   이 있는데, 왕이 그것을 상자에 넣어 보관하였다'는 말에서 나왔다. 『장자』 「추
   수(秋水)」편에 "듣자니 초나라에는 신령스러운 거북이 있는데, 죽은 지 삼천 년
   이나 되었다더군요. 왕이 그것을 상자에 넣어 비단으로 싸서 묘당 위에다 소중
   하게 간직하고 있다지요?"[其云, 吾聞楚有神龜, 死已三千歲矣, 王巾笥藏之廟
   堂之上.]라고 하였다.

2) 편지 2[1]

저는 아룁니다. 시편엔 동정호(洞庭湖)에 있는 군산의 경물을 많이 묘사하여, 읽으면 초연하여 정신이 그곳으로 달려갑니다.[2] 공께서 저에게 시를 지으라고 가르침을 주셨지요. 저는 이미 재주와 생각은 졸렬하고 못났으며 또한 환난이 많아 사람에 대한 두려움을 품게 되었습니다. 한 글자도 짓지 않는 지가 벌써 삼 년이 되었습니다.[3]

제가 사는 곳은 큰 강에 임해 있어, 무창(武昌)의 여러 산들을 지척에 있는 듯 바라봅니다.[4] 수시로 조각배를 띄워 강 사이를 노닐면서, 바람과 비, 눈과 달이 흐린 날과 갠 날, 이른 아침과 저무는 저녁에 따라 달라지는 천변만화의 모습을 봅니다. 이 풍광을 비슷하게나마 묘사하려 해도 한마디 말도 찾지 못하는 것이 한스러울 뿐입니다. 만날 길이 없습니다. 때에 맞춰 만 번 진중하길 바랍니다. 언제 복직되어 다시 만날까요? 한번 지나가실 때 저를 찾아주십시오.

> 某啓. 詩篇多寫洞庭君山景物, 讀之超然, 神馳於彼矣. 見教作詩, 旣才思拙陋, 又多難畏人, 不作一字者已三年矣. 所居臨大江, 望武昌諸山咫尺. 時復葉舟縱游其間, 風雨雪月, 陰晴早莫, 態狀千萬, 恨無一語畧寫其髣髴耳. 會面未由, 惟萬以時珍重. 何時得美解, 當一過我耶?

| 주석 |

1) 이 편지는 원풍 6년(1083), 황주에서 썼다.
2) 시편은 …… 달려갑니다.[詩篇多寫洞庭君山景物, …… 神馳於彼矣] : 동정(洞庭)은 오현 서남 큰 호수 가운데 있으며, 멀리서 보면 마치 그림을 보는 듯하다.

군산(君山)은 동정호 가운데에 있다. '동정군산'은 당연히 호남 동정호 군산이다.[洞庭, 在吳縣西南太湖中, 望之若圖畫. 君山, 在洞庭中. 洞庭君山, 當指今湖南洞庭湖君山.] 신치(神馳)는 달려간다는 뜻이다. 어피(於彼)는 그 시편을 읽는다는 말로, 곧 사람으로 하여금 정신이 동정호로 달려가게 한다는 말이다.[神馳, 往也. 於彼, 猶言讀其詩篇, 卽令人神往於洞庭矣.]

3) 한 글자도 …… 되었습니다. : 원풍 2년(1079, 44세)에 오대시안(烏臺詩案)이 일어나 소식의 시 20여 수가 문책 대상으로 오르고, 소철, 이청신, 왕선, 사마광, 범진 등 22인이 이 일에 연루되었다. 탄핵의 이유는 "문자로 현실을 풍자했고, 조정을 우롱했으며, 황제를 비난했고, 임금을 존중하지 않고 충절을 잃었다"[譏諷文字, 愚弄朝廷, 指斥乘輿, 無尊君之義, 虧大忠之節.]는 것이다. 소식은 원풍 3년 2월에 황주 유배지에 도착하였다. 그 후 3년이 지나 이 편지를 쓴 것이다.

4) 제가 …… 바라봅니다. : 대강(大江)은 황주부 대강으로 무창성 아래에 있다. 무창은 악주로 고을 이름이다. 지금의 호북성에 있다.

26. 소제거[1]에게 보내는 편지[2]

저는 아룁니다. 봄기운이 따뜻한데 기거는 좋으신지요. 저는 죄로 견
책을 받았는데 다행히 공의 휘하에 몸을 의지하게 되어 무척 다행스럽습
니다. 혜주(惠州)에 도착하여 바로 문안을 드려야 했으나, 문을 닫고 나의
죄과를 살피느라, 오고 가는 인사도 모두 하지 못했습니다. 이런 까닭으
로 때를 놓쳤으니 생각건대 의아하게 여기시지는 않겠지요? 만나 뵐 수
가 없으니 때에 맞춰 자중하길 바랍니다. 삼가 편지로 알려드립니다.[3] 이
만 줄입니다.

> 與蕭提擧
> 某啓. 春和, 伏惟起居佳勝. 某罪譴, 得託迹麾下, 幸甚, 幸甚! 到惠
> 州, 卽欲上問, 杜門省咎, 人事俱廢, 以故後時, 想不深訝. 未緣瞻奉,
> 伏冀爲時自重. 謹奉手啓布聞. 不宣.

| 주석 |

1) 소제거(蕭提擧)는 소세경(蕭世京)으로 자는 창유(昌孺)이다. 용천 사람이
   고 가우 연간에 진사가 되었다. 광남동로제거상평(廣南東路提擧常平)을 지
   냈으므로 '소제거'라 하였다. 이해 소식은 3월에 정주에서 출발하여 10월
   에 혜주로 도착하였다. 張志烈, 馬德富, 周裕鍇 主編, 『蘇軾全集校注』 문
   집8, 6,433쪽.

2) 이 편지는 소성 원년(1094) 겨울, 혜주에서 썼다.

3) 알려드립니다[布聞] : 포문(布聞)은 '말씀드립니다, 알려드립니다'라는 뜻이다.

27. 왕유안[1]에게 답하는 편지

1) 편지 1[2]

저는 아룁니다. 8년 동안 혼자 외로이 살면서,[3] 여태 한 차례 문안도 드리지 못하여 매번 부끄러웠습니다. 아이와 조카애들에게 주신 편지를 보았지요. 요즈음 친척들의 왕래마저 끊겼는데, 오직 유안(幼安) 형제[4]들만이 예우하는 것이 예전과 다름이 없다고 하였습니다. 소식을 듣고 감격하였습니다. 인편이 와서 여러 폭의 글을 받고, 밝히어 펼치는 의리가 비분강개하여 마치 옛사람의 말을 접하는 듯하였지요. 진실로 왕씨(王氏)와 사씨(謝氏)의 기풍[5]이 전해오는 것이 유래가 있었습니다. 늙고 쇠약해 억지로 답장을 하다 보니 제대로 말을 이루지 못합니다. 거듭 허물하지 마십시오!

答王幼安

某啓. 索居八年, 未嘗一通問, 每以慚負. 屢得許下兒姪書云, 比來親族或斷往還, 唯幼安昆仲待遇如舊. 聞之感激. 人來, 辱書累幅, 陳義慨然, 如接古人語, 信王謝風氣, 傳之有自也. 老朽强答, 不復成語. 不罪! 不罪!

1) 왕유안(王幼安)은 왕녕(王寧)으로 자가 유안이다. 송대 의술가인 왕식(王寔)의 동생이고 왕도(王陶)의 차자이다.[王幼安, 王寧字幼安. 王寔之弟, 王陶之次子.] 張志烈, 馬德富, 周裕鍇 主編,『蘇軾全集校注』문집9, 6,543쪽.

2) 이 편지는 건중정국 원년(1101) 4월에 북쪽으로 돌아가는 도중에 썼다. 이때 소식은 금릉(金陵)에 이르렀는데 왕유안이 여러 번 편지를 보내 안부를 묻고 자신의 집에서 얼마간 묵고 가기를 청하였으나 아우 소철과 영주에서 지내기로 약속한 일로 이를 사절하였다. 이해에 쓴 「답왕유안선덕계(答王幼安宣德啓)」에서 "지난 10년을 돌아보니 홀연히 어제의 일과 같고, 온갖 어려움을 다 겪었으니 무슨 일인들 없겠습니까? 지난날 바다 밖에서는 담담하게 장차 이대로 일생을 마치려니 하였는데 우연히 살아 돌아왔으니, 이 일은 버려두고 다시 말하지 않겠습니다."라고 하였다.[俯仰十年, 忽焉如昨 ; 間關百罹, 何所不有. 頃者海外, 淡乎蓋將終焉 ; 偶然生還, 置之勿復道也.] 楊家駱 主編,『蘇東坡全集 上』第九冊, 615쪽.

3) 8년 동안 혼자 외로이 살면서[索居八年] : 소성 원년(1094) 혜주로 폄적되어 온 이래 건중정국 원년에 이르기까지 8년이다. 삭거(索居)는 이군삭거(離群索居)의 줄임말로 친지나 벗들과 헤어져서 혼자 외로이 사는 생활을 가리킨다.

4) 형제[昆仲] : 곤중(昆仲)은 안항(雁行)과 같은 뜻으로 '남의 형제'를 높여서 부르는 호칭이다.

5) 왕씨(王氏)와 사씨(謝氏)의 기풍 : 왕씨와 사씨는 진대(晉代) 이후 대대로 높은 관직을 하여 남조(南朝)에까지 이르렀다. 여기서 왕씨는 왕도(王導 276~339)로 자는 무홍(茂弘)이며 동진(東晉, 317~420) 초기 정국을 안정시키는데 큰 공헌을 하였다. 사씨는 사안(謝安, 320~385)으로 자가 안석(安石)이며 동진의 재상을 지냈고 행서(行書)를 잘 썼다.

2) 편지 2[1]

저는 처음에 의흥(宜興)[2]에 가서 생활하려 했습니다. 지금 아우 자유(子由)의 편지를 받아보니, 허창(許昌)[3]으로 돌아가길 애써 권하고 있어 아우의 뜻에 따르기로 마음을 정했습니다. 배는 벌써 여산(廬山) 아래에 도착하였습니다. 머지않아 마땅히 인사를 드리겠습니다. 뵙지 못하는 사이, 시절 따라 보중하시길 바랍니다.

> 某初欲就食宜興, 今得子由書, 苦勸歸許昌, 已決意從之矣. 舟已至廬山下, 不久當獲造謁. 未間, 乞若時保嗇.

| 주석 |

1) 이 편지는 건중정국 원년(1101) 4월에 여산(廬山)에서 썼다.
2) 의흥(宜興)은 상주에 있으며, 동파의 별장이 있다. 호수에 가로놓이고 고을과는 40리 떨어져 있다. 별업(別業)은 별장(別莊)으로 업(業)은 장(莊)과 같으며 '전원'의 뜻이다. 소동파는 원풍 7년(1084) 3월 여주 안치의 명을 받고 황주에서 여주로 옮겨가던 중 자기가 땅을 사둔 상주 여흥에서 살 수 있게 해달라고 주청해 이듬해 원풍 8년(1085) 3월에 상주 거주를 허락받아 5월에 의흥으로 되돌아갔다.
3) 허창(許昌)은 영주군 허현이다.

28. 도원 비교[1]에게 보내는 편지[2]

저는 아룁니다. 궁벽하고 누추한 곳에서 귀양살이하다 먼저 친구를 만났습니다. 마음이 트여서 다시 타향을 떠도는 한탄이 없습니다. 저는 쇠약하고 병든 데다 세상일에 어리석어 가는 곳마다 폐를 끼치고 있습니다.[3] 스스로 뛰어난 견해를 가지며 나아가고 물러나는 일에 마음을 두지 않는 사람이라면, 누가 기꺼이 욕되게 저와 왕래를 하겠는지요? 매번 이런 뜻을 생각했으니[4] 어느 때나 공을 잊을 수 있겠습니까? 이별한 후 다시 초여름이 오고, 그리는 마음 말로 다 할 수 없습니다. 먼 곳에서 생각건대, 요사이 건강이 좋으시리라 여깁니다. 두 통의 편지를 받고, 게을러 바로 답장을 드리지 못해 좌우에게 죄를 얻었으리라 생각합니다. 친구인 그대는 능히 저의 성정을 아실 것입니다. 대개 편지를 쓰는 일에 게으른 지 오래되었습니다. 그러나 마음엔 별다른 것은 없지요. 한 번 더 관대하게 보아주십시오.

관직에 부임하셨다가 다시 관직이 바뀐 것을 알았습니다. 그러나 생각건대 높으신 마음으로 대처하실 것이니, 어디를 가셔도 불가할 것이 없으리라 여깁니다. 고상한 마음으로 거처하면 어느 곳에 가도 좋습니다. 강령(江令)[5]은 끝내 머물려 하지 않을 것이니, 그 씩씩한 결단은 평범한 사람이 미칠 바가 아닙니다. 만나서 말씀드릴 수 없으니 아무쪼록 자중하십시오. 삼가 글을 올리며 이만 줄입니다.

與道源秘校

某啓. 謫寄窮陋, 首見故人, 釋然無復有流落之歎. 衰病迂拙, 所向累人, 自非卓然獨見, 不以進退爲意者, 誰肯辱與往還. 尙爲此意, 何時可忘? 別來又復初夏, 思企不可言. 遠想即日尊候佳勝. 兩辱手書, 懶不即答, 計已獲罪左右, 然惟故人能知其性氣, 盖懶作書者有素矣, 中實無他也, 更望寬之. 知到官又復對換, 想高懷處之, 無適而不可. 江令竟不肯少留, 健決非庸人所及也. 無由面言, 以時自重. 謹奉啓. 不宣.

| 주석 |

1) 도원 비교는 두기(杜沂)이며 자가 도원(道源)이다. 당시 관직이 비교(秘校)였다. 소식과 매우 친밀하였고, 소식이 황주에 폄적해 있을 때 홀로 먼저 와 머물며 소식을 찾아 방문하였다. 원풍 3년 4월 13일에 소식은 두기와 함께 황주에 있으면서 서로 만나 나란히 함께 무창 서산을 유람하였는데, 강연·소식·두기와 두기의 아들 전·우와 함께 하였다.[道源秘校, 杜沂, 字道源. 時官秘校. 與蘇軾密熱, 蘇貶黃州, 獨首至其地探問. 元豊三年四月十三日, 蘇軾與杜沂在黃相見, 並同遊武昌西山, 江緘, 蘇軾, 杜沂, 杜沂子傳, 俣遊.] 張志烈, 馬德富, 周裕鍇 主編, 『蘇軾全集校注』 문집8, 6,404쪽.

2) 이 편지는 원풍 4년(1081) 4월, 황주에서 썼다.

3) 저는 …… 있습니다.[所向累人 : 소향(所向)은 향해 가는 것이고, 누인(累人)은 허물이 있는 사람이라는 뜻으로, 남에게 대하여 자기를 겸손하게 이르는 말이다. 또는 사람을 고생하게 하고 고달프게 한다는 뜻이다.

4) 매번 이런 뜻을 생각했으니[尙爲此意] : '상위(尙爲)'는 '매유(每惟)'와 같다.

5) 강령(江令)은 강연(江緘)으로 이 당시 무창 태수였다.

29. 모국진[1]에게 보내는 별지

국진(國鎭)께서 저에게 글을 구하면서 또 말씀하시길 "임하(林下)[2]에서 펼쳐 완상하겠다."고 하셨지요. 그래서 도연명의 「귀거래사(歸去來辭)」를 써서 주었습니다. 그러나 국진께서 조정에 계셔야지 어찌 임하의 사람으로 남겠는지요? 비유하자면 지금의 비단부채[3]에 대부분 한림(寒林)과 설죽(雪竹)을 그리니 이것은 지금 세상에서는 얻기 어려운 것입니다. 조정의 벼슬아치들은 한겨울 차가운 숲속의 눈 덮인 대나무를 그린 부채를 묘당(廟堂) 위에 놓아두면 더욱 볼만하게 여기겠지요! 그런 이치입니다.

> 與毛國鎭別紙
> 國鎭從予求書, 且曰:「當於林下展玩.」故書陶潛「歸去來」以遺之. 然國鎭豈林下人也哉! 譬如今之紈扇, 多畫寒林雪竹, 當世所難得者, 正使在廟堂之上, 尤可觀也!

| 주석 |

1) 모국진(毛國鎭): 모유첨(毛維瞻)으로 구주 서안 사람이며 자가 국진이다. 인종조에 진사(경력 원년, 1041)가 되었다. 시로 명성을 얻었고, 신종 원풍 3년에 균주 지사가 되어 정사를 고르게 하고 송사를 이치에 맞게 하였다. 소철이 균주에 폄적되었을 때, 서로 시문을 주고받았다.[宋衢州西安人, 字國鎭. 仁宗朝進士. 以詩名, 神宗元豊三年, 知筠州, 政平訟理. 時蘇轍謫筠州, 相與唱和.] 張志烈,

馬德富, 周裕鍇 主編, 『蘇軾全集校注』 문집9, 6,511~6,512쪽.

2) 임하(林下) : 수풀 아래, 곧 벼슬을 그만두고 은퇴한 곳이란 뜻으로, 벼슬을 그
만두고 물러가 쉬는 사람을 임하인(林下人)이라 한다. 당나라 승려 영철(靈澈)
은 위단(韋丹)에게 지어준 시에서 "서로 만나면 다 벼슬을 그만두고 떠난다 하
지만 숲 아래에서 어디 한 사람이나 보이더냐"[相逢盡道休官去, 林下何會見一
人.]라고 썼다. 이는 벼슬에 연연하는 사람을 비웃는 말이다.

3) 비단부채[紈扇] : 환선(紈扇)은 가는 명주 베로 만든 둥그런 비단부채이다. 환선
은 가을, 여름에 쓰이는 것이다. 화가는 대부분 한림설죽을 아름답게 여겨 그림
으로 그리고, 더욱이 조정의 신하들은 산림처사의 낙(樂)을 부러워한다. 모국진
을 '한림설죽'으로 비유하여 칭송하고 있다.

30. 이소기[1]에게 보내는 편지[2]

저는 아룁니다. 인편이 없어 오랫동안 편지를 올리지 못하였습니다. 왕자중(王子中)[3]이 와, 보내주신 편지를 받고서, 공의 상세한 거동을 알게 되어 위로됨이 그지없었습니다. 요즈음 존체는 어떠신지요? 설당(雪堂)[4]에 대해 쓴 새로운 시는 잘 받았으며, 또 부일헌(負日軒)의 여러 시문들도 보았는데 귀와 눈을 놀라게 하는 작품들이어서 도무지 글의 깊이를 가늠할 수 없었습니다. 저는 늙고 병들어 배움을 그만둔 지 오래되었으나, 마음은 그대로입니다. 족하가 새로 시를 짓고, 노직(魯直, 황정견)과 무구(無咎, 조보지)와 명략(明略)[5] 등 여러 벗들이 지은 창화시(唱和詩)를 보니 졸렬한 저는 곧 붓을 내려놓고 글을 지을 수가 없습니다.[6]

가까이에 사는 이치(李豸, 이방숙)라는 사람은 양적인(陽翟人)인데, 비록 광기(狂氣)를 아직 없애지는 못했으나, 필세가 물결치듯 몰아쳐 모래와 돌을 쓸고 가는 기세가 있었습니다. 일찍이 그를 아셨는지요? 자중(子中)이 뛰어나게 진보한 것은 모두 좌우의 은혜입니다. 어느 때 한번 웃어보겠는지요. 뵙지 못하는 사이 부디 자중하십시오. 조만간 서주의 인편[7]이 돌아가니 바삐 글을 올립니다. 이만 줄입니다.

與李昭玘

某啓. 無便, 久不奉書. 王子中來, 且出所惠書, 益知動止之詳, 爲慰無量. 比日尊體何如? 旣拜賜雪堂新詩, 又獲觀負日軒諸詩文, 耳目眩駭, 不能窺其淺深矣. 老病廢學已久, 而此心猶在, 觀足下新製, 及魯直, 無咎, 明略等諸人唱和, 於拙者便可閣筆不復措辭. 近有李豸者, 陽翟人, 雖狂氣未除, 而筆勢瀾翻, 已有漂砂走石之勢, 嘗識之否? 子中殊長進, 皆左右之賜也. 何時一笑? 未間, 萬萬自重. 徐人還, 匆匆奉啓. 不宣.

| 주석 |

1) 이소기(李昭玘, ?~1126)는 자가 성계(成季)이다. 제남 사람으로 어려서부터 조보지와 이름을 나란히 했다. 소식의 문인이다. 진사로 발탁되어 휘종 때에 기거사인으로 등용되었고, 벼슬에서 물러나 15년을 지내며 스스로 '낙정선생'이라 불렀다.[李昭玘, 字成季, 濟南人. 少與晁補之齊名, 爲蘇軾所知. 擢進士. 徽宗立, 用爲起居舍人, 閑居十五年, 自號樂靜先生.] 張志烈, 馬德富, 周裕鍇 主編, 『蘇軾全集校注』 문집7, 5,368쪽.

2) 이 편지는 원풍 5년(1082), 황주에서 썼다.

3) 왕자중(王子中) : 우부원외랑(虞部員外郎) 왕정로(王正路)의 아들이다. 왕자중 형제는 진사로 벼슬에 올랐고, 이소기와 학관이 되어서 종유하였다. 뒤에 이소기는 왕자중으로 인해 소식을 알게 되어 이로 이름을 알렸다.[虞部員外郎王正路之子. 王子中兄弟擧進士, 李昭玘爲學官, 故從其游. 後李昭玘因王子中求知於蘇軾, 由是知名.] 張志烈, 馬德富, 周裕鍇 主編, 『蘇軾全集校注』 문집7, 5,368쪽.

4) 설당(雪堂) : 소식이 황주로 유배된 뒤에 그곳에 설당이라는 초가집을 짓고 살았다. 소식은 「설당기(雪堂記)」에서 "동쪽 언덕 옆에 버려진 밭이 있기에 집을 짓고 담을 두른 뒤에 설당이라고 하였다. 그리고는 큰 눈이 내리는 가운데 그 집을 지었으므로, 이를 기념하기 위하여 사방 벽에다 설경을 그린 그림을 빈틈없이 걸어놓고는 앉거나 눕거나 이를 쳐다보면서 감상하였다."라고 하였다.[蘇子得廢圃於東坡之脅, 築而垣之, 作堂焉, 號其正曰雪堂. 堂以大雪中爲之, 因繪

雪於四壁之間, 無容隙也. 起居偃仰, 環顧睥睨, 無非雪者.] 張志烈, 馬德富, 周
裕鍇 主編, 『蘇軾全集校注』문집2, 1,308쪽.

5) 명략(明略) : 요정일(廖正一)로 자가 명략이다. 안주 사람으로 원우 연간
(1086~1094)에 소식이 한림원에 재직하였을 때, 그 재주가 뛰어남을 알았고 비
서성정자로 제수되었다. 젊어서 문장을 지으매, 문채가 환하게 드러나 황정견
은 이를 칭하여 '나라에서 재주가 뛰어난 선비'라 하였다. 신종 원풍 2년(1079)
에 진사로 나갔으며, 소식과 교유가 가장 좋았다. 전서에 뛰어났다.[明略, 廖正
一, 字明略, 安州人. 元祐中, 蘇軾在翰苑, 奇其才, 除秘書省正字. 少時爲文, 藻
采煥發, 黃庭堅稱之爲 "國士". 神宗元豊二年進士. 與蘇軾交遊最善. 工篆書.]
張志烈, 馬德富, 周裕鍇 主編, 『蘇軾全集校注』문집7, 5,368쪽.

6) 붓을 내려놓고 …… 없습니다.[便可閣筆不復措辭] : 각필(閣筆)은 '글 쓰는 붓을
깍지에 꽂는다.'는 뜻이다. 글을 지을 때 남의 글이 뛰어나므로 쓰던 글을 멈추
고 붓을 놓음이라든지, 또는 편지 쓰는 일을 다 끝내고 붓을 놓음을 말한다. 조
사(措辭)는 시가나 문장을 지을 때, 문구를 선택하거나 배치하는 일이다.

7) 서주의 인편 : 이 당시 이소기는 서주(徐州) 교수직을 맡고 있어서 서주 사람이
돌아가는 편에 편지를 붙였다.

31. 강돈례[1]에게 보내는 편지[2]

편지에서 말씀하신 서군(徐君)[3]은 조정에서 아는 사람이 많습니다. 불초한 저도 일찍이 서군을 사랑하고 우러렀지요. 그러나 늙고 보잘것없는 제가 어찌 능히 무게를 더해주겠는지요?[4] 예전엔 여러 공들의 뒤를 따르며 때때로 제 이름을 걸어서 재야에 묻힌 선비를 드러내 선양하였는데, 근자에는 연명을 허락하지 않아서 추천하는 일을 곧 이어갈 수 없습니다. 그러나 편지에서 말씀하신 것은 응당 마음에 두고서 어떤 이가 물으면 마땅히 공께서 서군에 관해 하신 말씀을 그대로 고하겠습니다.

> 與江惇禮
> 所示徐君, 爲朝中知之者亦衆. 不肖固嘗愛仰, 然老朽無狀, 豈能爲之增重! 向者亦獲從諸公之後, 時掛一名, 以發揚遺士, 而近者不許連名, 此事便不繼. 然所示亦當在心, 有問焉, 固當以此告也.

| 주석 |

1) 강돈례(江惇禮)는 강단례(江端禮, 1060~1097)로, 자는 자화(子和)이다. 황정견에게 시율을 배웠고 서적(徐積)과 경서를 밝히고 행실을 바르게 하는 경명행수(經明行修)를 논하였다. 「강자화묘지명(江子和墓誌銘)」에 '바야흐로 이때 동파가 황주에서 유배생활하였으며, 자화는 특히 동파를 경모하고 동파는 편지로 강학하였다.'라고 하였다.[江惇禮, 江端禮, 字子和. 學詩律於黃庭堅, 論經

行於徐積.「江子和墓誌銘」, 方是時, 東坡謫居黃州, 子和特傾慕之, 以書講學焉.] 張志烈, 馬德富, 周裕鍇 主編, 『蘇軾全集校注』 문집8, 6,264쪽. 서천문중 주해, 『구소수간주해』에서는 「여강돈례(與江惇禮)」를 「여강순례(與江淳禮)」로 쓰고 있다.

2) 이 편지는 원풍 연간(1078~1085)에 황주에서 썼다.

3) 서군(徐君) : 서적(徐積, 1028~1103)으로, 자는 중거(仲車)이다. 치평 2년(1065)에 진사가 되었다. 서적은 이백의 시를 좋아했다. 소식이 칭하길, '옛날의 독행자로, 제나라의 청렴한 오릉중자도 뛰어넘지 못한다. 그러나 시문은 기괴하고 멋대로여서 당나라 시인 옥천자와 같도다.'라고 하였다.[徐君, 徐積, 字仲車, 治平二年進士. 徐積好李白之詩, 蘇軾稱, 古之獨行也, 於陵仲子不能過, 然其詩文則怪而放, 如玉川子.] 張志烈, 馬德富, 周裕鍇 主編, 『蘇軾全集校注』 문집 8, 6,264쪽.

4) 소동파는 자신이 황주로 유배 와 있기 때문에 서적을 추천한다고 해도 크게 영향을 줄 수 없는 처지였음을 말하고 있다.

32. 봉주 태수 주진[1]에게 보내는 편지[2]

    저는 아룁니다. 일전에 공께서 소장하고 있는 도서 여러 권을 받았습니다. 저로 하여금 공의 집안에 전해 내려온 비서(祕書)를 엿보게 되었으니 매우 다행입니다. 서선(恕先)[3]이 해석한 『상서』의 해석서는 더욱 옛날의 해석에 가깝습니다. 저는 바야흐로 이 책[4]을 해석하는데, 서선이 쓴 해석서를 얻으니 자못 지혜를 열어주고 이익이 되는 바가 있습니다. 보내주신 책의 소중함은 마치 진주조개를 얻은 듯한데, 또 거듭 번거롭게 아드님더러 필사하여 붓을 들게 하셨습니다. 더욱 감사하고 몹시 부끄럽습니다.

    이 늙은이는 실력을 헤아리지도 못하면서 문득 『훈전(訓傳)』[5]을 짓고 있습니다. 아직 다 마치지 못하고 있지만 다른 날에 마땅히 올리겠습니다. 새로운 식견이 바야흐로 번성하여[6] 옛 학문은 붕괴되니 말하면 마음이 상합니다. 작으나마 아뢰고자 하는 바를 다 아뢰지 못합니다. 편지를 대하니 감개하여 일일이 말씀드리지 못합니다.

> 與封守朱振
> 某啓. 某前者蒙示所藏諸書, 使末學稍窺家傳之祕, 幸甚!幸甚!恕先所訓, 尤爲近古.某方治此書, 得之, 頗有所開益. 拜賜之重, 若獲珠貝, 又重煩令子運筆, 益深愧感. 老朽不揆, 輒立訓傳, 尙未畢工, 異日當以奉呈也. 新識方熾, 古學崩壞, 言之傷心. 區區所欲陳, 未易究也. 臨紙慨然. 不一一.

1) 주진(朱振)은 응천인(應天人)으로 이 당시 조청랑 봉주 태수로 있었다. 다른 문
   집에는 「여봉수주조청이수-지일(與封守朱朝請二首-之一)」로도 나와 있다. 張
   志烈, 馬德富, 周裕鍇 主編, 『蘇軾全集校注』 문집8, 6,431쪽.

2) 이 편지는 소성 연간(1094~1098)에 혜주에서 썼다.

3) 서선(恕先) : 곽충서(郭忠恕, ?~977년)이다. 중국 5대~북송 초기의 문인화가로
   허난성 낙양 출신이다. 성격이 호방하고 문자학에 자세하였으며 전서・예서에
   능했다. 서천문중 주해, 『구소수간주해』에 의하면 "『홍간록』에 이르기를 곽충
   서의 자는 서선이다. 낙양 사람이며 그 사람이 정정한 『고문상서』와 해석 글이
   세상에서 행해지고 있다."[『弘簡錄』, 郭忠恕字恕先, 洛陽人, 其定古文尚書, 幷
   釋文行於世.]라고 하였다.

4) 이 책 : 『고문상서』를 말한다.

5) 『훈전(訓傳)』 : 경서를 풀이해 놓은 책으로 여기서는 동파가 쓴 『훈전』이다.

6) 새로운 …… 번성하여 : 이 당시 왕안석의 새로운 논설을 따르는 것이 유행하
   였다.

33. 손지동[1]에게 보내는 편지[2]

　저는 아룁니다. 저는 노쇠하고 곤궁한데도 공께서는 저를 버리지 않고 찾아주셨습니다. 두 달 머무는 동안에도 공께선 보살핌이 지극하셨습니다. 내일 아침이면 결단코 떠나게 됩니다. 공께서 필히 달려와 전별해 주시리라 여깁니다. 옛말에 '천리 길 멀리 전송해도 끝내 한 번 이별로 귀결될 것이로세.'라고 했습니다.[3] 우리들은 도를 배우는 사람이라 연연하여 머물지 않으려고 하지요. 하물며 공께서는 집을 떠나 왕림한 것이 이미 천리나 되니, 삼가 다시 제가 가는 앞길에 더 이상 따라오지 마십시오. 출발하는 곳에서 손을 잡고 이별하는 것으로 충분합니다. 천만번 몸을 아끼시길 바라면서 이만 줄입니다.

> 與孫志同
>
> 某啓. 某衰朽窮困, 故人不遺, 遠辱臨訪, 旅泊兩月, 勤厚至矣. 明旦決行, 料公必欲追餞. 古語云 : 「千里遠送, 歸於一別.」而吾輩學道人, 不欲有所留戀, 況公去家往返已千里矣, 愼勿更至前路, 舟次執手足矣. 餘惟萬萬自重. 不宣.

| 주석 |

1) 손지동(孫志同)은 손지거(孫志擧)로, 이름은 려(勵)이며 자가 지거(志擧)이다. 건주(虔州) 건화 사람이다. 소식이 북쪽으로 귀환하며 건주에 머무를 때 건화에

서 와서 소식을 만났다. 손입절의 아들이다.[孫志同, 孫志擧, 名勵, 字志擧. 虔
州虔化人. 蘇軾北還抵虔州, 自虔化來見. 孫立節之子.] 張志烈, 馬德富, 周裕
鍇 主編, 『蘇軾全集校注』 문집8, 6,205쪽. 소동파는 손지동의 아버지 손입절과
각별한 사이였다. 이때 손입절이 몇 해 전에 별세했다는 말을 듣고 그의 두 아들
협(勰)과 려(勵)에게 「강설(剛說)」을 지어주었다.

2) 이 편지는 건중정국 원년(1101) 3월에 북쪽으로 돌아가는 도중에 썼다.

3) 옛말에 …… 했습니다. : 멀리까지 전송할 것이 없다고 상대방을 위로하는 말로,
전송하는 사람을 만류할 때 흔히 쓰는 속담이다. 『수호전(水滸傳)』에서 무송(武
松)이 송강(宋江)을 만류하며 "형님은 멀리 전송할 것 없소이다. 속담에 '그대를
천리까지 전송해도 끝내 한 번은 이별해야 한다'고 했소."라고 하였다.

34. 공의대부[1]께 보내는 편지

1) 편지 1[2]

저는 아룁니다. 전일에 정유(正孺)[3]가 있는 좌중에서 우연히 만났습니다. 오랫동안 뵙지 못해 그립던 뜻에 몹시 위로되었지요. 편지를 받고 새봄을 맞아 기거가 또한 좋은 줄 알게 되었습니다. 빌려주신 『역해(易解)』는 여러 편을 대략 읽고서 깊이 탄복하였습니다. 이 글은 금(金)처럼 정(精)하고 옥(玉)처럼 아름다워[4] 자체로 정해진 가치가 있습니다. 가치의 높고 낮음을 다른 사람들은 평할 수 없지요. 과분하게도 가르침의 글을 받아 부끄럽고 송구할 따름입니다.

제가 근자에 『주역』에 대해 대강 마음에 두고 있습니다. 이 책을 항상 통달하지 못한 것이 근심이었지요. 이제 전편을 얻게 되니 은혜가 매우 무겁습니다. 또 요청컨대 잠시 빌려주시어, 반복하여 자세히 음미하면 거의 스스로 『주역』의 도에 들어갈 바가 있을 것 같습니다. 직접 뵙고 감사를 드릴 길이 없습니다. 바삐 글을 올립니다.

> 與公儀大夫
>
> 某啓. 前日得邂逅正孺坐中, 殊慰久闊思仰之意. 辱教, 具審履茲新春, 起居勝常. 借示『易解』, 畧讀數篇, 已深歎伏. 斯文如精金美玉, 自有定價, 非人能高下. 過蒙示喩, 但有慙悚. 然近日亦粗留意, 此書常患不能盡通, 得此全編, 爲賜甚重. 且乞暫借, 反復詳味, 庶幾有所

自入. 無緣面謝, 怱怱奉答.

1) 이 편지를 쓴 시기는 알 수 없다.
2) 공의대부(公儀大夫) : 이숙지(李肅之, 1006~1089)이다. 자는 공의(公儀)이며,
   벼슬은 용도각직학사에 이르렀다. 천장각대제는 문산관이고, 우간의대부는 간
   관이다. 『송사(宋史)』에 의하면, 이숙지의 고조가 오대의 난을 피하여 유주(幽
   州)에서 복양(濮陽)으로 이사했기 때문에 '복양이공(濮陽李公)'이라고 하였다.
3) 정유(正孺) : 손정유로 이름은 윤(尹)이다. 『소식문집』에 「여손정유(與孫正孺)」
   2통이 있다.
4) 금(金)처럼 정(精)하고 옥(玉)처럼 아름다워[精金美玉] : '정금미옥(精金美玉)'은
   '깨끗한 금과 아름다운 옥'이라는 뜻이다. 인격이나 글월이 아름답고 깨끗함을
   비유하여 이르는 말로 정금양옥(精金良玉)이라고도 한다.

2) 편지 2[1]

편지를 받고 이미 행장을 꾸리셨다는 것을 알았습니다.[2] 어느 날 출발
하시는지요? 여전히 다시 한번 뵐 수 있겠는지요? 어르신은 학문에 깊이
몰두하시는데[3] 세상 사람들은 제대로 잘 알아주지 않습니다. 그러니 이
런 사실로 선(善)을 가린 것이 진실로 세속의 공공연한 환난임을 알겠습니
다. 저는 예전에 알고 지낸 사람에게 누를 끼친 일이 있었으니, 어찌 공에
게 경중(輕重)이 되겠는지요![4] 편지를 대하면서 크게 탄식합니다.

兼已治行, 何日進發, 尙冀復一見介? 公潛心如此, 而世不甚知, 以

此知蔽善眞流俗之公患耶? 某向者玷累知識, 則有之矣, 安能爲公輕重! 臨書大息.

| 주석 |

1) 이 편지를 쓴 시기는 알 수 없다.

2) 편지를 …… 알았습니다.[兼已治行] : '양이치행(兼已治行)'에서 양(兼)은 조선본『구소수간』에서 '승(承)'으로 쓰였다. 이 뜻으로 해석한다.

3) 깊이 몰두하시는데[潛心] : 잠심(潛心)은 '어떤 일에 대해 마음을 가라앉히고 깊이 생각하다.'의 뜻이다.

4) 저는 …… 되겠는지요![安能爲公輕重!] : 여기서 '경중(輕重)'은 상대방에게 도움이 되지 못한 것을 말한다.

35. 진계상[1]에게 보내는 편지[2]

　저는 아룁니다. 어제 인편이 돌아와 편지를 올렸는데 이미 도달했을 것으로 생각합니다. 오늘 마포(馬鋪)에서 온 통지를 보니, 공택(公擇)[3]이 이달 스무이틀에 광주(光州)의 경계에 들어선다고 했습니다. 헤아려보니 지금은 광주에 있을 것입니다.[4] 문득 태수의 거처에서 인편을 빌려, 기정(岐亭)[5]에서 만날 것을 공택과 편지로 약속하였습니다. 저는 반드시 초하루에 고을을 떠날 것이며 2일 저녁이면 문하에 도착할 것입니다. 이 모임은 거의 드문 만남이지만, 무엇보다도 그대가 모임을 위해 가축을 죽이지 말았으면 하는 것입니다. 다시 공택에게 편지를 주어 맞이하면 더욱 좋겠지요. 인편이 속히 돌아간다 하니 소회를 다 밝히지 못합니다. 헤아려주십시오. 이만 줄입니다.

與陳季常
某啓. 昨日人還, 拜書, 想已達. 今日見馬鋪報, 公擇二十二日入光州界, 計已在光. 輒於太守處借人持書約與會於岐亭. 某決用初一日早離州, 二日晚必造門, 此會殆爲希有. 然第一請公勿殺物命, 或更與公擇一簡邀之, 尤妙. 人速, 不盡所懷. 恕之. 不宣.

| 주석 |

1) 진계상은 진조(陳慥)이며, 자가 계상(季常)이다. 진희량(陳希亮)의 넷째 아들이

다. 소식과 함께 병사(兵事)와 고금의 성패에 대해 논하였다. 만년에 광주(光州)와 황하(黃河) 일대에 은둔하면서 기하(岐下)에 은거했다. 쓰고 다니던 모자가 우뚝하게 높아 사람들이 방산자(方山子)라 불렀다. 소식이 봉상첨판(鳳翔簽判)으로 있을 때 그와 서로 알았다.

2) 이 편지는 원풍 4년(1081) 11월, 황주에서 썼다.

3) 공택(公擇) : 이공택(李公擇, 1027~1090)이다. 중국 송나라의 문신으로 이름이 상(常), 자가 공택이다. 어려서 여산 백석승사에서 글을 읽었고, 과거에 급제한 후로는 소장했던 장서 1만여 권을 보관하고 이씨산방(李氏山房)이라 이름하고 학자들과 함께 보았다. 이에 소동파는 「이씨산방장서기(李氏山房藏書記)」를 지었다. 공택은 이 당시 회남서로제점형옥(淮南西路提點刑獄)으로 재직하고 있었다.

4) 헤아려보니 …… 것입니다. : 원풍 4년 11월에 계상이 전송하러 광주에 머문다는 소식을 듣고 서로 기정에서 만날 것을 약조하였다. 12월 1일, 동문에서 뭍으로 나와 야밤엔 단풍진에서 묵었고, 2일 늦게 진조가 정암에 도착하였다.[元豊四年十一月, 聞季常出按, 行抵光州, 相約會於岐亭. 十二月一日, 自東門出陸, 夜宿團風鎭, 二日晩, 至陳慥靜菴.] 張志烈, 馬德富, 周裕鍇 主編, 『蘇軾全集校注』 문집8, 5,870쪽.

5) 기정(岐亭) : 송나라 당시 황주에 속한 진(鎭)의 명칭이다. 오대시안으로 원풍 3년(1080)에 동파는 황주로 좌천되었다. 황주로 가는 길에 기정을 들러 진조를 만나고 5일간 그의 집에서 유숙하였다.

36. 범촉공[1]에게 답하며 올리는 편지[2]

저는 아룁니다. 이성백(李成伯) 장관이 도착하여 편지를 받았습니다. 건강이 좋으심을 알고, 그리던 마음에 몹시 위로가 되었지요. 새집은 다 지어졌고, 완성된 연못과 정원의 경치도 빼어납니다. 옛 벗들과 공의 아드님까지 모두 여기에 모이니, 인간사의 즐거움이 이보다 더한 것이 또 있겠습니까?

저는 모든 일에 그럭저럭 세월을 보내고 있습니다. 지난 봄과 여름 사이에 종기가 솟고 눈이 충혈되는 일이 잦았습니다. 문을 걸어 잠그고 손님들도 사절하며 지냈는데, 전하는 말에 마침내 제가 죽었다고 말한다니 좌우께서도 근심이 크셨을 것입니다.[3] 이장관(李長官)의 말을 듣고 한바탕 웃었지요. 평생 얻어들은 비방과 찬사가 다 이런 종류의 것이었습니다. 언제나 어르신을 뵈올 수 있을지, 편지를 대하면서 망연하옵니다. 갑자기 날씨가 서늘해집니다. 부디 때에 맞춰 자중하십시오.

答范蜀公

某啓. 李成伯長官至, 辱書, 承起居佳勝, 甚慰馳仰. 新居已成, 池圃勝絶, 朋舊子舍皆在, 人間之樂, 復有過此者乎? 某凡百粗遣, 春夏間, 多患瘡及赤目, 杜門謝客, 而傳者遂云物故, 以爲左右憂. 聞李長官說, 以爲一笑, 平生所得毁譽, 殆皆此類也. 何時獲奉几杖, 臨書惘惘. 乍凉, 惟萬萬爲時自重.

1) 범촉공은 범진으로 자가 경인이다.

2) 이 편지는 원풍 6년(1083), 황주에서 썼다. 원풍 6년에 소식은 병을 얻어 반년
   이나 앓았다.

3) 저는 …… 크셨을 것입니다. : 소식은 「서방(書謗)」에서 "내가 옛적에 황주로 유
   배 갔을 때 증자고가 원풍 6년 4월 병진년에 세상을 떴다. 사람들이 제멋대로 말
   하길 나와 증자고가 같은 날 세상을 떠나, 마치 당나라 시인 이하(호는 장길)가
   죽었을 때와 같이 상제의 부름을 받았다고 하였다."라고 하였다.[蘇軾 「書謗」,
   吾昔謫居黃州, 曾子固元豐六年四月丙辰死. 人有妄傳吾與子固同日化去, 如
   李賀長吉死時事, 以上帝召也.] 張志烈, 馬德富, 周裕鍇 主編, 『蘇軾全集校注』
   문집8, 5,393쪽.

37. 유원충[1]에게 보내는 편지[2]

저는 아룁니다. 근자에 헤어진 후 지내시기가 편안하심을 알았습니다. 짧은 편지로는 마음을 다 아뢸 수 없으니 살펴주십시오. 유백통(柳伯通)은 모임에서 저의 간절한 뜻을 전해주십시오. 구양 수재(歐陽秀才)[3]는 진실로 도를 말하는 것이 심히 묘하니 더불어 한가로이 노닐 수 있을 것입니다. 문충(文忠)을 그리면 그 집 지붕 까마귀까지 사랑스럽거늘,[4] 하물며 친족 자제의 훌륭함에 대해선 말할 나위가 있겠습니까! 나머지는 부디 때에 맞추어 자애하시길 바랍니다. 일일이 다 아뢰지 못합니다.

與劉元忠
某啓. 近別, 伏惟起居安勝. 短箋不盡意, 察之. 柳伯通因會, 爲致區區. 歐陽秀才眞談道甚妙, 可與閑游. 懷思文忠, 愛其屋上烏, 況族子弟之佳者乎! 餘冀萬萬若時自愛. 不一 不一.

| 주석 |

1) 유원충(劉元忠)은 유근(劉瑾)으로 자가 원충(元忠)이다. 광주(廣州) 지주를 역임하였다.
2) 이 편지는 원부 3년(1100)에 북쪽으로 귀환하는 도중에 썼다.
3) 구양 수재(歐陽秀才)는 구양수의 조카뻘 자제이다.
4) 그집 …… 사랑스럽거늘[愛其屋上烏] : 문충은 구양수(歐陽修)이다. 『상서(尙

書)』「대전(大戰)」의 "어떤 사람을 좋아하면 지붕 위의 까마귀도 좋아지게 마련이고, 어떤 사람을 좋아하지 않으면 담벼락의 모서리도 미워지는 법이다."[愛人者, 兼其屋上之烏, 不愛人者, 及其胥餘.]에서 나온 말이다.

38. 왕정국[1]에게 보내는 편지[2]

저는 아룁니다. 고휴(高休)가 도착하여 준 편지를 받고 저를 걱정하며 아끼는 마음을 알았습니다. 요즈음 기거는 어떠하신지요? 한번 만나 뵙는 일은 참으로 마음속 생각이며 극히 바라는 일입니다. 그러나 다만 피차 일을 생략하는 것만 같지 못합니다. 장기(瘴氣)[3]를 다스리는 방법은 욕망을 끊고 기(氣)를 연마하는 일 하나뿐입니다. 본디 나이 들어 쇠약해지는 건 당연한 일이지만, 처음에 독기를 막기 위해 시작한 것은 아닙니다. 저는 그 밖엔 마음이 편안하여 의심이 없고 닭과 돼지, 물고기와 마늘을 얻으면 편히 먹습니다. 태어나면 병들고 늙으면 죽는 법이니, 저승사자의 명부가 온다면[4] 받들 것이니 이 방법이 손쉬운 지름길이 되겠지요.

군실(君實)[5]이 일찍이 말했지요. "왕정국(王定國)은 장기가 독한 소굴에서 5년 동안이나 지냈는데도 얼굴이 홍옥과 같았다."[6]라고요. 도(道)를 모르고서 어찌 이처럼 되겠는지요? 늙은 이 몸은 도를 알지만 공만 같지 못하고, 완고하고 어리석음만 공보다 낫습니다. 곧 남도를 떠날 때[7] 작별의 편지를 드리겠습니다. 더욱 멀수록 몸을 아끼십시오. 이만 줄입니다.

與王定國
某啓. 高休至, 辱書憂愛矣. 比日起居何如? 意欲一相見, 固鄙懷至願, 但不如彼此省事之爲愈也. 禦瘴之術惟絶欲練氣一事. 本自衰晩當然, 初不爲禦瘴而作也. 某其餘坦然無疑, 雞, 猪, 魚, 蒜, 遇着便喫, 生病老死, 符到便奉行, 此法差似簡徑也. 君實嘗云 "王定國瘴煙窟裏五年, 面如紅玉." 不知道, 遂如此乎? 老人知道, 則不如公, 頑愚卽過之. 朝夕離南都, 別上狀. 愈遠加愛. 不宣.

| 주석 |

1) 왕정국(王定國)은 왕공(王鞏, 1048? ~1117?)으로 자는 정국, 호는 청허거사(淸虛居士)이다. 위주인(魏州人)이며 북송의 시인이자 화가이다. 재상 왕단(王旦)의 손자이고 공부상서를 지낸 왕소(王素)의 아들이다. 생몰연대는 자세하지 않다. 원풍 중(1078~1085)에 소공의 일에 연루되어 빈주의 감독관으로 폄적되었다.[王定國, 王鞏, 字定國, 號淸虛居士, 魏州人. 北宋詩人、畫家. 宰相王旦之孫, 工部尙書王素之子. 生卒年不詳. 元豊中坐蘇公事, 貶賓州監局.] 張志烈, 馬德富, 周裕鍇 主編, 『蘇軾全集校注』 문집8, 5,674쪽.

2) 이 편지는 소성 원년(1094), 응천부(應天府)에서 썼다. 「여왕정국(與王定國)」 41수 중 제32수이다.

3) 장기(瘴氣) : 장독(瘴毒)으로 중국 남부 · 서남부 지대의 축축하고 더운 땅에서 생기는 독한 기운이다.

4) 저승사자의 명부가 온다면[符到] : 부도(符到)는 죽음을 의미하는 말로, 저승사자가 찾아온다는 말이다.

5) 군실(君實) : 사마광이다.

6) 원풍 연간(1078~1085)에 왕공이 적거지 빈주에서 소금과 술을 감독하는 일을 맡았는데 그때이다. 소식은 원풍 6년(1083) 12월에 쓴 「왕정국시집서(王定國詩集序)」에서 "지금 왕정국이 나 때문에 죄를 얻어서 바닷가로 좌천된 지 3년 만에, 한 아들은 좌천된 곳에서 죽었고 한 아들은 집에서 죽었고, 왕정국 또한 병들어 거의 죽게 되었으니, 나는 그가 나를 심히 원망할 것이라고 여겨서 감히 편지로 서로 안부를 묻지 못하였다."라고 하였다.[今定國以余故得罪, 貶海上三年, 一子死貶所, 一子死於家, 定國亦病幾死. 余意其怨我甚, 不敢以書相聞.] 楊家

駱 主編, 『蘇東坡全集 上』第九冊, 311쪽.

7) 곧 남도를 떠날 때 : 원우 7년(1092) 봄에 소식은 영주를 떠났고, 영수에서 출발해 회수로 배를 타고 들어가 3월 26일에 양주 부임지에 도착하였다. 그 사이 아직 응천부를 지나지 않았다.

39. 조창회지[1]에게 보내는 편지

1) 편지 1[2]

　저는 아룁니다. 저는 본디 붓글씨를 쓰는 것은 좋아하지만 편지 쓰는 일은 두려워하여, 친지들의 안부 편지를 걸핏하면 상자 안에 가득 담아놓고도, 일 년이 다 가도록 답장을 보내지 않으면서, 바라보며 크게 탄식만 할 뿐입니다. 그대의 편지를 받고 남쪽 변경으로 부임했다는 것을 알았습니다.[3] 그런데 그대 같은 현자가 환난에 처할 때는 진실로 먼 곳이나 가까운 곳이나, 번잡한 일이나 간편한 일이나,[4] 진실로 가리지 않을 것입니다. 게다가 남쪽 풍토는 예부터 그대가 익숙해하던 바이니, 병란이 일어나고 일이 많아도 마침내 충분히 재능을 발휘하겠지요.[5] 다만 한스러운 것은, 우매한 제가 어느 때 다시 그대와 가까이 만날 수 있을까요?

> 與趙昶晦之
> 某啓. 某性喜寫字, 而怕作書, 親知書問, 動盈篋笥, 而終歲不答, 對之太息而已. 乃知剖符南徼, 賢者處之, 固不擇遠近劇易, 矧風土舊諳習. 而兵興多事, 適足以發明利器, 但恨愚暗, 何時復得攀接爾.

| 주석 |

1) 조창회지(趙昶晦之) : 이름이 창(昶)이고 자가 회지(晦之)이다. 해주(海州) 사람

이며, 일찍이 동무령을 지냈다. 희녕 8년(1075)에 파직되었다. 이 당시 소식은 밀주(密州) 지사로 있으면서, 밀주에서 실직하고 해주로 돌아가는 친구 조회지를 위해 「감자목란화·송동무령조창실관귀해주(減字木蘭花·送東武令趙昶失官歸海州)」를 지었다.

2) 이 편지는 원풍 5년(1082), 황주에서 썼다.

3) 그대의 …… 알았습니다. : 요(徼)는 남쪽 지방의 변두리 지역이다. 부부(剖符)는 '부절을 쪼갠다.'는 뜻으로, 제후를 봉함을 이르는 말이다. 옛날에 천자가 제후를 봉할 때에 부절을 양분하여 반쪽은 제후한테 주고 반쪽은 보관하였다가 후일의 신표로 삼았다.

3) 번잡한 …… 일이나[劇易] : 극이(劇易)는 고을의 일이 번잡하고 쉬운 것을 말한다.

5) 재능을 …… 발휘하겠지요.[發明利器] : 이기(利器)는 『논어』 「위령공」편에 나오는 말로 "자공이 인을 이룩하는 방법을 묻자 공자가 말하길, '장인이 일을 잘 하려면 반드시 먼저 연장을 예리하게 하여야 한다. 그러하기에 그 나라에 있을 때는 그 나라의 현명한 대부를 섬기고, 또한 어진 선비와 사귀어야 하느니라.'라고 하였다."[子貢問爲仁, 子曰, 工欲善其事, 必先利其器. 居是邦也, 事其大夫之賢者, 友其士之仁者.] '발명이기(發明利器)'는 '재능을 발휘한다.'는 말과 같다.[發明利器, 猶言發揮才能.] 張志烈, 馬德富, 周裕鍇 主編, 『蘇軾全集校注』 문집8, 6,283쪽.

2) 편지 2[1]

오랫동안 편지를 드리지 못한 것은 태만함의 허물입니다. 멀리 편지 전해주는 사람을 보내주니 몹시 창피하고 부끄러운 마음이 듭니다. 요즘 늦더위 속에서 존체는 어떠하신지요? 편지를 받으니 조정의 명을 받아 재임하셨더군요. 먼 변방은 족히 현자가 오랫동안 머무를 곳은 못 되지만 그쪽 사람들은 공이 선정을 베풀 것이기에 은혜를 많이 입을 것입니다. 회지 그대가 쌓은 도덕과 정치적 성과들을 평소 들었지요. 사자(使者)가 상소를 올려서 승진 발탁된다는 소식을 기다립니다. 교유하는 옛 친구로서 영광이 있기를 바랍니다. 만남을 기약할 수 없으니 부디 때에 맞춰 자중하십시오. 이만 줄입니다.

久不奉狀, 懶慢之過. 遠辱信使, 慙愧交懷. 比日履玆餘熱, 尊體何如? 承被命再任, 遠徼不足久留賢者, 然彼人受賜多矣. 晦之風績素聞, 使者交章, 佇聞進擢, 以爲交游故人寵光. 未期會見, 萬萬以時自重. 不宣.

| 주석 |

1) 이 편지는 원풍 5년(1082), 황주에서 썼다.

40. 등달도¹⁾에게 보내는 편지

1) 편지 1²⁾

저는 이곳에 도착하여 때로 형공(荊公)을 뵙고, 시를 독송하며 불경을 말하는 일을 기뻐합니다.³⁾ 공께선 왜 한 번이라도 화보(和甫)⁴⁾와 만나지 않으셨는지요? 공을 뵙지 않고선 다 말씀드릴 수 없습니다. 저는 균주(筠州)⁵⁾에 도착하여 아우 자유(子由)를 만났습니다. 아우 또한 지석(指射)⁶⁾의 관직을 얻어 가까운 지역으로 파견될 것이라 하였는데, 지금쯤은 교체되었으리라 생각합니다. 오흥(吳興)⁷⁾의 풍물은 공의 평소의 생각에 위로를 줄 것입니다.

고을 사람 중에 가수(賈收) 운노(耘老)⁸⁾라는 분이 있어, 행실이 바르고 시에도 아주 능하여, 공택(公擇)과 자후(子厚)⁹⁾가 모두 특별히 예우하고 있습니다. 저는 더욱 그와 친숙하오니,¹⁰⁾ 원하건대 공께서 때때로 한 번씩 찾아가 주신다면, 그의 적적하고 쓸쓸한 처지에 위로가 될 것입니다. 근자에 문숙공(文肅公)의 누각을 지나다가 그 풍도를 회상하며 서성이다 끝내 발길을 뗄 수 없었습니다. 저는 초주(楚州)와 사주(泗州) 사이에 머무르면서, 조정에 상소를 올려 상주(常州)에 거주하기를 청하려 합니다. 다행히 청이 이루어진다면 바로 작은 배에 몸을 싣고 공을 찾아뵐 것을 기약합니다.¹¹⁾

與滕達道

某到此, 時見荊公, 甚喜時誦詩說佛也. 公莫略往一見和甫否? 余非面莫能盡. 某到筠見子由, 他亦得旨指射近地差遣, 想今見得替矣. 吳興風物, 足慰雅懷. 郡人有買收秏老者, 有行義, 極能詩, 公擇, 子厚皆禮異之, 某尤與之熟, 願公時一顧, 慰其牢落也. 近過文蕭公樓, 徘徊懷想風度, 不能去. 某至楚, 泗間, 欲入一文字, 乞於常州住. 若幸得請, 則扁舟謁公有期矣.

| 주석 |

1) 등달도 : 등달도(滕達道, 1020~1090)는 초명이 보(甫)이고 자는 원발(元發)이다. 절강 동양 사람이다. 범중엄의 아버지 범용의 외생(外甥)으로, 성정이 호방하고 굳셌으며, 사소한 예의범절에 거리끼지 않았다. 어려서부터 문장에 능하였고, 범중엄의 차자인 범순인과 함께 공부하였다. 소식은 원풍 8년에 지은 「차운답가운노(次韻答賈秏老)」라는 시에서 '평생 관포지교로 나를 알아주는 이였다'는 말을 하였다.[滕達道, 初名甫. 字元發, 浙江東陽人. 是範仲淹之父範墉的外甥, 性豪爽, 不拘小節, 自幼能文, 與範仲淹次子範純仁一同學習. 元豐八年蘇軾作「次韻答賈秏老」詩, 有平生管鮑子知我語.] 張志烈, 馬德富, 周裕鍇 主編, 『蘇軾全集校注』 문집7, 5,550쪽, 5,553쪽.

2) 이 편지는 원풍 7년(1084) 8월, 강녕부(江寧府)에서 썼다. 원풍 7년 4월에 소동파는 황주를 떠나 여주로 들어갔다. 7월에 강녕부에 도착하고, 8월 14일에 이별하고 떠났는데, 강녕부에 있을 때 자주 왕안석과 만났다. 강녕부를 떠나 진주에 이르고, 진주를 떠나면서 윤주 금산에 이르자 등포(등달도)와 상견하였는데, 두 사람이 작별하고 난 뒤, 원풍 7년 8월에 등포는 호주에 도착해 부임하였다.[元豐七年八月作於江寧府. 元豐七年四月蘇軾離黃州赴汝州, 七月至江寧府, 八月十四日離去, 在江寧府時數見王安石. 離江寧府至眞州, 離眞州至潤州金山

與滕浦相見, 二人分別之後, 元豊七年八月滕浦到湖州任.] 張志烈, 馬德富, 周
裕鍇 主編, 『蘇軾全集校注』 문집7, 5,550쪽, 5,553쪽.

3) 저는 …… 기뻐합니다. : 형공(荊公)은 왕안석(王安石, 1021~1086)이며, 원풍 중
(1078~1085)에 왕안석은 금릉에 머물고 있었다. 동파가 황주에서 북쪽으로 옮
겨갈 때 날마다 공과 교유하며 지냈는데, 고금의 문자에 대해 다 논하고, 틈나
는 대로 함께 선열을 모두 맛보았다. 공이 탄식하며 이 사람을 이르길, 바야흐로
몇 백 년에 다시 이와 같은 인물이 또 있을지 알지 못하겠다고 하였다.[荊公, 王
安石, 元豊中, 王文公在金陵. 東坡自黃北遷, 日與公游, 盡論古昔文字, 閒卽俱
味禪說. 公歎息謂人曰, 不知更幾百年方有如此人物.] 張志烈, 馬德富, 周裕鍇
主編, 『蘇軾全集校注』 문집7, 5,553쪽.

4) 화보(和甫) : 왕안례(1034~1095)이며, 왕안석의 동생이다. 이때 왕안례는 단명
전학사강녕부 지주로 있었다.

5) 균주(筠州) : 중국 강서성(江西省) 서주부(瑞州府)에 있는 고을 이름이다. 고안
현(高安縣)이라고도 불리며, 신종 때 소철(蘇轍)이 이곳으로 좌천되었다. 소식
은 원풍 7년 5월에 균주에서 소철을 만났다. 이 당시 소철은 균주에서 소금과
술에 세금을 매기는 일을 감독하고 있었다.[蘇軾元豊七年五月到筠州見蘇轍.
其時蘇轍監筠州鹽酒稅.] 張志烈, 馬德富, 周裕鍇 主編, 『蘇軾全集校注』 문집
7, 5,554쪽.

6) 지석(指射) : 송대에 선발된 관원을 뜻대로 선정하여 결원의 자리의 직무를 보
게 하였다.[指射謂宋代在選官員隨意選定空缺之職務.] 차견(差遣)은 파견하여
보내는 일이다.

7) 오흥(吳興) : 지금의 호주(湖州)이다. 등달도는 이 당시 호주 통판으로 있었다.

8) 운로(耘老) : 가수(賈收)는 자가 운로이며, 오정 사람이다. 일찍이 소식, 이상과
교유하였다. 집이 늘 가난하여 동파가 딱하게 여겼다.[賈收, 字耘老, 烏程人. 曾
與蘇軾、李常交遊. 家素貧, 軾每念之.] 운로는 시에 능하고 술을 좋아했다. 동
파와 자주 어울렸고, 가난한 그를 위해 달리 줄 것이 없자, 동파는 고목과 괴석을

그린 그림에 글을 써 주며 배가 고플 때면 한 번씩 펴보라고 했다.

9) 공택(公擇)과 자후(子厚) : 이공택은 이상(李常, 1027~1090)으로, 자가 공택이
다. 장자후(章子厚)는 장돈(章惇, 1035~1105)으로, 자가 자후이다. 이 두 사람은
앞뒤로 호주 지주를 지냈으며, 모두 예를 갖춰 운노를 특별하게 대했다.

10) 저는 더욱 그와 친숙하오니 : 희녕 5년(1072), 소식은 항주 통판으로 재임하고,
12월에 호주로 가, 가노와 서로 알게 되었다. 이때 지은 시로 「화부동년희증가
수수재삼수(和邵同年戲贈賈收秀才三首)」가 있다.[熙寧五年蘇軾在杭州通判
任, 十二月至湖州, 與賈收相識, 有「和邵同年戲贈賈收秀才三首」詩.] 張志
烈, 馬德富, 周裕鍇 主編, 『蘇軾全集校注』 문집7, 5,554~5,555쪽.

11) 다행이 …… 기약합니다. : 상주에서 호주에 이르러 등포를 만나겠다는 말로,
상주는 호주 북쪽에 위치해 있다.

2) 편지 2[1]

저는 아룁니다. 여러 번 심부름꾼을 보내주시어 감사하고 부끄럽기가
그지없습니다. 겸하여 근래 공의 건강이 매우 좋음을 알게 되어 저의 마
음에 위로가 되었습니다. 저도 요즈음 매우 잘 지내고 있습니다. 편지를
받으니 원소(元素)[2]가 파직을 당한 후 조금 깨우친 바가 있었던 일을 예
로 들어 가르침을 주셔서 마침내 이 일에 대한 상념을 끊고, 다시는 마음
을 쓰지 않기로 했지요.

상념을 끊는 것 가운데에 오히려 헤아릴 수 없는 즐거움이 있음을 비로
소 알게 되었습니다. 상념을 끊지 못하였을 때를 회고하면 괴롭기 한량
없지요. 공께서 깊이 염려해 주셨기에 저의 마음을 다하여 알려드립니다.
노년에 이르러서도 만약 이 일을 떨치지 못한다면 이는 큰 잘못이며, 비
록 스물네 개 주(州)의 무쇠를 다 모아도 그 잘못을 다 처리하지 못할 것

입니다.[3] 벌써 한바탕 웃어보면서 조금이라도 어르신에게 도움이 되기를 바랍니다. 거듭 책망하지 마십시오.

> 某啓. 屢枉專使, 感怍無量. 兼審比來尊體勝常, 以慰下情. 某近絶佳健. 見教如元素黜罷, 薄有所悟, 遂絶此事, 仍不復念. 方知此中有無量樂, 回顧未絶, 乃無量苦. 辱公厚念, 故盡以奉聞也. 晚景若不打疊此事, 則大錯, 雖二十四州鐵打不就矣. 旣欲發一笑, 且欲少補左右耳. 不罪! 不罪!

| 주석 |

1) 이 편지는 원풍 연간(1078~1085)에 황주에서 썼다.
2) 원소(元素) : 양회(楊繪, 1027~1088)이며, 자가 원소이다.
3) 노년에 …… 것입니다.[晚景 …… 則大錯 …… 不就矣.] : 여기서 대착(大錯)은 주성대착 (鑄成大錯)의 줄임말로 인간 세상에서 쓸데없이 정력을 낭비하며 계속해서 잘못을 저지르는 것을 비유한 말이다. 당 소종 연간(888~904)에 위박 절도사 나소위(羅紹威)가 주전충과 연합하여, 자신을 핍박하는 위부(魏府)의 아군(牙軍) 8천 인을 소탕하는 숙원을 풀었으나, 그 과정에서 주전충을 대접하느라 많은 재물을 탕진한 나머지 자신의 세력이 쇠잔해졌다. 이를 후회하여 "6주 43현의 무쇠를 모아 줄칼 하나도 주조하지 못했다."[合六州四十三縣鐵, 不能爲此錯也.]라고 했다.

3) 편지 3[1]

저는 아룁니다. 저는 여전히 칩거하고 있습니다. 저의 동생 자유(子由)

는 편안하다는 소식을 들었는데 이 밖에 멀리서 번거롭게 염려할 것은 없습니다. 오랫동안 조회에 나가지 못하다 이로 인해 청광(淸光)[2]을 뵙게 되었으니, 족히 공의 지극한 뜻이 위로되겠지요. 그 외의 다른 것은 말해 무엇하겠는지요. 가족과 아들들도 모두 건강하리라 여깁니다. 이달 중순 전에 심부름꾼에게 먼 곳으로 편지를 부쳐드렸는데, 필히 받아보셨을 것입니다. 혹시 받으셨다면 대략이나마 기별을 주십시오.

> 某啓. 某屛居如昨, 舍弟子由得安問, 此外不煩遠念. 久不朝覲, 緣此得望見淸光, 想足慰公至意. 其他無足云者. 貴眷令子, 各計安勝. 月中前, 急足遠寄, 必已收得. 畧示諭.

| 주석 |

1) 이 편지는 원풍 6년(1083), 황주에서 썼다. 소식이 유배 와서 지낼 때이다.
2) 청광(淸光) : 임금의 얼굴, 즉 용안을 말한다. 원풍 6년 겨울에 등보가 안주 지주의 일을 마치고 입조하여 황제를 알현하였다.[元豐六年冬, 滕甫罷安州知州任入朝進見皇帝.] 張志烈, 馬德富, 周裕鍇 主編, 『蘇軾全集校注』 문집7, 5,585쪽.

4) 편지 4[1]

저는 아룁니다. 지난일[2]이 여전히 끝나지 않은 것으로 압니다. 그 말은 이미 사실이 아니니 끝내 분별하여 명백하게 밝혀질 것이지요. 눈앞의 상황이 어지러우니 여러 사람들이 함께 탄식합니다. 그러나 평생 도(道)를 배운 것은 오로지 외물의 변화에 대응하기 위함이니, 뜻밖의 일이 닥쳐오면 바로 사리를 살펴 슬픔을 이겨내야 합니다.[3] 만일 이로 인해 편히 쉴

수 있다면 또한 이것도 공의 평소 뜻이겠지요.

황주(黃州)의 요직에 있는 사람들[當路]⁴⁾은 저와 왕래가 그치지 않고 있습니다. 그러나 말을 하다보면 인정을 헤아리기 어려우니, 차라리 몸이 불편하다는 핑계로 만나보지 않는 것이 상책입니다. 2년간 이 계책을 쓰지 못하다가 이제야 비로소 이 방법을 행합니다. 변방의 일에 대해 자세히 알 수 있겠는지요? 비록 버려진 몸이지만 나라를 염려하는 마음은 잊지 못합니다. 서울의 정확한 소식을 대략이나마 보여줄 수 있을까요?⁵⁾ 편지로는 제 마음을 다 아뢰지 못합니다.

某啓. 知前事尙未已, 言旣非實, 終當別白, 但目前紛紛, 衆所共嘆也. 然平生學道, 專以待外物之變, 非意之來, 正須理遣耳. 若緣此得暫休逸, 乃公之雅意也. 黃當路, 過往不絶, 語言之間, 人情難測, 不若稱病不見爲良計. 二年不知出此, 今始行之耳. 西事得其詳乎? 雖廢棄, 未忘爲國家慮也. 此的信, 可示其略否? 書不能盡區區.

| 주석 |

1) 이 편지는 원풍 연간, 황주에서 썼다. 소식이 황주에서 적거하는 동안, 등보는 지주 지주의 책무를 마치고 안주에서 재직하였다.

2) 지난일 : 등보의 처형 이봉(李逢)이 범법하여 옥사를 겪은 일이다.[滕甫妻兄李逢犯法事.] 張志烈, 馬德富, 周裕鍇 主編, 『蘇軾全集校注』 문집7, 5,530쪽.

3) 사리를 …… 합니다.[正須理遣耳] : 이견(理遣)은 이성적으로 사리를 살펴 이해함으로써 슬픈 감정을 해소하고, 마음을 잘 다스려 원통함이나 슬픔을 푸는 일이다.

4) 요직에 있는 사람들[當路] : 당로(當路)는 요직에 위치하는 것이다. 『맹자(孟子)』 「공손추상(公孫丑上)」에서 "선생께서 제나라에서 요직을 담당하시면 관중과

안자의 공적을 다시 기약할 수 있으시겠습니까? "[問曰夫子, 當路於齊, 管仲晏子之功, 可復許乎.]라고 하였다.

5) 본문의 "차적신, 가시기략부(此的信, 可示其略否?)"는 『동파전집』에는 "차신적 가시기략부(此信的可示其略否?)"로 되어 있다. 나중의 어순이 마땅하다.

5) 편지 5[1]

저는 아룁니다. 한번 이별 후 십사 년, 떠돌이 생활을 하면서 소식이 끊긴 지 오래되었습니다. 그런데 다시 공을 뵙다니 뜻밖이었지요. 손을 잡고 몹시도 반가워 나도 모르게 눈물이 났습니다. 풍속은 날로 사나워지고 충절과 절의는 쓸쓸한데, 제가 공을 뵈니 한층 기운이 납니다. 헤어진 후 쓸쓸한 마음에 홀연 편지를 받게 되어 우울한 심사도 다 풀렸지요. 또한 기거가 좋으심을 알고 위로가 되었습니다. 저는 약간의 일로 며칠이 지나면 바야흐로 북쪽으로 갈 것입니다.

의흥(宜興)의 전답에 대해 벌써 알아보기 위해 사람을 보냈습니다. 만약 조금 더 좋은 곳을 얻을 수 있다면, 당연히 작은 배를 타고 곧장 가서 살핀 후, 바로 그 길로 호주(湖州)에 이르게 될 것입니다. 공을 뵙기를 진실로 바라지만 염려되는 일이 있어, 갈 수 있을지 모르겠습니다. 만약에 요청이 받아들여져 상주(常州)에 거주할 수 있다면, 오직 공의 치하[2]에 머물 것이며 이는 당연한 일일 것입니다. 여러 달 공을 번거롭게 만들 것 같습니다. 뵙지 못하는 사이 부디 때에 맞춰 자중하십시오.

某啓. 一別十四年, 流離契闊, 不謂復得見公. 執手恍然, 不覺涕下.
風俗日惡, 忠義寂寥, 見公使人差增氣也. 別來情懷不佳, 忽得來教,
甚解鬱鬱. 且審起居佳勝爲慰. 某以少事, 更數日, 方北去. 宜興田已

問去. 若得稍佳者, 當扁舟徑往視之, 遂一至湖. 見公固所願, 然事有可慮者, 恐未能往也. 若得請居常, 則固當至治下, 攪撓公數月也. 未聞, 惟萬萬爲時自重.

| 주석 |

1) 이 편지는 원풍 7년(1084) 8, 9월간에 썼다. 원풍 7년 8월 19일에 등보와 소식은 윤주(潤州) 금산(金山)에서 상견하였다. 이 편지는 8월 20일 헤어진 후에 쓴 것이다. 원풍 7년 10월 2일에 소식은 이미 의흥현으로 갔다.

2) 공의 치하 : 통판이 다스리는 고을을 이른다. 이 당시 등달도(滕達道)는 호주(湖州) 통판으로 있었다.

41. 이무회[1]에게 보내는 편지[2]

저는 아룁니다. 오랫동안 항주에서 머물 때 과분한 보살핌을 입었으니 가장 친절한 후의를 받았지요. 항주를 떠날 때 또 아주 먼 곳까지 와 전별해 주셨습니다.[3] 저는 쇠약하고 보잘것없어, 사람들로부터 버림받는 처지입니다. 그대처럼 풍도와 의리가 독실하지 않다면 어찌 이토록 지극하겠습니까? 이미 이별하였는데 그립습니다. 두 번의 서찰을 받고, 공의 기거가 가승함을 두루 알았습니다.

금년의 과거는 듣건대 향리에서 치른다지요. 그대의 편지를 받아보니, 진취(進取)의 뜻이 몹시 느슨해졌더군요. 성대한 시대에 아름다운 재주를 갖추고서 어찌 갑자기 이렇게 생각했습니까? 우선 힘써서 반드시 급제하기를 바랍니다. 새로 쓴 글이 있으면 아낌없이 보내주십시오. 만나볼 길이 없으니 부디 자중하시길 바랍니다. 이만 줄입니다.

> 與李無悔
> 某啓. 久留浙中, 過辱存顧, 最爲親厚. 旣去, 又承追餞最遠. 自惟衰拙, 衆所鄙棄, 自非風義之篤, 何以至此. 旣別, 但有思詠. 兩辱書敎, 具審起居佳勝. 今歲科擧, 聞且就鄕里. 承示喩, 進取之意甚倦. 盛時美才, 何遽如此? 且勉之, 決取爲望. 新文不惜見寄. 未緣集會, 惟萬萬自重. 不宣.

1) 이무회(李無悔)는 이름이 행중(行中)이고 본래 삽천인으로 송강(淞江)으로 거처를 옮겨 살았다. 고매하여 벼슬에 나아가지 않고 홀로 시를 짓고 술을 마시며 스스로를 즐겼다. 만년에 원정에서 지내면서 호를 취면(醉眠)으로 하였다. 동파선생이 그와 교유, 상종하였고 일찍이 시를 지어 보내주었다.[李無悔, 名行中, 本雪川人, 徙居淞江. 高尚不仕. 獨以詩酒自娛. 晚治園亭, 號『醉眠』. 東坡先生與之游從, 嘗以詩贈之.] 동파는 희녕 7년 가을, 밀주 태수로 부임해 가는 도중 송강에 이르러 이행중(李行中)의 정자인 취면정에 들러 「이행중취면정(李行中醉眠亭)」 시 3수를 지었다. 여기에서 "도잠도 그대처럼 어질지 못했다네."[須信陶潛未若賢.]라고 하였다.

2) 이 편지는 희녕 7년(1074), 항주를 떠나 밀주로 가는 도중에 썼다.

3) 절중을 …… 주셨습니다. : 당시 소식은 항주 통판의 임기를 마치고 밀주 지주로 옮겨 일하고 있었다. 절중(浙中)은 절강성(浙江省)으로 항주를 말한다.

42. 맹형지[1]에게 보내는 편지[2]

저는 아룁니다. 오늘은 재소(齋素)[3]여서 고기를 피하고, 보리밥에 말린 죽순 반찬을 먹었지요. 남는 뒷맛이 의외로 잘 차린 고기 밥상[4]에 손색이 없습니다. 우리 형지(亨之)가 아니면 이 담백한 맛을 알기 어려울 것 같아 맥반과 순포, 일 홉[一合]을 보냅니다. 아울러 건명(建茗)[5] 두 조각을 보내니, 식후에 도온(道媼)[6]과 마주 앉아 마시기 바랍니다.

與孟亨之

某啓. 今日齋素, 食麥飯筍脯有餘味, 意謂不減芻豢. 念非吾亨之, 莫識此味, 故餉一合, 幷建茗兩片, 食已, 可與道媼對啜也.

| 주석 |

1) 맹형지(孟亨之)는 맹진(孟震)으로 자가 형지(亨之)이며, 동평 사람이다. 진사과에 합격하여 승의랑을 지냈다. 원풍 3년 가을부터 원풍 6년 겨울까지 황주 통판이었다.[孟亨之, 孟震, 字亨之, 東平人. 登進士第, 爲承議郞. 元豊三年秋至元豊六年冬爲黃州通判.] 張志烈, 馬德富, 周裕鍇 主編, 『蘇軾全集校注』 문집 8, 6,385쪽.

2) 이 편지는 원풍 5년(1082), 황주에서 썼다.

3) 재소(齋素) : 단식재(斷食齋)와 금육재(禁肉齋)를 지키는 일로 고기와 파·마늘 따위를 먹지 않는다.

4) 잘 차린 고기밥상[芻豢] : 추환(芻豢)은 풀을 먹는 소 · 말 · 양 등과 곡식(穀食)
   을 먹는 개 · 돼지 등을 통틀어 이르는 말로 썩 잘 차린 음식을 이르는 말이다.

5) 건명(建茗) : 건안(建安)에서 생산되는 차(茶)이다.

6) 도온(道媼) : 중국 동진 시대의 사도온(謝道蘊)으로, 여기서는 맹형지의 부인을
   가리킨다. 사도온은 어릴 적부터 총명하여 문장과 담론에 능했다고 한다. 내
   리는 눈을 버들개지(버드나무의 꽃)에 비교하여 '영설지재(詠雪之才)'라는 말
   을 남겼다.

43. 오수재[1]에게 보내는 편지[2]

　모는 말합니다. 서로 소식 들은 지 오래입니다. 유독 속내를 다 터놓고 이야기하지 못해 마음속에 빚을 지고 있는 것 같았지요. 나는 죄를 입고 영락한 신세가 되어 교야(郊野)에 몸을 숨겼습니다. 애초에 지름길로 배를 타고 문안드릴 생각을 못해 공손히 답신도 드리지 못했습니다.[3] 갑자기 제게 들러주실 때 큰 더위를 무릅쓰고 가시덤불 험난한 길을 걸어서 곡진하게 오셨습니다. 한 번 만나 쇄연(灑然)[4]해지는 것이 마침내 평생의 친구를 얻은 듯 기쁜 일이었습니다. 아버지의 모습[5]이 그대에게 모여 있어 이미 몹시 탄식하고 우러렀지요. 보내주신 대작은 찬란하고, 굳센 논지는 억양이 있었습니다. 작년에 중주(中州)[6]로 떠난 이래 아직까지 그대처럼 훌륭한 짝을 만나지 못했습니다. 우러러 경탄함이 그치지 않는데, 노쇠한 이 몸에게 고개 숙여 가르침을 구하니 어떻게 대답해야 좋을는지요!

　제방 아래에서 송별이 꿈에서 깬 듯 황연하며, 묵은 자취는 모두 남아 있는데, 어찌 이런 광경을 만났다고 그런 것이겠는지요? 남겨주신 주옥같은 시문은 정히 상쾌하기가 구정(九鼎)의 진미와 같습니다. 다만 고기 한 점을 씹듯 그대의 문장을 음미하면 차마 삼킬 수 없었지요. 배를 타고 가는 길이 며칠이나 걸릴지 모르겠습니다. 조만간 금릉(金陵)을 지날 때면 응당 그대를 만나 찾아뵐 수 있겠습니다.

與吳秀才

某啓. 相聞久矣, 獨未得披寫相盡, 常若有所負. 罪廢淪落, 屛跡郊野, 初不意舟從便道, 有失修敬. 不謂過予, 衝冒大熱, 間關蓁莽, 曲賜臨顧, 一見灑然, 遂若平生之懽. 典刑所鍾, 旣深歎仰, 而大篇璀璨, 健論抑揚, 盖自去中州, 未始得此勝侶也. 欽佩不已, 俯求衰晚, 何以爲對? 送別堤下, 怳然如夢覺, 陳跡具存, 豈有所遇而然耶? 留示珠玉, 正快如九鼎之珍, 徒咀嚼一臠, 宛轉而不忍下咽也. 未知舟從定作幾日計? 早晚過金陵, 當得款奉.

| 주석 |

1) 이 편지를 쓴 시기를 알 수 없다.

2) 오수재(吳秀才) : 오수재는 오자야(吳子野)의 아들 오비중(吳芘仲)으로 문장에 능했고 글씨를 잘 썼다.

3) 공손히 …… 못했습니다.[有失修敬] : 본문의 수경(修敬)은 '공경하는 뜻을 표한다.'는 말이다.

4) 쇄연(灑然) : 마음이 상쾌하고 시원한 상태이다.

5) 아버지의 모습[典刑] : 전형(典刑)은 아버지와 모습이 닮은 것, 또는 본보기로 삼을 만한 사물을 일컫는 말이다. 후한 때 북해 태수(北海太守) 공융(孔融)은 채옹(蔡邕)을 좋아하였다. 채옹이 죽자, 공융은 채옹과 모습이 비슷한 호분(虎賁)의 군사를 데려다가 함께 앉고 말하기를 "비록 노성한 신하는 없지만 그래도 전형(典刑)이 아직 남아 있다"[雖無老成人, 尙有典刑.]라고 하였다. 전형(典刑)은 전형(典型)으로도 쓴다.

6) 중주(中州) : 하남성의 옛 이름이다.

44. 황부언[1]에게 보내는 편지[2]

저는 아룁니다. 여러 번 은혜로이 방문해 주셔서 감격과 기쁨이 함께합니다. 밤새 지내시기는 좋으셨는지요? 편지를 받고 내일 새벽에 길을 떠나신다는 것을 알았습니다. 쇠하고 병이 든 몸으로 추위가 두려워 찾아뵙고 작별을 나누지 못합니다. 몹시 송구합니다. 싸락눈이 쏟아지는데 길을 떠나신다니 부디 몸을 보중하십시오. 삼가 아이를 보내 이별의 안부를 여쭙니다. 이만 줄입니다.

> 與黃敷言
>
> 某啓. 疊辱寵訪, 感慰兼集. 晚來起居佳勝? 承來晨啓行, 以衰疾畏寒, 不果往別, 悚怍深矣. 衝涉雨霰, 萬萬保練. 謹令兒子候違. 不宣.

| 주석 |

1) 황부언은 당시 사거렴을 대신하여 광주 추관이 되었다.[黃敷言, 時代謝擧廉 爲廣州推官.] 張志烈, 馬德富, 周裕鍇 主編, 『蘇軾全集校注』 문집8, 6,335쪽.
2) 이 편지는 건중정국 원년(1101) 봄에 북쪽으로 돌아가는 도중에 썼다.

45. 언정판관[1]에게 보내는 편지[2]

보내주신 고금(古琴)은 당연히 향천(響泉)과 운경(韻磬)[3]과 함께 당세의 보배가 되겠습니다. 슬슬(瑟瑟)![4] 훌륭한 소리의 고[琴]를 보내주시어 은혜를 입습니다. 감사의 절을 올리는 사이에 부끄러움으로 땀이 그치지 않습니다. 또한 감히 보내오신 뜻을 멀리서 거절하지 못하고, 삼가 자손들에게 전해주어 길이 우호(友好)로 삼고자 합니다. 저는 본디 고를 잘 타지 못합니다. 마침 기노(紀老)[5]께서 길을 돌아 저를 만나러 와서 그의 시중드는 사람에게 빠르게 몇 곡조를 타게 하였지요. 금옥(金玉)을 울리는 듯한 소리가 마치 바로 마주하여 연주하는 사람의 말소리와 같았습니다.

시험 삼아 지은 게송(偈頌) 한 편으로 스님에게 물었습니다. "만약 고[琴]에 고 소리가 있다면 소리를 갑 속에 넣으면 어찌 고가 울리지 않는가? 만약 소리가 손가락 끝에 있는 것이라면, 어찌 그대의 손끝에서 소리가 나지 않는가?"[6]

이 시를 기록하여 그대에게 올리니 천 길 밖에서 한바탕 웃어주십시오. 보내주신 좋은 종이와 이름난 천(荈)[7]차는 거듭 그대의 후의를 번거롭게 했습니다. 일일이 받기를 다 마치니 감사함과 부끄러움이 그치지 않습니다. 마침 몇몇 번잡한 일들이 생겨 편지로 두루 삼가 아뢰지 못합니다.

與彦正判官

古琴當與響泉韻磬, 並爲當世之寶, 而鏗金瑟瑟, 遂蒙掇惠, 拜賜之間, 赧汗不已. 又不敢遠逆來意, 謹當傳示子孫, 永以爲好也. 然某素不解彈, 適紀老枉道見過, 令其侍者快作數曲, 拂歷鏗然, 正如若人 之語也. 試以一偈問之：「若言琴上有琴聲, 放在匣中何不鳴? 若言 聲在指頭上, 何不於君指上聽?」錄以奉呈, 以發千里一笑也. 寄惠 佳紙, 名荈, 重煩厚意, 一一捧領訖, 感怍不已.適有少冗, 書不周謹.

| 주석 |

1) 언정판관(彦正判官)은 당시 황주의 관리였다.

　공범례(孔凡禮)의 『소식연보(蘇軾年譜)』에 의하면 "송나라 신종 원풍 4년(1081) 6월, 46세 되는 소식은 몸소 황주에서 밭을 갈고 있었다. 동파는 평생 금(琴, 고) 듣기를 좋아해서 당시 언정판관(彦正判官)이라는 어떤 이가 오래된 금[古琴] 한 대를 보내주었다. 그는 몹시 흥분하여 다시 편지를 보내 치사하고 고금에 대 해서 자세히 설명하였다."[宋神宗元豐四年六月, 四十六歲的蘇軾正躬耕于黄 州. 東坡平生喜歡聽琴, 所以當時有一位彦正判官送來一張古琴, 他非常興奮, 復信致謝, 信中大致說.]라고 하였다.

2) 이 편지는 원풍 4년(1081) 6월, 황주에서 썼다.

3) 향천(響泉)과 운경(韻磬) : 옛 금[古琴]의 이름들이다.

4) 슬슬(瑟瑟)! : 원래 고 소리를 의미하나, 가을바람이 단풍잎과 억새꽃에 불면서 나는 소리로 '서늘하다, 쓸쓸하다'의 뜻도 있다.

5) 기노(紀老) : 기노는 즉 해인선사이다.[紀老, 卽海印禪師.] 소식은 「송해인선사 게(送海印禪師偈)」를 남겼다.

6) 만약 …… 않는가 : 『능엄경(楞嚴經)』에 "비유컨대, 금슬(琴瑟)과 비파(琵琶)는 비록 아름다운 소리를 가지고 있으나, 오묘한 손놀림이 없으면 소리를 낼 수 없 다. 그대와 중생들도 역시 이와 같은 것이다."[譬如琴瑟琵琶, 雖有妙音, 若無妙 指, 終不能發. 汝與衆生亦復如是.]라고 하였다.

7) 천(荈) : 일찍 딴 것을 차(茶)라고 하고 늦게 딴 차를 명(茗)이라 한다. 차의 이름

에는 다섯 가지가 있는데 첫 번째는 차(茶), 두 번째는 가(檟), 세 번째는 설(蔎), 네 번째는 명(茗), 다섯 번째는 천(荈)이라고 부른다.

제4장 동파 하
東坡 下

청명상하도 - 개봉 시내를 지나가고 있는 고려인의 모습

소동파 편지 글씨

"이미 강 위 임고정으로 주거를 옮기니
몹시 시원하게 시야가 트입니다. 새벽이면 바람 불고
밤이면 달이 비추어, 지팡이 짚고 들판을 걷다 강물을
떠서 마시니, 모두 공께서 베풀어주신 은덕의 여파입니다.
어르신의 높은 풍도와 의리를 생각하고 음미하면서
저의 외롭고 쓸쓸한 신세를 달래봅니다."

- 주강숙에게 보내는 편지 중에서 -

1. 정회립[1]에게 보내는 편지

1) 편지 1[2]

저는 아룁니다. 어제 방문해 주셔서 감사하고 부끄럽기가 그지없었습니다. 밤사이 지내시기는 좋으셨는지요? 보여주신 자명(子明)의 초상화[3]는 필세가 정밀하고 오묘하여 실물과 분간하기 어려웠습니다. 아마도 별도의 본(本)이 더 있을 것 같아 한 축을 얻고자 합니다. 그림은 보는 이의 마음을 요동치게 하고 눈을 놀라게 할 것입니다. 이에 편지 전하는 사람을 보내 저의 뜻을 펼칩니다만, 말이 두서가 없이 지리멸렬하여 다 아뢰지 못합니다.

> 與程懷立
> 某啓. 昨日辱訪, 感怍不已. 經宿起居佳勝? 蒙借示子明傳神, 筆勢精妙, 髮髯莫辨, 恐更有別本, 願得一軸, 使觀者動心駭目也. 專此致愆, 滅裂. 不一.

| 주석 |

1) 정회립(程懷立)은 남도인으로, 소식이 원풍 중에 남도로 가서 그를 만났다. 또한 일찍이 황주에서 소식을 만났는데, 그 당시 정회립은 전운사였다. 원부 연간(1098~1100) 중에는 전운사 겸 광주 경략사가 되었다.[程懷立, 南都人. 蘇軾

元豊中赴南都遇之, 又嘗見蘇軾於 黃州, 時爲轉運使. 元符中爲轉運使兼廣州
經略使.] 張志烈, 馬德富, 周裕鍇 主編, 『蘇軾全集校注』 문집8, 6,197쪽. 정회
립은 북송의 화가로 유명하였고, 특히 초상화에 능하여 동파의 초상화를 그렸
다. 동파는 그가 쓴 「전신기(傳神記)」에서 "남도의 정회립은 사람들로부터 재능
을 칭찬받는데, 나의 초상화를 아주 그럴듯하게 잘 그렸다. 회립은 행동거지가
여러 유생들과 같아서 깨끗하게 필묵의 밖에 뜻을 둔 자였다. 그러므로 내가 들
은 바를 가지고 그가 기예를 발휘하도록 도와주는 것이다."라고 하였다.[南都程
懷立, 衆稱其能. 於傳吾神, 大得其全. 懷立舉止如諸生, 蕭然有意於筆墨之外
者也. 故以吾所聞助發云.] 張志烈, 馬德富, 周裕鍇 主編, 『蘇軾全集校注』 문
집2, 1,275쪽.

2) 이 편지는 원풍 연간(1078~1085)에 황주에서 썼다.

3) 자명의 초상화[子明傳神] : 자명(子明)은 소불의(蘇不疑)의 자이다. 소불의는
소동파의 사촌형이며, 소동파의 백부(伯父) 소환(蘇渙)의 둘째 아들이다. 『소
식문집(蘇軾文集)』에 「여자명형(與子明兄)」 한 수가 있다. 전신(傳神)은 초상
화를 말하며 '전신사조(傳神寫照)'의 준말이다. 초상화를 그릴 때 인물의 외형
묘사에만 그치지 않고 그 인물의 고매한 인격과 내면세계까지 표출해야 한다는
초상화 이론이기도 하다.

2) 편지 2[1]

저는 아룁니다. 영해(嶺海)[2]는 멀고 외진 곳이라, 살아 돌아오리라 생각
하지 못했습니다. 그러나 다시 뵙게 되어 크게 위로되고 다행입니다. 요
즈음 서늘한 가을 날씨에 지내시기는 좋으신지요. 오래지 않아 해안에 도
착하면 곧바로 알현하여 저의 정성된 마음을 다 아뢰겠습니다. 이만 줄
입니다.

> 某啓. 嶺海闊絶, 不謂生還, 複得瞻奉, 慰幸之極. 比日履此秋涼, 起居佳勝. 少選到岸, 卽遂伏謁, 以盡區區. 不宣.

| 주석 |

1) 이 편지는 원부 3년(1100) 9월, 북쪽으로 돌아가는 배 안에서 썼다. 당시 소식이 광주(廣州)에 다다를 때 정회립의 전리가 나와 맞아주었다.[元符三年九月作於北歸途中. 當時蘇軾將抵廣州, 程懷立轉吏來迎.] 張志烈, 馬德富, 周裕鍇 主編, 『蘇軾全集校注』 문집8, 6,198쪽

2) 영해(嶺海) : 대유령과 바다이다. 광동(廣東)성과 광서(廣西)로 북은 오령(五嶺)에 접하고, 남은 남해(南海)에 임했기 때문에 붙은 이름이다.

3) 편지 3[1]

저는 아룁니다. 어제 방문해 주셔서 옛날의 우호(友好)를 이야기했습니다. 옛 정을 잊지 않고 더해주시니 몹시 감탄하였지요. 오늘은 마침 약을 먹고 땀을 내고 있습니다. 바람을 쐴 수 없어 곧바로 나아가 인사를 올리지 못합니다. 거듭 심부름꾼을 보내주시니[2] 송구한 마음이 더욱 더합니다. 글을 받고서 건강이 좋으시다는 것을 알았습니다. 조만간 찾아뵙고 저의 소회를 다 말씀드리겠습니다.

> 某啓. 昨日辱臨顧, 論昔之好, 不替有加, 感歎深矣. 屬飮藥汗後, 不可以風, 未卽詣謝. 又枉使旌, 重增悚惕. 捧手敎, 且審尊體佳勝. 旦夕造謁, 以究所懷.

1) 이 편지는 언제 썼는지 알 수 없다.
2) 거듭 심부름꾼을 보내주시니[又枉使旌] : '왕사정(枉使旌)'은 심부름꾼을 말한
   다. '큰 수레 앞에서 굽힌다'는 말과 같은 것으로 존칭의 말이다.

4) 편지 4[1]

저는 아룁니다. 덕주(德州)[2]를 떠난 지 한 달이 넘어, 우러러 그리는 마음이 가슴에 가득합니다. 요즈음 새봄을 맞아 생활과 기거는 더욱 좋으신지요? 저는 가는 도중 온갖 장애를 만나 고생하다 영주(英州)[3]에 이르러 다시 밤을 묵으며 며칠 잠시 머물렀습니다. 여기서부터 가는 길이 한층 험난하고 막혀 배를 빌렸는데, 소주(韶州)까지 잘 도착할지 모르겠습니다. 저는 흐르면 가고 웅덩이를 만나면 멈춥니다.[4] 그때마다 인연에 맡길 것이니 깊이 염려하지는 마십시오. 훗날에 만날 기약이 없습니다. 부디 나라를 위하여 자중하십시오. 인편이 가니 바삐 글을 올립니다. 이만 줄입니다.

某啓. 去德彌月, 思仰縈懷. 比日竊惟履此新陽, 起居增勝? 行路百阻, 至英方再宿爾. 少留數日. 此去尤艱關, 借舟未知能達韶否? 流行坎止, 輒復任緣, 不煩深念也. 後會未卜, 惟萬萬爲國自重. 人行忽遽. 不宣.

| 주석 |

1) 이 편지는 언제 썼는지 알 수 없다.

2) 덕주(德州) : 지금의 산동성 제남이다.

3) 영주(英州) : 지금의 소주 영덕현이다.

4) 저는 …… 멈춥니다.[流行坎止] : 유행감지(流行坎止)는 출사하고 은거하는 일을 상황에 따라 적절하게 조화시키는 것을 말한다. 즉, 일이 순조로울 때에는 벼슬길에 나가고 막힐 때에는 은거함을 말한다. 『한서(漢書)』 권48 「가의전(賈誼傳)」에서 "흐름을 타게 되면 함께 흘러 내려가고, 웅덩이를 만나면 잠깐 정지해 있을 뿐이다."[乘流則逝, 得坎則止.]라고 하였다.

2. 유공보[1]에게 답하는 편지

1) 편지 1[2]

　오랫동안 떨어져 있어 보지 못하다 잠시 뵙게 되었는데, 다시 이렇게 멀리 멀어지게 되니 지금까지 마냥 서운합니다.[3] 공사(公私)가 분분하여 문안을 드리지 못하던 차에 편지를 받게 되어 감사하면서 부끄럽기가 한량없습니다. 글자의 획[4]이 곱고 깨끗하여 글을 가져온 심부름꾼에게 물어보니, 공의 용모가 처음 부임하셨을 때에 비해 희고 윤이 난다 하였습니다. 그 말을 듣고 무척 기뻤지요. 요즈음 기거는 더욱 좋으시리라 생각합니다. 어느 날에나 조정으로 돌아가시어 사대부들의 바람에 위안을 주실는지요.[5] 뵙지 못하는 사이 부디 때에 맞춰 자중하십시오. 이만 줄입니다.

> 答劉貢父
> 久闊暫聚, 復此違異, 悵惘至今. 公私紛紛, 有失馳問, 辱書感怍無量. 字畫妍緊, 及問來使云, 尊貌比初下車時晳且澤矣, 聞之喜甚. 比來起居想益佳. 何日歸覲, 慰士大夫之望. 未間, 萬萬爲時自重, 不宣.

| 주석 |

1) 유공보(劉貢父) : 유반(劉攽, 1023~1089)으로 자는 공보(貢父)이며 유창(劉敞)

의 동생이다. 인종 경력 6년(1046)에 형과 함께 진사에 급제했다. 주와 현에서 20년간 관리생활을 하다가 비로소 국자감직강이 되었다. 일찍이 왕안석에게 편지를 보내 신법의 불편함을 논하다 조주 지주로 쫓겨났다. 많은 책을 읽고 특히 사학에 뛰어났다. 사마광을 도와 『자치통감(資治通鑑)』을 편찬할 때 당시 '한대사(漢代史)'의 전문가로 꼽히던 유반이 전·후한 시대를 맡고, '당대사(唐代史)'는 범조우가 맡았으며, 삼국에서 '남북조' 부분은 유서가 맡았다.

2) 이 편지는 원우 원년(1086), 개봉에서 썼다. 당시 유반은 양주(襄州)에서 경사로 와 비서소감으로 임명되었고, 유반과 소식은 경사에서 서로 모였다. 원우 원년 이전에 유반과 소식은 오랫동안 헤어져 있었다.[元祐元年作於開封. 當時劉攽自襄州至京師任秘書少監而劉攽, 蘇軾京師相聚, 元祐元年以前劉蘇久別.] 張志烈, 馬德富, 周裕鍇 主編, 『蘇軾全集校注』 문집7, 5,476쪽.

3) 다시 …… 서운합니다. : 원우 원년에 유반이 경사에서 나와 채주에 이르렀고, 유반과 소식은 재차 이별하였다.

4) 글자의 획[字畫] : 상대방의 글을 심획(心畫), 마음의 획이라 하여 글씨를 보면 상대방을 알 수 있다고 했다. 반면 자기의 글씨를 낮추어 구획(蚯畫), 즉 지렁이 글씨라 하였다. 글씨가 힘이 있으므로 건강함을 알겠다는 말이다.

5) 어느 날에나 …… 위안을 주실는지요. : 돌아가 황제를 알현하는 것은 경사로 들어가 직에 임명되는 것이다. 『송사』 「유반전(劉攽傳)」에 '채주에 도착해 여러 달 지나 중서사인으로 봉해졌다.'고 했다. 소식이 이 편지를 쓸 때 경자년의 왕명을 알지 못했다. 즉 원우 원년(1086) 12월, 경자년 이전에 이 편지를 썼다.[謂歸謁皇帝, 此指回京師任職. 『宋史·劉攽傳』至蔡數月, 召拜中書舍人. 蘇軾作本書時尙不知庚子之命, 卽本書作於元祐元年十二月庚子之前.] 張志烈, 馬德富, 周裕鍇 主編, 『蘇軾全集校注』 문집7, 5,476쪽.

2) 편지 2[1]

　제가 외람되게도 과분한 직책을 맡은 것은, 평소 저를 믿고 장려해 주신 공의 덕분입니다. 하오나 사리에 어둡고 부족한 저는 거스르는 일이 많은데도 다투는 자리에 처해 있습니다. 감히 오랫동안 편안히 지낼 계책을 짓지 못하고 있지요. 그러니 공께서 저에게 좋은 가르침을 베풀어주십시오.[2] 손을 상하고 얼굴에는 땀이 흐릅니다.[3] 옆에서 보는 사람들의 꾸지람을 어찌할까요? 관직을 추천하는 일은 유사가 실행의 죄를 회피해서 공께 허물을 돌렸습니다. 그러나 청명하신 임금께서 위에 계시니 어찌 이를 용납하겠으며 소자가 어찌 관여하겠습니까?[4]

　복령(茯苓)과 송지(松脂)는 빠른 효과를 낼 수는 없지만, 일 년을 도모하면 남음이 있을 것이니, 버려선 안 됩니다.[5] 공께서는 묵묵히 앉아 자신을 비춰보면서 눈을 감고 수식관(數息觀)[6]을 하신다니 아마도 이별할 때 제가 드린 말씀을 기억하고 계시는가 보군요?[7]

> 某忝冒過甚, 出於素奬. 然迂拙多忤, 而處爭地, 不敢作久安計, 兄當有以敎督之. 血指汗顏, 旁觀之誚, 奈何, 奈何! 擧官之事, 有司逃失行之罪, 歸咎於兄. 淸明在上, 豈可容此, 小子何與焉. 茯苓, 松脂雖乏近效, 而歲計有餘, 未可棄也. 默坐反照, 瞑目數息, 當記別時語耶?

| 주석 |

1) 이 편지는 원우 원년(1086)에 개봉에서 썼다. 원년 초에 소식은 기거사인(起居舍人)으로 승진하고, 3월에 중서사인(中書舍人)이 되고, 9월에 한림학사지제고(翰林學士知制誥)로 부임하였다.

2) 제가 …… 베풀어주십시오. : 소식은 원우 연간(1089~1094)에 경사에서 요직에 있었다. 소식이 이해 겨울에 쓴 제칠서(第七書) 「답범촉공(答范蜀公)」에서 "저는 무능하여 도움이 되지 않는 사람으로, 오랫동안 어울리지 않는 자리를 훔치고 있습니다. 또한 저의 아우도 벼슬을 계속 잇고 있는데, 모두 허술하고 어리석어 필히 다투는 곳에 처해 있습니다. 공론이 불만스러운데, 어찌 오랫동안 편안하겠는지요? "라고 하였다.[蘇軾元祐年間在京師任要職. 蘇軾第七書作於冬 「答范蜀公」, 某碌碌無補, 久竊非據, 又舍弟繼進, 皆以疏愚處必爭之地. 公議未厭, 豈可久安.] 張志烈, 馬德富, 周裕鍇 主編, 『蘇軾全集校注』 문집7, 5,477쪽.

3) 손을 …… 흐릅니다. : 한유(韓愈)의 「제유자후문(祭柳子厚文)」에서, "서투른 목수가 나무를 깎으면 손가락에 피가 흐르고 얼굴에 땀이 나는데, 교장(巧匠)은 곁에서 구경하며 손을 옷소매 속에 움츠리고 있다."[不善爲斲, 血指汗顏, 巧匠傍觀, 縮手袖間.]라고 하였다. 즉, 장인이 일에 서투른 나머지 손가락이 연장에 베여 피가 나고 얼굴이 땀투성이가 되도록 고생한다는 말이다.

4) 관직을 …… 관여하겠습니까? : 거관(擧官)은 관직을 추천하는 일로, 추천하는 이가 잘못하면 추천하는 사람도 연좌되었다. 아마 유공보가 동파에게 거관의 일을 물었던 것 같다. 그래서 동파가 말한 것이다.

5) 복령(茯苓) …… 안 됩니다. : 『장자』 「경상초」에서 "지금 하루하루 헤아려보면 부족하고, 일 년 동안 헤아려보면 넉넉하니"[今吾日計之而不足, 歲計之而有餘.]라고 하였다. 복령은 소나무뿌리 진이 모인 것이다. 『포박자(抱朴子)』에 "송진이 땅에 들어가 천 년이 지나면 복령이 된다."[松脂人地, 千歲爲茯苓.]라고 하였다.

6) 수식관(數息觀) : 호흡에 따라 마음속으로 수를 헤아리면서 하는 관법(觀法)으로 숨을 다듬으며 마음을 가라앉히는 것이다.

7) 공께서는 …… 보군요? : 이 말은 소동파가 유공보에게 이별할 때 해준 말이다. 원우 원년 유반이 경사에서 채주로 나가서, 유반과 소식이 서로 이별한 일이 있다.

3) 편지 3[1]

　저는 강호(江湖)를 떠도는 사람인데, 오랫동안 연하(輦下)[2]에 머무르니, 마치 새장 속에 갇혀 있는 것 같습니다. 어찌 다시 아름다운 생각을 갖겠는지요. 세상의 인심은 백 가지로 트집을 잡고 책망합니다. 노쇠하고 병이 많은 저는 일일이 부응할 수 없고, 걸핏하면 죄를 입습니다. 친구인 그대는 저를 알아주시니 생각건대 거듭 가련히 여기시겠지요? 훗날을 기약하여 만날 수 없군요. 편지를 대하니 서글픈 마음뿐입니다.[3] 선리(禪理)와 기술(氣術)[4]은 요즈음 나아지셨습니까? 세간에서 몸과 관련되어서는 단지 좌선과 양기만 있을 뿐입니다. 원하건대 더욱 힘쓰시길[5] 간절히 기원합니다.

> 某江湖之人, 久留輦下, 如在樊籠, 豈複有佳思也. 人情責望百端, 而衰病不能應副, 動是罪戾, 故人知我, 想複見憐耶? 後會未可期, 臨書悵惘, 禪理氣術, 比來加進否? 世間關身事特有此耳, 願更着鞭, 區區之禱也.

| 주석 |

1) 이 편지는 희녕 3~4년(1070~1071), 개봉에서 썼다.

2) 연하(輦下) : '황제의 수레 아래에 있다'는 말로 다시 말해 '경사(京師)'를 가리킨다. 소식이 이 편지를 쓸 때는 경사에 있을 때이다.

3) 그 당시 유반은 외지에 나가 있음을 알 수 있다. 원우 4년(1089), 유반이 죽기 전이다.

4) 선리(禪理)와 기술(氣術) : 선리는 참선이이고 기술은 연단술이다.

5) 더욱 힘쓰시길[着鞭] : 착편(着鞭)은 '달리는 말에 채찍질하다'라는 주마가편(走

馬加鞭)과 같은 의미이다. 『세설신서(世說新語)』「상예하(賞譽下)」에 다음과 같은 구절이 있다. "내가 창을 머리에 베고 아침을 기다리면서, 항상 오랑캐 섬멸할 날만을 기다려 왔는데, 늘상 마음에 걸린 것은 나의 벗 조적이 나보다 먼저 채찍을 잡고 중원으로 치달리지 않을까 하는 점이었다."[吾枕戈待旦, 志梟逆虜, 常恐祖生先吾着鞭耳.]

3. 증자선[1]에게 답하는 편지[2]

저는 거듭 아룁니다. 공이 서쪽으로 떠난 이래, 아는 이들은 임금께서 조서를 내려 공이 조정으로 돌아오기를 날마다 바라고 있습니다. 어찌 유독 친하게 지내는 저 같은 사람만 그렇게 여기겠습니까?[3] 변방 외진 곳은 편안하고 안정됩니다. 그렇다고 어찌 오랫동안 변방에 머물러 있겠는지요? 편지를 보내면서 「탑기(塔記)」 짓기를 부탁하였는데, 오랫동안 쓰지 못해 부끄럽고 두렵기가 그지없습니다. 청컨대 약간 기일을 늦춰주시면 가을 서늘할 때 붓을 들겠습니다.

인척인 유자량 선덕(柳子良 宣德)이 공이 다스리는 노주(潞州)의 막부로 가게 되어 공이 관할한 성(城)에 있게 되었다지요. 그것을 알고 참으로 다행이었습니다.[4] 삼가 받들어 편지를 올립니다. 일에 쫓기어 제 심정을 다 아뢰지 못합니다.

答曾子宣
某再啓. 自公之西, 有識日望詔還, 豈獨契愛之末. 邊落寧肅, 公豈久外哉! 示諭 「塔記」, 久不馳納, 愧恐之極. 乞少寬之, 秋涼下筆也. 親家柳子良宣德赴潞幕, 獲在屬城, 知幸, 知幸! 謹奉手啓, 冗廹不區區.

| 주석 |

1) 증자선(曾子宣)은 증포(曾布, 1036~1107)로 자가 자선(子宣)이며 강서 남풍 사람이다. 증공(曾鞏)의 아우이다. 가우 2년(1057)에 진사 급제하여 일찍이 왕안석을 도와 신정을 추진했다.

2) 이 편지는 원우 연간(1086~1089)에 개봉에서 썼다.

3) 어찌 …… 여기겠습니까?[豈獨契愛之末] : 결애(契愛)는 교분을 맺어 서로 아끼는 사이를 이른다. 모두 다 돌아오기를 바라고 있다는 말이다.

4) 인척인 …… 다행이었습니다. : 유자량이 노주(潞州)의 막부로 부임되어 증포가 다스리는 구역에 소속되었다. 노주는 송대에 하동로에 속했으며, 소식은 이 편지를 원우 원년에서 4년 사이에 썼으며, 증포는 태원부 지사와 동시에 하동로 경략안무사와 도총관을 그 당시에 겸임하고 있었다.[柳子良赴潞州任幕職官而下屬曾布, 潞州宋屬河東路, 知蘇軾本書作於元祐元年至元祐四年, 曾布知太原府、同時充任河東路經略安撫使兼都總官時.] 張志烈, 馬德富, 周裕鍇 主編,『蘇軾全集校注』문집7, 5,493쪽.

4. 강당좌 수재[1]에게 보내는 편지

1) 편지 1[2]

　모는 말하네. 특별히 먼 곳까지 나를 찾아주어 뜻이 은근하고 정중하였네. 나는 늙어 쇠약한 몸으로 버림받은 처지인데, 어찌하여 그런 예우를 받았는지 송구하여 진땀이 그치지 않는다네. 밤사이 기거는 좋았는가? 긴 편지에 담긴 말과 뜻은 아름답기까지 하여, 궁벽하고 누추한 이곳을 더욱 빛내주었네. 병으로 누워 있으면서 제대로 답장하지 못하니 다만 간단하게 쓴 글을 보내네.[3]

> 與姜唐佐秀才
> 某啓. 特辱遠訪, 意甚勤重. 衰朽廢放, 何以獲此, 悚汗不已. 經宿起居佳勝? 長牋詞義兼美, 窮陋增光. 病臥, 不能裁答, 聊奉手啓.

| 주석 |

1) 강당좌(姜唐佐) : 자는 군필(君弼)로 경주의 사인이다. 소식이 담이로 적거한 후 경주에서 담이에 이르기까지 매일 함께 교유하였고, 다음 해 3월에 비로소 하직하고 돌아왔다. 소식은 그를 몹시 아끼고 소중히 여겨 「발강군필과책(跋姜君弼課冊)」 서문을 지었다. 소철의 시에 「증강당좌수재(贈姜唐佐秀才)」도 있다.[姜唐佐, 字君弼, 瓊州使人. 蘇軾謫儋後, 自瓊至儋, 日從之游, 及翌年三

月始辭歸. 蘇軾甚愛重之. 參見蘇軾詩「跋姜君弼課冊」序, 蘇轍詩「贈姜唐佐
秀才」.] 張志烈, 馬德富, 周裕鍇 主編,『蘇軾全集校注』문집8, 6,257~6,258쪽.

2) 이 편지는 원부 2년(1099) 9월에 담이에서 썼다.

3) 와병으로 …… 글을 보내네 : 재답(裁答)은 '편지나 시를 지어 회답하다, 답장을
보내다'의 뜻이다. 소동파는 소성 4년(1097) 4월 17일에 경주별가(瓊州別駕)의
명을 받았고 곧이어 해남도 담주(儋州)로 옮긴다. 경주(瓊州)는 남해 가운데 있
어 북경과는 거리가 9천4백90리이며, 동파가 귀양 가기 전에는 풍속이 우매했
고 강당좌가 있기 전에는 현달한 사람이 없었다. 이즈음에 소동파가 강당좌에
게 준 시에, "넓은 바다가 언제 지맥을 끊었던가? 흰 도포는 천지 미개함을 깨뜨
릴 것일세."[滄海未應斷地脈, 白袍端合破天荒.]라고 하였다. 이 시에 나온 '파
천황(破天荒)'은 '한 번도 개간하지 않은 땅, 천하의 황폐한 곳을 깬다'라는 말로,
여기서는 여태 진사시험에 급제한 사람이 해남도에는 없었음을 나타낸다.

2) 편지 2[1]

편지 보게나. 어제 밤새 대화를 해주어 심히 외롭고 쓸쓸한 나에게 큰
위로가 되었네. 글을 받고 그대의 기거가 편안함을 알았네. 맛이 뛰어난
명(茗)차를 은혜롭게 보내주니, 지극한 정성에 감복하였네. 당연히 그대
와 함께 마시겠네. 마침 머리를 감느라고[2] 즉답하지 못했는데, 송구하였
네. 모는 예를 갖추네.

某啓. 昨日辱夜話, 甚慰孤寂. 示字承起居安勝. 奇茗佳惠, 感服至
意, 當同啜也. 適沐, 不卽答, 悚息. 某頓首.

1) 이 편지는 원부 2년(1099) 10월에 담이에서 썼다. 소식이 쓴 「서유자후시후(書
   柳子厚詩後)」에 "강군필은 담이로 와서 나에게서 배웠다."[姜君弼赴儋從學.]
   라고 하였다.
2) 머리를 감느라고[適沐] : 본문의 적목(適沐)에서 목(沐)은 다른 판본 『東坡全集』,
   『蘇文忠公全集·東坡續集』에서는 수(睡)라고 되어 있다. 적수(適睡), 즉 '잠을
   자고 있다'이다.

3) 편지 3[1]

  오늘은 비가 개이고 하늘이 맑아 마음 더욱 즐거우이. 식사를 마치고 마
땅히 천경관(天慶觀)[2]의 유천수(乳泉水)[3]를 취하여 건다(建茶)[4]의 좋은 것
에 부어 마실 것이네. 생각건대 그대가 아니면 함께 나눌 이가 없구려. 그
리하여 일찍 저잣거리에 나갔는데, 고기가 없어 함께 나물밥을 먹어야겠
네. 싫지 않다면 지금 집으로 들릴 수 있겠는가. 글 드리네.

今日雨霽, 尤可喜. 食已, 當取天慶觀乳泉瀹建茶之精者, 念非君莫
與共之. 然蚤來市中無肉, 當相與啖菜飯爾. 不嫌, 可只今相過. 某
啓上.

| 주석 |

1) 이 편지는 원부 2년(1099) 10월에 담이에서 썼다.
2) 천경관(天慶觀) : 도교의 사원이다. 소식은 원부 1년(1098) 9월에 천경관을 유

람하였다. 『선생연보(先生年譜)』에는 '소성 4년(1097) 선생은 창화에 거주하였고, 근처에 천경관이 있었다. 선생은 그런 까닭에 「천경관유천부(天慶觀乳泉賦)」를 지었다.'[紹聖四年, 先生在昌化居, 隣於天慶觀, 先生故有「天慶觀乳泉賦」.]라고 하였다.

3) 유천(乳泉) : 맛이 달고 깨끗한 샘물을 말한다.

4) 건다(建茶) : 중국 복건성 민강(閩江)의 원류인 건계(建溪)강 일대에서 나는 이름난 차로 건계다(建溪茶)를 줄인 말이다. 소식은 전안도(錢安道)가 건계다를 부쳐온 것에 대한 화답시 「화전안도기혜건다(和錢安道寄惠建茶)」에서 "나의 남방 벼슬살이 지금 얼마나 되나, 건계차와 산차를 다 맛보네. …… 건계 소산이 비록 같지 않으나, 하나하나 하늘이 군자의 성품 부여하구나. 순하고 감칠맛 있어 만만히 볼 수 없고, 뼈는 맑고 살은 기름져 부드럽고도 순수하네. 설화와 우각이야 말할 거리도 못 되고, 마셔 보면 비로소 진미 무궁함 알게 되네. …… 간수하고 아껴서 멋진 손님을 기다릴 것이니, 감히 포장해서 권세 휘두르는 간신의 비위를 맞추지는 않겠네."라고 하였다.[我官於南今幾時, 嘗盡溪茶與山茗. …… 建溪所產雖不同, 一一天與君子性. 森然可愛不可慢, 骨清肉膩和且正. 雪花雨腳何足道, 啜過始知真味永. …… 收藏愛惜待佳客, 不敢包裹鑽權倖.] 楊家駱 主編, 『蘇東坡全集 上』第九冊, 93쪽.

5. 나암 비교[1]에게 보내는 편지

1) 편지 1[2]

저는 아룁니다. 심부름꾼이 이르러 편지를 받고, 죄를 지어 버려진 이 몸을 비루하다 여기지 않음을 알았습니다.[3] 그리고 긴 서찰을 저에게 주시어 고금(古今)의 일을 끌어서 밝혀주시니, 그 펼친 뜻이 심히 높았습니다. 삼가 읽으면서 부끄럽고 감사했습니다. 편지를 보고 요즈음 지내시기가 매우 좋다는 것을 알게 되어 지극히 위로가 되었습니다. 바닷가 변방을 지키면서 아름다운 재주를 감추며 지내십니다.[4] 그러나 벼슬이란 높낮음이 없으니 다만 일과 사물에 따라 마음에 부끄러움이 없게 하면 이것이 통달한 것이 됩니다. 삼복더위에 부디 자애하십시오.

> 與羅巖秘校
> 某啓. 專人至, 承不鄙罪廢, 長牋見及, 援證古今, 陳義甚高, 伏讀愧感. 仍審比來起居佳勝, 至慰!至慰! 守局海徼, 淹屈才美, 然仕無高下, 但能隨事及物, 中無所愧, 卽爲達也. 伏暑, 萬萬自愛.

|주석|

1) 나암 비교(羅巖秘校)에서 비교(秘校)는 관직명이며 비서성교서랑(秘書省校書郎)을 줄인 말이다. 비서성의 5종 속관 중의 제4가 교서랑으로, 전적의 교감, 와

오(訛誤)의 판정 등의 임무를 맡는다.

2) 이 편지는 소성 2년(1095) 6월에 혜주에서 썼다. 『동파문집 (東坡文集)』에 「여부 유암비교(與傅維巖秘校)」로 제목이 되어 있다.

3) 조선본 『구소수간초선(歐蘇手簡抄選)』에는 '전인지승(專人至承)', 이 네 글자가 없다. 즉, "저는 아룁니다. 죄로 폐기된 저를 비루하다 여기지 않으시고, 긴 편지를 주셔서 고금의 일을 끌어서 밝혀주시니, 개진한 뜻이 심히 높아서 엎드려 읽으매 부끄럽고 감사합니다."이다.[某啟. 不鄙罪廢, 長牋見及, 援證古今, 陳義甚高, 伏讀愧感.] '전인지승(專人至承)'과 '장전(長牋)'이 겹치므로 이 네 글자가 없다면 앞뒤 뜻이 더 명확해진다.

4) 바닷가 …… 지내십니다. : 훌륭한 재주가 억눌려 있다는 말이다.

2) 편지 2[1]

저는 아룁니다. 공무를 보며 틈나는 대로 학문에 힘쓰는 일을 그치지는 않았겠지요? 함께 왕래하는 사람은 있는지요? 이곳은 만사가 바다 북쪽의 사정과 달라 저는 문을 닫고 면벽(面壁)[2]할 따름입니다. 그곳에 병을 다스릴 만한 거친 약제[3]가 있으면 약간 보내주시기 바랍니다. 여기는 창출(蒼術)[4]이나 귤피 같은 것을 얻을 수 없습니다. 그러니 다만 거칠고 천한 것이라도 싫어하지 마시고 살피고 헤아려서 몇 가지 품목을 보내주시기 바랍니다. 부탁드렸다고 꾸짖지 말아주십시오.

某啓. 官事有暇, 得爲學不輟否? 有可與往還者乎? 此間百事不類海北, 但杜門面壁而已. 彼中有麤藥治病者, 爲致少許. 此間如蒼術, 橘皮之類, 皆不可得, 但不嫌麤賤, 爲相度致數品. 不罪, 不罪!

1) 이 편지는 소성 4년(1097), 혹은 원부 연간(1098~1100)에 담이에서 썼다.

2) 면벽(面壁) : 여기서는 조용히 지내며 반성하는 의미이다. '면벽'은 원래 벽을 향하여 좌선하는 것이다. 달마(達磨)가 위나라의 숭산 소림사에 숨어 지내며, 경론을 강설하지도 않고, 불상에 절을 지내지도 않으며 종일토록 석벽을 향하여 좌선하며 9년을 지냈다. 이를 면벽구년(面壁九年)이라 한다. 이로 말미암아 그 뒤부터 선승들이 선원에서 좌선하려면 반드시 벽을 향하게 되었다.

3) 거친 약제[麤藥] : 어떤 특정한 목적에 맞게 가공하는 일인 '법제'를 거치지 않는 약을 말한다.

4) 창술(蒼术) : 푸른색의 찰기 있는 좁쌀이다.

6. 임천화[1]에게 보내는 편지

1) 편지 1[2]

저는 아룁니다. 근래 편지를 받고 일에 쫓기어 바로 답장을 드리지 못했지요. 거듭 송구합니다. 봄추위에 잘 지내고 계시리라 생각합니다. 화재(火災)[3]가 난 후, 공께서는 백 가지 일로 정신이 수고로울 것입니다. 그러나 백성들을 위해 애쓰실 일에 게으르지 않으시겠지요. 만나서 마음을 펼 길이 없습니다. 부디 자애하시기 바랍니다. 이만 줄입니다.

> 與林天和
> 某啓. 近辱手書, 冗中不果卽答, 悚息, 悚息! 春寒, 想體中佳勝. 火後
> 凡百勞神用, 勤民之意, 計不倦也. 未由披奉, 萬萬自愛. 不宣.

| 주석 |

1) 천화(天和)는 임변(林忭)의 자이다. 희녕 9년에 진사가 되었고, 소식이 혜주에 있을 때 임천화는 혜주 박라현(博羅縣)의 현령이었다. 혜주의 동, 서, 북쪽의 주요 5개 지구의 태수들은 그에게 술과 음식을 보내왔고, 혜주 태수 첨범과 박라 현령 임천화는 동파의 절친한 친구가 되었다.
2) 이 편지는 소성 3년(1096) 정월, 혜주에서 썼다.
3) 화재(火災) : 이해 정월 1일에 박라현에 불이 나서, 한 마을이 모두 잿더미가 되

었다. 소식이 이 시기에 쓴 「여정정보(與程正輔)」에서 "박라현에 정월 1일 밤, 갑자기 큰불이 나서 한 마을이 온통 잿더미가 되었습니다. 공사가 모두 사라지고 없습니다."라고 하였다.[是年正月一日, 博羅失火, 一邑皆爲灰爐. 「與程正輔」 '博羅正月一日夜, 忽失火, 一邑皆為灰爐, 公私蕩然.'] 張志烈, 馬德富, 周裕鍇 主編, 『蘇軾全集校注』 문집7, 5,949쪽, 문집8, 6,072쪽.

2) 편지 2[1]

저는 아룁니다. 요즈음 찌는 더위에 건강은 좋으신지요? 보내주신 양매(楊梅)[2]를 받고 고마운 마음을 잊을 수 없었습니다. 듣건대 산강화(山薑花)[3]가 피려 한다니, 제가 유몽득(劉夢得)[4]의 시를 적어 보내면 아마도 이 산강화 선물을 받을 수 있겠지요. 웃어봅니다. 풍악교(豐樂橋)를 짓는 여러 목장(木匠)이 휴가를 청하여 잠시 돌아갔는데, 여러 날이 지나도 도착하지 않고 있습니다. 감히 부탁드리건대, 지휘하여 그 사람들을 붙잡아 보내주시면 다행이겠습니다.[5] 바쁘게 편지 올립니다. 꾸짖지 마십시오.

某啓. 比日蒸熱, 體中佳否? 承惠楊梅, 感佩之至. 聞山薑花欲出, 錄夢得詩去, 庶致此餽也. 呵呵. 豐樂橋數木匠, 請假暫歸, 多日不至, 敢煩旨麾勾押送來爲幸. 草草奉啓. 不罪.

| 주석 |

1) 이 편지는 소성 3년(1096) 6월 내지 7월, 혜주에서 썼다. 혜주에 있으면서 혜주의 동쪽과 서쪽 두 다리를 건축하였다.

2) 양매(楊梅) : 소귀나뭇과에 속한 상록 활엽 교목으로 혜주(惠州) 토산물이다. 여

름에 자줏빛 열매가 앵두처럼 둥글게 맺고 산기슭 양지에서 잘 자란다.

3) 산강화(山薑花) : 강과이며, 다년생 상록 초목이다. 그 뿌리와 꽃이 약용으로 쓰인다.

4) 유몽득(劉夢得) : 당나라 재상 유우석(劉禹錫, 772~842)으로 자가 몽득(夢得)이다. 유몽득의 시 「최원수소부자폄소환유산강화이시답지(崔元受少府自貶所還遺山薑花以詩答之)」에서, "옛 벗 박라 현위가 나에게 산강화를 보내주었네."[故人博羅尉, 遺我山姜花.]라고 하였다. 이 당시 임천화는 박라 현령으로 있었는데 소동파는 유몽득의 시에 나온 박라 현위를 임천화에게 빗대었다.

5) 풍악교 …… 다행이겠습니다. : 이 일은 백학봉에 새로 지은 거주지와 관련이 있다. 이해에 동파는 성읍을 개축, 재건하는 일에 관심을 기울였다. 주현의 태수와 협의하여 혜주에 다리 두 개를 세웠다. 하나는 강을 가로질러 놓았고, 또 하나는 혜주의 호수 위를 가로질러 놓도록 했다.

3) 편지 3[1]

고군(高君)이 한번 병석에 눕더니 마침내 세상을 떠나 하늘로 갔습니다.[2] 상심이 깊습니다. 그 가족들은 생계를 잃지나 않았는지요?[3] 장역(瘴疫)이 만연하여 쓰러진 이들을 다 셀 수 없으니 이를 어찌해야 합니까! 저역시 대략 열흘 사이에 두 여사(女使)[4]을 잃었습니다. 귀양살이 쓸쓸한데거듭 이런 낭패까지 당했으니, 이 소식을 들은 공께서도 역시 저를 안타깝게 여기실 것입니다.

> 高君一臥遂化, 深可傷念, 其家不失所否? 瘴疫橫流, 僵卜者不可勝計, 奈何, 奈何! 某亦旬浹之間, 喪兩女使, 謫居牢落, 又有此狼狽, 想聞之亦爲之憮然也.

1) 이 편지는 소성 3년(1096) 8~9월에 혜주에서 썼다.

2) 고군(高君) …… 갔습니다. : 고군은 귀선현(현 광동성)의 현령을 가리킨다. 이름과 자는 알 수 없다. '날개 달린 신선이 되다'는 말은 죽음을 미화하여 표현한 것이다.

3) 그 가족들은 …… 않았는지요?[其家不失所否] : '실소(失所)'는 '그 사람이 있어야 할 자리에 있지 않고 헤매고 있다'는 뜻이다.

4) 두 여사(女使) : 여기서 '여사(女使)'는 '여자 사환'으로 '종과 첩'을 말한다. 시기로 볼 때 한 명은 왕조운이다. 이해 소식은 화목하게 지내던 시첩 왕조운과 사별하였다. 조운은 소성 3년 7월 5일에 병사하여, 8월 5일에 안장되었다.
소식은 「왕조운묘지명(王朝雲墓誌銘)」을 지었다.[侍妾王朝雲和另一婢. 朝雲以紹聖三年七月五日病死, 八月五日安葬. 見蘇軾文『王朝雲墓誌銘』.] 張志烈, 馬德富, 周裕鍇 主編,『蘇軾全集校注』문집8, 6,081~6,082쪽. 소식은 23년 동안 자신의 곁을 지켜온 조운의 죽음을 애통해하며 지은 시「우중화만(雨中花慢)」에서 "단청으로 그려놓은 그대 초상화, 말도 없고 웃음도 없어, 보노라니 애간장에 근심 잔뜩 맺히네. 옷깃과 소매 위에, 아직도 눈썹 화장 남아 있건만, 차츰차츰 남은 향이 사라져가네. 취하고 난 뒤에는 잊는다지만, 술 깨면 또 그리운 걸 어찌하겠나? 그대를 저버렸음을 생각하면서, 베개 앞에 앉아서 진주 같은 눈물을, 천 방울 만 방울 흘리네."[丹青入畫, 無言無笑, 看了漫結愁腸. 襟袖上, 猶存殘黛, 漸減餘香. 一自醉中忘了, 奈何酒後思量. 算應負你, 枕前珠淚, 萬點千行.]라고 하였다.

4) 편지 4[1]

저는 아룁니다. 요사이 편지를 받고, 삼가 헤어진 후에 기거가 좋았음을 알았습니다. 그립던 마음에 몹시 위로가 되었지요. 여러 날 밤, 달빛은 빼어나게 맑습니다. 함께 감상하지 못하는 것이 한스럽습니다. 생각건대 또한 그대도 그림자를 돌아보며 술을 따르고 계시겠지요.[2] 곧바로 만나서 마음을 털고 이야기 나누지 못합니다. 부디 자중하시기 바라며 이만 줄입니다.

某啓. 近日辱書, 伏承別後起居佳勝, 甚慰馳仰. 數夕月色淸絶, 恨不同賞, 想亦顧影獨酌而已. 未卽披奉, 萬萬自重. 不宣.

| 주석 |

1) 이 편지는 소성 3년(1096) 가을에 혜주에서 썼다.
2) 소식은 도연명과 이백의 시를 좋아하였다. 도연명은 「음주(飮酒)」 시 서문에서, "내 그림자를 벗 삼아 홀로 다 비우고 금방 취해 버렸다."[顧影獨盡, 忽焉復醉.]라고 하였다. 이백(李白)은 「월하독작(月下獨酌)」에서, "꽃나무 사이에서 한 동이 술을, 친구 없이 혼자 술을 마신다네."[花間一壺酒, 獨酌無相親.]라고 하였다.

5) 편지 5[1]

저는 아룁니다. 요즈음 지나시는 길에 방문하여 주셨지요. 병중이라[2] 한스럽게도 정성껏 모시지 못했습니다. 그런데 또 인편이 와서 편지를 받들면서 기거가 좋음을 두루 살폈습니다. 지극히 위로가 됩니다. 머잖아 중추(中秋)절인데, 생각건대 다시 바람결과 달빛이 아름다울 것 같습니다. 가까이 모실 길 없어 다만 더욱 서운하고 그립습니다. 곧 서늘해지니³⁾ 부디 몸을 아끼십시오.

> 某啓. 近辱過訪, 病中恨不款奉. 人來枉手教, 具審起居佳勝, 至慰, 至慰! 旦夕中秋, 想復佳風月, 莫由陪接, 但增悵仰也. 乍涼, 千萬自重.

| 주석 |

1) 이 편지는 소성 2년(1095) 8월, 혜주에서 썼다.

2) 소식은 이해 5월에서 6월 중까지 치질로 병을 앓았다.

3) 곧 서늘해지니[乍涼] : 사량(乍涼)은 음력 8월을 달리 이르는 말로, 흔히 서간문에서 쓰인다.

6) 편지 6¹⁾

저는 아룁니다. 편지를 받고 기거가 좋으심을 알았습니다. 편지에서 말씀하신 대로, 어린 가솔들²⁾이 이미 성(城)에 도착했다고 합니다. 객지를 떠도는 중에 만나는 한 가지 기쁜 일입니다. 그러나 늙은이나 어린아이나 떠들썩하고 어수선하며, 많은 식구에 먹을 것은 없고, 예전의 고적한 생활이 꼭 좋지 않다고는 할 수 없을 것 같군요.³⁾ 한바탕 웃어봅니다. 찌는 듯한 더위가 풀리지 않습니다.⁴⁾ 부디 때에 맞춰 자중하시기 바랍니다.

某啓. 辱書, 伏承起居佳勝. 示諭幼累已到城, 流寓中一喜事. 然老
穉紛紛, 口衆食貧, 向之孤寂, 未必不佳也. 可以一笑. 蒸鬱未解, 萬
萬以時自重.

| 주석 |

1) 이 편지는 소성 4년(1097) 2월, 혜주에서 썼다.
2) 어린 가솔들 : 큰아들 매(邁)가 혜주에 이르러 먼저 박라에 들렀는데, 임변이 미
   리 이를 알렸다. 이해 큰아들 소매가 아우 과의 가족과 자신의 권속을 이끌고 혜
   주로 왔다. 둘째 소태(蘇台) 일가는 의흥에 남아 있었다. 두 아들과 며느리를 따
   라서 세 명의 손자들이 왔다.
3) 그러나 …… 같군요. : 예전의 빈한하고 고적한 생활이 꼭 안 좋다고 말할 순 없
   는 것은, 가족들이 많이 모이니 당장 먹을 것도 부족하고 어수선한 점도 있어
   서이다.
4) 찌는 …… 않습니다. : 혜주 땅은 열대 지역으로 2월이지만 이미 내륙은 여름 무
   더위에 가까웠다.

7) 편지 7[1]

저는 아룁니다. 어제는 강변에서 우연히 만났지만 미처 소회를 다 밝
히지 못했습니다.[2] 내일은 아침 식사에 그대를 초대하여 조금이나마 정
담을 나누고자 합니다. 인마(人馬)가 없어 몸소 찾아뵙지 못합니다. 그러
니 꾸짖지 마십시오.

某啓. 昨日江干邂逅, 未盡所懷. 來日欲奉屈早膳, 庶少款曲. 闕人, 不獲躬詣. 不罪.

1) 이 편지는 소성 3년(1096), 혜주에서 썼다.

2) 어제는 …… 못했습니다.[昨日江干邂逅] : 강간(江干)은 강 두둑이나 강 언저리
   를 말한다.

7. 장조청[1]에게 보내는 편지

1) 편지 1[2]

저는 아룁니다. 저의 형제는 떠돌아다니다[3] 함께 공의 고을에 머물렀지요. 공께선 저희를 비루하다 여기지 않고 더욱 다정히 살펴주셨습니다. 그 높으신 의리에 감복하여 송구한 마음 그치지 않습니다. 헤어진 지 얼마 지나지 않았는데도 우러러 그리운 마음이 날마다 더합니다. 요즈음 기거는 어떠하신지요?

저는 이미 경주(瓊州)에 도착하였습니다. 바다를 건너면서도 염려될 것은 없었으니, 이 모든 것은 공이 보살펴준 덕분입니다. 조만간 서쪽으로 가게 됩니다. 공이 계신 곳을 바라보면 더욱 멀어져 후일을 기약할 수 없겠지요. 부디 때에 맞춰 몸을 조심하여 못난 이 사람의 마음을 위로해 주십시오. 길을 가며 답장 글을 짓습니다. 간략하여 말씀을 다 아뢰지 못합니다.

與張朝請
某啓. 兄弟流落, 同造治下, 蒙不鄙遺, 眷待有加. 感服高誼, 悚佩不已. 別來未幾, 思仰日深. 比日起居何如? 某已到瓊, 過海無虞, 皆託餘庇. 旦夕西去, 佃望逾遠, 後會無期. 惟若時自重, 慰此區區. 途次裁謝, 草草不宣.

1) 장조청(張朝請) : 장봉(張逢)으로 이 당시 조청랑 뇌주(雷州) 태수였다. 소식의 문하생이다. 뇌주 태수 장봉은 소씨 형제를 매우 숭배하는 사람이었다. 그는 소씨 형제를 위해 크게 환영잔치를 베풀어주고 음식과 술을 보내왔다. 결국 뇌주 태수 장봉은 이 일로 인해 이듬해 탄핵되어 면직당했다. 西川文仲 註解, 『구소수간주해』에서는 '장봉(張逢)'을 '장몽(張蒙)'으로 썼다.

2) 이 편지는 소성 4년(1097) 6월에 혜주를 떠나 담주로 부임하러 가는 도중, 경주(瓊州)에 도착하여 썼다. 소식은 4월에 경주별가(瓊州別駕) 창화군(昌化軍)으로 임명을 받고 6월에 바다를 건너서 7월에 담주(儋州) 유배지에 도착하였다.

3) 저의 형제는 떠돌아다니다 : 소동파는 선대의 조정을 비방했다는 죄목으로 혜주로 좌천되었는데, 아우 소자유도 이에 연루하여 뇌주(雷州)로 좌천되었다. 이 두 지역은 모두 남방의 미개 지역으로 두 형제는 남쪽으로 가는 도중에 잠깐 만났다. 훗날 소동파는 다시 좌천되어 소자유와 작별도 못한 채 떠났다. 해남에 도착한 그는 해남과 뇌주는 비록 커다란 바다가 가로막혀 있지만 그래도 멀리서 서로 바라볼 수 있다라며 시를 지어 동생을 위로했다.

2) 편지 2[1]

저는 아룁니다. 해남(海南)[2]의 풍습과 인정은 공이 다스리는 곳과 대략 서로 비슷합니다. 그러나 먹을 것과 사람 사는 모습에 이르러선 몹시 쓸쓸하여 해강(海康)[3]과의 차이는 큽니다. 이곳에 도착한 후 문을 걸어 잠그고 묵묵히 앉아 있으니, 시끄러운 곳이나 적막한 곳 모두 같은 이치입니다. 사람을 보내 저를 호송해 주시니 매우 힘을 받았습니다. 감사하고 감사합니다.[4]

동생 자유가 머물 처소를 만약 일찍 마련한다면, 그에게 한 곳 안정된 거처를 얻게 할 것입니다. 저는 속세의 일을 버리고 홀로 노닐게 되었으니[5] 이는 바로 공의 두터운 은혜입니다. 우리 아이[6]는 일을 주간(主幹)하느라 편지 드릴 틈이 없으니 꾸짖지 마십시오.

> 某啓. 海南風氣與治下略相似. 至於食物人煙, 蕭條之甚, 去海康遠矣. 到後杜門默坐, 喧寂一致也. 蒙差人津送, 極得力, 感感. 舍弟居止處, 若早得成, 令渠獲一定居. 遺物離人而游於獨, 乃公之厚賜也. 兒子幹事, 未暇上狀. 不罪.

| 주석 |

1) 이 편지는 소성 4년(1097) 7월, 담이에서 썼다. 이해 7월에 쓴 「도창화군사표(到昌化軍謝表)」에서 "신은 외롭고 늙어 의탁할 곳이 없고 장독과 염병이 교대로 침해합니다. 자식과 손자들은 강변에서 통곡하면서 이미 사별을 하였고, 도깨비들은 해상에서 맞이하니, 어찌 살아 돌아갈 수 있겠습니까? 은덕을 갚을 날이 어느 때나 될까 생각함에 이 마음이 허락되지 않으니 서글픕니다. 신 엎드려 눈물을 흘리면서 말씀드릴 바를 모르겠습니다."라고 하였다.[而臣孤老無托, 瘴癘交攻. 子孫慟哭於江邊, 已爲死別 ; 魑魅逢迎於海上, 寧許生還. 念報德之何時, 悼此心之永已. 俯伏流涕, 不知所云. 臣無任.] 張志烈, 馬德富, 周裕鍇 主編, 『蘇軾全集校注』 문집4, 2,782쪽.

2) 해남(海南) : 담이를 가리킨다. 담이는 해남도에 있는 주애(朱崖)이다.

3) 해강(海康) : 뇌주부에 속하며 아마 장조청이 다스리는 고을인 것 같다. 뇌주(雷州)는 지금의 광동성(廣東省) 해강현(海康縣)이다.

4) 사람을 …… 감사합니다. : 이때 이미 창화군 유배지에 도착하였고 뇌주로 보내진 사환에게 이 편지를 지어 감사를 드렸다.

5) 홀로 노닐게 되었으니 : 『장자(莊子)』 「전자방(田子方)」에서 "외물도 떨쳐 버리고 인간 세상도 벗어나서 홀로 초연히 서 있는 듯하다."[似遺物離人而立於獨也.]라는 말이 나온다.

6) 우리 아이 : 어린 아들은 과(過)를 말한다.

3) 편지 3[1]

저는 아룁니다. 오랫동안 문안을 드리지 못했습니다. 늙고 병든 몸에 두려움까지 많습니다. 소홀히 여겨 그런 것은 아니니 살펴주시지요. 신군사(新軍使)[2]가 가지고 온 편지를 받고 요즈음 일상생활이 좋으시다는 것을 두루 알게 되어 감사하면서 큰 위로가 되었습니다. 저는 이곳에 도착하여 수개월 동안 병으로 누워 있었지요. 지금은 다행스럽게 조금 나았습니다. 오랫동안 빈 골짜기에 피해 있다 보니[3] 나날이 초췌해집니다. 그러나 편지로 인하여 그리움이 더해져 또다시 슬퍼집니다. 부디 때에 맞춰 몸을 보살피시길 바랍니다. 이것이 저의 간절한 생각입니다.

某啓. 久不上問, 想察其衰疾多畏, 非簡慢也. 新軍使來, 捧敎字, 具審比日起居佳勝, 感慰兼極. 某到此, 數月臥病, 今幸少間. 久逃空谷, 日就枯槁, 而因書增望, 又復悵然. 尙冀若時自厚, 區區之餘意也.

| 주석 |

1) 이 편지는 소성 4년(1097) 겨울에 담이에서 썼다. 이곳에서 좋은 현령 장중(張中)을 만났다. 그는 대단한 동파 숭배자로 장기도 아주 잘 두었고, 아들 과와의 우의도 돈독했다. 장중의 호의로 관사를 얻어 동파 부자가 머물렀으며, 이 집

은 정부 관사였는데, 장중은 공금으로 이 집을 수리하였다. 이 일로 그는 나중에 곤경에 처하였다.

2) 신군사(新軍使) : 신군사는 현령 장중(張中)이다. 장중이 부임하여 도착한 것이 대략 겨울의 일이다. 이에 장중은 임소로 오면서 장봉(장조청)의 회신 편지를 가져왔다.[新軍使, 卽張中. 張中到任約爲多季事. 此乃張中到任所帶張逢書之回信.] 張志烈, 馬德富, 周裕鍇 主編, 『蘇軾全集校注』 문집8, 6,428쪽.

3) 오랫동안 …… 있다 보니 : 소동파가 유배지에 있음을 말한다. 소동파의 「십팔대아라한송(十八大阿羅漢頌)」을 보면 "촉나라 사람 김수장 씨가 십팔대아라한을 그렸다. 내가 귀양 가서 담이에 머물 때 민간에서 얻어 보았다. 해남 땅이 황폐하고 비루하여 세상 사람들과 같지 않았다. 이 그림이 어찌하여 여기에 있는가? 오랫동안 아무것도 없는 쓸쓸한 골짜기로 도망하였는데 마치 벗을 본 듯하여."라고 하였다.[蜀金水張氏, 畫十八大阿羅漢. 軾謫居儋耳, 得之民間. 海南荒陋, 不類人世, 此畫何自至哉!久逃空谷, 如見師友.] 張志烈, 馬德富, 周裕鍇 主編, 『蘇軾全集校注』 문집3, 2,247쪽.

4) 편지 4[1]

저는 다시 아룁니다. 이미 임금의 조명(詔命)이 있어서[2] 심히 여론에 부응했다는 것을 들었습니다. 조만간 서울 길에 오르시겠지요. 마땅히 축하 편지를 갖추겠습니다. 저는 계장(啓狀)[3]을 정서하여 베낄 만한 사람이 없어 단지 제 글씨로 써서 보내드립니다. 너그러이 보아주시길 바랍니다.

某再啓. 聞已有詔命, 甚慰輿議, 想旦夕登途也, 當別具賀幅. 某闕人寫啓狀, 止用手尺, 乞加恕.

1) 이 편지는 원부 연간(1098~1100), 담이에서 썼다. 원부 3년(1100) 정월에 철종이 붕어하고 휘종이 즉위하였다. 2월에 휘종이 대사면을 내려서 염주로 옮겨갔다. 4월에 휘종이 아들을 얻자 다시 조칙이 내려서 서주 단련부사로 영주에 안치되었다. 6월에 바다를 건너 북으로 돌아왔다. 영주에 도착하자 조봉랑에 복직되었다.

2) 임금의 조명(詔命)이 있어서 : 외직에서 중앙으로 가게 된 것을 말한다. 조명은 조서(詔書)와 같다.

3) 계장(啓狀) : 계장은 임금에게 상주하는 글이나 문서이다. 계장을 올릴 때는 깨끗하게 정서하여 올린다. 보통 사람들끼리는 초서로 빠르게 글을 써서 보내지만, 윗사람들에게 글을 보낼 때는 베껴서 바르게 쓰게 한다.

5) 편지 5[1]

저는 아룁니다. 아우 자유가 크게 그대의 보살핌[2]을 받았습니다. 일일이 감사의 말씀을 다 드리기가 쉽지 않습니다. 새봄을 맞이하여 해상(海上)[3]에서 시를 읊고 소요하는 여가에 즐거운 일이 충분히 있겠지요. 이곳 섬 바깥[4]은 외롭고 쓸쓸한 곳이라 봄빛도 이르지 않는군요.

某啓. 子由荷存芘深矣, 不易一一言謝也. 新春海上, 嘯詠之餘, 有足樂者. 此島外孤寄, 春色所不到也.

| 주석 |

1) 이 편지는 원부 원년(1098) 정월에 담이에서 썼다.

2) 보살핌[芘] : 비(芘)는 비(庇)와 음(陰)의 뜻(덮는다, 보살피다)이 같다.

3) 해상(海上) : 뇌주에 해강현이 있으므로 해강현을 '해상(海上)'이라 하였다.

4) 섬 바깥[島外] : 도외(島外)는 담주가 애주 해변가에 있다는 말로, 춘풍이 미치지
   못하여 지역이 외롭고 쓸쓸하다는 것을 알 수 있다.

8. 통판선의[1]에게 보내는 편지[2]

저는 아룁니다. 잠깐 서늘해졌습니다. 일상생활이 좋으시고 집안 식구들도 모두 건강하시리라 멀리서 생각합니다. 저는 홀로 많은 일을 짊어져 오랫동안 공께 문안을 드리지 못했습니다. 의아하게 여기지는 않으시겠지요. 공의 아드님이 우연히 추천을 받지 못한 것은, 시명(時命)[3]이 제대로 이루어지지 않는 것입니다. 학문에서 과실이 있어서 그런 것은 아니지요. 듣자니 노형께서는 내년에 일이 잘 풀려 면직이 되면 곧바로 다시 궐원(闕員)[4]으로 임명된다고 하지요. 만약 궐원으로 가시는 외직에 임명되지 않으면 한번 만나 뵐 수 있을 것입니다. 참으로 다행이지요. 뵙지 못하는 사이 부디 때에 맞춰 몸을 아껴주십시오.

> 與通判宣義
> 某啓. 薄冷, 遠想起居佳勝, 眷愛各安健. 獨負多事, 久不通問, 想未訝也. 令子偶失薦, 時命未遂, 非學之咎. 聞老兄明年美解便起闕, 若未補外, 猶得一見. 幸甚. 未間, 千萬順時保嗇.

| 주석 |

1) 통판선의(通判宣義)에서 통판(通判)은 주현관, 선의(宣義)는 선의랑이며 정7품이다. 이 사람이 누구인지는 알 수 없다.[通判, 州縣官, 宣義, 宣義郎, 正七品, 未審其人.] 西川文仲 註解, 『구소수간주해』.

2) 이 편지는 『소동파전집(蘇東坡全集)』에 수록되어 있지 않다. 편지를 쓴 시기를 알 수 없다.

3) 시명(時命) : 시운과 천명을 이른다.

4) 궐원(闕員) : 사람이 빠져 채워지지 않고 빔, 또는 모자라는 인원을 말한다.

9. 이대부¹⁾에게 보내는 편지

저는 아룁니다. 최근 올린 편지는 잘 도착했겠지요. 요즈음 잘 지내신지요. 가뭄의 형세가 이와 같으니 백성들 돌보느라²⁾, 몹시 마음을 태우고 애를 쓰고 계실 것입니다. 예전에 보았던 『태평광기(太平廣記)』³⁾에서는 이렇게 말하더군요. "호랑이 머리뼈를 용이 있는 연못 가운데 매달아 놓으면, 비를 오게 할 수 있다. 호랑이 머리뼈를 긴 동아줄⁴⁾에 묶어서, 비가 충분히 오면 밖으로 꺼낸다. 그렇지 않으면, 비는 그치지 않는다." 근래 서주(徐州)와 황주(黃州)에 있으면서 시험해 보았는데 모두 효험이 있어 감히 말씀드립니다. 질책하지 마십시오.

저는 가솔들을 의진(儀眞)⁵⁾에 남겨두고 가벼운 행차로 이곳에 이르렀습니다. 며칠이 지나면 돌아가 가솔들을 데리고 옮기려 합니다. 가뭄에 물길이 통하기를 기다려 곧 공이 계신 읍중에 도착할 수 있겠습니다.⁶⁾ 그리워하는 마음 간절한데, 독한 더위에 백성을 위해 부디 자애하십시오. 이만 줄입니다.

與李大夫

某啓. 近奉狀必達. 比日伏計起居佳勝. 旱勢如此. 撫字之懷, 想極焦勞. 舊見『太平廣記』云, 以虎頭骨縋之有龍湫潭中, 能致雨, 仍須以長縆繫之, 雨足乃取出, 不爾, 雨不止. 比在徐與黃試之, 皆有驗, 敢以告. 不罪, 不罪! 某家在儀眞, 輕騎到此, 數日卻還般挈, 須水通乃能至邑中拜見. 傾企之甚, 毒熱千萬爲民自愛. 不宣.

1) 이대부(李大夫)가 누구인지는 자세하지 않다.

2) 백성을 돌보느라[撫字] : '무자(撫字)'는 애를 써서 잘 돌보아 사랑으로 기른다는 말이다.

3) 『태평광기(太平廣記)』 : 중국 송나라 978년에 간행된 총서로 전 500권이다. 이방(李昉)이 칙명을 받들어 감수하고 한(漢) 시대부터 오대(五代)에 이르는 340종의 책에서 뽑은 것으로, 전설(傳說)·기문(奇聞)을 모아, 신선(神仙)·방사(方士)·명현(名賢)·장수(將帥)·호협(豪俠)·부인(婦人)·신귀(神鬼)·기교(伎巧)·호사(狐蛇)·만이(蠻夷) 등 제 항목으로 나누어 수록하였다. 현재는 절반이 실전되었다.

4) 동아줄[綆] : 경(綆)은 동아줄이다.

5) 의진(儀眞) : 양주부 의진현이다.

6) 물길이 …… 도착할 수 있겠습니다.[須水通乃能至邑中拜見] : 수통(水通)은 가뭄이 들어 하수가 말랐음을 이른다.

10. 모유첨[1]에게 보내는 편지[2]

한 해도 어느덧 가고 비바람은 쓸쓸히 불어옵니다. 종이로 바른 창문, 대나무로 엮은 집에서 등잔불이 푸르게 빛납니다. 이런 때에 아름다운 흥취를 조금 즐기지요. 이 정취를 보내드릴 길 없어 혼자 누리려니 부끄럽습니다. 한번 웃어주시지요.

> 與毛維瞻
>
> 歲行盡矣, 風雨淒然. 紙牕竹屋, 燈火靑熒. 時於此間, 得少佳趣, 由
> 持獻, 獨享爲愧, 想當一笑也.

| 주석 |

1) 모유첨(毛維瞻, 1011~?)은 자가 국진(國鎭)으로, 구주 서안 사람이다. 천성 2년에 진사가 되었고, 시로 이름을 얻었다. 개봉부 추관에 이어 균주 지주, 호주 지주를 지냈으며 균주 지주로 있을 때, 소철의 유배지를 찾아 함께 시를 창화하였다.[毛國鎭, 毛維瞻, 字國鎭, 衢州西安人. 天聖二年進士, 以詩名. 歷開封府推官, 累知筠州, 潮州. 知筠州時, 蘇轍適謫其地, 相與唱和.] 張志烈, 馬德富, 周裕鍇 主編, 『蘇軾全集校注』문집9, 6,522~6,523쪽. 이 책 『동파 상』29편에 「모국진에게 보내는 별지」[與毛國鎭別紙]가 있다.

2) 이 편지는 원풍 4년(1081) 12월, 황주에서 썼다. 소철이 원풍 3년 6월에 균주 폄소로 갈 당시에 모유첨은 균주 지주였다. 원풍 5년 여름과 가을 사이에 모유첨

은 임기를 다하고 균주를 떠났다.

11. 오장 수재[1]에게 보내는 편지[2]

저는 말합니다. 내가 젊은 시절 책부(冊府)[3]에서 재직할 때, 일찍이 시강(侍講) 벼슬을 하던 선친을 아랫자리에서 접견[4]하였지요. 생사(生死)의 이별을 겪고[5] 한 세상 부침하다가[6] 그대와 강호(江湖)[7]에서 만나게 되니, 감탄이 그치지 않습니다. 이곳 산중까지 방문해 주셨는데 달리 정성을 기울이지 못했습니다. 머무는 며칠 동안 기거는 편안했는지요? 변변찮게 병을 얻고 바람 쐬는 것이 두려워 나아가 뵈올 엄두를 내지 못하였습니다. 제가 면직되고 떠나면 점차 멀어질 것이니,[8] 부디 때에 맞추어 자중하기 바랍니다.

> 與吳將秀才
> 某啓. 某少時在冊府, 尚及接見先侍講下風, 死生契闊, 俯仰一世. 與君相遇江湖, 感嘆不已. 辱訪山中, 殊不盡意. 數日起居佳否? 以拙疾畏風, 不果上謁. 解去漸遠, 萬萬以時自重.

| 주석 |

1) 오장(吳將) 수재(秀才)에 대해선 알려진 바가 없다.

2) 이 편지는 원풍 연간에 황주에서 썼다.

3) 책부(冊府) : 책부(策府)라고도 한다. 고대에 제왕의 서책을 간직해 둔 곳이다. 이 당시는 치평 중 재임한 관직의 일을 가리킨다. 소식은 치평 2년(1065)에 상서

사부(尙書祠部) 원외랑(員外郞) 직사간(直史館)으로 있었다.[策府. 古時帝王藏書之所, 此代指治平中任館職之事.] 張志烈, 馬德富, 周裕鍇 主編, 『蘇軾全集校注』 문집8, 6,338쪽. 책부는 한림원을 뜻하기도 한다.

4) 아랫자리에서 접견[接見 …… 下風] : 하풍(下風)은 아랫자리로 상대의 교화가 미치는 아랫자리라는 뜻이다. 자신을 낮추는 겸사이다. 접견은 접봉의 뜻이다.

5) 생사의 이별을 겪고[死生契闊] : '사생계활(死生契闊)'은 『시경』 「패풍격고(邶風擊鼓)」의 "죽든 살든 멀리 떨어져 있든 그대와의 약속 이루자고 하였노라.[死生契闊 與子成說]"에서 나온 말로 생사별리(生死別離)를 말한다.

6) 한 세상 부침하다가[俯仰一世] : '부앙일세(俯仰一世)'는 왕희지(王羲之)가 지은 「난정서(蘭亭序)」의 "무릇 사람이 세상에 태어나서 하늘을 우러르고 땅을 굽어보며 한평생을 살아감에, 어떤 이는 회포를 끌어내어 벗들과 한방에 마주 앉아 이야기하기도 하고, 또 어떤 이는 자기에게 기탁된 사상을 근거로 육체 밖에서 마음대로 놀기도 하였다."[夫人之相與, 俯仰一世, 或取諸懷抱, 悟言一室之內, 或因寄所託, 放浪形骸之外.]에서 나온 말이다.

7) 강호(江湖) : 사방 각지의 세간(世間)이나 세상, 민간을 말하며 은자의 거처이기도 하다.

8) 제가 …… 것이니[解去漸遠] : '해거점원(解去漸遠)'은 '인끈을 풀어 던지고' 즉, '관직을 그만두고 떠나면' 점점 멀어진다는 말이다.

12. 원진주[1]에게 보내는 편지

1) 편지 1[2]

　저는 아룁니다. 죄를 짓고 버림받아 떠돌아다니는 이 몸은, 다시는 여러 진신(搢紳)[3]의 반열에 나란히 낄 수 없을 것입니다. 공은 훌륭한 덕과 높은 명망으로 이에 기꺼이 몸을 낮춰 편지로 문안해 주시니, 감개를 말로 다할 수 없습니다. 요즈음 가을 날씨가 서늘한데 건강은 좋으신지요. 저는 삼일이나 오일이 지나면 이곳 황주를 떠납니다.[4] 공과 바라보는 거리가 멀지 않을 것이니 마음은 뛸 듯 기쁩니다. 다시 때에 맞춰 몸을 아끼십시오. 이것이 간곡한 저의 바람입니다. 인편이 돌아가니 인사 올립니다. 이만 줄입니다.

> 與袁眞州
>
> 某啓. 罪廢流落, 不復自比數搢紳間. 公盛德雅望, 乃肯屈賜書問, 感愧不可言也. 比日履茲新涼, 尊體佳勝. 某更三五日離此, 瞻望不遠, 踴躍於懷. 更乞以時保練, 區區之禱. 人還, 布謝. 不宣.

| 주석 |

1) 원진주(袁眞州)는 원척으로 자는 세필이고, 호가 둔옹이며, 남창인이다. 경력 6년(1046)에 진사 급제하여 관직이 태상박사에 이르렀다. 저서로 『둔옹집(遯翁

集)』을 남겼다. 진주는 강소(江蘇) 의진의 치소이다. 생각건대, 원척은 이 당시 진주 지주로 있었던 것 같다.[袁眞州, 袁陟, 字世弼, 號遯翁, 南昌人. 慶歷六年, 進士及第. 官至太常博士. 著有『遯翁集』. 眞州, 治令江蘇儀眞. 案, 袁陟時知 眞州.] 張志烈, 馬德富, 周裕鍇 主編, 『蘇軾全集校注』 문집8, 6,286쪽.

2) 이 편지는 원풍 7년(1084) 7월에 황주에서 여주로 옮겨가는 중 쓴 편지이다. 소 식은 이해 정월에 여주의 단련부사로 임명되었다. 4월에 황주를 떠나 여산, 석 종산을 유람하고 금릉을 지나다 왕안석을 방문하였다. 10월에 상주에 거주할 것을 조정에 청하였다. 이 시기 「제서림벽(題西林壁)」, 「석종산기(石鐘山記)」 를 지었다.

3) 진신(搢紳) : 관위나 신분이 높은 사람으로 지체 높은 벼슬아치를 이른다.

4) 저는 …… 떠납니다. : 이곳은 금릉이다. 이 당시 소식은 이미 황주를 떠나 금릉 에 다다랐는데 원척도 의진에서 전사를 보내 맞이해 주었다.[此指金陵. 其時 蘇軾已自黃州抵金陵, 袁陟自儀眞專使來迎.] 張志烈, 馬德富, 周裕鍇 主編, 『蘇軾全集校注』 문집8, 6,286~6,287쪽.

2) 편지 2[1]

제가 금릉(金陵)[2]에 도착한 지 한 달이 되었습니다. 저의 가솔이 번갈아 와병하면서 끝내 젖먹이[3] 하나를 잃었습니다. 고통과 비통함으로 거의 슬 픔을 감당할 수 없습니다. 간절히 어르신의 풍채를 뵈려 하였지만, 날아서 갈 수 없으니 한스럽습니다. 공은 어짊과 후덕하심으로 저를 측은히 여기 시어, 한층 더 위로해 주시니, 불초한 제가 어찌 이런 은혜를 입는지요. 거 듭 송구스럽습니다. 답장 편지[4]를 정서할 사람이 없고, 대부분 예를 갖추 지 못했으니 더욱 살펴주시기 바랍니다.

某到金陵一月矣, 以賤累更臥病, 竟卒一乳兒. 勞苦悲惱, 殆不堪懷. 渴見風采, 恨不飛去. 公仁厚愍惻, 勞問加等, 無狀, 何以獲此, 悚息, 悚息! 無人寫書裁謝, 多不如禮. 惟加察.

| 주석 |

1) 이 편지는 원풍 7년(1084) 8월에 황주에서 여주로 옮겨가는 중 쓴 편지이다. 원
   풍 7년 8월 14일에 동파는 금릉을 지나 의진(儀眞)에 도착하였고, 의진의 태수
   로 있는 원진주(원척)를 방문하였다.

2) 금릉(金陵) : 지금의 강소 강령부이다.

3) 젖먹이 : 원풍 7년(1084) 갑자년 7월 8일에 어린 자식 둔(遯)이 금릉에서 죽었
   다.[元豊七年甲子七月十八日, 幼子遯病凶於金陵.] 西川文仲 註解, 『구소수간
   주해』. 원풍 6년(1083)에 시첩 조운(朝雲)이 동파의 네 번째 아들을 낳았다. 이
   름은 둔(遯), 어릴 적 이름은 간아(幹兒)였다. 맏아들 매(邁)는 조강지처 왕불(王
   弗)의 소생이고, 둘째 아들 태(迨)와 셋째 아들 과(過)는 후처 왕윤지(王潤之)의
   소생이다. 소식은 아들 둔(遯)을 위해 지은 「세아시(洗兒詩)」에서 "사람은 아들
   길러 총명하기 바라지만, 나는 총명 때문에 일생을 망쳤네. 아이는 오로지 어리
   석고 미련하여, 공경이 되어도 재난 없기 바라네."[人皆養子望聰明, 我被聰明
   誤一生. 惟願孩兒愚且魯, 無災無難到公卿.]라고 하였다.

4) 답장 편지[裁謝] : 재사(裁謝)는 『소식전집교주』에는 '사서(謝書)'로 나와 있다.
   사서(謝書)와 재사(裁謝) 모두 '답장 편지'라는 말이다. 張志烈, 馬德富, 周裕鍇
   主編, 『蘇軾全集校注』 문집8, 6,287쪽.

13. 요명략[1]에게 답하는 편지[2]

　나는 말하네. 멀리 그대를 떠나 10년 동안 부침하며 서로 온갖 재앙을 겪었으니, 더 이상 사람의 일이라 여기지 마시게. 다 버려두고 필묵을 더럽히지 않는 것이 좋을 것 같네. 다행한 것은, 평안하여 다시 조정으로 가서 천일(天日)[3]을 보는 것이라오. 그런데 몇 사람은 무엇 때문에 죽어 먼저 세상을 떠났을까?[4] 우리들은 모두 살아 있으니 기뻐할 일인데, 어찌 가버린 이들을 슬퍼할 것인가? 공정한 의논은 뚜렷한데, 영예와 치욕은 끝내 어디에 있을까? 그 나머지 일이야 모두 꿈속에서 오가는 일들이고, 어찌 모기가 눈앞에 지나는 것 정도만 하겠는가![5] 하물며 그대의 경우, 재주와 학문이 남보다 월등히 뛰어나, 비록 세상을 잊고자 하여도 세상이 그대를 잊지 않을 것이니, 노년의 공명을 단지 면치 못할까 두렵다네.

　늙은 이 몸은 전원으로 돌아가 은거하고자 하나, 여전히 혹 그대의 공명을 이루는지 볼 수 있을 것도 같네. 그러나 나는 벌이나 개미처럼 미미한 존재로 머지않아 변하여 사라져 죽을 것이니 참으로 족히 말할 것이 없구려. 마음이 간절한 나는 그대를 우러러 사랑하기에 그대를 넓혀줄 것이 있을까 생각하였소. 애초에 조정의 장계인 계사(啓事)[6]를 지어 조정에 응답하려 했다네. 여러 산만한 일에 급하여 이루지 못했으니 깊이 헤아려 주기 바라오. 이만 줄이네.

答廖明略

某啓. 遠去左右, 俯仰十年, 相與更此百罹, 非復人事, 置之, 勿汚筆墨可也. 所幸平安, 複見天日. 彼數子者何故, 獨先朝露, 吾儕皆可慶, 寧復戚戚於旣往哉! 公議皎然, 榮辱竟安在? 其餘夢幻去來, 何啻蚊虻之過目前也. 矧公才學絕人遠甚, 雖欲忘世而世不我忘, 晩節功名, 直恐不免耳. 老朽欲屛歸田里, 猶或及見. 蜂蟻之微, 尋已變滅, 眞不足道. 區區愛仰, 念有以廣公之意者, 初欲作啓事上答, 冗迫不能就, 惟深亮之. 不宣.

| 주석 |

1) 요명략(廖明略, 1060~1106)은 요정일(廖正一)로 자가 명략(明略)이고, 호는 죽림거사이며 안주 사람이다. 원풍 2년(1079)에 진사 급제하고, 원우 2년(1087)에 비서성정자가 되었다. 소성 2년(1095)에 상주 지주의 관직으로 나갔으며, 또 신주로 폄적되어 옥산세를 감독하였다. 소식이 한림원에 재직할 때, 정일의 대책문을 읽고 뛰어남을 알았다. 젊어서부터 문장을 잘하여 문채가 환하게 드러났다. 황정견이 칭하길 나라의 큰선비로 삼을 만하다 하였다. 소식과의 교유가 몹시 좋았으며 전서에도 탁월하였다.[廖明略, 廖正一, 字明略, 號竹林居士, 安州人. 元豊二年進士, 元佑二年, 爲秘書省正字. 紹聖二年, 官至知常州, 貶信州貶監玉山稅. 蘇軾在翰苑, 得正一對策, 奇之. 少時爲文, 藻采煥發, 黃庭堅稱之爲 "國士". 與蘇軾交遊最善. 工篆書.] 張志烈, 馬德富, 周裕鍇 主編, 『蘇軾全集校注』 문집8, 5,833~5,634쪽.

2) 이 편지는 건중정국 원년(1101)에 소식이 북쪽으로 돌아가고 있을 때 썼다. 소식이 지공거로 있을 때 요정일(요명략), 황정견 등을 선발했지만 반대파에서 부정하게 이들을 뽑았다고 소식을 비판하였다. 소식은 원우 3년(1088)에 쓴 「걸군차자(乞郡箚子)」에서 "심지어는 신이 천거한 선비들에게 의례히 모함을 가하고 신이 이해를 논한 것들을 서로 보는 것을 허락하지 않기까지 하였습니다."라고 하였다.[以至臣所薦士, 例加誣衊, 所言利害, 不許相見.] 張志烈, 馬德富, 周裕

錯 主編, 『蘇軾全集校注』 문집5, 3,213쪽.

3) 천일(天日) : 하늘과 해, 하늘에 떠 있는 해, 광명, 밝은 새 세상을 말한다. 즉 지 지 않는 해는 임금을 지칭한다.

4) 그런데 …… 떠났을까? : 소성 이래로 같은 때에 폄적을 당한 진관 같은 이들이 지금은 이미 죽고 없으니 소식은 이를 한탄하여 한 말이다. '세상을 떠났을까[朝露]'는 '아침 이슬처럼 사라지는 것'으로 죽음을 의미한다. 반고의 『한서(漢書)』 「소무전(蘇武傳)」에 "인생이란 아침 이슬과 같아서 금방 사라져 버리는 것일세. 어찌 이렇게 긴 시간을 홀로 괴로워하면서 보내는 것인가."[人生如朝露, 何久 自苦如此.]라고 하였다.

5) 그 나머지 …… 하겠는가! : 이 말은 보잘것없고 허무함을 이르는 말이다. 『장자 (莊子)』 「우언(寓言)」에 "마음이 끌리지 않는다면, 슬픔이 있을 수 있겠느냐? 그 는 삼부나 삼천종의 녹봉을 보기를 마치 참새나 모기가 앞을 날아가는 것을 보 듯하였다."[夫無所縣者, 可以有哀乎? 彼視三釜、三千鍾, 如觀雀蚊虻相過乎 前也.]라고 하였다.

6) 계사(啓事) : 임금에게 사실(事實)을 적어 올리는 서면(書面)으로, 임금에게 공사 (公事)를 아뢰는 일이다. 상답(上答)은 아랫사람이 윗사람에게 대답한 것이다.

14. 가운로[1]에게 답하는 편지[2]

저는 이미 양선(陽羨)[3]에 밭을 샀으니, 신종 임금께 저의 여생을 가련하게 여겨 이곳에서 지낼 수 있도록 허락해 주시길 말씀드리려 합니다.[4] 다행히 허락해 주신다면 형계(荊溪)[5] 위에 집을 짓고 노년을 보내려 하지요. 그때가 되면 저는 당연히 문을 닫고 바깥출입을 않을 것이니 그대가 작은 배를 타고 저를 방문해 주셔야 할 것입니다.[6] 취기가 심하여 글을 쓸 수 없으니 거듭 허물하지 마십시오. 등공(滕公)[7]을 만나면, 또한 저를 위해, 양주(楊州)에서 감자(柑子)나무[8]를 보내달라 알려주십시오.

答賈耘老
僕已買田陽羨, 當告聖主哀憐餘生, 許於此安置. 幸而許者, 遂築室
於荊溪之上而老矣. 僕當閉戶不出, 君當扁舟過我也. 醉甚不成字,
不罪, 不罪. 見滕公, 且告爲卑末送柑子從楊州來.

| 주석 |

1) 가운노(賈耘老)는 소식이 호주(湖州)에 있을 때 가까이 교유한 벗이다.

2) 이 편지는 원풍 7년(1084) 9월에서 10월 즈음에 황주를 이미 떠난 후에 썼다.

3) 양선(陽羨) : 지금의 강소성 의흥(宜興)이다.

4) 저는 …… 고하려 합니다. : 소식은 이 당시 상황을 「걸상주거왕표(乞常州居往表)」에서 "녹봉 끊긴 지가 오래되어 가계를 꾸려나가기가 무척 어려운 형편입

니다. …… 스무 명이 넘는 대식구를 이끌고 신은 어디로 가야 할지 막연합니다. 배고픔과 추위 걱정이 조석으로 닥칩니다. …… 신은 상주 의흥현에 그럭저럭 먹고 살 만한 농지를 조금 가지고 있습니다. 바라건대 상주에서 살 수 있도록 윤허해 주십시오"라고 하였다.[但以祿廩久空, 衣食不繼. 累重道遠, …… 二十餘口, 不知所歸, 饑寒之憂, 近在朝夕. …… 臣有薄田在常州宜興縣, 粗給饘粥, 欲望聖慈, 許於常州居住.] 張志烈, 馬德富, 周裕鍇 主編, 『蘇軾全集校注』 문집3, 2,594쪽.

5) 형계(荊溪) : 섬서(陝西) 난전현에서 발원하여 장안을 거쳐 패수로 흘러가는 강의 이름이다. 의흥과 가깝다. 소식은 「초송첩(楚頌帖)」에서 "배가 형계에 들어서자, 노년에 은퇴하겠다던 평소 소원이 마치 이루어지기나 한 깃 같은 편안한 느낌이 들어서 전생에 이미 정해진 인연 같았다. …… 난 꼭 이곳에다 작은 과수원을 사서, 300그루의 귤나무를 심어야겠다."[船入荊溪, 意思豁然. 如愜平生之欲, 逝將歸老, 殆是前緣. …… 當買一小園, 種柑橘三百本. 元豐七年十月二日.]라고 하였다.

6) 그때가 …… 할 것입니다. : 소식은 원풍 3년(1080), 황주로 유배 와서 「답진태허서(答秦太虛書)」에서 '가운노'에 대해 다음과 같이 말했다. "내가 처음 황주에 부임했을 때에 녹봉이 이미 끊겼고 식구가 적지 않으니, 내심 몹시 근심하여 다만 통렬히 스스로 절약해서 하루의 지출이 1백50전을 넘지 않게 하였소. 매달 초하루에 곧 4천5백 전을 취하여 이를 30개의 덩이로 나누어 들보 위에 걸어 놓았다가, 매일 새벽에 그림을 거는 장대를 사용해서 이 가운데 한 덩이를 들어 내리고 곧바로 장대를 감춰버렸으며, 이어서 큰 대통에다가 쓰고 남은 돈을 따로 저장하여 빈객에 대한 비용을 대비하였으니, 이것이 가운노(賈耘老)의 방법입니다."[初到黃, 廩入旣絕, 人口不少, 私甚憂之. 但痛自節儉, 日用不得過百五十, 每月朔便取四千五百錢, 斷爲三十塊, 掛屋梁上, 平旦用畫叉挑取一塊, 即藏去叉, 仍以大竹筒別貯用不盡者, 以待賓客, 此賈耘老法也.] 楊家駱 主編, 『蘇東坡全集 上』第九冊, 368쪽.

7) 등공(滕公)은 등원발(滕元發)로, 자는 달도(達道)이며 소식의 절친한 친구이다.

8) 감자(柑子)나무는 운향과의 상록 활엽의 작은 교목. 홍귤나무로도 불린다.

15. 서득지[1]에게 보내는 편지

1) 편지 1[2]

 저는 아룁니다. 어제 헤어진 후 즐거웠던 마음이 그만 사라지고 허전해
졌습니다. 편지를 받고 잘 지내고 계시다니 기쁩니다. 비바람이 이와 같
아서 회수(淮水)의 물결은 산처럼 높고, 배가 요동을 쳐서 강을 건널 수 없
습니다.[3] 강 언덕 편에도 오를 수 없어, 배 안에서 다만 봉창문을 닫고 이
불만 둘러쓰고 있을 뿐입니다. 생각건대 내일도 떠날 수가 없을 것 같아
만약 다시 방문해 주신다면 큰 다행이겠습니다.

> 與徐得之
> 某啓. 昨日已別, 情悰惘然. 辱教, 喜起居佳勝. 風雨如此, 淮浪如山,
> 舟中搖撼, 不可存濟, 亦無由上岸, 但闔戶擁衾耳. 想來日未能行, 若
> 再訪, 幸甚.

| 주석 |

1) 서득지(徐得之)는 서대정(徐大正)으로 자가 득지(得之)이며 건안 사람이다. 황
　주 태수로 있던 형 대수(大受, 자는 군유)로 인하여 처음부터 소식과 교유하며
　그를 따랐다. 일찍이 북산 아래에 집을 지어 한헌(閒軒)이라 이름하였다. 진관
　이 기문을 짓고, 소식은 시를 지었다. 사람들이 북산학사라고 불렀다.[徐得之,

徐大正, 字得之, 建安人. 因其兄大受(字君猷)守黃州, 始從蘇軾游. 嘗策室北
山下, 名閒軒. 秦觀爲之記, 軾爲賦詩. 人呼爲北山學士.] 張志烈, 馬德富, 周裕
鍇 主編, 『蘇軾全集校注』문집4, 2,342쪽.

2) 이 편지는 원풍 8년(1085) 9월에 등주(登州)로 가는 중에 썼다.

3) 비바람 …… 없습니다. : 생각건대 원풍 8년(1985) 6월에 소식이 등주 지주의 명
   을 받고 떠나는데, 9월에 초주에 이르러 대풍을 삼일 동안 만나 회수를 건널 수
   없었다.[考蘇軾以元豊八年六月起知登州, 九月抵楚州, 大風三日, 不能渡淮.]
   張志烈, 馬德富, 周裕鍇 主編, 『蘇軾全集校注』문집8, 6,318쪽.

2) 편지 2[1]

  저는 아룁니다. 공께서 배를 타고 수백 리 길을 멀다 여기지 않고 전송
해 주셨으니, 풍도와 의리의 진중함에 감격과 위로됨이 어찌 끝이 있겠
습니까? 밤새 기거는 어떠하셨는지요? 군중(郡中)[2]에 비록 며칠 머물렀지
만 끝내 공을 모실 틈을 내지 못하였습니다. 또 한 번 관사(館舍)로 문안
조차 못 하고 드디어 이별하게 되었으니, 섭섭한 저의 심정을 어찌 헤아
릴 수 있겠습니까?

某啓. 承舟御不遠數百里相從, 風義之重, 感慰何極. 經宿起居何如?
郡中雖留數日, 竟少暇陪接, 又不得一候館舍, 遂爾遠別, 可量悵惘.

| 주석 |

1) 이 편지는 원풍 8년(1085) 9월, 등주로 가는 도중에 썼다. 이 당시 소식은 상주
   거주를 윤허하는 신종의 교지를 받는다. 3월에 신종이 붕어하고 철종이 즉위하

였다. 5월에 상주에 도착하고 6월에 조봉랑에 복직하고 등주의 지주로 임명되었다. 10월에 부임하지만 곧 예부낭중으로 제수되어 경사로 돌아오라는 명을 받고 12월에 경사에 도착하였다.

2) 군중(郡中) : 초주 성내에 있는 것을 가리킨다.

3) 편지 3[1]

저는 아룁니다. 헤어진 후 보내주신 편지들을 하나하나 모두 잘 받았습니다. 인편을 만나기 드물어 답신을 드리지 못했습니다. 기대를 저버림에 몹시 부끄럽습니다. 그 옛날 우리가 놀던 곳에 다시 왔지만, 벗을 만나지 못해 몹시 서운했습니다. 그러나 오랜 객지생활로 떠돌다가 이제야 돌아갈 계책을 얻으니 기쁩니다. 요사이 공께서는 고향으로 돌아가 부모님을 모신다고 하였는데, 요즘 생활은 어떠신지요. 어느 때나 뵐 수 있을까요? 편지를 대하니 서글픕니다. 부디 몸조심하시길 바랍니다.

某啓. 別後所辱手敎, 一一皆領. 罕遇信便, 不克裁謝, 甚愧負也. 再到舊遊, 不見故人, 深爲惘惘. 然喜久客牢落, 得遂歸計也. 比日已還. 侍下起居佳勝. 會合何時? 臨紙惘然. 惟千萬自愛.

| 주석 |

1) 이 편지는 원풍 8년(1085) 5월, 상주(常州)에서 썼다. 원풍 7년(1084)에 상서를 올려 상주 거주를 요청하고, 이해에 재차 상서를 올려 상주 거주의 명을 받았다.

4) 편지 4[1]

어버이 모시면서[2] 한헌(閑軒)[3]도 약간 엮으셨군요. 도시락밥에 표주박물 마시고 닭고기에 기장을 먹으면서[4] 스스로 즐기고 계십니다. 생각건대 외물을 사모할 일이 없을 것 같습니다. 민중(閩中)[5]에는 뛰어난 이가많아서 모두 푸줏간과 낚시터에 숨어 산다[6]고 합니다. 득지(得之) 그대는벼슬에 매이지 않는 사람이니, 혹여 푸줏간과 낚시터에 있는 이런 은자를 만나 보았는지요? 저는 갈수록 노쇠한데, 염치없이 잠시 머물고 있는것이 마치 여관[7]에 거처하는 듯합니다. 바람결에 가끔 편지를 주십시오.

定省之下, 稍葺閑軒, 簞瓢雞黍, 有以自娛, 想無所慕於外也. 閩中多異人, 隱屠釣, 得之不爲簪組所縻, 儻得見斯人乎? 僕益衰老, 强顔少留, 如傳舍耳. 因風, 時惠問.

| 주석 |

1) 이 편지는 원풍 7년(1084), 가을 내지 겨울에 썼다.

2) 어버이 모시면서[定省之下] : 정성(定省)은 혼정신성(昏定晨省)의 준말로, 어버이를 정성껏 모시는 것을 말한다. 『예기(禮記)』 「곡례 상(曲禮上)」에서 자식이된 자는 어버이에 대해서, "겨울에는 따뜻하게 해 드리고 여름에는 시원하게 해드려야 하며, 저녁에는 잠자리를 보살펴 드리고 아침에는 문안 인사를 올려야한다."[冬溫而夏淸, 昏定而晨省.]라고 하였다.

3) 한헌(閑軒) : 서득지가 거처하는 곳이다. 철종 원우 연간(1086~1093)에 북산 아래에 집을 짓고 이름을 '한헌'이라 하였다. 소식이 지은 시로 「서정일한헌(徐正一閑軒)」이 있다.

4) 도시락밥에 표주박 물 마시고 닭고기에 기장을 먹으면서[簞瓢雞黍] : 단표는(簞

瓢)는 『논어』「옹야(雍也)」편에 나오는 '하나의 도시락밥과 하나의 표주박 물'이
라는 뜻의 '일단사일표음(一簞食一瓢飮)'을 줄인 말로 '빈궁한 생활'을 말한다.
또한 '계서(雞黍)'는 닭과 기장으로 농촌의 잔치 음식이며, '계서의 벗'은 진정으
로 자신을 알아주어 죽음도 함께할 수 있는 참다운 벗을 이르기도 한다.

5) 민중(閩中)은 지금의 복주부 민현이다.

6) 푸줏간과 낚시터에 숨어 산다.[隱屠釣] : '도조(屠釣)'는 '백정과 어부'로 '푸줏간
   과 낚시터'이다. 작은 은자는 난세에 처할 때 산림에 숨지만, 큰 은자는 오히려
   시장 저잣거리에 숨는다고 하여 서득지를 높이는 말이다.

7) 여관[傳舍] : 전사(傳舍)는 역사(驛舍)와 같다.

5) 편지 5[1]

저는 아룁니다. 장군(張君) 편에 보낸 편지를 받고, 곡진한 문안 인사를
받았습니다. 그지없이 감격스럽습니다. 부모님 상을 당하시고 슬피 애모
하는 오늘, 효리(孝履)[2]는 여전하신지요. 저는 혜주(惠州)에 도착한 지 반
년이 지났으며, 매사 그럭저럭 지내고 있습니다. 이미 이곳의 물과 흙, 기
후에 적응하였고, 욕심을 끊고 생각을 그치고자 하는 일 외에 매인 바가
없이 의혹이 없으니, 유달리 몸이 편안하고 튼튼해짐을 느낍니다. 어린
아들 과(過)는 자못 세상일을 할 줄 압니다.[3] 그러나 먹고 자는 일 외에는
온갖 일을 관장하지 못합니다. 과 또한 학문에 힘써서 자못 진전을 보여
야 하겠지요.[4] 아우 자유로부터 자주 편지를 받으니 몹시 안심이 됩니다.

우리 가족은 지금 혜주(惠州)와 균주(筠州), 허주(許州)와 상주(常州) 네
곳에 거처하고 있는데 모두 무사합니다.[5] 득지(得之)를 깊이 아끼므로 이
렇게 말씀드리는 것인데, 남에게는 말하지 마십시오. 그리운 마음 간절한
데 멀어서 막연하니 편지를 대하기가 망연합니다. 이제 곧 무더위가 닥치

니 부디 슬픔을 아끼시고 변화에 순응하시길 바랍니다.[6] 자중하십시오.

某啓. 張君來, 辱書存問周至, 感激不已. 卽日哀慕之餘, 孝履如宜.
某到惠已半年, 凡百粗遣, 旣習其水土風氣, 絶欲息念之外, 浩然無
疑, 殊覺安健也. 兒子過頗了事. 寢食之餘, 百不知管, 過亦頗力學長
進也. 子由頻得書, 甚安也. 一家今作四處住, 惠, 筠, 許, 常也, 然皆
無恙. 得之見愛之深, 故及之, 不須語人也. 瞻企邈然, 臨書惘惘. 乍
熱, 惟萬萬節哀順變, 自重.

|주석|

1) 이 편지는 소성 2년(1095) 4월에 혜주에서 썼다. 소성 원년(1094) 4월에 선대를
   비방하였다는 죄명으로 영주(英州)로 좌천되었는데 영주로 도착하기 전인 8월
   에 다시 좌천되어 영원군 절도부사로 혜주로 안치되어 공무에 참여할 권한을
   박탈당하였다. 10월 2일에 아들 소과와 시첩 왕조운과 함께 혜주에 도착하였다.
2) 효리(孝履) : 상중(喪中)에 있는 사람에게 보내는 편지의 끝말이다. 아마 서득지
   가 상을 입은 것 같다.
3) 어린 아들 …… 압니다.[兒子過頗了事] : 료사(了事, 일을 이해하다)는 세상일을
   깨우쳐 알게 되는 것이다. 소과(蘇過, 1072~1124)는 이 당시 22세이다. 소과의
   자는 숙당(叔黨)으로 당시 소파(小坡)로 불렸다. 처음에 음보로 우승무랑(右丞
   務郞)이 되었다. 소식이 영남으로 유배 갈 때 수행하여 시봉했다. 소식이 폄적
   을 당할 때마다 항상 아버지 곁을 떠나지 않았다. 문장에 능했고, 그림도 잘 그
   렸다. 소순과 소식, 소철의 시문은 소과의 글인 『사천집(斜川集)』을 포함한 『삼
   소전집(三蘇全集)』에 함께 전해진다. 소과는 소식의 두 번째 부인 왕윤지 소생
   이다. 소식의 셋째 아들로 어려서부터 문재가 있었다. 소식은 「화유사천정월오
   일여아자과출유작(和游斜川正月五日與兒子過出游作)」에서 "과의 시는 노성

한 이가 쓴 것 같다. 작문이 지극히 높고 우람하여 집안의 법도가 있다"라고 하였다.[蘇軾說, 過子詩似翁. 作文極峻壯, 有家法.] 楊家駱 主編, 『蘇東坡全集 上』 第九冊, 77쪽.

4) 과 또한 …… 하겠지요 : 소식은 원부 3년(1100)에 쓴 「답유면서(答劉沔書)」에서 "나의 곤궁함은 본래 문자 때문이었습니다. 그리하여 형체를 도려내고 가죽을 벗겨내어 크게 달라지기를 원하였으나 될 수 없었습니다. 그러나 어린 아들 과(過)의 문장이 매우 기이합니다. 해외에 있으면서 고적하여 무료한데, 과가 때로 글 한 편을 지어내서 즐겁게 해주면 나는 며칠 동안 기뻐서 밥을 먹고 잠을 자는 데도 재미가 있으니, 이로써 문장은 금과 옥, 진주와 조개와 같아서 쉽사리 하찮게 여겨 버릴 수 없음을 알았습니다."라고 하였다.[軾窮困, 本坐文字, 蓋願剮形去智而不可得者. 然幼子過文益奇, 在海外孤寂無聊, 過時出一篇見娛, 則為數日喜, 寢食有味. 以此知文章如金玉珠貝, 未易鄙棄也.] 張志烈, 馬德富, 周裕鍇 主編, 『蘇軾全集校注』 문집6, 5,330쪽.

5) 우리 가족은 …… 무사합니다. : 이 당시 소식은 혜주 적거지에 있었고, 어린 아들 과와 시첩 조운이 그를 따랐다. 소철은 적거지 균주에 있었으며, 가족들은 허주에서 지냈다. 둘째 아들 태는 가족들을 데리고 큰아들 매가 있는 상주에서 조우하였다.[其時蘇軾謫居惠州, 幼子過及侍妾朝雲隨之, 蘇轍謫居筠州, 家人在許. 次子迨以家從長子邁居常州.] 張志烈, 馬德富, 周裕鍇 主編, 『蘇軾全集校注』 문집8, 6,321쪽.

6) 이제 …… 바랍니다.[惟萬萬節哀順變] : 절애순변(節哀順變)은 『예기』 「단궁 하」의 "어버이의 상례는 가장 애통한 것이지만, 그 슬픔을 조절하는 것은 변화에 순응하기 위해서이다."[喪禮哀戚之至也, 節哀順變也.]에서 나온 말이다.

16. 황안중[1]에게 보내는 편지[2]

　저는 아룁니다. 멀리 떨어져 지낸 지 일 년이 넘었습니다. 우러러 의지하고 싶은 마음은 갈수록 깊습니다. 저의 거취가 어수선하여 오랫동안 문안 편지를 드리지 못하였지요. 특별히 잊지 않고 기억하며 정성을 다해 손수 쓴 편지를 전해주셨습니다. 겸하여 평상시보다 건강이 좋음을 알았습니다. 감사와 기쁨이 지극합니다. 이미 조정의 명을 받았으니, 곧바로 마중나가 뵙고자 합니다. 저의 간절한 마음을 조금이라도 아뢰겠습니다. 그 사이 나라를 위하여 자중하길 거듭 청합니다.

> 與黃安中
> 某啓. 闊遠逾年, 依仰日深, 出處紛紛, 久不上問. 特辱存記, 曲賜手書, 兼審台候勝常, 感慰之極. 承已拜命, 即當迎謁. 少道區區, 未間更乞爲國自重.

| 주석 |

1) 황안중(黃安中)이 누구인지는 자세하지 않다.
2) 이 편지는 『소동파전집』에 수록되어 있지 않다. 편지를 쓴 시기는 알 수 없다.

17. 서사봉¹⁾에게 보내는 편지²⁾

마침 공의 은혜로운 방문에 감사와 부끄러움이 끝없습니다. 만년의 건강은 좋으신지요? 저는 진군(陳君)³⁾과 잠시 나와 안국사(安國寺)⁴⁾에 이르렀는데, 저의 질병이 약간 발작⁵⁾됨을 느꼈습니다. 내일은 잠시 휴가를 청하려 합니다. 다른 날에 공이 마련한 모임에 함께 참여하려는데 괜찮겠는지요? 못난 제가 부끄러움이 많습니다.⁶⁾ 삼가 편지를 받들어 이 소식을 전합니다.

與徐司封

適辱車騎寵訪, 感怍無窮. 晚來尊體佳勝? 某與陳君略出至安國, 遂覺拙疾稍作, 欲告明日少休, 後日恭與盛集, 可否? 無狀愧多矣. 謹奉啓布聞.

| 주석 |

1) 서사봉(徐司封)은 서군유(徐君猷)인 것 같다. 사봉은 관명이다.[徐司封, 疑卽稱徐君猷. 司封, 官名.] 張志烈, 馬德富, 周裕鍇 主編, 『蘇軾全集校注』 문집8, 6,604쪽. 군유는 서대수로 자가 군유이고 동해 사람이다. 소식이 처음 황주에 도착했을 때 대수는 황주 태수였고, 소식에 대한 예우가 극진하고 성대하였다. 원풍 6년 4월에 퇴임하고 11월에 길 가는 중에 죽었다.[君猷, 徐大受, 字君猷, 東海人. 蘇軾初到黃州, 大受爲黃州守, 禮遇甚殷. 元豊六年四月罷任, 十一月卒

於道.] 張志烈, 馬德富, 周裕鍇 主編, 『蘇軾全集校注』 문집8, 6,311쪽.

2) 이 편지는 원풍 5년(1082) 3월, 황주에서 썼다.

3) 진군(陳君)은 진식(陳式)으로, 자는 군식(君式)이다. 황주 지주로 있으면서 조봉대부(朝奉大夫)로 치사하였다. 동파가 황주에 유배해 있을 때 대부분 사람들은 화가 미칠까 피했으나 공은 홀로 교유하길 바라면서 우환을 함께 하였다.[陳君, 陳式, 字君式. 知黃州, 以朝奉大夫致仕. 時東坡謫居於黃, 人多避禍, 公獨願交, 期與同憂患.] 『소식전집교주』에 「여진대부(與陳大夫)」 8수가 있다. 張志烈, 馬德富, 周裕鍇 主編, 『蘇軾全集校注』 문집8, 6,250쪽.

4) 안국사(安國寺) : 황주에 있는 절이다. 안국사는 황주 시절, 동파에게 마음의 안정을 주었던 곳으로 소식은 「황주안국사기(黃州安國寺記)」를 지었다. 이에 "하루 이틀 지나고 나서, 향을 피우고 조용히 앉아 깊이 스스로를 성찰하곤 하였는데, 그러노라면 사물과 내가 잊어지고, 몸과 마음이 다 비워지니, 죄를 받게 된 이유를 찾아보려 해도 찾을 수가 없었다."라고 하였다.[間一二日輒往, 焚香默坐, 深自省察, 則物我相忘, 身心皆空, 求罪垢所從生而不可得.] 張志烈, 馬德富, 周裕鍇 主編, 『蘇軾全集校注』 문집2, 1,237쪽.

5) 발작 : 소식이 황주에서 적거하는 기간에 일찍이 두 차례 병을 얻었는데, 하나는 원풍 5년 봄에 팔이 아픈 병이었고, 또 하나는 원풍 6년 봄에 앓은 눈병이다. 이 글의 시기는 처음 팔의 질병이 도지는 때이다.[蘇軾適黃州其間, 曾二次得疾. 一爲元豊五年春得臂疾, 一爲元豊六年春病目. 首次病臂疾之時.]

6) 본문의 "무상참다의(無狀慙多矣)"는 서천문중 주해, 『구소수간주해』를 보면 "무상참부다의(無狀慙負多矣)"로 되어 있다.

18. 진승무[1]에게 보내는 편지

1) 편지 1[2]

저는 아룁니다. 잠시 만나 대화를 나누며 한번 웃으니[3] 위로와 기쁨이 매우 깊습니다. 만나고 헤어진 지 겨우 이틀인데[4] 그리움이 그치지 않습니다. 보내주신 편지를 읽고 요즘 일상이 좋으심을 알고 있지요. 집안 식구들이 이미 도착하였는데, 공께서 사람과 작은 수레를 빌려주셨다지요. 외로운 나그네인 제가 이런 큰 은혜를 입으니, 그 감격을 다 말할 수 없습니다. 멀리 헤어질수록 부디 때에 맞춰 더욱 몸을 아끼십시오.

> 與陳承務
> 某啓. 傾蓋一笑, 慰喜殊深. 奉違信宿, 懷想不已. 承敎畢, 具審起居佳勝. 已到家累, 承丈丈差借人轎, 孤旅獲濟, 感激不可言. 愈遠, 萬萬若時加愛.

| 주석 |

1) 진승무(陳承務)는 진공밀(陳公密)의 아들이다. 진공밀은 진진(陳縉)으로 자가 공밀(公密)이며 일찍이 형부 관리가 되었고 이 당시에는 곡강 현령이었다.

2) 이 편지는 원부 3년(1100) 11월, 북쪽으로 돌아가는 중에 썼다.

3) 잠시 …… 웃으니[傾蓋一笑] : 본문의 경개(傾盖)는 경개여구(傾蓋如舊)의 준말

로, 길가에서 처음 만나 수레 덮개를 기울이고 잠깐 이야기하는 사이에 오랜 벗처럼 여기게 된다는 말이다. 한 번 만나보자마자 의기투합하여 지기(知己)로 받아들이는 것을 가리킨다.

4) 이틀인데[信宿] : 신숙(信宿)은 이틀을 묵는 것, 즉 이박(二泊)이다.

2) 편지 2[1]

외롭고 졸렬한 제가 곤궁함을 겪고 있으니 저의 의견이 족히 채택될 것이 없는데도, 그대만이 홀로 저의 의견에 기뻐하셨습니다. 젊고 민첩하며 예리한 그대가 마음에 두는 바가 이와 같아 실로 저의 공경과 찬탄을 더하게 합니다.[2] 그러나 그대가 추구하고자 하는 이 일은 옳지만 이해(利害)에 관계되어서 변치 않기란 어렵습니다.

孤拙困踣, 言無足采, 足下獨悅之. 少年敏銳, 所存如此, 實增欽歎. 然此事以臨利害, 不變爲難也.

| 주석 |

1) 이 편지는 원부 3년(1100) 11월, 북쪽으로 돌아가는 중에 썼다.
2) 젊고 …… 합니다. : 아마도 학문과 도에 전진하겠다는 말을 한 것으로 보인다.

19. 호주 진장[1]에게 답하는 편지[2]

　저는 아룁니다. 전당(錢塘)[3]에서 한 번의 이별은 마치 꿈속의 일인 듯합니다. 그 뒤로 그리운 마음이야 어느 곳엔들 없었겠습니까만 그만 다 버려두고 말씀드리지 않겠습니다. 그러나 그 사이 유독 술고(述古)[4]가 운명하여 아는 사람들이 서로 조문하는데, 하물며 옛 친구이며 동료로서 사랑이 깊은 저는 말할 것이 없겠습니다. 이런 제가 끝내 한 글자의 편지로도 그대의 마음을 풀어준 일이 없었으니, 대개 죄짓고 버려진 몸으로 곤궁한 생활을 하는 중이라 걸핏하면 남에게 누를 끼쳐서이지요. 이 때문에 연락을 단절하였습니다. 지금 생각해보면 어르신의 기대를 저버려 부끄럽기 이를 데 없습니다.

　어제 멀리서 편지를 보내 문안해 주셔서 곧장 답장을 드리려 했지요. 그러나 봄과 여름 이후 거의 백일을 앓아누웠고, 지금도 여전히 눈병으로 고통을 당하고 있습니다. 두 번에 걸친 편지로 어르신의 존체가 강녕하고 식구들 모두 평안하다는 것을 알고 기뻤습니다. 죄인이 되어 숨어 지내는 저는 모든 교유가 다 끊겼으며, 설령 다시 안부를 전한다 하더라도 서로 위로하고 가련하게 여길 뿐이니, 누가 능히 공처럼 먼 곳에서 저의 과실을 바로 잡아주는 약이 되는 말씀[5]을 해줄 수 있겠습니까? 이미 일어난 일은 다 밖으로 퍼져나가서 다시 덮을 수는 없습니다. 그래서 기어이 다시 그런 허물[6]을 짓지 않기를 기약할 뿐입니다. 만나 뵐 인연이 없어 편지를 대하니 그리움이 간절합니다. 부디 때에 맞춰 자애하십시오. 이만 줄입니다.

答濠州陳章

某啓. 錢塘一別, 如夢中事. 爾後契闊, 何所不有? 置之不足道也. 獨
中間述古捐館, 有識相弔, 矧故人僚吏相愛之深者. 然終無一字以解
左右, 盖罪廢窮奇, 動輒累人, 故往還杜絶. 至今思之, 慙負無量. 昨
遠辱書問, 便欲裁答, 而春夏以來, 臥病幾百日, 今尙苦目疾. 再枉
手敎, 喜知尊體康勝, 貴眷各佳安. 罪廢屛居, 交游皆斷絶, 縱復通
問, 不過相勞慰而已, 孰能如公遠發藥石以振我過者哉? 已往者布
出不可復掩矣, 期於不復作而已. 無緣一見, 臨紙耿耿, 萬萬以時自
愛. 不宣.

| 주석 |

1) 호주(濠州) 진장은 진장(陳章)으로 북송 복주(福州) 후관(候官) 사람이다. 진술
   고(陳述古)의 동생으로 조청대부(朝請大夫)를 지냈다. 소식은 항주에 있는 진
   술고의 아우 장(章)에게 아들 탄생을 축하하는 「하진술고제장생자(賀陳述古弟
   章生子)」라는 시를 지어주기도 하였다.

2) 이 편지는 원풍 6년(1083) 6월에 황주에서 썼다.

3) 전당(錢塘) : 지금의 절강 항주부에 속한다.

4) 술고(述古) : 진양(陳襄, 1017~1080)으로 자가 술고이다. 술고의 부음은 원풍 6
   년 6월에 있었다. 진술고는 평생 학교 교육을 진흥시키고 인재를 양성하였으며,
   소식과 사마광 등 30여 명의 학자를 조정에 천거하였다. 청묘법이 불편하다는
   점을 지적했다가 진주와 항주의 지주로 내쫓겼다. 진양은 정치적 실적이 뛰어
   난 관리로 동파와 매우 가깝게 지냈다.

5) 약이 되는 말씀 : 약석(藥石)은 약석지언(藥石之言)으로 약언(藥言)이기도 하다.
   약·침에 대한 충고나 권고, 충언을 이른다.

6) 그런 허물 : '그런 허물'은 원풍 2년의 오대시안의 문자옥을 겪었던 일을 말한다.

소식은 원풍 3년(1080) 11월 황주에 머물면서 쓴 「답진태허(答秦太虛書)」에서 "다만 죄를 얻은 이래로 다시는 문자를 짓지 않고 스스로 몸가짐을 자못 엄격히 하였는데 다시 한번 글을 짓게 되면 울타리를 트고 담장을 허물게 되어 지금 이후로 다시 끊임없이 말이 많게 될 것이오."라고 하였다.[但得罪以來, 不復作 文字, 自持頗嚴, 若復一作, 則決壞藩墻, 今後仍復袞袞多言矣.]楊家駱 主編,『蘇 東坡全集 上』第九冊, 368쪽.

20. 임덕옹¹⁾에게 보내는 편지²⁾

모는 말하네. 보름 동안이나 보지 못했으니 그리운 마음이 사무치구려. 편지를 받고서야 상중(喪中)의 생활임을 알았소. 금릉(金陵)에 머문 지가 오래인데, 제사를 받드는 일에 가지 않았으니, 또한 그대도 이곳에 머물러 있어 가지 못했음을 알았다오. 나는 자호협(磁湖峽)³⁾에 있으면서 바람이 심해 여러 날 막혀 지내고 있는데, 오늘도 바람이 고르지 않구려. 우선 앞으로 조금씩 나아가려는데 아마도 멀리 가지는 못할 것 같으이. 그대 덕옹께서 오늘 늦게라도 이곳에 도착할 수 있을까 모르겠네. 간절함이 지극하오. 삼가 인편을 보내 안부를 묻는다네. 이만 줄이네.⁴⁾

> 與任德翁
>
> 某啓. 半月不面, 思仰深劇. 辱書, 承孝履如宜. 金陵雖久駐, 奉祀不至, 知亦留滯如此. 某在磁湖峽阻風已累日, 今日風亦不甚順, 且寸進前去, 恐亦未能遠也. 不知德翁今晚能到此否? 傾渴之至. 謹遣人上問. 不宣.

| 주석 |

1) 임덕옹(任德翁)은 임백우(任伯雨, 1047~1119)로 자가 덕옹(德翁)이다. 진사시에 합격한 후 좌정언에 올랐다. 간관으로 취임한 후 반년 동안 108건의 상소를 올렸으며 경술(經術)에 밝았다. 괵주(虢州)·통주(通州)·창화(昌化) 등의 지방

관으로 전전하였다. 저서에 『춘추역성신전(春秋繹聖新傳)』이 있으며, 시호는 충민(忠敏)이다.

2) 이 편지는 소성 원년(1094) 6월에 남쪽으로 옮겨가는 도중에 썼다.

3) 자호협(磁湖峽) : 중국 호북성(湖北省) 황석(黃石)에 위치한 호수이다.

4) 소식은 소성 원년 4월에 여주를 출발하여 5월 초에 변수, 회수를 임씨(임덕옹)와 함께 만나 한 달여를 동행하였다.[蘇軾以紹聖元年閏四月發汝州, 五月初夏汴, 泗, 與任氏相値, 同行月餘.] 張志烈, 馬德富, 周裕鍇 主編, 『蘇軾全集校注』문집8, 6,275~6,276쪽.

21. 건서진¹⁾에게 보내는 편지²⁾

저는 아룁니다. 지난번에 편지를 받았습니다. 어제 식사를 마치고, 거의 말 타고 약속 장소로 달려가려는 참에 갑자기 며느리가 졸도하여 오랫동안 사람을 알아보지 못하였습니다. 지금도 치료를 받으면서 조금 나아지긴 하였으나 여전히 정신을 못 차리고 혼미합니다. 아이들은 이런 일을 아직 겪지 못한 터라 의리상 이들을 두고 멀리 떠날 수 없어, 결국 약속을 지키지 못했지요. 어질고 밝은 공께서 저의 부득이한 사정을 너그러이 여겨주시리라 생각합니다. 하오나 신의를 저버려 부끄러울 따름입니다. 문득 날이 따뜻해지는데 지내시기는 어떠하신지요?

한직에 쓸모없이 버려진 사람이라 곧바로 나아가 한번은 쉽게 만날 것이다 여겼습니다. 하지만 도리어 일이 이렇게 어긋나버렸으니,³⁾ 사람의 일이란 참으로 단정할 수 없는가 봅니다. 훗날 뵈올 날을 어찌 다시 기약할 수 있겠는지요? 나라를 위하여 부디 자중하십시오. 삼가 편지를 올립니다. 이만 줄입니다.

與寋序辰
某啓. 前日已奉書. 昨日食後, 垂欲上馬赴約, 忽兒婦眩倒, 不知人者久之, 救療至今, 雖稍愈, 尙昏昏也. 小兒輩未更事, 義難捨之遠去, 遂成失信. 想仁明必恕其不得已也, 然負愧深矣. 乍煖, 起居何如? 閑廢之人, 徑往一見, 謂必得之, 乃爾齟齬, 人事眞不可必也. 後會何可復期? 惟萬萬爲國自重. 謹奉手啓. 不宣.

1) 건서진(蹇序辰)은 북송의 관료로, 자가 수지(授之)이고 여산도사(廬山道士)로
   도 불렸다. 원풍 간에 진사 급제하고 예이부시랑(禮二部侍郞)과 한림학사승지
   (翰林學士承旨)를 지냈다. 소주(蘇州)의 태수를 지내고, 철종 연간에 『국사(國
   史)』를 편수할 때 참여하였다.
2) 이 편지는 원풍 7년(1084) 3월에 황주에서 썼다.
3) 도리어 …… 어긋나버렸으니[乃爾齟齬] : 저어(齟齬)는 '이가 맞지 않는다'는 뜻
   으로, '사물이나 일이 맞지 않고 어긋남'을 이른다.

22. 미원장[1]에게 보내는 편지

1) 편지 1[2]

　모는 말하네. 영해(嶺海)의 유배 생활 8년에 친한 벗들이 아득히 다 끊겼네만 일찍이 염려치 않으이. 그러나 단지 염려되는 것은 우리 원장(元章)의 구름 위로 치솟는 큰 기상[3]과 청아하고 웅대한 문장과 세속을 초탈하여 입신의 경지에 들어선 글씨를 생각하면 어느 때 만나 오랜 세월 이몸에 쌓여온 장독(瘴毒)[4]을 씻겠는지! 이제 참으로 편지를 보내주어 글씨를 보게 되었으니, 나머지는 충분히 말할 것이 없네. 다시 일일이 말하지 않겠네.

> 與米元章
>
> 某啓. 嶺海八年, 親友曠絶, 亦未嘗關念. 但念吾元章邁往凌雲之氣, 淸雄絶世之文, 超妙入神之字, 何時見之, 以洗我積歲瘴毒耶! 今眞見之矣, 餘無足云者. 不復一一.

| 주석 |

1) 미원장(米元章)은 미불(米芾, 1051~1107)이며 자가 원장(元章)이다. 중국 북송의 서예가이자 화가로 수묵화뿐만 아니라 문장, 시, 고미술 일반에 대하여도 조예가 깊었다. 그림은 미점법(米點法)이라는 독자적인 점묘법을 창시하였다. 글

씨에 있어서는 채양과 소동파, 황정견과 더불어 송 4대가의 하나로 꼽히며 왕희지의 서풍을 이었다. 행서(行書), 초서(草書)에 특히 뛰어났다. 규범에 얽매이는 것을 싫어하고 기행을 일삼았다. 소동파와 황정견 등과 친교가 있었다. 미불은 항상 배에 서화를 가득 싣고 강호를 유람하였으므로, 후세에 미불의 서화를 가리켜 미가선(米家船)이라 하였다. 황정견은 「대증미원장(對贈米元章)」 시에서 "창강에 밤새도록 무지개가 달을 꿰었으니, 이것은 정히 미가의 서화 실은 배 때문일세."[滄江盡夜虹貫月, 定是米家書畫船.]라고 하였다.

2) 이 편지는 건중정국 원년(1101) 6월에 북쪽으로 돌아가는 도중에 썼다. 소식은 이해 6월 초에 미불과 서로 만났다. 얼마 지나지 않아 장독이 크게 일어 갑작스런 설사가 멈추지 않자, 당시 미불도 와서 병을 물었다.[建國靖國元年六月作於北歸途中. 蘇軾於此年六月初與米芾相遇, 未幾, 瘴毒大作, 暴下不止, 芾時至問疾.] 張志烈, 馬德富, 周裕鍇 主編, 『蘇軾全集校注』 문집8, 6,467쪽.

3) 구름 위로 치솟는 큰 기상[凌雲之氣] : 능운(凌雲)은 '구름 위에 치솟는다'는 뜻으로, 의기(意氣)가 초일(超逸)함을 의미한다. 『사기(史記)』 권117, 「사마상여열전(司馬相如列傳)」에서 "사마상여가 대인지송을 지어 천자에게 아뢰자, 천자가 크게 기뻐했으니 글에 표표히 구름 위에 치솟는 의기가 있었다."[相如既奏大人之頌, 天子大說, 飄飄有凌雲之氣.]라는 말이 있다. 이에 사마상여의 문장을 일러 '능운건필(凌雲健筆)'이라고 한다.

4) 장독(瘴毒) : 축축하고 더운 지역에서 생기는 독한 기운이다.

2) 편지 2[1]

나는 식사를 하면 배가 차오르고, 식사를 하지 않으면 몸이 몹시 야윈다네. 어젯밤에는 동이 틀 때까지 뜬 눈으로 앉아 있었더니 그만 모기의 밥이 돼버렸네. 오늘 밤에는 또 어떤 지경이 될지 모르겠네 그려. 보내온 사첩(謝帖)²⁾은 이미 가볍게 발문을 쓸 수가 없고, 몇 구절만 적어보려 했는데 전혀 생각이 없네. 이는 곧 늙어서 피곤함³⁾으로 말미암은 것이라네. 잠자리와 음식이 모두 좋지 않네. 그대에게 찾아갈 기회가 없어 마땅히 이어서 편지를 보내겠네. 일일이 다 말하지 않겠네.

> 某食則脹, 不食則羸甚, 昨夜通旦不交睫, 端坐飽蚊子耳. 不知今夕云何度? 謝帖旣未敢輕跋, 欲書數句, 了無意思, 正坐老謬耳. 眠食皆未佳. 無緣造詣, 當續拜柬. 不一.

| 주석 |

1) 이 편지는 건중정국 원년(1101) 6월, 북쪽으로 돌아가는 도중에 썼다.
2) 사첩(謝帖) : 사씨 성을 가진 아무개가 지은 서첩이다.
3) 늙어서 피곤함[老謬] : 노류(老謬)는 늙어서 고단하단 뜻의 노비(老憊)와 같은 말이다.

3) 편지 3¹⁾

　모는 말하네. 이틀간 병세가 도지고 차도가 없네. 비록 갑문 밖으로 옮겨 지내면서 바람의 기운이 조금 맑아지긴 하였지만, 다만 속이 비고 기운이 없어 먹지도 못하고 말도 거의 할 수 없을 것 같네. 아들이 어디서 구해왔는지, 그대의 「보월관부(寶月觀賦)」를 맑은 소리로 읊어주었네. 이 늙은이가 누워서 듣는데 채 절반도 듣기 전에 그만 벌떡 일어날 정도였다오.²⁾ 20여 년을 교유하면서 이 글을 읽으니 그대 원장을 잘 알지 못한 것이 한스럽기만 하네.

그대의 이 부(賦)는 마땅히 옛사람을 훌쩍 뛰어넘으니, 지금 세상이 그대의 글을 논할 바 아니라네. 천하에 어찌 늘 나처럼 그대를 알아보지 못한 심란한[憤憤]³⁾ 사람만 있겠는가! 공은 머지않아 당연히 큰 명성을 얻을 것이니, 나와 같은 사람의 말이 필요치 않을 것이네.⁴⁾ 원컨대 공과 담소를 나누고 싶지만 참으로 그럴 수 없으니, 며칠 후에나 만날 수 있으려나?

某啓. 兩日疾有增無減, 雖遷閣外, 風氣稍淸, 但虛乏不能食, 口殆不能言也. 兒子於何處得「寶月觀賦」, 琅然誦之, 老夫臥聽之未半, 躍然而起. 恨二十年相從, 知元章不盡, 若此賦, 當過古人, 不論今世也. 天下豈常如我輩憤憤耶! 公不久當自有大名, 不勞我輩說也. 願欲與公談, 則實未能, 想當後數日耶?

| 주석 |

1) 이 편지는 건중정국 원년 6월에 북쪽으로 돌아가는 도중에 썼다.

2) 이 늙은이가 …… 같았다오. : 소식은 66세 되던 해 휘종 건중정국 원년 7월에 상주(常州)에서 병으로 서거했다. 병상에 있을 때, 그는 아들이 미불의 부(賦) 한 편을 낭독하는 것을 들었다. 소식은 침상에서 일어나 그 글을 극구 칭찬하면서 곧 미불에게 편지를 썼다.

3) 심란한[憤憤] : 궤궤(憤憤)는 애매한 모양으로 마음이 산란하고 어수선하여 어리석은 것이다.

4) 공은 …… 않을 것이네. : 이 글은 이전에 구양수가 소식을 칭찬했을 때와 같이 미원장을 칭찬하고 있다. 인종 가우 2년(1057년)에 구양수는 「형상충후지지론(刑償忠厚之至論)」으로 과거에 합격한 소식에게, 글을 잘 읽을 뿐 아니라 글을 잘 활용하여 나중에 문장이 천하를 독보할 것이라며 감탄하였다.

23. 범순부[1]에게 보내는 편지[2]

　지난번에 공께서 집으로 한번 오시기를 몹시 기다렸지요. 인편이 돌아와 편지를 받고서 이미 부임하신 고을로 떠나심을 알았습니다. 참으로 창망하여 서글픔이 더했지요. 요즈음 지내시기는 좋으신지요? 날마다 오로봉(五老峰)[3]을 마주할 수 있으니 생각건대 좋은 생각이 있으리라 여겨집니다. 이곳의 호수와 산들도 빼어나게 아름답지만, 쇠하고 병든 이 몸, 번거로움을 감당하지 못하여 다만 고향 촉(蜀)으로 돌아가고 싶은 마음만 간직할 뿐입니다. 다시 모일 길이 없으니, 부디 때에 맞춰 몸을 중히 하십시오.[4]

> 與范純夫
> 向者深望軒從一來, 人還, 領手示, 知徑赴治, 實增悵惘. 比日起居佳勝. 日對五老, 想有佳思. 此間湖山信美, 而衰病不堪煩, 但有歸蜀之興耳. 未由會集, 千萬以時珍重.

| 주석 |

1) 범순부(范純夫)는 범조우(范祖禹, 1041~1098)이다. 자는 순부, 몽득이다. 성도부 화양현 사람으로 재상 여공저의 사위이다. 가우 8년(1063)에 진사가 되었다. 북송의 사학가, 문학가, 관원이다. 범순부는 젊어서 정호와 정이에게 사사했으며, 사마광의 학문을 추종했다. 평상시에는 다른 사람의 허물에 대해 말하지 않

앞으나, 일을 만나 시비를 판별할 때에는 아주 엄격하게 하였다. 말은 간략하고 뜻은 명백해서 소식은 강관(講官) 가운데에 범순부가 제일이라고 칭찬하였다.

2) 이 편지는 원풍 2년(1079), 호주(湖州) 지주로 있을 때 썼다.

3) 오로봉(五老峰) : 여산에 있는 오대산으로 다섯 봉우리가 빼어나게 솟아 있다.

4) 이해(원풍 2년) 3월, 소식은 호주의 지주로 임명되어 4월에 취임하였다. 7월에 어사중승 이정 등이 소식이 지은 시가 조정을 비방했다고 탄핵하여 8월 18일에 어사대의 감옥에 갇혔다. 12월 26일에 출옥하여 소식은 수부원외랑 황주단련부사 본주 안치의 유배령을 받았다.

24. 하성가[1]에게 보내는 편지[2]

　보내주신 주 선생[3]이 짓고 쓰신 시(詩)는 말의 뜻이 깊어 학문이 얕은 저로선 만분의 일이라도 엿볼 수 없습니다. 젊었을 때[4] 도(道)를 구하여 늙을 때까지 쇠퇴하지 않는 사람은 세간에 몇이나 될까요? 저는 쓸모없이 매달려 있는 박과 같은 신세입니다.[5] 공을 한번 뵐 수 없으니 공의 막하에서 공의 신발을 보는 일[6]로도 복받치는 탄식이 그치지 않습니다. 오래도록 필묵을 놓아, 주 선생의 시문인 이 좋은 선물을 받고도 보답하지 못하였습니다. 더욱 부끄러움이 더합니다.

> 與何聖可
> 辱示朱先生所著書詩, 詞義深矣, 淺學曾不足以窺其萬一. 結髮求道, 篤老不衰, 世間有幾人? 而匏繫於此, 不得一望其履幕, 慨歎不已. 久廢筆硯, 無以報此嘉貺, 益增愧赧.

| 주석 |

1) 하성가는 황강인이다. 하씨가 죽원에서 소식과 함께 거주하여 거처하는 곳이
　　서로 가까웠다.[何聖可爲黃岡人. 所居何氏竹園與蘇軾居處相近.] 張志烈, 馬
　　德富, 周裕鍇 主編,『蘇軾全集校注』문집9, 6,510쪽.
2) 대략 황주 시기(1080~1084)에 쓴 편지이다.
3) 주 선생이 누구인지 잘 알려져 있지 않다.

4) 젊었을 때[結髮] : 결발(結髮)은 상투를 틀거나 쪽을 찜을 이르며, 어릴 때를 말한다.

5) 저는 …… 신세입니다.[而匏繫於此] : 포계(匏繫)는 '매달려 있으나 먹지 못하는 박'으로 쓸모없는 사람을 비유한다. 포계지탄(匏繫之歎)은 '재능이 있어도 등용되지 못하는 것을 탄식한다'는 말로, 『논어』「양화(陽貨)」편에서 "내가 어찌 뒤웅박처럼 한 곳에 매달린 채 먹기를 구할 수 있겠는가."라고 하였다.[吾豈匏瓜也哉, 焉能繫而不食.] 張志烈, 馬德富, 周裕鍇 主編, 『蘇軾全集校注』 문집9, 6,511쪽.

6) 신발을 보는 일[望履] : 망리(望履)는 '신발을 바라본다'는 뜻으로 만나 보려는 마음을 겸손하게 표현한 말이다. 『장자』「도척(盜跖)」편을 보면, 공자에게 유하계(柳下季)라는 친구가 있었는데, 그의 아우는 사납기로 유명한 도둑인 도척이었다. 공자가 도척을 설득하러 갔다가 퇴짜 당하자 다시 말하기를, '저는 당신의 형님인 유하계와 친하게 지내고 있습니다. 당신의 막하에서 신발이라도 쳐다볼 수 있게 해주십시오.'[丘得幸於季, 願望履幕下.]라고 하였다.

25. 황주에서 벗에게 보내는 편지¹⁾

「연자루기(燕子樓記)」²⁾를 써달라고 부탁하셨습니다. 저는 공과 사귀는 의리가 이와 같은데 어찌 다시 아끼는 바가 있겠는지요? 더구나 노형께서 이 빼어난 경관에 대한 글을 쓰게 하셨으니 어찌 불초의 다행이 아니겠는 지요?³⁾ 다만 극심한 곤경에 처해 있어, 입에서 나오는 대로 글을 쓰다 보 면, 나를 증오한 자들에게 해석거리가 될 것입니다.⁴⁾

아들이 경사(京師)에서 돌아와서 말을 자세히 하였습니다. 그러니 저의 뜻으로는 차라리 굳게 입을 닫고 붓을 잡지 않아야 거의 화를 면할 것이 라고 여깁니다. 비록 이전에 지은 글이라고 핑계 대더라도 말 많은 호사 자들이 어찌 전후 사정을 따지겠습니까? 만일 훗날 조금 재난에서 벗어 나서 남에게 심히 미움을 받지 아니할 때 공에게 글을 지어드리겠습니다. 부디 불쌍히 여겨 살펴주십시오.

黃州與人
示諭「燕子樓記」. 某於公契義如此, 豈復有所惜. 況得託附老兄與此
勝境, 豈非不肖之幸. 但困躓之甚, 出口落筆, 爲見憎者所箋注. 兒子
自京師歸, 言之詳矣, 意謂不如牢閉口, 莫把筆, 庶幾免耳. 雖託云向
前所作, 好事者豈論前後? 卽異日稍出災厄, 不甚爲人所憎, 當爲公
作耳. 千萬哀察.

1) 황주에서의 벗이 누구인지는 알려지지 않았다. 이 편지는 원풍 3년(1080)에서 원풍 7년(1084)에 이르러 황주에서 썼는데, 원풍 2년(1079) 소식은 나이 44세에 오대시안(烏臺詩案)의 문자옥(文字獄)을 겪고 황주로 유배되었다.

2) 「연자루기(燕子樓記)」: 연자루는 당나라 정원(貞元) 연간(785~805)에 상서로 지낸 장음(張愔)이 그의 애첩 관반반(關盼盼)을 위해 지은 누각이다. 관반반은 장음이 죽자 다른 남자에게 개가하지 않고 이 누각에서 10년을 살았다고 한다. 그 후 중국 문인들은 이 고사를 제재로 삼아 시를 짓고 읊었다.

3) 더구나 …… 아니겠는지요?: 소식이 일찍이 서주의 관리로 있을 때, 연자루 또한 서주에서 옛 자취를 남기고 있었다. 그런 연유로 이 편지에서 소식에게 연자루에 대해 기문을 써달라고 부탁하였다.[蘇軾曾官徐州, 而燕子樓又爲徐州古迹, 故此書求蘇軾爲燕子樓作記.] 張志烈, 馬德富, 周裕鍇 主編, 『蘇軾全集校注』 문집9, 6,665쪽.

4) 다만 …… 될 것입니다: 소식은 왕안석의 신법 시행에 대해 시문(詩文)을 통해 시정과 철폐를 주장하였다. 그러나 하정신, 서단, 이의, 이정 등의 모함을 받고 탄핵되었다. 이 사건으로 소식이 죽음에 이르게 되자 장방평, 사마광, 범진, 장돈은 구명운동을 펼쳤다. 아우 소철은 관직으로 형의 죄를 대속하고자 하는 탄원을 올렸고, 인종 태후는 유언을 남겨 소식을 보호하였다. 130일간의 투옥 생활 끝에 석방되어 황주 단련부사로 폄적되었다.

26. 백수 학사[1]에게 보내는 편지

　나는 한가하게 지내면서 편지 글씨를 흘려쓰지 않고 바르게 쓸 사람을 구하지 못했네. 서신을 드린 것이 예법에 맞지 않으니 정으로 용서해 주시리라 믿는구려. 두 본(本)의 약 처방전은 이미 받아 감복됨이 지극하다네. 우리 고을에서 염세 감독을 하는 정추관(鄭推官)은 진실로 씩씩한 관리이며, 청렴하고 결백함을 지킬 것이라오. 그러나 외롭고 지조가 곧아서 응원해 줄 사람이 없지요. 공께서 잘 알고 살펴주신다니, 가히 공의 문하에서 추천하여 나올 수 있지 않을까 모르겠구려. 거듭 황공하다네.

> 與伯脩學士
> 某閒居闕人修寫, 奉狀不如禮, 想以情恕. 藥方二本已領, 感服之至. 本州監鹽鄭推官, 信健吏也, 廉潔可保, 孤介無援, 蒙公知照, 不知可出門下否? 惶恐惶恐.

| 주석 |

1) 백수 학사(伯脩學士)는 진사석(陳師錫, 1057~1125)으로, 자가 백수(伯脩)이고 건양 사람이다. 희녕 9년(1076)에 진사에 합격하였다. 『송사』 「진사석전(陳師錫傳)」에서 "원우 초, 소식이 세 번 장을 올릴 때 천거하기를, 그 학술은 심원하고 행실이 깨끗하며 의론은 굳세고 정대하여 그 앎이 고요하고 깊었다. 덕행은 옛 성인을 따랐으며, 문장은 가장 뛰어나 견줄 사람이 당세에 없었다."라고 하

였다.[元祐初, 蘇軾三上章, 薦其學術淵源, 行己潔素, 議論剛正, 其識靖深, 德行追跡古人, 文章冠絶於當世.] 張志烈, 馬德富, 周裕鍇 主編, 『蘇軾全集校注』 문집8, 5,836쪽.

27. 주강숙[1]에게 보내는 편지

1) 편지 1[2]

저는 거듭 절하고 말씀드립니다. 요사이 올린 저의 편지와 제 아우의 편지는 잘 도착했으리라 생각합니다. 호연(胡掾)[3]이 와서 전해준 편지를 받고, 어르신께서 잘 지내신지 알았습니다. 아울러 제 아우와 가족이 도착하였을때, 어르신께서 특별히 주신 선물,[4] 양고기와 국수, 술과 과일을 하나하나 잘 받은 것을 알고 베푸신 정성에 다만 부끄러울 따름입니다. 제 아우는 이곳을 떠난 지 며칠 되었고,[5] 보내신 편지에서 말씀하신 것은 홍주(洪州)[6]의 역참에 맡겨서 드리겠습니다.

> 與朱康叔
> 某再拜. 近奉書並舍弟書, 想必達. 胡掾至, 領手教, 具審起居佳勝. 兼承以舍弟及賤累至, 特有厚貺, 羊, 面, 酒, 果, 一捧領訖, 但有慚怍. 舍弟離此數日, 來教尋附洪州遞與之.

| 주석 |

1) 주강숙(朱康叔) : 주수창(朱壽昌, 1014~1083)으로 자가 강숙(康叔)이다. 효도와 우애가 극진하였다. 소동파는 그 당시 악주 지주로 있던 주수창에게 편지를 써 '흉년이 들어 아기를 죽이는 악습'을 없애달라고 건의하였다.

2) 이 편지는 원풍 3년(1080) 6월, 황주에서 썼다.

3) 호연(胡掾) : 호정지(胡定之)이다. 이때 기정(岐亭)의 감주로 있었다.[胡掾, 胡定之. 時在岐亭監酒.] 소식은 「답진태허서(答秦太虛書)」에서 "기정의 주세를 감독하는 감주관인 호정지는 만 권의 서책을 싣고 나를 따라다니며 사람들에게 빌려주어 보게 했지요."라고 하였다.[岐亭監酒胡定之, 載書萬卷隨行, 喜借人看.] 楊家駱 主編, 『蘇東坡全集 上』 第九冊, 368쪽.

4) 선물 : 소식이 황주로 부임할 때 맏아들 소매와 함께 가기로 하고 두 집의 가솔과 아우 자유는 나중에 출발하기로 하였다. 자유는 대가족(딸 일곱, 아들 셋에 두 명의 사위)을 거느리고 고안(高安)으로 부임해야 했는데, 여기에다 형의 가족까지 돌보게 되었다. 이때 주수창은 악주 지주로 있으면서 동파와 교유가 깊었다. 호북성 악주는 무창으로 황주와는 장강을 사이에 두고 있다. 마침내 아우 소철이 가족들을 데리고 왔을 때 악주의 태수인 주수창은 늘 술과 음식을 보내오고, 소동파 일가가 임고정에서 거처할 수 있도록 주선해 주었다.

5) 소철은 원풍 3년(1080) 6월 상순에 황주를 떠나 균주(筠州)로 부임하였다. 소식은 「답진태허서(答秦太虛書)」에서 "5월 말에 아우가 와서 손수 쓴 편지를 받았는데 위로의 말과 선물을 보낸 것이 몹시 후하였네"라고 하였다.[五月末, 舍弟來, 得手書勞問甚厚.] 楊家駱 主編, 『蘇東坡全集 上』 第九冊, 368쪽.

6) 홍주(洪州) : 지금의 강서성(江西省) 남창시(南昌市) 일대이다.

2) 편지 2[1)]

이미 강 위 임고정(臨皐亭)[2)]으로 주거를 옮기니 몹시 시원하게 시야가 트입니다. 새벽이면 바람 불고 밤이면 달이 비추어, 지팡이 짚고 들판을 걷다 강물을 떠서 마시니, 모두 공께서 베풀어주신 은덕의 여파입니다. 어르신의 높은 풍도와 의리를 생각하고 음미하면서 저의 외롭고 쓸쓸한 신세를 달래봅니다. 작년 6월에 지어 베껴둔 시 한 축(軸)³⁾을 찾아내 부쳐드립니다. 그저 한번 웃을 일로 여겨주십시오. 무더위에 부디 몸을 잘 보살피십시오.

> 已遷居江上臨皋亭, 甚淸曠. 風晨月夕, 杖履野步, 酌江水飮之, 皆公恩庇之餘波, 想味風義, 以慰孤寂. 尋得去年六月所寫詩一軸寄去, 以爲一笑. 酷暑, 萬乞保練.

| 주석 |

1) 이 편지는 신종 원풍 3년(1080) 6월, 황주에서 썼다.
2) 임고정(臨皋亭) : 소식이 황주에 있을 때 머물던 정자이다. 소식은 원풍 3년 2월에 황주에 도착하여 3개월 정도 정혜원에서 지내다 5월 29일에 임고정으로 옮겼다.
3) 축(軸) : 종이를 세는 단위(單位)의 하나. 한지(韓紙)는 10권, 두루마리는 하나를 말한다.

3) 편지 3¹⁾

저는 아룁니다. 최근 황강현(黃岡縣)²⁾의 우편을 통해서 편지를 부쳐드렸는데, 필히 도착했을 것입니다. 심부름꾼이 이곳에 들러 보내주신 편지를 전해 받았습니다. 지내시기가 좋음을 알고 요사이 다시 적막하진 않으시리라 생각합니다. 올해도 다 저뭅니다. 어느 때나 만날 수 있을까요? 슬픈 마음만 더해가니, 부디 몸을 잘 보존하시길 빕니다.

某啓. 近附黃岡縣遞拜書, 必達. 專人過此, 領手教, 具審起居佳勝,
勿復凄冷. 此歲行盡, 會合何時? 以增悵然, 唯祈善保.

4) 편지 4¹⁾

댁으로 글을 남깁니다. 문여가 형을 실은 배가 이달 말에 바야흐로 진주
(陳州)를 떠날 듯합니다.²⁾ 남하(南河)³⁾는 물길이 얕아서 아마도 5, 6월쯤
에나 이곳 황주에 도착할 것 같습니다. 공께서 깊이 걱정하며 보살펴주셔
서 감사드립니다. 그 집안은 본디 가난이 심하였지만, 고을에 작은 별장
이 있어 또한 분수를 따라 날을 보낼 것입니다. 제가 관직을 그만두고 귀
향하겠다고 한 말은 평소의 뜻처럼 되지 않을 것 같습니다.

듣자 하니, 공은 고을의 적폐를 잘 다스려 이미 질서를 세웠다고 하지
요. 이러한대 감사(監司)와 조정이 어찌 갑자기 출중한 공을 한가한 직에
두겠습니까? 제게 물었던 음식은 날씨가 점점 더워져서 오래 저장할 수
없는 것입니다. 아마도 괜히 번거롭게 낭비할 것 같습니다. 해산물은 먹
기에 힘들지 않습니다. 공과 평소 깨끗하게 사귄 정분이 있는데 마땅히 하
나하나 알려드리겠습니다.

敷文宅計此月末方離陳. 南河淺澀, 想五六月間方到此. 荷公憂恤之深, 其家固貧甚, 然鄕中亦有一小莊子, 且隨分過也. 歸老之說, 恐未能如雅志. 聞條理積弊, 已就倫次, 監司朝廷, 豈有遽令放閑耶? 問及物食, 天漸熱, 難久停, 恐空煩費也. 海味亦不苦食. 旣忝雅契, 自當一一奉白.

| 주석 |

1) 이 편지는 원풍 3년(1080) 3월에서 4월에 황주에서 썼다.

2) 문여가 형을 …… 듯합니다. : 문여가는 문동을 말한다. 문여가는 원풍 2년 정월 20일에 진주에서 세상을 떠났다. 그 가족들이 상부(喪婦)를 도와 촉(蜀)에 장사 지내고 변수와 회수의 물길을 따라 다시 강을 거슬러 올라 상류에서 길을 바꾸었다. 진주를 떠난 시기는 당연히 3, 4월 말경이다.[文與可於元豊二年正月二十日卒於陳州, 其家扶喪婦葬於蜀, 沿汴淮, 再溯江而上返川. 離陳之期, 當爲三四月末.] 張志烈, 馬德富, 周裕鍇 主編, 『蘇軾全集校注』 문집9, 6,480쪽.

3) 남하(南河)는 진주이며, 지금의 하남성에 속한다. 즉 남수로 보이는데 부구현 북쪽에 있다.

5) 편지 5[1]

저는 아룁니다. 무창(武昌)[2]에서 보낸 편지가 도착했습니다. 연이어 사람을 시켜 편지를 전하니, 몹시 감사합니다. 건강은 좋으신지요. 봄을 맞아 만물은 청명하고 화창하며, 강산은 빼어나게 아름답습니다. 관청의 업무를 마무리하고 매일 명승지를 유람하신다니 뒤를 따르며 모시지 못하는 것이 한스러울 뿐입니다. 보내주신 술 두 동이는 소중하여 나그네 시름을 단번에 씻어줍니다. 몹시 행복합니다! 잘 익은 과일들을 저장하는 방법을 갖게 되니 참으로 좋습니다.

저의 병은 이제 이곳에 막 도착하여 풍토를 알지 못해서 빚어진 일입니다. 이제는 다시 괜찮아졌지요. 자유(子由)는 여전히 진주(眞州)를 벗어나지 못했는데, 가까운 거리에 있어도 자주 만나지 못하니 천 리 길처럼 멀군요.³⁾ 만나서 뜻을 아뢸 길이 없습니다. 때에 맞춰 자중하시길 바랍니다.

> 某啓. 武昌傳到手敎, 繼辱專使墮簡, 感服倂深. 比日尊體佳勝. 節物淸和, 江山秀美, 府事整辦, 日有勝游, 恨不得陪從耳. 雙壺珍貺, 一洗旅愁, 甚幸! 甚幸! 佳果收藏有法, 可愛! 可愛! 拙疾, 乍到不諳風土所致, 今已復常矣. 子由尙未出眞, 寸步千里也. 未由展奉, 尙冀以時自重.

| 주석 |

1) 이 편지는 원풍 3년(1080) 4월에 황주에서 썼다. 소식은 45세 되던 해(원풍 3년) 2월에 황주 유배지에 도착하였다. 소식은 시 「초도황주(初到黃州)」에서 "저절로 우스운 건 한 평생을 입을 위해 바쁜 일이었고, 나이 들어 하는 일은 갈수록 황당하다네. 장강은 황주의 성곽을 휘돌아 물고기 맛도 좋고, 아름다운 대나무는 연이은 산에서 죽순향을 피우네."라고 하였다.[自笑平生爲口忙, 老來事業轉荒唐. 長江繞郭知魚美, 好竹連山覺筍香.] 그러나 황주의 현실은 험난하였다. 소식은 편지글, 「답이단숙(答李端叔)」에서 "죄를 얻은 이래로 스스로 유폐 생활을 하며 조각배를 타고 짚신을 신고서 산수 사이를 방랑합니다. 나무꾼과 어부들에 섞여 때로 술 취한 사람들에게 욕도 먹으면서 문득 남이 알아주지 않음에 스스로 기뻐합니다."라고도 하였다.[得罪以來, 深自閉塞, 扁舟草履, 放浪山水間, 與樵漁雜處, 往往爲醉人所推罵. 輒自喜漸不爲人識.] 張志烈, 馬德

富, 周裕鍇 主編, 『蘇軾全集校注』 문집7, 5,344쪽.

2) 무창(武昌) : 무창부로 악주에 속한다. 황주와 강을 사이에 두고 바라보고 있다.

3) 자유는 …… 멀군요. : 소철은 소식의 오대시안 일에 연루하려 원풍 2년 12월
에 균주로 폄적당했다. 원풍 3년에 회수를 따라 남경을 떠나 재차 장강을 거슬
러 올라 균주로 부임하였다. 소철은 균주로 부임하기 전 먼저 황주를 들렀다.

6) 편지 6[1]

여가(與可)[2] 형님을 실은 배가 조만간 이곳에 도착한다고 하니 주르륵
눈물이 흐릅니다. 공께서도 그러실 테지요. 자유가 이곳에 도착해서 모름
지기 5일에서 7일 정도 머물 것입니다. 공께서도 알고 계시겠지요. 예전
에 『국사보(國史補)』[3] 한 질을 초록하여 보내드렸는데, 잘 도착하였는지
모르겠습니다. 편지를 보낼 때 대략 알려주시기 바랍니다. 보내주신 생자
주(生煮酒) 네 그릇은 궁핍을 바로 채워주었지요. 지극히 소중하여 몹시
감사합니다. 발효주는 무더위 중에 쉽게 만들 수 없는데도 보내주신 술은
아주 좋습니다. "내가 먹는 깃 때문에 사람들에게 누를 끼칠 수는 없네."
라고 민중숙(閔仲叔)은 말하였다지요.[4]

공께선 저에게 매번 은덕을 베풀며 먼 곳에서 진귀한 물건을 보내주십
니다. 사람을 수고롭게 하고 비용을 무겁게 하니 어찌 제가 편안히 여기겠
는지요? 공께서 물으신 능취(凌翠)[5]는 지금 자리를 비웠습니다. 운(雲)이라
도 임시로 보낼까 하는데 어찌 말할 거리가 되겠는지요![6] 그저 껄껄 웃습니
다. 풍군(馮君)[7]은 바야흐로 어르신의 말씀처럼 될 것으로 생각합니다. 공
을 번거롭게 하며 염려를 끼쳐드렸군요. 또 비결을 보여주셨는데 어찌 이
은혜를 감당하겠는지요. 겨울에 여가를 얻으면 응당 시험해보겠습니다. 천
각(天覺)[8]에게 또한 편지를 받지 못했습니다. 천각은 자신의 뜻에 따라 예

를 간결하게 행하는 사람으로 이는 평상시 그가 갖는 태도입니다. 편지를 자주하고 성기게 하는 횟수로써 그 사람의 됨됨이를 판단할 수는 없습니다. 술 빚는 법에서 녹두를 사용하여 누룩을 만든 것이었나요? 또한 일찍이 저에게 말씀해 주셨는데 그 방법을 기록해두지 못했습니다. 만일 방법이 좋다면, 기록하여 보여주시면 다행이겠습니다.

與可船旦夕到此, 爲之泫然, 想公亦爾也. 子由到此, 須留他住五七日, 恐知之. 前曾『國史補』一紙, 不知到否? 因書, 畧示諭. 蒙寄惠生煮酒四器, 正濟所乏, 極爲珍感. 生酒, 暑中不易調停, 極佳. 然閔仲叔不以口腹累人. 某每蒙公眷念, 遠致珍物, 勞人重費, 豈不肯所安耶!所問凌翠, 至今虛位, 雲乃權發遣耳, 何足掛齒牙! 呵呵. 馮君方想如所諭, 極煩留念. 又蒙傳示秘訣, 何以當此. 寒月得暇, 當試之. 天覺亦不得書. 此君信意簡率, 乃其常態, 未可以疎數爲厚薄也. 酒法, 是用菉豆爲麴者耶? 亦曾見說來, 不曾錄得方, 如果佳, 錄示爲幸.

| 주석 |

1) 이 편지는 원풍 3년(1080) 7월에 황주에서 썼다.

2) 여가(與可) : 문여가(文與可)는 문동(文同, 1018~1079)이다. 북송의 문인이자, 화가이다. 자가 여가이다. 시문과 글씨, 죽화(竹畫)에 뛰어났다. 동파의 외종사촌형이다. 학식으로 세상에 이름이 났고 소식이 존중하여 중히 여겼다. 문여가는 소식에 대해 '세상에 나를 알아주는 이 없으나 오직 동파는 한번 보고 나의 묘처(妙處)를 알았다'고 하여 지기(知己)임을 자랑하였다. 원풍 2년(1079) 정월 20일에 진주에서 병으로 세상을 떠났는데, 부임지에 도착하기 전에 죽었다. 소식은 문여가에 대해 「문여가화묵죽병풍찬(文與可畫墨竹屛風贊)」에서 "여가의 문장은 그가 지닌 덕(德)의 찌꺼기다. 여가의 시(詩)는 그가 지은 문장의 붓끝이

다. 시로는 다할 수 없어 넘쳐나 글씨를 썼다. 이것이 변하여 그림이 되었으니 모두 시의 나머지다. 그런데도 그의 시와 문장을 좋아하는 자는 많지 않다. 더구나 그의 그림을 좋아하듯, 그의 덕을 좋아할 자가 있을까? 아! 슬프다"라고 하였다.[與可之文, 其德之糟粕. 與可之詩, 其文之毫末. 詩不能盡, 溢而爲書, 變而爲畫, 皆詩之余. 其詩與文, 好者益寡. 有好其德如好其畫者乎? 悲夫!] 張志烈, 馬德富, 周裕鍇 主編, 『蘇軾全集校注』 문집4, 2,386쪽.

3) 예전에 …… 『국사보(國史補)』 : 『국사보(國史補)』는 당나라 이조(李肇)가 찬한 것으로, 3권이다. 당나라 개원(開元)에서 장경(長慶) 연간까지의 잡사(雜事)를 기록한 것이다. 본문의 '전증『국사보』 일지(前曾 『國史補』 一紙)'는 서천문중 주해 『구소수간주해』에는 '전증록『국사보』 일지(前曾錄 『國史補』 一紙)'로 되어 있다. 여기서는 후자로 풀이하였다.

4) 내가 …… 말하였다지요. : 『후한서(後漢書)』 「민중숙전(閔仲叔傳)」의 민중숙은 후한 때 사람으로 자가 중숙이다. 그가 안읍에 우거할 적에, 늙고 병이 든 데다 집이 가난해서 고기를 사 먹지 못하고 오직 돼지 간 한 조각만을 매일 구입하곤 하였다. 정육점 주인이 잘 팔려고 하지 않자 이를 안 안읍의 현령이 주선해서 매일 사 먹을 수 있도록 하였다. 그러자 아들을 통해 이 사실을 전해들은 민중숙이 '내가 어찌 먹는 것 때문에 안읍에 폐를 끼칠 수 있겠느냐.'[豈以口腹累安邑耶] 하고는 그 고을을 떠난 고사가 있다.

5) 능취(凌翠) : 능취는 시첩을 이른 듯하다. 원래는 마름열매를 따고 여인의 장신구인 비취새의 날개를 줍는 것인데, 여기에서는 첩을 대신하여 일렀다. 『초사』 「초혼」에 "섭강으로 들어가 채릉과 양화를 캔다."라고 하였고, 또한 조식의 「낙신부」에 "어떤 이는 밝은 구슬을 찾고 어떤 이는 비취빛 깃털을 줍네"라고 하였다. 『대전』 7집 · 『속집』 권4에서 능(菱)을 능(凌)으로 썼다.[本指採菱拾翠. 此代指妾. 『楚辭 · 招魂』 涉江採菱, 發揚荷兮. 又曹植 「洛神賦」 或采明珠, 或拾翠羽. 『大典』 七集 · 續輯 卷四 菱作凌.] 張志烈, 馬德富, 周裕鍇 主編, 『蘇軾全集校注』 문집9, 6,486쪽.

6) 운(雲)이라도 …… 되겠는지요 : 운(雲)은 소식이 항주에 있을 때 거둔 어린 첩 왕조운이다. '권발견'은 송나라 관직명목이다. 송 태조는 각지의 절도사를 폐지하고 권발견, 권지 등의 명칭을 세웠다. 통상의 법으로 선발하는 것에 구애받지 않고, 직급의 순서도 낮았지만 임무는 무거웠다. 두 단계의 직급을 건너뛰면 '권발견'이라 하고, 한 단계를 건너뛰면 '권지'라고 하였다. 여기에서는 왕조운의 지위를 장난삼아 말한 것이다.[雲, 蘇軾在抗州所納小妾王朝雲. 權發遣, 宋官職名目. 宋太祖罷各節度使, 立 權發遣, 權知 等名. 不拘所選常規, 資序低而任重, 隔兩等資序稱權發遣, 隔一等稱, 權知. 此處戲言王朝雲地位.] 張志烈, 馬德富, 周裕鍇 主編, 『蘇軾全集校注』문집9, 6,486쪽. 권(權)이 붙은 직은 임시직이다.

7) 풍군(馮君) : 풍군은 풍경(馮京, 자는 당세當世)의 형 풍양(馮襄)이다.

8) 천각(天覺) : 천각은 장상영(張商英, 1043~1122)이다. 치평 2년(1066)에 진사가 되었다.

7) 편지 7[1]

요즈음 관례를 따르느라 바쁘게 지내다 보니 문안 인사가 소홀하였습니다. 기거가 어떠하신지요? 이틀 동안 무창(武昌)에서 지내면서 공이 휴가 가셨다고 들은 듯한데, 어찌 된 일인지요? 아마도 공의 건강이 좋지 않은 것은 아닐까요? 몸소 물을 길이 없어 다만 마음만 달려갑니다. 겨울은 깊어가고 날씨는 차고 매섭습니다. 한층 몸을 조심하십시오.

近日隨例紛冗, 有踈上問, 不審起居何如? 兩日來武昌, 如聞公在告, 何也? 豈尊候小不佳乎? 無由躬問左右, 但有馳系. 冬深寒澀, 尤宜愼護.

1) 이 편지는 원풍 4년(1081) 12월에 황주에서 썼다.

28. 호심부[1]에게 보내는 편지

1) 편지 1[2]

저는 아룁니다. 지방관으로 부임[3]하셨다는 소식을 들은 후, 날마다 편지를 드리고자 하였습니다. 번거롭고 어지러운 일과 노쇠하고 병이 있어서 미적거리다 오늘에 이르렀습니다. 누차 가르침의 편지를 주시니 감사와 부끄러움이 아울러 교차합니다. 요사이 잘 지내신지요? 우러러 만나뵐 기회가 없으니, 삼가 때에 맞춰 몸을 보중하시길 바랍니다.

> 與胡深夫
>
> 某啓. 自聞下車, 日欲作書, 紛冗衰病, 因循至今, 疊辱書誨, 感愧交集. 比日起居佳勝? 未緣瞻奉, 伏冀以時保練.

| 주석 |

1) 호심부(胡深夫)가 누구인지는 자세하지 않다

2) 이 편지는 원우 5년(1090) 11월 항주에서 썼다. 동파는 원우 4년(1089) 3월 11일에 항주 태수 겸 절서 지방 군사책임자인 절서로병마검할지항주군주사(浙西路兵馬鈐轄知抗州軍州事)에 임명되었다. 이해 7월에 항주로 부임하여, 1년 반을 이곳 관리로 지내면서 식수공급 시설과 병원을 세우고, 염도를 준설하고 서호를 재건했으며, 곡가를 안정시켰다.

3) 부임 : 호심부가 수주(秀州) 지주로 온 것은 대략 10월의 일이었다.

2) 편지 2[1]

저는 아룁니다. 저는 오랫동안 주지록(周知錄) 형제와 함께 교유하였는데, 그 형제들의 글과 행실, 재주와 기량은 참으로 뛰어났습니다. 그런데 불행히 부모님 상을 당하고 생계도 막연하여 아직 동쪽의 구강(九江)[2]으로 돌아가지 못하였습니다. 주씨 형제들이 공의 고을에 몸을 의탁하고 있는데, 가만히 생각해 보면 어질고 명철하신 공께서 틀림없이 편안히 있도록 해주시겠지요. 많은 말이 필요하지 않겠습니다. 이제 유영(柳令)[3]에게 부탁하여 이 편지를 아뢰게 합니다. 일이 번거로운 중에 있으므로 저의 부족한 생각을 다 펴지 못합니다.

> 某啓. 某久與周知錄兄弟游, 其文行才器, 實有過人, 不幸遭喪, 生計索然, 未能東歸九江. 托跡治下, 竊惟仁明必有以安之, 不在多言. 今托柳令咨白. 冗中不盡區區.

| 주석 |

1) 이 편지는 원우 5년(1090) 11월, 항주에서 썼다.
2) 구강 : 강서 구강부이다. 아마도 주지록의 고향인 것 같다.
3) 유영(柳令) : 유예(柳豫)이다.

478

29. 이지의[1]에게 보내는 편지

1) 편지 1[2]

저는 올해 나이가 예순다섯이라, 체력과 모발이 바로 나이와 걸맞으니, 혹시라도 다시 공을 뵐 수 있을지 알 수 없습니다. 이전 일들은 모두 꿈과 같았으니, 이후의 일도 꿈속의 일과 같지 않을까요? 내버려 둘 일이지 드릴 말씀이 없습니다. 기뻐할 일은 해남(海南)에 있으면서 『역(易)』과 『서(書)』, 『논어(論語)』에 관한 전(傳), 수십 권을 마쳤는데,[3] 아마도 죽은 후에 뒷사람들의 이목에 이로움을 줄 것 같습니다.

소유(少游)가 끝내 길 위에서 죽었다니 슬프고 애통합니다! 세상에 어찌 다시 이런 사람이 있겠습니까![4] 단숙(端叔) 그대 또한 늙었지요. 저의 아들 태(迨)[5]가 말하길 수염과 머리는 희고, 안색은 매우 붉어 윤기가 돈다고 하던데, 저 역시 바로 이와 같지요. 각자 몸을 조심하여 다시 뵙길 바랍니다. 아이들과 조카들이 공의 치하에 있으니, 자주 가르침을 주십시오. 그들에게 줄 편지 한 통을 썼는데 공께서 전해주시기 바랍니다. 저는 크게 취하여 문장을 제대로 이루지 못합니다. 거듭 허물하지 마십시오.

> 與李之儀
> 某年六十五矣, 體力毛發, 正與年相稱, 或得復與公相見, 亦未可知.
> 已前者皆夢, 已後者獨非夢乎? 置之不足道也. 所喜者, 在海南了得
> 『易』, 『書』, 『論語』 『傳』數十卷, 似有益於骨朽後人耳目也. 少游遂

卒於道路, 哀哉! 痛哉! 世豈復有斯人乎! 端叔亦老矣. 迨云鬚髮已皓然, 然顏極丹且渥, 僕亦正如此. 各宜闊嗇, 庶幾復相見也. 兒姪在治下, 頻與敎, 有一書幸送與. 某大醉中不成字. 不罪! 不罪!

| 주석 |

1) 이지의(李之儀, 1038~1117)는 자가 단숙(端淑)이다. 이 당시 소식과 조석(朝夕)으로 시를 주고받았고 이지의가 편지글을 잘 짓자, 도필삼매(刀筆三昧)에 들었다고 말했다. 소식은 「야직옥당휴리지의단숙시백여수독지야반서기후(夜直玉堂攜李之儀端叔詩百餘首讀至夜半書其後)」에서 "옥당은 차가워 잠을 이루지 못하는데, 함께 숙직할 맹호연 불러오기 어렵네. 아름다운 시 잠시 빌려다가 긴 밤을 보내니, 매번 아름다운 곳을 만나면 곧 참선의 경지라네."라고 하였다.[玉堂淸冷不成眠, 伴直難呼孟浩然, 暫借好詩消永夜, 每逢佳處輒參禪.]張志烈, 馬德富, 周裕鍇 主編, 『蘇軾全集校注』시집5, 3,389쪽.

2) 이 편지는 원부 3년(1100) 겨울에 썼다.

3) 기뻐할 일은 …… 마쳤는데 : 소식의 『역전』, 『서전』, 『논어설』 세 권을 이른다. 원풍 연간 황주에서 적거할 때, 소식은 『역전』 아홉 권, 『논어설』 다섯 권을 서술하여 완성하였다. 원부 연간(1098~1100) 창화군에 적거할 때, 소식은 『서전』 열세 권을 지어 완성하였다.[謂蘇軾 『易傳』, 『書傳』, 『論語說』 三書. 元豐年間謫居黃州時, 蘇軾撰成 『易傳』 九卷, 『論語說』 五卷. 元符年間謫居昌化軍時, 蘇軾撰成 『書傳』 十三卷.] 張志烈, 馬德富, 周裕鍇 主編, 『蘇軾全集校注』 문집8, 5,776쪽.

4) 소유(少游) …… 있겠습니까! : 소유는 진관(秦觀, 1049~1100)으로 자가 소유이다. 원부 3년에 진관은 뇌주에서 북쪽으로 돌아가는 중에, 8월 12일에 등주에서 세상을 떴다. [少游, 秦觀, 字少游, 元符三年, 秦觀自雷州北歸, 八月十二日死於藤州.] 張志烈, 馬德富, 周裕鍇 主編, 『蘇軾全集校注』 문집8, 5,775쪽.

5) 아들 태(迨) : 소식은 「답진계상서答陳季常書」에서 둘째 아들 태(迨)에 대해 말
하길, "둘째 아들 태는 시를 지으면 매우 좋습니다."[二子作詩騷殊勝.]라고 하
였다.

2) 편지 2[1]

저는 아룁니다. 떨어져 지낸 지 8년 만에 어찌 다시 만날 날이 있으리라
생각했겠습니까![2] 점차 중원(中原)에 가까워지는데,[3] 편지를 자주 주시니
뜻밖의 기쁨이었습니다. 요사이 건강은 좋으신지요? 저는 이미 배를 얻어
공이 가르쳐주신 대로 허주(許州)로 돌아가기로 마음을 먹었습니다. 큰아
들 매(邁)가 갑자기 이곳을 떠나게 되니 몹시 서운합니다. 경기 지역의 전
운사[4]로 제수되었다는 소식을 알려주었는데 어쩌면 나쁘진 않은 것 같습
니다. 가까운 시일 인사 이동할 때 사람들이 뜻하는 대로 일이 된다면 이
이후로 반드시 공께서도 눈썹을 펼 것이지요.[5] 다만 노년에 조금 편안해
질 것이니 나머지는 족히 말할 것이 없지요. 갑자기 더워집니다. 부디 때
에 맞춰 몸을 아끼십시오. 이만 줄입니다.

> 某啓. 契闊八年, 豈謂有相見日! 漸近中原, 辱書尤數, 喜出望外. 比
> 日起居佳勝? 某已得舟決歸許如所教, 而長子邁遽捨去, 深以爲恨.
> 具報除輦運似亦不惡. 近日除目時, 有如人所料者. 則此後必信眉矣
> 乎? 但老境少安, 餘皆不足道. 乍熱, 萬萬以時自愛. 不宣.

| 주석 |

1) 이 편지는 건중정국 원년(1101)에 썼다.

2) 떨어져 …… 생각했겠습니까! : 원우 8년(1093), 소식이 정주 지주로 나갈 때, 이지의는 관구기의문자(管勾機宜文字) 관직을 받았다. 소성 원년(1094) 윤사월에 소식이 남쪽으로 옮겨갈 때, 이지의와 이별하였다.[元祐八年蘇軾出知定州, 辟李之儀管勾機宜文字. 紹聖元年閏四月蘇軾南遷, 與李之儀別.] 이 편지는 건중 정국 원년(1101)에 썼으니 1093년에 헤어진 이후 8년이 되었다. 張志烈, 馬德富, 周裕鍇 主編, 『蘇軾全集校注』 문집8, 5,785쪽.

3) 점차 중원(中原)에 가까워지는데[漸近中原] : 담주(儋州)에서 내륙 안쪽 지역으로 이동함을 말한다.

4) 전운사(轉運使) : 공부(貢賦)와 조세(租稅)를 옮기는 일을 총괄하는 직이다.

5) 가까운 …… 펼 것이지요.[近日除目時 …… 則此後必信眉矣乎?] : 제목(除目)은 관리를 제수한 뒤 만든 관리 명단을 말한다. 신미(信眉)는 신미(伸眉)로 '근심 걱정을 벗는다.'라는 말이다. 매요신(梅堯臣)은 「취중유별영숙자리(醉中留別永叔子履)」에서 "머뭇거리던 진자도 마침내 왔으니, 함께 작은 방에 앉아 애오라지 눈썹을 편다."[逡巡陳子果亦至, 共坐小室聊伸眉.]라고 하였다.

3) 편지 3[1]

저는 아룁니다. 그동안 여러 통의 편지를 보내주셨는데 빠짐없이 모두 다 잘 받았습니다. 그런데도 끝내 답신 한 편을 드리지 못한 것은, 단지 늙고 병든 몸이 유달리 도외시하고 게으름을 피운 탓뿐만 아니라, 실로 죄구가 심중하여 차마 다시 무익한 안부 편지로 벗들에게 누를 끼치고 싶지 않아서입니다. 그러나 결국 공께 누를 끼치게 되었으니, 부끄럽고 송구하여 무슨 말을 드릴 수 없습니다.[2]

최근 영창(潁昌)[3]으로 부임하신 이래로, 잘 지내시면서 집안 식구들도 모두 편안하고 건강하신지요. 저는 영주(永州)[4]로 옮겨오면서, 오양(五

羊)⁵⁾을 지나 곧바로 대유령(大庾嶺)⁶⁾을 넘어 길안부(吉安府)⁷⁾에 이르러 뭍으로 나왔다가 장사(長沙)⁸⁾를 거쳐 영주(永州)에 도착했습니다. 숙정(叔靜) 등 여러 사람이 보살펴주어 심히 살 방도를 잃지 않았습니다. 숙정이 배를 이끌고 와서 수십 리 멀리 전송해 주었지요.⁹⁾ 큰 물결이 이는 가운데 문안 편지를 드립니다. 몸을 아끼시길 바라는 것 외에 달리 빌 것이 없지요. '술을 따라 부인과 함께 마시는 일은 속된 친구와 대작하는 것보다 나은 일'이라고 매이장(梅二丈)¹⁰⁾ 어르신은 시(詩)에서 말씀하였습니다.¹¹⁾

某啓. 辱書多矣, 無不達者. 然終不一答, 非特衰病簡懶之過, 實以罪垢深重, 不忍更以無益寒溫之問, 玷累知友. 然竟不免累公, 慚負不可言. 比日承以赴穎昌. 伏惟起居佳勝, 眷聚各安健. 某移永州. 過五羊, 徑渡大庾, 至吉出陸, 由長沙到永. 荷叔靜諸人照管, 不甚失所. 叔靜拏舟相送數十里, 大浪中作此書上問, 無他祝, 惟保愛之外, 酌酒與婦飲, 尙勝俗侶對. 梅二丈詩云爾.

| 주석 |

1) 이 편지는 원부 3년(1100) 11월 상순에 썼다. 소식이 북쪽으로 돌아갈 때이다. 소식과 광주에서 이별하는데, 숙정(손고)이 배를 이끌고 전송하였다. 이때 손고(孫覺, 1042~1127)는 광남동로제거상평으로 재직하고 있었다.

2) 그러나 …… 없습니다. : 『송사』 「이지의전(李之儀傳)」에서는 "원부 중, 지의는 감내향약고 관직에 있었다. 감찰어사 석예가 말하길, '일찍이 소식의 임지를 따랐으니 경관으로 임명하는 것은 불가하고, 파면해야 된다.'"[元符中, 監內香藥庫. 御使石豫言其嘗從蘇軾辟, 不可以任京官, 詔勒停.]라고 말했다. 또한 『속자치통감장편(續資治通鑑長編)』 권511에서는 "철종 원부 2년 6월 갑오에 권전중시어사인 석예가 말하길, '감내향약고 이지의는 소식이 정주 지주로

있을　때, 관구기의문자로 천거되었고, 지의는 이미 간사한 신하의 당에 심복
이 되었는데 어찌 이 직책으로 다시 거주하게 하겠습니까, 유사의 직을 파직시
키고자 합니다.'"라고 말했다.[『續資治通鑑長編』卷五一一 哲宗元符二年六月
甲午, 權殿中侍御史石豫言, 監內香藥庫李之儀, 因蘇軾知定州日, 薦辟管勾機
宜文字. 之儀旣爲姦臣心腹之黨, 豈可更居此職, 欲令有司放罷.] 張志烈, 馬德
富, 周裕鍇 主編, 『蘇軾全集校注』 문집8, 5,777쪽.

3) 영창(潁昌) : 영창은 허주이며 옛 이름은 허창이다. 송나라 때는 경서북로에 속
　했다.

4) 영주(永州) : 『동파선생연보(東坡先生年譜)』에 '원부 3년 4월에, 선생은 황자의
　탄생에 사은을 입어 서주 단련부사 영주 안치를 명받았다'라고 하였다.

5) 오양(五羊) : 오양성(五羊城)으로 광주(廣州)의 다른 이름이다.

6) 대유령(大庾嶺) : 중국 오령(五嶺)의 하나로 강서성(江西省)에 있다. 한무제 때
　유(庾)씨 성을 가진 장군이 이곳에다 성을 쌓았다고 하여 대유령이라 이름하였
　다. 영남과 영북의 교통 요충지이며 매화가 많기로 유명하여 매령(梅嶺)이라고
　도 한다.

7) 지금의 강서 길안부이다.

8) 지금의 호남 장사부이다.

9) 숙정의 …… 전송해 주었지요. : 원부 3년에 소식은 북쪽으로 돌아가는 중이었
　다. 소식이 광주를 떠날 때 손고는 배를 끌고 함께 가며 전송하였다.

10) 매이장(梅二丈)은 매요신(梅堯臣)이다.

11) 시에서 말씀하였습니다. : 인종 황우 5년(1053)에 매요신이 지은 시 「주중야여
　가인음(舟中夜與家人飮)」에서 나온 말이다. "달이 물가 절벽 어귀에서 나와 달
　그림자가 떠나가는 배의 뒷모습을 비추네. 홀로 아내와 술을 마시니 저속한 객
　과 마주하는 것보다 훨씬 좋다네. 달이 차츰 내 자리에까지 올라오니, 어두운 빛
　또한 조금 물러가네. 어찌 반드시 촛불을 밝혀야만 하겠는가, 이 경치를 이미 사
　랑하고 있는데."[月出斷岸口, 影照別舸背, 且獨與婦飮, 頗勝俗客對. 月漸上我

席, 冥色亦稍退, 豈必在秉燭, 此景已可愛.] 張志烈, 馬德富, 周裕鍇 主編, 『蘇軾全集校注』문집8, 5,778쪽.

30. 조사훈[1]에게 보내는 편지

1) 편지 1[2]

모는 말하네. 헤어진 지 벌써 두 해가 지났네. 남과 북으로 분주히 다니느라 편지 부칠 틈이 없었네.[3] 도중에 아우 자유 편에 부쳐서 도착한 천문동(天門冬)은 잘 달여 먹었는데, 나에 대한 친구의 정성이 이토록 지극하였네. 밤낮으로 복용하여 한 달 만에 다 먹었다오.[4] 혜주(惠州)에 이르러 우편을 통해 편지를 받았는데, 게으르고 버려진 몸이 더욱 방종하여 곧바로 답례의 글을 올리지 못해 죄가 몹시 크다오.

> 與曹司勳
> 某啓. 奉別忽二載, 奔走南北, 不暇附書. 中問子由轉附到, 天門冬煎, 故人於我至矣. 日夜服食, 朞月遂盡之. 到惠州, 又遞中領手書, 懶廢益放, 不卽裁謝. 死罪, 死罪!

| 주석 |

1) 조사훈(曹司勳)은 조보(曹輔)이며 자는 자방(子方)이다. 가우 8년(1063)에 진사 급제하였고, 일찍이 곽주 지주로 나아갔다. 관직은 조봉랑에 이르러 사훈낭중의 임무를 맡았다.

2) 이 편지는 소성 원년(1094) 12월, 혜주에서 썼다.

3) 헤어진 지 …… 없었네. : 소식은 원우 7년(1092) 2월에 양주 지주로 나갔다가 8
월에 병부상서로 소환되었고, 11월에 단명전학사, 예부상서 겸 한림시독학사
로 옮겼다. 다시 소성 원년에 선대의 조정을 비방하였다는 죄명으로 4월에 영
주로 좌천되고 영주에 채 도착하기도 전에 8월에 혜주에 안치되어 공무에 참여
할 권한을 박탈당하였다.

4) 본문의 기월(朞月)은, 꼬박 한 달을 이르는 말로 『예기(禮記)』 「중용(中庸)」에서
"중용을 택하여 한 달 동안도 지켜내지 못한다."라고 하였다.[擇乎中庸, 而不
能期月守也.] 張志烈, 馬德富, 周裕鍇 主編, 『蘇軾全集校注』 문집9, 6,446쪽.

2) 편지 2[1]

나는 말하네. 공께서 오가며 두 번이나 들러주었는데 모두 맞이하여 모
시지 못했으니, 이 부끄러운 마음을 어찌 이기겠는가?[2] 편지를 받고 지
내는 것이 좋음을 알았네. 듣자니 고을로 돌아간 이래로 늙은이와 어린
애에 이르기까지 어진 수령이 왔다고 고무되어 떠들썩했다지. 나는 식구
가 많고 먹을거리는 빈한하니 예전의 고적함이 꼭 좋지 않은 것만은 아
니었네. 한바탕 웃는다네. 찌는 더위가 풀리지 않고 있으니 스스로 몸을
아끼시게나.

某啓. 從者往還見過, 皆不迎奉, 愧仰何勝? 辱書, 承起居淸勝. 聞還
邑以來老穉紛紛. 衆口食貧, 向之孤寂, 未必不佳也. 可以一笑, 蒸
鬱未解. 自愛.

1) 이 편지는 소성 2년(1095) 12월, 혜주에서 썼다. 『동파전집(東坡全集)』에는 「여
   임천화장관(與林天和長官)」으로 제목이 되어 있다.
2) 이해 소식은 5, 6월경부터 치질이 발병하였다. 병중이라 정성 들여 받들지 못
   하여 한스러웠다.

31. 회부[1]에게 보내는 편지[2]

저는 아룁니다. 공이 보내신 글을 받들고 감복했지요.[3] 바람을 쐬며 달을 보자는 기약을 어찌 감히 받들지 않겠습니까? 유공(庾公)은 남루(南樓)에 올라 말했지요. "늙은이도 여기서 흥이 다시 얕지 않고 깊노라!"[4] 하는 격이니, 곧장 이불[5]을 안고 가겠나이다.

> 與晦夫
> 某啓. 辱台敎, 感服. 風月之約, 敢不敬諾! 庾公南樓所謂 '老子於此興復不淺', 便當攜被往也.

| 주석 |

1) 회부는 구양회부이며 이름은 벌이다. 계주 사람이다. 매요신을 따라 배웠다. 원우 6년(1091) 진사 급제하였다. 선생이 남쪽 합포로 옮겨갈 때 회부는 뇌주 석강령으로 있었다.

2) 이 편지는 원부 3년(1100) 7월에 북쪽으로 돌아가는 중에 썼다. 『동파전집(東坡全集)』에는 「여조중수(與趙仲修)」로 되어 있다.

3) 공이 …… 감복했지요.[辱台敎, 感服.] : 욕태교(辱台敎)에서 '태(台)'는 "본집(本集)에서는 '답(答)'으로 되어 있다. 『정속구소수간』과 조선본 『구소수간』, 『동파전집』, 『소문충공전집 · 동파속집』에서도 '답(答)'으로 되어 있다."[本集作 '答' 『正續歐蘇手簡』同, 朝鮮本 『歐蘇手簡』, 『東坡全集』, 『蘇文忠公全集 · 東坡

續集』作 '答'.]

4) 유공(庾公)은 …… 깊노라! : "유공은 동진 시대 유량(庾亮, 289~340)이다. 남루(南樓)는 호북 악주성의 남쪽에 있다. 일명 '완월루'라고 한다. 그 일은 『세설신어(世說新語)』 「용지(容止)」에 나온다. '유태위가 무창에 있을 때 가을밤 기운은 아름답고 경치도 깨끗하였다. 관리 은호와 왕호지와 같은 무리들로 하여금 남루로 올라가 시를 읊게 하였는데, 음조는 몹시 굳건하였다. 듣자니 계단 가운데 나막신 소리가 심히 또박또박 나서 보니 바로 유공이었다. 이윽고 유량이 좌우 십여 인을 데리고 왔다. 제현들이 일어나 피하려 하자, 공이 서서히 말하길, 제군들은 가지 말고 조금 있으라, 이 늙은이도 이런 곳에서는 흥이 얕지 않고 깊다네.'"라고 하였다.[庾公指東晉庾亮. 南樓, 在今湖北鄂城南, 一名玩月樓. 事本『世說新語 · 容止』庾太尉在武昌, 秋夜氣佳景清, 使吏殷浩, 王胡之之徒, 登南樓理詠, 音調始遒. 聞函(甬)道中有履聲甚厲, 定是庾公. 俄而率左右十許人步來, 諸賢欲起避之, 公徐云 : "諸君少住, 老子於此處興復不淺."]張志烈, 馬德富, 周裕鍇 主編, 『蘇軾全集校注』 문집8, 6,400쪽.

5) 이불 : 휴피(携被)는 소식의 시 「유삼유동(遊三遊洞)」, "진눈깨비 펄펄 내려 반은 눈 되니, 나그네 신발이 차고 푸른 벼랑 미끄럽네. 이불 가지고 바위 밑에서 자는 것도 사양하지 않으니, 동구(洞口)에 구름 깊어 밤에도 달 없구니."[凍雨霏霏半成雪, 遊人屨冷蒼崖滑. 不辭携被巖底眠, 洞口雲深夜無月.]에서도 보인다.

32. 범몽득[1]에게 보내는 편지[2]

　　저는 아룁니다. 한 번 이별하고 어느덧 15년이 지났습니다. 반가운 것은, 그대가 점점 벼슬에 높게 등용되니[3] 족히 우리 도반(道伴)의 경사입니다. 요즈음 기거는 어떠신가요? 저는 조만간 남쪽으로 이동하면[4] 후일의 만남을 기약할 수 없을 것 같습니다. 창망한 마음 금할 수 없지요. 양주(楊州)를 지나면서 동평공(東平公)[5]을 뵈었는데 매우 안온하더이다. 장차 다시 만날 것이지요. 공이 새로 저술하신 것[6]이 필히 많을 것인데, 빌려볼 수가 없으니, 마음이 우울할 뿐입니다. 곧 날씨가 더워지려하니, 부디 절기에 순응하시고 자중하시길 바랍니다. 이치(李豸)[7] 수재가 가는 길에 편지를 부쳐 문안 올립니다. 이만 줄입니다.

> 與范夢得
> 某啓, 一別俯仰十五年, 所喜君子漸用, 足爲吾道之慶. 比日起居何如? 某旦夕南遷, 後會無期, 不能無悵惘也. 過楊, 見東平公極安, 行復見之矣. 新著必多, 無緣借觀, 爲耿耿耳. 乍暄, 惟順候自重. 因李豸秀才行, 附啓上問. 不宣.

| 주석 |

1) 범몽득(1041~1098)은 범조우(范祖禹)이다. 강설을 잘하였으며, 특히 역사학에 뛰어나 『당감(唐鑑)』을 지어 당나라 3백 년 동안의 치란을 자세히 밝혀 당감공

(唐鑑公)이라 불리기도 하였다.

2) 이 편지는 소성 원년(1094) 5월, 남쪽으로 옮겨가는 중에 썼다.

3) 등용되니 : 이때는 원우 연간(1086~1093)일 것이다.

4) 남쪽으로 이동하면 : 소식은 이해 4월에 정주 임소를 파하고 영주 폄소로 부임
   하러 가는 길에 5월에 양주를 지났다.

5) 동평공(東平公) : '맹진(孟震)'으로 자가 형지(亨之)이다. 진사로 급제하였고, 승
   의랑이 되었다. 원풍 3년 가을에서 원풍 6년 겨울까지 황주 통판으로 있었다. 이
   당시 양주를 지나며 동평군을 알현했는데 지극히 편안하였다.

6) 새로 저술하신 것[新著] : 범씨의 저작이다.

7) 이치(李豸)는 이방숙이다.

33. 왕민중[1]에게 보내는 편지

1) 편지 1[2]

저는 늘그막에 귀양살이를 하게 되어, 다시 살아 돌아갈 희망이란 없습니다. 어제는 큰아들 매(邁)와 결별하면서, 뒷일에 대해 조처를 해두었습니다.[3] 이제 해남(海南)에 당도하면, 먼저 관(棺)을 만들고, 다음으로 곧 묘를 만들게 하고, 이어 여러 아들에게 줄 편지를 남기려 합니다. 죽으면 즉시 바닷가에다 묻게 하여, 연릉(延陵)의 계찰(季札)이 영(嬴)과 박(博) 땅 사이에 아들을 묻었던 그 뜻을 따르고자 합니다.[4] 아버지도 아들에게 그렇게 하였는데, 아들이 어찌 아버지에게 그렇게 하지 못하겠습니까?

살아서는 임지로 가솔을 이끌고 다니지 않고, 죽어서는 관을 부여잡고 고향으로 가지 않는 것이 동파의 가풍이 될 것입니다. 이밖에는 편안히 앉아 저녁노을을 바라볼 뿐입니다. 도중에 우연히 만났으면 하는 말씀은 저의 생각에는 그만두는 것만 같지 못합니다. 제가 하고자 하는 말은 많지만 어찌 이보다 더한 것이 있겠습니까? 그러므로 이 편지에 자세히 적어, 얼굴을 보며 이별하는 것에 대신합니다.

與王敏仲
某垂老投荒, 無復生還之望, 昨已與長子邁訣, 已處置後事矣. 今到海南, 首當作棺, 次便作墓, 乃留手疎與諸子, 死則葬於海外, 庶幾延陵季子嬴博之義, 父旣可施之子, 子獨不可施之父乎? 生不挈家, 死

不扶柩 , 此亦東坡之家風也. 此外, 宴坐夕照而已. 所云途中邂逅,
意謂不如其已, 所欲言者, 豈有過此者乎? 故覼縷此紙, 以代面別.

| 주석 |

1) 왕민중(王敏仲)은 왕고(王古)로 자가 민중이다. 진사 급제하였다. 동도(東都) 사람
으로 벼슬은 예부시랑에 이르렀다. 왕민중은 동파의 제의에 따라 빈민을 구제하
고 공공병원을 건립했으며 사업을 부당하게 행했다는 이유로 해직되기도 하였다.

2) 이 편지는 소성 4년(1097) 4월, 혜주에서 창화군으로 부임하러 가는 도중에 썼
다. 소식은 이해 4월 17일에 경주별가 창화군에 안치되는 명을 받고 공무에서는
참여할 권리를 얻지 못했다. 왕고는 소성 3년 10월에 광주(廣州) 지주로 있었다.

3) 어제는 …… 해 두었습니다. : 소식은 철종 소성 4년(1097)에 창화군에 부임하여
사례한 표인 「도창화군사표(到昌化軍謝表)」에서 "귀문관을 따라 동쪽으로 달
려가고 장독이 있는 바다를 항해하여 남쪽으로 귀양 오니, 살아서는 돌아갈 기
약이 없고 죽어서는 남은 견책만 있겠습니다."라고 하였다.[並鬼門而東騖, 浮
瘴海以南遷. 生無還期, 死有餘責.] 張志烈, 馬德富, 周裕鍇 主編, 『蘇軾全集校
注』 문집4, 2,785쪽.

4) 연릉의 …… 따르고자 합니다.[庶幾延陵季子嬴博之義] : 본문의 영박(嬴博)은
춘추시대 제(齊)나라의 지명이다. 오(吳)나라 계찰(季札)이 제나라에서 돌아오
다가 아들이 죽자 이곳에 장사 지냈다. 영박지의(嬴博之義)는 죽은 곳에 그대
로 장사를 지내는 것을 말하는 것으로 소식이 고향으로 돌아가지 않고 이곳에
서 묻히기를 원한다는 뜻이다.

『예기』 「단궁 하」에는 "연릉의 계자가 제나라에 갔었다. 그가 돌아오는 길에, 그
장자가 죽어서 영(嬴)과 박(博) 사이에 장사 지냈다. 공자가 말하기를, 연릉의 제
자는 오나라 예법을 배운 자이다."라고 하였다.[延陵季子適齊, 於其反也. 其長
子死, 葬於嬴博之間. 孔子曰, 延陵季子, 吳之習於禮者也.] 張志烈, 馬德富, 周

494

裕鍇 主編, 『蘇軾全集校注』 문집8, 6,245쪽.

2) 편지 2[1]

　저는 아룁니다. 고을을 얻어서 이미 사은하고 곧바로 하직하여 감히 오래 머물 수가 없습니다.[2] 그런 까닭에 인사의 백 가지 중에서 한 가지도 갖추지 못했습니다. 고별의 말씀을 방금 드리려 할 참이었는데, 홀연 편지를 받아 공께서 잘 지내고 계신다는 걸 알았습니다. 공이 베푼 말씀이 실로 과분합니다. 저를 격려하며 권면해 주심에 깊이 감사드립니다. 조만간 길을 떠나게 되면 공과 더욱 멀어지니 부디 때에 맞춰 자중하길 바랍니다. 인편이 돌아가니 바삐 글을 드립니다. 이만 줄입니다.

> 某啓. 得郡旣謝, 卽辭不敢久留, 故人事百不周一. 方欲奉啓告別, 遽辱惠問, 且審起居佳勝, 寵喩過實, 深荷獎借. 旦夕遂行, 益遠, 萬萬以時自重. 人還忽忽. 不宣.

| 주석 |

1) 이 편지는 소성 4년(1097) 4월에 혜주에서 창화군으로 부임하러 가는 도중에 썼다.
2) 그 당시 소식은 담주 적거지로 옮기라는 명을 받고 혜주에서 길을 떠나 광주에 머물렀는데 여기서 왕고(王古)와 작별하였다.[其時蘇軾被命遷謫瓊州, 自惠州登程, 抵廣州, 與王古別.] 동파가 혜주에 있을 때 광주 태수 왕고는 동파의 제의에 따라 빈민을 구제하고 공공병원을 건립했다.

34. 정정로[1]에게 보내는 편지[2]

　저는 아룁니다. 뇌주(雷州)에 도착하여 장군유(張君兪)[3]를 만났지요. 가장 먼저 공이 보내신 여러 폭의 편지를 보았습니다. 지극한 기쁨과 위로됨은 말로 다 할 수 없었습니다. 염주(廉州)에 도착하였더니 염주 태수[4]가 공께서 이미 옹주(邕州)를 떠났다고 말하더군요. 바야흐로 마음이 서글퍼져서 공의 계신 곳을 묻고 조금이나마 간절한 마음을 전하려고 하였지요. 그런데 홀연 편지를 받으니 수심이 풀렸습니다. 아울러 얻은 신작 시들은 시어들이 모두 빼어나고 걸출하여 얼마나 행복하든지요. 헤어진 후 겪은 숱한 재앙은 말로 다 표현할 수 없습니다. 내버려 둘 뿐이지, 다 말할 것이 없습니다.

　『지림(志林)』[5]은 아직도 완성하지 못했습니다만, 『서전(書傳)』 열세 권[6]은 초고를 이루었습니다. 이것은 공께서 두 번에 걸쳐 서적을 빌려주시며 검열하게 한 덕택입니다. 지난번엔 공의 처소를 알지 못하고, 또 지니고 다닐 수도 없어서 장차 책을 봉하여 한 상자로 만들었습니다. 큰아들 매(邁)가 있는 곳에 보관하여 매로 하여금 공을 찾아서 돌려보내게 하였지요. 만약 매도 당신의 거처를 못 찾는다면, 또 광주(廣州)에 있는 하도사(何道士)[7] 있는 곳으로 매가 부치도록 이미 깊이 부탁해놓았지요. 반드시 유실됨은 없을 것입니다.

　저는 이곳에 머물러 중추를 보내고 혹 월말에나 이르러 떠날 것입니다. 북류(北流)[8]에 이르러 대나무 뗏목을 만들어 물길을 내려가서, 용주(容州)와 등주(藤州)를 지나 오주(梧州)에 닿을 것입니다. 매(邁)와 약속하여 그로 하여금 가솔을 옮겨서 오주에 이르러 서로 만나기로 약조하였지요. 둘째 아들 태(迨)도 혜주에 올 것입니다. 다시 돌아보니 배가 하강(賀江)[9]을 거슬러 상류로 올라가고 있습니다. 물길과 뭍길 몇 번을 거치면 바야흐로 영주(永州)에 이르게 되겠지요. 노인의 이 업보를 어찌해야 하겠습니까! 만나지 못하는 사이 때에 맞춰 자중하십시오. 이만 줄입니다.

與鄭靖老

某啓. 到雷州見張君兪, 首獲公手書累幅, 欣慰之極, 不可云諭. 到廉, 廉守乃云公已離邕去矣. 方悵然, 欲求問從者所在, 少通區區, 忽得來敎, 釋然, 又得新詩, 皆秀傑語, 幸甚, 幸甚! 別來百罹, 不可勝言, 置之不足道也. 『志林』竟未成, 但草得 『書傳』十三卷, 甚賴公兩借書籍檢閱也. 向不知公所存, 又不敢帶, 行封作一籠, 寄邁處, 令訪尋歸納. 如未有便, 且寄廣州何道士處, 已深囑之, 必不敢墜. 某留此過中秋, 或至月末乃行. 至北流作竹柂下水, 歷容, 藤至梧. 與邁約, 令般家至梧相會, 中子迨, 亦至惠矣. 却顧舟泝賀江而上, 水陸數節, 方至永. 老業可奈何, 奈何! 未會間, 以時自重. 不宣.

| 주석 |

1) 정정로(鄭靖老)는 정가회(鄭嘉會)로 자가 정로(靖老)이다. 혜주에 있을 때 관리로, 동파가 책을 빌려보았고, 후에 뇌주의 관리로 있었다.

2) 이 편지는 원부 3년(1100) 8월에 북쪽으로 돌아가는 도중에 썼다. 소식은 이해 정월에 철종이 서거하자 5월에 사면을 받아 북쪽으로 회귀했다. 6월에 해남도를 뒤로 하고 바다를 건넜다. 7월에 염주(廉州) 폄소에 이르렀고, 8월에 서주 단련부사로 영주에 거주하며 왕래의 자유가 있게 되었다.

3) 장군유(張君兪) : 당시 뇌주 지주였다.

4) 염주 태수 : 장중수(張仲修)이다.

5) 『지림(志林)』 : 『동파지림(東坡志林)』. 소식의 저서이다.

6) 『서전』 열세 권 : 소동파가 해남에 있을 때 『서전』을 지었다.

7) 광주(廣州)에 있는 하도사(何道士) : 광주는 지금의 광동성이다. 하도사의 이름
   은 덕윤으로 즉 숭도대사이다.

8) 북류(北流) : 오주부 북류현으로 송, 원대에 용주에 속했다.[北流, 梧州府, 北流
   縣, 宋元屬容州.] 西川文仲 註解, 『구소수간주해』.

9) 하강(賀江) : 하현 동남쪽에 있으며 본디 옛 이름은 '하수'이다.

35. 사민사[1]에게 보내는 편지[2]

모는 말하네. 최근의 목록이 게시된 관보를 받았다오. 만약에 관보대로 한다면, 강호 밖으로 떠나는 일은 면할 것 같네.[3] 쇠약하고 고달픈 이 처지에 다행인 것을 어찌 말로 할 수 있겠는가![4] 이곳을 떠나 허주(許州)에 머물지 않으면 곧 양선(陽羨)으로 돌아갈 것이네.[5] 민사(民師) 그대가 조정으로 돌아가 보임을 받으면, 혹 서로 가까워져서 다시 만날 수 있게 된다면 더욱 다행이겠네. 아이들이 모두 그대의 보살핌을 받았고, 또한 과(過)에게 보내준 그대 시를 보았는데, 어떻게 이를 감당하겠는가? 그대가 과에게 하사한 구법(句法)이 과를 계발[6]시킴이 있으니 감사하오. 감사하오! 여행 중 임시 머무는 곳에서 쓰다 보니 이리저리 다 적지 못하오.[7]

> 與謝民師
> 某啓. 蒙錄示近報, 若果的, 得免湖外之行, 衰羸之幸, 可勝言哉! 此去不住許下, 則歸陽羨, 民師還朝受任, 或相近, 得再見, 又幸矣. 兒子輩並沐寵問, 及覽所賜過詩, 何以克當. 然句法有以啓發小子矣. 感荷, 感荷! 旅次不盡區區.

| 주석 |

1) 사민사(謝民師)는 사거렴(謝擧廉)으로 자가 민사이다. 원풍 8년(1085) 진사시에 급제하였고, 이 당시 광주(廣州)의 추관(推官)으로 있었다.

2) 이 편지는 원부 3년(1100) 11월에 북쪽으로 돌아가는 길에 썼다. 그 당시 소식이 '정양협'을 출발했는데 손고와 사거렴이 각자 가까운 시일에 안부를 주었다. 곧바로 조정의 성지를 얻어서 다시 조봉랑제거옥국관으로 복귀하였다. 바깥 고을의 고을 업무를 보며 편히 지내다 마침내 호외로 행차하는 것을 그만두었다. 이 편지에서 말한 "최근의 목록이 게시된 관보를 받았다네. 만약에 관보대로 그렇다면, 강호 밖으로 떠나는 일은 면할 것 같네. 쇠하고 고달픈 이 처지에 다행인 것을 어찌 말로 할 수 있겠는가!"라고 했는데 이를 미뤄볼 때 당연히 근래의 보고를 받은 이후와 조정의 성지를 보기 이전에 편지글이 쓰여진 것으로 보인다.[元符三年十一月作於北歸途中. 其時蘇軾發湞陽峽, 孫鼇, 謝擧廉各致近報. 旋得朝旨, 復朝奉郎提擧成都玉局觀, 在外州軍任便居住, 遂罷湖外之行. 本書云, 蒙錄示近報, 若果的, 得免湖外之行, 衰羸之幸, 可勝言哉! 據此, 當作於獲致近報之後, 而親見朝旨之前.] 張志烈, 馬德富, 周裕鍇 主編, 『蘇軾全集校注』, 문집8, 6,203~6,204쪽.

3) 만약에 …… 한다면[若果的] : '약과적(若果的)' 의 '적(的)'은 본집에는 '연(然)'으로 되어 있다.[的本集作然.] 여기서는 약과연(若果然)으로 해석하였다.

4) 쇠하고 …… 있겠는가! : 원부 3년 7월, 소식은 염주 폄소에 이르렀고, 8월에 히딜을 받아 서주 단련부사로 옮겨 영주에 거주하였다. 영주는 송대에 '형호남로'에 속해 있어 북로는 동정호 남쪽에 위치하였다. '호외'라는 것은 당연히 '형호남로'를 가리킨다.[元符三年七月, 蘇軾至廉州貶所, 八月告下, 遷徐州團練副使, 永州居住. 永州宋時屬荊湖南路, 北路位於洞庭湖南. 湖外, 當卽指荊湖南路.] 張志烈, 馬德富, 周裕鍇 主編, 『蘇軾全集校注』 문집8, 6,204쪽.

5) 이곳을 …… 돌아갈 것이네. : 그 당시 돌아가 숙박할 곳이 마련되지 않았다. 허주 아래는 영창부이며, 하남 허창시 치령이었다. 이 당시 소철이 여기에서 거주하였다. 양선은 지금의 상주부 의흥현으로 소식이 밭을 사두었던 곳이다.[其時歸宿未定. 許下, 指潁昌府, 治令河南許昌市. 時蘇轍居此.陽羨, 今常州府宜興縣. 蘇軾置田産於此.] 張志烈, 馬德富, 周裕鍇 主編, 『蘇軾全集校注』 문집

9, 6,204쪽.

6) 계발 : 이해 소식이 해남도의 적거지에서 사면을 받아 돌아오면서 광동(廣東)의 청원(淸遠)을 지날 때 「답사거렴서(答謝擧廉書)」를 보냈다. 여기에서 "보여주신 편지와 시부와 잡문은 여러 번 읽어보았습니다. 족하의 문장은 대략 떠돌아다니는 구름과 흐르는 물과 같아 애당초 정해진 형질이 없어서, 다만 항상 마땅히 가야 할 곳에는 가고 항상 그치지 않으면 안 되는 곳에는 그칩니다. 그리하여 문리가 자연스럽고 미려한 모습이 여기저기서 나타납니다."라고 하였다.[所示書教及詩賦雜文, 觀之熟矣. 大略如行雲流水, 初無定質, 但常行於所當行, 常止於不可不止, 文理自然, 姿態橫生.] 張志烈, 馬德富, 周裕鍇 主編, 『蘇軾全集校注』 문집7, 5,191쪽.

7) 여행 중 …… 못하오. : 소식은 원풍 7년(1084) 3월, 여주 안치의 명을 받고 황주에서 여주로 옮겨가던 중에 자기가 땅을 사놓은 상주 의흥에서 살 수 있게 해달라고 주청하여 이듬해(1085) 5월에 의흥으로 되돌아간 적이 있다.

36. 범원장 형제[1]를 위로하는 편지

1) 편지 1[2]

위로의 편지글을 올리며 말씀드리네. 뜻하지 않은 흉변으로 선공(先公) 내한(內翰)[3]께서 갑자기 돌아가셨으니[4], 부음을 듣고 참으로 애통하였다오. 하늘이 우리를 버리는 일이 이 지경에 이르렀으니, 이제 살려고 하는 뜻도 다하였다네. 엎드려 생각건대 지극한 효성을 지닌 승무랑 원장(元長) 형제들은 효심이 깊어, 선친을 그리는 추모의 마음이 끝이 없을 것일세. 하늘에 무슨 죄를 지어서 이런 화를 당하는 걸까. 도독(荼毒)[5]의 고통이 엊그제 같은데, 어느덧 추위와 더위가 바뀌었소. 애훼(哀毁)[6]로 슬픔이 날로 깊을 것이니 어찌하고 지내시는가! 유배지에 묶여 다른 곳으로 이동을 못 하는 이 몸은 조문을 갈 길이 없다오. 오래도록 그곳을 바라보며 길게 통곡을 할 뿐, 이 마음을 형언하기 어렵소. 삼가 받들어 위로의 글[手疏][7] 드리면서 두서없이 글을 올리오.

慰范元長昆仲

某慰疏言. 不意凶變, 先公內翰, 遽捐館舍, 聞訃慟絶. 天之喪予, 一至於是! 生意盡矣. 伏惟至孝承務元長昆仲, 孝誠深至, 追慕罔極. 何辜於天, 罹此禍酷, 荼毒如昨, 奄易寒暑. 哀毁日深, 奈何, 奈何!某謫籍所拘, 莫由往吊, 永望長號, 此懷難諭. 謹奉手疏上慰. 不次, 謹疏.

|주석|

1) 범원장 형제[范元長昆仲] : 이 편지는 『동파전집(東坡全集)』과 『소문충공전집 (蘇文忠公全集)』에 「여범원장(與范元長)」 8수 중 첫 작품으로 되어 있다. 범원 장(范元長)은 범충(范沖, 1067~1141)으로, 자가 원장(元長)이다. 범온(范溫)은 자가 원실(元實)이고 진소유의 사위이기도 하다. 모두 『자치통감』 편찬에 참여 한 북송의 문신인 범조우(범몽득, 범순부)의 아들들이다. 곤중(昆仲)은 남의 형 제를 높여 부르는 말로 안항(雁行)이라 하기도 한다.

2) 철종 원부 원년(1098) 10월에 소주별가 화주 안치로 명받았던 범조우가 세상을 떴다. 소식은 범조우의 부고를 들은 후 범조우의 아들인 범충에게 위로의 편지 를 보냈다.[哲宗元符元年十月, 責授昭州別駕、化州安置范祖禹卒. 蘇軾聞訃 後致范祖禹子范沖之慰疏.] 張志烈, 馬德富, 周裕鍇 主編, 『蘇軾全集校注』 문 집7, 5,447쪽.

3) 선공(先公) 내한(內翰) : 범조우가 한림원에 재직했으므로 내한(內翰)이라 하였 다. 범조우는 소성 초에 그가 지은 『실록』이 신종을 비난하고, 신법을 변경한 사 마광을 두둔한 사실에 여론이 일자, 무안군절도부사로 폄적되었다. 그 후 소주 별가를 거쳐 영주(永州)에 안치되었다.

4) 돌아가셨으니[捐館舍] : 연관사(捐館舍)는 살던 집을 버린다는 뜻으로, 사망(死 亡)을 높여 이르는 말이다.

5) 도독(荼毒) : 씀바귀의 독으로 '부모상'을 비유한다.

6) 애훼(哀毀)는 '상(喪)'을 당하여 너무 슬퍼해서 건강을 해치는 것'을 말한다. 『예 기』 「곡례 상」에 보면 "거상하는 예는 60세에는 애훼하지 않고, 70세에는 다만 최마복을 입을 뿐 술을 마시고 고기를 먹으며 내실에 거처한다."[居喪之禮, 六 十不毁, 七十唯衰麻在身, 飲酒食肉, 處於內.]라고 하였다. 또한 「잡기 하(雜記 下)」에서는 "60세에는 애훼하지 않고 70세에는 술을 마시고 고기를 먹으니, 이 는 모두 그가 복상(服喪)하다가 죽을까 두려워해서이다."[六十不毁, 七十飲酒

食肉, 皆爲疑死.]라고 하였다.

7) 위로의 글[手疏] : 수소(手疏)는 부모상을 당한 사람을 위로하기 위해 보내는 편
   지이거나, 부모상을 당한 사람이 위로 편지를 받고 보내는 답장이다.

2) 편지 2[1]

나는 떠돌다 엎어지면서 구사일생으로 목숨만 보전하는 처지인데, 이
렇게 순부(淳夫) 선공(先公)[2]께서 운명하셨으니, 이 쓰라린 아픔을 말로 할
수가 없구려. 오래도록 위문의 글을 올리고자 했지만, 인편을 만나지 못한
데다 거동도 불편하여 근심과 두려움만 날로 깊어갔다오. 지금 이렇게 편
지로 위문하지만 또한 반드시 이 편지가 도달된다고 할 수도 없을 것 같
으오. 우선 대략이나마 나의 작은 마음을 말씀드릴 뿐이네.

> 某流離僵仆, 九死之餘, 又聞淳夫先公傾逝, 痛毒之深, 不可云諭. 久
> 欲奉疏, 不遇便人, 又擧動艱礙, 憂畏日深. 今玆書問, 亦未必達, 且
> 畧致區區耳.

| 주석 |

1) 이 편지는 원부 2년(1099) 10월, 창화군에서 썼다.
2) 순부(淳夫) 선공(先公) : 범조우를 말한다.

37. 범경인[1]을 위로하는 편지

1) 편지 1[2]

　저는 아룁니다. 오늘 저녁 갑자기 소식을 받았습니다. 승사(承事) 자풍(子豐)[3]이 홀연 변고를 당했다지요. 듣고 비통하여 무어라 말씀을 드릴 수 없습니다. 자풍은 뛰어난 재주와 훌륭한 행실이 있어 분명 멀리까지 이를 것이라 기대했는데, 이제 여기에서 그쳤으니 벗들은 모두 애통하고 애석하게 여길 뿐입니다. 더군다나 인척(姻戚)[4]의 두터운 정으로 슬픔과 탄식을 어찌 헤아리겠는지요! 어르신께서 높은 나이로 이런 모진 고통을 당하시니 아는 이들은 근심과 괴로움이 큽니다. 엎드려 생각하건대 고명하신 어르신께서는 애통함을 이치로 헤아려 보내고[5] 참기 어려운 사랑을 끊어서, 위로는 조정을 위하고 아래로는 자손과 친우를 위하여 자중하시기 바랍니다. 간절한 심회[縷縷][6]를 이기지 못하겠습니다.

> 慰范景仁
>
> 某啓. 今晚忽得報, 承子豐承事遽至大故, 聞之悲痛, 殆不可言. 美才懿行, 期之遠到, 今乃止此, 士友所共痛惜. 而況姻戚之厚, 悲惋可量! 丈丈高年, 罹此苦毒, 有識憂憤. 伏惟高明, 痛以理遣, 割難忍之愛, 上爲朝廷, 下爲子孫親友自重. 不勝縷縷.

1) 범경인 : 범진(范鎭)으로 자가 경인(景仁)이다. 단명전학사와 촉군공(蜀郡公)으로 봉해졌다. 사마광과 함께 진사에 급제하여 여러 관직을 역임했다. 그는 강직하고 의연한 인품으로 칭송을 받았다. 『송사』 권337의 「범진열전」에 의하면, 범진은 인종・철종 때의 현신으로 인종에게 황태자를 세우도록 간절히 청하며 19번이나 소장을 올리고 100일 동안 명을 기다리다 머리와 수염이 모두 하얗게 변하였다고 한다.

2) 이 편지는 원우 2년(1087) 5월에서 6월 사이 개봉에서 썼다.

3) 승사(承事) 자풍(子豐) : 「범경인묘지(范景仁墓誌)」에 의하면 범진은 아들이 다섯인데, 백가(百嘉) 승무랑은 아버지 범공보다 1년 먼저 죽었다. 백가의 자는 자풍(子豐)이다. 승사(承事)는 즉 승사랑으로 관직명이다.[「范景仁墓誌」, 子男五人, 百嘉承務郎先公一年卒, 百嘉之字子豐. 承事卽承事郎, 官職名也.] 張志烈, 馬德富, 周裕鍇 主編, 『蘇軾全集校注』 문집7, 5,404쪽.

4) 인척(姻戚) : 소식의 아들 소과(蘇過)는 범백가의 딸에게 장가들었다.[蘇軾之子蘇過聚范百嘉之女.] 張志烈, 馬德富, 周裕鍇 主編, 『蘇軾全集校注』 문집7, 5,404쪽.

5) 이치로 헤아려 보내고[理遣] : 이견(理遣)은 마음을 잘 다스리어 원통함이나 슬픔을 풀어 없애는 것으로, 내 마음의 슬픔을 떠나보낸다는 말이다.

6) 간절한 심회[縷縷] : 루루(縷縷)는 루루(僂僂, 가늘게 이어져 끊어지지 않아 정성스러운 모양으로 공손하고 삼가는 모습)와 같다.

2) 편지 2[1)]

자공(子功)[2)]과 순보(淳父)가 모두 휴가를 청하여 부모님을 뵈려 하는데,

함께 가서 좌우의 마음을 풀어드리지 못한 것이 한스럽습니다. 편지를 대하니 처연하고 서글픕니다. 일일이 다 쓰지 못합니다.

> 子功, 淳父皆欲謁告省覲, 甚恨不同往曉解左右. 臨書淒愴. 不一不一.

| 주석 |

1) 이 편지는 원우 2년(1087) 6월에 개봉에서 썼다.
2) 자공(子功)은 범백록(范百祿, 1030~1094)이다. 범경인의 형 개(鎧)의 아들이다.

3) 편지 3[1]

근래에 자풍(子豐)이 큰아들 승무랑을 데리고 들렀는데, 큰아들의 풍채가 참으로 수려하더이다. 듣자니 그 아래 두 아들도 매우 뛰어나다지요. 죽고 사는 것과 장수하고 요절하는 것은 모두 다 일상사입니다. 오직 훌륭한 후손들이 있어서 어르신의 뜻에 조금 위로가 될 것이니, 다행히 이것으로 스스로의 슬픔을 달래시길 바랍니다.

> 近者, 子豐攜長子承務見過, 見其風骨秀整, 聞向下二子甚奇. 死生壽夭皆常事, 惟有後可以少慰丈丈意. 幸以此自遣.

| 주석 |

1) 이 편지는 원우 2년(1087), 개봉에서 썼다. 자풍이 죽은 지 얼마 안 되어 범진에

게 보낸 편지이다. 근래 생전에 자풍이 그의 큰아들을 데리고 소식을 찾았다. 범백가(자풍)는 아들이 셋이 있었는데 모두 승무랑이었다.

38. 전제명[1]을 위로하는 편지[2]

　홀연 공에게 부인의 상을 당한 슬픔이 있었다는 것을 듣고 슬픔과 탄식이 그치지 않습니다. 현숙하신 부인께서 오랫동안 공과 근심과 걱정을 함께 하였는데, 별안간 내조를 잃으셨으니, 애통함을 어찌 견디겠습니까? 인생에서 이런 고통은 열이면 아홉이어서, 젊어서 머리를 묶고, 결혼을 하고부터 함께 늙는 것은, 거의 없거나 겨우 몇이 있을 뿐이지요. 바라건대 깊이 이러한 이치를 살펴서 애통을 보내고 가슴에 남기지 마옵소서. 아이들도 이 슬픔을 견디기 어려워할 것입니다. 오직 마땅히 힘써 살아계신 부친을 위해 슬픔을 아끼면서 사모하는 마음을 줄이십시오.[3]

　본디 위문의 글을 짓고자 했으나 유배 중에서 어지럽고 쓸모없는 일이 적잖이 있었고, 등잔 아래서도 게으름을 피우다 보니 그만 쓰질 못했습니다. 부디 너그러이 살펴주십시오. 제가 상주(常州)에 거주하게 되면, 바로 공을 만날 것입니다. 만약 상주에 거주하지 못하면, 윤주(潤州)에 도착하여 정덕유(程德孺)[4]를 만날 것입니다. 만약 공께서 한번 수레를 타고 금산(金山)[5]에 왕림해 주신다면 이 또한 다행이겠습니다.[6]

> 慰錢濟明
>
> 忽聞公有閨門之戚, 悲惋不已. 賢淑令人久同憂患, 乍失內助, 哀痛何堪. 人生此苦, 若十人而九, 結髮偕老, 殆無而僅有也. 惟深照痛遣, 勿留胸次. 令子哀疚難堪, 惟當勉爲親庭節哀摧慕. 本欲作慰疏, 適旅中有少紛冗, 燈下倦怠, 不能及也. 千萬恕察. 某居住常, 卽自

與公相聚. 若常不可居, 亦須到潤與程德孺相見. 公若枉駕一至金山, 又幸也.

주석

1) 전제명은 전세웅이다.

2) 이 편지는 건중정국 원년(1101) 4월에서 5월 중에 썼다.

3) 오직 …… 줄이십시오. : 『예기』 「단궁 하」에서 "어버이의 상례는 가장 애통한 것이지만, 그 슬픔을 조절하는 것은 변화에 순응하기 위해서이다."[喪禮哀戚之至也, 節哀順變也.]라고 하였다. 순효(純孝)는 다함이 없는 효심(孝心)을 말한다.

4) 정덕유(程德孺) : 이름이 지원(之元)이며 송대의 정치가이다. 정정보(程正輔)의 아우로 소식의 사촌동생이다. 5월에 소식은 정지원과 전세웅을 금산에서 만났다. 정지원은 이 당시 양절로전운사였다.[程德孺, 名之元, 宋朝政治人物, 程正輔之弟, 蘇軾的表弟. 五月, 蘇軾與程之元, 錢世雄會於金山. 程之元時爲兩浙路轉運使.] 張志烈, 馬德富, 周裕鍇 主編, 『蘇軾全集校注』 문집8, 5,818쪽.

5) 금산은 진강부 금산이다. 성의 서북 7리가 강중에 있다.

6) 전세웅은 동파가 해남에 있는 동안 계속 편지와 약품을 보내주었다. 이 시기 동파는 전세웅에게 해남에서 완성한 『논어설』과 『서전』, 『역전』을 보관해 주기를 부탁하였다.

39. 호인수[1]를 위로하는 편지[2]

위로의 글을 올립니다. 뜻밖의 변고로 어려운 고통을 만났습니다.[3] 삼가 생각건대 공께서는 효성이 깊고 독실하여 추모의 정(情)이 애통하여 찢길 듯할 것입니다. 부모님 초상을 당한 고통을 감당하기 어려울 터이니 이를 어찌할까요! 요사이 땅을 치며 통곡하는 날이 처음보다 더욱 멀어질 것이니, 복받치는 슬픔이 어찌 미칠 수 있겠습니까? 삼가 변화에 순응하시고 예법에 따르시어 지극한 효성을 다하길 바랍니다. 영전에 나아가지 못하는 몸인지라 편지를 대하니 목이 멜 뿐입니다. 삼가 위로의 글을 두서없이 올립니다.

> 慰胡仁脩
> 某慰疏言. 不意變故, 奄罹艱疚. 伏惟孝誠深篤, 追慕痛裂, 荼毒難堪, 奈何! 奈何! 比日攀號愈遠, 摧毁何及. 伏惟順變從禮, 以全純孝. 某未獲躬詣靈幃, 臨書哽噎, 謹奉慰疏. 不次. 謹疏.

| 주석 |

1) 호인수는 사적이 잘 알려져 있지 않다.[胡仁脩, 事迹未詳.] 호인수는 소이랑의 남편이다. 소이랑은 소철의 손녀딸이다.[胡爲小二娘之夫婿, 小二娘爲蘇轍之孫女.] 張志烈, 馬德富, 周裕鍇 主編, 『蘇軾全集校注』 문집9, 6,655쪽.

2) 이 편지는 건중정국 원년(1101) 5월에 썼다.

3) 호인수는 이때 부모상을 당한 것 같다.

40. 풍조인[1]에게 답하는 편지

1) 편지 1[2]

　저는 아룁니다. 편지 여러 폭을 받았습니다. 문장의 뜻은 훌륭하고 예(禮)와 뜻이 아울러 진중합니다. 이 늙은이가 감히 감당할 수 없어 책상자에 보관하여 영광으로 여기고 있으니 참으로 다행입니다. 요즘 상주의 안부는 어떠하신지요? 저는 소주(韶州)에 이른지 여러 날인데 세상사에 지쳤습니다. 설사병[3]까지 생겨 고생하여 잠시 머물다 몸조리 후에 가고자 합니다. 더욱 멀어지니 그리움이 깊습니다. 한 해가 저무는데, 삼가 슬픔을 아끼시고 자중하길 거듭 바랍니다.

> 答馮祖仁
> 某啓. 辱牋敎累幅, 文義粲然, 禮意兼重, 非老朽所敢當, 藏之巾笥, 以爲光寵, 幸甚, 幸甚. 比日孝履何如? 到韶累日, 疲於人事, 又苦河魚之疾, 少留調理乃行. 益遠, 極瞻系也. 歲暮, 惟更節哀自重.

| 주석 |

1) 풍조인(馮組仁)은 자가 제삼(齊參)으로 정양인(湞陽人)이다. 소성 3년(1096)에 하원(河源) 태수로 지냈다. 이해 6월에 처음으로 동파와 정식 교유하였다. 나중에 동파가 북쪽으로 옮길 때 소주(韶州)에서 거듭 조우하였다.[馮組仁, 字齊參,

滇陽人. 紹聖三年爲河源令, 是年六月, 始與東坡定交. 後東坡北遷, 重遇於韶
州.] 張志烈, 馬德富, 周裕鍇 主編, 『蘇軾全集校注』 문집8, 6,089쪽.

2) 이 편지는 원부 3년(1100) 12월, 소주(韶州)에서 썼다.

3) 설사병[河魚之疾] : 하어지질(河魚之疾)은 설사병을 말한다. 물고기가 썩을 때
내장부터 썩는 것을 비유하여 위장과 같은 내장의 병을 의미한다. 『좌전(左傳)』
'선공(宣公) 12년'에 나오는 말로 '하어지환(河魚之患)' 또는 '하어복질(河魚腹
疾)'이라고도 한다.

2) 편지 2[1]

저는 위로의 글을 올립니다. 상을 당하고 벼슬에서 물러나신 지가 오래
되셨습니다.[2] 세월이 빠르게 흘러[3] 그 애통한 이치가 지극할 것입니다. 저
는 일찍이 간절한 심정을 펴보이며 돌아가신 부모님을 사모하는 공의 마
음을 만분의 일이라도 풀어드리지 못했지요. 이것은 실로 궁핍한 지역에
떠돌아다니며 인사를 단절하였기 때문입니다. 감히 태만히여 그런 것은
아닙니다. 근래 어르신의 편지를 받고, 상중에 잘 견디고 계시는 것을 알
았습니다. 아득히 멀어져가는 마음은 더욱 더 할 것이니,[4] 추모하는 고통
을 어찌해 보겠는지요? 하시는 일이 변례(變禮)[5]에 순응하여, 마음을 누
그러뜨리며 애써 식사를 하시길 간절히 바랍니다. 삼가 위로의 글을 올립
니다. 두서가 없습니다.

某慰疏言. 承艱疚退居久矣, 日月逾邁, 衰痛理極, 未嘗獲陳區區少
解思慕萬一, 實以漂寓窮荒, 人事斷絶, 非敢慢也. 比辱手疏, 且審
孝履支持, 廓然逾遠, 追痛何及. 伏冀事順變禮, 寬中强食. 謹奉啓
疏上慰. 不次.

1) 이 편지는 원부 3년(1100) 10월 혹은 11월 북쪽으로 돌아가는 도중에 썼다. 풍씨
   는 원부 3년 11월에 곡강의 사신으로 와 맞이하였다.[元符三年十月或十二月作
   於韶州. 馮氏於元符三年十一月自曲江專使來迎.] 張志烈, 馬德富, 周裕鍇 主
   編, 『蘇軾全集校注』 문집8, 6,089쪽.
2) 이 당시 풍조인은 부모상을 당하였다. 아버지 상이다.
3) 세월이 빠르게 흘러[日月逾邁] : 일월유매(日月逾邁)는 왕찬(王粲)의 「등루부(登
   樓賦)」, "세월은 덧없이 흘러만 가지만, 황하는 좀처럼 맑아질 줄 모른다."[惟日
   月之逾邁兮, 俟河淸其未極.]에서 보인다.
4) 아득히 …… 것이니[廓然逾遠] : '확연(廓然)'은 구황개확(瞿皇慨廓)에서 온 말
   이다. 이 말은 부모의 상(喪)을 당했을 때, 자식이 슬퍼하는 모습을 나타내
   는 것으로 『예기』 「단궁 상」에 "돌아가신 처음에는 슬픔에 젖어 궁진함이 있는
   것 같고, 빈소에 모신 뒤에는 안타까움이 구하여도 얻지 못하는 모습 같고, 장사
   지낸 뒤에는 어찌할 줄 모르고 당황함이 바라보아도 이르지 못하는 모습과 같
   고, 연제를 지낸 뒤는 탄식하고, 대상을 지내면 아득히 멀어져 가심을 느낀다."
   [始死, 充充如有窮, 旣殯, 瞿瞿如有求而弗得, 旣葬, 皇皇如有望而弗至, 練而
   慨然, 祥而廓然.]라는 구절에 있다.
5) 변례(變禮) : 일상에서 많이 지키는 상례(常禮)가 아닌 예법이다.

제5장 해제
解題

구양수의 「추성부(秋聲賦)」 – 김홍도 그림(1805년)

서천문중 주해, 『구소수간주해』

『구소수간』해제

1. 머리말

『구소수간』은 중국 북송의 문장가인 구양수(1007~1072)와 소동파(1036~1101)의 '편지모음선'이다. 구양수와 소동파를 일러 '구소(歐蘇)'로 병칭하였는데, 이 두 사람의 수간을 선별하여『구소수간』이라 하였다. 중국에서『구소수간』의 간행 연도는 정확하지 않지만 원나라에서 과거제도가 시행된 1314년 이전에 두인걸(杜仁傑)[1]이 편찬한 것으로 본다.[2] 하지만 당시 두인걸이 편찬한『구소수간』은 판본이 전하지 않아 그 원형을 찾을 수 없다.

두인걸은「구소수간서」에서 "지금 신간『구소수간』수백 편을 반복해서 읽으니, 이른바 단지 성정(性情)만 보이고 문자(文字)는 보이지 않는다."라고 하였다.[3] 이는『구소수간』의 특징을 함축적으로 나타내는 말이다.『구소수간』은 두 사람의 심정을 진솔하게 표현하고 있어, 구양수와 소동파의 다른 어떤 글보다도 구소 양인의 성정을 잘 드러내준다. 따라서『구소수간』은 구양수와 소동파의 전집에 수록된 많은 서간 중에서도 특히 뜻이 간결하고 함축적이며 전아(典雅)하고 충아(沖雅)한 수간들을 골라 실었음을 알 수 있다.

또한 두인걸은 "척독(尺牘)[4]의 경우는 기술과 재주의 작은 일부분이지만, 옛사람들은 서른 자의 짧은 편지글도 반드시 초안을 작성했으니, 어찌 뜻이 없었겠는가!"[5]라고 하였다. 즉 그는 척독을 '기예의 말단'이라고 하면서도 사람 간의 진정을 펼쳐 보이는 방법으로 서신만한 것이 없다고 하며 척독의 중요성을 강조하였다.

『구소수간』은 서찰의 형식이 간결하고 명징하여 중국과 일본, 조선의 문인학자들이 두루 애독하였다. 이러한 이유로 구양수와 소동파의 『구소수간』은 우리나라에서는 고려 때부터 유통되었다.[6] 조선시대에 이르러서는 한문 서찰의 주요 지침서가 되면서 선비 문인들이 즐겨 읽는 책이 되었다.

이 책『구소수간』은 조선본『구소수간』을 저본으로 하고, 하한녕 교감『구소수간 교감』과 서천문중 주해『구소수간주해』[7]의「여릉 상하」구양수의 수간 125편,「동파 상하」소동파의 수간 152편을 합하여 277편을 번역한 것이다.

『구소수간』은 당송팔대가의 일원으로 송대 고문운동의 선두를 이끌었던 구양수와 그의 뒤를 이어 다방면에 재능을 발휘한 소동파라는 정계·문학계의 두 거두가 쓴 편지글이다. 주지하다시피 구양수와 소동파는 중국 북송시대의 탁월한 문장가들로 시와 산문, 사(詞), 부(賦) 등 여러 방면에서 높은 경지에 올랐다. 이들로 인해 북송의 문학은 한 단계 더 발전을 이루있다고 할 수 있다.

『구소수간』의 편지글은 유배지에서 교유한 정치인과 관료 문인들, 문하생과 그의 가족에게 보낸 서신이 주를 이룬다. 『구소수간』은 두 문호가 남긴 수간의 정수를 보여준다. 이들 글은 구양수와 소동파가 남긴 전체 척독이나 문학작품에 비하면 적은 분량이라 할 수 있지만, 정감이 있는 글로 마음속 정회를 펼치고, 서정성 깊은 글로 자신들의 심경을 토로하였다.

본 해제는 먼저 '2. 구양수와 소동파의 생애와 학문'에서 그 시대의 정치·사회적 배경과 문학적 상황을 고려하여 구양수와 소동파 두 사람의 삶과 학문에 대하여, 그리고 그들의 문학작품에 대해서 간단히 살펴본다. '3.『구소수간』의 간행과 전파'에서는 현전하는『구소수간』의 국내 목판본과 필사본, 일본 목판본을 소개하고 조선 후기에 『구소수간초선(歐蘇手柬抄選)』[8]을 비롯한 다량의 『구소수간』 이본이 간행되고 필사된 사실을 알린다. 또한 조선과 일본, 중국에서 유행한 『구소수간』에 대해 기존 논문의 연구 결과를 정리한다. 구양수와 소동파의 문집에 관한 연구자들의 연구는 꾸준히 있었지만, 현재 『구소수간』에 대한 국내 연구는 책의 전래와 우리나라에 끼친 영향 정도에 한정되어 있다. 특히 『구소수간』 번역을 통해 수간 전체의 세세한 내용을 분석하고 그 특징에 대해 언급한 논문은 지금까지 찾아볼 수 없는 실정이다.

'4. 『구소수간』의 주요 내용'에서는 「여릉 상하」와 「동파 상하」에 수록된 277편의 수간의 내용을 살핀 후, 수간에 드러난 특징을 각각 서술하였다. 『구소수간』에 수록된 구양수·소동파의 수간을 시기별로 분류하면서 시기별 수간의 특징을 정리하였다. 구양수는 수간을 통하여 솔직담백하고 간결한 문체로 내면세계의 심정을 표현하였으며, 소동파는 고난 속에서도 역설의 표현으로 좌절을 딛고 일어서는 낙천의 삶과 문장을 구가하였다. 『구소수간』을 통해 구양수와 소동파의 삶과 사상의 일면을 엿보며, 그들의 문학에 한 걸음 더 가까이 접근할 수 있으리라 역자는 기대한다.

2. 구양수·소동파의 생애와 학문

가. 구양수의 생애와 학문

구양수는 북송 중기의 정치가이자 사학가인 동시에 문학가이다. 자는 영숙(永叔)이고 호는 취옹(醉翁)이며 만년에는 육일거사(六一居士)라 하였다.

천성 7년(1030), 구양수는 진사가 되어 첫 임지인 낙양에서 관직 생활을 시작하였다. 구양수가 활동할 당시 송 왕조는 전국을 통일한 지 100여 년이 되어 사회경제는 일정한 발전을 이루고 있었다. 도시는 번영했고 과학기술도 진보해 있었다. 하지만 인종 때 이르러 사회모순이 첨예해져 농민들은 봉기했고, 관리와 병사들의 병폐는 누적되었다. 이때 구양수는 한림원학사 · 참지정사 등을 지내며 부정부패와 무능한 관료사회를 일신하는데 힘을 기울였다.

경우 3년(1036), 구양수는 범중엄을 변호하며 간관 고약눌에게 「여고사간서(與高司諫書)」를 보내 간관의 책무를 방기한 점을 질책하였다.[9] 이 일을 기화로 그는 이릉으로 폄적되었다.

보원 3년(1040), 3년간의 폄적 생활을 끝내고 조정으로 돌아온 구양수는 『숭문총목(崇文總目)』과 『예서(禮書)』의 편수 작업에 참여하였다. 이 당시 관각교감의 관직을 맡은 구양수는 "교감이라는 자리는 좋은 벼슬은 아니나 다만 선비가 교감을 얻으면 그 힘을 빌려서 나아가 진취할 수 있지요."[10]라고 했는데, 교감은 궁정의 도서를 대조 검토하는 문학시종관으로 비록 직책은 낮지만 학식이 높은 학자들만 할 수 있는 일이었음으로 그 중요성을 언급하였다.

경력 3년(1043)에 이르러 구양수는 조정의 기풍을 바로잡고 조정을 개혁하는 '경력신정(慶曆新政)'[11] 정책을 이론적으로 뒷받침하였다. 이때 「붕당론(朋黨論)」을 지어 현인정치의 필요성을 역설하였다. 그러나 개혁을 반대하는 세력에 의해 좌절되고 저주(滁州) 지주로 폄적되었다. 저주에 도착하여 먼저 수리시설을 축조하고 성내의 배수시설을 정비하였다. 또한 조정에 상소하여 세금 감면을 요청하기도 하여 저주의 백성들에게 신망을 얻었다.

황우 원년(1049), 구양수는 영주(潁州) 지주로 전임되었으나 다시 중앙으로 복귀해 한림학사 등 요직을 역임했다. 구양수는 조정에 있으면서 천하의 인재를 등용하는 것을 자신의 직분으로 삼았다.

가우 2년(1057년), 과거시험을 관장하는 지예부공거가 되어 '시문혁신론'을 바탕으로 과거시험의 출제 유형을 바꿨다. 즉 기존의 변려문(騈儷文) 대신 고문(古文)으로 선발의 기준으로 삼고, 소박하고 간명하게 답안을 쓴 이들을 뽑아 문학 풍조를 개혁하였다. 이때 구양수가 발탁한 인재는 소식, 소철, 증공, 소순, 왕안석으로, 당송팔대가 가운데 이 다섯 명이 그로 인해 세상에 더욱 알려지게 되었다. 구양수는 문단의 맹주로 활약하며 명사들과 교류하고 대가들을 문하에 배출하면서 정치와 학문의 새 길을 열었다.

경우 3년(1058), 용도각학사 권지개봉부가 되고 이듬해 『신당서(新唐書)』를 편찬하였다. 구양수는 정무와 사서 편찬에 주력하면서 시작(詩作)과 서화, 금석문 연구와 탄금(彈琴) 등 문인으로서의 활동을 지속하였다. 이 가운데 『집고록(集古錄)』은 현전하는 가장 이른 시기의 금석학 저작으로, 구양수가 집안에 보관된 금석학 자료들을 직접 집록한 것이다. 그는 사료 편찬에 이를 활용하였다.

희녕 2년(1069), 왕안석이 신법을 추진할 때 구양수는 시행과정의 폐단을 지적하며 청묘법에 이의를 제기하였다. 그러나 이 일로 인해 관직에서 물러났다. 만년에 육일거사를 자호로 삼으며 채주(蔡州)에서 지내다 영주의 서호(西湖)로 돌아왔다. 희녕 5년(1072) 7월 나이 66세로 세상을 떠났다.

구양수는 어려서 당나라 한유의 『창려선생문집(昌黎先生文集)』을 읽고 심후하고 웅박한 글에 감탄하였다.[12] 이를 계기로 당시 유행했던 변려문 대신 고문을 창작하게 되었다. 구양수는 송나라 초기의 미문조(美文調) 시문인 서곤체(西崑體)[13]를 개혁하고, 한유를 모범으로 삼는 글을 지었다. 한유 문장의 장점을 취하며 자신의 풍격을 세웠으며 깊이 파고들어 연구하였다. 구양수는 한유를 계승하여 문(文)을 통하여 도(道)를 밝히고자 하였는데 그런 측면에서 그의 글은 쉽고 분명하였으며 의론과 기세는 호탕 웅건하였다. 그러면서 풍부한 감정과 감성을 글에 담았다.

구양수는 "많은 것을 보면서, 자주 글을 짓고, 깊게 생각하여서"[14] 그가 평생 지은 문장들 대부분은 "마상(馬上)에서도, 침상에서도, 측간에서도 지을 수 있고, 대개 이런 곳에서 더욱 생각을 집중할 수 있었다."[15]라고 하였다. 여기에서 알 수 있듯이 구양수는 작문에 있어서 때와 장소를 가리지 않았다. 이러한 자세로 구양수는 글의 내용을 충실하게 하고 관점을 참신하게 하였다. 더욱이 필봉을 날카롭게 하여 산문뿐 아니라 경학과 사학, 금석학 방면에서도 성과를 남겼다.

구양수가 남긴 학문적 업적에 대해 소동파는 "한유를 뒤이어 이백여 년 만에 구양자(歐陽子)가 나오니 그의 학문은 한유와 맹자를 밀고 나가서 공자에게까지 이른다."[16]고 하였다. 왕안석 또한 구양수의 문장에 대해 "준마가 가벼운 수레를 끌고 빠르게 치달리는 것과 같다."[17]라며 구양수를 찬사하였다.

나. 소동파의 생애와 학문

소동파는 중국 북송시대의 문장가이며 정치가이다. 본명은 식(軾)이고 자는 자첨(子瞻)이며 호가 동파거사(東坡居士)이다. 아버지 소순, 동생 소철과 더불어 삼소(三蘇)로 불리며, 삼부자 모두 당송팔대가에 포함되었다. 소식 형제는 학문을 소순에게서 전수받았지만, 삼소 부자의 문풍은 같지 않았다.[18] 그중 소동파는 시, 서, 화에서 독보적인 문예의 삶을 향유하며, 중국 역사에서 공자 이래 가장 인상적인 기억을 남긴 인물들 중의 한 사람으로 평가되었다.[19]

소동파는 8세 때부터 천경관의 도사인 장이간에게 배워 도가(道家)를 접하였다. 10세 때 모친의 가르침을 받았으며, 12세부터는 부친의 가르침을 받았다.

가우 1년(1056), 소동파는 동생 소철과 함께 개봉부시에 합격하였다. 이때 지은 「성시형상충후지지론(省試刑賞忠厚之至論)」에서 소동파는 "인(仁)은 지나쳐도 군자 됨을 잃지 않지만 의(義)가 지나치면 그것이 흘러들어 잔인한 사람이 된다. 그러므로 인은 지나쳐도 되지만 의는 지나치면 안된다."[20]라는 논리를 펼쳐 구양수의 칭찬을 받았다.

가우 2년(1057), 소동파는 예부시에 진사 급제하고 봉상부첨판으로 부임했다. 봉상에서 근무하는 동안 그는 태수를 도와 동호(東湖)를 만들고 희우정과 능허대를 세워 「희우정기(喜雨亭記)」와 「능허대기(凌虛臺記)」 기문을 지었다. 봉상에 재임한 3년 동안 그는 지방 관리로서 능력을 펼치는 한편 명승고적을 탐방하며 많은 시를 짓기도 하였다. 희녕 4년(1071), 소동파는 지방으로의 전출을 요청하여, 항주 통판을 임명받았다. 항주에 있는 동안 그는 서호 및 그 일대의 절과 명승지를 유람하며 여러 문학작품을 남겼다. 이후 8년에 걸쳐 밀주와 서주를 거쳐 호주의 지사를 역임하였다.

희녕 8년(1075), 소동파는 밀주에 있으면서 초연대를 건축하고 「초연대기(超然臺記)」를 지었다.

희녕 10년(1077), 서주 태수로 부임했을 때 황하의 둑이 터졌다. 소동파는 도망가려는 유지들을 설득하고 장정들을 동원하여 서주가 홍수에 잠기는 것을 막아냈다. 조정에서 이 일을 치하하여 내려준 상금으로 그는 '황루(黃樓)'를 지었다.

원풍 3년(1080), 소동파는 '오대시안'[21] 필화사건으로 황주로 유배되었다. 유배지 황주에서 그는 직접 농부가 되어 땅을 일구었다. 또한 시대적 관습에서 벗어나 일반 백성들과 가깝게 지내며 어울렸다. 황주 유배지의 역경 속에서 여유를 찾고 자연과 조화를 이룬 삶을 통하여, 소동파는 타고난 진솔자연(眞率自然)한 성품과 유배 온 이후에 드러난 활달초탈(豁達超脫)한 기운으로 문학적으로 한층 더 완숙해지기 시작하였다. 황주 유배가 끝나고 정세의 변화로 소동파는 10여 년간 관직 생활을 하였다.

원우 8년(1093), 황태후의 죽음을 계기로 신법당이 세력을 잡자, 소동파는 "선제를 무함하고 부자간의 은혜를 어긋나게 했으며, 군신 간의 의를 해친다. …… 구변이 능란하여 그른 것을 좋게 꾸미나 그 말은 충분히 사람들을 미혹시킨다."[22]고 하는 죄목을 받았다. 재상이 된 장돈 등 신법당은 원우 당인들을 공격하였고, 소동파는 대유령 이남의 광동 지방 혜주로 유배되었다. 이곳에서 소동파는 백성들에게 물레방아를 설치하여 보리와 쌀을 찧자고 현령에게 제안하면서, 모내기용 농기구인 앙마(秧馬)를 널리 보급시켰다. 또한 의약을 제조하여 환자를 치료하면서 백성들의 생산과 생활을 편리하게 하는 데 앞장섰다.

소성 4년(1097) 4월, 소동파는 다시 해남도 담주로 유배되었다. 조정의 명령에 의하면 유배자는 관부의 식량과 거처 일체를 이용할 수 없었다. 유배자가 공적인 일에 참여하는 것도 엄금하였다. 이미 예순두 살의 고령이 된 소동파에게 해남도 담주는 천형(天刑)과도 같은 곳이었다. 그러나 담주의 백성들은 소동파를 친근히 대했고 소동파 역시 백성들과 가까이 지내며 존중했다. 몇몇 서생은 소동파에게 문장을 배웠다. 소동파는 간혹 낭민과 풍류가 있었던 옛날을 회상하기도 하였는데,[23] 그가 간질히 바랐던 귀환의 꿈은 원부 3년(1100), 철종이 죽고 구법당이 다시 집권하면서 찾아왔다. 그러나 오랜 숙원도 잠시, 사면되어 북쪽으로 가던 중 예순여섯의 나이로 소동파는 세상을 떠났다.

소동파는 구양수와 더불어 고문의 복고운동에 주력하였다. 그는 육조(六朝) 이래로 화려함만 추구하는 문풍을 청산하기 위해, 자연스러우며 동시에 내용이 있는 문장을 강조하였다. 즉 "산천의 구름과 안개, 초목의 꽃과 열매도 충만하고 울창해져야 밖으로 드러나듯이 마음속 생각이 충만하면 글은 저절로 써지는 것"[24]이고 "형세에 따라서 모양새를 만들어 어떠한 모양으로 될지 알 수가 없다."²⁵⁾고 하면서 "대체로 떠다니는 구름이나 흘러가는 물과 같아서 처음부터 정해진 형태가 있는 것이 아니다. 다만 언제나 꼭 가야 할 곳으로 가고 멈추지 않을 수 없는 곳에서 멈추어 문리가 자연스럽고 온갖 자태가 변화무상하였다."²⁶⁾라고 하였는데, 이런 말들은 모두 소동파의 문장론에 해당한다.

또한 소동파는 유가를 근간으로 삼는 지식인 관료이지만 불가와 도가의 사상을 동시에 섭렵하였다. 그래서 어느 하나의 가치관에 얽매이지 않는 다양한 종류의 글을 쓸 수 있었다.

한편 소동파는 관리로 복무할 때는 당세를 개혁하고 제세구민에 힘썼다. 유배형에 처해서는 평범한 사람들 사이에서 유유자적한 삶을 누렸다. 소동파는 역경에 처해 크게 낙담하지 않았고, 변방 혜주와 담주로 유폐된 동안에도 지식인이 행할 시대적 책무와 문학인으로서 자유로운 사고를 견지하였다. 소동파가 권력과 부, 명예에 대한 일체의 욕심을 버렸기 때문에 가능한 일이었다. 아울러 황주와 혜주에서부터 쌓아온 도가의 내적 수양의 결과이기도 하였다. "우리들은 도(道)를 배우는 사람이라 연연하여 머물지 않고,"²⁷⁾ "평생 도(道)를 배운 것은 오로지 외물(外物)의 변화에 대처하고자 함"²⁸⁾이라고 말하는 데서 그의 삶의 태도와 학문의 자세를 엿볼 수 있다.

3. 『구소수간』의 간행과 전파

『구소수간』은 서문과 목록에 이어 본문의 순서대로 편제되었다. 수록된 수간은 대부분 『구양수전집』과 『소동파전집』의 「척독」 혹은 「수간」 부분에서 선집된 것들이다. 『구소수간』의 「권제1, 2」는 「여릉 상하」이며 구양수가 쓴 편지 125편이 있다. 『구소수간』의 「권제3, 4」는 「동파 상하」이며 소동파가 쓴 편지 152편이 있다. 이 두 사람의 수간을 모아 만든 『구소수간』에는 총 277편의 수간이 들어 있다. 수간의 면면을 보건대 양가(兩家)의 문집에 수록된 많은 양의 서찰을 정선(精選)하여 『구소수간』으로 만들었음을 알 수 있다. 그렇다면 『구소수간』은 언제 처음 편찬되었을까? 두인걸은 「구소수간서」에서 다음과 같이 말했다.

> "나는 오랫동안 괴이하게 여겼도다. 임진년에 북쪽에서 강을 건너온 이래로 뒤따라온 학사들의 시문이 가끔 모두 옛 뜻을 지니고 있는 것을 특별하다 여겼는데, 이는 무엇 때문인가? 그것은 과거시험이 없었기 때문이다. 그러니 학자가 과거시험이 없는 이때에 학문에 힘쓴다면 어떤 실력이든 진보하지 않겠는가? 더불어 말하면 어찌 서찰에만 그치겠는가? 아마도 우리 왕조가 단절된 이후에 한나라와 당나라에서 인재를 등용하던 법을 세웠다면 조금이라도 여기에 이르지 않았을 것이니, 부디 뜻을 돈독히 하기 바란다. 진지헌 노인 두인걸이 서문을 쓰다."[29]

여기에서 "임진년에 북쪽에서 강을 건너온 이래로"라는 말로 미루어 『구소수간』의 편찬 시기가 원나라 초기임을 알 수 있다.[30]

『구소수간』이 언제 우리나라에 들어와서 어떻게 유통되었는지는 정확히 알 수 없으나, 원나라에서 간행되어 고려 때 수용된 것으로 보인다. 일설에 의하면 고려 우왕 7년(1381)에 병마사로 안동에 부임했던 정남진(鄭南晉)이 간행했다고도 한다. 고려 중엽에 구양수와 소동파의 문집이 유행하였을 때, 구양수와 소동파의 서(書)와 척독(尺牘)이 일상의 문필 생활에 크게 참고가 되었다. 이후 남송 말, 원나라에 유행한 방각본의 여러 서식집이 고려에 유입되어 유통되고 복각되었을 것으로 보인다. 『구소수간』도 그러한 서식집의 하나로 유행했을 것으로 추정한다.[31] 이인영의 『청분실서목(淸芬室書目)』에 의하면 16세기 당시 여러 곳에 『구소수간』 책판이 있었음을 확인할 수 있어, 여말선초에 널리 유포된 것을 알 수 있다.[32] 『구소수간』은 조선 초에 이르러 복간되어 선조 초기에 청주, 홍주, 한산, 곡산, 예천 등에서 간행되었다.[33] 이로 보아 『구소수간』은 널리 읽힌 것 같다.[34]

국내 목판본 중에 규장각 소장본(一蓑古895.16) 『구소수간』은 현전하는 판본 가운데 가장 이른 시기의 것으로 1393(태조 2년) 6월에 예천[甫州]에서 새롭게 출판되었다. 당시 경상도 안렴사였던 심효생(沈孝生)이 간행하였다. 이 책은 권두에 두인걸의 서문이 있다.

국립중앙도서관 소장본(古377-65) 『구소수간』은 두인걸의 서문이 없으며 간행 시기는 임진왜란 이전으로 추정된다. 국내 필사본으로 성균관대학교 소장본(DO4C-0024) 『구소수간』이 있다. 이 책에는 두인걸의 서문과 1450년 1월에 승훈랑 청주교수 양순이 쓴 발문이 있다. 『구소수간』은 조선 초 경상도 예천군에서 목판으로 간행된 이후 여러 차례 글씨로 새겨졌다.

중국에는 전래된 『구소수간』이 현재까지 존재하지 않는다. 현존하는 『구소수간』은 조선판본과 일본판본이 모두이다. 일본 목판본으로는 국립중앙도서관소장본(古古5-90-18) 『구소수간』이 국내에 소장된 것 중 가장 이른 것이다. 간기는 "정보이을유(正保二乙酉)(1645)구월길진이조옥옥정촌상평악사개판(九月吉辰二條玉屋町村上平樂寺開板)"으로 되어 있다. 또한 국립중앙도서관 소장본(古古5-35-67) 『구소수간주해』는 서천문중이 주해하였다. 간기는 "명치사십년년(明治十四年)(1881)십이월각성발태(十二月刻成發兌)"라고 되어 있다. 권두에 「곡선생서(谷先生序)」, 「석진선생서(石津先生序)」, 「서천선생자서(西川先生自序)」와 「예언(例言)」이 차례로 실려 있다. 규장각 소장본(가람古 895.16-G93g-v.1-2) 『구소수간』은 1780년에 명해축상(溟海竺常)이 편찬하였다. 이 책에는 명해축상의 「중각구소수간서(重刻歐蘇手簡序)」와 두인걸의 서문이 들어 있다.

조선본 『구소수간』(1393)은 중국본 하한녕 교감, 『구소수간교감』(2014)
과 일본본 서천문중 주해, 『구소수간주해』(1881)와 비교해볼 때 몇 가지
차이가 있다. 『구소수간교감』과 『구소수간주해』는 「여릉 상하」 수간이
125편에 수신인이 58명이며, 「동파 상하」 수간이 152편에 수신인은 85
명이다. 이에 비해 조선본 『구소수간』 「여릉 상하」 수간은 119편에 수신
인은 56명이며, 「동파 상하」 수간은 136편에 수신인은 84명이다.

조선본 『구소수간』 「여릉 상하」에는 [여오중부(與吳中復)], [여이유후
(與李留後)], [여풍장정공(與馮章靖公)], [여채군모(與蔡君謨)], [여증자고
(與曾子固)], [여손원규(與孫元規)]가 들어 있지 않고 [여오간원(與吳諫院)],
[여이소사(與李少師)], [여오용도(與吳龍圖)], [여중태박(與仲太博)]이 들어
있다. 또한 「동파 상하」에는 [여정수재(與程秀才)], [여구양지회(與歐陽知
晦)], [여이정평(與李廷評)], [답범촉공(答范蜀公)], [여오수재(與吳秀才)]가
들어 있지 않고 [답우인(答友人)], [여우인(與友人)], [여뇌주장수(與雷州張
守)], [여정천모(與程天侔)]가 들어 있다.

국내에 발표된 『구소수간』에 관한 논문 가운데 당윤희는 『구소수간』의
간행 연도, 중국과 일본에 남아 있는 판본, 조선에 유입된 시기 및 경로,
조선에 남아 있는 판본과 필사본의 종류, 조선본 『구소수간』의 판본학적
가치 등에 대해 언급하였다.[35] 또한 김춘란은 『구소수간』이 척독 산문의
형성과 그 과정을 발전시켜왔으며 한문 편지의 전형이 된 점에 주목하였
다. 그러면서 조선조 중, 후기 문인들은 구양수 문체의 서정성을 주의하
여 살폈고, 척독의 서정성이 바로 『구소수간』에서 온 것으로 본다고 하
였다.[36] 하지만 이들 논문은 『구소수간』 문집의 중요성에 대해선 언급하
고 있지만 『구소수간』 전체 번역을 통한 수간의 내용, 수신인 그리고 수
간의 특징에 대한 고찰과 연구는 없다. 다만 『구소수간』과 관련되어 국내
에서 일부 번역된 책으로는 『초서로 쓴 구양수 · 소동파 · 황산곡 · 원굉도
의 편지글』[37]이 있다.

조선의 세종이 『구소수간』을 많이 읽었다는 일화는 『세종실록(世宗實錄)』과 『명종실록(明宗實錄)』, 『연려실기술(燃藜室記述)』과 『필원잡기(筆苑雜記)』 등에 보인다.[38] 세종은 왕위에 오르기 전이나 오른 후에도 『구소수간』을 탐독하였다. 서거정의 『필원잡기』에는 세종이 『구소수간』을 천 번 읽었다고 전하는데 이는 여러 번에 걸쳐 반복해서 읽었음을 강조하는 말일 것이다.

임진, 병자 양란 이후로 조선의 문인들은 구양수와 소동파의 글을 읽고 글의 간결함과 호방함 그리고 그 서정적 깊이 등을 선호하며 조선의 척독 문학을 발전시켰다. 조선의 문인 교산 허균은 구양수를 이상적인 인물로 여기면서 구양수가 지은 「사영시(思穎詩)」에 화운하여 「화사영시(和思穎詩)」 30수를 지었다.[39] 그리고 구양수의 글 68편과 소동파의 글 72편을 취하여 총 8권으로 『구소문략(歐蘇文略)』을 편찬하였다.[40] 특히 1674년, 진주 목사로 있던 남몽뢰는 『구소수간』을 축약한 『구소수간초선』을 간행하였다. 『구소수간초선』에 들어 있는 구양수의 편지는 47편이고 소동파 편지는 95편으로, 모두 합하여 142편의 수간이 들어 있다.

4. 『구소수간』의 주요 내용과 특징

먼저 『구소수간』의 내용을 시기별로 분류한 다음 내용의 특징을 알아본다. 구소 양인의 수간에는 공통의 특징이 있다. 다시 말하면 소동파 수간에도 구양수 수간에 나타나는 '진솔간이(眞率簡易)의 정회(情懷)'와 '후학양성(後學養成)에의 전념(專念)', '간결생동(簡潔生動)의 문체(文體)'와 같은 요소가 분명 있다. 그러나 구양수의 수간에 비해서 소동파 수간에서는 '고난의 삶', '낙천적 사고', '역설적 항변'과 같은 특징이 더 두드러지기 때문에 본 역자는 이것들을 다르게 정리하였다.

가.「여릉 상하」

1)「여릉 상하」의 주요 내용

『구소수간』「여릉 상하」수간은 125편이며, 수신인은 58인이다. 이들 수신인들은 구양수와 친분을 나눈 정치인, 문인들이 주를 이룬다.「여릉 상하」주요 내용을 시기별로 보면 ① 초기 관리 시기, ② 경력 신정 시기, ③ 외직으로 떠돈 10년 시기, ④ 조정으로 돌아온 시기, ⑤ 퇴임하여 은거한 시기로 분류할 수 있다.[41]

① '초기 관리 시기'는 천성 7년(1029)에서 경우 3년(1035)의 시기이다. 구양수는 국자감 시험에서 수석을 차지하며 문단에 이름을 날리기 시작하였다. 송대의 과거제도는 당대(唐代)에 이어 시와 부, 시정(時政)을 논하는 책론(策論)이 주요한 선발기준이었다. 구양수는 이 당시 한림학사 겸 한양 지주였던 서언의 추천을 받았다.

천성 9년(1031), 구양수는 낙양에 머물 때 그곳의 재자(才子)들과 어울리며 고문과 시가를 지었다.[42] 매성유, 윤수, 사강, 양유, 왕복, 윤원 등과 같은 당대의 시인 묵객들과 교유하면서 특히 매성유와 깊게 사귀었다. 매성유는 이 당시에 하남 주부를 지내고 있었다. 매성유의 시는 대상을 정확히 잡고 세밀하게 서술하여 송 초의 화려하면서 활기가 없는 누습(陋習)에서 벗어나 있었다. 이 시기 매성유에게 보낸 수간이『구소수간』에 세 통있다. 그 가운데 하나는 다음과 같다.

> "보내주신 시문과 서문을 받아 펼쳐 읽고 덮기를 여러 번 하였습니다. 종이가 닳고 먹빛이 바랬지만 손에서 놓지 못하고 있지요. 글을 따라 뜻을 찾으니 연구할수록 뜻은 더욱 깊습니다. 맑은 연못과 우거진 숲에서 굽어보고

우러러보며 잔 잡고 시를 읊고 계시는군요. 다른 사람은 가슴속에 이런 마음을 온축하고 있다 할지라도 다 묘사할 수 없습니다."[43]

이와 같이 구양수는 매성유의 글에 대해 다른 사람은 가슴 속에 시심(詩心)과 시정(詩情)을 쌓아놓고 있다 할지라도 글로 다 묘사할 수 없을 것이라며 매성유의 문장을 높이 평가하였다. 그러면서 "시가 사람을 곤궁하게 하는 것이 아니라 대개 시인이 곤궁해진 연후에 시가 좋아진다."[44]라는 유명한 시론을 전개했다. 구양수는 매성유 시문의 풍격을 충분히 인식하는 한편 세상 사람들이 매성유의 시가 훌륭한 것만 좋아할 뿐, 오랫동안 곤궁한 채로 늙어가는 것을 모르는 것에 대해 애석하게 생각하였다.

"초육일에 하급관리의 일이 있어서 팽파에 갔다가 자총과 응지와 함께 향산사에서 묵겠다고 약속했습니다. 유독 안타까운 것은 성유와 동행하지 못한 것입니다."[45]

구양수와 매성유는 향산과 숭산을 함께 유람하며 시가(詩歌) 창작의 경험을 교류하였다. 게다가 오랜 시간 다져진 우의로, 문학 활동 기간 서로 중요한 역할을 하였다. 그러면서 "나는 이미 세상일에 소원해졌지요. 사람이 하는 바를 전혀 할 수 없으니 게으름을 피우며 한직에 힘입어 스스로 자적할 뿐입니다."[46]라며 마음속의 이야기를 나누었다.

② '경력 신정 시기'는 경우 3년(1036)에서 경력 4년(1044)의 시기이다. 『구소수간』에는 매성유·여안도·왕자야·심대제·한위공·설소경 등에게 보낸 8통의 수간이 들어 있다.

송나라는 개국 초기부터 요나라와 서하의 침략과 위협이 있었다. 이들에게 부담하는 재정적 비용이 매년 막중해지자 위기를 돌파하고 정치적

폐단을 개혁하려는 변법운동이 추진되었다. 이 기간에 구양수는 조정개혁에 참여하며 간언을 올리고 조령을 초안하였다. 또한 「붕당론(朋黨論)」을 지어 '붕당'이란 자연스러운 이치로 군주는 마땅히 소인의 거짓된 붕당을 물리치고 군자의 참다운 붕당을 등용해야 함을 강조하였다. 하지만 구양수는 정치의 현실을 직시하며 "예전에는 뜻이 날카롭고 성질도 본시 진솔하였는데, 요 몇 년 세상일을 많이 겪어서 세상 속에서 점차 일마다 번거로움을 견디고 있습니다."[47]라며 이전의 날선 지적과 직언을 스스로 삼갔다.

그런 가운데 범중엄 등 정치인들이 유배당하는 일에 연루되고 중상과 모략을 받아[48] 이릉현으로 폄적되었다. 구양수는 이릉현에 대해 "처음 이곳으로 관리가 발령을 받으면 즐거워하지 않지만 도착한 뒤로는 즐거워하지 않음이 없습니다."[49]라며, 지희당(至喜堂)을 짓고 오히려 폄적당한 관리임을 잊은 채 생활하였다.

> "오래 전부터 이곳은 기후와 풍토가 좋은 곳으로 멥쌀과 큰 물고기, 배와 밤, 감귤과 차, 죽순 등이 수확되어 이릉현의 일이천 호의 많은 백성들은 근신될 만한 일이 없다고 들었습니다."[50]

이릉에서 지낼 때 여안도에게 "저는 어리석게도 배움은 더 나아지지 않고 도(道)는 더 더해지지 않은 채, 나이만 늘고 혈기는 쇠해졌지요. 마침내 쓸모없이 세상 따라 칭할 만한 게 없게 되니 어찌해야 하겠습니까?"[51]라며 유배당한 처지를 한탄하였다. 그러면서 "여러 번 채군모의 집에서 모였던 것을 생각하면, 마치 꿈을 꾸는듯하여 그립기만 합니다. 서로 만날 날이 어느 때일지 알 수 없군요."[52]라며 지난날 술잔을 기울이고 이야기꽃을 피워 즐기던 날을 회상하기도 하였다. 설소경에게도 달 밝은 밤에 금(琴, 고)을 연주하고 바둑을 둔 일을 회고하고 감정을 토로하였다.

"옛적에 달 밝은 밤이면 금을 연주하고 바둑을 두었지요. 술잔 기울이던 모임을 어찌 다시 생각할 수 있겠는지요? 저는 오랫동안 궁벽한 곳에 머물면서 습성이 고담하게 되어, 전혀 옛날의 즐거운 정은 없습니다. 단지 병색만이 몸속에 깊습니다."[53]

왕자야에게 보낸 수간에서는 석별의 정을 아쉬워하며 상대의 건강을 염려하여 걱정하는 마음이 몹시 돈독하였다.

"고을에 있을 때 자야 형이 배를 타고 떠나시면서 손을 부여잡고 이별하지 못하였지요. 그 후 전송했던 분이 돌아와 자못 객을 만류할 줄 알아서 매우 기뻐 술을 많이 마셨는데, 친지들은 모두 몸이 허약한 공을 걱정하였습니다. 그 후로도 임지로 돌아가 다시 술을 마셨는지 모르겠군요. 공은 스스로 몸조리를 잘하면서 능히 육식을 끊고 담박한 것을 즐기시는데, 하물며 술에 대해선 무얼 말하겠습니까?"[54]

심대제에게 보낸 수간은 여러 작품을 짓는 과정에서도 세속에서 벗어나 있는 선비의 풍모보다는 일상에서 자주 대하는 일반인의 모습을 보이고 있다.

"극심한 더위가 어느 해보다 비교할 수 없을 정도여서 젊은 사람도 감당하기 힘듭니다. 노쇠하여 병이 든 사람이야 물어 무엇하겠습니까? 보내신 편지를 받들고 체후가 청안하시다니 몹시 위로가 됩니다. 세속에서는 입추에 가을 더위가 많을지 적을지 점쳐보니, 오늘의 기세로 미뤄보아 오히려 다시 더위가 심해질 것 같습니다. 하지만 세간에서 말하기를 '봄추위나 가을 더위, 노인의 건강, 이 세 가지는 끝내 오래가지 못할 일들'이라 말합니다."[55]

세간에서 흔히 말하는 '봄추위나 가을 더위나, 노인의 건강'을 언급하며 계절의 변화와 쇠병을 근심하고 있다. 그런데 이 시기 구양수는 웅대하고 대범하면서 달관된 기상이 깃든 문학작품을 많이 저술하였다.

경우 3년(1036)부터 강정 원년(1040)까지 4년 동안의 폄적 생활을 거친 후 구양수는 다시 원래의 직책으로 회복되어 경성으로 돌아왔다. 몇 년의 유배 기간 중에 백성의 생활을 직접 보며, 납세의 가혹함과 부담 그리고 대지주의 겸병과 같은 폐해를 알게 되었다. 구양수는 청렴하고 유능한 관리를 선발하는 일이 무엇보다 중요하다는 것을 인식하였다.

한위공 한기(韓琦)에게 보낸 수간에서 재능 있는 젊은이 장추관을 추천하는 글을 썼다. 당시 한위공은 범중엄과 함께 병사(兵事)를 오래도록 맡은 일로 '한범(韓范)'으로 불리며 명성이 높았다. 구양수는 이후로도 아직 세상에 이름이 알려지지 않은 후배 젊은이들을 추천하고 발탁하면서 인재 양성에 분투하였다.

> "제가 맡고 있는 고을에 있는 장추관이 공께 나아가려 하면서 말하길, '예전에 공의 문하에서 나왔습니다.'라고 했지요. 이 사람은 관직 근무에 있어 청렴하고 뛰어나며 그 직분을 잘 수행합니다. 여러 해 공을 뵙지 못하여 저의 동정을 알고 싶어 하지 않을까 하여 삼가 이렇게 편지 올립니다."[56]

③ '외직으로 떠돈 10년 시기'는 경력 5년(1045)에서 황우 5년(1053)의 시기이다. 『구소수간』에는 매성유 · 등자경 · 장직방 · 왕낭중 · 오중부 · 두기공 · 증선정공 · 위민공 · 손원규 · 증자고 · 왕심보 · 장백진 · 유자정 · 사경초 · 소자용 · 두대부 · 왕단명 등에게 보낸 19통의 수간이 실려 있다. 이때 구양수는 보수파의 공격과 함께 생질녀 장씨의 일에 연루되어 무고와 비방 속에 저주로 좌천되었다. 임금에게 올린 「저주사상표(滁州謝上表)」에서 "임금의 장려를 받고 간관의 대열에 끼어, 비판하는 말이

권세 있는 자들에게 미쳤으니, 원망과 분노를 이루 감당할 수 없을 정도입니다."[57]라고 하였는데 위민공에게 보낸 수간에서 무고당한 자신의 처지를 설명하였다.

> "게다가 참소와 비방을 변별하고, 충성과 사특함을 판별하여, 위로는 조정의 위엄을 손상하지 않고, 아래로는 원수의 눈 흘김을 회피하지 않는, 그런 글을 쓰는 것이 참으로 어렵습니다."[58]

이릉으로 폄적된 이후 구양수는 다시 중앙의 관리로 나가 신임을 얻었다. 그러나 개혁정치를 시도하며 그 정치적 재능을 미처 다 펴보기도 전에 저주로 폄적되었다. 근심과 울분이 쌓였지만 곧 평상심을 되찾았다.[59] 구양수는 저주 지역의 아름다운 풍광을 즐기며 문학작품의 집필에 전념하였다. 이 무렵 『신오대사(新五代史)』의 저술 작업을 시작하였다.

> "제가 거처하는 이곳은 외지고 누추하지만, 어버이를 모시며 봉록을 받으니, 넉넉하고 다행스러움이 지극히 많습니다. 어리석고 못난 제가 본래 나라에 보은하길 희망했는데, 그것이 반대로 원수를 초래하고 재난을 취한 것은 형세로 보아 마땅히 저절로 그렇게 된 것입니다. 그러나 나라에 보탬 되는 일이 조금도 없고, 저 때문에 다단한 일들이 일어나 손해만 있고 이익은 없으니 참으로 부끄럽고 한탄스럽습니다."[60]

저주는 풍속이 순박하고 인정이 두터운 곳으로, 구양수는 산천을 유람하며 고문을 배우러 온 문인들과 교유하였다. 또한 「취옹정기(醉翁亭記)」와 「풍락정기(豐樂亭記)」, 「능계석기(菱溪石記)」와 「언홍제기(偃虹堤記)」 및 「유미당기(有美堂記)」, 「현산정기(峴山亭記)」 등과 같은 기문을 다수 지었다. 구양수는 넘치는 기상과 날카로운 필치를 구사하며 사물에 깃든 정취와 정서를 유감없이 묘사하였다. 특히 「취옹정기」에 저주 낭야산의 아름다움과 그곳 백성들과 함께 즐거워하는 자신을 기록하였다.[61] 백성들과 함께 즐거워하고 근심하는 것이 진정한 위정자의 자세라고 여긴 구양수는 수간에서도 우국애민을 지향한 신념을 적으며 사민동락의 정신을 서술하였다. 그러면서 저주성 남쪽의 풍산이라는 곳에 풍락정을 짓고 백성들과 왕래하며 몸소 백성들의 생활을 체험하였다.

> "마침내 샘을 끌어다 돌못을 만드니 물맛은 몹시 시원하고 달았습니다. 샘이 있는 터에 정자를 짓고 이름을 풍락정이라 하였는데, 정자 역시 웅장하고 화려하였지요."[62]

경력 6년(1046), 구양수는 등자경을 흠모하며 다음과 같은 수간을 보냈다. 구양수는 경사에서 멀리 떨어진 궁핍한 지역의 백성들에게 덕정(德政)을 펴는 등자경에게 '철인의 명달한 기량'이라며 칭송하였는데, 이것은 자신이 추구하는 관리로서의 이상과 포부를 등자경이 실행하고 있었기 때문이었다. 이때 구양수는 조정의 세금 징수의 횡포와 지주 관료의 절제 없는 낭비에 대해 여러 차례 상소를 올려 건의히였다. 구양수는 수간을 보내면서 등자경이 건립한 언홍제 제방을 축하하며 「언홍제기」를 지었다.

> "공은 백성들의 어려움을 돌보며 널리 조정의 조령을 선포하였습니다. 묵은 병폐를 혁파하고 백성을 편안하게 하여 무궁한 복리를 일으켰다는 것을 알았습니다. 이는 사물의 이치에 통달한 사람의 기량이 출세에 마음 두지 않음을 볼 뿐만 아니라, 먼 곳의 피폐한 백성이 은택의 교화를 입음이니 마음속으로 기뻐합니다."[63]

이 시기 『구소수간』 수간의 주요 내용은 자신의 건강과 함께 고향으로 돌아가고자 하는 마음, 어머니를 잃은 슬픔에 대해 적고 있다. "나이는 마흔 셋인데도 머리가 하얗게 셌고, 눈도 잘 보이질 않는다네."[64]라며 노쇠해가는 자신을 돌아보며 친한 문인들을 위한 비지문(碑志文)을 짓기도 하였다.

> "근자에 영주에 밭을 샀는데, 복건을 쓰고 두세 명의 벗들과 함께 마을 밭을 왕래할 것을 생각하니, 그 즐거움으로 여전히 여생을 보낼 수 있을 것 같습니다. 헌데 사정상 속히 영주로 갈 수 없는데, 바라는 일을 이룰 수 없는 것은 아니지만 단지 늦어질 것 같습니다. 심보 그대는 이를 어떻게 생각하는지요?"[65]

경력 8년(1048), 구양수는 저주에서 양주 지주로 전임되었다. 구양수는 이곳에서 비교적 근신하면서 명성과 명예를 크게 추구하지 않았다. 고질적인 눈병으로 다시 영주 지주로 전임을 청원하였다. 영주에는 항주에 버금가는 서호가 있고 백성들 또한 순박하며 토지도 비옥하였다. 이 무렵 북송은 일시적인 안녕을 담보하고 있었지만 서부 지역의 형세는 급박하게 돌아갔고, 경성의 동쪽으로는 봉기가 싹트고 있었다. 이런 분위기에서 구양수는 왕단명에게 수간을 보내 "잦은 병치레로 폐인이 될까 두렵다"는 고백과 더욱이 "저술을 마무리 짓지 못할까" 하는 염려를 자주하였다.

> "저는 근래에 열이 심하게 올라왔습니다. 어떤 사람이 교시하여 이르기를 '물과 불이 조화롭지 않으니 마땅히 내시(內視)의 방술을 행해야 한다.'는 말씀이 있었습니다. 실행한 지 한 달도 지나지 않아 양쪽 눈이 찢기듯 통증이 솟고, 글쓰기가 어려울 뿐만이 아니라 사물을 보아도 제대로 볼 수조차 없어, 아마도 이리하다간 마침내 폐인이 될까 염려됩니다. 우려되는 것은 약간이나마 편찬해둔 문자를 마저 마치지 못할까 걱정입니다. 저의 뜻을 알

아주실 분으로 믿기에 감히 마음을 펴 보입니다."[66]

저주로의 폄적에서 양주 태수, 영주 지사, 남경 유수에 이르기까지 10
년 가까이 그의 친구 윤수, 소순흠, 범중엄, 자야 등이 모두 잇달아 세상을
떠났다. 이 기간에 대해 구양수는 "십 년을 풍파에 괴로워했고, 구사일생
으로 함정에서 빠져나왔다."[67]라고 술회하였다.

> "저는 자미가 세상을 떠났다는 소식을 들은 이래로 제 삶의 의욕을 잃었습
> 니다. 교유했던 벗들은 거의 다 세상을 떠나고 살아 있어도 늙지 않으면 병
> 들어 있고, 그렇지 않으면 인생길에 곤궁을 겪으니 시름만 더해갑니다."[68]

자미(子美)는 소순흠의 자이다. 그는 북송 시문혁신운동의 한 사람으
로 '경력 신정 개혁'의 적극적인 지지자였다. 그런 까닭에 수구파들의 공
격이 심했다. 재능을 다 쓰기도 전에 그가 죽자, 구양수는 "오직 자미만
은 온 세상 사람들이 고문을 짓지 않을 당시에도 시종일관 스스로를 지
켰다. 세상 사람들의 취향에 끌려가지 않았으니 탁월하고 독특한 선비[특
립지사(特立之士)]라 할 수 있다."[69]라며 문학 방면에서 뛰어났던 그의 공
적을 평가하였다.

황우 2년(1050), 구양수는 진주를 지나 상구에 부임했다. 장직방에게
보낸 수간에서 계구를 지나면서부터 지대가 낮고 척박하여 뽕나무나 산
뽕나무가 생기가 없는 것을 보고는 영주가 좋은 곳임을 더욱 느끼게 되었
다고 마음속 생각을 말하였다.

> "계구를 지나고부터 지대와 토지가 낮고 척박하여 뽕나무나 산뽕나무가 생
> 기가 없었습니다. 이제야 영주가 풍요로운 땅임을 알게 되었고 그래서 더
> 욱 사람으로 하여금 영주를 그리워하게 합니다. 어린아이들은 만수탑을 바

라보며 그것을 가리켜 대두사라고 하니 그 말을 듣고 나도 모르게 슬펐습니다."[70]

어린아이들이 '만수탑'을 바라보며 '대두사'라고 하였는데 그곳은 희마대(戲馬臺)가 있던 자리였다. 희마대는 일찍이 서초패왕 항우가 말과 군사를 훈련시키던 곳이었다. 구양수는 역사의 옛일을 생각하고 '나도 모르게 슬펐다'며 감회를 수간에 적었다.

④ '조정으로 돌아온 시기'는 황우 6년(1054)에서 치평 2년(1065)의 시기이다. 『구소수간』에 연서 직방·왕낭중·곽형부·주직방·오중부·이유후를 비롯하여 61통의 수간이 있다. 이때 구양수는 한림학사와 참지정사를 거쳐 지공거의 관직에 올랐다. 구양수는 사륙문으로 조정의 문서를 초안하는 한림 직무에 대해 반감을 가지는 한편, 과거시험의 폐단을 개혁하고 문풍을 쇄신하고자 하였다. 어려운 글귀나 기괴한 문장의 사용을 피하며, 쉽고 자연스런 문장을 선호하면서 '경력 신정' 때 제기한 과거시험 개혁의 임무를 다소 실현하였다. 구양수는 과거 시험장의 기율을 엄격하게 적용하고 문장을 평가하는 기준을 명확히 규정하였다. 이 시기는 구양수가 황제를 가까이서 보필하며 높은 관직으로 득의하던 때이다. 일군의 문학가인 매성유·왕안석·포증·호원·여공저 등을 추천하였다.

『구소수간』에 수록된 이 시기 구양수의 수간은 다른 시기에 비해 많은 편이다. 구양수는 수간을 통해 여러 문인들과 글을 주고받았다. 더욱이 형식에 치우친 문단의 풍조를 바꾸어 나가는 일에 전력하였다. 그 결과 새로운 시풍(時風)을 개척한 사람으로 공인되어 문단의 영수가 되었다.

가우 3년(1058), 이유후에게 보낸 수간에서 부사산의 뛰어난 물맛을 알아보는 상대의 안목을 현자에 비유하고 자신의 기쁜 마음을 전하였다.

"부사산의 맑은 샘물을 받고 서둘러 마셔 보니, 물맛이 아주 달더군요.
…… 사물은 본디 스스로 드러나지 못하고 어두운 곳에 있다가 어진 현자를
만나서야 드러나는 법이지요."[71]

이때 구양수는 이유후를 위해 「부사산수기(浮槎山水記)」 기문을 지었
다. 부귀한 사람들은 산림의 즐거움을 겸할 수 없고, 빈천한 선비라야 세
속에서 벗어나 홀로 산림의 즐거움을 누릴 수 있다고 생각하였다.

설소경에게 보낸 수간에서 백성들의 일에 진력하여 그 일을 즐거움으
로 삼는다면, 폄적된 신세나 강등된 벼슬에는 그다지 마음 쓰지 않게 된
다고 했는데 이는 자신을 두고 하는 말이었다.

"저는 이전에 이릉과 건덕에서 벼슬을 할 때 매번 백성들의 일을 보살피며
소일하는 것을 즐거움으로 삼았지요. 진실로 이와 같게 한다면, 특별히 폄
적된 관리라는 생각을 떨치게 됩니다."[72]

왕선휘 태위[군황(君貺)]에게 보낸 수간에서 구양수는 그가 귀향하여 백
성들의 여망에 부응하는 모습에 찬사를 보냈다. 왕선휘 태위를 통해 자신
을 무고하고 배척했던 자들에 대한 원망을 씻어내었다.

"그대 군황께서는 재망과 덕업을 쌓아 30년 동안 지속하며, 하루아침에 조
정으로 돌아가서는 모든 사람의 우러름에 부응했습니다. 사대부들의 여망
을 통쾌하게 해주셨지요. 늙어 쓸모없는 저는 마땅히 여음에서 농사지으며
농부와 촌로들과 더불어 서로 축하할 것입니다. 사람의 일이란 본디 이와
같아, 공이 편지에서 말씀하신 '배척하는 자들에 대한 것'은 어찌 근심할 만
한 것이 있겠습니까? 하물며 낙양의 정사는 좋은 칭찬을 받아서 공에게 애
초부터 비난하는 말이 없었습니다."[73]

왕의민공에게는 "인생이란 만나면 헤어지고 우환은 끝이 없다"라고 수간에 쓰면서 만남과 헤어짐으로 반복되는 삶의 기쁨과 슬픔을 이야기하였다. 특히 왕의민공과 이별하는 안타까움에 대해 북쪽의 호(胡)나라와 남쪽의 월(越)나라만큼 서로 멀리 떨어져 지내게 되겠다고 하였다.

> "오늘 채군모의 편지를 받았지요. 오랫동안 병을 앓다가 근자에야 비로소 안정을 찾았다고 합니다. 인생이란 만나면 헤어지고 우환은 끝이 없는데, 우리는 어느 때에나 만나 뵐 수 있을까요? 게다가 내년이면 반드시 남쪽으로 가길 청할 것인데, 그렇게 되면 북쪽의 호나라와 남쪽의 월나라만큼 공과 거리가 더 멀어지겠습니다."[74]

구양수는 왕의민공에게 보낸 다른 수간에서 지난해에 모여 국화를 감상했던 일을 떠올렸다. 그러면서 '수레와 관복은 외물'이라고 하였다. '대부나 고관대작의 옷차림으로 좋은 수레를 타면서 훌륭한 말을 모는 것'과 '비단 신을 신고 비단 옷자락을 끌고 다니는 것' 등은 '몸 이외의 재물들로써 많으면 사람에게 해가 되는 것'이라고 경계하였다. 구양수는 외물에 흔들리지 않기 위해 노력하는 관리의 자세를 지켰다.

> "저의 집 서재에는 몇 떨기 국화가 있어 지난해부터 활짝 피었지요. 그즈음 여러 공들을 모시고 중양절을 지나기까지 무릇 여러 번 모임을 가졌습니다. 올가을에는 한 번도 감상하지 못했지요. 고관대작의 수레와 관복은 외물로서 사람에게 누(累)가 되는 것들입니다. 그러니 국화를 감상하고 외물을 추구하는 그 득실을 자잘하게 따진다면, 어찌 외물을 구하는 것에 가볍게 마음을 쓰겠습니까?"[75]

정원진에게 보낸 수간에서 구양수는 가우 4년(1059), 개봉부 직을 벗어나 급사중으로 전보된 일을 원으로 복귀하였다고 말하고 있다. 사실 '급사중'이라는 벼슬은 황제의 말이 옳은지 그른지 심사하고, 황제의 명령이 잘못된 것이라면 기각할 권리를 가진 막중한 직책으로, 간쟁의 업무를 보았으므로 당연히 청직(淸職)으로 불리었다. 구양수는 가우 3년(1058)부터 『신당서』를 편수하고, 개봉지부를 맡아 전력투구하였다. 이 즈음 지병에 시달리면서 직무를 해지해달라는 청을 올렸다.

> "저는 성은을 입고 원으로 복귀하여 조금은 한가하고 조용히 지내지만, 빠르게 하루하루가 지나고 공사의 이익 됨이 없습니다. 이것은 경사에 거주하는 사람이 골몰하는 일상의 모습입니다. 다행히도 아주 어리석지는 않아 자못 경사를 벗어나 멀리 떠날 줄 알게 되었습니다. 그러나 떠날 수 없는 일이 있으니, 옛사람들은 이르기를 '인생에서 마음대로 되지 않는 일은 열에 여덟아홉이다'라고 하였는데 아마도 이런 뜻이겠지요."[76]

⑤ '퇴임하여 은거한 시기'는 치평 3년(1066)에서 희녕 5년(1072)의 시기이다. 『구소수간』에 연서 직방·왕형공·범경인·왕보지·증학사·안직강·소편례·왕단명 등에게 보낸 23통의 수간이 있다. 이미 육십의 나이에 가까워진 구양수는 공을 세운 신하에게 주는 광록대부와 상주국 벼슬에까지 올랐다. 전군의 병사 수와 북삼로의 병력 주둔 상황을 조사하고, 균등하게 세금을 부과하는 방법을 연구하는 동안에도 구양수는 꾸준히 인재를 발탁하였다. 치평 연간에 이르자 구양수는 퇴직하여 서호가 있는 영주로 돌아가기를 원했다. 현달과 은거가 반복되는 이 시기 수간에서는 주로 신병과 은둔, 고향으로 돌아가고자 하는 염원의 글이 대부분이다.

희녕 원년(1068), 구양수는 당뇨와 안질까지 심해져 영주에 안착하지만 "저는 일찍이 양손의 가운데 손가락이 오므라드는 병이 있었습니다. 의원이 사생환을 복용하라 하여 먹었더니 손가락의 경련은 없어졌습니다만, 약독이 남아 턱 사이에 망울이 돋더니 목구멍이 붓고 막혀"[77]라며 괴로움을 호소했다. 간혹 서호의 경쾌하고 생동적인 풍경을 노래하며 "옛날의 윤기 나던 살쩍이 지금은 백발이 되었건만 쇠락한 모습을 느끼지 못하겠네."[78]라고 하면서 분수를 지켜 만족한 생활을 하고자 하였다.

> "저는 이곳에서 다행히 졸렬한 몸을 감춘 채, 지극히 편하고 넉넉하게 지내고 있습니다. 그러나 노쇠와 병마가 들이닥쳐 몸을 가눌 수 없고, 거기다 집안의 사사로운 번뇌마저 많아 즐기던 정취도 다시 갖기가 어렵습니다. 헤아리건대 복이 지나쳐서 재앙이 생기는 이치일 뿐입니다. 그런 까닭에 분수를 지켜 그칠 줄을 알아서 절실히 귀향하려 합니다."[79]

"복이 지나치면 재앙이 생겨"라든지 "분수를 지켜 그칠 줄을 알아"라고 하였는데 이는 "만족을 알면 욕되지 않고, 그침을 알면 위태롭지 않다"[80]라는 『도덕경』의 글귀를 좌우명으로 삼았기 때문에 가능했다.

초전승은 구양수의 문하생으로 평소 앓고 있는 병이 있었다. 구양수는 자신의 병을 경험 삼아 초전승에게 몸을 움직여 병의 기운을 흩어지게 하고, 집에서만 지내지 말 것을 당부하였다.

> "여러 날 편지를 받지 못했네. 건강은 어떠한가? 마땅히 점차 평온해졌으리라 보네. 다만 나를 찾아오지 않음을 이상하게 여겨 문안 편지를 보내네. 무릇 질병이 있으면, 병이 몸에 쌓여 막히게 해선 안 된다네. 자못 모름지기 이리저리 움직여서 몸에 막힌 것을 풀어주고, 그러면 효과가 약을 복용하는 것보다 클 것이네. 바깥을 출입할 수 있다면 행여나 들러주게나. 하인이나 말이 필요하면 와서 취해 가게나. 약물에 있어서는 또한 당연히 헤아려야지, 약물의 이치를 잘 알 수 있을 것이네."[81]

희녕 3년(1070), 조정에서 벼슬할 때부터 우정이 돈독하였던 조강정공이 찾아오자 반가운 마음을 전하였다.

"지난번 일찍이 방문하여 주신다기에 날마다 발돋움하며 기다렸지요. 이내 흥에 겨워 외출하여 오신다는 것을 알고, 감히 앉아서 공을 맞이할 수 없었습니다."[82]

여공저는 조강정공과 구양수를 위해 연회를 베풀었다. 여공저에게 보낸 수간에서 옛사람 사령운이 말한 '네 가지 즐거움'[83]을 들어 친구 여공저와의 교유의 정을 전하였다.

"전날 사망정에 모여 온갖 꽃들의 무성함을 한번 감상하기로 하였으나 비가 내렸습니다. 옛사람이 이르길, 네 가지 즐거움을 함께 누리기가 어렵다 하였지요."[84]

또한 구양수는 왕형공[왕안석]에게 보낸 편지글에서 '현자인 왕안석은 조정에 머물지 못하고 쇠병한 자신만 벼슬하고 있다'며 왕안석이 정계를 떠나 있음을 아쉬워하였다.

"현자는 조정에 머무르지 못하고, 쇠병한 사람은 쫓겨 떠남을 얻지 않았지요. 모두 그 분수를 잃음이니 어디에 허물을 돌리겠습니까? 저는 새봄이 온 이래로 눈은 더욱 침침해지고 귀도 역시 잘 들리지 않습니다. 글 쓰는 일에 오래 종사하지 못할까 크게 염려됩니다. 평생 품어온 뜻을 다 펼치지도 못하고 마침내 범속한 사람으로 죽게 될까 두렵습니다."[85]

왕안석이 처음 구양수를 찾아왔을 때 구양수는 신발을 거꾸로 신고 나와 맞을 정도로 왕안석을 반겼다. 이후 둘 사이에는 시문과 서신이 끊이지 않았다.

유원보에게 보낸 수간에는 북쪽 이원지(李園池)를 묘사하는 서정이 두드러진다.

> "어제 뵙고 난 후 북쪽 이원지에 이르니 나무들이 울창한 게 푸르게 그늘져 있고, 계절의 풍경은 이미 바뀌어 있었지요. 이러한데 그대 원보가 유독 곁에 있지 않으니 다만 모임을 마칠 때까지 그리웠습니다. 바람결에 흙먼지가 날아와 자리가 더욱 불편하였습니다."[86)

유원보는 구양수와 절친하였다. 경력 8년(1048), 구양수는 양주 태수로 있으면서 '평산당(平山堂)'이라는 정자를 직접 설계하여 지은 적이 있었다. 평산당은 자연과 어우러져 그 경관이 수려하였다. 구양수가 그곳에 손수 심은 버드나무를 양주 사람들은 '구공류(歐公柳)'라 부르며 구양수의 선정(善政)을 기렸는데, 나중에 유원보도 양주 태수로 와서 구양수의 덕을 기리며 인정(仁政)을 베풀었다. '바람결에 흙먼지가 날아와 자리가 더욱 싫었다.'는 대목에서 유원보를 그리는 구양수의 마음이 읽혀진다.

채군모는 북송의 뛰어난 서예가로도 유명하였는데 어느 날 구양수에게 좋은 먹을 선물하였다. "보내주신 앵녕옹의 먹[墨]은 몹시 감사했습니다. 이 먹은 진실로 얻기 어려운 것이지만 다른 사람에 비한다면 여전히 두 개 정도가 아직 부족합니다. 저의 그윽한 서재가 적적하여 필연(筆硯)을 놀릴 때에는 먹에다 매우 의지하지요. 설혹 먹이 많다 할지라도 물릴 것이 없습니다."[87)고 하였다.

소전승 역시 전서(篆書)에 뛰어난 문인이었다. 소전승이 전서로 기문을 써 준 것에 대한 답례로 구양수는 자신이 사용해온 용미연 벼루와 봉단차를 보냈다.

"저양의 산천은 참으로 빼어난데 저의 허둥대며 쓴 작품은 문장이 비루하고 뜻이 천근합니다. 그런데도 공께선 붓으로 뛰어난 글씨를 써주어 「풍락정기」가 먼 후대까지 전해지게 되겠습니다. 이 정자가 불후함은 기쁘지만 저의 누추한 문장은 가릴 수 없어 부끄럽습니다. …… 오랫동안 사용해 온 용미연 한 개와 봉차 한 근을 보내 부족하나마 저의 마음을 전합니다."[88]

구양수는 재상을 지낸 위국공 한기와 시를 주고받으며 교유하였다. 구양수가 수간에서 한기의 글을 '웅장한 문장으로 쓰인 훌륭한 글'이라 칭송한 데는 그가 글에서뿐만 아니라 나라와 백성을 위해 공업(功業)을 세우는 사람이라는 것을 잘 알고 있어서였다. 이즈음 구양수는 한기를 위해 「상주주금당기(相州畫錦堂記)」를 짓기도 하였다.

"지난번 보내드린 저의 시가 부족했는데도 공의 은혜를 입었고, 얼마 안 있어 특별히 화답시를 내려주셨습니다. 적적하며 쓸쓸하던 마음을 위로해 주었을 뿐만 아니라, 웅장한 문장으로 쓰인 훌륭한 글은 사람의 이목을 끌며 큰 감동을 주었지요."[89]

구양수는 노년에 이르러 "마땅히 몸을 조정에 청하여 물러나 영광과 총애에서 벗어납니다. 전원에서 조용히 노닐다 천명을 다하겠습니다."[90]라고 하였다. 실제 설소경에게 보낸 편지에서도 "그렇지만 눈병과 발의 질병은 처음보다 조금도 줄어들지 않으니, 모두 여러 해를 걸친 예년의 괴로운 병증입니다. 형세로 보아 갑자기 나아지기 어렵고, 또한 나이는 들어가 더욱 늙고 노쇠해질 뿐입니다."[91]라며 노년에 겪는 질고(疾故)를 수간에 자주 적었다. 주목할 일은 구양수는 노년에 이르기 전부터 잦은 병고에 시달렸다는 점이다. 겨우 나이 마흔셋에 이미 귀밑머리와 수염은 하얗게 세었고 눈마저 침침하게 되어 글을 보는 데 어려움을 겪었다. 그러나 수간을 쓰는 일 못지않게 꾸준히 시가에 대한 비평과 의론을 모아 『육일시화』를 지었고, 이는 구양수 만년의 문학사상을 집결한 것이기도 하였다. 이후 사마광의 『속시화』를 비롯한 유명 문인들의 시화집이 뒤를 이었다.[92]

2) 「여릉 상하」의 특징

『구소수간』 「여릉 상하」의 특징은 다음과 같다.

첫째 '진솔간이(眞率簡易)의 정회(情懷)'이다. 구양수는 수간에서 자신의 진솔한 감정을 표현하고 알기 쉬운 언어로 감흥을 일으킨다. 이는 구양수의 꾸밈없는 성품과 글을 과장되게 쓰지 않는 습관에서 비롯된 것이다. 둘째 '후학양성(後學養成)에의 전념(專念)'이다. 구양수는 이릉과 저주로 유배되어서도, 관직에 복무해 있어서도, 문예 창작에 전념하며 후학을 발탁하고 양성하였다. 이를 토대로 훗날 당송팔대가의 일원이 되는 소순·소식·소철·증공·왕안석과 같은 대가들이 배출되었다. 셋째 '간결생동(簡潔生動)의 문체'이다. 구양수는 간결한 필체와 사물의 생생한 묘사를 통해 평이하고 생동감 있는 문장을 수간에 저었다.

구양수가 처음 문단에서 활동하던 당시에는 화려하고 기교에 능한 문장을 쓰는 작품들이 유행하였다. 구양수는 이러한 문풍에 반기를 들고 당대 고문운동의 기치를 들면서 신고문운동의 계승과 발전을 확립하였다. 즉 충실한 사상내용이 있으면 예술적 형식은 자연히 얻게 되므로 모든 작품에는 개성과 특색이 드러나야 함을 강조하였다. 이는 신고문운동의 나아갈 방향을 제시한 것으로, 우수한 작가들이 그의 주변에 모여들면서 구양수는 고문창작의 전성기를 이루었다.

구양수는 진솔하고 간이하게 문장을 구사하면서, 간결하고 생동감 넘치는 표현을 수간에 내보이고 있다. 더불어 의론과 서사, 서경과 서정을 한데 섞어 감정과 문장의 구조를 풍부하게 하여 변화를 주었다. 구양수는 대우(對偶)나 성운(聲韻), 전고(典故)에 구속받지 않는 고문만의 장점을 수간의 글에서도 십분 발휘하였다.

① 진솔간이의 정회

첫째 「여릉 상하」의 특징은 '진솔간이의 정회'이다.

구양수는 난해하고 형식적인 문장을 내치고 실용적인 글을 앞세워 문풍을 새롭게 하였다. 「여릉 상하」의 수간에서 자연스러운 문맥에 자신의 정감과 정취를 전하였다. 구양수는 자신의 심경을 여러 말을 늘어놓지 아니하고 바로 요점이나 본제에 들어가는 형식을 취해 수신인과 빠르게 소통하고 있다. 진솔하게 표현된 글의 전개가 몹시 명쾌하다. 매성유에게 "저는 아룁니다. 서를 붙인 시를 잘 받았습니다."[93]라고 서두를 꺼낸 뒤 바로 자신의 심경을 술회한다.

> "성유께서 이룬 출중한 문장은 아무도 따라올 수 없는 것이지요. 옛날 산양의 죽림칠현은 고매한 행동으로 자부심이 대단하였습니다. 지금을 미루어 옛일과 비교하더라도 어찌 저들보다 낮겠습니까? 다만 황음은 미치지 못하여도 문아는 더 나은 듯합니다."[94]

구양수는 위의 수간에서 육경(六經)과 인의(仁義)의 설(說)을 배워 구차하게 세속사람들에게 잘 보이려 하지 않는 매성유의 뛰어난 재주와 고아한 인품을 죽림칠현과 비교하였다. 매성유의 삶은 죽림칠현의 황음(荒淫)에 비교할 수 없어도 그의 시가 도달한 문아(文雅)는 죽림칠현을 넘어서고 있음을 '황음'과 '문아'로써 분명하게 대비하였다. 또한 사경초에게 보내는 수간에서 노모에 대한 효심을 스치듯 드러내면서, 몸은 늙어가고 배우길 게을리하는 자신의 나타(懶惰)를 허심하게 전하고 있다.

"날마다 정무 보는 일 외에 모시는 어머니도 건강하십니다. 저도 다행히 잘
지내며 다스리는 고을은 외진 곳이라 일은 많지 않습니다. 하지만 날로 몸
은 늙어가고 배움을 익히는데 게을러져 오로지 졸음이나 즐길 뿐이오."[95]

형식에 얽매이지 않고 솔직하게 자신의 심경을 전하는 다른 수간을 보자.

"보내주신 향기로운 술을 잘 받고서 죄송한 마음 한두 가지가 아닙니다.
경사에 오니 세상일들이 속되어 하루 지내기가 괴롭고 도무지 맑은 생각
도 들지 않아 술잔을 앞에 두는 즐거움조차 아직 누리지 못하고 있지요."[96]

유원보에게 "배를 대놓고 평산당에서 경관을 바라보며 어진 주인과 맑
은 의론을 펼친다면 어찌 가슴이 확 트이지 않겠습니까!"[97]라며 간명한 언
사로 유람의 흥취를 전하였다. 수간의 내용이 정해진 규칙에 따라 대부분
첨앙류(瞻仰類)로 전개될 때, 구양수는 여행의 여흥을 속도감 있게 묘사
하여 읽는 이의 마음을 시원하게 한다. 봄날의 경치를 완상하면서 세속의
명리를 초탈한 선비의 즐거움을 보여준다.

"문득 봄기운에 생동하는 만물을 그리워함에 옛 도읍의 경치는 실로 아름
다워 즐거움이 어찌 또 끝이 있겠는지요. 명예와 이욕에 골몰하여 미혹된
사람은 그 노고를 감당하지 못하면서 다만 그 즐거움만 볼 것입니다."[98]

이처럼 진솔하고 자연스러운 구양수 문장의 특징은 그의 수간 곳곳에
스며 있다.

② 후학양성에의 전념
「여릉 상하」의 두 번째 특징은 '후학양성에의 전념'이다. 구양수는 유가

사상을 신봉한 문인으로 유가의 경전을 학문수양의 지침서로 삼을 것을 주장하였다. 그는 고문운동을 제창하며 북송 초기의 문단을 주도하였고, 새로운 문풍을 창도하는 데 앞장섰다. 또한 정치적 역량을 발휘하면서 창작활동의 모범이 되었다. 구양수는 문단의 영수로 추앙받으며 소순·소식·소철·증공·왕안석 등의 후학을 발굴하였다. 「여릉 상하」 수간에서 이들 후진들을 선발하고 독려한 글들을 살필 수 있다.

심대제에게 보낸 수간에서 "개보(介甫) 왕안석의 시문이 아주 아름답고 화운도 몹시 정밀하여 보고 나서 나에게도 보여주시지요."[99]라고 하였는데, 왕안석의 몇몇 초기의 작품은 맹자와 한유를 기계적으로 모방한 흔적과 생경한 어휘들의 쓰임이 많았다. 그러나 점차 "개보의 새로운 시 수십 편을 받아보니 모두 탁월하였습니다."[100]라며 왕안석의 학문성과가 지대해지자 "평생에 품고 있던 바를 아직 조금 덜 이룬 것이 있어,"[101]라며 자신이 못다 이룬 희망을 왕안석에게 기대하였다.

서무당에게 보낸 수간에서도 그는 후학 양성에 노력하는 모습을 보였다.

> "그대가 부쳐준 글은 몹시 아름다웠네. 그런데 작문의 체제란 처음엔 치달리듯 글을 짓고자 하나 오랜 후에는 마땅히 수렴하고 절제하여 간략하고 신중하며 엄정히 하여야 한다네. 혹 때때로 자신의 감회를 마음껏 풀어내더라도 하나의 체제가 되지 않아야 지극히 좋은 것이라오."[102]

문장이란 "처음에는 호방하고 광대하게 쓰며, 나중에는 간결하여 노성해짐을 구하는 것"이라고 지도하며 서무당을 위해 작문의 체제를 설파하였다.

가우 원년(1056), 논법과 평론 방면에 뛰어난 재능을 갖춘 소순(蘇洵)을 천거하고자 부정공에게 추천을 부탁하는 글을 보냈다.

"촉 지방의 소순이란 분이 있지요. 문학하는 선비인데, 스스로 말하길, 덕망 높은 공에게 달려가, 한번 뵙고자 하는데 만날 길이 없다고 하였습니다. 하오나 소순은 먼 곳에서 사는 사람이라, 제가 공에게 신임을 얻고 있으니, 공의 추천을 얻기를 구하였지요. 이미 물리칠 수도 없고 또한 차마 가벼이 여길 수도 없어, 문득 염치를 무릅쓰고 아룁니다."[103]

소순은 스물아홉이 되어서야 발분 독서하였다. '육경'과 '제자백가서'를 깊이 궁구하여 구양수에게 인정받고 비서성교서랑에 임용되었다. 소동파는 훗날 구양수에게 올린 제문에서 "옛날 저의 돌아가신 아버님이 재능을 품고 은둔해 있을 적에 구양공이 아니었다면 벼슬로 나아가지 못했을 것이다. 불초 무상한 저도 이 인연으로 출입하여 공의 문하에서 가르침을 받았다."[104]라고 술회하였다.

구양수는 매성유에게 보낸 수간에서 "우리는 세상 사람들이 흠모하는 게 소식의 말과 같은데, 어찌하여 걸핏 달이 지나도록 서로 만나지 못하는 것일까요? 소식이 언급한 즐거움의 의미는 제가 깊이 터득한 것인데, 뜻밖에 이 젊은이가 이치를 잘 이해하는군요."[105]라고 하였다.

지화 원년(1054), 한림학사를 지내고 있던 구양수는 서무당에게 보낸 수간에서 증공의 의론을 참고삼아 편수작업에 임한다고 하였다. 구양수는 역사가로서 『신오대사』를 편찬하고, 송기 등과 함께 『신당서』를 편찬하였다.

"『오대사』는 예전에 증자고의 의론을 보고서 처음부터 다시 고치고자 하니 끝날 기한이 없군요. 그리고 여전히 주해를 하는데 『구오대사』에 대해 어려운 점이 있다네. 대개 전본인 『구오대사』는 진실로 불가하고, 전본인 『구오대사』를 따르지 않는다면, 주해하기가 더욱 어려우니 이러한 일은 모름지기 서로 만나서 의논할 수 있겠네."[106]

이 수간에 나오는 증공 또한 구양수가 추천하고 발탁하여 이름을 떨친 문인이다. 증공이 과거시험에 낙제하자 "올해 과거시험장에서 뜻밖에도 높이 뛰어오르는 것은 지체되었을 따름이군요. 덕을 쌓고 뜻을 길러 더욱 큰일에 이르기를 기약하십시오."[107]라며 증공을 격려하였다. 동시에 "농부는 그해의 날씨를 탓하지 않고 김매고 씨 뿌리는 농사일을 부지런히 하는 것이니, 홍수가 나고 가뭄이 들면 다 끝나버릴 뿐이지만 만약 한번 수확을 하게 되면 어찌 많이 거두지 않겠습니까?"[108]라고 하면서, 농사의 수확을 학문의 성과에 비유하였다. 증공은 의론을 잘 전개하고 객관적인 서술에 능하였으며, 구양수 산문의 영향을 많이 받아 훗날 풍격(風格)에서 구양수와 매우 닮았다는 평을 받았다.

육신(陸伸)이 어느 날 긴 편지와 책을 보내왔다. 가우 2년(1057), 이때는 아직도 사륙시문이 성행하였고 과거시험의 합격도 거의 괴벽한 언어를 사용하는 이들이 독점하는 분위기였다. 문풍을 쇄신하는 일은 위험이 따랐지만 구양수는 문장을 평가하는 기준을 명확히 하며 인재를 선발하였다.

> "인편이 도착하여 장문의 편지와 『고금잡문』 열 축을 받았지요. 육경의 뜻에 대한 연구와 당대의 일에 대한 고찰, 그리고 글의 변론과 더불어 문장을 짓는 것이, 마치 막힌 것이 터지는 듯하고, 도랑이 뚫려 열리는 듯하며, 아득한 물결이 쏟아지는 것이 끝이 없는 듯하며, 준마를 몰아 치달리는 듯합니다. 그러니 공의 능력과 그 마음을 쓰는 것은, 서로 만남을 기다리지 않아도 알 수 있지요."[109]

구양수를 흠모하여 찾아온 후학 가운데에는 장생, 왕향, 손수재, 서무당·서무일 형제 등이 있었다. 구양수는 한유의 문장을 학습의 모범으로 삼은 이래로 후학을 양성하는 일에 전력하며, 아직 세상에 이름이 알려지지 않은 후배 젊은이들을 이끌며 추천하는 일에 분투하였다.

③ 간결생동의 문체

「여릉 상하」의 세 번째 특징은 '간결생동의 문체'이다. 수신인에게 몇 자 되지 않는 짧은 글로도 표현하고자 하는 심경을 웅변한다. 또한 사물을 생동감 있게 묘사하여 글의 유려함을 더하였다.

> "저는 이곳 개봉에서 지내기가 마치 연못 속의 물고기나 조롱이 속의 새와 같습니다."[110]

'연못 속의 물고기'나 '조롱이 속의 새'는 구양수 자신이다. 이처럼 간결, 간단한 문장으로 내용을 풍부하게 표현하였다. 구양수는 이 당시 개봉에서 『신당서』를 편수하는 임무를 맡고 있었다. 구양수는 또한 일상 속의 알기 쉬운 비유를 들어 문장을 유창하게 하였다.

> "애통합니다! 그대가 보낸 제문을 읽으면 슬픔만 더해질 뿐입니다. 나머지 그대의 훌륭한 글은 서호에 이르러 통쾌하게 음미하겠습니다."[111]

장백진이 보낸 제문은 그 문장이 뛰어났다. 구양수는 서호에 이르러 보내준 글을 펼쳐보겠다고 하였다. "방쾌음미(方快吟昧)"라고 짧게 묘사하여 훌륭한 글임을 나타냈다. 구양수는 수간에서 자신의 감개를 있는 그대로 표현하면서 문장을 여럿 사용하거나 과장하여 사물을 묘사하지 않았다. 가급적 수식어를 줄여 담박하고 평이하게 글을 썼다. 서호의 모습을 예찬하면서 그 안에 자신도 편히 지내고 있음을 암시하였다.

구양수는 매성유에게 보낸 수간에서 소동파의 재능에 몹시 경탄하면서 통쾌하고 기쁜 심정을 이렇게 서술하였다.

"소식의 글을 읽으니 나도 모르게 진땀이 흐릅니다. 참으로 통쾌하고 통쾌합니다. 늙은이는 마땅히 길을 비켜 젊은이가 한걸음 앞서가도록 물러설 줄 알아야 하겠습니다. 참으로 기쁘고 기쁩니다."[112]

가우 2년(1057), 지공거가 된 구양수는 소동파의 「상매직강서(上梅直講書)」를 읽고 감탄하였다. 자신도 모르게 땀을 흘리면서 통쾌하다고 외쳤다. 이른바 이 수간에서 말한 '길을 비켜준다'는 것은 비교적 높은 자신의 재능과 지위 때문에 다른 사람의 진보를 막는 것을 피한다는 뜻으로 후학을 위해 앞길을 양보하는 것이다. 구양수의 이런 마음은 "쾌재쾌재(快哉快哉)"와 "가희가희(可喜可喜)"를 반복적으로 사용함으로써 기쁜 감정을 더욱 잘 부각하였다. 구양수는 소동파가 자신의 뒤를 이어 문단의 총아가 될 것을 일찍이 예감하였다. 이로 인해 소동파 역시 구양수의 산문을 더욱 계승 발전시켰다고 할 수 있다.

이렇듯 수간에서 몇 개 짧은 낱말로 자신의 속마음을 나타낼 때 구양수는 "심위심위(甚慰甚慰)", "내하내하(奈何奈何)", "快哉快哉", "다하다하(多荷多荷)", "수인수인(愁人愁人)" 등의 반복적인 어휘를 사용하였다. 우울하고 안타까운 심사에서는 "愁人愁人", "奈何奈何", "가탄가탄(可歎可歎)"을 썼으며, 기쁨과 감사의 마음을 보낼 때는 "多荷多荷", "다감다감(多感多感)"을 사용하였다.

『구양수전집』의 여러 수간에서도, "껄껄, 「회로당」 삼 편이 있는데 바야흐로 돌에 새겨서 곧바로 이어서 바치겠습니다."[113]처럼 "껄껄[呵呵]"과 같은 의성어를 씀으로써 글을 살아 있는 듯이, 마치 말하는 듯이 표현하였다. 이 밖에도 "제가 졸루할 뿐만 아니라 다만 여러 일로 몹시 바빠서[匆匆] 겨를이 없었습니다."[114]에서의 "총총(匆匆)"이라든지, "제가 소졸하여 저의 뜻을 표현할 좋은 물품이 없었습니다. 책망하지 마시기 바랍니다[不怪不怪]."[115]에서 "불괴불괴(不怪不怪)"를 중첩함으로써 죄송함을 거듭 전한다. 또한 "눈에 병이 와서 많은 글자를 쓰지 못합니다. 죄책하지 마십시오[不罪不罪]."[116]에서 "부죄부죄(不罪不罪)"를 되풀이 써서 황망한 마음을 전하고 있다. 그밖에도 "다애다애(多愛多愛)" 등 구어와 가까운 말을 사용하여 진심을 드러냈다.

곽형부에게 보낸 수간에서는 "可歎可歎"을 쓰며 안타까운 심정을 피력하였다.

> "산에 오르고 물가에 머무는 흥이야 여전하지만 힘써 그렇게 하고 싶어도 그 고단함을 이기지 못합니다. …… 저 같은 사람은 눈이 참으로 멀리까지 볼 수 없고, 발걸음 역시 높이 오르는 것을 감당하지 못합니다. 몹시도 탄식합니다."[117]

이것은 자연을 벗 삼아 노닐고 싶으나 그렇게 할 수 없는 몸의 노쇠함을 산을 오르는 흥취와 대비시킨 표현이다. 왕문공에게는 "그대의 아우 평보에게는 따로 미처 서신을 쓰지 못했군요. 평보에게 보낼 저의 뜻은 이 편지의 내용과 같지요. 이전에 또한 그대의 시를 받고 몹시 감사했습니다."[118]와 같이 "多感多感"을 쓰며 감사의 마음을 거듭 전하고 있다. 구양수는 이처럼 의성어와 중첩된 표현을 사용함으로써 문장에 생동감을 불어넣었다.

경력 5년(1046), 구양수는 장백진이 보내온 선물을 받고 "하물며 그 사람을 보고 그 도를 접하면 그 즐거움이 또한 어찌하겠습니까?"[119]라고 명확하게 자신의 즐거움을 표현하였다. 이유후에게는 "저는 시력이 나날이 침침하여 글씨가 운무에 막힌 듯 흐릿합니다."[120]라고 하며 혼화(昏花)와 운무(雲霧)를 앞세워 시력의 침침함을 말하였다. 손위민공에게 보낸 수간에서는 범중엄의 덕행에 대한 찬송을 간단명료한 문장으로 설명하였다.

"지난번에 범공댁에서 편지를 받았는데 묘지명을 부탁하셨습니다. 그러나 제가 어머님 상중이어서 문자를 지을 마음의 두서가 없었지요. 문자를 짓는다 해도 범공의 덕과 재주를 제가 어찌 쉽게 진술하여 드러내겠는지요?"[121]

그는 다만 이 글에서 "기이칭술(豈易稱述)?" 이 네 글자의 되물음을 통해 바로 범공의 덕과 재능을 한껏 높이 드러냈다. 구양수는 반복해서 묻고 거듭 말하는 대구법을 사용하였다. 이는 간명한 언어로 감정과 내용을 폭넓게 표현하기 위한 것이었다. 이처럼 구양수는 정론(政論)과 사론(史論)뿐만 아니라 기사(記事)와 서정문(抒情文) 및 필기문(筆記文) 등 모든 글에서 자신의 다양한 문체를 적용하였고 대부분 그 내용이 충실하며 기세가 왕성하였다. 그러면서 뜻하는 바를 겉으로 드러내지 않고 글 속에 간직하였다.

산수의 맑고 그윽한 정경을 "샘가로 아름다운 고목 일이십여 그루가 서 있어 바로 천연의 아름다운 풍경"이라며 생동감 있게 주변을 묘사한 다른 수간을 보자.

"산골짜기 한가운데에 들어가니 신세가 한쪽은 높은 봉우리요, 삼면은 죽령을 감싸 안고 있는 듯합니다. 샘가로 아름다운 고목 일이십여 그루가 서 있어 바로 천연의 아름다운 풍경이었습니다. …… 산 아래로는 길이 하나 있어 울창한 대숲 사이를 지나고 있지요. 대숲을 지나면 이내 앞이 환히 트이면서 산길이 이어지고, 그 길이 끝날 즈음에 드디어 유곡에 이릅니다."[122]

구양수는 글이란 "마음속이 충실히 채워져 발휘되면 지은 글이 환히 빛난다."[123]라고 하며, "성인의 문장은 비록 우리가 미칠 수 없으나, 대저 도(道)가 우세한 사람은 문장이 어렵지 않게 절로 지극해지는 법"[124]이라고 밝혔다. 즉 가슴 속에 든 것이 가득하면 밖으로 드러나는 것은 광채가 나는 것이니, 내면을 충만하게 하는 일이 중요하다고 하였다. 문장은 "잘 지어 남들이 좋아할 만하게 되기는 어렵고 기뻐하여 스스로 만족하기는 쉬운 것"[125)]이라고 하면서 글을 배워 익히는 과정에서 자족하는 것에 대해 주의하였다. 이에 대해 소동파는 「육일거사서(六一居士集序)」에서 "구양수의 말은 간략하면서도 명료하였고 믿음이 있으면서 통함이 있다. 만물을 끌어들여 이를 서로 연결하고 지극한 이치에 절충시킴으로써 사람들의 마음을 감복시켰다."[126)]라고 평하였다.

나. 「동파 상하」

1) 「동파 상하」의 주요 내용

『구소수간』 「동파 상하」에 들어 있는 수간은 152편이며, 수신인은 85인이다. 소동파의 수간에 나오는 수신인을 보면, '일생 동안 깊게 교유한 문인 정치인'과 '유배지에서 사귄 문인 관료들', '그를 추종한 문하생과 가족들'이 있다. 이들은 평소 예와 공경으로 대하고 서로 친분을 주고받는 관계였으며, 친교가 두터워 마음속의 말을 주고받는 사이이기도 하였다. 유배지에서 만난 문인 관료들 역시 문학적 소양을 갖춘 사람들로 이들과 문학적 교류를 하면서, 한편으로는 도움을 받기도 하였다.

「동파 상하」 주요 내용을 시기별로 보면 먼저 ① 초기 관리 시기, ② 지방관 시기, ③ 황주 유배시기, ④ 중앙관 시기, ⑤ 혜주·담주 유배 시기로 분류할 수 있다.[127)]

① '초기 관리 시기'는 가우 6년(1061)에서 희녕 3년(1070)의 시기이다. 이 당시 소동파는 제과(制科)에 급제하여 '봉상부첨판'으로 임명되었다. 제과는 황제가 특명을 내려 시행하는 특별 과거시험이었으며 반드시

대신의 추천을 받아야 응시할 수 있었다. 이때 소동파는 구양수의 추천을 받았다. 이 시기의 소동파『구소수간』의 수간으로는 여용도와 유공보에 게 보낸 수간 3통이 있다.

유공보에게 보낸 수간에서는 '백 가지로 트집을 잡고 책망'하는 세태를 토로하였는데, 이는 왕안석이 추진한 신법과 대립하면서 처한 어려움을 말한 것이다.

> "저는 강호를 떠도는 사람인데, 오랫동안 조정에 머무르니, 마치 새장 속에 갇혀 있는 것 같습니다. 어찌 다시 아름다운 생각을 갖겠는지요. 세상의 인 심은 백 가지로 트집을 잡고 책망합니다. 쇠병한 저는 일일이 부응할 수 없 고, 걸핏하면 죄를 입습니다. 친구인 그대는 저를 알아주시니 생각건대 거 듭 가련히 여기시겠지요?"[128]

당시 소동파는 신법과 구법 간의 격렬한 정치 투쟁 속에 놓여 있었는 데, '복상 중에 사사롭게 소금을 판매했다.'고 하는 근거 없는 일에 탄핵 을 당하기도 하였다.

한편 자신을 격려해 준 여용도에게 보낸 수간에서는 성품이 과묵하고 처신을 무겁게 했던 선배 정치인에게 감사의 글을 보내기도 하였다.

> "언사를 관대히 하고 예우를 융숭히 하시면서 칭찬과 장려의 말씀을 전일 에 비해 더해주십니다. …… 귀중한 편지를 받아 집안에 잘 보관하면서 자 손들의 아름다운 볼거리로 삼겠습니다. 초가삼간의 누추한 집에 다시 광채 가 나고, 뿌리가 묵어 죽은 풀에서 다시 눈부신 꽃이 피려 합니다. 이는 바 로 각하의 따스한 봄 햇살이 저를 키우고 길러 성취시켰기 때문입니다."[129]

② '지방관 시기'는 희녕 4년(1071)에서 원풍 2년(1079)의 시기이다.

이 시기에 사마온공·한소문·조미숙·이무회·범순부 등에게 보낸 6통의 수간이 『구소수간』에 실려 있다.

소동파는 당쟁으로 소용돌이치는 수도 변경을 떠나 항주와 밀주, 서주와 호주 지방의 지주가 되어 차례로 재직하였다. 소동파는 8년여를 지방관으로 복무하면서 백성의 고통에 관심을 가졌다.

"저는 이곳을 지키면서 별 탈 없이 지내고 있습니다. 그렇지만 새 정책을 받들고자 해도 많은 경우 법대로 되지 않습니다. 근무를 실제로 했는지 조사하는 것을 서로 잇따라 끊이지 않게 하여, 날마다 도태와 견책을 당하지 않을까 기다릴 따름입니다."[130]

희녕 10년(1077), 소동파가 서주 지주로 있을 때 사마온공[사마광]은 「초연대시기자첨학사(超然臺詩寄子瞻學士)」라는 시를 보내주었다. 이 시에 나오는 '초연대'는 소동파가 희녕 8년(1075), 밀주에 있을 때 세운 정자이며 곧 「초연대기」 기문도 지었다. 소동파는 사마온공이 보내온 「초연대시」를 읽고 여러 날 기쁘게 보낸 일을 수간에 적었다.

"봄이 오고 경인 어르신께서 낙양에서 돌아오면서 다시 공의 편지를 받았지요. 더군다나 「초연」 시 아름다운 글을 곁들여 보내주시니 여러 날이 실로 기쁘기만 하였습니다."[131]

소동파는 보내온 시에 화답하여 사마온공에게 「사마군실독락원(司馬君實獨樂園)」이라는 시 한 수를 지어 보냈다.

"보내주신 「초연」 시 작품은, 못난 제가 '초연대'에 기탁하여 좋은 글[초연대기]을 씀으로서 다른 이들의 총애를 받게 하고, 마침내 '초연대'가 있는 동방의 누추한 고을을 불후의 성사가 되게 하였습니다. 하지만 저를 권장하고 인정하는 것은 과분합니다. 오래도록 공께서 지은 새 글을 보지 못하다가 홀연 「독락원기」를 받고 끊임없이 암송하며 음미하기를 그치지 않았지요. 문득 저 자신의 도량을 헤아리지 못하고 시 한 수를 지어 그저 한번 웃어봅니다."[132]

소동파는 지방관 시기에 문학적 성과를 이루었다. 지식계층 사이에서 점차 명망을 얻자, 문인학사들은 문하생이 되기를 원하며 소동파를 찾아왔다. 이무회에게 보낸 수간을 보면 면학하여 정진할 것에 주의를 주면서 후진 육성에 노력하였다.

"금년의 과거는 듣건대 향리에서 치른다지요. 그대의 편지를 받아보니, 진취의 뜻이 몹시 느슨해졌더군요. 성대한 시대에 아름다운 재주를 갖추고서 어찌 갑자기 이렇게 생각했습니까? 우선 힘써서 반드시 급제하기를 바랍니다. 새로 쓴 글이 있으면 아낌없이 보내주십시오."[133]

이 시기에 황정견과 진관을 비롯하여 조보지·장뇌·이치·진사도 등이 소동파의 문하생이 되었다. 원풍 2년(1079), 소동파는 호주 지주로 부임하라는 명을 받지만 관례에 따라 쓴 사표(謝表)가 큰 화를 초래하였다. 그는 복잡한 정국 상황을 피해 고향으로 돌아가고자 하는 마음을 피력하였다. 이는 범순부에게 보낸 수간에 잘 나타나 있다.

"이곳의 호수와 산들도 빼어나게 아름답지만, 쇠하고 병든 이 몸, 번거로움을 감당하지 못하여 다만 고향 촉으로 돌아가는 흥만 간직할 뿐입니다."[134]

③ '황주 유배시기'는 원풍 3년(1080)에서 원풍 7년(1084)의 시기이

다. 이 시기 『구소수간』에는 이방숙 · 진계상 · 등달도 · 원진주 · 건서진 · 황노직 등 27명의 수신인에게 보낸 42통의 수간이 수록되어 있다. 소동파는 오대시안을 겪고 황주로 유배당하였다. 기후 환경이 척박한 산간벽지에서 많은 가족을 거느리며 소동파는 매 끼니를 걱정해야 하는 곤궁한 상황에 처했다.

사마온공에게 보낸 수간에서 오대시안 필화사건에 연루된 문우들에 대한 괴로움을 이렇게 호소하였다.

> "다만 어르신에게까지 저의 죄가 미치게 되었으니, 한이 몹시 깊습니다. 비록 공의 높은 품격과 큰 도량을 이런 작은 일들이 공을 더럽힐 수 없겠지만 저는 그 일을 생각하면 등에 가시를 지는 것보다 더합니다."[135]

하지만 귀양지 황주에서 소동파는 본래의 낭만적 기질과 성향을 나타내어 황주의 자연환경을 찬미하면서, 직접 농부가 되어 땅을 일구었다. 유배지에서의 어려움에 대해 그는 비관적으로만 바라보지 않았다. 그는 마음이 통하는 문우들과의 교우를 통해 어떤 경우에는 귀양살이의 울적한 심사를, 어떤 경우에는 도량이 큰 모습을 보여주기도 하였다. 이소기에게 보낸 수간에서는 글 쓰는 즐거움을 이야기하였다.

> "설당에 대해 쓴 새로운 시는 잘 받았고, 또 부일헌의 여러 시문들도 보았는데 귀와 눈을 놀라게 하는 작품들이어서 나로서는 도무지 글의 얕고 깊음을 가늠할 수 없었다오. …… 가까이에 사는 이치라는 사람은 양적 사람인데, 비록 광기를 없애지는 못했으나, 필세가 물결치듯 몰아쳐 모래와 돌을 쓸고 가는 기세가 있었소. …… 어느 때 한번 만나 웃어보겠는가?"[136]

북송시대에는 각 방면에서 유능한 인재들이 배출되었는데, 이들은 거의 과거 출신자들이다. 황주에서 만난 관료문인들 역시 문학적 소양을 갖춘 사람들로 소동파는 이들과 한편으로는 문학적 교류를 하고, 한편으로는 도움을 받았다. 이들과는 일상을 시문으로 교유하는 사이로, "몸이 아파 백여 일을 앓아누웠고, 눈병으로 고통을 당하고 있으며,"[137] 아이를 잃고 비탄에 잠긴 마음을 전하거나,[138] 어느 날 저녁 약속 장소로 나가려는 참에 며느리가 혼절하여 약속을 지키지 못한 속사정도 밝히는 등,[139] 친한 친우처럼 교우하는 사이이다.

원풍 6년(1083) 6월에 호주 진장에게 답하면서 "이미 지나간 일은 다 펼쳐 드러나 다시 가릴 수가 없으니 다시 문자를 짓지 않기를 기약할 뿐입니다."[140]라고 하면서, "평생 문자가 나 자신의 허물이 되었으니, 이제부터는 성명(聲名)이 낮은 것을 싫어하지 않겠습니다."[141]라고 하였다. 그 자신은 글로써 명성을 얻었고 글로써 화를 당했다고 술회한 것이다. 한편 소동파의 인생에서 고난과 기쁨을 함께 나눈 이로는 아우 소철만한 이가 없을 것이다. 소동파는 항상 동생을 그리워하며 같이 살기를 원하였지만 유배생활은 쉽게 이를 허락하지 않았다. 소동파는 황주에 머물며 보낸 수간에서 동생 소철을 이렇게 평하였다.

> "내 아우의 절개는 남들보다 뛰어나고, 작은 일은 마음을 두지 않는데 바로 아우가 시를 지을 때는 그 인품과 같다네. 높은 곳은 가히 옛사람을 따라 짝할 수 있을 것이나 시의 부족한 곳은 안목이 졸렬한 이들로부터 비웃음을 받기도 한다네. 경박한 세속은 남의 작은 잘못이라도 곧 점검하기를 좋아하니, 이런 점을 유념하지 않을 수 없네."[142]

④ '중앙관 시기'는 원풍 8년(1085)에서 원우 8년(1093)의 시기이다. 이 시기에 진전도·왕성미·왕중지·유공보·호심부·범경인·증자선에게 보낸 14통의 수간이 『구소수간』에 들어 있다. 소동파는 황제의 친서를

받고 여주와 상주, 등주를 거쳐 중앙관으로 복귀하여 승진을 거듭하였지만, 다시 지방관이 되어 항주와 영주, 양주와 정주의 지주로 부임하였다.

> "나는 늙고 병들어 직무를 수행하기 어려워 이 때문에 굳게 한적한 고을을 요청했는데, 뜻밖에도 다시 번극한 고을을 얻게 되었다네. 그러나 다시 외직의 고을을 얻었으니, 다시 선택을 두진 않으려 하네. 다만 직분을 황폐하게 하여 일을 다하지 못할까 하는 우려만 있을 뿐이라네. 그런데 보내온 편지에서 '때를 만났느니 때를 못 만났느니' 하는 이야기가 있으니 이는 불초한 나를 안전하게 하는 도리가 아니라네. 나는 모든 일에서 남들이 나에게 취할 것이 없는 몸이라네. 그런데도 들어가서는 왕의 시종이 되고, 나가서는 한 방면을 맡았으니, 이것이 때를 만나지 못한 것이라고 한다면, 어떤 것이 때를 만났다고 하겠는가?"[143]

원우 원년(1086), 유공보에게 보낸 수간에서 소동파는 양생과 명상 수련의 일면을 보여주고 있다. 사고가 자유롭던 소동파는 유불선의 경계에 얽매이지 않고 양생의 수련에 나섰다. 그러면서 욕심을 버리고 내면의 덕성을 길러나갈 것을 주문하였다.

> "복령과 송지는 빠른 효과를 낼 수는 없지만, 일 년을 도모하면 남음이 있을 것이니, 버려선 안 됩니다. 공께서는 묵묵히 앉아 자신을 돌아보면서 눈을 감고 여러 번 숨을 가다듬는다고 하셨습니다. 아마도 이별할 때 제가 드린 말씀을 기억하고 계시는가 보군요?"[144]

소동파는 유공보에게 보낸 다른 수간에서 '글자의 획이 곱고 깨끗하다'고 답신하였다. 이는 심획(心畫), 즉 글씨를 보고 상대방의 마음을 읽은 것이다. 유공보의 건강함을 글씨를 보며 가늠하였는데 자신의 글씨에 대해 말할 때는 대개 지렁이 글씨와 같은 구획(蚯畫)이라 하여 낮추어 말하기도 하였다.

> "공사가 분분하여 문안을 드리지 못하던 차에 편지를 받게 되어 감사하면서 몹시 부끄럽습니다. 글자의 획이 곱고 깨끗하여 글을 가져온 사인에게 물어보니, 공의 용모가 처음 부임하셨을 때에 비해 희고 윤이 난다 하였지요. 그 말을 듣고 무척 기뻤습니다."[145]

증자선은 증공의 아우이다. 그에게 보낸 수간에서 소동파는 "변방 외진 곳은 편안하고 안정됩니다. 그렇다고 어찌 오랫동안 변방에 머물러 있겠는지요? 편지를 주시면서 「탑기(塔記)」 짓기를 부탁하였는데, 오랫동안 쓰지 못해 부끄럽고 두렵기가 그지없습니다. 청컨대 약간 기일을 늦춰주시면 가을 서늘할 때 붓을 들겠습니다."[146]라며 오래지 않아 증자선이 변방에서 중앙으로 올 것을 기대하였다.

호심부에게 보낸 수간에서는 재주와 기량이 있는 주지록 형제의 어려운 사정을 말하고 이들에게 도움을 줄 것을 요청하는 글을 보냈다.

> "저는 오랫동안 주지록 형제와 함께 교유하였는데, 그 형제들의 글과 행실, 재주와 기량은 참으로 뛰어났습니다. 그런데 불행히 부모님 상을 당하고 생계도 막연하여 아직 동쪽의 구강(九江)으로 돌아가지 못하였습니다. 주씨 형제가 공의 고을에 몸을 의탁하고 있는데, 가만히 생각해 보면 어질고 명철하신 공께서 틀림없이 편안히 있도록 해주시겠지요."[147]

이 시기 항주에서 지내면서 소동파는 백성의 살림을 돌보는 제민 업무와 서호를 준설하고 제방을 쌓는 치수 문제를 해결하였다. 더불어 무료진료소인 '안락방'을 열어 백성들의 질병 치료를 도왔다.

원우 6년(1091)에 소동파는 조정의 부름을 받지만 거듭된 음해와 배척으로 영주에서 양주로 양주에서 정주로 2년 남짓을 지방관으로 전전하였다. 다시 병부상서로 복귀하여 조정의 요인으로 부상하였지만, 조정 내 반대파들의 공격도 심해져갔다.

　　원우 8년(1093), 소동파는 아내를 잃고 상심하였다. 왕중지에게 보낸 수간에서 "늙은 아내가 병이 들어 위중해졌습니다. 근심과 답답함을 어이 할까요!"[148]라며 마음속 황망함을 다 드러내었다. 늙은 아내는 소식의 두 번째 부인 왕윤지이며 소동파는 왕윤지를 위해 「제망처동안군군(祭亡妻同安郡君)」를 지었다.

　　⑤ '혜주·담주 유배 시기'는 소성 1년(1094)에서 건중정국 1년(1101)의 시기이다.

　　『구소수간』에는 혜주 유배시기의 수간으로 서중거·모택민·정전보·왕유안·임천화 이지의·왕주언 등 17명의 수신인에게 31통의 수간을 보낸 것과, 담주 유배시기의 수간으로 정공밀·조미숙·진보지·장조청·왕유안·손지동·강당좌 수재 등 28명의 수신인에게 43통의 수간을 보낸 것이 실려 있다. 수간 곳곳에는 유배지의 신산한 삶과 고통이 배여 있다.

　　소동파는 일찍이 황주에서 왕정국에 대해 "지금 왕정국이 나 때문에 죄를 얻어서 바닷가로 3년 동안 폄적되었다. 한 아들은 좌천된 곳에서 죽었고, 한 아들은 집에서 죽었다. 왕정국 또한 병들어 거의 죽을 뻔했으니, 나는 그가 나를 몹시 원망할 것이라고 여겨서 감히 편지로 서로 안부를 묻지 못하였다."[149]고 하면서 미안한 마음을 금치 못했다. 그러나 혜주 유배시기에 왕정국에게 보낸 수간에서는 "도를 모르고서 어찌 이처럼 되겠는지요."라며 허심탄회한 감회를 전하였다.

　　"군실이 일찍이 말했지요. '왕정국은 장기가 독한 소굴에서 5년 동안이나 지냈는데도 얼굴이 홍옥과 같았다.'라고요. 도(道)를 모르고서 어찌 이처럼 되겠는지요?"[150]

소성 2년(1095)에 이르러 대사면이 있었지만 원우 당인들만 사면을 받지 못했다는 소식에 소동파는 경사로 돌아갈 희망을 잃었다. 그러면서 우선 몸을 보호하기 위해 음식을 절제하였다. "장기를 다스리는 방법이란 욕망을 끊고 기(氣)를 연마하는 한 가지 일뿐"[151]이라며 유배가 강제하는 고통에 대처하고자 했다. "여기에 도착한 후 문을 걸어 잠그고 묵묵히 앉아있으니, 시끄러운 곳이나 적적한 곳이나 똑같다."[152]고 하면서 청정한 기운을 길러 나갔다.

전제명은 소동파가 해남도 '유배가 끝나면 여생을 함께 즐기자고 약속'[153]하였던 관료 문인이다. 그는 해남도에 편지와 의약품을 보냈고, 소동파가 완성한 서적들을 보관하였다.[154] 이런 친구가 정치적 박해로 자신처럼 궁벽한 고을에 남아 있자 위로를 전하였다.

> "들건대 황노직과 조무구는 모두 관직을 제수 받고 일어났다 하는데, 공만 유독 미친 무리들에게 물려, 아직도 시골에 머물러 계시는군요. 성스런 군주는 하늘이 내려, 은자의 집도 모두 비출 것이니, 어찌 공이 오래도록 버려지겠습니까?"[155]

소성 2년(1095), 소동파는 임시 거처지에서 지냈다. 서득지에게 보낸 수간을 보면, 혜주에서 지내면서 당시 뿔뿔이 흩어져 있던 가족들에 대한 염려는 여전하였다. 아우 소철은 균주에 있었고 소동파의 식솔들은 허주에 있었으며, 둘째 아들 태(台)와 큰아들 매(邁)는 상주에 있었다.

> "저는 혜주에 도착한 지 반년이 지났으며, 매사 그럭저럭 지내고 있습니다.

이미 이곳의 물과 흙, 기후에 적응하였고, 욕망을 끊고 사념을 그치고자 하는 일 외에 매인 바가 없고 의혹도 없으니, 유달리 몸은 편안하고 튼튼해짐을 느낍니다. …… 우리 가족은 지금 혜주와 균주, 허주와 상주 네 곳에서 거처하고 있습니다."[156]

임천화는 혜주 박라현의 현령으로 있으면서 소동파에게 술과 음식을 자주 보냈다. 소성 3년(1096), 박라현에 큰불이 나서 성읍 전체가 불에 타 잿더미가 되고 집 잃은 사람들을 구제해야 할 때, 소동파는 수간을 보내 격려하였다.[157] 또한 "여러 날 밤, 달빛은 빼어나게 맑군요. 함께 감상하지 못하는 것이 한스럽습니다. 생각건대 또한 그대도 그림자를 돌아보며 술을 따르고 계시겠지요."[158]라며 우정 어린 글을 보냈다.

소성 4년(1097), 소동파는 노령의 나이에 미개지인 담주 유배지로 향하는 자신의 절망적 상황을 유언처럼 남기고 있다. 동파는 고향 미산으로 돌아가고자 했지만 끝내 갈 수 없었다. 평소의 생각대로 현재 살고 있는 곳이 고향이므로 어느 곳에 묻혀도 괜찮다고 하였다.

　　"저는 늘그막에 귀양살이를 하게 되어, 다시 살아 돌아갈 희망이란 없는데, 어제는 큰아들 매와 헤어지면서, 뒷일에 대해 조처를 해두었습니다. 해남에 당도하면, 먼저 관을 만들고, 다음으로 곧 묘를 만들게 하고, 이어 여러 아들에게 줄 편지를 남기려 합니다. 죽으면 바로 바다 건너 이곳에다 묻되, 연릉의 계찰이 영과 박 땅 사이에 아들을 묻었던 그 뜻을 따르고자 합니다."[159]

'영박(贏博)'은 춘추시대 제나라의 지명이다. 오나라 계찰이 제나라에서 돌아오다가 아들이 죽자 이곳에 장사 지냈다. '영박지의(贏博之義)'는 '죽은 곳에 그대로 장사를 지내는 것'을 말하는 것으로 소동파는 혜주를 떠나 해남도로 향하면서 유배지에서 묻힐 것을 생각하였다. 이미 산전수전과 인생무상을 다 겪은 터에 죽음마저 피할 수 없는 곳으로 쫓겨 가니 비장한 심경을 감출 수 없었다.

소동파는 이런 상황에서도 문우들과 대화를 즐기며, 약재를 구해달라는 부탁을 하기도 하고, 눈 속에 길을 떠나는 벗에게 아들을 마중 보내기도 하였다.

"막다른 길에서 정처 없이 떠돌다 군자를 뵙고 가슴을 열어 손뼉 치며 대화를 나눴습니다. 즐거움이 끝없었지요."[160)

"그곳에 병을 다스릴 만한 거친 약제가 있으면 약간 보내주기 바랍니다. 여기는 창술이나 귤피 같은 것을 얻을 수 없습니다."[161)

"싸락눈이 쏟아지는데 길을 떠나신다니 부디 몸을 보중하시길 바라며, 삼가 아이를 보내 이별의 안부를 드립니다."[162)

소동파는 혜주와 담주에서 그의 문명(文名)을 듣고 찾아오는 젊은 문인들과 수간을 통해 교유하였다. 소동파는 이들의 문장을 평하며 격려와 칭찬으로 독려했고, 때로는 경계와 주의를 주었다. 또한 자신의 문학론을 역설하면서 저작 활동에 몰두하였다. 모택민에게 보낸 수간에서는 "뜻밖에도 옛 음악 소(韶)와 호(濩)의 여음을 듣게 되는 것 같아 지극히 기쁘다오."[163)라고 하며 순임금과 탕왕의 음악 소리인 소와 호처럼 모택민의 문장이 찬연하다고 칭찬하였다.

소동파는 담주에 있는 3년 동안 시와 논문, 서신, 잡지 등의 많은 글을 썼으며, 경서 관련 책들도 지었다. 이지의에게 보낸 수간에서는 "기뻐할 일은 해남에 있으면서 『역경』과 『서경』, 『논어』에 관한 전(傳) 수십 권을 마쳐, 제가 죽은 후에 후인의 이목에 이익이 있을 것"[164]이며, "『지림(志林)』은 아직도 완성하지 못했지만, 『서전(書傳)』 열세 권은 초고를 이루었다."[165]고 하였다. 또한 담주에서 촌로와 농부들, 누구와도 어울리며 지냈다. 이웃 과부 임행파에게 외상으로 술을 가져다 먹기도 하고,[166] 학문을 배우는 제자와는 식사와 차를 함께하기도 하였다.[167] 섬을 두루 돌아다니면서 머리에는 표주박을 이고 콧노래 하며 논둑길을 거닐기도 하였다. 관사에서 쫓겨나 손수 집을 지을 때도 이곳 가난한 집안의 젊은 서생들이 와서 도와주었다.[168]

2) 「동파 상하」의 특징

『구소수간』「동파 상하」의 특징은 다음과 같다.

첫째 '고난의 삶'을 표현한다. 소동파는 오대시안의 혹독한 시련 속에 황주로 유배되고, 다시 험준한 대유령 다섯 고개와 여덟 봉우리를 넘어 혜주로 유배되었다. 그리고 2년 반 만에 해남도 담주로 폄적되어 유랑하였다. 둘째 '낙천적 사고'가 드러난다. 황주, 혜주, 담주로 유배되어 절망적 상황에 내몰렸음에도 삶에 대한 낙관을 잃지 않고 특유의 낙천성을 유지한다. 유불도 사상을 추구하여 유유자적하였다. 셋째 '역설적 항변'이다. 정치적 박해에서 고난을 해학으로 승화시킨 소동파 특유의 역설적 항변이 두드러진다.

① 고난의 삶

원풍 3년(1080), 고초를 겪고 황주로 유배 온 소동파는 되도록 침묵을 지키며 자중하였다. 문을 닫아걸고 외부와의 관계를 끊으며 놀란 자아를 가다듬었다.

"다만 극심한 곤경에 처해 있어, 입에서 나오는 대로 글을 쓰다 보면, 나를 증오한 자들에게 해석거리가 될 것입니다."[169]

원풍 7년(1084), 도원 비교에게 소동파는 왕래가 끊겨 고립된 자신을 이렇게 말하였다.

"저는 쇠약하여 병이 많고 어리석어 가는 곳마다 사람들에게 폐만 끼치는데, 공께선 탁연한 견해를 가지며 나아가고 물러서는 일에 뜻을 삼지 않는 분이지요. 그런데 공 말고 누가 욕되이 저와 같은 사람과 왕래하고자 하겠습니까?"[170]

소동파는 원우 8년(1093), 지방관으로 부임했지만 정적들의 탄핵에 못 이겨 다시 해임돼 좌천을 거듭하였다. 영락(零落)한 소동파는 "또 바닷가를 떠도는 유배객의 처지여서 지금 시대에 조금이나마 명성을 보탤 수 없게"[171] 되었다고 자조하며 한탄하였다. 소동파와 절친했던 불인선사는 「동파재혜주필기(東坡在惠州筆記)」에서 "권신들이 그대가 재상이 될까 두려웠던 모양이구려. 사람의 생이란 흰 망아지가 지나가는 것을 문틈으로 보듯 너무도 빨리 지나가는 것이지요."[172]라며 위로를 보냈지만, 혜주와 담주에서 지내는 동안 몸의 쇠병과 생활의 곤궁, 가족을 잃은 슬픔은 계속되었다. 유배지에서 전해 듣는 가족의 부음은 유랑하며 떠도는 처지를 다시 탄식하게 하였다.

"그런데 십구랑이 세상을 떠난 이래로 우리 집안에 탈 없이 넘어간 해가 없었던 것 같군요. 셋째 작은 조부님과 큰집 형수님께서도 이어 돌아가시고, 근자에는 또 유씨 집안으로 시집간 작은 누이의 부고가 있으니, 나는 바닷가에서 떠도는 신세로 날마다 애통할 따름인데 그대도 이 회한을 알 것입니다."[173)

소성 2년(1095), 전제명에게 보낸 수간에서 소동파는 새로운 삶을 어떻게 헤쳐 나갈지 깊이 생각하고 있었다. 습기와 무더위로 고통스러운 환경에서도 운명이 명하는 대로 영고성쇠의 끝없는 순환을 그저 내버려 둘 따름이라고 하였다.

"저는 폄적된 곳에 도착하여 문을 걸어 잠그고 허물을 반성하는 일 외에는 아무 일도 없습니다. 축축하고 더운 이 지역의 풍토는 묻지 않아도 아실 것입니다. 젊은 나이라면 오래 살 수 있을지 모르나 늙은 몸에겐 몹시 두려운 일입니다. 오직 '욕심을 끊고 음식을 절제해야 죽지 않는다.'는 이 말씀을 새겨두었습니다. 나머지는 운명을 따를 뿐입니다."[174)

② **낙천적 사고**

젊은 시절 소동파는 개혁의 필요성을 인식하고 있었고, 그 필요성을 시문으로 표현하였다. 그러다 오대시안의 고초를 당하고 유배지의 궁핍한 삶을 이어가면서도 그는 결코 무릎을 꿇지 않았다. 동파는 세상의 고난을 웃음으로 넘겼고, 그 특유의 호매하고 자적한 생활을 꾸려나갔다.

원풍 6년(1083), 「답범촉공」에서 소동파는 범촉공[범진]에게 이런 답신을 보냈다.

"문을 걸어 잠그고 손님들도 사절하며 지냈는데, 전하는 말에 마침내 제가 죽었다고 말한다니 좌우께서도 근심이 크셨을 것입니다. 이장관의 말을 듣고 한바탕 웃었는데, 평생 얻어들은 비방과 찬사가 다 이런 류의 것이었습니다."[175)

    문을 걸어 잠그고 손님마저 사절할 만큼 소동파는 은인자중할 수밖에 없었다. 그의 모든 지인들이 소동파로 인해 고초를 겪었기 때문이다. 두문불출이 길어지니 세간에는 동파가 죽었다는 허언이 나돌 정도였다. 얼마나 많은 비방의 소문이 돌아다녔을까? 아무도 만날 수 없는 이 절대 고독의 처지에서 소동파는 "평생 얻어들은 비방과 찬사가 다 이런 류의 것이었습니다."라는 한 줄의 글로 초연히 넘어간다.

    사실 황주시기 소동파는 필화사건으로 인해 매사에 전전긍긍하였다. 한 편의 글을 쓰면 그 글 속의 표현을 빌미 삼아 "자칫 사람들이 연루되니 그만 왕래를 끊고 지내"[176]면서 아예 붓을 꺾을 수밖에 없는 노릇이었다. 하지만 이런 어려움 속에서 소동파의 인생에 대한 낙관과 낙천이 드러났다. 소동파는 전갈자리 운명을 함께 타고난 한유를 생각하며 평생을 비방과 칭송을 비슷하게 받았다고 하면서 자신의 불우한 처지를 달래었다.[177]

    원풍 3년 6월에 주강숙에게 보내는 편지에서 소동파는 자신만의 풍류를 이렇게 썼다.

> "이미 강 위쪽 임고정으로 주거를 옮기니 몹시 맑고 넓습니다. 바람 부는 새벽과 달뜨는 밤이면 지팡이 짚고 들판을 걸으면서 강물을 떠서 마시기도 합니다."[178]

    소동파는 때로 짚신을 신고 대지팡이를 짚으면서, 산을 오르고 강가를 걸었다. 어부나 나무꾼들과 함께 유유자적하였다. 한편으로는 죄인이 되어 숨어 지내면서 유배지의 삶이 어서 끝나기를 염원하였는데, "서초교를 왕래하며 밤이면 하촌으로 돌아가, 그대와 장문(莊門) 앞에 마주 앉아 수박씨나 볶은 콩을 먹고 싶소."[179]라며 고향으로 돌아가기를 희구하였다. 소동파는 "천지 가운데 있는 산천과 초목, 벌레와 물고기와 같은 것들도 모두 내가 만드는 즐거운 일이야."[180]라고 하면서 정치의 소용돌이 속에서도 호쾌하게 웃었다. 재주를 품고도 때를 만나지 못한 처지에서주어진 상황에 유유자적하였다.

소성 4년(1097), 가족들이 유배지에 있는 소동파를 찾아왔다.

"어린애들과 가족들이 이미 고을로 도착하였으니, 객지를 떠도는 중에 만나는 기쁜 일 한 가지입니다. 그러나 늙은이나 어린애나 떠들썩하게 뒤섞이고, 식구가 많으니 먹을 것이 빈한하지요. 그전의 쓸쓸하고 적막한 생활이 꼭 나쁜 것만은 아니었지요. 그러려니 한번 웃습니다."[181]

큰아들과 막내아들 가족이 모였으니 기쁨이 컸지만 곤궁한 생활 앞에 노심초사하였다. 그러면서 "곤액한 가운데 무슨 일이 있지 않겠습니까? 내버려 두고 마땅히 말할 것이 없으니 그저 한번 웃을 뿐이지요."[182] 하였다. 소동파는 세상을 향한 마음을 지워나갔다. 권력도 명예도 쾌락도 모두 지우니 가슴 속이 환하게 열렸다. 한 점의 외물도 소동파의 심상에 남지 않았다. 고난 속에서도 영혼의 자유를 추구한 것이다. "문을 닫고 외부와의 만남도 끊은 채, 놀란 혼백을 불러 거두고, 물러나 엎드려 깊이 생각하며 스스로를 새롭게 하는 방법을 찾겠다."[183]고 하면서 소동파는 도가에 몰입하였다.

소동파는 "모든 물건에는 다 볼 만한 것이 있고, 진실로 볼 만한 것이 있으면, 모든 물건에는 다 즐거워할 만한 것이 있으니, 물건이 반드시 괴이하고 장엄하고 화려해야만 즐거움을 주는 것은 아니다."[184]라며 어느덧 모든 만물의 평등을 노래하는 『장자(莊子)』의 제물론의 경지에 들어갔다.[185] 모든 생명은 존귀하고 영원한 것이지만 무한한 전체 생명계에 자신은 잠깐 나타났다 사라지는 아주 작은 입자에 불과하므로 귀한 자신의 생명을 마음껏 누려야 한다는 사상에 이르렀다.

③ 역설적 항변

"대개 세상 만물의 밖에서 자유롭게 소요"[186]하였던 소동파의 사상은 고단한 현실을 초월하는 유유자적으로 나타났고, 곤궁에 꺾이지 않는 소동파 특유의 낙천성으로 표현되었다. 이러한 태도는 유배시기에 몰두한 불교와 도교의 가르침에서 오는 것이기도 했다. 유배시기에 문우들에게 보낸 편지에서 "사람들과 왕래를 끊고 침잠된 생활을 하노라"고 말했지만 이는 기실 반어(反語)의 인사였다. 마치 새장 속의 새가 새장을 벗어나 창공을 향해 날아가듯 자유의 역설적 표현이었다.

황주 유배시기, 장자후에게 보낸 수간에서 "당시에는 마치 바다로 뛰어든 미친 사람 같았다."[187]고 하였지만 소동파의 '미친 사람'은 중의적인 표현이다. 권력의 철옹성에 대든 젊은 소동파가 '미친 자'이기도 하였고, 권력을 남용하는 간신배들의 행위가 정작 미친 짓일 수 있음을 은근하게 드러내었다. 동파는 자신의 정치적 행위의 정당성에 대해 회의하지 않았다. 그러면서도 "지난날 지은 죄를 생각해보면 참으로 도리가 아니었습니다."[188]라며 참회의 글로 개심(改心)을 외쳐 안심시키지만, 그 또한 항변에 가까운 역설이었다. 가슴에 깃든 도리와 충의를 버리지 않는 동파에게 '과오를 뉘우치고 마음을 고치는 일'은 권력자를 향한 비판의 날을 감춘 언어일 뿐이었다.

원풍 4년, 이방숙에게 동파는 다음과 같은 편지를 보낸다.

> "족하는 문을 닫고 저술을 하신다니 절로 즐거움이 있겠습니다. 그 사이 여러 영걸들과 창화하고 담론할 것이니 이것이 부러울 따름입니다."[189]

경사에서 천하의 명사들과 교류했던 소동파는 유배지에서는 고립된 처지로 내몰린다. 소동파는 유배지에서 생활의 고독함과 관계의 단절을 겪는다. 따라서 이방숙의 저술을 부러워하고, 문우들과 창화하고 싶으면서 자신의 고독을 호소하는 것 또한 마땅하다. 이 글의 액면만 보면 소동파는 지인들과 글 한 줄 소통하지 못하는 절필의 삶을 살고 있는 듯하지만, 진실은 정반대였다.

그는 수간을 통해 관계를 지속하며 다른 세상에서 얻은 기쁨을 함께 공유하고자 했다. "죄를 얻은 이래 깊이 스스로 밀폐된 생활을 하고 있소. 조각배를 타거나 짚신을 신고 산수 사이를 자유롭게 유랑한다오. 나무꾼과 어부들과 섞여 지내다 가끔 술 취한 사람에게 떠밀리고 욕을 당하기도 하지만 문득 남이 알아보지 못하는 것을 스스로 기뻐하고 있소."[190]라고 하였다. '남이 알아보지 못함,' 그것은 고립이고, 고립의 형벌이다. 형벌은 고통스러워 기피하고자 하는 것이 인간사이다. 그런데 소동파는 이를 기뻐하고 있다. 유배당한 것만으로도 서러운데 '이를 기뻐하고 있다'는 것, 이 또한 역설적인 표현이다.

원풍 5년에 소동파는 '이소기에게 보낸 편지'에서 이렇게 썼다.

> "저는 늙고 병들어 배움을 그만둔 지 오래되었으나, 학문하고 싶은 마음은 그대로입니다. 족하가 새로 지으신 글과 노직과 무구와 명략 등 여러 벗들이 저에게 창화하는 것을 보니, 곧 붓을 내려놓고 다시 글을 짓지 않아도 될 것 같습니다."[191]

어쩌면 필화사건의 두려움이 절필하고자 하는 마음으로 연결되었을지 모르지만, 소동파는 붓끝을 놓지 않았다. 그는 끊임없이 편지글을 썼고, 시, 서, 화를 즐겼다. 소동파는 유배의 삶 속에서도 실의와 환희, 고요함과 장중함, 자연의 소리와 인간의 천성을 해학과 풍자로 표현하였다.

상관장에게는 "재주와 생각은 이미 졸루해졌고, 또 어려움을 많이 겪으면서 사람에 대한 두려움을 품게 되어, 한 글자도 짓지 못한 지가 벌써 삼 년이나 되었습니다."[192]라고 하였다. '한 글자도 짓지 못한 지 삼 년이나 되었다'고 했지만 이 삼 년도 역설이다. 그는 유배지에서 수많은 문학 작품을 남겼던 것이다.

이처럼 현실은 비록 역경에 처해 있어 겉으로 표현은 감추었지만, 소동 파는 은유와 역설의 변증으로 많은 문학작품의 성과를 냈다. 소동파는 왜 이런 낙천적인 사고와 역설적인 문장들을 수간에 적었는가? 이는 소동파 가 유배지에서 겪은 고뇌의 흔적이기도 하다. 바로 문자옥의 고통에서 벗 어나지 못한 두려움이 있었기 때문이다.

평소 언어와 문자에 연루되어 어려움을 겪은 소동파는 "이 때문에 항상 붓을 불태우고 벼루를 버리면서 말하지 않고 침묵하는 사람이 되려고"[193] 했지만, 자신을 찾아 유배지까지 찾아온 후학들에게 자신의 학문을 기꺼 이 전하였다.

미원장[미불]이 소동파에게 문장을 보내오자, '구름 위로 기상이 솟구치 는 듯이'[능운지기(凌雲之氣)] 의기가 초일하다고 평하였다. 미원장은 글 씨로는 소동파, 황정견, 채양과 함께 송 4대서가의 반열에 올랐고, 그림 으로는 미점준법(米點峻法)을 창시하여 시종 묵희(墨戲)를 즐기고 사의(寫 意)에 힘쓰며 문인화의 영역을 넓혔다.

> "우리 원장(元章)의 구름 위로 치솟는 큰 기상과, 청아한 절세의 문장과, 세
> 속을 초탈하여 입신의 경지에 들어선 글씨를 생각하면, 어느 때 다시 만나
> 오랜 세월 이 몸에 쌓여온 장독을 씻겠는지!"[194]

소동파는 건중정국 원년(1101) 6월, 병상에 누워 미원장에게 편지를 썼다.

> "아들이 어디서 구해왔는지, 그대의 「보월관부(寶月觀賦)」를 맑은 소리로
> 읊어주었네. 이 늙은이가 누워서 듣는데 채 절반도 듣기 전에 그만 벌떡 일

어날 정도였다오. 20여 년을 교유하면서 이 글을 읽으니 그대 원장을 잘 알지 못한 것이 아쉽기만 하네. 그대의 이 부는 마땅히 옛사람을 훌쩍 뛰어넘으니, 지금 세상이 그대의 글을 논할 바 아니라네. 천하에 어찌 늘 우리들처럼 심란한 사람만 있겠는가! 공은 머지않아 당연히 큰 명성을 얻을 것이니, 나와 같은 사람의 말에 수고롭지 않을 것이네. 원컨대 공과 담소를 나누고 싶지만 참으로 그럴 수 없으니, 며칠 후에나 만날 수 있으려나?"[195]

이 글은 인종 가우 2년(1057년)에 구양수가 소동파의 글을 보고 칭찬을 아끼지 않았을 때를 상기시킨다. 구양수는 소동파에게 글을 잘 읽을 뿐 아니라, 글을 잘 활용하여 나중에 문장이 천하를 독보할 것이라며 예언하였다. 구양수가 소동파를 발탁하고 키운 것과 같이 소동파 역시 문학에 빼어난 인재들을 발굴하고 육성하기를 중시했다. 그는 미원장에게 "천하에 어찌 늘 우리들처럼 심란한 사람만 있겠는가!"라고 역설하였다.

5. 맺음말

『구소수간』은 구양수와 소동파의 수간을 간추려서 모은 편지 모음집이다. '구소'로 불린 이들은 북송시대의 걸출한 문학가이자 정치가이며 사학과 경학에도 조예가 깊었다. 구양수와 소동파 모두 만당·오대에 유행하였던 유미주의 문풍과 송대의 태학체를 비판하면서 당대의 고문운동을 계승한 산문가들이었다. 구양수는 우수한 산문 작품을 창작하면서 "간이유법(簡而有法)"과 "평이자연(平易自然)"한 문론(文論)을 제시하였다. 소동파 역시 구양수의 뒤를 이어 북송문학을 더욱 발전시켰다.

이 당시 북송의 사회적 분위기는 문(文)을 중시하였으며 동(動)적인 것보다는 정(靜)적인 것을, 외(外)적인 추구보다는 내(內)적인 성찰을 주시하였다. 더욱이 분방한 것보다는 엄숙하고 깊이 있는 것을 선호하였다. 이런 시류 속에서 구양수와 소동파는 형식을 벗어나 내용에 충실한 문체를 구사하며 문체혁신운동을 선도하였다.

앞서 살펴보았듯이 원나라 두인걸은 구양수와 소동파의 수간을 간추려 「권제1, 2 여릉 상하」의 구양수 수간 125편과, 「권제3, 4 동파 상하」의 소동파 수간 152편을 수록하여 『구소수간』을 편집하였다. 이처럼 『구소수간』에 수록된 편지글은 구양수와 소식의 문집에 대부분 척독으로 편입되어 있는 것들이다. 이들 수간의 면면을 보건대 양가의 문집에 수록된 많은 양의 서찰을 정선(精選)하여 『구소수간』으로 만들었음을 알 수 있다.

『구소수간』은 중국에서 전래되어 우리나라에 큰 영향을 끼쳤고 일본에까지 전래되었다. 조선의 세종이 『구소수간』을 탐독했다는 사실은 널리 알려져 있다. 또한 조선의 선비와 문인들은 『구소수간』을 간찰의 전범으로 삼아 애독하였다. 이는 구양수와 소동파라는 대문호들의 광달 분방하면서도 격조 높은 문장에 매료되고, 또한 그들의 다양한 문체에서 드러난 사유방식과 서정성 짙은 문예미에 당대 문인들이 깊게 공감하며 천착하였기 때문이었다.

본 해제는 구양수와 소동파의 생애를 시기별로 나누고, 『구소수간』 완역을 통해 파악된 수간의 내용을 분석하여 그 특징을 정리하였다. 이것으로 수간에 드러난 두 인물의 삶과 문학 그리고 사상의 일단(一端)을 엿볼 수 있었다. 구양수는 청신한 필치로 사물을 묘사하면서 그 안에 자신의 생각이나 감정을 피력하였다. 때로는 쇠병을 탄식하고, 때로는 유배지의 적적한 생활을 토로하기도 하였지만, 간단명료하면서 법식을 차린 글을 수간에 진솔하게 적었다. 소동파는 유배 생활의 어려움을 잊고 낙천적으로 세상살이를 하였다. 문우들에게 보낸 수간에서 소동파는 역설적인 표현을 사용하였지만, 결코 자신의 정치적 행위의 정당성에 대해서는 크게 회의하지 않았다.

구양수와 소동파의 인생에서 고난과 기쁨을 직간접적으로 함께 나눈 사람들로는 벗들과 선후배 문인들, 가족들이 있다. 『구소수간』의 수간을 보면, 구양수와 소동파는 이들과 진심어린 마음을 주고받았다. 이는 다른 글에서는 찾아볼 수 없는 특별한 정회로, 이를 수간을 통해 우리는 확인할 수 있다.

요컨대 본 해제는 『구소수간』의 수간을 시기별, 인물별로 분석하고 그 표현의 내적 의미를 파악하고자 하였고, 『구소수간』의 특징을 밝히고자 하였다. 다시 말해 구양수와 소동파는 자신들의 진실한 성품과 감정을 수신인에게 직설적으로 때로는 역설적으로 수간에 표현하였는데, 이것이야말로 두인걸이 서문에서 언급한 "이른바 이는 단지 성정(性情)만이 보이고 문자(文字)는 보이지 않는다."라는 진정한 의미를 잘 설명한다고 할 수 있을 것이다.

1) 두인걸(杜仁傑, 1197~1282)은 제남 장청 출신으로 자는 중량이다. 금나라 말기에서 원나라 초기의 산곡 작가로 알려져 있다. 금나라가 망하자 고향으로 돌아가 원나라 세조(쿠빌라이 칸) 지원(至元) 27년(1290)에 사망하였다. 저서로 『도공사죽집(挑空絲竹集)』과 『하락유고(河洛遺稿)』를 남겼으나 전하지 않는다.

2) 두인걸은 다만 서문을 썼을 뿐 『구소수간』의 편집자는 아니라는 주장도 있다. 朱剛, 「關于 『歐蘇手簡』 所收歐陽脩尺牘」, 『武漢大學學報』(人文科學版) 권65, 3기, 중국, 2012, 42쪽 참고.

3) 두인걸, 「歐蘇手簡序」, 夏漢寧 校勘, 『歐蘇手簡 校勘』, 中國, 中山大學出版社, 2014. "今觀新刊 『歐蘇手簡』 數百篇, 反覆讀之, 所謂但見性情, 不見文字."

4) 척독(尺牘) : 일명 수간(手簡)이라 한다. 수간은 비교적 '짧은 편지'로 척독, 간찰, 서간, 서신으로도 불린다.

5) 두인걸, 「歐蘇手簡序」, 夏漢寧 校勘, 앞의 책, "至於尺牘藝之最末者也. 古人雖三十字折簡, 亦必起草, 豈無旨哉?"

6) 『구소수간』은 우리나라에서는 고려시대부터 국내에 들어와 여러 번에 걸쳐 간행되었다. 조선시대에는 세종을 비롯한 많은 왕들과 문인들이 이 책을 읽으면서 서찰의 격식과 법식을 두루 익혔다.

7) 西川文仲 註解, 『歐蘇手簡註解』, 日本, 京都府平民出版, 1881.

8) 『구소수간초선』은 『구소수간』을 축약한 책으로 1674년(현종 15년) 진주에서 간행되었다.

9) 楊家駱 主編, 『歐陽修全集 上』 中國文學名著第三集 第五冊, 「與高司諫書」, 臺灣, 世界書局, 1989, 488쪽. "범중엄은 평소에 강직하고 학문을 좋아하여 고금의 사적을 통달하여 그가 조정에서 활동한 전말은 천하 사람들이 다 아는 일이지요. 지금은 또 언사(言事)로 재상의 비위를 건드려 죄를 얻었는데, 그대는 이미 그의 허물이 없는 실상을 변론하지도 못했고, 게다가 아는 이들이 자신을 책망할까 두려워 마침

내 그들을 따라 헐뜯으며 파면시켜야 한다고 말하니, 이는 괴이한 일입니다."[希文 平生剛正, 好學通古今, 其立朝有本末, 天下所共知, 今又以言事觸宰相得罪. 足 下既不能為辨其非辜, 又畏有識者之責己, 遂隨而詆之, 以為當黜. 是可怪也.]

10) 夏漢寧 校勘, 앞의 책, 「與梅聖兪」, 4~5쪽. "校勘者, 非好官, 但士子得之, 假以 營進爾."

11) '경력신정(慶曆新政)' : 북송 경력 3년(1043)에 참지정사 범중엄이 건의하여 시행 한 개혁정책이다. 기득권층의 격렬한 저항에 부딪혀 1045년에 폐지되었다.

12) 歐陽修 著, 李逸安 點校, 『歐陽修全集』 中國古典文學基本叢書 第三冊, 「記舊本 韓文後」, 中華書局, 2001, 1,058쪽. "당나라 『창려선생문집』 6권을 찾았는데 …… 그 말이 심후하고 웅박한 것을 알게 되었다."[得唐 『昌黎先生文集』 六卷 …… 見 其言深厚而雄博.]

13) 서곤체(西崑體)는 송나라 초에 유행한 시풍으로 화려한 수사와 대구(對句)·전고 (典故)를 중시하였다. 상대적으로 시의 내용과 사상은 빈약하였다. 북송 초기의 서곤체를 대표하는 시집으로 『서곤수창집(西崑酬唱集)』이 있다.

14) 하문한 엮음, 김규선 옮김, 『역대시화 3-육일시화 외』, 소명출판, 2013, 138쪽. "看多, 做多, 商量多也."

15) 歐陽修 著, 李逸安 點校, 『歐陽修全集』 第二冊, 「歸田錄」, 1,907쪽. "乃馬上、枕 上、廁上也. 蓋惟此尤可以屬思爾."

16) 張志烈, 馬德富, 周裕鍇 主編, 『蘇軾全集校注』 文集2, 「六一居士集序」, 中國, 河 北人民出版社, 2010, 977쪽. "愈之後二百有餘年, 而後得歐陽子, 其學推韓愈, 孟子以達於孔氏."

17) 왕안석, 「祭歐陽文忠公文」, "快如輕車駿馬之奔馳." 신용호·허호구 공역, 『역주 당송팔대가문초 왕안석2』, 서울, 전통문화연구회, 2009, 381쪽.

18) 증조장(曾棗壯)은 그 차이에 대해 "명윤(소순)의 문장은 웅혼하고 자첨(소동파)의 문장은 기이하며 자유(소철)의 문장은 온중하다."라고 하였다.[明允之文雄, 子瞻 之文奇, 子由之文穩.] 曾棗壯 著, 『三蘇評傳』, 中國, 上海書店出版社, 2016, 346

쪽. 또한 소철은 「망형자첨단명묘지명(亡兄子瞻端明墓誌銘)」에서 "공의 문장은 하늘에서 얻은 것으로 어려서 나와 함께 선친에게서 배웠다."[公之於文, 得之於 天, 少與轍皆師先君.]라고 하였다.

19) 시라카와 시즈카(白川靜)・우메하라 다케시(梅原猛) 대담, 이경덕 옮김, 『주술의 사상』, 경기도, 사계절, 2008, 74쪽.

20) 張志烈, 馬德富, 周裕鍇 主編, 『蘇軾全集校注』 문집1, 「省試刑賞忠厚之至論」, 155쪽. "過乎仁, 不失為君子 ; 過乎義, 則流而入於忍人. 故仁可過也, 義不可過 也."

21) '오대(烏臺)'는 감찰기관인 '어사(御史)'를 말한다. 당시 어사대 관내에 까마귀 둥 지가 있는 측백나무가 있어서 '오대'라는 별칭을 가졌다. "오대시안 필화사건으 로 인해 그와 시문을 교류한 39명의 인물이 연루됐고, 심리 대상에는 항주, 서주, 밀주 등에서 지은 100여 편의 시 외에 「후기국부(後杞菊賦)」, 「일유(日喩)」 등 여 러 편의 문장도 포함되었다. 그는 심리 대상이 된 시문의 창작 동기를 일일이 해명 했고, 40여 편의 시에 대해서 조정을 비방한 것을 인정했다." 우준호, 「蘇東坡의 政治社會諷刺詩 研究」, 『중어중문학』 17집, 한국중어중문학회, 1995, 230쪽.

22) 「蘇林交情凶終」, 『清波雜志』 卷6. "誣訕聖考, 乖父子之恩, 害君臣之義. …… 雖 軾辯足以飾非, 言足以惑衆."

23) 蘇軾撰, 王松齡 點校, 『東坡志林』 卷一, 「逸人遊浙東」, 臺灣, 中和書局, 1981, 1 쪽. "호반의 수성원은 대나무밭이 좋았지. 그 옆 지과원엔 삼료천과 신천도 있었 지. 달고 차갑기가 이루 말할 수 없었으니 자주 가서 마시고 싶네."[湖上壽星院 竹極偉, 其傍智果院有參寥泉及新泉, 皆甘冷異常, 當時往一酌.] 제목의 절동(浙 東)은 항주(杭州)를 지칭한다.

24) 張志烈, 馬德富, 周裕鍇 主編, 『蘇軾全集校注』 문집2, 「南行前集序」, 1,009쪽. "山川之有雲, 草木之有華實, 充滿勃郁, 而見於外, 夫雖欲無有, 其可得耶!"

25) 張志烈, 馬德富, 周裕鍇 主編, 『蘇軾全集校注』 문집10, 「自評文」, 7,422쪽. "隨 物賦形而不可知也."

26) 張志烈, 馬德富, 周裕鍇 主編, 『蘇軾全集校注』 문집7, 「與謝民師推官書」, 5, 291 쪽. "大略如行雲流水, 初無定質, 但常行於所當行, 常止於不可不止, 文理自然, 姿態橫生."

27) 夏漢寧 校勘, 앞의 책, 「與孫志同」, 206쪽. "而吾輩學道人, 不欲有所留戀."

28) 夏漢寧 校勘, 같은 책, 「與滕達道」, 220쪽. "平生學道, 專以待外物之變."

29) 두인걸, 「歐蘇手簡序」, 夏漢寧 校勘, 같은 책, 6쪽. "予亦長怪乎, 壬辰北渡以來, 後生晚進, 詩文往往皆有古意, 何哉? 以其無科擧故也. 學者乘此間隙, 何藝不可進? 又豈止簡啓而已? 恐國朝綿蕝之後, 漢、唐取人之法立, 則不暇及此, 幸篤志焉. 眞止軒老人杜仁傑序."

30) 두인걸 서문의 '임진북도이래(壬辰北渡以來)'는 소정(紹定) 5년(1232), 몽고군이 황하를 넘어와서 금이 멸망한 상황을 가리킨다.

31) 심경호, 「구소수간과 세종의 지식경영」, 여주대학교산학협력단 세종리더십연구소, 2016.

32) 박대현, 『한문 서찰의 격식과 용어』, 성남, 아세아문화사, 2010, 51쪽.

33) 심경호, 『세종의 서재』, 서해문집, 2016, 223쪽. 여러 차례의 간행 시기를 살피면 다음과 같다. 1393년 경상도 보주[예천] 목판 간행 『구소수간』, 1450년 청주 간행 증보본 『구소수간』, 『고사촬요』 책판 목록에 수록된 임진왜란 이전 청주 · 홍주 · 곡산 · 예천 등지의 목판, 1674년 진주 간행 『구소수간초선』, 무신년 옥주[옥천] 간행 『구소수간초선』이 있다.

34) 황일권, 「한국에서의 구양수 산문 전파와 평가에 관한 연구」, 『중국어문학』 권 53, 2009, 7쪽.

35) 당윤희, 「구양수 시문집의 조선에서의 수용과 유통(2) - 한국 소장 조선본 구양수 시문집을 중심으로」, 『中國語文學誌』 권42, 2009, 139~159쪽.

36) 김춘란, 「조선조 중후기 구양수 산문의 수용과 영향」, 『열상고전연구』 권44, 2015, 243~247쪽.

37) 김종진 · 임재완 역주, 『초서로 쓴 구양수 · 소동파 · 황산곡 · 원굉도의 편지글』,

서울, 도서출판 다운샘, 2007. 이 책에 나온 편지글에 『구소수간』의 편지글은 구
양수의 수간 28편과 소동파의 수간 26편이 있다.

38) 대표적으로 『명종실록』 1년 6월 9일자 기록이 있다. "세종께서 지나치게 학문을
부지런히 하시어 심신을 거의 손상하시니 태종께서 서책을 거두도록 명하셨습니
다. 우연히 『구소수간』이 어안에 놓여 있었는데 이는 구양수와 소식의 서찰로 정
회를 쓴 것일 뿐 문의가 웅장하고 심원한 것은 아니었습니다. 그러나 세종께서
는 성심으로 학문을 좋아하셨으므로 천 번이나 읽으시어 지금껏 미담으로 전합
니다."[世宗過勤學問, 幾至傷神, 太宗命撤書冊. 偶有 『歐蘇手簡』, 在御案之側,
此乃歐公, 蘇公書札, 只寫情懷, 文意不爲雄遠. 而世宗誠於好學, 故讀至千遍,
至今以爲美談.]

39) 허경진, 『허균평전』, 파주, 돌베개, 2002, 281~283쪽.

40) 허균은 『성소부부고(惺所覆瓿稿)』 제13권, 「문부(文部)」10 <제발(題跋)>편에 수
록된 「구소문략발(歐蘇文略跋)」에서 "구양자와 소장공의 문장은 송에 있어서 대
가이다. 구양수의 풍신이 힘차고 아름다움과 정사가 감동적이고 순하며 간절한
것은 고인도 그런 사람이 없었으며, 베를 짜내듯 자유자재로 만들어 내어 변화
가 무궁함으로써 사람들이 그 신묘함을 측량하지 못한 소식의 문장 또한 천 년
이래 절창이다."라고 하였다.[歐陽子, 蘇長公之文, 宋爲大家.歐之風神道麗情思
感慨婉切者, 前無古人, 長公之弄出機抑, 變化無窮, 人不測其妙者, 亦千年以來
絶調.]

41) '<표1> 『구소수간』 「여릉 상하」 시기별 수간 수량' 참조.

42) 낙양의 재자들은 주로 양자총, 장응지, 사희심, 장요부, 장자야 등이다. 楊家駱 主
編, 『歐陽修全集 上』 第五冊, 「張子野墓誌銘」, 192쪽. "이들은 매일같이 왕래하
며 술을 마시고 노래를 불렀으며, 위아래로 승부를 겨루고 서로 앞뒤를 다투며,
글 짓는 일을 즐거움으로 삼았다."[日相往來, 飮酒歌呼, 上下角逐, 爭相先後以
爲笑樂.]

43) 夏漢寧 校勘, 앞의 책, 「與梅聖兪」, 2쪽. "承惠詩幷序, 開闔數四, 紙弊黑渝, 不能

釋手. 緣文尋意, 益究益深. 清池茂林, 俯仰觸詠, 他腸蘊此, 欲寫未能."

44) 歐陽修 著, 李逸安 點校, 『歐陽修全集』第二冊, 「梅聖俞詩集序」, 612쪽. "非詩之
能窮人, 殆窮者而後工也."

45) 夏漢寧 校勘, 앞의 책, 「與梅聖俞」, 3쪽. "初六日, 有少吏事至彭婆, 約子聰、應
之宿香山, 獨恨不得與聖俞同爾."

46) 夏漢寧 校勘, 같은 책, 「與梅聖俞」, 5쪽. "余旣與世疏闊, 人所能爲皆不能, 正賴
閑曠以自適."

47) 歐陽修 著, 李逸安 點校, 『歐陽脩全集』第三冊, 「與尹師魯」, 1,002쪽. "往時意銳,
性本真率. 近年經人事多, 惟世俗間, 漸事耐煩."

48) 夏漢寧 校勘, 앞의 책, 「與梅聖俞」, 9쪽. "讒謗未解."

49) 楊家駱 主編, 『歐陽修全集 上』第五冊, 「夷陵縣至喜堂記」, 269쪽. "而凡爲吏者
莫不始來而不樂, 既至而後喜也."

50) 夏漢寧 校勘, 앞의 책, 「與薛少卿公期」, 73쪽. "久聞好水土, 出粳米、大魚、
梨、栗、甘橘、茶、筍, 而縣民一二千戶, 絕無事."

51) 夏漢寧 校勘, 같은 책, 「與余安道」, 43쪽. "其如頑然學不益進, 道不益加, 而年齒
益長, 血氣益衰, 遂至碌碌隨世而無稱邪?"

52) 夏漢寧 校勘, 같은 책, 「與薛少卿公期」, 73쪽. "每憶君謨家會, 頗如夢中. 未知相
見何時, 惟自愛而已."

53) 夏漢寧 校勘, 같은 책, 「與薛少卿公期」, 74쪽. "思昔月中琴、奕、樽酒之會, 何
可得邪? 某久處窮僻, 習成枯淡, 頓無曩時情悰, 惟覺病態漸侵爾."

54) 夏漢寧 校勘, 같은 책, 「與王子野」, 61쪽. "在都下時, 子野兄舟行, 不克攀別. 其
後送者還, 頗知留客甚歡, 而飲酒差多, 親族皆以素羸奉憂. 不知其後復飲否? 子
野善自攝, 猶能絕葷血, 甘淡薄, 況於酒邪?"

55) 夏漢寧 校勘, 같은 책, 「與沈待制」, 68쪽. "苦暑, 非常歲之比, 少壯者自不能當,
衰病之人不問可知焉. 辱教, 承軆氣清安, 甚慰. 俗以立秋日卜秋暑多少, 據今日
之勢, 猶當更猖狂爾. 然世言春寒、秋熱、老健, 為此三者終是不久長之物也."

56) 夏漢寧 校勘, 같은 책,「與韓魏公」, 119~120쪽. "本州張推官欲造槳戟, 云舊出門下. 此人涖官廉善, 謹守其職, 亦可自了. 恐不見多年, 要知本官行止, 謹此拜聞."

57) 歐陽修 著, 李逸安 點校,『歐陽修全集』第四冊,「滁州謝上表」, 1,321쪽. "然臣自蒙睿獎, 嘗列諫垣, 論議多及於貴權, 指目不勝於怨怒."

58) 夏漢寧 校勘, 앞의 책,「與孫威敏公元規」, 42쪽. "至於辨讒謗, 判忠邪, 上不損朝廷事軆, 下不避怨仇側目, 如此下筆, 抑又艱哉!"

59) 歐陽修 著, 李逸安 點校,『歐陽修全集』第二冊,「梅聖兪詩集序」, 612쪽. "내면에 근심과 깊은 분노가 가득 쌓이네."[內有憂思感憤之鬱積.]

60) 夏漢寧 校勘, 앞의 책,「與曾宣靖公」, 41쪽. "某居此雖僻陋, 然奉親尸祿, 優幸至多. 愚拙之心, 本貪報國, 招仇取禍, 勢自當然. 然裨補未有一分, 而緣某之故, 事起多端, 有損無益, 可爲媿歎."

61) 歐陽修 著, 李逸安 點校,『歐陽修全集』第二冊,「醉翁亭記」, 576쪽. "그러나 새들은 산림의 즐거움을 알지만 사람의 즐거움은 알지 못하며, 사람은 태수를 따라 노는 것은 알지만 태수가 그 즐거움을 즐거워함은 알지 못한다. 취하여서는 그 즐거움을 함께하고 술이 깨어서는 그것을 기술하여 문장을 짓는 자는 태수이다."[然而禽鳥知山林之樂, 而不知人之樂, 人知從太守遊而樂, 而不知太守之樂其樂也. 醉能同其樂, 醒能述以文者, 太守也.]

62) 夏漢寧 校勘, 앞의 책,「與梅聖兪」, 9쪽. "遂引其泉爲石池, 甚清甘, 作亭其上, 號豐樂, 亭亦宏麗."

63) 夏漢寧 校勘, 같은 책,「與滕待制子京」, 14쪽. "伏承求恤民瘼, 宣布詔條, 革宿弊以便人, 興無窮之長利. 非獨見哲人明達之量, 不以進退爲心, 而竊喜遠方凋瘵之民, 獲被愷悌之化."

64) 歐陽修 著, 李逸安 點校,『歐陽修全集』第六冊,「與杜正獻公」, 2,353쪽. "年方四十有三, 而鬢發皆白, 眼目昏暗".

65) 夏漢寧 校勘, 앞의 책,「與王深甫」, 62쪽. "近買田潁上, 思幅巾與二三君往來田間, 其樂尚可終此餘年爾. 而其勢未能速去, 非爲之不果, 猶須晚獲也. 深甫以

謂如何？"

66) 夏漢寧 校勘, 같은 책,「與王端明」, 109쪽. "某近以上熱太盛, 有見教云:「水火未濟, 當行内視之術.」行未逾月, 雙眼注痛如割, 不惟書字艱難, 遇物亦不能正視, 但恐由此遂為廢人. 所憂者, 少撰次文字未了爾. 恃相知, 敢布."

67) 歐陽修 著, 李逸安 點校,『歐陽修全集』第一冊,「述懷」, 89쪽. "十年困風波, 九死出檻穽."

68) 夏漢寧 校勘, 앞의 책,「與章伯鎮」, 65쪽. "某自聞子美之亡, 使人無復生意. 交朋淪落殆盡, 存者不老即病, 不然困於世路, 愁人愁人."

69) 歐陽修 著, 李逸安 點校,『歐陽修全集』第二冊,「蘇氏文集序」, 613쪽. "獨子美為於舉世不為之時, 其始終自守, 不牽世俗趨舍, 可謂特立之士也."

70) 夏漢寧 校勘, 앞의 책,「與張職方」, 20쪽. "自過界溝, 地土卑薄, 桑柘蕭條, 始知穎真樂土, 益令人眷眷爾. 小兒輩望見万壽塔, 尚指以為臺頭, 聞其語, 不覺愴然爾."

71) 夏漢寧 校勘, 같은 책,「與李留後」, 32쪽. "兼惠清泉, 亟飲甚甘, …… 物固有處於幽晦而發於賢哲者."

72) 夏漢寧 校勘, 같은 책,「與薛少卿公期」, 76쪽. "某嚮在夷陵、乾德, 每以民事便為銷日之樂. 苟能如此, 殊無謫官之意也."

73) 夏漢寧 校勘, 같은 책,「與王宣徽大尉」, 106쪽. "君眂材望德業三十餘年, 一日歸副具瞻, 以快士大夫之願, 老朽之人當在汝陰田畝, 與農夫野叟相賀. 人事固常如此, 所示排擯, 曾何足恤?矧洛政善譽, 初無間言也."

74) 夏漢寧 校勘, 같은 책,「與王懿敏公」, 113쪽. "今日得蔡大書, 言久病, 近方就安. 人生聚散, 憂患百端, 相見何時. 況開年決求南去, 遂益為胡越也."

75) 夏漢寧 校勘, 같은 책,「與王懿敏公」, 114쪽. "弊齋有菊數叢, 去歲自開, 便邀諸公, 比過重陽, 凡作數會, 今秋無復一賞. 軒裳外物, 為累於人, 細較其得失, 何用區區？"

76) 夏漢寧 校勘, 같은 책,「與丁元珍」, 137쪽. "某自蒙恩歸院, 雖稍清閑, 而忽忽度

日, 公私無所益, 此處京師者汩汩之常態也. 幸非甚愚, 頗知脫此而遠去, 然事有
不得遂去者, 古人所謂不如意十常八九者, 殆此類也."

77) 夏漢寧 校勘, 같은 책, 「與張學士」, 84쪽. "某以嘗患兩手中指攣搐, 爲醫者俾服
四生丸, 手指雖不搐, 而藥毒爲孽, 攻注頤頷間結核, 咽喉腫塞."

78) 歐陽修 著, 李逸安 點校, 『歐陽修全集』第二冊, 「採桑子其十一」, 583쪽. "去年
綠鬢今年白, 不覺衰容."

79) 夏漢寧 校勘, 앞의 책, 「與王端明」, 111쪽. "某此幸藏拙, 極遂優安. 其如衰病
侵凌, 加以私門煩惱, 無復情悰, 亮由福過災生致此爾. 所以量分知止, 切於思歸
也."

80) 『道德經』. "知足不辱, 知止不殆."

81) 夏漢寧 校勘, 앞의 책, 「與焦殿丞」, 93~94쪽. "某啓. 數日不承問, 不審体中如
何? 當漸平和. 但怪不見過, 故此奉問. 凡疾病, 不欲滯鬱, 頗須消息有以散釋, 其
效多於服藥. 若能出入, 幸相過. 要人馬, 來取. 至於藥物, 亦當商榷, 乃盡其理."

82) 夏漢寧 校勘, 같은 책, 「與趙康靖公」, 134쪽. "嚮嘗辱許枉顧, 雖日企竚, 乃出於
乘興, 不敢坐邀."

83) 夏漢寧 校勘, 같은 책, 「與呂申公」, 136쪽. "『문선』에서 사령운이 말했다. 좋은 날,
아름다운 경치, 기쁜 마음, 즐거운 일 등 이 네 가지를 동시에 겸하여 얻기는 어렵
다."[『文選』, 謝靈運曰, 良辰美景賞心樂事, 四者難並.]

84) 夏漢寧 校勘, 같은 책, 「與呂申公」, 136쪽. "前日四望, 一賞群芳之盛, 已而遂雨.
古人謂四樂難並, 信矣."

85) 夏漢寧 校勘, 같은 책, 「與王荊公」, 34쪽. "賢者不能留之朝, 衰病者不得放去, 皆
失其分, 歸咎何所? 某自新春來, 目益昏, 耳亦不聰, 大懼難久於筆硯. 平生所懷,
有所未畢, 遂恐為庸人以死爾."

86) 夏漢寧 校勘, 같은 책, 「與劉原父」, 52쪽. "昨日奉見後, 遂之北李園池, 見木陰葱
翠, 節物已移, 而原父獨不在, 但終席奉思. 加以風砂, 益可憎爾."

87) 夏漢寧 校勘, 같은 책, 「與蔡君謨」, 58쪽. "辱惠櫻寧翁墨, 多荷多荷. 物誠為難

得, 然比他人尚少其二. 幽齋隙寂時, 點弄筆硯, 殊賴於斯, 雖多無厭也. 煩聒計不為嫌矣."

88) 夏漢寧 校勘, 같은 책, 「與蘇殿丞」, 95~96쪽. "滁陽山泉, 誠為勝絕, 而率然之作, 文鄙意近. 乃煩雋筆以傳于遠, 既喜斯亭之不朽, 又愧陋文莫掩, 感仰之抱, 寧復宣陳……舊用龍尾硯一枚, 鳳茶一斤, 聊表意."

89) 夏漢寧 校勘, 같은 책, 「與韓魏公」, 124~125쪽. "向嘗輒以拙詩塵浼台聽, 尋蒙特賜寵和, 不惟以慰寂寥, 而雄文大句, 固已警動人之耳目."

90) 歐陽修 著, 李逸安 點校, 『歐陽修全集』 第二冊, 「歸田錄序」, 601쪽. "謂宜乞身於朝, 退避榮寵, …… 而優遊田畝, 盡基天年."

91) 夏漢寧 校勘, 앞의 책, 「與薛少卿公期」, 80쪽. "然目、足之疾, 初未少損, 蓋累年舊苦, 勢難頓減, 又迫於年齒, 愈老而益衰."

92) 劉攽의 『中山詩話』, 陳師道의 『後山詩話』, 魏泰의 『臨漢隱居詩話』, 吳幵의 『優古堂詩話』, 阮閱의 『詩話總龜』 등이 있다.

93) 夏漢寧 校勘, 앞의 책, 「與梅聖俞」, 2쪽. "某啓. 承惠詩幷序."

94) 夏漢寧 校勘, 같은 책, 「與梅聖俞」, 2쪽. "聖俞所得, 文出人外. 昔之山陽竹林, 以高標自遇, 推今較古, 何下彼哉? 但恐荒淫不及, 而文雅過之也."

95) 夏漢寧 校勘, 같은 책, 「與謝景初」, 70쪽. "即日為政外奉親万福. 某幸且安, 郡僻少事. 然漸老, 懶於為學, 惟喜睡爾."

96) 夏漢寧 校勘, 같은 책, 「與程文簡公」, 39쪽. "蒙頒寄佳醞, 感愧非一. 京師日苦俗狀, 無復清思, 臨觴之樂, 未始有之."

97) 夏漢寧 校勘, 같은 책, 「與劉原父」, 49쪽. "艤舟亭次, 寓目平山, 奉賢主人清論, 豈不豁然哉!"

98) 夏漢寧 校勘, 같은 책, 「與劉原父」, 54쪽. "偶思春物將動, 故都多佳致, 為樂豈復可涯. 汩沒聲利, 惟溺惑者, 不勝其勞而但見其樂."

99) 夏漢寧 校勘, 같은 책, 「與沈待制」, 68쪽. "介甫詩甚佳, 和韻尤精, 看了却希示下."

100) 夏漢寧 校勘, 같은 책, 「與劉原父」, 51쪽. "得介甫新詩數十篇, 皆奇絕."

101) 歐陽修 著, 李逸安 點校, 『歐陽修全集』第六冊, 「與王文公」, 2,367쪽. "平生所懷, 有所未畢."

102) 夏漢寧 校勘, 앞의 책, 「與徐無黨」, 101쪽. "所寄文字, 太佳. 然作文之躰, 初欲奔馳, 久當收節, 使簡重嚴正, 或時肆放以自舒, 勿為一躰, 則盡善矣."

103) 夏漢寧 校勘, 같은 책, 「與富鄭公」, 126쪽. "有蜀人蘇洵者, 文學之士也, 自云奔走德望, 思一見而無所求. 然洵遠人, 以謂某能取信於公者, 求為先容. 既不可卻, 亦不忍欺, 輒以冒聞."

104) 楊家駱 主編, 『蘇東坡全集 上』第九冊, 「祭歐陽文忠公文」, 633쪽. "昔我先君, 懷寶遁世, 非公則莫能致. 而不肖無狀, 因緣出入, 受教於門下者."

105) 夏漢寧 校勘, 같은 책, 「與梅聖俞」, 11쪽. "吾徒為天下所慕, 如軾所言是也. 奈何動輒逾月不相見? 軾所言'樂', 乃某所得深者爾, 不意後生達斯理也." 소식은 '즐거움[樂]'에 대해 "사람은 구차히 부귀해서도 안 되고 또한 한갓 빈천해서도 안 되니, 대현이 계시는데 그 문도가 된다면 또한 충분히 믿을 만하다고 여겼습니다. 만일 한때의 요행으로 수레와 기마에 수십 명이 따라 다녀서 여항의 백성들로 하여금 모여 구경하고 칭찬하며 감탄하게 하더라도 어찌 이 즐거움과 바꿀 수 있겠습니까?"라고 하였다. 楊家駱 主編, 『蘇東坡全集 上』, 「上梅直講書」, 348쪽. "人不可以苟富貴, 亦不可以徒貧賤. 有大賢焉而為其徒, 則亦足恃矣. 苟其僥一時之幸, 從車騎數十人, 使閭巷小民, 聚觀而贊歎之 ; 亦何以易此樂也?"

106) 夏漢寧 校勘, 앞의 책, 「與徐無黨」, 99쪽. "『五代史』, 昨見曾子固議, 今卻重頭改換, 未有了期. 仍作注有難傳之處, 盖傳本固未可, 不傳本則下注尤難, 此須相見可論."

107) 夏漢寧 校勘, 같은 책, 「與曾子固」, 59쪽. "今歲科場, 偶滯遲舉. 畜德養志, 愈期遠到."

108) 楊家駱 主編, 『歐陽修全集 上』第五冊, 「送曾鞏秀才序」, 291쪽. "夫農不咎歲而菑播是勤, 其水旱則已, 使一有獲, 則豈不多邪?"

109) 夏漢寧 校勘, 앞의 책, 「答陸伸」, 140쪽. "人至, 辱示長書及 『古今雜文』 十軸.

其研窮六經之旨, 究切當世之務, 與其辨論文辭之際, 如決壅塞, 闢通渠, 以瀉
浩渺之無窮, 御駔駿而馳騁. 然則吾子之所能, 與其所用心者, 不待相見而可知
矣."

110) 夏漢寧 校勘, 같은 책, 「與王懿敏公」, 113쪽. "某居此, 如魚鳥之池籠."

111) 夏漢寧 校勘, 같은 책, 「與章伯鎮」, 65쪽. "哀哉!祭文讀之, 重增其悲爾. 盛作俟
至西湖, 方快吟味."

112) 夏漢寧 校勘, 같은 책, 「與梅聖兪」, 11쪽. "讀軾書, 不覺汗出, 快哉快哉!老夫當
避路, 放他出一頭地也. 可喜可喜."

113) 歐陽修 著, 李逸安 點校, 『歐陽修全集』 第六冊, 「與吳正獻公」, 2,372쪽. "呵呵.
有『會老堂』三篇, 方刻石續納."

114) 歐陽修 著, 李逸安 點校, 같은 책, 「與程文簡公」, 2,360쪽. "不惟拙訥, 直以多
事匆匆, 殊所不暇."

115) 歐陽修 著, 李逸安 點校, 같은 책, 「與王懿敏公」, 2,388쪽. "疏拙無佳物表意,
不怪不怪."

116) 歐陽修 著, 李逸安 點校, 같은 책, 「與馬著作」, 2,516쪽. "病目, 多書字不得, 不
罪不罪."

117) 夏漢寧 校勘, 앞의 책, 「與郭刑部」, 24쪽. "雖有登臨之興, 勉强而為之, 已不勝
其勞也. …… 如某者, 目固不能遠望, 足亦不任登高矣. 可歎可歎."

118) 歐陽修 著, 李逸安 點校, 『歐陽修全集』 第六冊, 「與王文公」, 2,367쪽. "賢弟平
甫不及別書, 愚意同此, 前亦承惠詩, 多感多感."

119) 歐陽修 著, 李逸安 點校, 같은 책, 「與章伯鎮」, 2,405쪽. "況得見其人, 接其道,
其樂宜如何哉?"

120) 夏漢寧 校勘, 앞의 책, 「與李留後」, 31쪽. "某昏花日甚, 書字如隔雲霧."

121) 夏漢寧 校勘, 같은 책, 「與孫威敏公元規」, 42쪽. "昨日范公宅得書, 以埋銘見託.
哀苦中無心緒作文字, 然范公之德之才, 豈易稱述？"

122) 夏漢寧 校勘, 같은 책, 「與梅聖兪」, 9쪽. "去年夏中, 因飲滁水甚甘, 問之, 有

一土泉在城東百步許, 遂往訪之. 乃一山谷中, 山勢一面高峰, 三面竹嶺回抱. 泉上舊有佳木一二十株, 乃天生一好景也. …… 山下一徑, 穿入竹筱蒙密中, 豁然路盡, 逐得幽谷."

123) 歐陽修 著, 李逸安 點校, 『歐陽修全集』第三冊, 「答祖擇之書」, 1,009쪽. "中充實則發為文者輝光"

124) 歐陽修 著, 李逸安 點校, 『歐陽修全集』第二冊, 「答吳充秀才書」, 663쪽, "聖人之文雖不可及, 然大抵道勝者文不難而自至也."

125) 歐陽修 著, 李逸安 點校, 같은 책, 「答吳充秀才書」, 663쪽, "難工而可喜, 易悅而自足."

126) 張志烈, 馬德富, 周裕鍇 主編, 『蘇軾全集校注』 문집2, 「六一居士集序」, 977쪽. "其言簡而明, 信而通, 引物連類, 折之於至理, 以服之人心."

127) '<표 2> 『구소수간』 「동파 상하」 시기별 수간 수량' 참고

128) 夏漢寧 校勘, 앞의 책, 「答劉貢父」, 236쪽. "某江湖之人, 久留輦下, 如在樊籠, 豈複有佳思也. 人情責望百端, 而衰病不能應副, 動是罪戾, 故人知我, 想複見憐耶？"

129) 夏漢寧 校勘, 같은 책, 「與呂龍圖」, 187~188쪽. "言辭款密, 禮遇優隆, 而襃揚之句, 有加於前日. …… 珍函已捧受訖, 謹藏之於家, 以為子孫之美觀. 蔀屋之陋, 復生光彩, 陳根之朽, 再出英華, 乃閣下暖然之春, 有以長育成就之故也."

130) 夏漢寧 校勘, 같은 책, 「與晁美叔」, 162쪽. "某守此無恙, 但奉行新政, 多不如法. 勘劾相尋, 日竢汰譴耳."

131) 夏漢寧 校勘, 같은 책, 「與司馬溫公」, 144쪽. "春來, 景仁丈自洛還, 復辱賜教, 副以『超然』雄篇, 喜撲累日."

132) 夏漢寧 校勘, 같은 책, 「與司馬溫公」, 145쪽. "「超然」之作, 不惟不肯附託以為寵, 遂使東方陋州, 為不朽之盛事. 然所以獎與則過矣. 久不見公新文, 忽領『獨樂園記』, 誦味不已, 輒不自揆, 作一詩, 聊發一笑耳."

133) 夏漢寧 校勘, 같은 책, 「與李無悔」, 223쪽. "今歲科舉, 聞且就鄉里. 承示喻, 進

取之意甚倦. 盛時美才, 何遽如此? 且勉之, 決取爲望. 新文不惜見寄."

134) 夏漢寧 校勘, 같은 책, 「與范純夫」, 281쪽. "此間湖山信美, 而衰病不堪煩, 但
有歸蜀之興耳."

135) 夏漢寧 校勘, 같은 책, 「與司馬溫公」, 146쪽. "但波及左右, 爲恨殊深, 雖高風偉
度, 非此細故所能塵垢, 然某思之, 不啻芒背爾." 張志烈, 馬德富, 周裕鍇 主編,
『蘇軾全集校注』, 문집7, 5,376쪽. "사마광은 오대시옥으로 동 20근을 벌금으로
물었다."[司馬光因烏臺詩獄銅二十斤.]

136) 夏漢寧 校勘, 같은 책, 「與李昭玘」, 202쪽. "既拜賜雪堂新詩, 又獲觀負日軒諸
詩文, 耳目眩駭, 不能窺其淺深矣…… 近有李豸者, 陽翟人, 雖狂氣未除, 而筆
勢瀾翻, 已有漂砂走石之勢, …… 何時一笑?"

137) 夏漢寧 校勘, 같은 책, 「答濠州陳章」, 273쪽. "춘하 이후로 몇 백 일 동안 와병
하다가, 지금도 여전히 목질을 앓고 있습니다."[而春夏以來, 臥病幾百日, 今尚
苦目疾.]

138) 夏漢寧 校勘, 같은 책, 「與袁眞州」, 260쪽. "저의 가족은 번갈아 와병하다 끝내
어린아이가 죽었지요. 괴로움과 비탄을 거의 감당할 수 없습니다."[以賤累更臥
病, 竟卒一乳兒. 勞苦悲惱, 殆不堪懷.]

139) 夏漢寧 校勘, 같은 책, 「與蹇序辰」, 275쪽. "말 타고 약속 장소로 달려가려는 참
에 갑자기 며느리가 졸도하여 오랫동안 사람을 알아보지 못하였습니다. 지금도
치료를 받으면서 조금 나아지긴 하였으나 여전히 정신을 못 차리고 혼미합니다.
아이들은 이런 일을 아직 겪지 못한 터라 의리상 이들을 두고 멀리 떠날 수 없어,
결국 약속을 지키지 못했지요."[垂欲上馬赴約, 忽兒婦眩倒, 不知人者久之, 救
療至今, 雖稍愈, 尚昏昏也. 小兒輩未更事, 義難捨之遠去, 遂成失信.]

140) 夏漢寧 校勘, 같은 책, 「答濠州陳章」, 273쪽. "已往者布出不可復掩矣, 期於不
復作而已."

141) 양따오저, 정충락 역, 『文藝의 天才 蘇東坡』, 서울, 이화문화출판사, 2000,
227~228쪽. "平生文字爲吾累, 此去聲名不厭低."

142) 夏漢寧 校勘, 앞의 책, 「與子由」, 168쪽. "吾弟大節過人, 而小事亦不經意, 正如作詩, 高處可以追配古人, 而失處或受嗤於拙目. 薄俗正好點檢人小疵, 不可不留意也."

143) 夏漢寧 校勘, 같은 책, 「與陳傳道」, 159쪽. "某以衰病, 難於供職, 故堅乞一閑郡, 不謂更得煩劇. 然已得請, 不敢更有所擇, 但有廢曠不治之憂爾. 而來書乃有遇不遇之說, 甚非所以安全不肖也. 某凡百無取, 入爲侍從, 出爲方面, 此而不遇, 復以何者爲遇乎?"

144) 夏漢寧 校勘, 같은 책, 「答劉貢父」, 235쪽. "茯苓、松脂雖乏近效, 而歲計有餘, 未可棄也. 默坐反照, 瞑目數息, 當記別時語耶?"

145) 夏漢寧 校勘, 같은 책, 「答劉貢父」, 233쪽. "公私紛紛, 有失馳問, 辱書感怍無量. 字畫姸緊, 及問來使云, 尊貌比初下車時皙且澤矣, 聞之喜甚."

146) 夏漢寧 校勘, 같은 책, 「答曾子宣」, 237쪽. "邊落寧肅, 公豈久外哉! 示諭『塔記』, 久不馳納, 愧恐之極. 乞少寬之, 秋凉下筆也."

147) 夏漢寧 校勘, 같은 책, 「與胡深夫」, 294쪽. "某久與周知錄兄弟游, 其文行才器, 實有過人, 不幸遭喪, 生計索然, 未能東歸九江. 托跡治下, 竊惟仁明必有以安之."

148) 夏漢寧 校勘, 같은 책, 「與工仲志」, 192~193쪽. "老妻病已革矣, 憂懣, 奈何!"

149) 張志烈, 馬德富, 周裕鍇 主編, 『蘇軾全集校注』 문집2, 「王定國詩集序」, 988쪽. "今定國以余故得罪, 貶海上三年, 一子死貶所, 一子死於家, 定國亦病幾死. 余意其怨我甚, 不敢以書相聞."

150) 夏漢寧 校勘, 앞의 책, 「與王定國」, 213쪽. "君實嘗云, '王定國瘴煙窟裏五年, 面如紅玉.' 不知道, 遂如此乎?"

151) 夏漢寧 校勘, 같은 책, 「與王定國」, 213쪽. "禦瘴之術惟絶欲練氣一事."

152) 夏漢寧 校勘, 같은 책, 「與張朝請」, 250쪽. "到後杜門默坐, 喧寂一致也."

153) 張志烈, 馬德富, 周裕鍇 主編, 『蘇軾全集校注』 문집8, 「答錢濟明」, 5,823쪽. "만약 이 일을 이룬다면, 공과 같이 지팡이 짚고 짚신 신고 오가면서, 여생을 즐기고

싶습니다."[若遂此事, 與公杖屨往還, 樂此餘年.]

154) 韓建偉, 『蘇東坡的朋友圈』, 德洿素質教育未來館, 「與錢濟明」, 2017, 156쪽. "내가 해남에 있는 동안 『논어설』과 『서전』, 『역전』을 완성했지요. 지금 그대에게 이것을 잘 보관해 주길 부탁드리오. 남에게 보이지 말며, 30년 후에는 반드시 인정을 받을 것이라오."[我在海外, 完成『論語說』、『書傳』及『易傳』等, 現在全都托付於你, 請暫不要讓他人看到, 相信三十年後, 會有知者.]

155) 夏漢寧 校勘, 앞의 책, 「與錢濟明」, 182쪽. "聞魯直、無咎皆起, 而公為獵子所齧, 尚棲遲田間. 聖主天縱, 幽蔀畢照, 公豈久廢者."

156) 夏漢寧 校勘, 같은 책, 「與徐得之」, 268쪽. "某到惠已半年, 凡百粗遣, 既習其水土風氣, 絕欲息念之外, 浩然無疑, 殊覺安健也. …… 一家今作四處住, 惠、筠、許、常也."

157) 夏漢寧 校勘, 같은 책, 「與林天和」, 242쪽. "화재가 난 후, 공께서는 백 가지 일로 정신이 수고로울 것이지만 백성들을 위해 힘쓸 일에는 지치진 않겠지요."[火後凡百勞神用, 勤民之意, 計不倦也.]

158) 夏漢寧 校勘, 같은 책, 「與林天和」, 245쪽. "數夕月色清絕, 恨不同賞, 想亦顧影獨酌而已."

159) 夏漢寧 校勘, 같은 책, 「與王敏仲」, 303쪽. "某垂老投荒, 無復生還之望, 昨已與長子邁訣, 已處置後事矣. 今到海南, 首當作棺, 次便作墓, 乃留手踈與諸子, 死則葬於海外, 庶幾延陵季子贏博之義."

160) 夏漢寧 校勘, 같은 책, 「與程公密」, 152쪽. "窮途棲屑, 獲見君子, 開懷抵掌, 為樂未央."

161) 夏漢寧 校勘, 같은 책, 「與羅巖秘校」, 242쪽. "彼中有麄藥治病者, 爲致少許. 此間如蒼术、橘皮之類, 皆不可得."

162) 夏漢寧 校勘, 같은 책, 「與黃敷言」, 226쪽. "衝涉雨霰, 萬萬保練. 謹令兒子候違."

163) 夏漢寧 校勘, 같은 책, 「與毛澤民推官」, 155쪽. "不意復聞韶濩之餘音, 喜慰之

極."

164) 夏漢寧 校勘, 같은 책, 「與李之儀」, 295쪽. "所喜者, 在海南了得『易』『書』『論語』傳 數十卷, 似有益於骨朽後人耳目也."

165) 夏漢寧 校勘, 같은 책, 「與鄭靖老」, 2쪽. "『志林』竟未成, 但草得『書傳』十三卷."

166) 夏漢寧 校勘, 같은 책, 「與周文之」, 180쪽. "임행파는 아마도 건강히 지내고 있을 것입니다. 향 좋은 술을 빚어 베풀고 있겠지요."[林行婆當健, 有香與之.]

167) 夏漢寧 校勘, 같은 책, 「與姜唐佐秀才」, 240쪽. "오늘은 비가 개이고 하늘이 맑아 마음 더욱 즐거우이. 식사를 마치고 마땅히 천경관의 유천수를 취하여 건다(建茶)의 좋은 차에 부어 마실 것이네. 생각건대 그대가 아니면 함께 나눌 이가 없구려."[今日雨霽, 尤可喜. 食已, 當取天慶觀乳泉潑建茶之精者, 念非君莫與共之.]

168) 張志烈, 馬德富, 周裕鍇 主編, 『蘇軾全集校注』 문집8, 「與程秀才」, 6,068쪽. "십여 명의 학생의 도움을 빌어 집을 만들고, 몸소 진흙물 속에서 일하고 있으니."[賴十数学生助工作, 躬泥水之役.]

169) 夏漢寧 校勘, 앞의 책, 「黃州與人」, 283쪽. "但困躓之甚, 出口落筆, 爲見憎者所箋注."

170) 夏漢寧 校勘, 같은 책, 「與道源秘校」, 200쪽. "衰病迂拙, 所向累人, 自非卓然獨見, 不以進退爲意者, 誰肯辱與往還."

171) 夏漢寧 校勘, 같은 책, 「與王周彦」, 166쪽. "又流落海隅, 不能少助聲名於當時."

172) "權臣忌子瞻爲宰相耳. 人生一世間, 如白駒之過隙."

173) 夏漢寧 校勘, 앞의 책, 「與王周彦」, 167쪽. "自十九郎遷逝, 家門無空歲. 三叔翁, 大嫂繼往, 近日又聞柳家小姑兇訃, 流落海隅, 日有哀慟, 此懷可知."

174) 夏漢寧 校勘, 같은 책, 「與錢濟明」, 184쪽. "某到貶所, 闔門省愆之外, 無一事也. 瘴鄉風土, 不問可知, 少年或可久居, 老者殊畏之, 惟絶嗜欲, 節飲食, 可以不死, 此言已書之紳矣. 餘則信命而已."

175) 夏漢寧 校勘, 같은 책, 「答范蜀公」, 210쪽. "杜門謝客, 而傳者遂云物故, 以爲左

右憂. 聞李長官說, 以為一笑, 平生所得毀譽, 殆皆此類也."

176) 夏漢寧 校勘, 같은 책, 「與濠州陳章」, 273쪽. "動輒累人, 故往還杜絕."

177) 蘇軾 撰, 王松齡 點校, 『東坡志林』, 中國, 中華書局, 1981, 20쪽. "퇴지 한유는 평생 비방과 명예를 얻었다. 퇴지 한유의 시에 이르기를 '내가 태어난 때는 달이 남두성(전갈자리)에 있을 때이다'라고 하였으니, 이에 퇴지는 그 별자리가 자기의 별자리가 됨을 알 수 있었다. 저도 퇴지처럼 마갈 별자리를 운명으로 삼았으니 평생의 비방과 명예를 많이 얻은 것이 거의 동병상련의 경우이다."[退之平生 多得謗譽, 退之詩云, 我生之辰, 月宿南斗. 乃知退之磨蠍為身宮, 而僕乃以磨蠍為命, 平生多得謗譽, 殆是同病也.]

178) 夏漢寧 校勘, 앞의 책, 「與朱康叔」, 286쪽. "已遷居江上臨皋亭, 甚清曠. 風晨月夕, 杖履野步, 酌江水飲之."

179) 張志烈, 馬德富, 周裕鍇 主編, 『蘇軾全集校注』 문집8, 「與王元直」, 5,943쪽. "往來瑞草橋, 夜還何村, 與君對坐莊門喫瓜子炒豆."

180) 夏漢寧 校勘, 앞의 책, 「與子由」, 170쪽. "即天壤之內, 山川草木蟲魚之類, 皆吾作樂事也."

181) 夏漢寧 校勘, 같은 책, 「與林天和」, 247쪽. "幼累已到城, 流寓中一喜事. 然老穉紛紛, 口眾食貧, 向之孤寂, 未必不佳也. 可以一笑."

182) 夏漢寧 校勘, 같은 책, 「與程全父推官」, 171쪽. "困厄之中, 亦何所不有, 置之不足道也, 聊為一笑而已."

183) 楊家駱 主編, 『蘇東坡全集 上』第九冊, 296쪽. 「黃州安國寺記」, "閉門卻掃, 收召魂魄, 退伏思念, 求所以自新之方."

184) 張志烈, 馬德富, 周裕鍇 主編, 『蘇軾全集校注』 문집2, 「超然臺記」, 1,104쪽. "凡物皆有可觀. 苟有可觀, 皆有可樂, 非必怪奇偉麗者也."

185) 莊子 著, 안동림 譯註, 『莊子』, 서울, 현암사, 1993, 61쪽. "천지도 하나의 손가락이고, 만물도 한 마리의 말이다."[天地一指也, 萬物一馬也.]

186) 楊家駱 主編, 『蘇東坡全集 上』第九冊, 386쪽. "蓋遊於物之外也."

187) 張志烈, 馬德富, 周裕鍇 主編, 『蘇軾全集校注』「與章子厚書」, 문집7, 5,269
~5,270쪽. "옛날에 만약 조금이라도 이치에 따르고 분수에 안주했더라면 어찌
오늘날이 있었겠습니까? 뒤늦게 제가 범한 죄를 더듬어보면 참으로 의리가 없
어서 미친병을 앓은 사람이 강을 건너 바다로 들어가는 자와 무엇이 다르겠는
지요."[使少循理安分, 豈有今日. 追思所犯, 眞無義理, 與病狂之人蹈河入海者
無異.]

188) 張志烈, 馬德富, 周裕鍇 主編, 같은 책, 5,270쪽. "追思所犯, 眞無義理,"

189) 夏漢寧 校勘, 앞의 책, 148쪽. "想足下閉門著述, 自有樂事. 間從諸英唱和談論,
此可羨也."

190) 張志烈, 馬德富, 周裕鍇 主編, 『蘇軾全集校注』, 문집7, 5,344쪽. "得罪以來, 深
自閉塞, 扁舟草履, 放浪山水間, 與樵漁雜處, 往往爲醉人所推罵. 輒自喜漸不爲
人識."

191) 夏漢寧 校勘, 앞의 책, 「與李昭玘」, 202쪽. "老病廢學已久, 而此心猶在, 觀足下
新製, 及魯直、無咎、明略等諸人唱和於拙者, 便可閣筆不復措辭."

192) 夏漢寧 校勘, 같은 책, 「與上官長」, 195쪽. "旣才思拙陋, 又多難畏人, 不作一
字者已三年矣."

193) 張志烈, 馬德富, 周裕鍇 主編, 『蘇軾全集校注』 문집7, 「答劉沔都曹書」, 5,331
쪽. "以此常欲焚棄筆硯, 為喑默人."

194) 夏漢寧 校勘, 앞의 책, 「與米元章」, 277쪽. "吾元章邁往凌雲之氣, 清雄絶世之
文, 超妙入神之字, 何時見之, 以洗我積歲瘴毒耶!"

195) 夏漢寧 校勘, 같은 책, 「與米元章」, 280쪽. "兒子於何處得『寶月觀賦』, 琅然誦
之, 老夫臥聽之未半, 躍然而起. 恨二十年相從, 知元章不盡, 若此賦, 當過古人,
不論今世也. 天下豈常如我輩憒憒耶!公不久當自有大名, 不勞我輩說也. 願欲
與公談, 則實未能, 想當後數日耶?"

\<표 1\> 『구소수간』「여릉 상하」 수신인과 수간 수량

『구소수간』「여릉 상하」 수신인과 수간 수량		
시기	수신인	수량
초기 관리 시기 (1029~1035)	매성유(1032, 1033, 1034)	3편
경력신정 시기 (1036~1044)	매성유 2편(1039, 1041), 여안도(1041), 한위공 (1042) 왕자야(1043), 심대제(1043), 설소경 공기 2편(1036, 1037)	8편
외직으로 떠돈 10년 시기 (1045~1053)	매성유(1047), 대제 등자경(1045), 장직방(1050), 왕낭중(1048) 급사 오중부(1049~1053), 두기공 2편(1049), 증선정공(1045) 왕단명(1048), 위민공 손원규(1052), 증자고(1046), 왕심보(1049) 장백진 3편(1045, 1049-2편), 학사 유자정(1052), 사경초(1049) 소자용(1052), 두대부(1048)	19편
조정으로 돌아온 시기 (1054~1065)	매성유 3편(1057-2편, 1058), 연서 직방(1060), 왕낭중(1058) 곽형부(1059), 주직방(1060), 급사 오중부 2편(1058) 이유후 3편(1056-2편, 1058), 왕형공 2편(1056~1063, 1058) 정문간공 2편(1055), 풍장정공 4편(1058, 1059, 1060, 1061) 유원보 6편(1057, 1059-3편, 1060, 1061) 채군모(1056~1063), 용도 왕승지(1056), 정원진(1059) 설소경 공기 3편(1056~1067-2편, 1065), 소편례(1057) 장학사(1056~1063), 초전승 4편(1060, 1056-3편) 소전승(1049~1054), 서무당 2편(1054, 1057) 왕선휘 태위 4편(1056, 1060, 1061-2편), 심내한(1064) 왕의민공 4편(1057, 1061, 1064-2편) 한위공 3편(1054), 1064~67-2편), 이학사(1063) 부정공 2편(1056, 1065), 오정헌공 2편(1061, 1063) 오문숙공 2편(1058, 1059), 조강정공(1056)	61편
퇴임하여 은거한 시기 (1066~1072)	연서 직방(1071), 범경인(1067), 왕보지(1070) 설소경 공기 2편(1071, 1072), 증학사(1070), 육학사(1071) 안직강 3편(1067, 1068, 1071), 상대제 2편(1068) 소편례(1066), 왕단명 3편(1068, 1070, 1071) 소자용(1067), 한위공 2편(1071), 오정헌공(1072) 조강정공 (1070), 여신공 2편(1070, 1072)	23편
연대 미상	연상 낭중, 채성부, 유원보 2편, 용도 송차도, 왕학사 장학사, 안직강, 양직강, 소전승, 육신	11편
합계	58인	125편

<표 2> 『구소수간』「동파 상하」 수신인과 수간 수량

『구소수간』「동파 상하」 수신인과 수간 수량		
시기	수신인	수량
초기 관리 시기 (1961~1070)	여용도 2편(1065, 1065), 유공보(1070~1071)	3편
지방관 시기 (1071~1079)	사마온공 2편(1077), 한소문(1071) 조미숙(1073), 이무회(1074), 범순부(1079)	6편
황주 유배시기 (1080~1084)	사마온공(1084), 이방숙(1081), 자유 2편(1085, 1082), 이정평(1084) 상관장 2편(1083), 도원 비교(1081), 이소기(1082), 강돈례(1078~1085) 진계상(1081), 범촉공(1083), 조창회지 2편(1082), 맹형지(1082) 등달도 5편(1083, 1084-2편, 1078~1085-2편), 안정판관(1081) 두 대부(1048), 왕단명(1048), 정회립(1078~1085), 모유첨(1081) 오장 수재(1078~1084), 원진주 2편(1084), 가운로(1084), 서득지(1084) 서사봉(1082), 호주 진장(1083), 황노직(1078~1085), 건서진(1084) 하성가(1080~1084), 황주여인(1080~1084) 주강숙 7편(1080-6편, 1081)	42편
중앙관 시기 (1085~1093)	왕성미(1091), 왕중지(1093), 유공보 2편(1086), 증자선(1086~1089) 서득지 3편(1085) 호심부 2편(1090), 범경인 3편(1087), 진전도(1089)	14편
혜주·담주 유배 시기 (1094~1101)	이방숙 2편(1100), 정공밀 2편(1100, 1101), 서중거 2편(1094) 모택민 추관(1096), 진보지(1101), 손숙정(1100), 손자 원노(1098) 정전보 추관 6편(1094-2편, 1095, 1096-2편, 1098) 정수재(1099), 수문지(1099), 구양지회(1094~1098) 전제명 2편(1095, 1101), 소조봉(1097), 소제거(1094) 왕유안 2편(1101), 봉주 태수(1094~1098), 손지동(1101) 유원충(1101), 왕정국(1094), 황부언(1101), 정회립(1100) 강당좌 수재 3편(1099), 나암 비교(1095, 1097~1100) 왕주언 2편(1095), 임천화 7편(1095, 1096-5편, 1097), 임덕옹(1094) 장조청 5편(1097-3편, 1098-2편), 미원장 3편(1101), 요명략(1101) 서득지(1095), 진승무 2편(1100), 이지의 3편(1100-2편, 1101) 조사훈 2편(1094, 1095), 회부(1100), 범몽득(1094), 왕민중 2편(1097) 정정로(1101), 사민사(1100), 범원장 형제 2편(1098, 1099), 전제명(1101) 호인수(1101), 풍조인 2편(1100, 1101)	74편
연대 미상	공의대부 2편, 왕중지 2편, 정전보 추관, 오수재, 모국진 정회립 2편, 통판선의, 이대부, 황안중, 백수 학사	13편
합계	85인	152편

\<표 3\> 북송 인종~휘종 시대의 연호

북송 인종~휘종 시대의 연호		
연호	황제	시기
천성(天聖)	인종(仁宗)	1023~1032. 11
명도(明道)		1032. 11~1033
경우(景祐)		1034~1038. 11
보원(寶元)		1038. 11~1040. 2
강정(康定)		1040~1041
경력(慶曆)		1041~1048
황우(皇祐)		1049~1053
지화(至和)		1054. 4~1056. 9
가우(嘉祐)		1056~1063
치평(治平)	영종(英宗)	1064~1067
희녕(熙寧)	신종(神宗)	1068·1077
원풍(元豊)	철종(哲宗)	1078~1085
원우(元祐)		1086~1094
소성(昭聖)		1094~1098
원부(元符)		1098~1100
건중정국(建中靖國)	휘종(徽宗)	1101
숭녕(崇寧)		1102~1106
대관(大觀)		1107~1110
정화(政和)		1111~1118
중화(重和)		1118~1119

| 참고 문헌 |

1. 1차 문헌

『歐蘇手簡』, 韓國, 서울대학교 규장각 소장, 1393.
『歐蘇手柬抄選』, 韓國, 국립중앙도서관 소장, 1674.
夏漢寧 校勘, 『歐蘇手簡 校勘』, 中國, 中山大學出版社, 2014.
溟海竺常, 『歐蘇手簡』, 日本, 京都書林, 1780.
西川文仲 註解, 『歐蘇手簡註解』, 日本, 京都府平民出版, 1881.

2. 2차 문헌

1) 국내 문헌

郭正忠 지음, 黃一權 옮김, 『구양수평전』, 서울, 학고방, 2009.
구양수 지음, 강민경 옮김, 『歸田錄』, 서울, 학고방, 2008.
구양수, 홍병혜 옮김, 『歐陽脩 詞選』, 서울, 지만지, 2009.
김병애, 『마음속의 대나무』, 파주, 태학사, 2001.
김종진 · 임재완 역주, 『초서로 쓴 구양수 · 소동파 · 황산곡 · 원굉도의 편지글』,
　　　　서울, 도서출판 다운샘, 2007.
김학주 역저, 『宋詩選』, 서울, 명문당, 2003.
김학주 지음, 『중국의 북송시대』, 서울, 신아사, 2018.
노장시 역주, 『歐陽脩散文選』, 서울, 명문당, 2004.
류소천 지음, 박성희 옮김, 『중국문인열전』, 서울, 북스넛, 2011.
류종목 옮김, 『蘇東坡 詩選』, 서울, 지만지, 2011.
류종목 저, 『蘇軾의 인생 역정과 詞風』, 서울, 박문사, 2017.
류종목 지음, 『소동파 문학의 현장 속으로 1 · 2』, 서울, 서울대학교출판원, 2015.
박대현, 『한문 서찰의 격식과 용어』, 성남, 아세아문화사, 2010.
박영환 저, 『송시의 선학적 이해』, 서울, 운주사, 2018.
박한제 외, 『아틀라스 중국사』, 파주, 사계절출판사, 2007.
박현모 외, 『세종의 서재』, 경기도, 서해문집, 2016.

成百曉 譯註,『譯註 唐宋八大家文抄 蘇軾 1~5』, 서울, 傳統文化研究會, 2010 ~ 2011.

蘇軾 저, 김용표 역,『東坡志林 上』, 서울, 세창출판사, 2012.

蘇軾, 류종목 옮김,『蘇東坡 詞選』, 서울, 지만지, 2008.

蘇軾 著, 류종목 역주,『蘇東坡詩集 3』, 서울, 서울대학교출판문화원, 2016.

蘇東坡 저, 조규백 역,『蘇東坡 詩選』, 서울, 명문당, 2016.

蘇東坡 지음, 조규백 역주,『蘇東坡 詞選』, 서울, 문학과지성사, 2007.

스야후이 지음, 장연 옮김,『蘇東坡 禪을 말하다』, 경기도, 김영사, 2006.

쑤치시 · 웡치빈 외 지음, 김원중 · 황희경 외 옮김,『동양을 만든 13권의 고전』, 글항아리, 2011.

시라카와 시즈카(白川靜) · 우메하라 다케시(梅原猛) 대담, 이경덕 옮김,『주술의 사상』, 경기도, 사계절, 2008.

신용호 · 허호구 공역,『譯註 唐宋八大家文抄 王安石2』, 서울, 전통문화연구회, 2009.

안희진 지음,『소동파에게 시를 묻다』, 서울, 청동거울, 2009.

양따오 저, 정충락 역,『文藝의 天才 蘇東坡』, 서울, 이화문화출판사, 2000.

오수영 편역,『唐宋八大家의 散文世界』, 서울, 서울대학교출판부, 2000.

왕수이자오 지음, 조규백 옮김,『소동파 평전』, 경기도, 돌베개, 2013.

우멍푸 지음, 김철범 옮김,『문장혁신』, 경기도, 글항아리, 2014.

이나미 리쓰코 지음, 김태완 편역,『고전이 된 삶』, 서울, 메멘토, 2012.

이상하 번역,『譯註 唐宋八大家文抄 歐陽脩1~4』, 서울, 전통문화연구회, 2009 ~2016.

임어당 저, 진영희 역,『소동파 평전』, 경기도, 지식산업사, 1987.

莊子 著, 안동림 譯註,『莊子』, 서울, 현암사, 1993.

장춘석 지음,『중국 인문학 읽기의 즐거움』, 서울, 신아사, 2019.

전동부 지음, 이주해 옮김,『당송고문운동』, 학고방, 2009.

曹圭百 譯註,『蘇東坡 散文選』, 서울, 白山出版社, 2005.

程郁 외, 김춘택 옮김,『중국을 말한다 12 : 철기와 장검』, 서울, 신원문화사, 2008.

하문환, 김규선 옮김,『역대시화 3-육일시화 외』, 서울 소명출판, 2013.

한유, 고광민 옮김,『韓愈散文選-자를 테면 자르시오』, 서울, 태학사, 2005.

황견 엮음, 이장우 외 옮김,『古文眞寶 後集』, 서울, 을유문화사, 2003.

허경진,『허균평전』, 파주, 돌베개, 2002.

편자 미상, 심영환 옮김,『詩經』, 서울, 홍익출판사, 1999.

허영환 저,『中國畵論』, 서울, 서문당, 1988.

2) 외국 문헌

孔凡禮,『蘇軾年譜』, 臺灣, 中華書局, 1998.

國學萃 編, 申丙選 注,『唐宋散文選注』, 臺灣, 正中書局印行, 1969.

鄧子勉 注譯,『蘇軾詞選』, 臺灣, 三民書局, 2008.

楊家駱 主編,『歐陽脩全集 上, 下』中國文學名著第三集 第五, 六冊, 臺灣, 世界
　　　書局, 1989.

楊家駱 主編,『蘇東坡全集 上, 下』中國文學名著第六集 第九, 十冊, 臺灣, 世界
　　　書局, 1985.

韓建偉,『蘇東坡的朋友圈』, 臺灣, 德泮素質教育未來館, 2017.

歐陽修 著, 李逸安 點校,『歐陽修全集』中國古典文學基本叢書, 臺灣, 中華書局,
　　　2001.

楊家駱 主編,『樂章集 · 東坡樂府』, 臺灣, 世界書局, 1983.

朴永煥 著,『蘇軾禪詩研究』, 中國, 中國社會科學出版社, 1995.

蘇軾 撰, 王松齡 點校,『東坡志林』, 中國, 中華書局, 1981.

喩世華,『蘇軾的人間情懷』, 中國, 江蘇大學出版社, 2017.

林語堂 著,『蘇東坡傳』, 中國, 湖南文藝出版社, 2018.

張志烈, 馬德富, 周裕鍇 主編,『蘇軾全集校注』詩集3 · 5 · 7, 文集1 · 2 · 4 · 7
　　　· 8 · 9 · 11, 中國, 河北人民出版社, 2010.

周曉音 著,『蘇軾 兩浙西路仕游研究』, 中國, 浙江工商大學出版社, 2017.

曾棗壯 著,『三蘇評傳』, 中國, 上海書店出版社, 2016.

陳新雄 著,『東坡詩選析』, 中國, 五南圖書出版股份有限公司, 2003.

韓建偉 著,『蘇東坡的朋友圈』, 中國, 德洋教育, 2017.

田中克己 著,『蘇東坡』, 日本, 研文出版, 1983.

3. 논문

곽노봉,「歐陽脩의 散文研究」,『中國學研究』권4, 1987.

김춘란,「조선조 중후기 歐陽脩 散文의 수용과 영향」,『열상고전연구』권44,
　　　2015.

———,「歐陽脩 散文의 한국 전래와 수용」, 연세대학교 석사학위논문, 2006.

노장시,「歐陽脩의 文學理論 : 文・道 관계를 중심으로」,『경주전문대학 논문집』 권9, 1995.

당윤희,「歐陽脩 詩文集의 조선에서의 수용과 유통(1) – 한국 소장 中國本 구양수 시문집을 중심으로」,『中國文學』권74, 2009.

———,「歐陽脩 詩文集의 조선에서의 수용과 유통(2) – 한국 소장 朝鮮本 구양 수 시문집을 중심으로」,『中國語文學誌』권42, 2009.

배미정,「구양수와 소식의 척독모음집 구소수간」,『문헌과해석』통권24호, 서울, 문헌과해석사, 2003,

———,「한문서간 연구의 현황과 과제」,『大東漢文學』권36, 2012.

심경호,「歐蘇手簡과 世宗의 지식경영」, 여주대학교산학협력단 세종리더십연구 소, 2016.

우준호,「蘇東坡의 政治社會諷刺詩 研究」,『중어중문학』17집, 한국중어중문학 회, 1995.

유재윤,「歐陽脩의 記 考察」,『호남학연구』, 1993.

황일권,「韓國에서의 歐陽脩 산문 전파와 평가에 관한 연구」,『중국어문학』권 53, 2009.

朱剛,「關于『歐蘇手簡』所收歐陽脩尺牘」,『武漢大學學報』권65, 3기, 2012.

祝尙書,「『歐蘇手簡』考」,『中國典籍與文化』, 3기, 2003.

4. 기타

허균,「歐蘇文略跋」,『惺所覆瓿稿』, 한국고전DB, 권14, 문부10.

陳師道,『後山詩話』.

「蘇林交情凶終」,『淸波雜志』卷6.

중국의 대문호 구양수와 소동파의 편지글

구소수간 歐蘇手簡

세종이 애독한 책

초판 1쇄 인쇄 2021년 09월 30일
초판 1쇄 발행 2021년 09월 30일
개정판 발행   2024년 06월 01일

저자   구양수·소동파
역자   유미정
발행인   홍기표
디자인   (주)피알팩토리플랜
펴낸곳   글통

출판등록 2011년 04월 04일 (제319-2011-18호)
팩스   02-6003-0276

페이스북 facebook.com/Geultong
이메일   geultongbook@naver.com
ISBN   979-11-85032-955
정가   50,000원